바람은 은빛 숲에 머물고

바람은 은빛 숲에 머물고 1

초판 1쇄 찍은 날 | 2016년 9월 5일
초판 1쇄 펴낸 날 | 2016년 9월 13일

지은이 | 소하
펴낸이 | 예경원

편집 | 유경화 · 안유진

펴낸곳 | 예원북스
등록번호 | 제396-2012-000132호
등록일자 | 2012. 7. 25
YRN | 제1-0159호

주소 | 경기도 고양시 일산동구 호수로 646-24 위너스 21-Ⅱ 206A호 (우) 10401
전화 | 031-819-9431 팩스 | 031-817-9432
http://cafe.naver.com/yewonromance
E-mail | yewonbooks@naver.com

ISBN 979-11-5845-211-7 04810
ISBN 979-11-5845-210-0 (세트)

※ 이 도서의 국립중앙도서관 출판시도서목록(CIP)은 서지정보유통지원시스템 홈페이지(http://seoji.nl.go.kr)와 국가자료공동목록시스템(http://www.nl.go.kr/kolisnet)에서 이용하실 수 있습니다.

소하 장편 소설

YEWONBOOKS ROMANCE STORY

바람은 은빛 숲에 머물고

1

여우원

❖ 목차 ❖

서장

먼 옛날, 얼마나 되었는지 가늠도 되지 않는 멀고 먼 그때.

검은 하늘과 회색 땅에서 거인들이 나타났지.

그들은 신의 자식들이었지만, 지상에 발을 대자 죽을 운명이 되었단다.

주어진 시간을 모두 쓴 거인들은 쓰러졌고, 그 거대한 몸 안에서 새로운 신들이 태어났어.

거인의 풍성한 검은 머리카락과 두툼한 살에서, 강한 발과 단단한 이와 손톱에서, 넓고 둥근 이마와 두 갈색 눈에서 새로운 신이 태어나 세상 곳곳에 깃들어 신이 되었지.

동방 숲, 동방 반도에 있는 거대한 숲이라 동방 숲이라 불리는 그곳에도 신이 머물게 되었단다.

그 신은 이름이 없고, 그저 숲의 왕이라고만 불린단다.

남자인지 여자인지도 몰라. 아이인지 어른인지 노인인지도 모르고. 그저 신일 뿐.

그 신이 깃들자, 그 숲은…… 광활한 땅에 수많은 나무와 풀이 뿌리내리고 엄청난 수의 짐승들이 사는 그 숲은 신의 영지(靈地)가 되었단다. 성스러운 세계로 만들어낸 거야.

자신의 영지이자 보금자리를 만든 숲의 왕은 거인의 몸에서 태어난 다른 신들처럼 근방을 둘러보았어. 그리고 근처에 사는 인간의 아이들 중에서 그가 데리고 갈 아이들을 고르기 시작했단다.

적당하다 싶은 아이가 있으면 숲의 왕은 몰래 각인을 새겨. 아이의 이마나 손바닥, 또는 어깨나 가슴에 그가 원하는 아이라는 표식을 해둔단다. 처음에는 아무도 모르지만, 언제고 왕이 데려갈 때가 되면 모두가 알도록 표식이 드러나게 되어 있지.

그 아이들은 어느 날 부모 옆에서, 마을에서, 길 위에서, 자기 방에서 사라진단다. 원래 자신이 살던 세상을 떠나 왕에게 간 아이들은 '숲의 아이들', 또는 '숲의 마법사'라 불리며 숲에서 살게 되지. 왕의 힘을 나누어 받고 가르침을 받아, 그 신의 사제(司祭)이자 마법사가 되는 거란다. 그리고 그 아이들은 왕과 함께 아주 오랫동안 살다가 정령이 되지. 숲의 바람과 흙, 바위가 되어 영원히 살아가.

그 아이들과 함께 하는 숲의 왕은 오랫동안 강했단다. 지상에 마지막 신인 이그라탄과 벨사키엘이 강림하고, 그들과 고대신들이 전쟁을 벌였을 때도 살아남았지. 같은 고대신인 악령의 왕 데본을 비롯한 몇몇 신이 멸망하는 동안에도 말이야.

파란이 지나자, 왕은 다시 강한 신으로 남았지. 잠시 움츠러들 때도 있었으나, 끝없이 번성하며 인간들의 경배와 존경을 받았다.

그러나 세상에는 너무나 오랫동안 강했던 것만큼 약한 것도 없더란다…….

그래서 결국 그날이 오고 말았지.

오랫동안, 너무나 오랫동안 강했던 대가를 치르는 날이 말이야.

❖

역한 피비린내와 살타는 냄새가 가득했다. 끔찍한 통증이 가슴을 꿰뚫는다.

몸에는 아무 상처도 없었지만, 숲의 아이들이자 마법사인 니안느는 극심한 고통에 수십 번을 뚫리고 찢긴 기분이었다.

숲의 왕에게 선택 받은 숲의 아이들은 그 정신이 모두 이어져 있다. 하나가 보는 것을 모두가 볼 수 있고, 모두가 보는 것을 하나가 볼 수 있다. 이러니 하나의 고통도 모두의 고통이다. 그것은 숲의 마법의 기본이며, 이 숲의 세계를 지탱하는 근본이기도 하다.

형제들이 겪는 고통과 공포가 다시 고스란히 니안느에게 전달되었다. 누군가가 죽었다. 누군가가 다쳤고, 누군가가 공포에 질렸다. 누군가가 쫓기다, 그 등을 향해 닥친 고통이 거의 동시에 니안느도 덮쳤다.

견딜 수 없어진 니안느는 위험하다는 것을 알아도 숨어 있던 곳에서 달려나갔다.

달려나온 숲은 불타고 있었다. 뜨거운 열기가 사방을 덮었다. 불길은 미친 짐승처럼 나무들을 할퀴고 삼켰고, 그 불을 막을 수 있는 것은 어디에도 없다.

숲의 나무들은 불길에 휘감기고, 검은 연기는 하늘을 가득 채웠다.

숨 막히는 열기 속에 니안느는 겁에 질렸다.

동방 숲이 불타고 있다. 위대한 고대의 숲이, 고대신의 영지가 파괴당하고 있다. 무작정 달리다, 다리에 질척대는 것이 감겨서 놀라 멈추었다.

"……!"

피다.

천천히 고개를 들자 형제들의 참혹한 시체들이 보였다.

불타는 나무들 사이로 으르렁대는 소리와 높고 낮은 포효가 들려온다. 아직 살아남은 형제들의 비명과 고함 소리가 들렸고, 필사적인 스승들의 목소리도 들렸다.

그들에게 달려가 도와야 한다고 생각했다. 그러나 불 속에서 검은 그림자가 들썩였다. 누군가가 살아 있는 건가 싶어 고개를 돌렸다, 그 안에 앉아 있는 검은 짐승을 보았다.

"하아."

꼼짝도 할 수 없었다.

괴수(怪獸)들의 강력하고 흉포한 이빨이 숲의 아이들을 씹고 찢어발기고 있었다. 공포와 충격이 니안느의 몸을 얼어붙게 했다. 그녀가 알고 있는 세상이 끔찍한 소리를 내며 무너지고 있는 것이다.

니안느가 그들을 발견했듯, 그들 역시 니안느를 발견했다. 짐승들이 어깨를 당기고 다리를 폈다.

오싹, 하고 발목이 차가워졌다.

"필람몬."

니안느는 중얼거렸다.

아무 답이 없자, 다시 외쳤다.

"필람몬!"

쉭, 하는 소리가 들렸다.

니안느는 등을 돌렸고, 그 순간 뭔가가 확 달려와 몸을 낚아챘다. 육중한 몸이 괴물들을 짓밟고 뛰어오르며 니안느의 몸을 높이 들어 올렸다. 마법이 불러온 바위들이 괴물의 몸을 찢었고, 뒤따라 나타난 덩굴들이 괴물들의 목을 감았다.

"필람몬."

니안느는 안도하며 그의 이름을 불렀다. 필람몬은 굵은 팔로 니안느의 몸을 감싸며 달렸다. 그가 달릴 때마다 괴물들은 파괴되었다. 으깨지고 짓이겨진다. 니안느의 등과 목덜미로 열기가 번졌지만 필람몬이 안아주고 있어 안전했다.

어느 정도 달리자 필람몬은 니안느를 내려놓았다.

니안느는 그를 붙잡으며 물었다.

"지, 지금 무슨 일인 건가요, 필람몬!"

"숲이 공격당했고, 누가 그런 건지, 무엇 때문인지, 심지어 어떻게 그런 일을 한 것인지도 모른단다."

니안느도 그랬지만 필람몬 역시 떨리고 긴장한 목소리였다.

이 숲에서 가장 강대한 마법사 중 하나인 필람몬이 이렇다면, 다른 이들의 마음은 더 할 것이다.

시뻘겋게 번지는 불길 아래로 필람몬의 몸이 보였다. 거대한 사슴의 하체에, 위는 인간이었다. 청동색 머리카락에 덮인 머리 위에는 수사슴의 뿔을 닮은 거대한 뿔이 돋아 있었다. 니안느보다 천 년도 더 숲에서 살았기에, 그의 모습은 거의 정령에 가까웠다.

"니안, 우선 여기서 기다리고 있어."

필람몬의 손이 니안느의 볼에 닿았다. 그의 겁에 질린 마음이 느껴졌다. 필람몬이 이 정도로 흔들릴 정도의 엄청난 일이 무엇인지, 니안느는 감도 잡기 어려웠다.

"다른 아이들은, 스승님들은요?"

"아직 누가 살아 있는지 모른다. 누구든 구해오겠다. 너는 여기 있으면서, 뭐가 오든 아무것도 하지 마라. 알겠지? 누가 말을 걸어도 답하지 말고."

"왜요."

"숲이 너무 빨리 무너지고 있다. 왕에게 무슨 일이 벌어진 거야. 마법도 쓰지 마라. 또, 절대 우리들에 대해 생각하지 마라. 돌멩이처럼 아무것도 아닌 듯 있어."

"알아…… 알았어요!"

"기다려라. 그리고 살아 있어라. 꼭!"

필람몬은 니안느를 나무둥치 쪽으로 밀었다. 니안느는 그 안에 있는 구멍으로 들어가 몸을 숨겼다. 필람몬은 숲속으로 달려갔다.

니안느는 이를 물고 필람몬을 기다렸다.

익숙한 목소리가 들리면 당장 달려나가고 싶었지만 몸을 움직이기도 전에 비명과 살 찢어지는 소리가 났다.

죽어가는 형제들의 공포와 고통이 그들과 똑같이 느껴졌다. 그들에게 최후가 찾아온 것도 같이 느꼈다.

"흐읍."

울음을 삼켰다. 소리를 내지 말아야 하는데, 찢어지는 가슴과 함께 시시각각 무너지는 자신을 느꼈다.

눈을 감고 몸을 움츠렸다. 감은 두 눈으로, 형제들이 보는 것이 보인다.

니안느는 형제들과 함께 불길 속을 뚫고 나오는 검고 거대한 괴물을 같이 보았다.

불타는 검은 갑옷을 입은 자다. 그 등에 늘어진 검은 날개는 거대했고, 그것이 바닥을 쓸자 바닥은 검게 녹아내렸다. 그가 지나갈 때마다 나무들은 불타고 하늘은 연기로 뒤덮인다. 그것과 함께 온 불길과 괴물들은 아이들을 삼킨다.

니안느는 절망 속에 깨달았다. 오늘이 숲의 마지막 날이 될 거란 것을, 숲을 지키던 신이 멸망하는 날이란 것을.

추억이 떠오른다.

아침에 자신의 이마에 박힌 각인을 처음 발견했던 날의 기쁨을, 이 숲에 처음 들어와 스승인 필람몬을 만나고 거대하고 아름다운 신목(神木)을 보았을 때의 감동을, 그녀가 경배하고 온몸과 마음과 영혼을 바쳐도 되는 존재였던 숲의 왕이자 고대신의 정신과 접촉했을 때의 환희를. 숲의 마법을 배우고 익히며 자신의 몸처럼 다룰 수 있게 되었을 때 느꼈던 만족감과 자부심을.

지금, 그 모든 것이 파괴되고 있는 것이다. 먼지가 되고 재가 되어 사라지고 있는 것이다.

한참이 지나자 고요해진다.

그 정적을 견디는 것이 형제들의 공포와 고통에 찬 비명을 듣는 것보다 더 힘들었다.

얼마나 지났는지 알 수 없었다.

불타는 소리는 잦아들고 괴물들의 기척도 사라졌다.

니안느는 필람몬이 하지 말라 그랬음에도 마음속으로 숲의 왕을 찾았다.

왕이여, 어디 있어요. 나의 주인이자 신인 당신은 어디에.

대체 누가 이런 짓을 한 건가요. 제발, 제발 부탁드려요. 그리고 내가 무엇을 해야 한다면 말해줘요. 무엇이든 다 할 테니.

그러나 답이 없다. 정적뿐이다. 이 세상에 니안느 혼자 남은 것 같았다.

니안느는 몸을 일으켜 숨어 있던 곳에서 나왔다. 이제 자신이 이 숲에서 마지막으로 숨을 거두는 자가 될 거란 사실을 받아들여야 했다.

그런데 막막하고 캄캄한 눈앞이 갑자기 밝아왔다. 눈부시게 빛이 쏟아지며 하얗게 타들어갔다.

영상의 파편이 휘몰아치고 뒤엉키며 두 눈을 향해 쏟아진다. 그리고 곧 그 모든 파편이 하나의 그림이 되어 펼쳐진다.

그것은 환시(幻視: vision), 왕의 전언이었다.

"살아 있나요?"

기뻤다. 왕이 살아 있으니, 절망할 만한 일은 아니라는 생각이 들어서. 니안느는 목에 걸린 나뭇가지 펜던트를 잡았다.

이 숲에 들어왔을 때 처음으로 왕에게 받은 선물이자, 왕이 깃든 신목의 일부였다. 펜던트는 달처럼 하얗게 빛나며 손바닥을 빛으로 적셨다. 니안느의 이마에 박힌, 숲의 왕이 새긴 나뭇잎 모양의 각인도 빛을 발했다.

"제발, 살아 있다면 말해줘요. 답해줘요!"

[찾아라.]

"네?"

니안느는 주변을 둘러보았다.

"무엇을…… 찾으란 건가요?"

[찾아야 할 사람이 있다. 가라, 당장. 도망쳐. 여기서 멀리.]

순간, 두 눈 가득 나무가 보인다.

산처럼 거대한 물푸레나무, 바로 숲의 왕이 깃든 신목이었다. 그 거대한 둥치와 무성한 나뭇가지, 울창한 나뭇잎 하나하나에서 목소리가 흘러나왔다.

니안느는 숲의 왕이 전하는 마지막 말에 귀를 기울였다.

숲이 멸망한 오늘, 이것은 숲의 왕이자 마법사들의 군주(君主)인 왕이 전하는 마지막 명령이 될 지도 모른다.

"누굴…… 말인가요."

[사라피온.]

사라피온이라면 사람 이름이 아닌 남쪽에 있는 섬이다.

한 장소에서 고요히 살고 있는 숲의 왕이 외지, 그것도 아주 정확한 지명을 말하는 경우는 거의 없었다.

"사라피온이라면 어디인지 알아요. 그곳에 가야 하나요?"

[그곳에 가서…….]

"……."

[리카르란 사람을 찾아라.]

"리카르?"

처음 듣는 이름이었다. 그 누구도 그런 이름을 가진 자가 숲의 왕과 연계가 있다고 말한 적이 없는데, 누구일까.

[그리고…….]

[빛을 찾아라.]

"빛?"

[새벽의 빛을.]

왕의 목소리가 흐려졌다.

[검은 하늘을 가르는 아침의 첫 빛을.]

흐릿한 안개처럼 목소리는 퍼져 사라졌다. 니안느는 귀를 기울였지만 더 이상은 들리지 않는다.

"왕이여."

니안느는 다시 불렀지만 답은 없었다.

"어디 있어요! 더 말해줘요!"

눈물이 흘러 내렸다. 이미 그을음에 더럽혀진 볼을 눈물이 헤치고 흘러내려 턱에 맺힌다.

전언이 내려지면 누구든 행해야 한다. 어떤 상황이든 간에, 온 형제들이 다 사라지고 숲이 다 불탄 지금, 당장 해야 할 일은 그것이다.

숲을 나가 사라피온으로 가라는 의무가 정해진 것이다. 니안느는 다잡기로 했다. 온몸이 덜덜 떨리고 무섭지만, 지금 할 일이 있다.

그날 니안느가 먼지투성이 발로 숲을 나가며 생각한 것은 숲의 왕이 말한 대로만 하면 모든 일이 금방 해결되리란 것이었다.

그때는 몰랐다.

이루어질 일이 이루어지려면 얼마나 많은 시간이 필요한지.

또, 감내해야 할 고통과 고독이 얼마인지.

제1장

마녀, 니안느

벌판과 숲은 온통 금빛으로 물들고, 서늘한 바람에는 쇠의 내음이 배어 있다.

니안느는 붉게 저무는 하늘을 보며 생각했다.

참 오래전의 일인데, 왜 그날 일이 생각난 건지.

어느덧 십 년 전의 일이 되었다. 그동안 이런 하늘을 얼마나 많이 보고 살아왔던지, 이어지는 밤은 얼마나 견디어왔던지 모른다.

숲을 도망 나왔던 소녀는 이제 다 커버렸고, 마른 팔과 가는 어깨를 가졌던 그 어린아이는 누가 봐도 아가씨라 불리게 되었다. 그렇게 니안느가 시간과 함께 자라는 동안 세상도 많이 변했다.

제국에서 황자들 간의 전쟁이 벌어진 것은 재작년의 일이었다. 아버지인 선황이 승하하자, 황자 셋은 아버지 무덤 흙을 덮지도 않고 전쟁을 벌였다.

제국의 황족들에게 있어 우애는 순간이고 권력은 영원하다. 우애는 문

서상 성립되지 않으나 일단 즉위한 황제는 영원히 축복받는다. 그리고 그 황자들 뒤에는 제국의 일곱 기둥이자 일곱 흑막인 일곱 대가문이 있었다. 그들의 적극적 개입과 소극적 방관과 은밀한 협잡 속에, 내전은 벌써 일 년을 넘게 끌고 있다.

오늘, 저 언덕 너머에서 첫째 황자의 군대와 셋째 황자의 군대가 마지막으로 붙었다. 이 내전에서 셋째 황자는 가장 시시한 상대였다. 주력 부대는 단숨에 패해 쓸려 나갔고, 그 황자를 지지했던 대가문 블랑셰리온가는 몇 달 만에 대부분의 영지가 점령당했다. 그것은 이기는 속도만큼 지는 속도도 기록적이었다는 뜻이다. 지금 블랑셰리온은 겨우 현관문이나 붙들고 있는 신세였고, 오늘 전쟁을 끝으로 항복하게 될 터였다.

그때 니안느는 진영으로 기사 하나가 달려오는 것을 보았다. 분명 조금 전에 끝났을 블랑셰리온과의 전쟁에서 돌아오는 것 같은데, 좋은 소식을 전하는 꼴은 아니었다. 진흙과 피가 덕지덕지 붙은 얼굴에 무기도 없다. 안쓰러운 패잔병 꼴이었지만, 갑옷에 새겨진 것은 제법 삐길 만한 가문의 문장이었다.

기사는 말에서 뛰어내려 니안느가 앉아 있는 막사 쪽으로 달려왔다. 막사의 호위를 맡은 병사들이 가로막았다.

"멈추십시오."

기사는 급히 말했다.

"데른스다! 각하, 볼프람 각하를 만나야 한다!"

"사령관 각하는 아무도 들이지 말라 하셨습니다."

병사들은 기사를 경계 어린 눈으로 보며 말했다.

"급한 일이다!"

"무슨 일인지 먼저 말하십시오."

"정말 급한 일이고, 지금 이 자리에서 너희들을 다 베어버리고 갈 수도 있다! 그러니 비켜!"

병사들은 난처해하며 옆을 보았다. 니안느더러 좀 해결해 달라는 것이다. 니안느는 계속 없는 척하고 싶었지만 어쩔 수 없었다. 나서야 할 때긴 했다. 저 기사는 그 꼴로 여기에 온 이유에 대해 말하는 것을 수치스러워하고 있었다. 자기가 창피한 게 우선인 것이다. 이미 누가 봐도 패잔병 꼴이면서도 저런다.

"기사님, 어디의 뭐 하던 누구라 했나요?"

니안느는 앉아 있던 자리에서 일어나며 말했다.

여자 목소리에 기사의 얼굴이 대번에 험악해졌다.

전쟁터에서 이렇게 나타나 말을 걸 만한 여자, 그것도 사령관의 막사 앞에서 할 만한 여자는 그의 상식 안에는 없었으니.

"가만. 아는 얼굴인 것 같아요."

니안느는 웃으며 아래위로 남자를 살폈다.

"맙소사, 이제야 알아보겠네요. 이 군대에서 제일 잘생긴 아샹보 경과 함께 출정한 데른스 경이네요. 못 알아볼 뻔했잖아요. 어느 거지가 데른스 경을 사칭하는 줄 알았거든요."

그러곤 니안느는 눈을 가늘게 떴다.

"분명 아샹보 경과 함께 근사하게 차려입고 나갔을 텐데. 그 예쁜 새 옷을 죄다 고철로 만들어 왔네요. 어쩌다 이리된 건가요?"

"그만하고, 가, 각하를…… 뵈, 뵙게 해달라."

"각하는 지금 쉬고 계십니다. 정말 푹 쉴 테니 아무도 부르지 말라고 했어요. 그리고 지금 나한테는 그분이 푹 쉬시는 게 더 중요한 일이고요."

데른스는 부들부들 떨며 니안느를 노려보았다.

그 눈에 비친 여자는, 마르고 가냘팠지만 태도는 기사보다 당당했다.

길게 기른 노을빛 머리카락은 자연스럽게 말아 올려, 제대로 된 숙녀라기보다는 숲에서 검은 딸기를 따다가 온 아가씨 같아 보였다. 여자는 호기심과 장난기를 담은 은보라색 눈을 반짝이며, 싸늘함과 따스함이 모두 깃들어 이국의 낯선 느낌을 주는 표정으로 데른스를 보고 있었다.

"경의 표정을 보니 자랑할 만한 소식을 가지고 온 건 아닌 것 같아 보여요. 대체 뭔가요?"

"비, 비켜. 볼프람 공에게 직접 전하겠다."

"우선 나한테 말해요. 볼프람 공은 아주 깊은 휴식 중이고, 그 휴식을 방해할 만큼 대단한 일인지 아닌지 판단해야 하거든요. 나를 밀치고 가도 되지만, 그러면 볼프람 공을 만나기는커녕 그분이 자고 있는 막사도 발견하지 못할 거예요. 내가 숨겨두었거든요. 그러니, 자."

니안느는 가슴에 손을 얹었다.

"무슨 일인지 정직하게 말해요, 이 공작의 마녀 니안느에게."

공작의 마녀, 니안느.

이 프레데릭 군영의 총사령관 볼프람에게는 매우 희귀하고 빼어난 존재가 있다. 어디서 왔는지도 모르게 홀연히 나타나 공작을 돕고 있다는 여자, 그리고 지금은 공작의 마녀라 불리는 마법사.

마법이 주변국에 비해 볼품없기로 소문 자자한 팔가스에서, 이 마법사 여자를 가진 볼프람 공은 기사단 하나를 더 가지고 있는 거나 다를 바 없었다. 게다가 볼프람이 유명세를 떨쳤던 전장은 그런 존재가 가장 절실한 전장이었다.

"말을 안 하시니 내가 직접 생각해 볼까요? 아샹보 경이 진영을 나설 때, 이기기만 하면 나라라도 구한 것처럼 신나서 올 거라 생각했어요. 그런데 그는 없고 당신만 있네요. 어디 있나요, 아샹보 경은? 성을 점령하고 블랑셰리온 나리를 포로로 삼고 그 성에서 노느라 못 오는 건가요."

데른스 경이 아무 말도 못 하니, 니안느는 싱긋 웃었다.

"아니면 져서 못 오는 건가요."

"……."

"어라, 맞혔나 보네요. 어쩌나. 가엾게도. 여러분, 대단한 소식을 전하지요. 이름 높은 기사님 아샹보 경이 '그' 오베른 블랑셰리온에게 졌답니다."

모두가 웃음을 터뜨렸다. 웃음은 잔인했고 노골적이었다.

니안느는 선심 쓰듯 말했다.

"그 정도 급보라면 볼프람 공을 만날 자격이 있긴 하네요. 와요."

"기사를 불러와라. 너하고는 싫다."

"나하고 가는 게 빠를 텐데요. 다른 수작 부리려는 건 아니에요. 우선, 나는 소문이 난 대로 사람 고기를 좋아하긴 하지만 이런 대낮에 즐길 만큼 좋아하는 건 아니에요. 그러니 믿어요. 꼬여내 뜯어먹으려는 게 아니라, 정말 데려다주려는 거니까."

니안느는 돌아서며 두 팔을 들었다. 주변의 풍광이 파도치듯 변하며 흔들렸다. 그 흔들림이 멈추었을 때, 막사의 위치가 변하고 풀과 바위의 위치도 변했다. 니안느가 가느다란 팔을 내리자, 주변으로 산들바람이 일며 앞 머리카락에 가려졌던 니안느의 이마를 드러냈다. 이마에는 나뭇잎 모양의 각인이 있었다.

"허어."

데른스는 신음을 삼키며 경악했다.

병사와 주변 기사들은 익숙한 광경이라 구경하는 시늉조차 하지 않았다. 이제 그들에게 구경거리는 니안느의 마법이 아닌 그것을 보는 사람들의 표정이 된 지 오래였다.

니안느는 안을 가리켰다.

"자, 이리 와요."

치마를 뒤로 밀어 던지곤, 니안느는 앞에 있는 막사로 향했다.

그 막사 안은 넓고 소박했다. 시종도 다른 호위도 없고, 침상 하나에 책상, 그리고 털가죽이 깔린 넓은 의자가 놓여 있을 뿐이었다. 의자에는 키 큰 남자가 기대 눈을 감은 채 누워 있었다.

"각하."

니안느는 남자에게 다가가 그 팔을 건드렸다.

"자. 일어나요. 볼프람 각하."

남자는 금방 깨지 않았다. 금빛 머리를 뒤로 젖히고, 팔짱을 낀 채로 의자 등받이에 기대 곤히 자고 있을 뿐이다. 니안느는 다시 남자의 어깨를 톡톡 쳤다.

"일어나요, 리카르. 깨어 있는 거 다 알아."

리카르가 눈을 뜨며 갈색 눈이 드러났다. 니안느가 옆에 있는 것을 본 그의 눈에 미소가 배어들었다.

"무슨 일이냐, 니안. 여기 있으면 내 낮잠을 방해할 자는 아무도 없을 거라 그리 으스대더니."

"급한 일이 생겼어요."

"무슨 일이지."

"음, 그게……."

니안느가 말하기도 전에, 데른스가 급하게 무릎을 꿇었다.

"각하!"

리카르는 몸을 일으켰다. 니안느는 그의 어깨에 얹었던 손을 놓고 옆으로 물러나 앉았다.

"데른스 경이 아닌가. 아샹보 경은?"

"저기, 저, 전사하셨습니다."

리카르는 니안느를 보았다. 니안느는 고개를 저었다.

"졌다는 것만 들었다고요. 전사한 줄은 몰랐네. 놀려서 미안해요. 미리 말하지 그랬어요."

리카르는 어처구니가 없다는 듯 데른스를 보았다.

"설마, 거기서 졌나."

"죄, 죄송합니다!"

"'그' 오베른에게?"

기사는 바닥에 머리를 박았다.

"네!"

블랑셰리온 공 오베른이자, 그렌 백작.

전쟁으로 유명했으나, 유명세의 방향이 긍정적인 건 아니다. 오베른은 백번 싸우면 백번 다 진 다음 도망치다 제 발에 걸려 넘어질 인재로 명성을 높였다. 가만히 있으면 바본지 뭔지 아무도 모를 것을, 그 능력을 어찌나 빈번하게 증명하는지 다 알게 되고 말았다.

오베른은 최근 다섯 해간 벌어진 모든 전쟁에서 남김없이 다 졌고, 전쟁에 돈을 얼마나 들인 건지 그 부유하던 영지의 재정이 몇 년 만에 깨끗하게 바닥나 버렸다.

은행연맹에서는 대출을 거부했고, 다급해진 오베른은 사채업자들로부터 돈을 빌렸다. 원금은 물론이요 엄청나게 불어난 이자도 제대로 갚지 못한 오베른은 영지 중 도시 두 개의 징세권을 넘겼다. 도시를 접수한 그 외주 세리들이 매긴 세율이 7할이 넘어가자, 도시민들은 리카르가 진격하자마자 도착하기도 전에 항복해 버렸다. 세금징수원들은 도시민들 손에 잡혀 목을 제하고는 정육점에서 갈려 나간 뒤였다.

리카르가 이번에 거둔 기록적인 승리의 아래에는 이렇게 바닥까지 가라앉은 오베른과 블랑셰리온의 사정이 깔려 있었던 것이다. 그리고 그런 오베른과의 마지막 전쟁은 한 번 하나 두 번 하나 이긴 거나 다를 바 없는 전쟁이기도 했다.

“대체 어쩌다 진 거지. 나는 오베른이 죽기 전에 승리라는 걸 할 줄 몰랐는데. 가만, 너희들이 상대한 게 오베른이 맞던가.”

“네! 분명 블랑셰리온 가문의 갑옷이었습니다.”

“아샹보 경의 실력을 최소한으로 잡는다 하더라도 오베른과 그가 가진 얼마 되지도 않는 군사를 상대로 졌다는 건 말이 안 된다. 또, 내가 아는 오베른은 애초에 전장에 나올 상태도 아니었다. 병중이라 들었다. 제대로 걷지도 못한다고.”

“네?”

“아샹보가 출정할 때 내가 분명 이야기했다. 오베른은 병중이고, 만약 그 오베른이 군사를 끌고 나온다면 환자일 거라고. 그러니 싸우지는 말고 항복을 권하라고.”

“그럴, 그럴 리가 없는데.”

“결국 누가 나왔는지도 모른다는 거군. 너나, 아샹보나. 그럼 너희들은 내 명령을 어기고 싸움을 걸었고…… 그럼에도 불구하고 졌다는 건가.”

“그렇지는 않습니다.”

“아, 그래. 오베른이 나왔다 치지. 그러면 제대로 맞섰을 리 없다. 군사가 적어도 너무 적었을 테니. 분명 일대일 대결을 하자 했을 테지. 향수 냄새 나는 경기장에서 갈고닦은 검술이긴 해도 아샹보의 검술 자체는 제법이었고, 자신감도 있었을 테지. 그런데 그 오베른을 상대로 그런 대결에서 진 거군.”

딱 맞혔다. 데른스는 우물쭈물댔고, 리카르의 눈에는 경멸이 보였다. 패잔병이 불쌍해진 니안느가 말했다.

“그러지 말아요, 리카르. 오베른이 숨은 실력자일지도 모르는데.”

"아니. 나보다 더 오베른의 실력에 대해 아는 사람은 없다. 어린 시절부터 그는 검을 싫어했고 검도 그를 싫어했지. 그의 아버지가 아무리 닦달하고 구박해도 늘지도 않았거니와 노력도 하지 않았다."

"헤어진 지 이십 년이 다 되었잖아요. 그사이에 노력했을지도 모르잖아요. 리카르가 성격이 좋아진 것만큼."

리카르는 가볍게 웃었다.

"그러는 너는 나와 만난 지 십 년이 다 되어가도 숙녀가 될 생각이 없지. 까마귀를 길들여 비둘기로 쓰거나 늑대를 길들여 양이랑 결혼시키는 게 나을 거란 건 알아도, 정신 차려. 열네 살이라 봐주는 때는 지났어."

"이런, 너무하시네요."

사령관과 마법사의 대화가 아니라 삼촌과 버릇없는 조카의 대화 같았다. 두 사람의 나이 차도 그 정도로 보였다.

리카르 볼프람은 마흔 정도 된 기사였고, 이 여자는 아무리 높이 잡아도 스물다섯은 되어 보이지 않으니.

리카르가 말했다.

"데른스 경, 나간다고 우겼던 것은 아샹보다. 그의 전사는 그 개인적으로 애석한 일이나, 그가 자청한 일인 동시에 그 자신의 오만과 실수로 오히려 우리가 큰 손해를 입은 일이다. 물론 애석한 사람이 없는 건 아니겠지만 말이다."

그리고 리카르의 잘생긴 입술에 비웃음이 어렸다.

"애석해하고 있을 내 아내에게 위로의 말을 전하고 싶으면 네가 알아서 전해라. 나는 싫으니."

"가, 각하."

"경에게는 그 어떤 책임도 묻지 않을 테니 물러가 쉬어라. 경과 함께 온 병사들도 쉬게 하고, 기사들도 마찬가지. 패배의 책임은 오로지 아샹보 경에게만 있고, 그는 그 책임을 충분히 졌다고 본다."

"저…… 저기."

"설마, 내가 내 아내의 애인을 위해 복수라도 해야 한다는 건 아니겠지?"

데른스는 움찔하며 움츠러들었다. 니안느의 눈도 가늘어졌다.

다른 누구도 아닌, 진영 내 사령관 아내의 애인이다. 그것이 바로 아샹보가 이 이곳 군사들의 미움을 한 몸에 받는 이유였다. 아샹보는 리카르 볼프람의 아내인 바세바 공주의 수많은 애인 중 하나였으며, 그중 가장 시끄럽고 경박한 자였다.

"아닙니다."

"그럼 가라."

데른스 경은 일어나지도 못했으나, 리카르가 수하들을 부르자 급히 일어났다. 리카르는 수하들에게 문을 가리켜 보이며 명령했다.

"닫아라. 이제야 말로 내가 말할 때까지 아무도 들이지 말고."

경비병이 막사 문을 닫았다.

턱을 괸 채로 보고 있던 니안느가 말했다.

"가엾은 아샹보. 그래도 제법 잘생기고 재밌던 분이었는데."

"니안—"

리카르가 질책하듯 불렀다.

"기사로서는 변변찮고 리카르에게는 짜증나는 남자였다는 건 인정하는데요, 그래도 나한테는 친절했다고요. 항상 '자, 이제 나한테 반해라.'라는 태도라 우습기도 했지만."

니안느는 리카르를 올려다보았다.

"그 가엾은 기사의 운명에 대해 당신 부인은 뭐라 할까요?"

"바세바가 거느린 남자가 아샹보 하나만인 것도 아니니 상관없다. 남편인 내 전장에 따라올 정도로 뻔뻔하고 멍청한 놈이었다는 것이 문제지."

리카르의 입술에 냉소가 보였다. 평범한 여자라도 이 남자 저 남자를 애인으로 거느리는 것은 경박한 짓인데, 바세바는 자그마치 황제의 딸이자, 현재 리카르의 주군인 프레데릭의 누이동생이다.

그리고 그런 아샹보가 그렌 성을 자기가 점령하겠다고 나섰을 때, 리카르가 가라고 허락한 이유는 오베른을 그 정도로 가치 없는 상대로 여겼기 때문이다.

"누가 아샹보와 붙었는지 궁금하구나. 오베른은 아니야. 그렇다고 오베른의 수하가 대신 나온 것도 아니겠지."

리카르는 니안느를 보았다.

"네가 좀 알아내 봐라."

"리카르, 나를 통하는 게 간편한 건 알지만 정보원, 첩자, 부하에게 물어보기 같은 전통적인 방법을 이용해 봐요."

"그 녀석들에게 일을 시키고 보고를 받으려면 하루는 걸리니까 그렇지. 나는 지금 당장 알고 싶다."

"점쟁이 취급하는군요. 팔가스 제국에 평화가 깃들고 프레데릭 전하의 모든 적이 죽으면, 저는 은퇴해서 점이나 치고 살까 봐요. 다들 나를 그 정도로 알고 있는 것 같으니."

"말리지는 않으마. 단, 지금은 그만 투덜대고 하라는 대로 해."

"네, 네. 알았어요."

니안느는 손을 들었다. 마법으로 간단하지만 중요한 정보를 알아내는 것은 니안느가 가장 잘하는 일이었다.

니안느의 옷자락 속과 머리카락 끝에서 검은 새들이 휙휙 나와 막사의 천장으로 날아갔다. 전령조, 항상 그녀의 눈과 귀가 되어주는 존재들이다.

그것들은 천장을 연기처럼 통과해 사라졌고, 잠시 뒤 다시 돌아와 니안느의 몸 안으로 스며들었다. 니안느는 나른히 눈을 감고 그것들이 가지고 온 정보를 받아들였다.

리카르가 재촉하듯 물었다.

"알아냈느냐."

"쉿, 기다려 봐요."

시간이 걸릴 수밖에 없는 것이, 마법의 전령이 전하는 정보는 너무 단편적이었다.

검은, 녹색, 푸른, 날카로운, 서늘한, 젊은, 강력한, 빛나는.

니안느의 마법이 알아낼 수 있는 선은 그 정도다. 또, 이 정도밖에 이 녀석들이 알아내지 못한다는 건 상대가 니안느와 그 어떤 접점도 없다는 뜻이다.

"리카르 예상대로 오베른이 나온 건 아니에요. 다른 기사가 나와 상대해 이겼지. 남자, 검은 머리, 녹색 눈, 젊어요. 이 정도예요. 좀 더 알아내려면 시간이 걸리고요. 이 정도만으로도 누구인지 짐작되나요? 안 되면 어쩔 수 없고요."

리카르의 눈이 흐려졌다.

"알아요?"

"혹시…… 칼릭스트인가."

니안느는 호기심 어린 표정으로 물었다.

"칼릭스트? 그건 누군가요?"

"칼릭스트 오베리안 드 블랑셰리온."

"그러니까 그게 누구냐고요."

답답해진 니안느가 핀잔조로 재촉하자 리카르는 웃으며 답했다.

"미안하구나. 오베른의 아들이다."

"오베른에게 아들이 있었나요?"

여태 몰랐던 무척 흥미로운 사실이다. 오베른의 아들이라니.

"그건 몰랐네요."

니안느는 고개를 젖혔다. 리카르는 흘러내리는 니안느의 소매를 올려주고는 말했다.

"그래, 아들이 있었다. 외아들이지. 다른 아이가 있다는 말은 못 들었으니, 아직 그 아이 하나뿐일 거다. 내가 오베른의 고발로 체포되었을 때 다섯 살인가 여섯 살이었으니, 지금은 아주 장성한 젊은이가 되어 있겠구나."

"젊은 블랑셰리온의 등장이네요. 어떤 남자일까?"

"나도 그 어린아이가 말을 타고 갑옷을 입게 되었다는 게 믿어지지 않는구나. 그만큼의 시간이 지난 것이 믿어지지 않기도 하고."

"리카르는 어쩔 건가요."

"그 아이도 전쟁을 계속할 만큼의 의지는 없을 테니, 한 삼천 정도 준비시켜 성으로 가야겠다. 그 정도로 겁주면 알아서 항복할 거다."

"좋아요, 그럼 잘 다녀오세요. 기다리고 있을게요."

리카르는 니안느의 팔을 잡아 일으켰다.

"일어나. 너도 가는 거니."

"전쟁은 하지 않을 거라면서요. 나는 오늘 여기서 쉬게 해줘요."

"네가 할 일이 있다. 곧 쉬게 해줄 테지만 오늘은 아니야."

"피곤해요. 귀찮은 거면 안 할 거예요."

"중요한 일이다. 지금 성으로 가라. 조건은 내가 불러줄 테니 다녀와라. 너는 전하고 오기만 하면 된다."

니안느는 놀라는 표정을 지어 보였다. 그다지 놀라지도 않았는데 일부러 짓는 표정일 뿐이었다.

"내가 그런 일도 할 수 있을 줄은 오늘 처음 알았네요. 리카르의 수하들 중 하나를 보내지 그래요?"

"내게 있어 그 아이는 아예 모르는 상대다. 그러니 나도 아예 모르는 상대를 보내야지. 그렇다면 네가 제일 적합해 보이는구나."

니안느는 턱에 손을 얹고 눈살을 찌푸리며, '나 지금 많이 생각하는데요.' 라는 듯 가만히 있었다.

"니안—"

리카르가 타이르듯 불렀다.

"흐음, 그 젊은 블랑셰리온은 미혼인가요?"

"내가 그걸 어떻게 알아."

"미혼이면 말이죠, 난제를 해결하는 조건으로 원탁의 기사 중 하나를 남편으로 달라 했던 늪의 마녀를 모범으로 삼을래요. 멋지게 해낼 테니 말이죠, 전쟁이 끝나면 전리품으로 저한테 주실래요? 감사히 받고 영원히 충성할게요."

리카르가 어이가 없다는 듯 웃었다. 니안느는 눈을 반짝였다. 어서요, 주세요.

리카르는 그런 니안느의 머리를 감싸듯 잡고 가볍게 흔들었다. 만난 지 십 년이 지났고, 이제 니안느는 그때의 어린 소녀가 아니지만 그도 어쩔 수 없었다. 이럴 때면 그저 귀여운 아이다.

"일단 한번 본 다음 정하는 게 낫지 않을까. 멋대로 기대해 놓고서는 못생겼다고 불평은 하지 말고."

"혹시 못생겼어요? 의욕 떨어지네."

"다시 한 번 말하지만, 나는 그 아이를 어린 시절 이후로는 본 적이 없단다. 그리고 그때 그 아이에 대해 말하자면—"

리카르는 잠시 아무 말 하지 않으며 얼굴이 가라앉았다. 니안느는 물끄러미 그런 리카르를 보았다.

"세레나와 정말 닮았었지. 고모와 조카 사이인데도, 이상할 정도로 닮았었단다."

니안느는 뜨거운 것이 얼굴로 튄 것 같았다.

세레나.

누구의 이름인지 니안느는 잘 알았다.

이 남자의 약혼녀, 첫사랑, 오래전의 연인.

이십 년에 가까운 간절한 그리움의 대상인 여자.

이 남자가 아내인 바세바의 외도에 대해 경멸 외에는 별다른 관심이 없는 것도, 그 결혼이 정략결혼이라는 이유도 있지만 애초에 여자 취급도 하지 않아서이기도 했다.

니안느는 이 남자가 추억하는 세레나를 느끼면 항상 이런 기분이 들었다. 이 남자의 마음속에는 절대로 다른 이에게는 주지 않는 자리가 있다는 것을 알았고, 그 자리는 니안느에게도 허락되지 않는다는 것도 알았다.

"니안?"

갑자기 니안느가 조용해지자 리카르는 긴장했다.

니안느는 고개를 젓고는 말했다.

"알았어요, 다녀올게요. 못생겼으면 말이죠, 돌아와서 리카르의 멱살을 잡아 흔들 테니 각오해요."

"그게 왜 내 책임이냐."

"아, 그건 말이죠."

니안느는 한쪽 눈을 찡긋했다.

"상심한 여자를 위로하는 건 기사의 책임이고, 리카르는 기사잖아요."

긴장했던 리카르는 안도하며 얼굴이 풀렸다.

"그래, 그렇구나."

❖

그렌 성의 흰 벽이 노을로 붉게 물들 무렵, 열린 성문으로 수십여 기의 기사들이 들어왔다. 갑옷에는 그날 전투 흔적이 크지는 않았지만 남아 있었다.

적의 지휘관이 일대일 대결을 요청했고, 블랑셰리온 쪽이 이겼다. 그리 물러나면 꼴이 웃기게 되는지라, 적의 기사들은 약속을 어기고 덤벼들었다. 그러나 지휘관도 없이 날뛰던 그들은 얼마 버티지도 못하고 도망쳤다. 이 블랑셰리온 군은 그렇게 마무리된 전장을 등지고 귀환하고 있는 것이다.

선두의 기사가 뜰로 들어서자, 주인을 기다리고 있던 성의 집사 아렌이 달려왔다.

"어찌 되셨습니까, 칼릭스트 님."

"이기긴 했다."

흰 말에 탄 기사의 목소리는 젊고 차분했다. 투구의 죔쇠가 청년의 손으로 풀리며 투구가 벗겨지자, 검은 머리에 상앗빛 피부의 청년이 얼굴을 드러냈다. 일순 주변을 눈부시게 만들 듯, 빼어나게 수려했다. 섬세한 이목구비는 저녁노을에 깊이 그늘져 우아했지만, 청년에게는 금방 눈 속에서 나온 듯 서늘하고 차가운 거리감이 존재했다.

"저쪽 지휘관 녀석이 일대일로 결투를 하자더군. 그래서 그러기로 했지. 나 혼자 싸우는 편이 제일 편하니."

칼릭은 새카만 머리카락을 이마 위로 밀어 넘겼다.

"죽일 생각까지는 없었는데, 녀석이 내 솜씨 좀 보라는 듯 너무 세게 검을 휘둘러 대는 바람에 진정 좀 하라고 몇 대 두들겨 준 게 그만 치명상이 되었지. 그래서 저쪽이 전사하고 말았다."

"저런, 저런."

"나머지는 그냥 멀쩡하게 돌아가면 안 되니 덤볐지. 적당히 두들겨 주니 알아서 도망치더군."

"아, 그럼 우리가 싸워 이긴 겁니까."

"그렇다고 봐야지."

아렌은 칼릭과 같이 온 기사들을 돌아보았다. 적을 물리친 기사들의 실력을 칭찬하고야 싶었으나, 정작 그들은 별로 싸운 흔적이 없었다. 적들이 순식간에 물러났든가, 아니면 칼릭 혼자서 싸웠든가. 둘 중 하나다.

"적당히 협상이나 하려 했던 이쪽 입장에서는 귀찮게 된 셈이지. 어느 쪽이든 이기기는 해야 하는 상황이 된 거니."

"어떻게 되려는 겁니까."

"아마도 리카르 쪽에서 오늘이나 내일 사람을 보낼 거다. 어찌 될지는 그때 가봐야 알겠지."

방에 들어온 칼릭은 갑옷도 마저 벗었다. 키가 크고 어깨가 넓은 훤칠한 체격이 드러났다. 칼릭은 장갑을 마저 벗어 던지고, 풀어헤친 셔츠의 단추를 잠갔다. 청년의 긴 속눈썹 아래 녹색 눈에 서늘한 그림자가 번졌다. 승리의 기쁨도, 앞으로의 일에 대한 두려움도 없다. 무심한 얼굴로 앞으로의 일을 계산하고 있을 뿐이었다.

칼릭도 안다. 한 번 이겼다고 승리하는 건 아니다. 전투가 끝난 뒤의 여력이 어느 정도냐에 따라 진짜 승패가 갈린다. 져도 이기고 이기고도 지는 것이 전쟁이다. 져도 여력이 많으면 이기는 것이고, 이기고 여력이 없으면 결국 진다. 이 성은 이기긴 했지만 여력이 없다.

"아버지는 어쩌고 계시나."

“나리는 아직 항복하실 생각이 없다 하십니다만.”

칼릭은 허리에 검을 채우며 웃었다.

“몸에 피 좀 뿌리고 갈까. 중상을 당했다고 하면서.”

“그러지 마세요. 지금도 편찮으신데, 그러면 나리는 바로 혼수상태가 되십니다. 작은 나리 생각은 어떠십니까.”

“가혹하지 않은 조건으로 항복하는 것이 최선이다. 영지는 감자나 키울 만큼 작아지겠지만, 목숨과 가문은 보전하겠지. 어쨌건 이 일이 빨리 끝났으면 좋겠다.”

“그렇죠. 나리도 편찮으신데.”

이 청년의 아버지이자 성주 오베른은 거의 한 해 넘게 병석에 있었다. 성은 전쟁을 더 할 여력이 없다. 세 명의 황자들이 황위를 놓고 벌이는 이 전쟁. 그래도 이런 종류의 내전이 거의 그렇듯 항복할 시기만 적절히 잡으면 목숨도 재산도 보전할 수 있다. 이런 종류의 내전이 거의 그렇듯 항복할 시기만 적절히 잡으면 목숨도 재산도 보전할 수 있다. 황자들은 자기편이 늘어나기를 바라지 결사 항전하려는 적을 원하지는 않을 테니. 게다가 반역죄로 걸리는 것도 아니다. 반역은 황제가 즉위했을 때나 성립되는 죄목이고, 아직 세 황자 중 그 누구도 황제가 되지 못했다.

“그런데 나리. 오늘 전사한 적장 말입니다, 혹시 중요하거나 귀한 신분입니까? 그러면 골치 아플 텐데.”

“중요하다면 중요하지. 리카르 볼프람의 아내인 바세바 공주의 애인이니.”

아렌이 어처구니가 없어 입을 벌렸다.

“아내의 애인을 전장에 데리고 온 거랍니까?”

“받아들일 수 밖에 없는 처지였거나, 신경도 쓰지 않았거나. 둘 중 하나일 테지. 하지만 자기 마누라 애인이 죽었다고 속상해할 남자는 없을 거다. 애인을 공유했던 게 아닌 이상 괜찮을 거라고 봐. 그 핑계로 골치 아프게 나오면 그게 문제인 거지."

그 경박한 기사가 바세바 공주의 애인이란 것을 모르는 사람은 별로 없었다. 본인이 하도 떠들어댔으니, 몰라주는 건 눈치의 문제가 아니라 인지의 문제가 된 지 오래였다. 그러나 그 공주의 애인 자리는 몇 주 단위로 계속 바뀌거나 동시에 둘도 꿰찰 수 있는 자리다. 희소성도 없거니와 존속성도 없다.

그 바람둥이 공주가 두 번째 남편을 잃고 또 과부가 되자, 공주와 만나던 남자들은 자기가 남편이 될 거란 생각에 희망에 부풀었다.

얼마 뒤 공주는 세 번째 남편을 골랐고, 그 상대는 동복 오라비인 프레데릭의 수하였던 리카르 볼프람이었다. 염문은커녕 두 사람이 아는 사이라고 생각한 사람조차 없었던 남자다. 그 결혼 덕에 리카르 볼프람은 죄수 출신 용병에서 황실의 일원이 되었다. 파격적인 출세다.

이 상황에서 가장 난처한 점은, 이십 년 전 그 리카르 볼프람에게 있지도 않은 죄를 뒤집어씌우고 추방한 자가 칼릭의 아버지인 오베른이란 것이다. 모르는 사이에 저질러서도 안 되는 일을, 아버지는 십여 년간 형제처럼 자라온 리카르에게 저질렀다. 현재 아버지는 리카르에게 사지가 잘려 나가도 할 말이 없는 처지다.

"델 판 공작으로부터는 아무 말 없었습니까."

"마인베르크에 대해서는 아무것도 기대하지 마라. 그가 돕겠다고 설치면 그게 더 문제다. 고티에 황자 편에 붙는 건 질색이다. 거긴 더 복잡해."

"알고 있습니다. 혹시나 해서 물어보는 겁니다."

칼릭의 고모인 세레나의 남편이자 델 판의 공작인 마인베르크는 둘째 황자인 고티에를 지원하고 있는 중이다. 어서어서 이 내전에서 발을 빼고 싶은 블랑셰리온 입장에서는 멀리하고 싶은 상대이나, 하필이면 고모부다. 돕는다고 설치면, 아무리 거절하더라도 오해 받기 딱 좋다.

"하지만 차라리 델 판이 나서주면 좋겠다 싶기도 합니다, 칼릭스트 님. 리카르 볼프람이 이 성을 손에 넣으면 나리는 물론이요 칼릭스트 님도 가만두지 않을지도 모릅니다. 나리가 그 남자에게 저지른 잘못은 꽤 큽니다."

"과거를 바꿀 수는 없지. 아버지가 리카르 볼프람을 고발해 어마어마한 고생을 하게 만든 건 사실이니. 하지만 아렌, 나더러 그의 복수를 피해 도망가라는 거라면, 그럴 수 없다는 건 알잖나."

칼릭의 눈이 아렌을 보았다. 모래처럼 바짝 마른 눈빛이라, 아렌은 미안해져 고개를 숙였다.

"그건 내가 알아서 할 테니 상관 마라. 아버지는 어떠시지."

"조금 전에 일어나셨습니다."

"그럼 지금 뵈러 간다."

아픈 아버지를 만나는 것, 그것도 이런 상황에서 만난다는 것은 피하고 싶은 일이었다. 어머니인 데보라가 살아 있을 때만 해도 이 성은 정말 좋은 곳이었다. 블랑셰리온 가문의 땅은 대가문 중 가장 풍요로웠고, 성민들도 행복하게 잘살았다. 아버지는 부유하고 공정하며, 전쟁과 분쟁을 싫어하는 성주였다.

그러나 어머니가 돌아가신 뒤, 갑자기 모든 것이 나빠지기 시작했다. 오베른은 이상할 정도로 오판만 계속했다. 성의 사정도 계속 나빠져서 지금은 엄청난 채무에 시달리고 있는 데다 리카르의 점령을 앞두고 있다.

아버지가 망가지기 시작한 지점은 어머니의 죽음과 리카르의 귀환에 맞물려 있다. 가장 사랑하던 존재를 잃자 가장 두려워하던 존재가 나타난 셈이다.

"아버지."

칼릭은 방문을 열었다.

아버지 오베른은 침대에 누워 있었다. 마주하자 아버지는 웃어 보인다. 쉰도 안 된 아버지는 노인처럼 나이 들어 보였다.

칼릭은 아버지의 베개를 당겨 그가 편히 눕도록 했다.

"들었다. 이겼다며."

"좋아할 처지 아닙니다. 어차피 금방 다시 몰려올 겁니다."

"리카르가?"

"네."

"버틸 수 있겠니?"

"……글쎄요."

담담하고 차가운 아들의 답에 아버지는 창밖을 보았다.

노을이 식은 하늘은 군청색으로 어두워져 있었다.

"일단 마인베르크가 올 때까지만 버텨보려무나. 그가 도와준다고 했고, 아무리 리카르 볼프람이 승승장구했다 하더라도 마인베르크를 상대로는 힘들 거다."

"……."

"칼릭?"

"마인베르크가 온다고 했습니까."

"그래."

칼릭은 턱에 힘이 들어갔다. 빡— 하는 날카로운 소리가 턱 아래에서 들린다. 아버지는 그 소리를 듣지 못한 듯 멍할 뿐이다.

차라리 빨리 질 걸 그랬다는 생각이 든다. 그러면 협상의 여지도 생각하지 않고 섣불리 희망도 품지 못하게 했을 텐데. 또, 그 마인베르크가 이를 들이댈 틈도 없을 테고.

항복할 거라 말하려던 칼릭은 그만두기로 했다.

"알겠습니다."

"미안하다. 하지만 그것밖에는 방법이 없구나."

없기는. 살아날 방법은 세 가지나 있다. 오늘 항복하거나 내일 항복하거나 모레 항복하거나. 그러지 않으면 다시 다른 방법이 있다. 부자가 평생 유폐되는 것.

"리카르 볼프람에게 성을 넘겨줄 수는 없어. 이 배은망덕한 놈. 고향을 이런 식으로 공격하는 놈이 세상에 어디 있느냐!"

"……."

칼릭은 지치는 기분이었다.

아버지가 그 빌어먹을 고발장에 서명만 하지 않았다면 아무 일도 없었다. 리카르 볼프람이 지금 복수하겠다고 이를 갈고 있을 리도 없고, 델 판과 사돈지간으로 얽힐 일도 없었을 것이다. 이렇게 온 영지가 전쟁터가 될 일 역시 없었을 것이다. 아버지는 미워하는 매부를 얻지 않는 대신 온 세상을 자신의 적으로 만든 셈이다.

"더 하실 말씀 없으면, 저는 이만 쉬겠습니다."

"그래, 그러려무나."

분위기는 다시 어색하게 굳었다. 성으로 돌아온 이후로 내내 아버지와 이랬다. 아버지와 말도 제대로 한 적이 없다. 칼릭이 한 일이라곤 아버지가 이 영지를 얼마나 망쳐 놓았는지를 확인하는 것뿐이었고, 최근 한 일은 아버지가 지지를 밝혔던 셋째 황자의 패배를 듣는 것이었다. 이제 아버지가 일에 도움이 되게 하는 유일한 방법은 모든 일이 끝날 때까지 푹 자게 하는 것뿐이다.

"그럼 아버지도 쉬십시오."

인사를 하고 문을 열고 나오자 앞에 아렌이 헐떡이며 서 있었다.

"왜 그러나?"

아렌은 방문이 닫혔는지 확인한 뒤에 칼릭에게 오라고 했다.

"작은 나리, 왔습니다."

"누가."

"리카르 볼프람이 보낸 사람이 왔습니다. 그런데 그 전령이—"

아렌은 어깨를 떨었다. 칼릭이 물끄러미 보자, 그는 목소리를 낮추어 말했다.

"볼프람의 마녀입니다."

"……그 여자?"

볼프람의 마녀, 또는 공작의 마녀. 그 이름이야 칼릭도 들어 알고 있었다.

니안느, 라고 하던가.

마법사들의 근원은 다양하다. 앙골랍, 레타몬, 라크세니아, 브리세니아, 이그라탄.

앙골랍의 마법사들은 마법 자체는 변변찮지만 그들이 만들어내는 마법이 깃든 무기인 마장기(魔藏機)는 상당히 유명하다. 레타몬의 마법사들은 악명과 위명 모두 대단하다. 이그라탄의 마탑 출신 마법사들은 그 반대편에 선다는 것만으로도 악몽이다.

그중에 그 공작의 마녀는 고대신의 힘을 쓰는 마법사이자 라크세니아의 마법사다.

"그 여자 혼자 왔나."

"네. 성문 앞에 혼자 있습니다. 어떻게 할까요."

"들여보내라."

"저기, 도련님. 그 여자는 마녀입니다. 마법사라고요. 혼자 왔다 하더라도 위험합니다."

나리가 아니라 도련님이다. 칼릭에 대한 걱정이 지나치게 되면 아렌의 입에서는 이 호칭이 마구 튀어나온다.

"마녀이기 이전에 리카르 볼프람이 보낸 전령이지. 그러니 아버지의 후계자인 내가 만나러 가는 게 당연하다."

◈

니안느는 성안에 들어가지도 못했다. 허락을 받아야 한다며 기다리라 하더니, 한참을 버려진 채로 무소식이었다. 그동안 하늘은 검게 변하며 아예 밤이 되었다. 떠오르는 별을 세며 그냥 가는 게 나을 까 고민하는데, 큰 문이 열리며 성의 기사가 나왔다.

"들어오십시오."

니안느는 포석으로 덮인 뜰로 안내되었다. 사방이 높은 벽으로 둘러싸여, 벽을 따라 1층 높이의 난간이 있었다. 벽을 따라 타오르는 불 아래에는 병사들이 서 있었다.

니안느는 후드를 걷어 올리고 주변을 둘러보았다. 호기심 어린 눈이 니안느를 향하긴 했으나, 대체로 경계하고 있다. 무장을 제대로 한 자는 드물었지만, 이들 모두 명령을 받고 나온 게 아니라 자발적으로 나와 경계하는 것 같아 보였다. 그런 상황 특유의 투지가 보였다.

악당이 된 기분이네.

니안느는 성주를 기다렸다.

1층의 큰 쇠문이 열리고 중년 남자가 허겁지겁 나왔다. 태도나 옷으로, 니안느는 그가 성의 집사나 높은 관리자일 거라 생각했다.

"집사 아렌입니다. 주인 나리는 지금 병중이라 직접 만날 수 없습니다."

"그럼, 당신하고 이야기해야 하나요?"

"아닙니다. 우리 작은 나리와 말씀 나누십시오."

"작은 나리?"

"그러니까―"

남자는 머뭇댔다. 니안느는 남자를 안쓰럽게 보아야 했다. 얼굴에 두려움이 가득했다.

"나하고 이야기하는 거다, 마녀."

우아하고 서늘한 목소리가 들렸다.

니안느는 그 쪽을 보았다.

활활 타오르는 불 너머에 남자가 서 있었다. 어두워 얼굴은 잘 보이지 않았지만 자태나 체격은 분명 젊은 남자의 것이다.

"니안느."

니안느는 먼저 말했다.

"동방 숲의 니안느, 편백나무의 니안느라고도 불려요. 마귀할멈이라는 사람도 있는데, 마귀까지는 괜찮지만 할멈은 좀 억울하죠. 보다시피 그만큼 오래 살아온 건 아니라."

청년이 가볍게 웃는 소리가 들렸다.

"칼릭스트 블랑셰리온. 이 성의 후계자다. 오베른 블랑셰리온은 내 아버지이시고. 그러니 나하고 이야기해야 하는 게 맞지, 공작의 마녀."

불빛 아래로 나오는 남자를 보며 니안느는 할 말을 잃었다.

용모가 보기 좋으면 괜찮겠다, 정도로만 생각하고 왔지 이 정도를 감당할 준비는 되어 있지 않았다.

젊고 아름다운 용을 연상하게 하는 청년이었다. 미목(眉目)은 수려하게 그린 듯 제 자리를 잡고, 눈매는 날카로운 편이지만 긴 속눈썹으로 그늘져 우아했다. 짧은 검은 머리카락은 단단한 목덜미를 부드럽게 휘감고, 어깨는 적당히 넓으며 키도 무척 크고 다리도 길다. 몸짓은 절제로 팽팽하게 다듬어져 있어, 고고하고 차갑다. 그러나 청년이 온몸으로 드러내는 것은 분명 경계심이다. 절대로 가까이 오지 말라는 차갑고 예리한 경계심.

이교(異敎)의 남신처럼 아름다운 청년이나, 적국의 영토에 있는 절경인 듯 적대적이며 먼 아름다움인 것이다.

청년이 정중하고 싸늘한 목소리로 물었다.

"무슨 일로 온 거지."

"일단 물 한 잔 받을 수 있을까요? 밖에 너무 오래 있었어요."

"물보다는 포도주를 권하지. 이 성의 포도주는 어디에 내놓아도 자랑스러우니."

청년의 눈에 서늘함이 가시고 약간의 온기가 번진다.

살짝 배어나는 희미한 호의지만 니안느는 안심이 되었다.

궁중 기사들도 많이 봤고, 그중에 제법 미남이라 뻐기는 자들도 봤다. 그러나 대가문의 후계자 정도 되는 위상의 기사를 만난 적도 없고, 그런 신분의 청년이 이런 분위기일 거란 것도 예상하지 못했다. 이 청년이 가진 격이 완전히 다르다는 것을, 니안느는 인정해야 했다. 이 남자는 태어나면서 한 가닥 황금의 실오라기를 추가해 만든 것 같다.

잠시 뒤 하인이 나무잔에 포도주를 담아 오자 칼릭은 잔을 들어 건넸다.

"독은 없을 테니 걱정 마. 성 사람들이 나 몰래 탔다면 그건 나로서는 어쩔 수 없는 일이고."

"일단 마셔보죠."

니안느는 나무잔에 담긴 술을 한 모금 마셨다. 살짝 신맛에 과일향이 섞여 있어 맛있다.

"들어가서 이야기할 수 있을까요."

"여기는 너에게 있어 적지다. 단둘이 있기에는 적절한 장소는 아닐 텐데."

"문 닫고 덮친 다음 죽여 버릴 생각이라면 미리 포기하세요. 내가 제법 거친 여자라서."

니안느는 웃으며 둘 중 하나를 기대했다. 어처구니없어 하거나, 아니면 좀 진지하라고 화를 내거나. 기사나 병사들은 눈살을 찌푸렸다. 무례하다는 것이다. 또, 무례한 말이 맞기는 했다.

잠시 보던 칼릭은 니안느 쪽으로 조용히 허리를 숙였다.

"꿈도 꾸지 마. 나도 취향이란 게 있으니."

검은 표범의 서늘한 발톱이 턱 아래에 닿는 기분이다.

목덜미가 차가워지고 심장에 전율이 인다.

니안느는 여전히 웃는 얼굴로 말했다.

"내가 마음에 안 드셨나 봐요. 적지라서 다행인 건 당신이네요. 연회장에서 이리 굴었다간 내가 맨 정신일 자신이 없네요."

칼릭이 고개를 들었다. 잠깐 니안느를 똑바로 본 그 눈은 진한 에메랄드빛이었다. 햇살을 담은 여름 숲처럼 아름답지만, 지독히 적대적이며 배타적이다.

"너무 좋게만 해석하는군."

"어차피 서로 모르는 사이인데, 좋게 보는 게 낫죠. 예상과는 다른 분이네요. 고지식한 블랑셰리온 가의 외아들이라 성기사들 옆에 앉을 정도로 정결한 분일 줄 알았는데."

"조상님은 어땠을지 모르지만, 나는 그다지 신실하지도 정결하지도 순결하지도 않으니 더럽힐까 봐 부담 가지지는 마라. 어차피 예배 시간은 내 부족한 잠을 채우는 시간이야."

칼릭은 니안느에게서 잔을 받아 하인에게 건넸다.

"할 말이 무엇이건 이 자리에서 말해라. 성의 운명과 관련된 거라면 나는 물론이요 이들 모두 알 권리가 있으니."

칼릭은 주변의 기사와 병사들을 빙 둘러 가리켰다.

니안느는 그들을 보며 말했다.

"항복해 주세요. 당신의 목숨, 당신 수하들의 목숨, 모두 보장하지요."

"성의 소유권은 어찌 되지."

"리카르 볼프람의 아내인 바세바 공주의 것이 될 테지요. 나는 이교도에 이방인이라 자세히는 몰라요. 그렇다고 하니 그 정도만 알지."

"……그래?"

바세바 공주는 첫째 황자와 동복누이다. 즉, 셋째 황자와 둘째 황자의 이복 누나란 뜻이며, 팔가스 황가에서 반쉬인 형제란 친형제보다는 가책 없이 죽일 수 있다는 장점밖에는 없는 상대다. 그리고 그 바세바가 동복 형제를 돕는 대가로 수하인 리카르 볼프람을 남편으로 달라 하며 둘이 결혼하게 된 것이다.

굉장한 결혼으로 보이긴 하나, 그 결혼에서 리카르가 얻는 것은 많지 않았다. 바세바는 이미 전남편 둘과의 사이에서 아들 둘과 딸 하나를 두었다. 바세바와의 자식이 없는 리카르는 바세바가 가진 것에 그 어떤 권한도 없고, 현재 리카르가 바세바의 군대로 점령하는 땅의 권한은 아내인 바세바의 것이다. 즉, 리카르는 결국 남편이라는 직책의 용병인 셈이다.

"협상의 여지는 없나?"

"나는 제안을 전하러 온 거지, 조약을 맺으러 온 건 아니에요."

"즉, 통보만 할 거란 거군."

"미안해요. 다만, 볼프람 공께서 말씀하시길 경이 프레데릭 황자께 충성을 맹세하고 그 충심을 증명하면 영지를 찾으실 수 있게 될 거라 하시는군요."

"충심을 증명하면, 말인가."

"방식은 나보다 높으신 분들이 정하실 바지만, 증명할 기회는 많을 거라 여겨져요."

칼릭의 녹색 눈이 내리깔리며 니안느를 탐색했다.

처음으로 니안느는 자신에게서 미소가 사라지는 것을 느꼈다. 너무 가볍게 생각하고 왔다는 것을 인정해야 했다.

청년은 만만한 상대도 아니거니와, 만만하게 봐주는 상대도 아니었다. 서리처럼 차갑고, 때때로 매섭게 적대적으로 변하는 이 태도가 더더욱 그렇게 만들었다.

그러다 니안느는 칼릭이 등진 통로 너머에 서 있는 기사들을 보았다. 상태가 시원찮은 다른 기사들과는 달리, 그들은 단단히 무장하고 있었다. 그중 하나는 손에 석궁을 들고 있었다.

정신이 바짝 들었다. 드디어 이곳이 적지라는 것을 깨달았다.

칼릭이 그들을 보더니 얼음이 배어들 듯 눈이 싸늘해졌다. 그가 뭐라 말하려는 찰나, 그 기사들 사이로 병색이 심한 남자가 비틀거리며 나왔다.

"칼릭스트—!"

남자가 고함을 질렀다. 칼릭이 뭐라 말하려 했지만, 남자는 옆의 기사에게서 석궁을 낚아챘다. 순식간에 일어난 일이라, 석궁을 빼앗긴 기사는 무슨 일이 일어난 건지 한참 뒤에나 알았다.

칼릭은 니안느의 팔을 세게 잡아당겼다. 니안느가 있던 곳에 화살이 박혔다.

"나리!"

아렌이 기겁해 외쳤다.

칼릭은 니안느 앞으로 나섰다. 블랑셰리온의 기사와 병사들도 놀랐다. 아렌은 헐레벌떡 달려가 남자의 손목을 잡았다.

"나리! 놓으세요, 위험합니다!"

"손 치워라, 아렌!"

남자는 석궁을 들고 있는 것도 힘들어 보였다. 기사가 그가 든 석궁을 뺏으려 했지만, 남자는 뿌리쳤다.

"칼릭스트! 절대 받아들이지 마라! 어이, 너. 마녀. 나, 이 그렌의 주인, 오베른은 절대 받아들일 수 없으니! 썩 꺼져! 그러지 않으면—"

오베른이 다시 석궁을 쳐들었다. 칼릭은 니안느를 등으로 덮었다. 니안느의 앞이 칼릭의 넓은 등에 가려졌다.

"비켜, 칼릭! 저 계집을 이 자리에서 죽여 버릴 거다."

석궁을 제대로 잡지도 못해 위아래로 크게 흔들면서도 남자는 고함을 질러댔다. 뒤의 기사가 한숨과 함께 다시 빼앗으려 했지만, 남자는 그 석궁을 기사 쪽으로 휘둘렀다. 기사들이 뒤로 급히 물러나며 말했다.

"이만 주십시오."

"손 떼! 내가 해치울 테니! 너희들이 할 필요 없어! 내가 한다고, 내가!"

칼릭은 두 팔을 들며 말했다.

"아버지, 이 사람은 사절입니다."

"사절? 사람일 때나 사절의 예로 보호받을 수 있는 거다. 어차피 이교도가 아니냐!"

"그게, 아버지…… 일단, 그 석궁부터 놓아주십시오. 명중률이 너무 낮아 제가 맞을 것 같으니."

칼릭은 옆의 아렌에게 눈치를 보냈다. 아렌은 고개를 끄덕이고는 오베른의 팔을 다시 잡아당겼다. 그제야 오베른의 팔이 내려갔고, 아렌은 그 팔 사이에 몸을 밀어 넣어 그를 부축했다. 오베른 옆에 있는 기사들은 언짢음과 짜증을 감추지 않으며 아렌이 오베른을 부축하게 했다.

아렌은 석궁을 받아 멀리 던져 버렸다. 석궁이 바닥을 미끄러져 앞으로 굴러오자, 칼릭은 그 석궁을 발로 눌렀다.

오베른의 떨리는 손이 니안느를 가리켰다.

"너, 리카르에게 가서 말해라! 이 성은 넘겨줄 수 없고, 곧 마인베르크의 군사가 너를 박살 낼 거라고 말이다! 각오하라고 전해! 우리는 그때까지 버틸 거다. 이 성에서 네놈이 파멸하는 걸 보고야 말 거야! 칼릭스트, 너는 당장…… 당장 이리로 오고!"

"아버지!"

"당장 보내라고 했잖아!"

칼릭은 등 뒤에 있던 니안느의 팔을 잡았다.

"이만 가라."

"……네?"

갑자기 성주가 날뛴 것에 당황했지만, 니안느를 정말 놀라게 한 건 오히려 칼릭이었다. 눈처럼 차가운 얼굴이 너무 가깝다.

"리카르 볼프람과 내가 직접 이야기해야 할 것 같으니, 너는 지금 가는 게 좋겠다. 내 말 잘 전해."

"항복인가요."

"아니."

칼릭은 아렌이 아버지를 데리고 가는 것을 확인한 뒤에 작게 말했다.

"항복이 아니다. 내 아버지 말대로 마인베르크가 정말 온다면 말이다, 이 성이 그의 편에 서는 것 자체가 곤란하지 않겠나. 안 그래?"

니안느의 은보라색 눈이 그를 향했다. 적대적이던 칼릭의 눈빛이 부드러워졌다.

"내일 오후. 리카르에게 성지의 표석으로 오라고 해라. 어디인지는 그도 알 거다. 부하들을 끌고 오든 호위를 칭칭 감고 오든 상관없다고도 해. 그곳에서 보도록 하지."

"항복이 아니라면 뭔가요."

"동맹이다."

동맹? 이런 상황에서 나오기에는 이상한 말이지만, 니안느는 이 단어를 그대로 전하기로 했다. 이 청년이 말하는 진의는 리카르가 알 것 같았다.

"알았어요."

"좋다. 어서 가. 더 있으면 위험하니."

칼릭은 기사 하나를 불러 니안느를 밖으로 데려다주도록 한 뒤, 아버지에게 달려갔다.

오베른은 숨을 몰아쉬며 앉아 있었다. 칼릭은 아버지의 팔을 잡고 부축해 세우며 아렌에게 말했다.

"안에 모셔다 드려라."

"네, 나리."

아버지를 보낸 뒤 칼릭은 그 기사들을 둘러보았다. 블랑셰리온의 기사들이 아니다. 칼릭의 눈에 적대감이 진해졌다.

"너희들은 왜 여기 온 거냐."

"올 만한 일이 있어서 온 겁니다, 칼릭스트 경. 마인베르크 공의 걱정이 이만저만 큰 게 아니셔서."

"마인베르크가 설마 너희 넷더러 우리 성을 구하라고 보낸 건 아닌 것 같은데. 그렇다면 참으로 든든한 지원군이군."

"지원군은 올 겁니다. 매우 강력하고 수도 많은 지원군이 저 리카르 볼프람을 반나절 만에 쓸어낼 겁니다. 주군께서는 이 성을 무척 돕고 싶어 하시고, 칼릭스트 경을 누구보다 걱정하고 계시니까요."

기사가 이를 드러내며 웃었다.

"기다리고만 계시면 지옥이 뭔지 보여줄 수 있을 거라 하십니다. 걱정 푹 놓으시지요. 기대하셔도 될 거라, 우리 주군께서 분명히 말씀하셨습니다."

❖

"동맹이라고?"

리카르는 니안느가 전한 말에 웃었다. 재밌기는 하다는 뜻이다.

"그 꼬마, 네가 보기엔 어떻더냐."

"리카르에 비하면 매우 젊은 거지, 꼬마는 아니에요. 키는 거의 베르나르만 하던데요."

베르나르는 리카르의 기사 중 가장 키가 크다. 또, 어지간한 기사들보다 크기도 하다. 그 덩치만큼의 교양도 품위도 없는 게 문제긴 하지만.

"그리고?"

"글쎄요. 흠— 뭐라 말할까."

니안느는 턱을 두드렸다.

"이럴 때는 천사 같다고 해야 하나."

"천사? 네가 그 뜻도 아는 거냐."

"물론 난 이교도라 '천사처럼'이라는 말의 의미를 모르지만, 그 남자에게 그런 말을 붙일 맥락이 된다는 생각은 드네요. 천사처럼 아름답다고."

그중에 가장 눈부신 것은 녹색의 두 눈. 여름의 진한 녹음과 봄의 유록이 어우러진 신비롭고 아름다운 눈동자였다. 안타까운 건 그 안의 황폐한 적대감이나, 조화롭고 우아한 이목구비에 그 눈빛이 더해져 매혹적인 분위기에 차가운 마성이 섞여든다. 존재 자체만으로도 가슴 깊은 어딘가를 건드리지만, 세상 모든 것을 적으로 보는 매서운 눈빛을 가지고 있다.

"니안?"

"아주 만족스럽게 잘생겼어요. 도전해 볼까, 해요."

니안느는 조금 전 느꼈던 긴장감을 잊으려고 유쾌하게 말했다. 리카르는 미묘한 표정을 지었다. 긴장한 듯도 보이고, 언짢은 것처럼 보이기도 했다.

"네가 그런 식으로 사람을 대하는 건 처음 보는구나."

"보면 알 거예요. 내가 왜 이러는지."

니안느는 리카르의 웃음을 기대했으나, 그의 얼굴은 불편하게 굳어 있었다.

니안느는 자신이 뭔가 실수했다는 건 알았지만, 무엇인지는 알 수 없었다. 적의 아들을 칭찬해서 그러나? 하지만 그 정도로 저리 속 좁은 반응을 보일 남자는 아닌데. 니안느는 그에게 가까이 다가가 후, 하고 불어 주의를 끈 다음에 말했다.

"그래도 리카르는 참 관대하네요. 나라면 말이죠, 동맹이고 뭐고 당장 쳐들어가서 그 아들과 아버지를 모두 붙잡아 감방에 넣었을걸요."

"내가 왜 그래야 하는데."

"원수의 아들이잖아요. 당신을 모함해 지위를 박탈하고 사라피온의 노예로 보낸 바로 그 오베른의 아들. 복수하면서 아들도 좀 혼내주는 거죠."

"그게 더 번거롭다, 니안. 아무리 오베른이라도 대가문의 가주다. 만만한 상대가 아니야."

그러나 니안느가 묻고 싶은 건 다른 것이다.

혹시, 그 청년은 당신과 세레나의 아들인가요. 리카르가 좀 조숙한 짓을 하면 불가능한 나이 차는 아니잖아요.

세레나 블랑셰리온, 오베른의 여동생이자 델 판의 공작 마인베르크의 아내.

그런 그녀와 그리도 닮았다면, 혹시나 세레나와 당신의 아들은 아닐지.

나지막한 흥얼거림이 목 안에서 흘러나온다.

있잖아요, 여러분. 여기에 말이에요, 행복하게 끝났으면 듣기 흐뭇했을 옛날이야기가 하나 있지요.

어느 성의 영주가 고아가 된 친구의 아들을 이 성으로 데리고 왔대요. 소년의 이름은 리카르 볼프람. 영주는 그 소년을 아들처럼 대했고, 종종 친아들하고 바꾸고도 싶어 했지요. 그러나 아들을 바꿀 수는 없으니, 대신 자신의 딸과 약혼을 시켰대요.

그런데 말이죠, 영주의 친아들은 그 소년을 증오했어요. 그래서 아버지가 죽자마자 누명을 씌워 추방했다는군요. 또, 남겨진 여동생은 그의 친구인 델 판의 공작 마인베르크에게 시집보냈다죠. 마인베르크는 세레나와 결혼하려고 소년을 감옥으로 보내는 데 도움을 주었대요.

소년은 십 년을 악마공이라 불리는 사라피온 공의 노예로 살았어요. 고통스러운 삶이었죠. 사라피온의 가혹한 검투장에서, 또 더 지옥 같은 광산에서, 그다음은 지하 감옥에서. 그중 하나만 들어가도 고통스러운데, 세 곳에 다 들어간 거지요. 그곳에서 도망친 뒤에도 십 년은 떠돌이로 살았대요.

여기서 내 역할은 이 남자를 구해서 같이 돌아다니는 것이었죠. 왜냐고요? 내 왕, 내 군주가 시켜서요.

내 군주의 마지막 부탁이 바로 이 남자를 만나란 것이었거든요.

사라피온으로 가 리카르를 찾으렴.

그러나 그뿐.

왜 찾아야 하는지, 찾아서 뭘 해야 하는지는 가르쳐 주지 않았어요. 빛을 찾으라는, 대체 무엇을 해야 할지 모르는 말만 남아 있을 뿐이지요.

"뭘 그리 흥얼거리는 거냐."

"우리들 옛날 생각이 나서요. 당신을 처음 구했을 때. 그때 내가 부른 노래 기억나요? 한 걸음에 나무 하나, 두 걸음에 조약돌 두 개, 세 걸음에 종달새 세 마리— 콩, 콩, 한 발 두 발. 당신은 정신 어지럽다고 그만하라고 했지요."

"너란 녀석—"

리카르가 피식 웃었다. 조금 전의 그 불편한 기색도 사라졌다.

"그런데 리카르, 내일 갈 건가요."

"가겠다."

"가지 말아요. 베르나르나 울리치를 보내요."

"왜."

"성에 들어갔을 때, 성의 성주인 오베른이 뛰쳐나와 펄펄 날뛰며 말하더군요. 마인베르크가 도우러 올 거라고. 그러며 나에게 화살을 날리기까지 했죠."

리카르의 얼굴이 창백해졌다.

"다치진 않았고?"

마인베르크라는 말이 중요한데 멀쩡하게 돌아온 내 걱정은 왜 하는 건가. 그리 생각하며 니안느는 말했다.

"괜찮아요, 위험한 상황은 아니었으니. 그런데 말이죠, 그곳에 이상한 사람들이 있더군요."

"이상하다니, 어떻게."

"그 성의 기사들은 이제 막 싸움을 마치고 와서 상태들이 좋지 못했죠. 그리 크게 싸우지 않았음에도 타격이 올 만큼 무장 상태가 약하기도 했고요. 하지만 그중에 막 닦은 듯 깨끗한 갑옷을 입은 기사가 넷이나 있더란 말이죠. 그들은 대체 어디의 기사일까요."

"설마, 마인베르크라고 말하는 거냐."

"아마도."

델 판의 마인베르크. 혼돈의 땅 라크세니아를 통일한 군주이자, 잔혹하고 거대한 군대를 거느린 자다. 그런 마인베르크가 블랑셰리온을 돕지 않을 이유는 없다.

“그렇다면 더더욱 그럴 수는 없다, 니안.”

“거의 이십 년 만에 돌아오는 고향에다, 원수의 아들이지만 은인의 손자이자 옛 연인의 조카가 하는 제안이라…… 의심 난다고 피하기에는 자존심과 체면이 상해서?”

“아마도 그런 것 같구나.”

니안느는 리카르의 얼굴을 보았다. 리카르는 눈길을 피하고 있다. 속내를 숨기고 싶어서 이러는 것 같다. 그러나 리카르는 그런 데 능숙한 남자는 아니다. 숨긴다고 숨겨진 경우는 거의 없다. 지금 리카르는 자존심 세우려고 고집 피우는 중이다.

“그렇다면 리카르, 나하고 같이 가요.”

“굳이 그럴 필요가 있을까.”

“있죠, 당연히. 당신을 찾으라고 한 건 내 주군이자 숲의 왕이고요, 그런 당신을 찾았는데 그다음 할 일을 제대로 가르쳐 주지 않았으니 당신을 안전하고 무사하도록 지키는 건 내 일이거든요. 위험할 것 같으면 당연히 따라가야죠.”

처음 이 남자를 찾아다닐 때, 니안느가 상상한 리카르는 대단한 마법사이거나 고대신일지도 모르는 존재였다. 그러나 온갖 고난 끝에 만난 리카르는 유감스럽게도 니안느가 기대한 그 무엇도 아니었다. 마법에 대해서는 조금도 모르고, 신이라고는 태어나면서부터 머리와 귀에 박히도록 들은 벨사키엘과 천사들밖에는 몰랐다. 고발당해 신분은 박탈당하고 추방당한 뒤라 고국으로 돌아갈 수조차 없는 몸이었다.

결국 니안느가 택한 것은 이 남자와 함께 전장을 방랑하는 것이었다. 그곳에서 하루하루 같이 지내다 보니 어느덧 십 년이 다 되어 있었으니,

길면 길었다. 열네 살 소녀는 이제 스물네 살이고 서른 살 좀 넘었던 이 남자도 이제 마흔이 넘었다.

하루가 가고 이틀이 가도 아무 일 없었고, 십 년이 다 되도록 역시 아무 일도 없었다. 고향으로 가는 방법은 아직도 오리무중이다. 니안느가 그렇게 아무 일도 못 하는 동안, 이 남자는 모든 것이 달라졌다. 용병 리카르는 황자의 총사령관이자 공주의 남편 리카르가 되었고, 사면 받았고, 이제 복수와 귀환을 앞에 두고 있다.

"리카르. 궁금한 게 있어요."

"말해보려무나."

"……그 성이 당신 손에 들어오고 오베른이 포로가 되면 당신의 복수는 끝나는 건가요."

"오베른과의 일은 끝나겠지. 하지만 프레데릭이 황제가 되어야 하고, 그가 황제가 되면 그다음에는 바세바의 아들을 위한 일들이 남았지. 그 여자가 내건 조건이 그거니."

"그랬죠. 기억나네요."

군대의 지휘권과 그 군대로 얻을 수 있는 정복지와 전리품은 공짜가 아니다. 바세바가 내건 조건은 앙골랍의 왕위, 즉 그녀의 장남이 숙부에게 빼앗긴 왕위를 찾아주는 것이다.

상황을 고려하면 제법 어려운 의무였다. 현 앙골랍의 왕은 유능한 것은 아니지만 굳이 쫓아내야 할 정도로 무능한 것도 아니었다. 그렇다고 그 젊은 파르지발이 왕이 되어야 할 정도로 대단한 인재인 것도 아니다. 긴 전쟁을 치러야 할 것이다.

"그런데 왜 묻는 거냐, 니안."

"알죠? 내가 왜 당신을 찾아왔던 건지."

"안다."

니안느는 리카르의 갑옷에 박힌 문장을 보았다. 팔가스를 상징하는 대천사의 날개와 교차하는 창과 검의 문장이다. 리카르가 이것을 받은 날 니안느는 깨달았다. 이 남자가 원하는 곳은 니안느로부터 멀리 가는 길이라는 것을.

"그런데 나는 당신과 함께 하는 십 년간 아무것도 찾지도, 알아내지도 못 했어요. 내가 잘못 들었나 싶을 만큼."

니안느는 한숨을 내쉬었다.

리카르가 말했다.

"니안느, 사실…… 여기로 오는 내내 하려던 말이 있다."

"해봐요."

"나는 네가 과거는 버리고 여기서 새로 시작했으면 한다."

니안느는 고개를 저었다.

"여긴 내 고향이 아닌걸요."

"고향을 떠난 사람들은 많다. 너도 봤잖아. 보금자리가 불타면 그곳을 떠나 새로 정착하지. 너도 그러는 거다."

"잊으란 건가요?"

"되찾을 수 없다는 말이다. 내가 도와줄 테니, 이곳에서 새로 시작하려무나."

그러는 당신은 왜 그리 필사적으로 이곳, 당신의 고향으로 돌아오려 했던 건지 묻고 싶다. 그는 극소수의 운이 좋은 사람 중 하나다. 그런데 운 좋은 사람은 자기가 운 좋은 줄 모른다는 점에 있어서 운이 좋다.

"리카르, 숲을 위해 무언가 할 수 있는 사람은 나뿐이에요. 나는 고향을 잊을 수 없어요. 내가 잊으면 내 고향은 잊혀요. 그러다 내 몸이 낙엽에 묻히면 숲의 왕이 다스리던 위대한 세계는 영원히 사라지겠지요."

그리고 필람몬, 아름답고 선량하던 내 스승님도 잊힌다.

힘들어질 때면 니안느는 항상 그를 생각했다. 처음 그녀를 숲으로 데리고 온 마법사이자, 그녀의 가장 큰 스승이던 숲의 마법사를.

"이해한다. 하지만 니안, 나는 네가 행복했으면 한다. 평범하게 사는 것도 나쁘지는 않아. 나는 너를 돌봐줄 수 있다. 집과 땅도 줄 수 있고, 착한 남자의 좋은 아내가 되게 해줄 수도 있어."

"리카르—"

니안느도 리카르가 이리 말하는 게 진심이란 건 안다.

이 남자는 누군가를 속이거나 거짓으로 대할 수 없다. 좋아하면 정말 좋아서 하는 일이고, 돌봐주고 싶어 하면 정말 소중해서 그러는 것이다. 그래서 니안느는 이 남자를 정말 좋아했다. 남자가 원하는 거면 뭐든 다 해주고 싶을 정도로.

니안느는 웃으며 말했다.

"고향을 포기해도 행복할 수 있는 정도라면, 원하는 게 아주 많은데요."

"말만 해라. 뭐든 들어주마."

"세상에서 제일 아름다운 기사, 제일 용맹한 기사, 제일 고결한 기사, 제일 부자인 기사를 다 데리고 오지 않는 한 만족하지 않을 거예요. 그래 줄래요?"

리카르의 얼굴이 부드러워졌다.

"애써보도록 하마."

"좋아요. 그러면 오늘부터 소원 목록 작성하고 있을게요. 나중에 못 한다고 발뺌하지 말기."

"그러마."

니안느는 칼릭스트를 생각했다.

오베른의 아들이자, 성주의 후계자. 이 남자가 평범하게 살았다면, 그런 아들을 두고 검과 말 타는 법을 가르쳐 주며 살았을까. 아름다운 아내와 귀여운 아이들과 함께 행복하게.

아내의 자리는 세레나의 것일 테고, 리카르를 닮은 아이들은 고지식하고 좀 답답해도 사랑스러울 테지.

그리고 그 궁금증은 결코 허락받을 수 없는 갈망으로 향한다. 당신과 단둘이서만 지내던 그때로 돌아가고 싶다고. 사라피온을 나와 단둘이 방랑하던 그때가 더 좋다고.

니안느는 리카르의 턱에 손을 얹어 당기곤 그의 볼에 입 맞추었다. 항상 해주는 밤의 작별인사였다.

“소원 목록 작성하러 가볼게요. 잘 자요, 리카르.”

“그래. 쉬어라.”

“단, 내일 버리고 가지 말아요. 버리고 가면 반드시 쫓아가 혼을 내줄 테니, 엄두도 내지 마요.”

리카르의 얼굴로 미소가 번졌다. 따뜻하고 다정한 웃음이었다.

“알았다. 그러마.”

다음 날 아침 일찍 리카르는 군사 일부에게 진군을 명했다.

칼릭이 말한 성지의 표석은 주둔지로부터 그리 멀지 않았다. 리카르의 군대는 해가 저물기도 전에 성지 근처에 도착할 수 있었다.

수천 년 전 일어난 격마(擊魔)전쟁은 벨사키엘과 이그라탄이 강림한 뒤 원래 지상에 있던 고대신들이 그들의 편과 적으로 갈라져 싸웠던 전쟁이다.

이그라탄은 출중한 인간 셋을 골라 신으로 승천시켰고, 벨사키엘은 자신의 일곱 보좌들을 강림시켰다. 일곱 천사의 이름은 판(判)천사 유스티카엘, 길상(吉祥)천사 가우디엘, 지복(至福)천사 베네디카엘, 유(癒)천사 우마니엘, 투(鬪)천사 글로리우스, 위광(威光)천사 암플리투스, 그리고 지덕(知德)천사 우에리타엘이다.

그 일곱 천사들은 지상에서 힘을 거두고 하늘로 사라지기 직전, 인간 여자의 몸 안에 자신들의 화신을 남겼다. 그 화신은 인간으로 태어나 제국의 일곱 대가문의 시조가 되었고, 이 블랑셰리온 가문의 시조가 된 건 치료, 자비, 연민, 박애, 보호, 예지의 유(癒)천사 우마니엘의 화신이다.

성지는 바로 그 우마니엘이 강림한 곳이다. 이곳에 내려온 우마니엘은 악령의 왕 데본과 싸워 그 힘을 상당수 봉인하며 그 주군이 데본과 싸워 이기도록 하는 큰 공을 세웠다.

"혹시 모르니, 내가 먼저 가볼게요."

니안느는 리카르에게 말한 뒤에 말에서 내려 성지로 달려갔다.

성지의 바위는 멀찍이서 보던 것보다 훨씬 더 크고 날카로웠다. 바위라기보다는 땅에 박힌 거대한 비수처럼 보였다.

바위를 둘러보다, 니안느는 그 뒤에 있는 아름다운 백마를 발견했다. 이마에 뿔만 꽂으면 유니콘으로 보일 것 같았다.

"어이."

부르는 소리가 들렸다. 니안느는 바위에 기대어 서 있는 기사를 발견했다.

"칼릭스트 경?"

가벼운 차림에, 혼자였다.

니안느는 칼릭이 있을 거라고는 생각했지만 이렇게 혼자 왔을 거라 예상하지는 못했다.

칼릭의 예쁜 백마는 니안느가 마음에 안 드는지 푸륵대며 앞발을 퍽퍽 찼다. 쉿, 하며 칼릭이 말의 목을 두드렸다. 말은 칼릭의 어깨에 코를 대고 킁킁대며 신경질을 부렸다.

"까다로운 녀석이라."

칼릭은 전날과는 달리 검은색 튜닉 차림으로, 그 안에 사슬갑옷을 챙겨 입고 있었다.

"혼자인가."

"아뇨. 같이 왔어요. 볼프람 공은 저기 있어요. 보이죠?"

칼릭은 니안느가 가리킨 곳을 보았다.

"생각보다는 많이 데리고 왔군. 겁주려는 건가."

"칼릭스트 경은 왜 혼자 여기 나와 있는 건가요."

"동맹을 요청한 건 나고, 그런 이상 나와야지. 왜 혼자 왔냐면, 나올 만한 상태인 기사가 우리 성에 하나도 없어서."

꽤 비참한 상황을 설명하는 건데, 칼릭의 얼굴은 올해 사과 수확이 좀 적었다고 말하듯 태연했다. 어제와는 달라, 니안느는 기분이 좋아졌다.

"그래서 아예 혼자 나온 건가요."

"그 정도 되는 군사를 끌고 와 비웃음 사느니, 혼자 오는 편이 낫잖아. 볼프람 공이 뭐라 하던가."

"리카르는 나하고는 그런 이야기는 안 해요. 나는 그에게 그 어떤 맹세도 하지 않았으니, 그의 신하도 마법사도 아니거든요. 그래서 군사적이거나 정치적인 이야기는 하나도 하지 않아요. 조언도 하지 않고."

"그럼 너는 여기 왜 온 건데."

"그냥 온 거죠. 위험한 게 있나 없나 살피러. 리카르를 지키는 건 내 일이니까. 이곳에 칼릭스트 경이 있는 게 의외였던 거고요. 그러니 자, 리카르의 친구 자격으로 물어볼게요. 칼릭스트 경이 원하는 건 뭔가요."

"아버지와 나의 안전. 그 이상은 없다."

"그럴 거면, 미리미리 싸우지 그랬어요. 칼릭스트 경이 성 밖으로 나오기 전까진, 칼릭스트 경이 이곳에 있는 줄도 몰랐던 사람이 대부분인데."

그 말에 젊은 기사의 눈이 깊어졌다. 안에 담긴 사정이 복잡해 보여,

니안느는 괜히 말했다고 생각했다.

"다른 곳에 있었다. 한동안 돌아올 수 없었고, 돌아왔을 때는 내 손으로 어찌할 수 없을 지경이 되어 있었지. 이게 내 최선이야."

"언제 왔는데요."

"얼마 전."

"그래요. 나도 얼마 전에 여기에 왔지요."

이건 곤란한데, 라는 표정이 칼릭의 얼굴에 보였다.

어제는 굉장히 까다로운 상대였는데 지금은 아니다. 남의 눈이 없는 것이 그를 오히려 편하게 해주는 것 같았다.

"밖에 있다 보니 리카르 볼프람에 대한 소문은 몇 번 들었지. 공작의 마녀에 대한 소문도."

"뭐라 그러나요."

"뭐일 것 같은데?"

"끝내주는 미녀라든가, 한 번 보면 잊을 수 없이 요염하다든가. 나에 대해 돌았음직한 소문은 그 정도인데요."

니안느는 기대에 찬 시선을 보냈다.

"이 중에 뭔가요?"

"그런 건 아니야. 아주, 아주 죽여주게 강하다고 들었지."

"저런, 기사답지 못하게 솔직하네요."

칼릭이 다시 웃었다. 워낙 빼어난 용모라, 가벼운 웃음도 꽃에 빛을 더하듯 근사했다.

"귀엽게 재미있는 마녀로군. 정말 궁금하던 걸 잠시 잊을 정도야."

"나의 가장 위대한 매력은 바로 이 재치죠. 그런데 뭐가 궁금했나요?"

"마법사, 나는 리카르 볼프람이 아버지와 어떤 사이인지는 예전부터 알고 있었다. 그가 아버지를 얼마나 미워하는지도 알고, 아버지 때문에 무슨 고초를 겪었는지도 알아. 또, 그런 리카르를 구한 게 너라는 것도 알지."

"……."

"왜, 어떻게, 이런 걸 물어볼 생각은 없다. 그냥, 네가 다른 숲도 바다도 아닌 동방 숲의 마법사라는 게 궁금할 뿐이지. 또, 다른 누구도 아닌 리카르를 구한 것이 궁금하고."

"왜요?"

"나는 여러 곳을 돌아다녔고…… 라크세니아의 마법이 어떤지도 알아. 그중에 스스로 동방 숲의 마법사라 하는 자들도 몇 번 봤고 말이야. 시시한 자, 엉터리, 사기꾼, 정말 별놈을 다 봤지. 떠돌이 점쟁이만도 못한 자들도 많았고. 그래서 사실, 네가 진짜인지 아닌지는 몰라."

"그건 나도 동의해요."

동방 숲의 마법사라고 자칭하고 다니는 자들 대부분이 사기꾼이었다. 몇 번 속고 나니, 이제는 확인하러 가지도 않게 되었다. 그래도 그 덕에 동방 숲이라고 솔직하게 말해도 아무도 안 믿으니 오히려 편했다.

"왜 하필 동방 숲인지 궁금한 건가요."

칼릭은 등 뒤를 가리켰다.

"이 그렌 숲으로 들어가 동쪽으로 쭉 가면 동방 숲이다. 즉, 이 숲은 동방 숲에서 나오는 지류 중 하나야. 델 판의 공작, 마인베르크의 땅도 숲과 꽤 깊이 연관되지만, 이 근방도 그 정도는 아니지만 어느 정도는 연관이 있지."

"이곳이요?"

니안느는 저도 모르게 숲을 보았다. 떡갈나무와 단풍, 느티나무나 느릅나무 등이 어우러진 울창한 숲이었다.

또, 조용하다.

니안느는 귀를 기울이며 그 숲을 물끄러미 보았다.

"몰랐나?"

"네. 여기가 제국의 동쪽 끝이자, 동방반도의 입구에 있다는 것만 알았어요."

리카르를 찾은 뒤, 동방 숲과 관련된 건 아무것도 없었는데, 리카르의 고향에 동방 숲의 지류 중 하나인 숲이 있는 것이다. 근 십 년간, 니안느와 연관된 모든 여정은 항상 동방 숲만은 피해갔다. 그런데 이곳에서 이리 보게 될 줄이야.

니안느는 나무를 건드렸다. 손끝에 차가운 감각이 느껴진다.

좋은 징조가 아니다.

니안느는 급히 고개를 들고 숲 안을 보았다.

"왜 그러지?"

"이상해요."

"뭐가."

"너무 조용해서요. 나는 숲을 알아요. 숲은 항상 소란스러운 곳이죠. 그런데 지금, 이 숲은 너무도 조용하네요. 이렇게 아름다운 숲이라면 너무나 소란스러워야 할 텐데 말이죠."

바로 그때 칼릭의 손이 칼자루에 얹혔다. 놀란 니안느를 향해 칼릭의 검이 뽑혀져 날아왔다. 너무나 빨라, 피할 생각도 엄두도 들지 않았다. 검은 번개처럼 니안느를 향해 날아왔다.

"아!"

놀랐고, 눈이 마주쳤다. 대리석처럼 차가운 얼굴이 가까워지는 동시에, 칼릭의 날카로운 검의 날이 니안느의 목옆을 스치고 지나가 등 뒤에 있는 것에 박혔다.

우둑, 소리가 들렸다. 비릿한 내음이 터지듯 풍겨왔다.

"……왜 그래요."

“네 뒤.”

니안느는 등 뒤에서 뜨거운 피가 떨어지는 것을 느꼈다.

칼릭은 니안느의 어깨를 잡아 안으로 당긴 다음 살에 박힌 검을 뽑았다.

쿵—

육중한 것이 쓰러진다.

니안느는 천천히 돌아보았다. 칼릭의 검에 맞은 살덩어리가 누워 있었다. 비틀린 몸에 거대한 눈, 번들대는 이빨이 박힌 괴물이었다.

“경계의 마수(魔獸)다.”

“그게 왜 여기에 있어요?”

“그건 알아봐야 알 테지만.”

숲이 검게 물들기 시작했다. 둥치 아래가 먹물처럼 검어지고 바닥도 어두워졌다.

“이게 끝은 아닌 것 같다.”

바닥이 쿠르르, 울렸다.

어두운 숲 너머에서 거대한 것이 빠르게 움직이는 것이 보였다.

“……가만, 기다려요!”

니안느는 칼릭의 가슴에 손을 얹고 민 다음 앞으로 달려나갔다. 이마에 박힌 각인이 흰 빛을 발했다. 나무둥치들과 바닥을 뒤덮은 덤불 속에서 굵은 가시덩굴이 솟구쳐 올랐다.

칼릭의 검이 그 가시덩굴을 내리찍으려 하자, 니안느가 외쳤다.

“칼릭스트 경, 그러지 말아요!”

가시덩굴은 칼릭의 옆을 스치고 지나가 괴물들을 후려쳤다. 달려들던 것이 북 찢겨졌다. 바닥으로 살점과 피가 후둑둑 떨어졌다.

“내 마법이에요.”

다시 주변이 울렸다.

쿠르르—

"뭔가가 있어요."

니안느는 신음을 삼키며 돌아보았다. 숲의 나무와 덤불들이 옆으로 쓰러졌다. 휙휙 옆으로 눕는 그 사이로, 거대한 포효가 터지며 온갖 마수들이 쏟아졌다.

"칼릭스트!"

니안느가 고함을 질렀다.

거대한 발과 발톱이 보였다. 곰처럼 큰 몸집에 번들대는 등과 발이 드러났다. 옆의 나무가 쓰러지며, 칼릭을 향해 거대한 팔이 내리꽂혔다. 니안느가 놀라 돌아보았을 때, 칼릭의 검이 이미 괴물을 베어버린 뒤였다.

"신경 쓰지 마라, 이 정도는 나 혼자 하니!"

괴물들의 몸이 공중으로 튀어 올랐다. 역한 비린내가 확 풍겨왔다.

털이 수북하게 나고 머리가 거대한 괴물이 포효하며 칼릭을 덮쳤다. 칼릭이 검을 휘둘러 올려붙였다. 괴물의 묵직한 머리가 뼈까지 베어져 단숨에 위로 치솟았다. 칼릭의 뒤로 그림자가 보이자, 니안느는 그 쪽으로 가시덩굴을 보냈다. 가시덩굴이 붕붕 소리를 내며 그곳으로 달려갔다.

"조심해요!"

칼릭이 몸을 젖혔다. 가시덩굴은 거대한 구렁이처럼 칼릭을 둘러싸고 괴물들을 덮쳤다.

괴물들이 밀려나자, 칼릭은 무릎을 세운 다음 몸을 숙이며 검을 수평으로 휘둘렀다. 그 괴물들의 몸이 그 검에 한꺼번에 썰려 나가며 피와 내장을 쏟아내며 쓰러졌다.

"이게 다 뭐람."

니안느는 탄식했다.

한둘이 아닌 정도가 아니라, 많아도 너무 많다. 지옥문이라도 열린 것 같았다.

리카르도 위험할 텐데.

그때 니안느는 볼에 닿는 열기를 느꼈다. 곧 엄청난 열기가 덮쳤다.

칼릭이 외쳤다.

"이 바보야, 위험하잖아!"

칼릭은 급히 니안느의 몸을 잡아당겼다. 니안느가 있던 곳으로 불길이 쏟아지며, 그 안에서 검회색 괴물들이 튀어나왔다. 그것들은 굵고 긴 팔다리를 휘두르고 울부짖으며 숲에서 비탈로 뛰어나갔다.

세상이라도 멸망시킬 듯 엄청난 규모였다.

니안느가 외쳤다.

"리카르!"

말이 푸륵대기 시작하자, 리카르는 무언가 잘못되었단 것을 알아챘다.

짐승들이 이런 식으로 겁을 먹는 이유는 거의 대부분 같았다.

리카르는 주변을 둘러보며 명령했다.

"준비하고 있어라. 뭔가가 온다!"

기사들이 정렬하고 병사들 역시 숲을 노려보았다.

그때 니안느가 외치는 소리가 들렸다.

"리카르!"

두두두—

바닥을 울리는 진동이 더 커졌다.

숲 안이 불타듯 벌겋게 달아올랐다.

"각하!"

수하가 경악했다.

어둡고 조용하던 숲이 불이 번지며 벌겋게 물들고, 그 안에서 검회색 그림자들이 튀어나왔다. 바닥이 파이고 나무가 부러지며 쓰러졌다. 역한 유황 냄새가 가득했다.

"젠장, 이게……."

리카르는 어깨에 힘이 들어갔다. 괴물들을 상대한 적은 많았으나, 그 장소가 팔가스가 될 거라고는 상상도 해본 적이 없었다.

옆의 지휘관이 떨며 말했다.

"이, 이그라탄입니까?"

"아니다."

리카르는 말을 몰아 괴물 머리를 베었다.

빠각—

팔을 미는 저항이 엄청나다. 무시무시하게 단단한 놈이란 뜻이다. 두어 마리만 더 베면 검에 한계가 올 것 같았다. 번들대는 몸은 갑주처럼 단단했고, 검이 튕겨 나가며 리카르의 몸이 밀릴 지경이었다. 겁에 질린 말이 울부짖으며 물러났다. 리카르의 검은 방향을 잃고 미끄러졌다. 괴물의 몸이 앞으로 쏠리며 바닥이 확 파였다.

"으아아!"

비명이 들렸다. 괴물들의 발에 맞아 병사 몇의 몸이 찢겨 나갔다. 겁에 질린 병사들이 흩어졌다.

"으아!"

"이그라탄이 있어!"

"도망쳐!"

"이그라탄이야!"

리카르가 고함을 질렀다.

"이그라탄이 아니다! 흩어지지 마라! 그러면 더 위험해!"

리카르를 향해 육중한 철퇴가 날아왔다. 리카르는 그 철퇴를 피하며,

그것을 날린 거인을 보았다.

"젠장."

거인이라기보다는 몸뚱이가 뭉쳐진 거대한 구조물로 보였다. 역겨운 취향이 만든 실패작으로밖에는 보이지 않았다.

그때, 거인의 목 뒤로 거대한 구렁이 같은 가시덩굴이 몰아쳐 왔다. 가시덩굴은 거인의 목을 휘감고 다른 괴물들의 몸뚱이를 휙휙 감았다. 가시덩굴에서 가시가 돋아나와 살을 뚫었다.

이어, 바닥에서 거대한 바위가 솟아올랐다. 바위들은 허공으로 붕 떠올라 빙글빙글 돌며 들러붙었다. 몸통이 만들어지고 팔다리가 이어 붙으며, 거대한 돌 거인들이 만들어졌다. 그들은 괴물들을 향해 주먹을 휘둘렀다.

꽈릉—!

우레 같은 소리와 함께 괴물들은 죄다 짓이겨졌다. 살이 터지고 뼈가 으스러졌다.

리카르는 그 거인 사이로 말을 달려 들어가며 외쳤다.

"모두 이리 모여! 거인을 향해 모여라! 어서! 거인은 우리 편이다!"

가시덩굴과 바위거인들은 니안느가 자주 쓰는 것이다. 그 바위거인들이 전마들을 제압하자 정신을 차린 병사들이 뭉쳤다. 가시덩굴들이 그런 병사들을 감싸며 보호했다.

"니안—"

리카르는 달려드는 괴물의 머리에 검을 찔러 넣었다. 팔을 비틀어 괴물의 머리를 쪼개자, 가시덩굴이 펼쳐져 그 괴물을 후려쳐 날렸다.

"니안느!"

리카르는 다시 외쳤다.

"아……."

니안느는 숨을 몰아쉬었다.

너무 빨리 힘을 써버려 어지럽다. 이마에 맺힌 땀은 지금 힘든 상황이라는 신호였다.

고작 이 정도로.

우르릉—

바닥이 울린다.

쿵, 쿵—

더 오려 한다.

칼릭이 막 달려든 괴물을 베어내고 검에 묻은 내장과 살점을 털어냈다. 볼과 어깨는 이미 피투성이였다.

"칼릭, 칼릭스트 경—"

칼릭이 돌아보자, 니안느는 주변으로 가시덩굴의 벽을 만들어낸 다음 칼릭에게 달려갔다. 칼릭은 침착했다. 이런 광경에 맞서는 데 익숙하다는 증거였다.

"막을…… 만한가요?"

칼릭스트는 검을 들어 보였다. 날이 부식되어 흰 연기를 피워 올리고 있다.

"이 검으로는 오래 못 버틸 거다."

"검, 이쪽으로 내밀어 봐요."

칼릭이 검을 내밀자, 니안느는 검을 향해 손을 뻗었다.

"바람의 숨결 속에 칼날이."

칼날에 흰 빛이 어렸다. 즈캉, 하며 날이 새로 만들어졌다.

"그래도 한두 시간 정도는 버틸 수 있을 거예요…… 가만."

니안느는 칼릭의 이마에 손을 댔다.

"다쳤네요."

니안느의 손이 닿은 곳에 피가 맺혀 있었다.

"더 다치지 말아요."

그 말에 칼릭이 놀랐다. 걱정하는 얼굴에 놀란 건지 걱정 자체에 놀란 건지 모르나, 분명 흔들렸다.

"칼릭스트 경, 이대로라면 우리들 모두 위험해요."

"알아. 이게 위험하지 않다고 말한다면 그야말로 허세지."

"솔직해서 좋네요. 부탁이 있어요."

"해봐."

"이것들을 불러내는 자를 찾아 상대해야 해요. 괴물들을 나오는 대로 상대하다가는 끝도 없을 테니. 내가 그러는 동안 나를 좀 지켜줘요."

쿵, 쿠궁.

니안느와 칼릭을 보호하는 가시덩굴의 벽이 울렸다. 니안느는 입술을 물었다.

칼릭이 말했다.

"어떻게, 뭘 하려는 거지."

"이 괴물들을 다스리는 자가 있을 거예요. 소환사든 주술사든. 그자와 괴물들의 연결을 끊어야 해요. 일단, 이 가시덩굴이 어떻게든 지켜줄 거예요. 주변에 바위들로 거인들을 만들어 싸우게도 했고요. 하지만 내가 아무리 열심히 해도 지금부터 하는 일은 빈틈이 생길 수밖에 없어요. 그때 지켜줘요."

"알았다."

니안느는 칼릭이 너무 금방 이해하고 받아들인다는 생각이 들었다.

"이런 일, 많았나 봐요."

"익숙해질 정도로는 많았다."

"좋아요. 그럼 부탁할게요."

칼릭의 눈에 야릇한 빛이 보이더니 입술 끝이 슬쩍 올라갔다.

"그런데 나를 왜 믿지, 마법사?"

"네?"

"리카르 볼프람은 내 아버지를 증오하고, 내 성은 볼프람의 군대 앞에 놓여 있는 전리품 신세지."

니안느는 입을 벌렸다.

"이렇게 생각해 볼 수 있지 않을까. 여기, 이곳으로 리카르 볼프람을 불러낸 것 자체가 함정일지도 모른다고. 볼프람 공은 압박에 필요한 최소한의 군대만 끌고 왔을 테고. 하지만 너는 말렸을 테지. 우리 성에서 의심쩍은 기사들을 봤을 테니. 안 그래?"

"그랬어요?"

니안느는 당황하거나 화내지 않았다. 정말 그런 거면, 솔직하게는 말해달라는 얼굴로 볼 뿐이었다.

"칼릭스트 경, 내 생각을 말하자면요, 이것이 당신이 원한 상황이어도 나는 어쩔 수 없다고 생각해요. 당신이 리카르 볼프람을 좋아할 일도, 도울 일도 없으니까."

"나에게 속은 건데도 괜찮은 건가."

"속은 내가 잘못이죠. 당신에게는 속일 이유가 있었고, 나에게는 속지 말아야 할 의무가 있었는데도 그리된 거니. 하지만, 지금 내가 해달라는 일은 그 일과는 상관없어요."

"너를 속인 다음이라 하더라도 부탁하는 건가."

"지금 저 괴물들은 당신도 공격하고 있잖아요, 당신도 위험해요."

칼릭이 피식 웃었다.

"들켰네."

니안느가 놀랄 차례였다. 너무 진심 어린 미소, 너를 믿으니 나를 믿어 달라는 미소였으니. 그제야 니안느는 칼릭이 왜 위악적으로 말한 건지 깨달았다. 무슨 일이 있어도 자신을, 칼릭스트를 믿어 달라 이리 말한 것이다.

칼릭은 돌아서며 검을 돌려 잡아 세웠다. 날이 그의 이마에 닿았다.

"열어."

"네?"

"이 상태라면 오히려 어디서 튀어나올지 모른다. 그러니 일단 열어. 모두 여기로 몰릴 테니, 그것만 막으면 되겠지. 나한테 공격이 집중되는 동안 해결해라. 단, 곧 이 주변이 금방 허물어질 건 각오해라."

"당신 혼자서 다 상대할 수는 없어요!"

"가능하다. 믿어, 믿고 맡겨."

니안느는 가시덩굴의 벽을 서서히 열었다.

그 순간 칼릭의 검날에서 빛이 번지기 시작했다.

뭐지, 저건?

니안느는 멍하니 보았다.

가시덩굴이 거세게 뜯겨 나가며 엄청난 괴물이 머리를 들이밀었다. 칼릭 정도는 한입에 삼킬 듯 거대한 괴물이었다. 팔과 다리에 수북하게 돋은 뿔과 가시가 칼릭을 향해 내리꽂혔다.

칼릭은 발을 박차고 몸을 날려 그 괴물의 몸을 갈랐다. 괴물은 피를 뿜어내며 갈라졌다. 다른 괴물이 몰려들었지만 칼릭은 모두 베어버렸다. 괴물들 여러 마리가 일시에 갈려 나갔다. 그 근방에 회오리치듯 팔다리와 살점이 몰아쳐 바닥으로 내동댕이쳐졌다.

"어서, 니안느!"

칼릭이 외쳤다.

니안느는 눈을 감고, 두 손을 모아 입술에 댔다.

주변의 광경이 확 변했다.

니안느의 혼은 몸을 빠져나와 사방으로 감각을 뻗었다. 혼의 눈으로 본 세상은 윤곽이 흐려져 출렁였다. 세상이 온통 솟아오른 검은 불꽃으로 타오르고 있다. 지배당하고 있는 괴물들의 영혼이다.

어디서 나온 괴물들일까.

분명 경계의 틈일 것이다. 신과 신의 세계가 맞물리지 못하고 벌어진 그곳에서 생명과 영혼은 헝클어진다. 그곳으로 잘못 들어간 생명들은 변이를 해버리고, 육체들은 망가진다.

이그라탄의 마법사들이나 라크세니아의 주술사들은 이들을 소환하거나 불러들여 전쟁에 썼다. 이들을 경계의 괴물, 또는 마수(魔獸)라 부른다. 전쟁에 쓰일 정도로 통제되면 전마(戰魔)라고 한다.

지금 괴물들의 영혼 덩어리들은 얇은 실로 이어져 있었다. 수천 가닥의 거미줄처럼 방대하다. 역시, 이 괴물들에는 주인이 있다. 규모가 엄청나긴 하나, 분명 전마들이다.

니안느는 실을 잡고 미궁을 나가듯 더듬더듬 그들을 따라갔다.

니안느의 스승인 필람몬이 말했다.

'어둠이 있거든 마주 보거라, 니안느.'

'저 힘은 사악한 것도 두려운 것도 아니야. 빛은 사람의 마음을 밖으로 향하게 하지만, 어둠은 사람의 마음을 좁아지게 하고 안으로 들어오게 한단다. 더 무지하게 하고 더 두렵게 만들지.'

'존재 자체가 악한 경우는 없다, 그러나 존재의 욕망이 악하거나 그 악의가 너를 향할 때는 주의해.'

니안느는 드디어 가장 중요한 것을 발견했다.

그것은 검고 거대한 날개를 움츠리고 사악한 비상을 꿈꾸듯 엎드려 있었다. 그것의 등에서 뿜어져 나온 수천, 수만의 가닥들이 이 숲에서 나온 경계의 괴물들을 다스리고 있었다.

니안느는 전율했다.

저거, 본 적이 있어.

바로 숲이 불타던 날에.

저것이 나타난 날 왕이 깃든 나무는 사라지고 아이들은 학살당하고 불탔다. 필람몬도 죽었다.

검은 날개 사이에서 머리가 고개를 들었다. 서서히 드러나는 그것은 분명 사람을 닮은 형상이었다. 희고 창백한 얼굴이 흐릿하게 드러나며 턱 위의 입술이 미소를 지었다.

아프고 시린 느낌이 이마의 각인을 통해 흘러들어 와, 머리와 목을 타고 몸에 퍼졌다.

혼이 몸에서 뽑히는 기분이었다.

순간, 몸이 크게 흔들렸다.

"……!"

의식이 몸으로 확 돌아오며 칼릭의 얼굴이 보였다.

칼릭의 팔이 니안느의 어깨를 잡아 흔들었다.

"니안느. 이봐! 정신 차려!"

니안느는 정신이 들었지만 곧 밀려드는 엄청난 공포에 몸을 움츠렸다.

"니안느?"

칼릭이 니안느의 볼에 손을 얹었다.

따스한 느낌과 함께, 니안느의 가슴으로 추억과 기억들이 밀려든다.

친구들의 노랫소리, 숲의 왕이 깃든 나무에 기대면 느껴지던 그 포근

함, 찔레나무에 핀 꽃, 앵초, 산비둘기의 속살거림, 종달새의 지저귐, 나무둥치를 타고 오르는 회색 다람쥐, 녹색 잎 사이에서 빨갛게 익어가는 산딸기, 그리고……

피, 살점, 뼈, 비명, 고통, 눈물, 죽음, 참혹.

재와 폐허만을 남긴 사악한 불길과 침략자들.

'빛을 찾아라.'

고통과 슬픔이 눈으로 몰려들었으나, 정신이 돌아왔다.

마음이 가라앉고 눈앞도 뚜렷해진다. 안도한 칼릭은 니안느의 볼에서 손을 떼고 돌아섰다. 그가 돌아서자 마치 벼락이 터지듯 빛이 눈앞을 태운다. 그가 쥔 빛나는 검이 괴물의 몸을 갈랐다.

이러고 있으면 안 된다.

니안느는 혼을 이탈시켰다.

혼이 된 니안느의 눈에 거미줄처럼 얽힌 힘의 흐름이 보였다.

이번에는 망설임 없이 힘의 흐름을 쫓았다.

단숨에 훑어 내려가, 조금 전 만났던 그 상대를 다시 찾아냈다.

적의 눈과 마주쳤다. 검붉은 눈이 그녀를 보았다.

니안느는 손을 뻗었다. 이마의 빛이 번쩍 터져 적을 뒤덮었다. 적은 예상치 못한 정확한 반격에 놀라 물러났다.

도망치듯 자신의 육체로 돌아온 니안느의 감각이 회오리처럼 돌아오고 현기증이 일었다.

그때 날카로운 이를 드러낸 괴물이 니안느를 향해 덤벼들었다. 칼릭의 칼날이 그 괴물의 머리를 뚫었다. 희고 날카로운 빛이 터지며 그 괴물의 머리를 태운다. 그 빛 너머로 니안느를 돌아보는 칼릭이 보였다. 칼릭의 긴 손가락이 니안느의 머리를 감쌌다. 서늘하지만 상냥한 손길이다.

"하아."

니안느는 눈을 감았다. 몸이 힘을 잃고, 눈도 흐려진다. 더 생각하기 힘들다. 몸이 기울며 이마가 남자의 단단한 가슴에 닿는 것이 느껴진다. 큰 팔이 허리를 감싼다.

필람몬, 형제들, 숲의 왕.

그리고 리카르.

무사한가요, 리카르.

세상도, 괴물들도, 그 괴물들의 지배자인 검은 날개의 악마도 모두 어둠 너머로 사라진다. 아는 건 몸을 감싸는 남자의 단단한 팔뿐이다.

니안느의 머리가 툭 떨어지며 머리카락이 쏟아져 바닥으로 흘러넘친다.

"이런, 마법사."

칼릭은 니안느의 머리카락을 쓸어 올리며 가슴 안으로 당겼다. 넘치게 기른 붉은 머리카락이 마른 어깨와 등으로 흘러내렸다.

"약골이군."

니안느를 안아 든 칼릭은 주변을 둘러보았다. 쓰러진 괴물들의 사체가 여기저기 널려 있다. 운 없는 자들의 시체도 있다. 칼릭은 니안느를 내려다보았다. 눈을 감고 혼절한 창백한 얼굴의 아가씨는 이게 무슨 일인지 답할 수 없다. 칼릭은 니안느의 망토를 당겨 어깨와 몸을 감쌌다.

"그래도 수고했어, 숲의 숙녀. 정말 강하네."

이만 가자고 말하려던 칼릭은 바로 앞에 말을 타고 서 있는 기사를 발견했다.

"……."

남자가 자신이 누구라 밝히지 않아도 칼릭은 그가 누군지 알아볼 수 있었다.

리카르 볼프람.

리카르는 말에서 내려 달려왔다. 어깨와 가슴은 피투성이였고, 얼어붙은 듯 굳은 얼굴도 마찬가지였다.

"안녕하십니까."

그러나 리카르는 아무 말 없이 두 팔을 뻗었다. 적대감과 분노가 리카르의 갈색 눈에 담겨 있었다. 니안느는 리카르의 품으로 넘어갔다. 튼튼한 어깨와 큰 팔이 니안느의 몸을 감싸 안았다.

"리카르 볼프람 공."

"나중에."

남자가 말했다.

"나중에 이야기하자."

내가 누군지 아느냐는 질문 같은 것은 아무 의미 없었다. 지금 이 남자에게는 단 하나 빼고는 아무 의미가 없어 보였다.

남자는 걱정과 불안을 담은 눈으로 니안느를 내려다보다, 탄식과 함께 니안느의 볼을 감쌌다. 그가 아는 모든 세상이 그곳에 있다는 듯, 간절히.

저들을 더 보고 있는 것은 무의미하다 생각한 칼릭은 고개를 돌렸다. 검푸른 하늘이 보인다.

많은 일들이 있었으나 결국 살아 맞이하는 하늘이었다.

제2장

갈림길

비가 내리는 날이었다.

니안느는 창틀에 기대어 푸른 바다를 보고 있었다.

그날 머물렀던 아크레온은 해안가에 있는 무역도시로, 사파이어처럼 푸른 바다가 가장 유명했다. 비가 내리는 날임에도, 바다는 보석을 녹인 듯 예쁜 색이었다.

쏴아아— 하는 빗소리와 함께 붉은 기와 처마 끝에서 물줄기가 줄줄 흘러내렸다.

성의 주인은 아크레온을 다스리는 빌헬르모 백작이었다. 성지 상투아리움은 도시와 마을, 성의 소유주가 각각 다르다. 이그라탄 출신도 있고 팔가스 출신도 있다. 종교도 출신도 다르지만, 이들 간의 전쟁은 이익과 상황 탓에 일어나지 신이 문제된 적은 별로 없다.

'뭐 하고 있는 거냐.'

리카르 목소리다. 니안느는 무심하게 답했다.

'테날디한테 들었어요.'

'뭐라 하더냐.'

'바세바 공주가 리카르하고 결혼하고 싶어 한다고요.'

리카르의 얼굴에 가책이 보였다. 니안느가 모르기를 바란 것이다.

'어차피 정략이다. 말이 결혼이지, 남녀 간의 일은 아니야. 프레데릭 황자는 지금 본국의 군대가 필요하고, 바세바 공주가 가진 군대는 꽤 유용하지. 그녀와 결혼하면 나는 그 군대를 쓸 수 있다.'

'그 군대로 무엇을 하고 싶은데요.'

'고향…… 에 갈 수 있지.'

리카르의 고향, 블랑셰리온.

니안느는 이 리카르가 고향에 무엇을 두고 왔는지 알았다.

소년 시절의 추억과 사랑, 그리고 연인이자 첫사랑인 세레나.

'제국에서 가장 아름다운 성과 호수, 벌판과 계곡이 있다는 당신의 고향 말이죠?'

'보면 너도 좋아하게 될 거다.'

니안느는 리카르의 눈에서 희망과 기쁨을 보았다. 이렇게 그를 기쁘게 하는 것이라면 뭐든 다 옳게 느껴질 정도다.

'그런 표정으로 그런 말을 하다니.'

'정말이야, 니안.'

'내 취향이 아닐 수도 있잖아요.'

'아니다. 너도 좋아할 거야.'

리카르를 더 볼 수가 없어, 니안느는 고개를 돌리고 처마 아래로 떨어지는 물줄기를 보았다.

죽죽 흐른다. 마치 끝없이 흐르는 눈물인 듯.

'내 고향, 동방 숲이 더 아름다울 거예요.'

'일단 한 번 보면 절대 그런 말 못 할 거다.'

'……설마, 그럴 리가.'

'나 좀 봐라, 니안.'

리카르가 어깨를 잡아 돌려, 니안느는 리카르의 얼굴을 똑바로 보아야 했다. 리카르는 기대에 찬 얼굴로 니안느를 보고 있었다.

'같이 가자.'

'네?'

'같이 가자고. 내 고향으로.'

니안느는 화내지 않으려 애썼다.

'말해봐요.'

'뭘.'

'나무가 멋지다, 바위가 근사하다, 성이 끝내준다, 이런 거 말고. 뭐가 그리 아름답다는 건지, 구체적으로 말해요.'

'그냥 다 아름다워.'

리카르가 웃는다.

'네게도 내 고향을 보여주고 싶구나.'

마주 보고 웃어주고 싶었다.

그런데 그게 되지 않는다.

이미 알고 있기 때문이다.

그리 되면 우리는 헤어져야 해요, 리카르.

당신이 고향으로 가게 되면, 나는 더 이상 당신과 있을 수가 없어요. 그곳에는 나와 관련된 건 아무것도 없어요. 리카르의 고향은 이교도들의 땅이라고요. 낯설어도 너무 낯설어, 그곳에서의 나는 짐 같은 이방인일 뿐이에요.

'니안?'

니안느는 독이라도 들어간 듯 가슴이 아팠다.

가기 싫어요. 이제 낯선 곳으로 또 가는 것, 어디 쉴 곳도 없이 방랑하는 건 싫어요.

게다가 결혼이라니.

남녀 관계가 아니라 하더라도 결혼은 결혼이다. 그것으로 리카르의 삶은 다른 사람과 공유하게 된다. 고향으로 돌아간다는 리카르의 목적에 복수만이 있는 것도 아니다. 리카르가 세레나를 얼마나 그리워하는지는 안다. 여태 그녀는 리카르의 기억과 환상 속에만 존재하는 안전한 존재였지만, 언제까지 그럴 수 있을지도 의문이다.

이제야 알 것 같다. 니안느가 이 남자에게 의지해도, 이 남자를 가족처럼 여겨도, 이 남자는 그녀만의 것이 아니다.

'불공평하네요.'

'뭐가.'

'당신과 같이한 십 년, 당신은 고향으로 가는 길을 알게 되었는데…… 난 아니잖아요.'

'니안.'

'나도 그리워요. 내 형제들이, 스승님이, 숲이. 당신만 찾으면, 난 바로 다음 날에라도 숲에 갈 수 있을 줄 알았는데, 아무것도 없어요!'

'니안. 그런 표정 짓지 마. 같이 가자. 너를 두고는 어디도 가지 않아.'

하지만 영지와 재산을 손에 넣고 명예와 지위까지 얻을 당신의 옆에 내 자리는 있을까.

없어요, 리카르.

당신 옆에 나를 위한 자리는 나뭇잎 한 장만큼도 없다고요.

왕이여, 제발 내게 말해줘요.

나는 어디로 가야 하는 거죠? 무엇을 해야 하는 건가요.

이 남자를 찾아가라 해서 찾아갔는데, 아무것도 없어요.

난 내 고향으로 돌아가고 싶어요.

사랑하는 사람을 만나고 싶고, 나를 사랑해 주는 사람과 이야기를 나누고 싶어요. 이 낯설고 무서운 곳이 아닌.

필람몬, 보고 싶어요. 당신의 품이 그리워요.

당신의 입맞춤이, 상냥한 목소리가, 위로의 손길이 필요해요. 당신과 같이 하던 숲이 너무나 그리워요. 당신과 있던 나는 무엇이든 될 수 있는 니안느인데, 지금 나는 내가 태어난 마을의 그 가난한 소녀보다 더 가난한 여자네요.

두려워요. 이 세상에 정말 나 혼자만 남게 될까 봐. 이곳이 내가 있을 곳이 아니게 될까 봐.

니안느는 눈을 떴다.

환하다.

너무 눈이 부셔, 다시 눈을 감고 눈살을 찌푸려야 했다.

살아 있다.

굉장한 일이 벌어졌을 때 정신을 잃었다가 일어난 것치곤 평화로운 아침이다.

누워 있는 매트리스는 깨끗했고, 덮고 있는 이불 역시 하얀 리넨으로 만든 것이다. 베개도 깃털로 가득한 듯 푹신했다.

니안느는 천천히 돌아누웠다.

바닥은 붉은 나무로 되어 있고, 벽은 회칠한 다음 덩굴과 꽃을 그려 넣었다. 소박하고 깨끗한 방이었다.

그리고……

"일어난 거냐."

니안느는 고개를 돌려 갈라진 목소리가 들린 쪽을 보았다. 창가 의자에 리카르가 앉아 있었다.

"리카르?"

리카르의 갈색 눈이 니안느를 살피곤 안도한 듯 고개를 떨어뜨렸다.

"정말 깨어났구나."

"나, 오래 누워 있었나요."

"거의 반나절 만에 눈을 뜨는 거다. 상태도 안 좋았지."

"어느 정도로요?"

"돌처럼 차게 굳어 꿈쩍도 하지 않았지. 헛소리라도 하지 않았다면 나는 네가 그대로 죽은 줄 알았을 거다."

몸이 좀 묵직할 뿐 별다른 이상은 없는 니안느는 리카르에게 미안해졌다. 아픈 척할까. 그러나 너무 걱정하는 얼굴을 보고, 그러지 않기로 했다.

"뭐라고 헛소리를 했는데요."

"필람몬, 필람몬— 그리고 다시 필람몬. 유감스럽게도 내 이름은 한 번도 안 나오더군."

"우리 너무 오래, 자주 봤잖아요. 리카르가 아무리 잘생겨도 꿈에서 보기에는 지겹죠."

니안느의 농담에 긴장이 풀린 리카르가 빙그레 웃었다. 니안느는 천천히 몸을 일으켰다. 아직 몸이 무거워도 움직일 만했다.

"계속 누워 있어라."

"아니에요. 일어나고 싶어요. 여기는 어디인가요."

"그렌 성의 별채다."

"어제 어떻게 되었어요?"

"이긴 것 같구나. 나는 살아 있고, 어제 우리를 습격했던 것들은 사라지고 없으니. 피해가 없다고는 말하기 어렵지만, 그래도 이기긴 이겼지. 그리고 지금은 점령군이라기에는 쑥스럽고 손님이라기에는 불편한 상태로 앉아 있지."

리카르는 눈을 감고 콧잔등을 꾹 눌렀다. 무척 피곤해 보였다. 밤이라도 샌 것 같다. 그것도 아주 힘들게.

"리카르?"

"어제 대체 무슨 일이 있었던 거냐. 네가 강아지처럼 아무 데서나 곯아떨어지는 것은 자주 봤지만, 그렇게 된 건 처음 봤다."

"어땠는데요."

"엉망이었지."

"보기 부끄러운 모습으로 기절해 있었나 봐요. 그냥 모르는 척하지 그랬어요. 내가 알아서 일어났을 텐데."

그러나 리카르는 그 농담을 즐거워하지 않았다. 여전히 무거운 얼굴로 관자놀이에 손을 댄 채 보고 있을 뿐이다.

"어지간하면 나 없는 데서 기절하지 말라고 하고 싶을 정도였다. 그러니 숨김없이 말해라, 대체 무슨 일이 있었던 건지."

"……."

어제 나타난 검은 날개를 가진 괴물, 창백한 얼굴의 남자.

숨길 이유가 없어 니안느는 솔직히 말했다.

"내 고향, 동방 숲을 습격했던 것과 비슷한 존재를 봤어요. 같은 건지 아닌지는 모르지만, 비슷하긴 했어요."

"그리고?"

"조금만 어긋났다면 제가 당할 뻔했죠. 기절하는 것보다 더 부끄러운 꼴을 보였을 거라고요. 다행히…… 무사하네요. 운이 좋았어요."

니안느는 안도의 한숨을 내쉬었다. 별일 아닌 듯 이야기하는 것이 얼마나 다행인지.

"칼릭스트 경은요?"

리카르의 얼굴이 굳었다.

"멀쩡할 거다."

몹시 날카로운 반응이라, 니안느는 고개를 저으며 말했다.

"어제 일에 관해서라면, 칼릭스트 경과는 아무 상관없어요. 그는 오히려 도와줬어요. 그가 도와주지 않았다면 정말 위험했을 거라고요."

"그건 나도 안다."

그렇다면 왜 저리 곤두선 걸까. 역시 원수 아들이라 그런가.

칼릭과 관련해서는 더 말하지 않는 게 좋을 것 같아 니안느는 말을 돌리기로 했다.

"이제 이 성은 리카르의 건가요."

"그런 셈이지."

기뻐해 주어야 한다는 생각은 드는데, 쓸쓸해진다.

이 남자의 정략상 아내인 바세바는 이 성과 근방은 리카르에게 양도할 거라 약속했다. 그 약속은 지켜질 것이다.

끝난 것이다.

니안느는 리카르의 얼굴을 보았다. 쓸쓸하고 어둡다.

전쟁이 벌어지면 온몸을 불태우듯 임하는 리카르지만, 혼자 있을 때면 저런 표정을 짓곤 했다. 고향이 그리워 그런다고 생각했다. 그래서 리카르가 고향으로 돌아간다고 했을 때, 니안느는 그래도 그가 더 이상은 그런 표정을 짓지 않을 거라 생각했다.

그런데 정말로 모든 것이 끝난 지금, 리카르는 다시 그 고독한 표정을 짓고 있다.

"……사실, 아직 안 했다."

"네?"

"아직 칼릭스트와 아무 이야기도 나누지 않았다. 성에 들어온 후 만나지도 않았어. 그러니 아무것도 정해진 바가 없구나."

"왜 아무 말 안 했어요. 급한 일인데."

"더 급한 일이 있어서 그랬다."

"대체 얼마나 급한 일이기에 그랬어요?"

니안느는 신발을 찾으려고 둘러보았다. 리카르가 일어나 침대 아래에 밀어둔 신발을 찾아 꺼내 앞에 놓아주었다.

"리카르?"

"그건 조금 전에 끝났으니 신경 쓰지 마라."

리카르는 니안느의 볼을 쓸어 올렸다. 놀란 니안느의 눈과 마주하자, 그의 얼굴이 드디어 활짝 웃었다.

"네가 무사해서 정말 다행이다."

❖

"아버지는 어떠신가."

칼릭은 아버지 침실에서 나오는 아렌에게 물었다. 아렌은 고개를 저었다.

"예상하시는 대로입니다. 성이 점령당했다는 사실 자체를 무척 받아들이기 힘들어하시지요. 그나저나, 볼프람의 군사가 성 안에 들어와 있는데 괜찮은 겁니까."

"어제의 그 괴물들보다야 괜찮을 거다."

"그 괴물들은 대체 뭐였습니까. 복마전이라도 열린 줄 알았지 뭡니까."

"지나가던 길이었겠지."

"나리."

아렌은 얼굴을 붉히며 화를 냈다.

"저는 아무것도 모르는 처지가 아닙니다. 그냥 말해주십시오. 나리께도 말씀드리고요. 마인베르크의 수하들이 어제 이상한 말들을 지껄인 거, 저도 압니다. 그리고 그들은 리카르 볼프람이 오기도 전에 사라졌지요."

"그만."

칼릭은 아렌의 말을 막았다.

"아버지에게는 말하지 마라. 아버지가 아셔도 되는 건 오늘 아침 리카르 볼프람이 우리를 점령했다는 것뿐이야. 리카르 볼프람의 기사들은 지금 어디 있지?"

"홀에 모아다 놨습니다. 대접이 별로라고 불평들 중이죠. 하지만 줄 게 있어야죠. 그냥 굶길까 생각했지만 그래도 뭐, 도리가 있어서 먹을 건 줬습니다."

"가보겠다."

"같이 가시죠. 아니, 어딜 가시든 이제는 쫓아다닐 겁니다."

"저기, 아렌."

칼릭은 아렌을 아래위로 훑어보았다. 어깨에 힘이 들어가고 주먹도 불끈 쥐고 있다. 왕년에야 리카르의 기사 열도 상대할 테지만, 유감스럽게도 지금의 아렌은 왕년이 지나도 너무 많이 지났다.

"그리 비장한 모습으로 나를 지켜줄 필요는 없는데."

"아아, 그러세요? 나리께 말하고 성 사람들에게 죄다 말해볼까요? 괴물들이 왁자지껄 소풍 나온 숲에 우리 작은 나리가 혼자 가 있었다고요?"

"그만둬. 다들 몰려와 내 방문 앞에 못을 박을 테니. 그건 싫다."

홀에는 리카르의 수하 수십 명이 앉아 있었다. 아렌의 말대로 상당히 부루퉁해 있었다. 황제와 왕들과 음유시인이 찬사를 바치던 그렌 성이건만, 오늘 그들을 맞이한 것은 지붕 수리도 제대로 되지 않아 언제 무너질 지 모르는 홀과 초라한 음식이었다. 대접이랍시고 내놓은 음식들은 술이 되기를 포기한 포도주와 돌 같은 빵, 아궁이 냄새 나는 훈제 소시지와 몸을 잘못되게 만들 게 분명한 치즈가 전부였다.

"수도원도 이보다는 잘 대접하겠군!"

칼릭이 홀로 들어서자 멧돼지 비슷한 남자가 일어나며 말했다. 키는 비슷했지만 워낙 몸이 두툼하다 보니 거인으로 보였다.

"근데 이 예쁜 분은 누구신가. 시종인가?"

등 뒤에서 기사가 말했다.

"그만둬라, 베르나르. 오베른의 아들이다."

베르나르 뒤의 기사 몇이 쿨럭, 하고 기침을 했다. 베르나르도 놀라 눈을 크게 뜨고 칼릭을 보았다.

정말? 그런데.

"후계자 분이면 이거 좀 봐. 접대가 뭐 이런가. 진군 중에도 이런 걸 먹어본 적이 없어. 귀여운 아가씨도 없고."

"여자가 필요하면 대도시로 가서 정직하게 찾아. 돈을 쓰든 매력을 쓰든 하라고. 성안 여자들은 일을 하기 위해 여기 있는 거지, 너희들 접대를 위해 고용한 게 아니니."

"하긴, 둘러보니 여기서 네가 제일 예쁘더라."

주변의 웃음이 터졌다. 칼릭은 아렌이 주먹을 쥐는 것을 잡아 말렸다.

"나에게 수작 거는 거라면, 저기 가서 번호표 받고 기다려라. 선착순은 아니니 너무 설레지는 말고."

기사 하나가 웃다가 베르나르의 눈치를 받았다.

칼릭은 그들을 둘러보고 찾는 사람이 없자 물었다.

"볼프람 공은 어디 있나."

그 리카르는 어젯밤부터 거의 반나절 동안 실종 상태였다. 부하들이 이리 설치는 것도 행여 일이 잘못되었을까 봐 불안해서다.

"말해. 볼프람 공은 어디 있지?"

"그분은 그분이 원할 때 올 테니, 알아서 기다리고 있어. 너, 리카르 공이 너하고 네 아버지를 당장 지하실에 처박지 않은 것만도 다행으로 여겨! 그 멍청한 오베른—"

순간, 베르나르의 얼굴이 일그러지며 칼릭을 노려보았다.

칼릭은 베르나르의 손목을 잡고 있었다. 베르나르는 팔을 비틀었지만 칼릭은 그 팔을 천천히 내려 상대의 배에 붙었다. 베르나르의 목에 핏줄이 돋아 올랐다. 이마와 목덜미에 땀이 맺힌다.

"내 아버지 욕은 그만해라. 이곳은 아직 내 아버지의 성이니. 자, 볼프람 공은 어디 있지? 안내해 줄 것까지는 없고 가르쳐만 주면 좋겠는데."

칼릭은 손을 놓았다. 급히 팔을 당긴 베르나르는 벌건 얼굴로 숨을 몰아쉬다, 주변의 기사들이 어이없다는 듯 보고 있는 것을 알게 되자 어색하게 웃었다.

"자, 작은 성으로 간다던데. 그, 뭐더라. 하여간, 옆에 붙은 그거."

"성의 별관이군. 알겠다. 마저 즐겁게 놀아라. 맛있게 먹고."

그리고 어깨를 두드려 주곤, 경악으로 창백해진 베르나르를 남기고 자리를 나섰다. 기다리고 있던 아렌이 따라붙으며 물었다.

"그러셔도 되는 겁니까."

"굽실거려 봤자 이익 볼 것도 없잖나."

"그래도 진 쪽은 우리들이라."

"아렌, 우리는 전쟁에서 진 적이 없다."

"네?"

"우리는 리카르에게 진 적이 없다. 싸운 적이 없으니까."

아렌은 그건 또 무슨 소리냐는 듯 긴장했다.

"나는 분명 동맹을 말했고, 어제 벌어진 일은 우리가 습격한 게 아니지. 즉, 우리는 공동의 적과 맞선 거다. 그리고 나는 항복을 하고 연 것이 아니라, 성을 구해준 볼프람 공에게 감사하며 그를 들여보내 준 거고."

"아니, 상황이 왜 그렇게 됩니까."

그러다 아렌은 정말 그리되고 말았다는 것을 깨달았다. 그저께 충돌이 있기는 했지만, 상대는 아샹보 경이다. 리카르의 수하조차도 아닌 자인데다, 오히려 리카르와 사적으로 반목하던 상대다.

"설마, 이리될 줄 알고 일부러 어제 동맹을 말씀하신 겁니까. 마인베르크 그놈 수하가 얼쩡대는 걸 보고? 일부러?"

"군사가 없으면 이용할 건 뭐든 이용해야지. 또, 리카르 볼프람이 어떻게 나올지 아직 모르는 상태다. 반나절 동안 실종되는 바람에. 뭘 하고 있는지……."

칼릭은 숲으로 달려가는 여자를 발견했다.

"나리?"

"쉿."

여자는 잠시 멈추어 성을 보더니, 곧 돌아서 다시 숲으로 향했다. 노을빛 머리카락이 맑은 햇살 아래 흩어졌다. 은은한 빛을 내는 이마의 각인이 드러났다가 머리카락 사이로 사라졌다.

칼릭이 본 것은 자신만만한 표정도, 투기나 승부욕에 찬 표정도 아니었다. 슬픈, 몹시도 슬픈 표정이었다. 세상의 끝을 본 사람의 눈이다. 무너진 하늘을 보고 꺼지는 땅을 보았으며 고향이 먼지가 되는 것을 본 자의 눈이다.

처음 이곳에 왔을 때, 여자는 유쾌하게 굴기는 했지만 이국적이었다. 그런 분위기를 풍기는 사람은 항상 외롭다.

보며 어떤 기분이었냐면, 좀 씁쓸했다. 그리고 그런 감정이 칼릭 자신에게 얼마나 이상한 건지도 알았다. 하필이면 공작의 마녀에게 그런 기분이 든다는 것도.

“작은 나리, 왜 그러세요.”

칼릭이 아무 말이 없자, 아렌이 다시 슬그머니 물었다.

“아렌, 자네는 그 리카르 볼프람에 대해 알지?”

“알긴 하지만 말입니다, 마지막으로 본 것이 거의 이십 년 전입니다. 사람 하나 정도는 완전히 바꿀 시간이지요.”

“나는 그때 너무 어려서 몰라. 자네가 보기에 그때의 그 남자는 어땠나.”

“착하고 바르고…… 뭐, 사람 칭찬할 때 나오는 말은 다 나오는 청년이었죠. 검술도 뛰어나고 머리도 좋았고. 그래서 선대 나리께서 정말 좋아하셨습니다. 그런데 너무 좋아하셨던 것이 문제였어요. 선대 나리는 그만큼 오베른 나리를 차갑게 대하셨고, 그러다 나리는 델 판의 마인베르크 같은 자와 친구가 되고 말았지요. 지금 생각하면 어떻게든 말렸어야 했다는 생각이 먼저 듭니다. 그런데 저도 잘못한 것이, 그 리카르 볼프람이 나리를 기죽인다고 생각해 싫어했거든요. 마인베르크는 마음에 들지는 않아도, 그래도 나리 편을 들어주는 친구라고는 생각했고요.”

“그래…….”

아버지와의 관계 때문에 궁금한 게 아니다.

저 여자가 리카르에게 있어 어떤 존재이며 리카르는 저 여자에게 어떤 존재이기에 저런 표정인지 궁금할 뿐이다. 그러다 보니 리카르가 어떤 남자인지 궁금해졌다.

아렌이 칼릭의 팔을 툭 쳤다.

“나리.”

별채에서 본성으로 이어지는 주랑(柱廊)으로 리카르 볼프람이 나오고 있었다.

칼릭을 본 리카르가 멈추어 고개를 들었다.

"칼릭스트인가."

처음 보는 것이나 다를 바 없는 리카르다. 금빛 머리카락이 드리워진 그을린 얼굴과 갈색 눈을 가졌고, 턱을 덮은 수염은 머리카락보다 좀 진하다. 몇 살이던가, 사라피온으로 끌려간 것이 스물하나이니, 지금은 마흔 근처인데 그보다는 젊어 보인다.

"네. 제가 칼릭스트입니다, 리카르 볼프람 공."

"네 아버지는 어디 있지."

"편찮으십니다. 제대로 이야기를 하지 못할 지경이시니, 중요한 이야기는 저와 하면 됩니다."

"어제 일은 어떻게 설명할 거냐!"

아렌이 깜짝 놀라 뒤로 물러났다. 예상치도 못한 날카롭고 신경질적인 분노다.

상황 자체에 대한 분노가 아니다. 상황이 불러온 결과에 대한 분노. 즉, 자신이 수습하지 못한 것에 화내고 있다.

"사고입니다."

"그렇다면 네게 책임이 없다는 거냐!"

리카르의 눈에 다시 분노가 치솟았다.

"너는 어제 분명 동맹에 대해 말했고, 나는 그에 대해 성의껏 응했다! 네 아버지가 내게 한 일을 고려한다면, 나는 아주 너그러웠지!"

"압니다."

"그런데 그 보답은 기습이었다! 어제 이 성에 마인베르크의 수하들이 왔었던 건 알고 있다. 네 아버지와 같이 있었다고도 들었지. 그리고 바로 이런 일이 벌어진 거다. 이게 믿음에 대한 보답이라면, 참 거칠구나!"

"볼프람 공."

칼릭은 조용히 말했다.

"습격은 제가 받은 겁니다."

"말장난하지 마라!"

"말장난이 아닙니다. 저와 아버지, 그리고 이 성이 습격을 받았고 공의 도움을 받은 겁니다."

"내가 도왔다고?"

"네. 그러니 그에 매우 감사드리며, 최선을 다해 공을 돕겠습니다. 가문의 후계자로서, 또 대리자로서."

리카르는 기가 막혀 허, 하고 신음을 흘렸다.

"설마, 어제 그 괴물들이 이 숲에 원래 자생하던 야생동물이라는 말은 아니겠지."

"공이 우리를 도와준 게 아니라면 말입니다, 제가 이 일을 복잡하게 만들 수는 있습니다. 이 근방에 마법을 쓴다 할 만한 사람은 그 숲의 마법사뿐입니다."

리카르의 눈이 확 뜨거워졌다. 조금 전에 보인 분노와는 격이 완전히 달랐다.

"이 일의 책임을 내게 뒤집어씌울 거란 말이냐!"

"볼프람 공, 어제만 해도 우리 성은 습격 받은 입장이었고 공은 공격하는 입장이었지요. 어제 벌어진 일을 공께서 하신 습격이라 하면, 정황상은 맞습니다. 항복할 생각이었는데 기습을 받았고, 그것이 공의 책임인 것 같다고 제가 말할 수도 있지요."

"화나게 할 생각으로 일부러 하는 말이냐."

"물론, 상식적으로 본다면야 공이 그런 무리한 일을 해서까지 성을 점령할 필요는 없겠지요. 그러나 이 블랑셰리온 가문은 성스러운 일곱 대가문 중 하나고, 그 당주와 후계자는 무류(無謬)로 인정된 고발권이 있습니다. 그 위력이 어느 정도인지는 공이 더 잘 아시겠지요."

리카르의 팔에 힘이 들어가며 두 눈에 섬광이 쳤다.

"이 일에 대한 책임을 두고 제가 공을 고발하면, 진위가 밝혀질 때까지 귀찮으실 겁니다. 공도, 그리고 공의 마법사도."

더 참지 못한 리카르의 고함이 터졌다.

"니안느는 걸고넘어지지 마!"

리카르는 칼릭을 노려보았다.

"그 아이를 걸고넘어지는 순간부터 우리 사이에는 협상도 뭣도 없어질 거다. 내가 할 일은 네 얼굴을 갈기는 것뿐이고, 너와 네 아버지도 감옥행이다. 둘러대며 속 긁는 짓은 그만둬라. 제대로, 할 말만 해. 원하는 게 뭐냐!"

"오해하지 마십시오. 그럴 생각은 없습니다."

그리고 칼릭은 더 흥분하게 놓아두고 싶지 않았다. 이 남자는 아마도 내내 부글부글 끓고 있다가, 칼릭을 보자 드디어 마음 놓고 날뛰게 된 것이리라. 아렌에게 말해야 하나. 찬물 좀 가지고 와. 저 머리 위에 부어버리게.

"공은 마인베르크에 대해 얼마나 아십니까."

"라크세니아를 거의 평정했고, 고티에 황자와 손을 잡고 팔가스의 황권 다툼에 끼어들었다는 건 알고 있다. 여기서 고티에가 이긴다면 마인베르크는 외국 이교도 귀족에서 팔가스 제국의 한 축이 될 수도 있겠지."

"당신은 당신이 고티에 황자와 마인베르크의 연합군을 쉽게 이길 수 있을 거라 생각하십니까."

"아직 싸우지도 않았다."

"일곱 대가문 중 우리 가문과 비스토니온 가문을 제하고는 모두 중립입니다. 우리 가문은 토마스 황자를 지지했다가 이 지경이고, 비스토니온 가문은 고티에 황자를 지원하겠다는 의중을 비친 정도입니다. 히페리움가는 비스토니온 가문과 사이야 나쁘지만, 그렇다고 프레데릭 황자를 지지하지는 않고 있습니다. 악펠리 가문 역시 마찬가지. 노티온은 어차피 나서지도 않을 테고요. 즉, 현재 프레데릭 전하의 편으로 돌아선 대가문은 없습니다."

"내가 마인베르크에게 질 거라 생각하는 거냐."

"제가 볼프람 공보다는 델 판의 마인베르크를 더 잘 압니다. 어제 일은 마인베르크가 한 짓이 맞고, 그는 곧 더 크고 더 확실한 대응을 할 겁니다. 그러나 마인베르크의 힘은, 어제 보셨을 테지만 그냥 군사가 아닙니다. 이그라탄과 전쟁을 해보셨으니 아실 겁니다. 인간의 힘을 뛰어넘는 존재들과의 싸움이 무엇인지. 또, 사라피온에 계셨으니 역시나 아실 겁니다. 팔가스의 상식과 평화가 얼마나 우스운 건지."

"내가 사라피온으로 간 것이 네 아버지 덕이란 건 알면서 그리 말하는 거냐."

"압니다. 당연히. 그러나 델 판이 이 싸움에 끼어든 이상, 그리고 델 판이 사라피온 공과 동일한 계열의 집안인 이상, 그런 종류의 싸움을 하셔야 합니다. 또, 그리되면 프레데릭 전하의 군사만으로는 되지 않습니다."

"바세바 공주에게는 앙골랍의 마법사들이 있다."

"그들이 어느 정도 유용한지는 공이 더 잘 알지 않습니까. 또, 앙골랍의 마탑은 분열되어 있습니다. 그리고 바세바 공주가 가진 쪽은 변변찮은 편이지요."

"내가 불리하단 거냐."

"그래도 공에게는 도움을 받을 수 있는, 또 도움을 받는다면 확실한 전력이 될 수 있는 자들이 하나 있지요. 그들이 돌아서 준다면 아주 편안한 싸움을 하게 되실 겁니다."

"어디를 말하는 거냐."

"교국의 성기사단."

리카르의 얼굴에 비웃음이 떠올랐다.

"그들은 절대 나서지 않는다. 이런 팔가스의 내전에는 더더욱. 성지 전쟁에서도 그들의 도움을 받는 것은 힘들었는데, 하물며 이런 속세의 전쟁은."

"교국이 마인베르크를 벨사키엘과 교단의 적으로 선포하게 할 수는 있습니다. 교국은 세속 군주들 간의 전쟁에는 끼어들지 않는 것이 원칙이나, 델 판의 군주 자체가 신의 적이라 판단된다면 할 겁니다."

"쓸모없군."

"아닙니다. 그리되면 프레데릭 전하는 명분을 얻고, 또 교단의 판단에 따라 프레데릭을 황제로 인정하고 대관식을 치러줄 수도 있습니다."

리카르는 더 할 말을 잃었다. 조금만 더 생각해도 칼릭의 말이 맞았다. 계승 분쟁은 단순히 싸우고 이긴다고 해결되는 게 아니다. 특히나 일곱 대가문의 이해관계와 협잡질이 얽혀드는 팔가스 황가에서는 더더욱. 힘이 비슷하다면 명분이 있는 쪽이 훨씬 유리한 게 사실이다.

"우선, 제가 이번 일을 교단에 고발한 뒤에 프레데릭 황자를 공식적으로 지지하겠습니다."

"네 아버지는?"

"일이 끝날 때까지 공께 맡기겠습니다."

"인질인가."

"네."

"그럼, 원하는 건 그 정도냐."

"그렇습니다. 성과 아버지의 안전. 아직은 그뿐이고, 어제 제게 제안하셨던 그 협상안을 지켜주시길 바랄 뿐입니다."

"충성을 맹세하고 협조를 증명한 다음 성을 돌려받겠다는 것?"

"물론, 점령하신 영지는 넘겨 드리겠습니다."

"혹시 나와 마인베르크가 직접 부딪히게 하려고 어제 동맹이니 뭐니 하면서 나를 끌어다 놓은 거냐."

칼릭은 입술 끝을 슬쩍 올렸다.

"성을 점령하고 안도한 뒤에 습격 받을 수도 있었습니다. 피해는 더 컸을 수도 있고요. 이 정도로 끝난 게 다행일 수도 있지요. 자, 어쩌실 겁니까."

리카르의 눈이 칼릭을 향했다. 칼릭은 그가 할 말을 기다렸다.

그리고 그가 한 말은 칼릭의 예상외의 말이었다.

"닮았구나."

"네?"

"세레나와."

"압니다."

칼릭은 세레나와 닮았다. 어린 시절부터 누구나 그 이야기를 했고, 다 큰 지금도 그렇다.

'그놈' 도 그리 속삭였고.

정말 세레나를 닮았구나. 너무 닮았어. 아들을 둔다면 너와 같은 아들을 두고 싶었지. 세레나와 똑 닮은 아들을.

이제 그 말은 칼릭이 가장 싫어하는 말이다.

"그런데…… 그 사실을 지금 알았구나."

더 의외의 말이라, 칼릭은 잠시 생각이 멎은 듯 남자를 보아야 했다.

지금 그 말 안에 담긴 것은 한탄이었다.

후회하는 것 같기도 하고, 슬퍼하는 것 같기도 했다. 왜 이런 말을 듣는 건지, 칼릭은 이해도 납득도 할 수 없었다.

“네게 맡긴다. 나머지는 너 알아서 해라.”

❖

니안느는 성지 근방에 멈추었다.

사방이 불탄 흔적이었다. 나무는 검게 그을려 있고, 가엾은 병사의 시체들과 괴물의 찌꺼기가 여기저기 널려 있다. 니안느는 그을린 나무둥치를 손끝으로 건드렸다. 부스스 부서진다.

역시, 숲이 습격당한 그날의 폐허와 닮았다.

니안느는 재가 묻은 손가락을 문지르곤 고개를 들었다.

엉망이 된 전쟁터 너머의 숲은 그래도 아름다웠다. 붉고 노랗게 물든 나무들이 알록달록 어울린다. 아래로는 맑은 강이 느릿느릿 흐르고, 옆에는 버드나무 숲과 갈대가 우거진 작은 호수가 있었다. 기러기 몇 마리가 수면 위로 날아갔다.

그때 등 뒤에서 조용히 부르는 소리가 들렸다.

“이봐.”

니안느는 돌아섰다.

칼릭이었다.

검은 셔츠에 바지 차림이었다. 상앗빛 피부와 검은 천이 잘 어울린다는 생각이 들었다. 곧게 뻗은 어깨와 탄탄한 등이 그 얇은 옷 아래로 드러나니, 맵시도 좋았다.

“조금 전에 나가는 것 봤다. 괜찮나?”

괜찮다고 말할 수 있어서 다행이고, 그것이 이 남자를 기분 좋게 해줄 거라 생각하니 역시나 다행이었다.

니안느는 고개를 끄덕였다.

"좀 오래 자서 괜찮아요. 거의 반나절이나 푹 잠들었었다고 리카르가 불평하던데. 정작 나는 그렇게 기절한 덕에 몰랐죠."

"리카르가?"

"네. 일어나니 옆에서 이렇게 노려보고 있더라고요."

칼릭의 눈이 뚫어져라 니안느를 보았다.

"왜 그래요?"

"아니, 반나절이나 없어져 있었다더니, 그곳에 가 있었나. ……그런데 너는 여긴 왜 온 거지?"

"알아볼 게 있어서요."

"뭘 알아보려고."

"적…… 이라 해야 하나. 아직 잘 모르겠네요."

적이란 말은 낯설다.

전쟁에야 많이 참여했지만, 여태까지 리카르의 적은 리카르의 적일 뿐 니안느의 적이었던 적은 없다.

그런데 어제, 그 검은 날개의 괴물은 분명 니안느의 적이자 리카르의 적이었다.

"참, 성은 어떻게 되었나요?"

"성은 무슨—"

"리카르와 이야기하지 않았어요? 만나는 거 봤는데."

칼릭이 그제야 알았다는 듯 아— 하고 중얼거렸다.

"원하는 대로. 그럭저럭. 나도 납득하고 리카르도 납득할 수 있는 방향으로 끝난 것 같다."

"다행이네요. 당신이 포로가 되거나 탑에 갇히는 일은 없을 테니."

"그나마 다행이지."

니안느는 어제 칼릭이 쓰던 그 빛에 대해 궁금해졌다.

마법은 아니다.

성기사들과 같은 건가.

그리 싸우는 성기사들을 본 적은 있다. 그들은 그것을 '권능'이라 하며, 그런 힘을 쓸 때 교단에서 특별히 만든 성무구들을 사용했다. 평범한 무기를 쓰면 망가진다고 했다.

"왜 그러고 보는 거지."

물어보고는 싶었지만, 알려줄 만한 일이면 벌써 말했을 테니 니안느는 그냥 모르는 척하기로 하며 다른 것에 대해 물었다.

"동방 숲을 안다고 했지요?"

"그랬다. 신이 깃든 숲."

"그 신은…… 이제는 없어요."

칼릭의 눈이 커졌다. 당혹감과 놀라움이 보인다.

니안느는 속에서부터 슬픔이 밀려 올라왔다. 숲을 나온 이래 항상 느끼던 감정보다 더 진했다.

"이제 더 이상 왕도, 숲의 아이들도, 파수꾼도 없어요. 내가 그 숲이 택한 마지막 마법사인 셈이죠."

니안느는 목에 걸린, 작은 나뭇가지가 매달린 목걸이를 들었다.

"숲의 왕과 관련된 건 이것만 남았어요."

"왜."

"십 년 전 습격을 받았거든요."

"습격?"

"그래요, 습격. 어느 날 밤, 무시무시한 공격이 있었어요. 우리는 정말 너무 무력하게 패하고 사냥당했지요. 난 도망쳤고…… 혼자 남겨졌어요. 엄청난 불길과 뒤섞여 쏟아지던 경계의 괴물들, 무력하게 쓰러지던 내 형제들과 스승님들."

니안느는 눈을 감고 귀에 손을 얹었다.

"아직도 귀에 들려요. 내 벗들과 스승님들의 울부짖음이. 그들의 살이 찢겨 나가는 소리가, 그들의 몸이 죽어가며 내뿜는 피와 살의 냄새, 그 살육…… 샘과 강, 여울은 붉게 물들고, 하늘 가득 죽음만이 가득한 날이었죠. 전장조차도 아니었어요. 전장은 싸움의 끝이죠. 이긴 자와 진 자, 죽은 자와 산 자가 있는. 그런데 그건…… 죽음, 죽음, 또 죽음뿐이었죠."

니안느는 눈을 떠 아름답고 젊은 기사의 얼굴을 보며 말했다.

"그런 날에 나 혼자 살아남은 거죠."

"어떻게."

"필람몬…… 내 스승님이 나를 경계까지 데리고 가서 숨겼어요. 그분은 다른 아이들을 구하려고 달려 들어갔고…… 기다렸지만 돌아오지 못했어요. 며칠을 숨어 있다가 나갔죠."

니안느는 치미는 슬픔을 잠시 말없이 견뎌야 했다.

"숲은 폐허였어요, 불탄 둥치, 재, 그을음, 그리고 살육과 탐식의 흔적만 남아 있었어요. 남은 건 이거 하나예요."

니안느는 다시 나뭇가지를 건드렸다.

"숲에 들어와 얼마 뒤에 받은 왕의 일부예요. 내가 특별해서 받은 건 아니에요. 다 받아요. 내가 마지막으로 받은 것뿐이죠. 그리고 왕은 사라지기 직전에 환시를 통해 내가 할 일을 알려줬어요."

칼릭은 조용히 니안느를 바라보고 있었다. 니안느는 마음의 바닥까지 깊이 비추는 빛을 느꼈다.

저 녹색을 닮은 숲의 녹음이 비치는 것 같았다.

고향이 느껴진다.

들어주고 받아들여 주는, 그 신록으로 가득한 고향을.

다가오지 않지만 마음을 건드려 주는 배려다. 거의 십 년 만에 느끼는, 불안과 공포가 완전히 사라진 안도감이다.

칼릭이 조용히 물었다.

"네 왕이 뭐라고 했지?"

"사라피온에 있는 리카르를 찾으라고."

"너무 정확해서 실수로 다른 사람을 찾을 수도 없게 구체적이군."

"그런데 정확한 건 그뿐이에요. 다른 말은…… 빛을 찾으란 거였죠."

칼릭이 그거 참 당혹스럽다는 눈길을 보냈다.

"대체 무슨 빛을 찾으란 거지?"

니안느는 고개를 저었다.

"몰라요. 리카르를 찾고, 그다음 빛을 찾으라고. 그게 마지막이었죠. 그래서 우선 리카르를 찾아낸 뒤, 그를 따라다니며 기다렸어요. 그런데 아무 일도 없었죠. 거의 십 년이었어요."

그 일에 대해 말하는 것은 리카르를 제하고는 처음이었다. 그때는 설명에 가까웠는데, 지금 니안느는 이 이야기를 하는 자신이 감정과 슬픔을 모두 내보이고 있다는 것을 알았다.

"십 년…… 이라."

"길죠, 참. 해 뜰 날 없는 암흑 속에 앉아 있는 것 같았어요. 낯선 곳에서 낯선 곳으로 다니며…… 오늘은 무슨 일이 생기나 하고 일어나, 역시 아무 일도 없구나, 하고 잠들죠. 그동안 리카르는 자기 할 일을 했지요. 프레데릭 황자를 만나고, 그의 기사가 되고, 이제는 공작이 되고 공주의 남편이 되었죠. 고향으로도 돌아왔어요. 이건 당신에게는 좋은 일이 아니지만…… 그렇게 그의 일은 거의 끝나가는데, 나는 아무것도 못 찾았어요. 그러다 어제 이곳에서 봤어요. 나의 숲을 습격했던 것과 같은 것을."

니안느는 바닥의 흙을 손으로 쓸었다. 재가 섞인 흙이 손끝을 따라 긁혔다.

"그날 보았던 검은 괴물이 여기 있었어요. 정말 무서웠어요. 겁에 질려 아무것도 못 할 때 칼릭스트 경이 흔들어 깨워줬죠. 이상하죠. 그토록 찾아 헤매도 없었는데, 이곳에서 보다니. 하필이면 이곳에서……."

더 이상 갈 곳이 없을 거라 생각했던 이곳에서.

니안느는 몸을 일으켰다. 고요한 몸짓을 따라 서글픔이 비처럼 흘러내리는 것 같았다.

"고마워요. 도와줘서. 그리고 이야기 들어줘서 고마워요."

"나는 가만히 있기만 했어."

"이야기할 상대조차도 없었어요. 세상은 고요하고 어둡기만 할 뿐, 친구도 동료도 스승도 없죠. 전 동방 숲에서 유일하게 살아남은 고아죠."

니안느는 칼릭이 허리를 살짝 숙이고 있다는 것을 알아챘다.

싫은 기분이 아니다. 옅은 향기를 풍기는 꽃이 가까이 있는 것 같았다.

니안느는 고개를 숙였다. 이마가 칼릭의 어깨 근방에 멈추었다.

"칼릭스트 경, 내게는 예지의 힘이 없어 몰라요. 무엇이 올지, 누구를 만나게 될지. 과연 내가 왕이 말한 빛을 찾을지. 아니, 세상에 그 빛이 있기는 한지. 내 세상에는 인간의 선도 악도 없어요. 인간이란, 신들 앞에서 인간이란 저무는 해와 떠오르는 달에 비하면 아무것도 아닌 것이니. 그래도…… 부질없는 모든 것 중에, 감사해야 하는 일과 그에 답하고자 하는 마음만은 항상 진짜였어요. 그러니, 지금 당신에게도 진짜예요."

니안느는 눈에 빛을 담아 말했다.

"고마워요."

그렇게 말하며 살짝 올려다본 칼릭의 얼굴은 조용했다.

그제야 니안느는 이 남자가 자신에게 집중하고 귀를 기울이고 있다는 것을 분명히 깨달았다. 세상에 니안느 하나만이 있는 듯 바라보고 있다.

"이런 내가 불쌍한가요."

"아니, 안쓰러워서."

"비슷…… 한 말 아닌가요."

"달라. 불쌍한 건 나하고는 상관없는 일에나 가지는 감정이지. 하지만 안쓰러운 건……."

칼릭은 그런 말을 하는데 자신이 더 당황한 듯 멈추었다가, 고개를 저었다.

"아냐. 어제는 꽤 당돌하게 굴더니, 오늘은 이러니 좀 다르군."

"어제보다는 지금의 내가 진짜에 가까워요. 기분 내키는 대로 구는 건 사실인데."

니안느는 눈을 가늘게 떴다.

"그런 당신도 오늘은 좀 다르네요."

지금의 칼릭은 어제 보이던 그 서늘한 경계도 칼 같은 배타(排他)도 없었다. 금방 갈아낸 보석의 면처럼 찬란하게 빛나고, 아침 햇살이 배어든 창 밖처럼 포근하다.

칼릭이 물었다.

"언제…… 떠날 건가."

"리카르가 갈 때 같이 갈 거예요."

"그 다음은 뭘 할 거지?"

"아직 몰라요."

"그럼 미리 인사해야겠군. 나는 곧 떠날 거다. 리카르가 언제 떠날지는 모르지만, 내가 먼저 떠나는 건 확실해."

"무슨 일로 가는 건데요?"

"이번 일 때문에 처리할 게 좀 있어서. 어제 나도 정말 고마웠다. 도움이 없었다면 이 성도, 나도, 아버지도 위험했을 테니. 진심으로 감사한다."

"겨우 그 정도로는 부족한데요. 물론 나도 도움 받긴 했지만, 그건 그거고."

"돈이라도 내야 하나."

니안느는 좀 짓궂은 표정을 지어 보였다.

"아니요, 좀 더 진심으로. 정성 들여서 감사해 줘요."

그리고 손등을 내밀었다.

"자?"

"이교도이면서 어디서 배운 건가. 귀부인들이 창술 경기장에서나 보여주는 건 줄 알았는데."

"가엾은 아샹보 경한테서 배웠죠. 틈만 나면 감사하게 해달라며, 손잡고 손등에 입 맞춰댔어요. 그런 말을 들을 때마다 기분이 이상해, 나한테 신세진 다른 기사들에게 여기다 입 맞춰보라고 손을 내밀었죠."

"다른 사람이 좋아하던가?"

"리카르는 질색하고, 베르나르…… 아, 멧돼지 비슷하게 생긴 기사 하나 있어요. 베르나르는 가족끼리 이러는 거 아니라고 하고, 다른 기사들도 다 질색하죠. 이건 색다른 저주냐고 하는 사람도 있고."

"저런."

칼릭의 얼굴에 미소가 번졌다.

"너무하는군, 다들."

니안느는 마음의 물결 위로 바람이 이는 것을 느꼈다.

흔들린다.

칼릭이 짓는 미소는 눈부셨다.

수면 위를 스치는 빛처럼, 빼어나게 조화로운 눈과 코, 입술에 숨겨져 있던 매혹의 광휘가 비친다.

니안느는 자신이 아무도 모르는 비밀스럽고 아름다운 곳을 본 것 같다고 생각했다.

눈길과 숨을 빼앗는, 너무나 아름다운 곳을.

달아오른 햇살이 살갗에 닿은 듯 열기를 느끼게 하는 그런 곳을.

칼릭은 니안느의 손을 잡았다. 긴 손가락이 니안느의 손을 감싸더니, 칼릭이 고개를 숙여 그 손가락 마디에 가볍게 입을 맞추었다.

"케르케투 그렌의 후계자, 루미나레와 라무스의 서임을 받은 칼릭스트 오베리안 드 블랑셰리온의 이름으로 감사한다. 가시 없는 길을 가기를, 샘이 마르지 않는 길을 가기를, 필요한 축복이 목마를 날 없이 깃들기를."

그리고 칼릭은 손을 놓았다.

"고마웠다, 숲의 마법사."

❖

리카르의 부하들은 얼마 되지도 않은 포도주를 거의 다 마신 뒤에 조금 남은 포도주를 누가 마시느냐로 싸우는 중이었다.

니안느가 왔을 땐, 리카르의 기사들은 술을 마시는 기준이 될 서열을 정하는 중이었다. 니안느는 술병을 들어 흔들어보았다. 바닥에 조금 남아 있어, 누가 이겨서 가장 먼저 마시든 아무 의미가 없어 보인다.

"어이, 아빠들, 리카르는 어디에 있나요?"

베르나르가 번개에 맞은 듯 벌떡 일어났다.

"우와, 니안! 우리 딸 니안이구나!"

"네. 나예요."

"괜찮아? 너 쓰러졌다는 말은 들었는데."

"일어난 거 보면 몰라요. 리카르는 어디 있냐고 물었는데요."

"몰라. 그 죽여주게 잘생긴 성주 아들이 찾으러 다닐 때는 별관에 있었는데, 네가 그러는 걸 보니 거긴 없나 보다. 그냥 여기 앉아. 같이 마시자!"

"거기 앉아 술이나 따르라고요? 술을 채워오는 건 내 일이 될 것 같지만."

"뭐, 그것도 좋지. 해줄래?"

"처음 만났을 때 내가 분명히 말했죠. 베르나르에게 여자로 보일 날도 없고, 여자로 보지도 마라. 베르나르는 남자의 명예를 걸고 받아들였죠. 그때 내 등 뒤에서 노려보던 리카르 덕인 것 같긴 하지만."

"그래서 부녀지간이 된 거잖아. 이 불효막심한 계집애야."

"열 살 안 된 딸에게 아버지는 영웅이지만, 열여덟 넘은 딸에게 아버지는 적이라고요. 모든 딸은 결국에는 불효막심해져요. 술이 모자라면 나한테 이러지 말고 하인이나 성주에게 더 달라고 해요."

"아, 더 달라고 했더니만 그 예쁜 성주 아드님이 요렇게 턱을 들고 말하더군. '없.다.'"

그 표정이 보이는 것 같아 니안느는 웃었다.

"그런데 말이다, 그 오베른 아들. 정말 잘생겼더라. 그 건방진 아샹보가 봤어야 했는데. 마주 보기만 해도 겸손해졌을 텐데 말이야."

"그랬으면 어제의 운명이 바뀌었을 수도 있겠네요. 이만 가볼게요. 마저 놀아요."

니안느는 포도주 병을 놓고 자리를 나섰다. 떠드는 소리가 들린다. 성

아래의 마을로 가서 술집이나 찾아가자. 좋지, 좋아.

그 소리를 들으며 앞으로 천천히 걸었다. 칼릭과 헤어지고 나니 갑자기 주변이 적막하고 어둡다는 생각이 들었다.

참 조용한 성이긴 하다. 사람도 없고 불을 밝힌 곳도 얼마 되지 않았다.

칼릭스트 경은 지금 뭘 할까. 저 뜰을 산책할까, 아니면 창가에서 내려다볼까.

그 모습을 상상만 해도 즐거워진다. 어울릴 것이다. 이 성의 주인이 될 몸이니.

니안느는 높은 기둥과 근사한 궁륭을 세운 아름다운 주랑을 걸었다. 다리에 지붕을 얹은 것 같은 긴 주랑이라, 성의 뜰과 아름다운 풍경이 한눈에 들어온다.

붉게 물들어가는 담쟁이 잎이 기둥과 난간을 휘감고, 난간 아래로는 정원이 내려다보인다. 돌보지 않아 잡초가 무성한 정원에는 푸른 수레국화가 올해의 마지막 개화기를 보내고 있었다. 차가워진 바람이 목덜미를 스치고 지나간다.

"니안."

니안느는 난간에 앉아 자신을 바라보는 리카르를 발견했다.

"거기서 뭐 해요."

"옛날 생각을 하는 중이다."

니안느는 리카르에게 다가갔다. 리카르는 다가오는 니안느에게서 시선을 떼지 않으며 말했다.

"여긴 내가 가장 좋아하던 곳이었단다. 이곳에 혼자 앉아, 시원한 바람을 즐기며 성 아래를 내려다보는 것을 좋아했지. 성에서 연회라도 벌어지면 참 근사했어. 경쾌한 류트에 맞춘 노랫소리에, 리본처럼 날리는 바이

올린 소리와 춤추는 발소리…….”

리카르는 후, 하고 한숨 쉬듯 웃었다.

“나는 이곳으로 오면 그 모든 것이 다 고스란히 생각날 줄 알았지 뭐냐. 과거의 추억과 사랑스러운 행복이 다 기억나고…… 잃어버린 모든 것을 단숨에 찾을 수 있을 거라 생각했지. 즐겁고 행복한 그때의 리카르로 돌아갈 수 있을 거라고.”

“그런데 지금 어떤데요.”

“돌아갈 수가 없구나.”

“많이 변했어요?”

“아니, 변한 건 하나도 없다. 지붕 색이 좀 달라진 정도랄까…… 나머진 다 그대로다. 내가 보낸 이십 년 같은 건 어디로 갔는지 모르겠구나. 너무나 똑같아서.”

붉은 노을이 리카르의 금빛 머리에 번진다. 수염에 덮인 볼과 곧은 코, 잘생긴 눈과 턱이 노을에 젖는다. 눈은 쓸쓸했다. 도둑맞은 자의 얼굴이다.

“니안. 곧 떠날 테니, 준비해 두려무나.”

“언제요?”

“내일, 아니면 내일모레.”

“그렇게 빨리요? 내내 이 성만 생각했잖아요. 그리워했고…….”

“그랬지.”

“그런데 왜 이렇게 금방 떠나요.”

“더 있고 싶지 않구나.”

니안느는 잘못되었다는 생각이 들었다. 이래서는 안 된다는.

그런 니안느의 마음을 오해한 리카르가 말했다.

“이 성이 네 마음에 들면, 너를 위해 며칠 더 머물 수는 있다. 말만 해라.”

"그건 아니에요."

"그럼 우선 내일 이 성을 떠나자. 그리고……."

리카르는 머리카락을 쓸어 올렸다. 고뇌에 찬 이마가 드러났다.

"니안, 나는…… 여기로 오지 말았어야 했던 것 같다."

니안느는 놀라 눈을 크게 떴다.

"왜 그렇게 말해요."

"노예 생활을 할 때 나는 내내 이곳만 생각했다. 이곳의 향기, 이곳의 평화, 이곳의 바람, 이곳의 아침, 이곳의 밤…… 달과 별, 이곳에 있는 것이라곤 다 생각했어. 오로지 이곳으로 다시 오는 것만 생각했지."

"돌아왔잖아요."

"그런데 돌아오지 말았어야 했던 것 같구나."

리카르는 고개를 저었다.

"네가 깨어난 후, 혼자 다녀봤다. 그런데 내가 찾는 것 중, 그 무엇도 없더구나."

"무엇을…… 찾았는데요."

"이곳에 있었다고 믿던 행복이겠지. 이미 다 없어져 버린. 복수와 징벌을 원한다 생각했는데, 정작 성에 오니 오베른은 만나기도 싫고, 세레나는 영원히 내 것이 아니지. 이 성은 그리도 그리웠던 고향이 아닌, 타지나 다를 바 없는 곳이구나."

"리카르—"

리카르는 니안느의 볼에 손을 댔다.

"여긴 추억이 묻힌 무덤조차 될 수 없는 곳이더구나. 나는 너무 오래 여길 떠나 있었고, 내 삶은 이곳과는 상관없어진 지 오래지. 그러니…… 행복도 이곳에는 없구나."

"……."

"니안, 이제 가자. 여긴 내가 있을 곳이 아니다."

리카르의 손이 내려와 니안느의 손목을 잡았다.

예상치 못했던 접촉이 마치 찬물이 튄 듯 니안느를 놀라게 했다. 그리고 이 말. 가자, 라는 말은 곧 '돌아간다' 라는 의미였다.

니안느는 팔을 당겨 그의 손에서 자신의 손목을 빼내었다.

"니안?"

니안느는 다시 잡으려고 손을 뻗는 리카르에게서 물러났다. 당혹감과 두려움이 리카르의 얼굴에 보였다.

"왜 그러니."

"리카르, 난."

긴장한 리카르의 얼굴을 보며 니안느는 말했다.

"사실, 여기로 오며 당신의 선택을 이해, 이해하려고 했어요."

리카르도 사람이다. 욕망이 없을 리 없고, 소망이 없을 리 없다. 그러니 그에 따른 선택을 하는 건 괜찮다고 생각했다.

이해하고 이해하자, 리카르는 소중한 사람이니 이해하자.

그러나 이제 알겠다.

사실은 원망하고 싶었다.

왜 당신의 선택은 항상 당신만을 위한 것이냐고.

딱 한 번만 나를 위해 택해줄 수는 없는 거냐고.

난.

난 내 고향과 숲을 찾고 싶다고.

내가 사랑했던 것들을 찾고, 그들을 마음 놓고 사랑하고 싶다고.

당신과 함께 찾고 싶다고.

리카르, 당신이 나를 위해, 나와 같이 가줬으면 좋겠어요.

그러니 결혼하지 말아요. 내 곁에 있어줘요.

"……그런데 리카르, 난 리카르가 바세바 공주와 결혼했을 때 생각도 못했던 감정이 들었어요."

"뭐냐."

"아프더라고요. 가슴 안에 바늘과 못이 가득 들어간 듯 아팠어요. 시간이 지나면 나아질 줄 알았는데, 더 아파오기만 하더군요."

"니안느. 너—"

"그리고 생각하고 또 생각하죠. 당신이 이 성으로 가고, 언제고 당신이 사랑했던 여인을 되찾는다면, 그때는 어떤 슬픔을 느낄지. 아침부터 그 생각을 하며 일어나, 잠들 때까지 오로지 그 생각만 하게 되었어요. 그러다 무섭더라고요. 이리되면 나는 미움과 슬픔으로 하루하루를 보낼 거라고……."

"그러지 마라."

니안느는 천천히 고개를 저었다.

"내가 그리 생각하는 건 당신 책임이 아니에요. 지금 그렇다는 것도 아니고요. 그래도 그날은 언제고 오고 말 거예요. 당신이 내게 줄 수 없는 것을 바라게 되는 날이, 그것만을 바라다 결국 나 자신이 나 자신이 아니게 되는 날이. 내가 당신이 줄 수 없는 것을 요구하고야 마는 날이 올 거예요."

"무슨 말을…… 하려는 거냐."

"리카르, 나는 그래서는 안 돼요."

니안느는 한 걸음 뒤로 물러났다.

"여기까지 오는 길은 길었지만…… 이제 알 것도 같아요. 아무리 같은 길이라도, 모두가 같은 값을 치르며 오는 것은 아니죠. 공평하게 할 수는 없어요. 길이 끊어지거나 없어지지 않기만을 바랄 뿐. 그러니까……."

니안느는 안타까워했다.

이 남자에게 더 기대면 어찌할 수 없게 된다는 것은 자신이 잘 알았다.

이 남자는 그녀를 위해 아무것도 해주지 않을 테고, 이 남자를 위해 할 일은 니안느가 해야 할 일과는 다른 일이 될 것이다.

이 남자는 니안느에게 줄 수 있는 것이 아무것도 없다.

사랑을 줄 수 없고, 남자가 되어줄 수도 없고, 가족도 될 수 없다.

니안느는 그 간극만큼 자신이 무너지고 망가질 거란 사실을 잘 알았다.

그런데 그래서는 안 된다.

공작의 마녀이기 이전에 동방 숲의 니안느였으며, 필람몬의 제자인 니안느였고, 숲의 아이이자 숲을 찾아야 하는 니안느였다.

어제까지 잊고 있었다.

이 남자의 사랑, 이 남자의 복수, 이 남자의 야망에 정신이 팔려 있었다.

이 남자만의 일이지 그녀의 일은 아니었다는 것을 잊고 있었다. 이 남자만 있으면 외롭지는 않다는 것에 매달리느라, 이 남자가 다른 여자와 결혼하는 것을 보면서도 잊으려 했다. 이 남자가 사랑하는 여자가 따로 있다는 것을 알면서도 잊으려 했다.

이 남자의 삶에 니안느가 차지할 수 있는 자리도 없게 되었다는 것을 알면서도, 어떻게든 잊으려 했다. 그 사실 자체를.

그러다, 정작 가장 중요한 것을 잊고 말았다.

자신이 무엇 때문에 이 세상에 있었는지.

"그러니까 리카르, 우리의 길은 여기까지예요. 여기가 갈림길, 그러니……."

리카르의 눈이 충격으로 흔들렸다.

"니안! 무슨…… 무슨 말이냐!"

니안느는 웃었다. 마지막이 될지도 모르니 오늘은 웃으리라.

"안녕, 리카르."

니안느는 뒤로 한 걸음 갔다.

리카르의 얼굴이 멀어진다.

다시 한 걸음.

그리고……

니안느는 돌아섰다.

저녁의 날카로운 빛이 눈을 스친다. 하늘을 붉게 태우는 노을빛이 온몸을 적셨다. 니안느의 긴 머리카락이 허리와 옷자락을 부드럽게 감았다. 옷자락이 날개처럼 펄럭이며 그 소매 끝자락이 검게 물들기 시작했다. 검은 얼룩은 깃털로 변해 날리고, 새카만 물결이 되어 소매와 몸을 휘감아 삼킨다.

아무도 없는 허공을 보자 곧 겪을 외로움이 몸서리치게 두렵게 느껴진다.

여태까지 자신이 얼마나 '혼자가 아니다' 라는 사실에 의지하고 있었는지를 깨달았다.

각오했던 것보다 더한 상실감과 두려움이 무너지는 하늘처럼 니안느를 덮쳤다.

돌아보고 싶었지만 돌아보면 갈 수 없다는 것도 안다.

그러나 지금은 돌아서 버려야 한다.

펄럭—

니안느의 몸은 검고 큰 새로 변해 날아올랐다. 노을이 검은 깃털 위로 흘러내렸다. 새는 여기서 어디든 멀리 날아가기 위해 날개를 쳤다.

"니안느!"

리카르는 경악하며 하늘을 보았다.

노을에 불타는 하늘 위로 검은 매 한 마리가 가르며 날아갔다. 니안느의 말이 잔상처럼 귓가를 떠돈다.

안녕, 리카르.

안녕.

❖

“너무 서두르시는 거 아닙니까.”

마구간까지 따라온 아렌은 칼릭에게 걱정스레 말했다.

“리카르의 마음이 변하기 전에 얼른 가야 해서. 아버지 부탁한다. 필요하다면 한잔 드리고 재워도 되고. 슬퍼하시면 재롱도 좀 부려.”

아렌은 한숨을 푹 내쉬었다.

“최선을 다하겠습니다. 그러나 그 리카르가 나리께 해를 끼치지나 않을지, 그게 참 걱정됩니다.”

“아버지가 치를 몫은 어쩔 수 없다고 본다. 아버지가 잘못을 한 게 맞고, 그건 갚기에도 모자랄 정도로 큰 잘못이지.”

“그자가 나리께 무슨 짓을 하든 내버려 두시겠다는 겁니까?”

“어쩔 수가 없지. 잘못은 잘못이지 않은가.”

“작은 나리, 제발요!”

칼릭은 아렌의 팔을 잡았다.

“너무 걱정 마.”

“어떻게 걱정을 안 해요!”

“이십 년 쌓인 원한인데 리카르 볼프람은 아무것도 하지 않았다. 할 거면 벌써 했고, 지금까지 하지 않으면 영원히 하지 않을 거란 말이다."

아버지를 두고 가는 것이 우려되지 않는 건 아니다. 그러나 리카르가 아직 아무것도 요구하지 않는 지금, 협상을 할 수 있는 위치는 유지해야 한다.

"알았어요. 그래도 나리께 인사는 하고 가세요. 나리께 화난 건 압니다. 리카르 볼프람의 일은 나리 잘못이 커도 너무 커서 저도 달리 할 말이 없습니다. 네, 무슨 핑계를 대더라도 그건 잘못한 게 맞아요. 하지만!"

아렌은 양 주먹을 쥐었다.

"마님이 돌아가신 이후의 일은 나리 잘못만이 아닙니다. 남들이 다 뭐라 해도, 도련님은……."

아렌은 더 말을 잇지 못했다.

칼릭은 떨리는 그의 어깨를 두드려 주었다.

"이해해. 하지만 지금은 가야 해. 아버지 옆에 있을 수가 없다."

"도련님."

"곧 더 큰 전쟁이 올 거다, 아렌. 고티에 황자와 프레데릭 황자가 충돌하면, 그 선두에 설 것은 리카르와 마인베르크겠지. 우리도 그에 준비를 해야 해."

"도련님은 어쩌실 겁니까."

"리카르를 돕기는 애매하지만, 그렇다고 마인베르크가 이기게 놔둘 수는 없지. 내 입장은 아직 그 정도다. 우리 가문이 처신할 수 있는 한도도 그 정도고."

지금 마인베르크는 온갖 영주들이 난립하던 라크세니아를 평정했다. 정복 그 자체일 뿐인 정복일지라도, 마인베르크가 휘두르는 압도적인 폭력 아래 사람들은 분노보다는 복종이 먼저였다.

그리되는 데 아버지의 돈과 희생이 얼마나 들어갔는지, 칼릭도 알았다. 아버지는 그동안 마인베르크의 자금원이었고, 심지어 출정까지 했다.

"아버지와는 다 끝난 다음에 이야기하겠다. 그러니, 나를 찾으시거든 성의 일 때문에 새벽에 나갔다고만 해라."

"슬퍼하실 텐데요."

"그래도 이 일이 다 해결되면, 우리 둘 다 편해질 거다. 그때 웃어도 늦지 않아."

마부가 칼릭의 말 베아트리체를 데리고 왔다. 눈부신 백마는 마부가 귀찮은지 연신 바닥을 걷어찼다. 마부는 그 뒷발에 차이기 직전에 얼른 고삐를 놓고 물러났다. 칼릭은 고삐를 받아 들고 말에 탔다.

"잘 있어, 아렌."

"다녀오시면 꼭 나리와 화해하세요."

"알았다."

"건성으로 말하지 마세요! 꼭, 꼭 하는 겁니다!"

"알았다니까."

칼릭은 마구간을 나서 뒤뜰로 나갔다.

병사들은 벌써 성문을 열어두었다. 칼릭이 성문을 통과하자 다들 투구를 벗고 전송했다. 눈에 아쉬움과 슬픔이 가득했다. 칼릭은 그들을 둘러보며 인사한 뒤에 박차를 가했다. 베아트리체는 차가운 아침 벌판을 향해 신나게 달렸다.

최대한 가로질러 가는 빠른 길로 가기로 했다. 나셀에 도착하면 바로 배를 타고 몬타로 들어가면 된다.

몬타는 교국의 공식 도시 중 하나, 즉 추기경이 있는 곳이다. 몬타에서 교국까지는 금방이다.

가을이지만 아직 해는 길었고, 새벽에 나선 칼릭이 저녁 무렵에 도착했을 때는 성과 한참 떨어진 곳이었다. 해가 저물면 그냥 불을 피우고 노숙을 했고, 다음 날도 그렇게 했다. 여관은 베아트리체를 먹여야 할 때만 들어갔을 뿐, 자지는 않았다. 나흘째 되는 저녁, 칼릭은 드디어 나셀로 향하는 길이 있는 숲 입구에 도착했다.

잠깐 눈만 붙였다가 깨었을 때는 이른 새벽이었다. 새벽 공기는 서리처럼 찼고, 몸은 피곤이 덜 풀려 뻐근했다.

오늘 며칠이나 되었을까.

칼릭은 머리를 문지르며 그가 보아온 일출을 세어보았다. 닷새나 이레 넘어간 것 같다.

리카르는 떠났을 테니, 아버지는 편히 주무시려나.

그리고……

그 여자, 숲의 마법사 니안느는 어쩌고 있을까.

숲을 거닐지, 아니면 오솔길을 걸을지, 어느 도시의 골목길에 있을지, 군영의 막사 안에서 자고 있을지.

당돌함 때문도, 요정 같은 이목구비와 은보라색 눈 때문만도 아니다.

칼릭 앞에 솔직하게 드러낸 그 슬픔이 문제다.

안쓰럽다고 말한 건 정말이었다.

동정도 연민도 아니다. 슬프게 하는 것이 미워지고, 그 모든 것을 앗아간 자가 원망스럽고, 더 이상은 그런 일이 없기를 바란다.

또……

이국적인 눈매와 긴장하면 연하게 달아오르는 볼이 신경 쓰인다.

그 엄청난 능력을 보고도 정작 생각하는 것은 이런 수준이라니. 그러나 기이하게도, 칼릭은 그런 여자가 이제 막 햇살 아래 드러난 서리처럼 연약해 보였다.

칼릭은 베아트리체의 등에 정리한 짐을 묶은 다음, 물소리가 나는 곳으로 갔다. 맑은 냇물이 흐르고 있었다. 칼릭은 베아트리체를 데리고 개울을 따라 내려갔다.

울창한 버드나무와 갈대밭 위로 옅은 안개가 깔리고, 그 너머로 물소리만 졸졸 들릴 뿐 고요하다. 베아트리체는 물가로 가서 물을 마시기 시작했다.

덤불 헤치는 소리가 났다. 칼릭은 칼에 손을 얹고 잠자코 지켜보았다.

잠시 뒤 덤불 안에서 나온 것은 기겁하게 못생긴 말이었다.

말은 터벅터벅 걸어와 물에 코를 박더니 벌컥벌컥 마시기 시작했다. 털은 지나치게 크고 코는 부풀어 오르듯 흉하게 튀어나온 데다, 눈은 당장 뭐라도 물어뜯을 듯 사나워 보였다. 둥근 배는 당나귀처럼 축 처지고, 다리는 코뿔소 발처럼 크고 굵었다. 아름답고 늘씬한 베아트리체 옆에 있으니, 그 흉측함은 두드러졌다.

수우— 하고 바람 부는 소리가 들리더니, 아침 숲을 스치는 바람이 느껴졌다. 부드러운 손가락이 머리를 매만지고 볼을 쓸어주는 것 같았다.

칼릭은 잠시 눈을 감았다가 천천히 떴다.

해가 뜨며 안개는 부옇게 밝아왔다. 숲이 따뜻한 진줏빛으로 물들기 시작하고……

그리고……

칼릭은 눈을 서서히 크게 떴다.

"니안느?"

여울로 내려오는 비탈에 니안느가 앉아 있었다.

언제부터 있던 건지, 언제까지 있을 생각인지는 알 수 없다. 마른 어깨를 드러내고 앉아 아침을 맞이하고 있었다. 노을빛 머리카락은 그녀의 목덜미와 등을 타고 흘러내려 바닥까지 흘러넘쳤다. 무릎에 머리를 대고, 흐린 시선으로 안개 낀 하늘을 보고 있다.

"니안느."

니안느가 고개를 돌렸다. 새벽 요정이 돌아보듯 서늘했던 은보라색 눈이 칼릭을 발견하자 놀란 듯 커졌다.

"칼릭스트 경? 어떻게 여기……."

"나야 지나가는 길이었고, 넌……."

니안느의 눈썹이 젖어들며 눈물이 맺혔다.

"니안."

니안느는 그런 자신에게 더 놀라고 당황해서 급히 고개를 돌렸다. 칼릭이 달려가 니안느의 어깨를 잡았다.

"아무, 아무것도 아니에요."

칼릭은 더 묻지 못했다. 니안느의 볼을 타고 눈물이 주룩 흘러내렸다. 이런 자신을 보이고 싶지 않아 고개를 숙였지만, 이미 감출 수 없었다. 안개에 젖은 풀밭에 눈물이 뚝뚝 떨어졌다.

칼릭은 니안느의 이마에 손을 얹고 부드럽게 쓸어 넘겨주었다.

"이런."

눈물의 이유도 그 슬픔의 깊이도 몰라도, 처음 니안느를 볼 때부터 느꼈던 그 안쓰러움을 다시 느끼고 있었다.

이것은 세상에 홀로 남겨진 자, 그리워해도 볼 수 없고 닿고 싶어도 닿을 수 없는 자의 눈물이다. 잃어버린 아름다운 세계를 비추는 거울 같은 숲의 마법사의 눈물이다.

"울어. 무엇 때문인지 모르지만."

칼릭은 니안느의 머리를 감싸 안으로 당겼다. 니안느는 그의 어깨에 이마를 기댔다.

눈물 떨어지는 툭툭, 소리가 들린다. 칼릭의 어깨에 닿은 이마가 더 뜨거워진다. 칼릭은 탄식하며 니안느를 감싸 등을 쓸어내리고 허리를 감아 가슴 안으로 당겼다.

처음 느껴보는 낯선 감각이 가슴속으로 스며든다. 서늘한 새벽 보슬비처럼 이마와 목덜미를 적시고, 따뜻한 안개처럼 가슴을 덥힌다.

뭔가가 시작되려나 보다. 작은 북이 울리듯 이리 가슴이 울리니.

제3장

교차로

"아주 잘 들었다."

남자가 말했다. 창백하고 갸름한 얼굴에 매섭게 그어진 남자의 눈은 그 보고를 한 자를 노려보고 있었다.

"다 함락되었다고."

아침부터 엿 먹고 욕먹은 기분이다.

델 판의 공작, 마인베르크는 자신의 식사를 막 마친 상황이었다. 그의 달처럼 아름다운 아내는 앞에 앉아 있고, 사냥개 두 마리는 옆에서 고기를 뜯고 있었다. 부하 놈이 보고를 위해 고르고 고른 시간일 테고, 효과는 적당히 보고 있다. 마인베르크는 화가 나지만 화를 낼 수가 없었다.

"아침부터 듣기 참 좋은 소식이군. 좋아 미치겠어. 아침 먹다 말고 춤이라도 추고 싶네. 아주, 아주 좋아, 이즈모."

그리고 마인베르크는 빙그레 웃었다.

라크세니아에서 가장 강력한 군주인 남자다. 이 남자가 일으킨 전쟁 뒤에 무엇이 남는지는, 그의 수하들이 가장 잘 알았다. 폐허, 잿더미, 약탈, 죽음, 수탈이다.

그런 그는 자신의 일이 잘못되는 것을 가장 싫어한다. 그리고 이 남자는 싫어하는 일을 당하는 데 익숙해질 생각이 없는 사람이기도 하다.

"발레모와 반틀리는?"

"둘 다 무사히 돌아왔습니다."

"그럼, 칼릭스트는."

드디어 나올 말이 나왔다.

"그게……."

이즈모는 마인베르크 앞에 앉아 있는 세레나를 보았다. 공작부인인 세레나는 고향의 친정이 전 약혼자 손에 망했다는 소식을 듣고 있어도 조용했다.

"내가 조금 전 칼릭스트는 어찌 되었냐고 묻지 않았나?"

이즈모는 당황해 급히 답했다.

"무, 무사합니다."

"이즈모, 내가 녀석 안부 묻는 게 아니란 거 알지?"

"저기, 그게…… 칼릭스트 님은 각하를 고발하는 대가로 목숨과 자유를 보장받았다고 합니다. 그리고 다음 날 바로 몬타로 떠나셨고요."

"누가 그러던가?"

"발레모가 이틀 더 머물며 알아내 왔습니다."

"그럼 왜 그냥 보냈지? 가는 길에 만나 안부도 좀 나누고, 어디 가느냐고 묻기도 해야지. 안 그래?"

"그, 그렇긴 하지요. 그런데 좀 바쁘다 보니, 그래서."

이즈모는 다리 힘이 풀리는 것을 간신히 참으며 힘겹게 웃었다.

반틀리는 오늘 살겠지만, 발레모가 살기는 힘들어졌다. 멍청한 놈. 칼릭스트가 가는 길에 그 뒤통수라도 쳤어야지. 아니다, 가만 생각해 보니 델 판에 그 칼릭스트와 붙어서 이길 수 있는 기사가 있을 리가.

"죄송합니다. 아, 아마도 공께서 칼릭스트 님을 불러들이고 싶어 하는 줄 몰라서 그런 것 같습니다. 공께서 그분이 떠나신 뒤 찾지 않으셨지 않습니까."

마인베르크는 애석하다는 듯 웃으며 말했다.

"아, 그건 말이야. 젊은 녀석이 이런 음침한 성에 지내는 건 지겨운 일일 것 같아, 세상 경험도 하고 재미있게 지내라고 보내준 거야. 간만에 여자 분내 맡고 푹신한 침대에서 자면 좋잖아. 즉, 나는 허락한 거지 보내주거나 포기한 게 아니라고."

마인베르크는 물을 한 모금 마신 다음 혀를 찼다.

"나는 그 아이를 정말 내 아들처럼 생각해. 가끔은 정말 내 아들일지도 모른다는 생각도 하고 말이야. 오베른의 아들로 태어나긴 했다만, 그 아이를 사내로 키운 건 나니까. 나야말로 녀석의 아버지인 셈이지!"

그리고 마인베르크는 세레나를 보며 물었다.

"당신도 그렇게 생각 안 해, 세레나?"

세레나는 여전히 말이 없었다. 마인베르크는 얼굴의 웃음을 거두고 팔을 내렸다. 분노가 목구멍까지 치솟아 올랐지만 참았다.

"그건 그렇고, 칼릭스트 녀석은 내가 뭘 했다고 고발한다는 거냐? 반역? 배임?"

"영지…… 에서 이, 일이…… 그…… 이, 이단이라고요."

"그래? 그곳은 애초에 악령의 군주, 데본의 집 현관문이 있던 곳 아닌가. 이천 년도 더 지난 빗장인데 헐거워질 때도 되었지. 또, 나는 벨사키엘 교인도 아닌 걸? 뭘 하든 내 마음. 이단의 법칙을 적용할 대상이 아니야."

마인베르크의 집안은 다른 라크세니아 집안들처럼 고대신들의 피를 이어받아 그들을 섬겨왔다.

게다가 이단이란 것이, 놈들에게도 큰 죄는 아니다. 최근 백 년간 이단으로 단죄 받은 영주는 딱 둘. 하나는 엔겔리카 여후작이고 다른 하나는 이반 왕자. 엔겔리카 여후작은 그 친척들이 영지와 재산을 차지하려고 그리한 것이고, 이반 왕자는 심각한 정신착란자라 차라리 이단이라 하는 편이 나아서였다. 둘 다 제대로 처벌 받은 것도 아니다. 엔겔리카 여후작은 소환되기도 전에 죽었고, 이반 왕자는 참회의 수련을 핑계로 북쪽 수도원에 박아놓은 뒤 다 잊어버렸다.

"생각 좀 해볼 테니 너는 나가봐."

"네."

이즈모는 얼른 나갔다. 하녀가 와서 빈 그릇과 잔을 치웠고, 개들도 일어나 나갔다.

둘만 남자, 마인베르크는 아무 일도 없었다는 듯 세레나에게 물었다.

"칼릭이 당신에게 따로 소식 전한 것 있나?"

"없어요."

짧고 차가웠다.

매섭게 뺨이라도 맞은 기분이라, 마인베르크는 입술을 물어 간신히 분노를 참은 다음에 말했다.

"나한테도 그렇고 당신에게도 그렇고. 그 아이는 참…… 내 아래 몇 년이나 있었으면서도 도무지 나를 편하게 생각하지 않지. 그게 참 섭섭해. 나는 그 아이가 참 좋은데 말이야."

그러나 그 칼릭이 녀석의 아버지인 오베른을 기울게 만드는 모든 사건 사고에 마인베르크가 빠짐없이 관여했다는 것을 모를 리가 없었다.

그래도 그 아이를 아래에 둔 몇 년 동안, 마인베르크는 미녀에게 아양을 떠는 가련한 사내같이 굴었다. 점령지를 줘 알아서 다스리게 해줬고, 군대도 거느리게 했다. 좋아할 만한 건 다 해줬는데, 지금 그 녀석은 마인베르크에게서 떠나가려 하고 있다.

"내가 그 아이를 만나 오해를 풀어야 할 것 같아, 세레나."

"당신이 한 일이잖아요."

"뭐?"

"오베른이 그리된 것. 그리고 결국…… 넘어간 거죠."

더러운 것이 한바탕 쏟아진 기분이었다. 마인베르크는 웃는 얼굴 그대로 말했다.

"세레나."

"말해요."

"오베른이 제대로 했다면 말이야, 지금 그 블랑셰리온 영지는 내가 지켜주고 있었을 거야. 프레데릭이고 뭐고, 정복할 엄두도 내지 못하고 있었을 테지! 오베른이 그리 멍청한 짓을 한 게 내 탓인가? 아니야! 내 탓이 아니라고!"

세레나는 마인베르크를 응시할 뿐이었다.

그래서요? 라는 얼굴이다.

마인베르크는 떨리는 턱을 누르며 세레나를 노려보았다.

때때로 저 얼굴을 보며 목을 확 비틀어 버리고 싶을 때가 있었다. 따귀를 갈겨 버리며 그따위 눈으로 보지 말라 하고 싶을 때도 있었다. 그러나 아무리 화가 나도 마인베르크는 세레나의 머리카락 하나도 손댈 수 없다.

자식이라도 하나 있었으면 좋았을 것을. 그러면 저 여자와의 사이에 뭐든 하나는 생기는 건데. 그런데 무슨 수를 써도 그것만은 마음대로 되지 않았다. 절대로 교배될 수 없는 종족인 듯, 아이는 도무지 만들어지질 않는다.

"어쨌건 칼릭은 여기로 데리고 오겠어. 이제 그 아이가 있을 곳은 여기야! 그 물러터진 그렌이 아니라."

"마인베르크, 그 아이는 오지 않아요. 당신과 그 아이는 말이죠. 당신이 등을 돌리는 즉시 그 아이가 바로 당신 등에 칼을 꽂아도 이상하지 않을 사이예요."

"그 애가 왜 날 싫어해! 내가 얼마나 잘해줬는데. 봐, 나는 그 아이를 거의 후계자로 대우해 줬어! 내 피는 하나도 섞이지 않은 그 아이를! 이곳에서 그 아이는 모두가 우러러보는 전사였다고!"

"그래도 그 아이는 오지 않아요."

"그럼 내가 직접 가면 될 테지. 이놈 저놈 보내는 것보다야, 내가 직접 찾아가 이야기 좀 하면 다 해결될 거야. 안 그래?"

"그러든가요."

분이 치밀며, 정말 저 목을 콱 졸라 버리고 싶다. 저 다리를 부러뜨리고 바닥에 기게 하면서 다시는 그러지 않겠다며 빌게 하고도 싶다. 그러나 그럴 수가 없다.

"그래. 리카르가 돌아왔지!"

세레나의 눈길이 드디어 마인베르크를 향했다. 결코 입에 담지 않으리라 생각했던 이름을 스스로 말하고 나니, 기분은 더럽기 짝이 없다.

"그래! 그놈이 돌아왔고, 오베른의 영지를 점령하고 그 안에 들어앉았지! 그리고 내 코앞으로 왔지! 바로 내 턱 아래 그놈 칼이 와 있어!"

마인베르크는 난폭하게 자신의 턱을 삿대질했다.

"바로 여기, 여기에!"

세레나는 당황하지도 놀라지도 않았다.

감정 없는 눈으로 보며, 얼마나 더 난리를 치나 구경하는 모습이었다.

"그래서요."

"그놈이 당신에게 미련이 남았느니 뭐니 하는 말은 하지 않겠어. 당신이 나와 결혼했듯, 그놈 역시 결혼했거든! 결혼 상대가 누군지 알아? 자그마치, 팔가스의 공주 바세바야! 당신과 그놈은 다시 만나도 아무것도 될 수 없어!"

세레나는 무척 지겹다는 표정으로 또박또박 말했다.

"알아요."

기어코 남편이 리카르의 이름을 말하게 했음에도, 세레나는 리카르의 이름을 말하지 않았다.

"잘 알고 있어요."

그리고 싸늘하게 눈을 내렸다.

결국, 승리한 건 세레나다.

이, 빌어먹을.

마인베르크는 웃음이 터질 뻔했다.

결혼한 지 그리 오랜 시간이 지났음에도, 여자는 여전히 달처럼 아름다워 항상 승리한다. 가두고 속박하고 범해도, 마주하는 순간만큼은 이 여자가 승자다.

부들부들 떨리는 몸을 일으켜 나가야 하는 쪽, 지는 건 항상 마인베르크다.

"가겠어."

"그래요."

마인베르크는 식탁을 엎고 싶은 기분을 간신히 누르며 일어나 나갔다. 지금, 최선은 최대한 아무렇지도 않은 척하며 나가는 것뿐이었다.

"젠장."

하인들과 병사들은 주인이 화난 얼굴로 나오자 급히 숨었다. 하녀들은 이미 도망친 뒤였다. 무슨 일이 일어났는지 이미 다 소문이 퍼진 것이다.

마인베르크는 좁은 복도를 달려, 그 끝에 있는 철문을 벌컥 열었다. 지하로 향하는 계단이 나왔다. 계단을 내려 거대한 공간에 이르자 그는 씨근덕대며 멈추었다.

"젠장!"

큰 방이었다. 바닥에는 검은 양탄자가 깔려 있고, 구석에는 뼈와 해골이 가득 쌓여 있다. 저주 내릴 때나 뽑아볼 법한 검은 양피지 책들과 녹슨 촛대가 널려 있었다. 벽 한쪽은 커다란 장막으로 가려져 있었다.

촛불이 드리우는 그림자들 아래로 웅성거리는 소리가 들려온다. 바람이 없어도 장막이 흔들리고 촛불이 흔들리지 않아도 천장으로는 그림자가 비춘다. 퍼덕거림과 이 가는 소리, 발톱이 긁히는 소리가 들려온다.

마인베르크는 장막을 확 걷어치우고 그 뒤에 있는 육중한 철문을 힘주어 열었다. 안에서 습한 공기가 뿜어져 나왔다. 마인베르크는 그 안으로 성큼성큼 들어갔다. 바닥에 고인 진득한 액체가 발바닥에 들러붙었다.

분노로 붉게 물든 눈을 들어 벽을 노려보았다. 벽은 그냥 벽이 아니었다. 뚫고 나오려고 절규하는 모습 그대로 얼어붙은 거대한 부조 같았다. 뭉개진 눈 코 입들이 앞으로 튀어나오려고 울부짖고, 손과 다리가 엉겨붙어 있다. 등이 뒤로 꺾인 여자가 바닥에 누워 있고, 목이 뒤틀린 남자가 있다. 어린아이들은 서로 엉겨 붙어 있거나 도망치려 하다 굳어 있다.

마인베르크는 고개를 숙여 그 앞에 놓인 머리를 내려다보았다. 황금빛 뿔이 돋은 머리였다. 긴 진녹색 머리카락이 그 머리를 감싸고 있었으나, 빛도 결도 잃은 지 오래였다.

"어이, 눈 좀 떠봐."

마인베르크는 그 뿔을 잡았다. 팔에 힘을 주자, 그 잘린 머리는 쉽게 들려 올라왔다.

"무슨 일이 벌어졌는지 알지? 아, 정말 빌어먹을 일이지 않아? 리카르 녀석, 대체 어떻게 무사했던 걸까? 하루는커녕, 적어도 이레는 그 지옥이 되었어야 했는데 말이야!"

마인베르크는 입술을 물며 생각한 다음 말했다.

"설마 리카르를 졸졸 따라다닌다는 그 마녀 계집애의 힘인가? 응?"

동방 숲의 마법사란 이야기야 많이 들었다만, 믿지는 않았다. 어차피 이 라크세니아의 마법사들은 너도나도 자기가 고대신의 선택을 받은 마법사라 한다. 그래봤자 대체로 그들의 희망사항이거나 망상일 뿐이라, 그 마법사에 대한 소문이 무성해도 그러려니 했다. 그런데 이제는 그 '그러려니'가 통하지 않는 수준이다.

"말해봐!"

답이 없다.

마인베르크는 머리를 보았다.

"너, 그 계집애하고 아는 사이냐?"

머리의 눈은 여전히 감겨 있다. 마인베르크는 머리를 거칠게 흔들었다.

"눈 떠봐. 어서. 네 아이들의 팔을 네 입에 또 쑤셔 넣기는 싫어. 더럽고 귀찮거든! 너는 팔이 없으니 너더러 치우라고 할 수도 없고. 하지만 말이야, 참고 참다 보면…… 뭐, 네 고통이 끝날 일은 없을 테지만 그래도 익숙해질 날은 올 거야. 그러니 좀 말해봐. 응? 그 계집애는 뭔지. 동방 숲 말고 다른 숲에서 온 건가? 응? 어서…… 젠장, 눈이나 떠! 어서!"

드디어 머리의 눈이 뜨였다. 그러나 금빛 눈동자는 초점이 없이, 절망에 차 있을 뿐이었다. 아래로 처진 입은 꾹 닫혀 있었다.

마인베르크는 달래듯 간드러지게 말했다.

"우리 꽤 오래 같이 있었잖아. 이제 좀 서로를 이해하고 친하게 지내도 되지 않을까, 응? 가만, 자네 이름이 뭐였더라. 아, 그래. 필람몬!"

머리의 두 눈은 더 깊은 절망에 젖었다.

"필람몬, 맞지?"

이런 상태에서 이름이 불린다는 것은 수치스러운 일일 뿐이다. 눈은 더 슬픔에 젖어들었다.

"이름을 부르면 답을 좀 해야 나도 잊어먹지 않지. 자, 필람몬. 말해봐. 맞아, 아니야?"

눈이 다시 감겼다.

마인베르크는 머리를 던지듯 놓고는 고함을 질렀다.

"……빌어먹을!"

이자에게 남은 건 아무것도 없다. 그런 자에게는 무슨 짓을 해도 소용없다는 것을 알게 된 건 최근이다. 후회했을 때는 이미 늦었다.

"그래! 네놈을 달래고 어르느니, 그냥 내 손으로 직접 하는 게 나아. 내가 직접 가, 직접 다 하지! 내 마음대로, 내 의지가 가는 대로!"

특히, 너! 칼릭스트.

오해가 있다면 풀고, 설득할 일은 설득해야겠지.

곧 예전의 너와 나로 돌아가게 될 거다.

복종하는 너와 복종시키는 나로.

❖

선득하고 날카로운 감각이 심장을 찔렀다. 멍하니 앞을 보았지만, 보이는 것은 햇살이 비껴드는 가을 숲이다.

"니안."

부르는 소리에 니안느는 고개를 들었다. 바로 앞에서 칼릭이 보고 있었다.

"무슨 생각을 하는 거지."

"아무…… 것도 아닌 것 같아요."

너무나 깊은 슬픔과 절망이 느껴지는데, 그 이유를 모르겠다.

기분을 털어내고 싶은 니안느는 칼릭을 보며 물었다.

"이제 어디로 가는 건가요, 칼릭스트 경은?"

"일찍도 물어보는군. 일단 나셀. 그곳에서 배를 타고 몬타로 갈 예정이다. 몬타에서 일을 마친 뒤, 잘 해결되면 다시 블랑셰리온 가로 돌아오고, 잘 해결되지 않으면…… 그래도 돌아와야겠지. 그러는 너는."

어디로, 왜, 라고 묻는 것이다.

준비해 둔 답이 없다. 뭐라 한담.

아, 리카르와 헤어져 헤매는 중이에요. 라고 답할 수는 없고.

리카르를 떠난 뒤로, 미친 듯이 긴 것 같기도 하고 반짝이듯 짧기도 하다. 잊으려 하면 길고 생각하려 하면 짧다.

항상 바라보던 상대가 없어지는 건 익숙해지지 않는 일이다. 저녁에 눈을 감으면 세상이 텅 빈 듯 외로웠다.

"알아볼 일이 있어서요."

"혹시 숲에서 있었던 그 일 때문인가."

"네. 그냥 넘어갈 수는 없잖아요."

"어디로— 혹시, 델 판으로?"

"맞아요."

가장 먼저 숲으로 가서 흔적을 찾았다. 그러나 눈에 띄는 흔적은 없었다. 데본의 힘 일부를 봉인한 우마니엘의 성지라더니, 우마니엘의 흔적은 몰라도 데본의 힘은 없었다.

전날에 왔었던 마인베르크의 기사들에 생각이 미친 것은 그다음이었다. 위험한 결정이라는 건 알았지만, 니안느는 우선 동쪽으로 향하기로 했다.

마인베르크의 성이 있다는 델 판으로, 그리고 그 델 판은 동방 숲의 서쪽 경계가 시작되는 곳이기도 하다.

"리카르 볼프람이 허락했나. 아니면 그가 명령한 건가."

"어떤 것 같은데요?"

"허락하거나 명령한 거라면 리카르가 아주 생각이 없는 거고, 멋대로 나온 거라면 돌아가라 하고 싶군. 시킨 거라면 어처구니없고 허락한 거라면 황당한 일이니까."

"동쪽 땅에 괴물이라도 사나 봐요."

"굶주리고 사악한 검은 용이 살지. 너 정도는 뼈째로 삼킬 거야."

이건 또 뭐람.

니안느는 어이가 없어 활짝 웃었다.

"그 말에 겁먹고 돌아가지는 않을 거란 거, 알죠?"

"알아."

"그럼 왜 그렇게 말해요?"

"안 하는 것보다는 양심적이니까."

칼릭은 목덜미를 쓸어 올렸다.

"나셀까지 사흘. 그곳에서 이틀이나 사흘 머문 뒤, 몬타로 가는 배를 타고 닷새. 나셀까지 가는 길은 노숙할 생각이야."

"편한 길은 아니겠네요. 나야 상관없지만."

"서둘러야 해서 지름길로 가는 거다. 리카르 볼프람의 생각이 바뀔 수도 있으니까."

니안느는 이해가 되지 않아 되물었다.

"리카르 생각이 바뀐다니요?"

"지금이야 나더러 알아서 하라 했지만, 나와 아버지를 유폐시키고 블랑셰리온 가문의 땅을 차지하기로 생각을 고쳐먹을 수 있다는 거지. 그러면 곤란하잖아."

니안느는 고개를 저었다.

"그러지는 않을 걸요, 리카르는."

"리카르 볼프람이 내 아버지 덕에 어떤 꼴을 당했는지 알잖아."

"알아요."

리카르가 사라피온에서 어떻게 지냈는지, 니안느는 누구보다 잘 안다. 사라피온의 노예는 그냥 노예가 아니다. 온갖 잔학한 경기에 나가야 하는 검투 노예였다. 탈출한 뒤에도 리카르는 사라피온의 기억에서 한동안 벗어나지 못했다. 특히 반년간은 한밤에도 몇 번이나 악몽 속에서 깨어나야 했다.

그러니, 이곳으로 오면 오베른과 그 가족이 무사하긴 힘들 거라 생각했다. 감방으로 보내거나 최소 유폐할 거라고 생각했지, 그렇게 아무것도 하지 않고 성을 떠날 생각을 하고 있을 줄은 몰랐다.

"그래도 그러지는 않을 거예요."

"확신하나?"

"나는 그를 알아요. 안 그럴 거예요."

리카르는 지금쯤 성을 떠났을 것이다. 그리고…….

그만 생각하자.

니안느는 고개를 저은 다음 말했다.

"나도 나셀로 가 그곳에서 배를 타든 날아가든 할 테니, 같이 가요."

"동행은 안 만드는데."

"그럼 칼릭스트 경은 가고 싶은 대로 가요. 나는 마침 칼릭스트 경과 같은 날 같은 시간에 같은 곳으로 가는 것뿐이죠. 가는 내내 말 한마디 안 걸어도 되고, 없는 듯 굴어도 돼요. 게다가 나에게도 말이 있는 걸요."

니안느는 휘파람을 불렀다. 덤불 속에서 엄청나게 못생긴 말이 튀어나와 머리를 들이밀었다. 아침에 본 그 말이었다.

니안느는 두 팔을 벌려 그 말의 머리를 안은 다음 소개했다.

"소개할게요. 내 친구 메피스토예요."

"이 근사하게 생긴 녀석이 네 거였나."

"내 거라뇨. 친구예요, 친구. 내가 다리를 아파하면 등에 타라고 권하는 친구."

메피스토가 알아듣기라도 한 듯 거대한 콧구멍으로 콧김을 내뿜었다. 아무리 봐도, 말이란 생명체를 만든 자조차도 몰라보게 못생긴 말이었다. 옆에서 푸륵대고 있는 아름다운 베아트리체(수컷이다)와 비교되어 더더욱.

"알았다. 단, 없는 듯 굴지 않아도 된다. 재잘대고 싶으면 실컷 재잘대."

칼릭은 고삐를 당기며 걷기 시작했다. 메피스토를 째려보던 베아트리체는 그의 옆을 따라 걸었다.

"말에 안 타나요? 바쁘다면서요."

"이제부터 천천히 갈 생각이다. 또, 이 아름다운 베아트리체는 하루 종일 달리지는 못해. 그런 용도로 훈련 받은 녀석이 아니라."

니안느는 '아름다운 베아트리체'를 보았다.

늘씬한 목에 긴 다리와 잘빠진 허리까지, 완벽한 생김새다. 전쟁이나 급한 소식을 싣고 달리는 것보다는 귀부인을 태우고 자태를 뽐내는 데 적합해 보였다.

"군마나 승마용은 아닌 것 같아 보이는데 뭐 하던 아이인가요?"

"곡마단에 있던 녀석이다. 그런데 말도 안 듣고 사나워서 팔렸고, 어느 귀부인이 사려 했지만 그 남편의 코를 물어버리는 바람에 푸줏간으로 갈

신세가 되었어. 가엾게도."

"저런. 그래서 이 아이가 불쌍해서 산 건가요?"

"난 불쌍하다고 퍼주는 종류의 사람은 아니야. 마침 그날, 어느 멍청한 놈이 마그네시아에서 잡은 괴물을 팔겠다고 들고 나왔는데 가격이 맞지 않자 열 받는다고 풀어놓았지. 시장이 난리가 났는데, 그때 이 베아트리체가 사방에서 날뛰는 괴물을 사이에서도 태평하게 있는 것을 보고 사 왔어. 다른 말들은 울부짖고 기절하고 난리도 아니었는데 말이야. 멋대로 구는 건 고쳤는데, 사람들 낯을 가리는 건 어쩔 수 없더군."

지금도 베아트리체는 무척 쌀쌀맞게 굴고 있었다. 칼릭은 사납게 식식대는 말의 목을 두드려 주며 말했다.

"너한테는 제법 예의를 지키는 중이라, 적어도 걷어차거나 물지는 않을 거야. 노려보면서 씩씩대는 건 어쩔 수 없지만."

"다행이네요. 아, 메피, 알았어."

니안느는 메피스토의 고삐를 풀어주었다. 메피스토는 멋대로 숲으로 들어갔다.

"안 잡나?"

"고삐 싫어해요. 내가 자기 등에 탈 생각이 없으니 놓아달라는 거죠. 내가 필요할 것 같으면 알아서 와요."

니안느는 앞장서 걸어가며 콧노래를 불렀다. 두 사람이 있는 숲은, 늠름한 떡갈나무와 상수리나무, 붉고 예쁘게 물든 단풍나무가 잔뜩 우거진 숲이었다. 니안느의 이마에 박힌 각인이 은은히 빛을 발하자 숲이 술렁였다. 나뭇잎이 바스락거리고, 둥치 안에서 웅웅— 소리가 들려온다. 숲이 소리로 가득 찼다.

칼릭은 나뭇가지 위를 응시했다. 니안느는 그가 보는 곳을 보았다. 나뭇가지 위에 작은 날개를 접고 그들을 바라보는 존재들이 있었다. 커다란 나방 같아 보였다.

니안느는 두 팔을 벌렸다. 그러자 그것들은 쏟아지듯 날아와 니안느의 머리카락과 목덜미를 인사하듯 스치더니 숲속으로 사라졌다.

"기억의 정령들이에요. 나뭇잎 뒤, 나무둥치, 낙엽 아래, 바위틈에 살죠."

"기억?"

"숲의 기억들을 가진 이들이에요. 동방 숲에는 정말 많았죠. 게다가 과거에서 오기도 하고, 미래에서 오기도 하고. 이 숲의 기억을 저 숲으로 가지고 가기도 해요. 우리 같은 숲의 마법사들에게는 유용한 친구들이고, 소환사나 정령술사들은 저들을 불러내 미래를 점치기도 하죠. 아, 혹시 본 적 있어요?"

"몇 번 숲에서. 어린 시절에."

"정말요? 보통 사람 눈에는 잘 안 보이는데. 당신이 마음에 들었나 봐요."

니안느는 호기심 어린 눈을 보냈다. 칼릭이 손을 뻗어, 그 긴 손가락으로 니안느의 앞머리를 헤쳤다.

각인이 드러났다. 니안느는 그의 손가락이 각인을 건드리도록 내버려 두었다.

"왜요."

"너와 같이 다니면 이거 때문에 저런 게 잔뜩 나오나 싶어서."

"싫은가요?"

"아니. 유령이 나오는 것보다야 낫지. 괜찮아."

칼릭의 시선이 숲을 향했다. 울창한 숲이라 나무가 우거져 숲 안은 어두웠다. 칼릭은 그 어둠을 가만히 노려보며 칼자루에 손을 가져갔다. 푸덕, 하는 소리가 들리더니 여우 한 마리가 튀어나와 도망쳤다. 칼릭은 칼자루에서 손을 내렸다.

“뭘 경계하는 건가요.”

“무엇이든.”

“잠깐.”

니안느는 손을 들었다. 나무들은 물론이요 풀, 바위, 웅덩이, 꽃밭, 덤불, 여기저기서 빛이 번졌다. 숲에 달이나 별이 머무는 듯 환해진다.

“이 숲에는 아무것도 없어요. 마물도, 악령도, 마귀도. 나쁜 꿈을 꾸게 하는 건 하나도 없다고요.”

“자신하나?”

“그럼요. 자신해요. 그런 표정 짓지 말아요. 당장 깃털 예쁜 새들하고 귀여운 토끼와 다람쥐들을 잔뜩 불러와 칼릭스트 경을 즐겁게 해줄 수도 있는데.”

“하지 마. 별로 좋아하지 않아.”

정말 질색하는 얼굴이다. 니안느는 옆의 바위를 건드렸다. 달그락 소리가 들리더니, 그 아래에서 작은 돌멩이들이 굴러왔다. 가시덩굴이 자라나 그 주변을 감쌌다.

“뭐지.”

“내 마법이요. 스승님 필람몬은 이보다 더 거대한 바위를 움직일 수 있었죠. 나는 그분에게서 배워서 바위나 바람, 나무 중에서 가시나무를 다스리는 법을 배웠어요.”

“지난밤의 그 덩치 큰 녀석들 말인가.”

“네. 그리고 바람도.”

니안느는 후, 하고 불었다. 바람은 낙엽을 날리게 하고, 칼릭의 머리카락을 흐트러뜨렸다. 잠시 바람을 음미하던 칼릭이 눈을 가늘게 떴다. 눈가에 깃털처럼 부드럽고 가벼운 웃음이 어렸다.

"재미있군."

니안느는 치마를 흔들어 낙엽을 털어내고는 말했다.

"조금 전 정령 하나가 가르쳐 줬어요. 여기, 이 길로 가다가 샛길로 틀면 샘이 하나 있대요. 걷다 보면 해가 저물 무렵 그 샘 근처로 가게 될 테고, 이끼가 폭신하게 자라서 잠자기 편한 곳이 있대요. 또, 그뿐만 아니라 다래나무랑 구즈베리도 있다는군요. 꿩 둥지가 있긴 한데, 그건 우리 욕심내지는 말아요."

그리고 칼릭의 볼을 톡 건드리고는 말했다.

"어때요?"

"초대인가."

"음, 숲으로의 초대죠. 기왕 온 거, 숲의 대접을 받으면서 가자는 거예요."

"이봐, 니안."

칼릭이 부드럽게 달래듯 말했다.

"내 아버지는 현재 리카르 볼프람이 점령한 성에 있고, 내 조상이 물려준 영지는 그에게 정복당한 상태지."

칼릭의 눈이 고요히 가라앉았다.

"알아요. 모르고 만난 것도 아닌데. 그런데 그건 왜……."

"우리는 며칠 전까지 적이었고, 그건 지금도 유효하다는 말일 뿐이야."

"……."

니안느는 칼릭을 올려다 보았다.

칼릭이 비추는 감정은 우리는 이쯤에서 접는 게 좋을 것 같다는 아쉬움이었다.

니안느는 이것이 자신을 드러내는 법이 별로 없는 이 남자가 드물게 보이는 자기감정일 거라는 생각이 들었다.

더 친해지기 전에 그만하자, 라는.

니안느는 칼릭의 옷을 잡고는 고개를 뒤로 젖히며 올려다보았다. 칼릭의 눈길이 니안느의 얼굴에 멎었다.

니안느는 활짝 웃었다.

"이런, 들켰네요. 몰래 개구리로 만든 다음 주머니에 넣어 다니려고 했는데. 리카르 볼프람이 그러라고 시켰대요."

칼릭의 얼굴이 싸늘해졌다. 농담이라고 건넨 니안느는 당황했다. 겁먹은 니안느의 얼굴에, 갑자기 칼릭이 푸— 웃더니, 니안느의 이마를 자신의 이마로 콩— 쳤다.

"까불지 마."

칼릭의 눈은 활짝 웃고 있었다.

깜짝 놀란 니안느에게 칼릭이 말했다.

"가자. 그리고—"

"아, 네."

"난 구즈베리는 별로고, 꿩 둥지 쪽이 마음에 드는데."

"뭐예요. 갑자기 변해서 무섭네."

"가까울 이유는 없는데, 멀어질 이유는 정말로 없다는 생각이 들어서."

❖

칼릭과 니안느가 나셀에 도착한 것은 숲에서 만난 지 닷새 정도 지난 뒤였다.

숲에서 나오자 길목여관과 큰길이 나오고, 그 길을 따라 똑바로 가자 바다 소리가 들리며 나셀이 나타났다.

칼릭은 니안느를 데리고 성문으로 들어서 중앙시장으로 향했다. 칼릭이 몇 가지 여행용 음식을 사는 동안, 니안느는 과일가게 상인에게서 사과 한 자루를 샀다. 니안느는 그 사과 자루를 메피스토 앞에 열어주었다. 메피스토는 자루에 머리를 박고 먹기 시작했다. 용무를 마친 칼릭이 돌아와 니안느에게 물었다.

"여비는 얼마나 있지?"

"최고급 여관에 머물 만큼은 아니지만, 침대와 맛있는 식사가 있는 곳에 머물 정도는 있어요. 왜요?"

"지금 내가 아는 집으로 갈 생각인데, 좋은 집은 아니지만 내 선에서 편의는 봐줄 수 있는 곳이다. 다른 여관을 원한다면 소개해 줄 수 있어. 어떻게 하겠어?"

"적이니 뭐니 하며 으름장 놓던 거에 비하면 친절하네요."

"그건 거리를 둬야 할 이유지, 불친절해야 할 이유는 아니잖아. 또, 이 도시는 악마도 길을 잃을 만한 곳이니, 혼자 다니지 않는 게 좋아."

"칼릭스트 경은 잘 아나요?"

"아는 길은 아는 정도다. 한동안 이곳에 지냈으니까. 그리고 나는 그 아는 길로 갈 예정이고."

어찌할까, 고민하는 척은 했지만 니안느는 칼릭의 말을 따르는 게 현명하다는 것을 알고 있었다. 칼릭 역시 그 사실을 알아서 이리 제안하는 것일 테고.

"같이 갈 거면, 우선 이리 와."

칼릭은 니안느의 팔을 잡아당겼다. 니안느는 그의 팔을 맞잡고 놓치지 않으려 애쓰며 따랐다. 칼릭은 시장의 골목으로 들어가 모퉁이를 돌았다. 메피스토가 그 뒤를 따라왔다.

나셀은 광장을 중심으로 여러 구역이 복잡한 소로와 골목으로 나누어진 구조였다. 길은 복잡하고 배수 시설도 제대로 되지 않아, 골목은 머리가 어지러울 정도로 불결했다.

"저곳으로는 가지 않도록 조심해. 인간이 만드는 모든 오물이 허공에서 날아오는 것을 보게 될 테니."

칼릭이 창문이 일렬로 늘어선 벽을 가리켰다. 니안느는 경계 어린 눈으로 벽을 보았다.

"조심할게요."

"이런 도시는 처음인가."

"서방의 자유도시는 여기가 처음이에요. 내가 갔던 항구도시 중 가장 서쪽에 있던 도시가 메가라였죠. 그곳에서, 음— 리카르와 함께 팔가스로 출발했어요."

"그래? 나도 일 년 전에 그 메가라에 있었는데."

"그럼 만날 수도 있었겠네요."

"운이 있었다면. 이리로 와."

무척 복잡한 길인데도 칼릭은 능숙하게 골목과 골목, 소로와 소로를 넘나들었다. 또 구성 성분이 착잡해 보이는 웅덩이가 나오자, 니안느는 치마를 걷어 올리고 발끝으로 걸어보려다 미끄러졌다. 칼릭의 단단한 팔이 니안느의 허리를 꽉 붙들었다.

"조심해."

"정말 지저분하네요. 돼지우리보다 더해요."

"원래 그런 걸로도 유명해. 특히 이 근방은 공방 지역이라 더더욱 지저분하지."

칼릭은 니안느의 허리를 잡은 채로 골목 모퉁이를 돌았다. 드디어 청결한 지역이 나왔다.

근방 건물들은 반듯하게 잘 정돈되어 있고, 길은 늘 청소를 하는 듯 오물도 없고 깨끗했다.

“여긴 상가 지역이라 깨끗해. 아침마다 물청소를 하지.”

“대가문의 후계자가 뒷골목을 잘 아는 이유가 뭔가요.”

“아버지가 워낙 집안을 말아먹어 놔서 만나면 곤란한 사람 천지라. 숲에는 물레를 자아 짚으로 황금을 만드는 요정이 있다던데, 그 요정하고 아는 사이라면 소개해 줘.”

“소개해 주면 어떻게 할 건데요?”

“노예로 삼아서 하루 종일 금을 만들게 하려고.”

니안느는 손가락을 흔들었다.

“포기해요. 보아하니, 소나무의 검은 요정을 말하는 것 같은데. 아쉽지만, 그 녀석들이 만드는 건 죄다 가짜예요. 금을 만드는 것처럼 보이는데, 해가 뜨면 도로 지푸라기가 되거든요. 사람들을 속여서 원하는 것들을 공짜로 얻어내려는 거죠. 살다 보면 사람 힘이 필요한 일은 있거든요. 밤새 바위를 옮기는 일이라든가, 땅을 파야 하는 일이라든가. 그때마다 속임수를 쓰는 거예요.”

“고리대금연맹 같군. 금화 한 닢으로 백 닢의 빚을 만드는 마법을 부리는 자들이니.”

칼릭이 걸음을 멈추었다.

이제 둘은 상당히 으슥한 골목으로 들어와 있었다. 사람은 거의 보이지도 않았고, 문도 창문도 다 닫혀 있었다. 깊은 잠에 든 듯 보였다.

“설마, 여기서 나를 노예로 팔려고 그러는 건 아니겠죠.”

“너 정도 되는 마법사를 노예로 팔려면, 성 하나 정도는 줘야 하지. 그리고…… 행여 ‘어떤’ 용도로 팔까 봐 걱정하는 거라면, 안심해. 이 도시에서는 여자보다는 남자가 더 비싸게 팔리니. 너보다는 내가 더 비쌀 거다.”

“네?”

니안느는 경악했다.

무슨 오해를 받은 건지 알아챈 칼릭은 검을 두드렸다.

"네가 생각하는 그런 용도가 아니라, 이 용도 말이야. 전문 군인, 즉 용병."

니안느는 얼굴을 붉혔다.

"일부러 그런 거죠?"

칼릭이 웃으며 고개를 살짝 젓혔다. 내리깐 눈이 장난스러운 웃음을 담아 니안느를 보고 있었다. 좀 못되어 보이기도 하다. 니안느는 이제부터 이것을 '못된 미소'라 부르기로 했다.

"놀려먹기 딱 좋기는 하군, 니안. 리카르가 어떻게 키운 거야."

"리카르를 만난 건 말이죠, 그 사람이 내가 어떻게 자랐는지에 대한 책임을 져야 할 만큼 어린 시절은 아니었어요."

"거의 십 년 가까이 지냈고, 지금 네 나이를 고려한다면 꽤 어린 시절에 만났을 것 같은데."

"그게……."

변명을 해보려다 니안느는 포기했다. 맞는 말이라서.

니안느는 당시 열네 살 정도로 무척 어렸고, 꽤 고생하면서 사라피온으로 와 리카르를 만나긴 했지만 여전히 어렸다.

"더 안 놀릴 테니 이리 와."

칼릭은 앞의 계단을 올라가 문을 두드렸다. 아무 답도 없자, 이 녀석들 아직 자는 것 같다며 문고리를 잡고 밀었다. 문은 쉽게 열렸다. 니안느는 문안을 들여다보았다.

텅 빈 술집 홀이었다. 난로의 불은 꺼져 있고, 홀의 바에도 아무도 없었다. 가게 구석에서 감자를 깎고 있던 소년이 칼릭을 알아보고 얼른 안으로 들어갔다.

니안느는 벽에 걸린 장식품과 바 뒤에 늘어선 술병들을 둘러보며 물었다.

"여기, 여관인가요?"

"해결사들과 용병들의 여관 겸 연락소야."

칼릭이 다가오자 체향이 풍겨왔다. 밖에 있을 때는 몰랐으나, 그의 체향은 소나무 향을 닮았다. 몸짓 역시 커다란 고양잇과 맹수가 다가오는 듯 조용하고 부드럽다.

칼릭의 눈길이 니안느의 어깨 너머 골목을 향했다. 예기가 그 눈에 배어난다. 니안느가 바라보고 있다는 것을 알자, 칼릭의 입술 끝이 살짝 올라간다.

"달갑지 않은 손님이 나를 따라올 수 있어서."

"그게 뭐……."

그때 이층에서 법석 떠는 소리가 들리며 고함이 터졌다.

"어이, 칼릭! 칼릭스트!"

송충이 같은 수염을 세운 남자가 달려와 칼릭을 꽉 끌어안았다.

"우리 소백작, 소백작! 살았구나!"

"살았지. 반갑군, 팔스."

팔스는 칼릭의 어깨를 단단히 잡고 얼굴을 보았다.

"맙소사, 맙소사, 우리 예쁜 칼릭스트! 목도 붙어 있고, 팔다리도 다 붙어 있고 잘생긴 코하고 귀도 붙어 있네! 이 팔스의 심장이 얼마나 쫄깃해졌는지 알아? 리카르 볼프람이 네 아버지와 네 목을 붙여주기로 한 거야? 응?"

"아무리 원수지간이라 하더라도 대가문 당주의 목을 날릴 수는 없지. 그것도 내전인 상황에서. 목숨 걱정은 애초에 하지 않았어."

"그건 그렇지만, 사람 마음이란 게 그렇진 않지. 가만있자, 이 아가씨는 뭐냐?"

"내……."

칼릭은 놀라 눈만 댕그랗게 뜨고 있는 니안느를 흘끔 보고는 말했다.

"동료."

팔스의 눈이 가늘어졌다.

"언제 만든 거야?"

"오면서, 숲에서."

"대가문 후계자가 길바닥에서 여자를 주워 와? 언제부터 인생이 그렇게 망가졌냐."

"원래 아는 사이였다. 지체 있는 아가씨니까 잘 곳이나 봐줘라. 쓸데없는 놈들이 들락날락거리지 않는 곳으로. 어이…… 다니엘, 손대지 마."

옆방에서 나온 갈색 머리 젊은이가 니안느의 손등에 입을 맞추고 있었다.

"안녕하세요, 아가씨. 오늘 저녁에 시간— 알았어, 칼릭스트."

칼릭의 단도 끝이 다니엘의 뒤통수에 닿아 있었다. 다니엘은 니안느의 손을 놓고 두 팔을 들었다.

칼릭은 단도를 당겨 칼집에 넣었다.

"어서 방이나 내놔라, 팔스."

팔스는 주머니를 뒤져 열쇠를 던졌다.

"다락방 비었다. 그곳으로 가. 어제 한 놈이 나가서 치워뒀으니 깨끗해. 얼마나 있을 건데?"

"내일모레까지."

"달리 연락할 데는 없고?"

"벤자민은 들어와 있나."

유쾌하던 팔스의 얼굴이 움찔 굳었다.

"리카르 볼프람에게 대항할 생각은 아니니까, 걱정 마라. 여기 있는 건지 없는 건지나 말해."

"있어. 아마 항구에 있을 거야."

"그럼 연락해라. 오늘 저녁 여기에서 보자고 해."

"알았어."

칼릭은 은화 다섯 개를 놓았다.

"이건 수고비하고 숙박비, 술은 진한 걸로. 이 아가씨는 포도주로 주는데, 지난번에 내온 포도주는 안 된다. 좋은 걸로 내와."

"그거 내 친구가 하는 포도원에서 만든 거라 잔뜩 사놨는데!"

"포도주를 만든 건지 독을 만든 건지 모르겠더군. 없으면 옆 가게에서 사 와. 자, 니안. 이리 와."

칼릭은 니안느를 데리고 다락방으로 향했다.

다락방은 천장은 낮았지만 통풍도 잘 되고 깨끗한 곳이었다. 잘 정돈된 침대와 제대로 된 식탁도 있었다. 전망도 좋아, 창밖으로 나셀의 전경은 물론이요 바다까지 훤하게 보였다.

니안느는 창가에 앉았다. 불어오는 바닷바람은 신선하고 좋았다. 니안느는 눈을 감고 바람을 음미하다 물었다.

"혹시, 용병을 했어요?"

"용병이라기보다는 해결사. 기간은 짧고 보상은 후하지만 아주 위험하지. 그래도 돈은 좀 많이 벌었어."

해결사가 어떤 일을 하는 자들인지는 니안느도 알았다. 괴물들이나 곤란한 무법자들을 해결해 주는 사람들로, 군대나 용병들을 쓸 수 없는 상인들이 그런 해결사를 고비용으로—그러나 군대나 용병들보다는 저렴하게—고용해 난처한 상황을 해결한다. 그중 이름을 날린 모험가들도 있고, 왕이나 대공들, 또는 황제의 눈에 뜨여 기사가 되는 자들도 있다.

"여기 친구들은 어떻게 만든 건가요?"

"우연."

칼릭은 빙그레 웃었다. 이 남자치고는 아주 부드럽고 따뜻한 웃음이다. 대화는 그렇게 해도, 좋은 기억들을 가진 신뢰하는 친구들인 것이다. 그 미소가 니안느의 마음도 따뜻하게 했다.

"좋은 친구들인가 보네요."

"다니엘만 빼고 다 좋은 녀석들이야. 그만 쉬어. 그 못생긴 말은 내가 마구간에 잘 넣어주지."

"메피스토는 내버려 둬요. 마구간에 묶이는 것을 정말 싫어하거든요. 사람들을 좋아하지도 않고요. 칼릭스트 경은 마음에 들어하는 것 같았지만."

"날?"

"네. 메피스토가 여기까지 오는 건 흔한 일이 아니에요. 당신이 마음에 들어서 그런 거예요."

"별난 녀석이군. 주인이 별나서 그런가."

"주인 아니에요. 친구라니까."

하인 소년이 나무 접시와 포도주, 작은 브랜디 병을 들고 왔다. 접시에는 두 사람 분의 흰 빵과 치즈, 삶은 소시지와 검은 포도가 놓여 있었다.

"먼저 먹어."

소년이 상을 차리는 동안, 칼릭은 문으로 갔다.

"어디 가요?"

"일이 있어서. 먹고 편히 쉬어."

칼릭은 망토와 짐을 옆에 놓은 뒤, 바닥에 있는 문을 열고 아래로 내려갔다.

하인 소년도 나가자, 혼자 남은 니안느는 접시에 놓인 빵 조각을 입에 넣었다. 흰 빵은 담백했고, 포도주는 맛있었다. 니안느는 치즈를 자르며 창밖을 보았다. 막 해가 져서 온통 붉었다.

창가에 기대어 마저 먹은 다음, 창을 닫고 침대로 향했다. 짚을 채워 만든 침대 위에 깨끗한 모직 담요가 놓여 있다.

니안느는 담요로 어깨를 싸고는 벽에 기댔다. 포도주의 온기가 피를 덥힌다.

'니안. 술은 절대 마시지 마라. 특히나 남자가 주는 술은.'

리카르가 어느 연회장에서 했던 말이다. 그는 니안느가 술을 마시려 하면 정색하며 빼앗았다. 니안느에게 술을 먹인 다음 재미 좀 보려 했던 녀석들이 연회장에 있었다는 것을 알게 된 것은 그다음 날이었다. 연회장 구석에 흠씬 맞은 채 누워 있었으니 사정이 궁금할 수밖에 없었고, 베르나르에게 물었더니 그리 답해주었다. 그중 남자 하나는 이가 다 나갔는데, 리카르에게 맞아서 그리된 거였다.

리카르가 팔스나 다니엘을 본다면 뭐라 할까. 칼릭은 좋은 남자들이라 했지만, 그런 종류의 남자들과 말을 섞은 것을 알면 화낼 텐데.

그대로 잠깐 잠들었다. 눈을 떴을 때는 밤이었고, 밖에서 요란한 소리가 들려오고 있었다.

엉터리 노랫소리, 고래고래 떠드는 소리, 욕과 고함, 시끄럽다.

니안느는 몸을 돌렸다. 창밖을 보고 싶어서 그런 건데, 침실 입구에 놓인 의자 위에 언제 왔는지 칼릭이 앉아 있었다. 테이블 위의 촛불이 칼릭의 이마를 비추어, 섬세한 옆얼굴의 윤곽이 빛에 젖어 있었다.

"일어났네."

칼릭이 니안느가 일어난 것을 알고 돌아보았다.

니안느는 침대에서 나와 그에게 다가갔다.

"한잔하려고?"

"줄 수 있어요? 이런, 혼자서 다 마셨네요."

니안느는 거의 빈 병을 흔들었다. 칼릭은 병을 하나 더 놓은 다음 마개를 뽑았다.

"몰래 빼온 거라, 일단 시작하면 다 마셔 없애야 해."

니안느는 병의 뚜껑을 열고 한 모금 마셔보았다. 혀가 쑥 나올 정도로 독하다.

"욱."

칼릭은 니안느 앞에 포도주를 밀었다.

"독해도 너무 독하니, 마시고 싶으면 이걸로 만족해. 먹고 한숨 더 자. 오랜만에 침대에서 자는 거잖아."

"칼릭스트 경은 안 자나요?"

"원래 잠을 잘 못 자는 체질이다. 못된 놈 올라오면 내가 알아서 처리해 줄게."

"그 말은 칼릭스트 경은 안전한 남자라는 거죠?"

"그럼. 나는 신사이고 기사야."

니안느는 피식 웃었다.

"잠이 안 오면, 이야기 하나 해주는 게 어때."

칼릭이 나른히 말했다.

"무슨 이야기를 원하나요."

"네 고향 이야기. 라크세니아."

니안느는 턱을 괴고는 눈을 감았다.

"이즈음, 내 고향에서는 불카난의 축제가 벌어져요."

"그건 또 뭔가."

칼릭은 술잔을 비웠다. 독한 술 냄새가 풍긴다.

니안느는 조금 전 마신 그 독주가 속을 달구는 것을 느끼며 말했다.

“불의 축제예요. 빛의 신 루가나의 아들인 불카난의 날. 봄이 시작되면 동방에서는 세 번의 축제가 벌어지죠. 하나는 브리기아가 눈뜨는 날, 그 다음이 불카난의 날, 그다음은 여신이 잠드는 날, 이렇게 세 번의 축제가 벌어지는데 그 세 번째죠.”

“그리고?”

“봄의 여신인 브리기아가 눈을 뜰 때는 겨울이나 다를 바 없어요. 아주 춥죠. 내가 살던 마을에서는 그날 여신이 빛의 신 루가나와 동침하고 이듬해 봄을 낳는다고 해요. 그 봄이 되면 양과 염소의 새끼가 태어나고 싹이 나죠.”

“그거, 내 어머니가 해주던 이야기하고 비슷하군.”

“어머니가 라크세니아 출신인가요.”

칼릭은 고개를 끄덕였다.

“어머니는 사정이 있어 외할아버지와 함께 고향을 떠나오셨지. 블랑셰리온에는 잠시 머물 예정이었는데, 아버지한테 발목이 잡히고 말았어. 나야, 어머니가 해주는 그런 이야기보다는 아버지가 해주던 이야기가 더 재밌었어. 자기 주군의 여자와 달아난 어느 젊은 기사 이야기라든가.”

“금빛 머리의 욜란데와 기사 마두스의 이야기군요. 나이 든 왕과 결혼해야 하는 공주 욜란데가 그 왕의 기사와 눈이 맞아 도망치는 이야기. 맞죠?”

“아주 흥미진진해서 몇 번이나 들었지. 나중에 어찌 되는지는 기억나지 않지만.”

“왕이 용서하는 걸로 끝나요. 기사와 공주는 돌아와 결혼하고, 왕은 공주의 동생과 결혼한다던데요.”

"시시하네. 나는 왕과 기사가 결투를 해서 둘 중 하나가 죽고 여자는 승자가 차지하는 걸 기대했는데."

"모르죠. 실제로는 그랬을지. 그래도 슬픈 것보다 시시한 게 낫잖아요."

"그건 그렇지. 축제 이야기나 마저 하자, 니안."

니안느는 기분이 좋아지는 것을 느꼈다. 저절로 웃음이 나온다.

"가장 중요한 건 두 번째 봄의 축제예요. 꽃이 피고, 그해의 수확을 비는 날이지요. 또, 사랑의 날이기도 하죠. 보통 그때 결혼을 많이 해요. 큰오빠는 항상 그날을 기다렸죠. 좋아하던 여자애가 있었거든요."

"가족도 있나."

"당연히 있죠. 내가 나무 옆구리에서 태어난 줄 알았나요?"

"그런 줄 알았지. 그렇다고 해도 믿었을 테고."

그리 말하곤 칼릭은 좀 못되게 웃었다.

니안느는 자신의 이마를 가리켰다.

"원래는 평범해요, 다들. 그러다 이 각인이 나타나면 언제고 숲의 왕이 데리고 가죠. 나는 사람 맞고, 부모형제가 있는 것도 맞아요. 숲에 들어가기 전까지는 평범한 농가 꼬마였다고요. 소치고 닭 잡고 오리 모는."

그 가족은 이제 없다. 숲의 왕이 쓰러진 뒤, 숲을 나와 가장 먼저 생각한 것은 그래도 가족이었다. 그러나 마을에 갔을 때, 그 마을은 수십 년 전에 버려진 듯 황폐했다.

그제야 깨달았다. 숲에서의 시간과 밖에서의 시간이 다르다는 것을. 니안느는 숲에서 고작 몇 년을 보냈지만, 숲 밖은 백 년도 넘게 흘러가 있었던 것이다.

"……궁금하긴 해, 너를 보면."

"얼마나 화끈할지?"

"이런, 니안."

칼릭이 손가락 끝으로 니안느의 볼을 쓸어 올리며 드리워진 머리카락을 넘겨주었다. 손길은 상냥했지만, 그 끝이 스친 곳에 미묘한 흔적이 남는 것 같았다.

저릿하고 달콤하고 뜨거운 흔적이.

"이게 유혹이라면 하지 마. 취한 여자 덮치는 취미는 없으니. 너한테 술 마시고 남자 덮치는 취미가 있다면 그건 그저 애석한 일일 뿐이고."

"알아요. 내가 유혹한다고 설치면 웃기기만 하다는 거. 지금도 그래 보이나 보네요. 부끄럽게."

"뭐, 귀엽긴 해. 그런데 그랬던 적이 있기는 한가 보군."

"없어요, 없어. 허세예요, 허세. 뭐가 궁금한지나 말해봐요."

"숲의 마법사란 대체 어떤 마법사인지. 또, 네 스승과 왕은 어째서 그리도 정확하게 리카르를 지칭한 건지, 그것 역시 궁금해."

"그건 나도 몰라요. 거의 십 년간 아무 일도 없었으니."

"그렇다면, 왜 아직도 그의 곁에 있는 거지."

"그게……."

니안느는 눈을 조용히 내리깔았다. 칼릭의 손이 이마를 떠나 내려가는 것이 느껴진다. 그가 무엇을 보고 싶어 그리했는지 알면서도 아쉬웠다.

"칼릭스트 경, 나는 델 판에 사는 어느 농사꾼의 딸이었고, 이건 언제고 무슨 일을 당할 수도 있었다는 말이에요. 어느 날 징병관이 오자, 어머니는 작은오빠 대신 나를 징병관에게 넘겼어요. 징병관은 나를 노예상에 넘길 생각이었죠. 그날 밤 당할 뻔한 일은 아직도 생생하죠. 도망치다 죽을 뻔했을 때, 나를 내 스승님이 되어준 필람몬이 구해줬어요. 그 후부터 숲에서 살았죠."

그리고 시작된 즐겁고 아름다운 세상.

니안느는 그때의 행복이 생각나 미소를 지었다.

"내게 세상은 그런 곳이었어요. 굶주리고, 아프고, 배신당하고, 빼앗기고 짓밟히고. 그런 내게 숲은 낙원이었어요. 마음껏 배우고, 달리고, 배를 채웠어요. 마음껏 믿어도 되고 마음껏 사랑해도 되었죠. 알고 싶은 것은 다 알 수 있었고, 모두가 나를 귀하게 대해줬어요. 나도 그들을 귀하게 여겼죠. 농사꾼의 딸 니안느는 아무것도 아니었는데, 필람몬의 제자 니안느는 숲과 이야기하고, 정령이 말을 걸어주죠……."

니안느는 눈을 들어 칼릭을 보았다.

칼릭은 니안느를 지켜보고 있었다. 진지하게 귀를 기울이며 똑바로 바라본다.

니안느는 어딘가가 둥— 울리는 것을 느꼈다. 자신의 세상이 다른 사람을 향해 열리고 그 역시 자신의 창을 열고 바라보고 있다. 따스함을 넘어 뜨거운 느낌이었다. 누군가가 귀를 기울여 주고 관심을 보여주는 것에, 그것이 진심이라는 생각에 마음이 근본부터 흔들린다. 기쁘고 고맙고 약간 감동스럽기도 했다.

"나는 그런 곳을 잃어버린 거예요. 숲을 나왔을 때, 나는 마치 꿈을 꾼 것만 같았어요. 그날 이후, 내겐 숲과 관련한 거라곤 이 목걸이를 빼곤 아무것도 남은 게 없었어요. 그래서 나는 어떻게든 리카르라는 사람을 찾아내, 숲이, 왕이, 필람몬이, 내 형제들이 세상에 존재했다는 것을 스스로에게 증명해야 했어요."

"그리고 찾아낸 건가."

"네. 물론 가는 길은 고달팠죠. 발은 부르트고, 옷은 넝마가 되어가고, 제대로 먹지도 못해 뼈만 남고. 악마공의 섬에 들어가는 것도 어려웠어요. 자칫 잘못하면 나도 잡혀서 노예가 될 수도 있었죠."

칼릭의 눈 안으로 많은 감정이 보인다.

아쉬움인지 분노인지 모를, 그런 복잡한 감정들이.

왜일까.

내가 당신의 집안을 무너지게 만든 자를 끌어내서? 당신 아버지를 저주하는 자를 세상에 풀어놓게 되어서? 그러나 니안느에게 있어 오베른은 비열하고 악랄한 자였다. 리카르에게 그 모진 수모를 당하게 하고도 잘 먹고 잘살았고, 그러다 욕심이 지나쳐 자기 것을 다 잃은 어리석은 자이기도 했다. 벌을 받아 마땅하고 몰락해야 만 하는 자였다.

그럼에도 불구하고, 그 오베른의 아들인 칼릭은 대가문의 후계자도 원수의 아들도 아닌 그저 숲에서 만난 젊은 남자일 뿐이다.

차갑고 경계심 가득하고 적대적이던 그 남자가 아닌……

그런 눈으로 다시 보니 칼릭의 눈이 보이는 아쉬움과 분노는 다른 의미로 다가왔다.

힘들었겠군, 니안.

힘들었을 거야.

묻고 싶다.

칼릭스트.

무엇이 당신으로 하여금 나를 이렇게 보게 만들었나요.

무엇이 나를 그리 연약하게 보이게 한 걸까요.

"그날 내가 찾아낸 건 리카르만이 아니었어요. 내 숲, 내 고향, 내 기억이 있다는 증거였어요. 내가 옳다는, 숲의 왕이 정말 내게 제대로 말해주었다는 증거였죠. 리카르는 그가 리카르라는 것 하나만으로 그렇게 해주었죠. 그 후, 우리는 제법 가족처럼 지냈어요. 리카르는 나를 받아들여 줬어요. 같이 다녀주고, 지켜주기도 했죠. 나도 그랬고요……."

칼릭은 잔을 입으로 가져가 마셨다. 꽤 마신 것 같은데, 그의 눈은 여전히 수정처럼 맑았다.

"……어쩌면."

칼릭이 말했다.

"어쩌면, 네게 리카르가 필요했던 것만큼 리카르에게도 네가 필요했던 걸지도 모르겠다. 자신이 살아 있고, 목표를 향해 나아가고 있다는 증거로."

칼릭은 잔을 놓으며 말을 이었다.

"사라피온의 섬에서 탈출하게 해주었잖아. 그것만도 기적이지. 또, 내가 보기에는 리카르는 그런 기적을 만들어준 상대를 소중히 여길 정도의 인격은 되는 남자더군."

"뭘 보고……."

"있어, 그런 게."

칼릭은 머리를 뒤로 살짝 젖히고 앉아 있었다. 새벽 샘처럼 차갑던 눈이 지금은 천진해 보인다. 처음 듣는 신기한 이야기를 듣는 소년처럼.

니안느는 빙긋 웃었다.

"그 표정 뭔가요."

"왜. 이상한가."

"신기해서요."

칼릭의 반쯤 감은 눈 아래로 긴 속눈썹의 그늘이 진다.

웃는 것이다.

"뭐가 신기해."

당신, 참 예쁘고 신기해요.

니안느는 눈으로만 말했다. 남자들이 좋아할 만한 칭찬은 아닌 것 같아서.

상아로 만들고 흑요석으로 장식한 듯, 우아한 취향을 가진 자가 섬세하게 조각한 듯 미려(美麗)하다. 여름 아침의 싱그러운 숲이나 이슬 머금은 붉은 장미처럼 인간미 대신 초월이 깃든 아름다움을 가지고 있기도 하다.

동경과 선망을 품을 수밖에 없는 남자.

그러나 니안느는 그 안에는 있는 치명적인 흠도 같이 느껴졌다. 경계를 담은 눈동자 속에, 미소가 지워진 입술 언저리에, 팽팽하게 당겨진 어깨에서 문득 그 흠이 드러난다. 바로 그것이 독즙이 방울방울 맺히는 식물의 흠처럼 사람을 미혹한다.

아마도, 컴컴한 기억의 상흔을 간직한 사람이 풍기는 종류의 것이리라.

뭘까.

이 남자 안에 담긴 상처는. 고통의 근원은.

이제 칼릭은 다시 자신의 그늘로 들어가 니안느를 지켜보며 관찰하고 있다. 어두운 그림자 밑에 숨어 빛나는 두 눈으로 노려보는 맹수처럼. 사람들은 맹수의 눈과 털빛에 홀려 두툼한 발아래 숨은 발톱을 잊곤 했다.

니안느는 자신도 이 남자 앞에서는 마찬가지라 생각했다.

하지만 고요하다.

날개를 접은 듯, 두 다리를 바닥에 앉힌 듯, 등을 댄 듯, 그저 평화롭다. 품에 안기듯, 고개를 기대듯, 편안하다.

심장 소리가 들리는 것 같다. 두근두근. 작은 아이의 발자국이 가슴 안에 있는 것 같다.

온몸이 허물어지는 이런 기분이 뭔지.

"어머니 닮은 건가요."

"왜."

"칼릭스트 경의 아버지하고는 하나도 안 닮아서."

"어머니하고도 안 닮았어. 내 선조 중 누구와 닮기는 했을 테지만. 고모님과는 닮았으니 말이야."

칼릭은 눈을 감으며 말했다.

"그래서 내 얼굴이 싫어."

"왜요."

"그 누구도 추억할 수 없으니까. 어머니가 원망스럽기도 해. 어머니를 닮은 동생이 하나라도 있었다면 얼마나 좋을까. 그 아이를 보며 어머니를 기억할 텐데."

아버지만 남았다. 어머니가 남긴 것은. 그 탓에 칼릭은 화가 나도 아버지를 미워하지는 못한다.

"그래도 추억은, 긴 시간을 견뎌내고 남은 추억은…… 강물이 매만진 조약돌처럼 좋은 것만 남지. 아름답고 소중한 것들만 남아, 혼자 있을 때 달그락달그락 귀여운 소리를 내."

계단 올라오는 소리가 쿵쿵 들렸다. 둘 다 바닥을 바라보았다.

잠시 뒤, 바닥의 문이 활짝 젖혀지며 팔스가 송충이 더미 같은 얼굴을 들이밀었다.

"어이, 칼릭스트 소백작! 큰일 났어!"

칼릭이 허리를 당겼다. 니안느는 항상 긴장감이 배어든 그의 어깨와 팔이 더 단단해지는 것을 보았다.

"무슨 일인데."

"고리대금연맹에서 나왔어!"

칼릭의 눈에서 경계와 긴장이 풀렸다. 니안느가 보기에, 그는 상대가 고리대금연맹이라 오히려 안도하는 듯 보였다.

"하루나 이틀 정도는 잠자코 있을 줄 알았더니, 배고픈 매처럼 잽싸게도 찾아내는군."

"그 얼굴로 돌아다녀도 눈에 안 뜨일 거라 생각한 거냐! 어쩔 거냐? 도망칠 거면 바로 저기 저 지붕으로 가서 다니엘라 집으로 가면 되는데!"

"되었다. 그 바람둥이의 새 남자로 오해 받기는 싫으니."

"허, 왜? 다니엘라 정도면 미녀인데."

"내 취향은 아니니까. 기다리라고 해. 그냥 만날 테니."

"정말?"

"도망치면 도망친 날만큼 이자를 쳐서 아버지에게 청구할 테고, 아버지는 새로운 고난을 겪기에는 너무 편찮으시거든. 그러니 내려간다."

니안느가 물었다.

"같이 가도 되나요."

"아니. 여기 있다가, 시끄러우면 귀를 막고 조용해지면 자. 잠이 오지 않으면 여기 이거 한잔 마셔. 맛은 없지만 그래도 술은 술이라 효과는 확실하니까."

팔스가 병을 발견하고 고함을 질렀다.

"야, 그거! 내가 아껴둔 건데."

"아끼지 마. 더럽게 맛없더군. 세상에 없어야 할 물건이라 내가 없애기로 한 거지."

칼릭은 팔스의 머리를 다리로 눌러 내렸다. 일그러지는 팔스의 머리에 대고 칼릭이 말했다.

"비켜라. 내려가게."

❖

1층의 홀에는 고리대금업자 같은 일행이 와 있었다.

돈 벌어다 어디다 쓰는지 모르게 싸구려 갈색 모직 옷을 입고 머리는 머리카락 한 올까지 모자로 꼭꼭 눌러 덮었다.

혼자 온 것도 아니다. 연맹 업자 셋에, 그 뒤에 용병 다섯이 칼과 가죽 갑옷으로 무장을 하고 서 있다. 문밖에도 열 명 넘는 칼잡이들이 있었다.

칼릭은 그들을 훑다가, 그 용병들과 조금 떨어진 구석에 앉아 있는 남자를 발견했다. 같은 방향을 보는 남자들이 몇 더 있었다. 남자는 칼릭과 마주치자 허리에 찬 검에 손을 댔다. 칼릭은 손을 들어 잠시 기다리란 신호를 보냈다. 남자는 칼자루에서 손을 뗐다.

칼릭은 연맹원들 앞에 앉으며 말했다.

"왜 왔나."

연맹원은 큼, 하고는 말했다.

"경의 부친이 아직 탕감하지 못한 빚이 남아 있어서 왔소이다."

"설마."

"애초에 블랑셰리온 공은 우르 판 성과 로덴불크 성의 징세권을 담보로 돈을 빌렸고, 결국 탕감하지 못해 우리들에게 징세권을 넘겼습니다. 그런데 그 두 성이 최근 리카르 볼프람에게 넘어가며 우리 사무원들이 희생되었지요."

"성이 점령당하고 그곳에서 불상사가 좀 일어난 것까지 내가 책임질 수는 없다."

"우리는 그에 대한 보상도 받기로 계약을 했습니다."

칼릭은 그들이 건네주는 계약서를 보았다. 그대로였다. 칼릭은 아버지가 그에게 보여주지 않은 계약서가 더 없기만을 바라며 말했다.

"계약서에 적힌 날짜가 내가 성인이 된 후인데. 성인인 후계자의 동의가 없이 작성된 계약서는 법적 무효다."

"단기는 합법입니다. 그리고 탕감되지 못할 시에 단기 계약이 연장되는 거니, 역시 합법이지요."

칼릭은 장부를 넘겼다. 뭘 어찌해서 그리 쫙쫙 빨아가고도 갚지 못한 건가 궁금해서였다. 수수료와 인건비 명목의 경비를 제한 것이 실제 탕감되는 것보다 더 컸다. 사무실 운영비, 간접 징세 수수료, 거기에 용병들까지 고용하여 비용은 더 커졌다.

"십만 대군이라도 고용했나."

"게다가 그 징세원들 모두 죽었습니다. 연맹에서 그 가족에 배상금을 지불하느라 손해가 아주 막심하고. 그렇게 도합 오만 이천삼백이 델타린입니다."

"삼만 오천이백이십삼 델타린인데."

"그게— 그럴 리가."

"나도 사칙연산은 할 줄 알아. 겁주려고 그런 거라면 실패했고, 선심 쓰는 척하려 했다면 역시 실패했군."

칼릭은 장부를 그들 앞으로 던지며 일어났다. 먼발치에 앉아 있던 남자가 앞에 놓인 술잔을 들이켜고는 다리를 내밀었다. 다른 남자들 역시 품 안과 허리에 손을 얹었다. 그것을 본 용병들이 서로 눈짓을 보내기 시작했다.

"리카르 볼프람에게 내 모든 영지가 점령당했으니, 그에게 가서 따져라. 그도 싫다면, 나는 그냥 불효자가 되기로 하지. 아버지에게 가서 말해라."

연맹원들은 서로 눈치를 살피다 그중 가장 나이 많은 남자가 말했다.

"지불할 방법이 하나 더 있지 않습니까."

"뭐가 더 있지?"

"라크세니아에 있는, 칼릭스트 경의 것."

칼릭의 입술 끝이 올라갔다.

"그곳은 왜?"

"칼릭스트 경이 점령한 곳이라 들었습니다. 저기, 그러니까 그곳의 성,

토지, 소출물, 모두 경의 것이 아닙니까. 델 판의 공작, 마인베르크가 그곳은 경의 땅이라 인정했다던데."

"그곳은 델 판의 공작 마인베르크의 영향 아래라, 완전히 내 소유라고 보기는 어렵다. 정말 원한다면 우선 델 판 공작에게 허락 받고 와라. 다녀오면 너희들 말에 귀는 기울여 주지. 돈 때문에 마인베르크 앞까지 다녀올 정도라면, 그건 돈이 위대한 건지 너희들이 위대한 건지는 고민해 봐야 할 문제니까."

칼릭이 손을 들어 딱, 소리를 냈다. 팔스는 다니엘에게 신호를 보냈다. 다니엘은 하인 소년과 하녀의 덜미를 잡아 지하실로 던져 버린 뒤 얼른 닫았다. 창가의 남자들이 칼자루를 잡았다.

"저기요, 그 빚. 한 번에 갚으면 안 될까요."

칼릭은 급히 돌아보았다. 니안느가 계단 난간에 기대어 서 있었다.

모두의 시선이 모이자, 니안느는 재빨리 계단을 내려왔다.

"내가 말이죠, 아주 귀한 보물을 가지고 있는데."

"누구요, 아가씨는."

니안느는 칼릭의 팔에 손을 얹으며 말했다.

"이분의 친구예요. 이분에게 곤란한 일이 생기면 내 속도 아프니, 우리 이야기 좀 해봐요. 딱 오늘 하루에 가질 수 있는 보물이 나한테 있거든요."

"어떻게 아가씨에게 그런 게 있다는 거요."

"아, 전 도둑이에요."

다니엘과 팔스가 칼릭을 향해 고개를 확 쳐들었다. 너 소매치기를 데리고 온 거냐? 인생 왜 그렇게 살아? 집안 망했다고 너까지 망하기로 했냐? 그 시선의 의미를 눈치챈 니안느는 웃으며 말했다.

"사람 물건을 훔치는 도둑은 아니고, 요정과 용, 거인과 무법자들의 물건을 훔치는 도둑이에요. 내가 이번에 훔쳐온 아주 진귀하고 멋진 물건이 있는데, 한번 보실래요?"

연맹원들이 서로 눈치를 보다, 그중 하나가 말했다.

"일단 보기는 하겠소."

"좋아요. 자."

니안느는 자리를 떴다가, 잠시 뒤 낡고 작은 물레를 들고 나타났다. 아주 작아, 니안느도 한 손으로 들 수 있었다.

"뭐요, 그게? 그냥 장난감이잖아."

"소나무 속에 사는 검은 요정들에게서 가지고 온 보물이에요. 아주 심술궂고 고약한 녀석들이죠. 그 요정의 보금자리에서 훔쳐왔는데, 지금쯤 이걸 찾느라 난리가 나 있을걸요. 자, 이걸 봐요."

니안느는 지푸라기를 물레 위로 던지며 물레바퀴를 돌렸다.

잠시 뒤 물레의 실패에 금으로 된 실이 돌돌 말리기 시작했다.

모두가 놀라서 보는 가운데, 니안느는 지푸라기를 한 움큼 더 집어넣어 물레를 돌렸다. 실패에는 이제 누구라도 알아볼 만큼의 금실이 팽팽하게 말려들었다.

"그, 금이다!"

"순금이야."

니안느는 실패를 빼, 연맹원 하나의 손에 들려주었다. 금실이 감긴 실패가 그들의 탐욕스러운 손에 들렸다.

"자, 이게 바로 전설로 전해지는 요정의 황금 잣는 물레지요. 이걸 빚 대신 넘기면 안 될까요."

연맹원들은 서로 눈치를 살폈다. 누가 가져가든 등이 위험해질 만한 물건이다. 그러나 누구라도 가지고 싶은 물건이기도 했다.

"물론 제한은 있어요. 하루에 만들 수 있는 금의 양이 제한되어 있고,

또 스무 살이 넘었으면서도 순결한 사람만이 금을 만들어낼 수 있지요. 검은 요정들은 영원히 동정이고, 이십 년이 지나야 이 물레를 돌려 금을 만들 수 있으니까요. 인간도 그 정도 조건은 갖추어야 하죠."

니안느는 옆의 팔스에게 지푸라기와 작은 물레를 넘겨주었다. 팔스가 아무리 돌려도 지푸라기는 황금으로 변하지 않았다. 니안느는 주변을 둘러보았다. 모두가 시선을 피하는 가운데, 니안느의 눈이 칼릭을 향했다.

"칼릭스트 경."

"내가 뭐."

니안느는 지푸라기와 물레를 건네준 다음, 그의 손을 잡고 물레를 돌리게 했다. 짚은 금방 황금으로 변했다. 모두가 기겁했고, 그중 가장 놀란 건 칼릭이었다.

니안느는 활짝 웃으며 연맹원들에게 말했다.

"어떻게 하실래요? 사정이 급해서 이 귀한 물건을 드리는 건데."

연맹원 하나가 급히 물었다.

"하루에 얼마나 만들 수 있지."

"아르장 금화 다섯 개 정도? 은행연맹이 정한 시세로 따지자면, 여기 돈으로 이백 델타린 정도네요. 그래도 열흘이면 이천이고 백일이면 이만이죠. 아직 남은 빚은 반년 정도면 해결될 수 있어요."

모두가 눈을 번들대는 가운데, 팔스는 저런 걸 가지고 있으면서 왜 말을 안 한 거냐고 통탄했다. 다니엘이 칼릭의 귓가에 입술을 대고 물었다.

"야, 너 정말……."

"닥쳐."

"이거 소문나면 오늘 밤 안으로 네 동정을 놓고 어마어마한 내기가 벌어질 거다. 그런데 정말이야?"

"닥치랬다."

니안느는 물레를 탁자에 놓았다.

"자, 어쩌실래요."

"이, 일단 연맹의 허가가 필요한데."

그리고 서로의 얼굴을 보기 시작했다.

셋 다 자기가 가지고 싶어 하고 있었다.

니안느는 그런 그들을 부추기듯 하나하나 차례차례 본 다음 말했다.

"좋아요, 그렇다면 이렇게 하는 건 어떨까요. 세 분이 오만 델타린에 이걸 사시고, 블랑셰리온 가의 빚이 모두 탕감되었다는 증서를 써주세요. 지금 당장 여기로 공증인을 불러서 말이죠. 내일 바로 시청에 넣을 수 있도록."

"하루 더 기다려 줄 수는 없소?"

"아, 그건 안 됩니다!"

니안느는 단호하게 말했다.

"내일 해가 뜨면 이것에 대한 소문이 다 퍼질 테고, 그때면 가격은 두 배 세 배가 될걸요. 오만? 설마요. 이십만도 가능해요. 그리되면 안 팔아요. 다만, 경쟁이 붙으면 경매를 해야 할 테고, 적어도 한 달은 더 여기에 머물러야 될 테죠. 또, 이게 있다는 소문이 퍼지면 나나 칼릭스트 경이나 이것을 훔치러 올 자들을 걱정해야 할 거라고요. 그건 싫네요."

그러곤 표정을 싹 바꾸어 생긋 웃었다.

"그러니 지금 당장 해요. 응?"

연맹원이 헛기침을 했다.

"저기, 그게…… 음…… 그리 쉽게 되는 게 아니라. 좀 기다려 주면 좋겠는데!"

"좋아요. 연맹 허가니 뭐니, 그리 까다롭게 굴 거면요, 간단하게 넘어가죠. 내가 이것을 당신들에게 팔겠어요. 당신들은 돈을 지불할 필요는 없고, 차용증을 나한테 넘기면 돼요."

즉, 니안느는 돈을 직접 받는 대신 블랑셰리온 가의 빚을 넘겨받겠다는 것이다. 돈을 내는 건 블랑셰리온 가가 된다.

업자들이 빚을 받을 가능성 자체는 그다지 크지 않다. 성의 영지는 대부분 리카르 볼프람이 점령해 버렸다. 다른 사람도 아닌 리카르 볼프람에게 가서 그 영지가 담보로 잡혀 있으니 돈 내놓으라고 할 배짱을 가진 자는 없다.

칼릭 역시, 배 째라 나오기 전에 우선 그들의 배를 쨀 수 있다. 오베른에게는 빚을 갚을 의무가 있지만, 칼릭에게는 없었다. 합법적으로 무효화시킬 수도 있으며, 그게 귀찮다면 비합법적으로 뭉개줄 수 있는 힘도 있다.

니안느가 말했다.

"어차피 빌려준 돈을 못 받은 것도 아니잖아요. 원금은 다 갚았는데 이자로 튀겨놓은 돈이 없는 거지."

잠시 조용해지더니, 연맹원 중 하나가 일어나며 말했다.

"주시오."

그러자 남은 둘도 조급해져서 급히 찬성했다.

"같이 하지. 같이 하자고!"

"나도!"

니안느는 만족스럽다는 듯 고개를 끄덕인 다음 말했다.

"좋아요. 당장 공증인을 부르죠."

잠시 뒤, 집에서 자고 있던 공증인이 끌려와 절차가 시작되었다. 공증까지는 한 시간도 걸리지 않았다. 일이 완료되자 연맹업자들은 용병들에 둘러싸여 자리를 떴다.

일이 끝나자, 참다못한 팔스가 고함을 질렀다.

"미쳤어! 저 아까운 걸 있지도 않은 빚에 넘긴 거야? 저것만 있으면 평생 놀고먹을 수 있는 거잖아!"

"그럴 리가."

칼릭은 자리를 피하려는 니안느의 팔을 잡았다.

"솔직히 말하지, 니안."

니안느는 고개를 갸웃하고는 말했다.

"사기꾼과 사기꾼의 대결에서 나란 사기꾼이 이긴 거라고 치자고요. 가만, 어떻게 내가 사기인 줄 알았어요?"

"나는 네가 말한 자격에 부합되지 않으니까."

"아하."

니안느는 슬그머니 시선을 피했다.

"어떻게 한 건가."

칼릭은 답을 듣고 말겠다는 듯 잡은 손에 힘을 주었다.

니안느는 주머니를 뒤져 아르장 금화를 꺼냈다.

"자, 잘 봐요."

니안느가 그 금화를 허공으로 던지자, 금화는 허공에서 황금의 실 더미로 변했다. 니안느는 그 실 뭉치를 잡아 다시 던졌다. 실은 다시 금화로 변해 니안느의 손바닥으로 톡 떨어졌다.

"짚이 금이 된 게 아니라 바꿔치기 한 거예요. 즉, 경을 위해 내가 다섯 아르장의 금화를 써버린 거지요. 물레는 창고에서 들고 온 거고요."

"들키면 어쩌려고."

"그전에 도망치면 되는 거죠. 저 고리대금업자들이 스무 살 넘은 동정을 찾을 동안 말이죠. 장담컨대, 수녀원에라도 가야 할 것 같네요. 가만, 내 덕택에 빚이 사라진 거잖아요. 매우 감사받을 일이라고 봐요."

니안느는 공증서를 펄럭였다.

"자, 이렇게."

"어떻게 감사해야 하는 걸까?"

"호의로 한 건데, 굳이 감사해 주겠다면…… 글쎄, 아직은 생각나는 게 없네요. 나중에 말할게요. 우선은—"

니안느는 팔스를 보았다.

니안느의 생각을 알아챈 팔스가 외쳤다.

"그걸 왜 고민해! 우선 축하나 하고 내일 생각해!"

팔스가 하인에게 맥주를 내오게 했다. 니안느는 그가 주는 술을 마셨다가, 잔을 앞으로 확 밀며 경악했다.

"으엑. 이게 뭐야!"

칼릭이 잔을 빼앗으며 말했다.

"그냥 버려. 이건 맥주가 아니라 악마의 변소에서 퍼온 거니. 내가 다른 걸 가지고 오지."

칼릭은 맥주잔을 창밖으로 던진 다음 바로 향했다. 니안느 옆에 다니엘이 앉으며 물었다.

"어이, 아가씨. 마법사였어?"

"네."

다니엘은 니안느를 아래위로 보았다.

"이그라탄은 아닌 것 같고, 앙골랍은 더더욱 아니겠지. 라크세니아나 브리세니아 쪽 같은데. 그쪽 마법사들이 이런 걸 잘 알지."

"맞아요. 라크세니아예요."

"그런데 칼릭스트하고는 무슨 사이?"

"음— 별 사이 아니에요. 우연히 인사를 나눈 사이인데, 마침 가는 길에 다시 만난 거죠. 그래서 같이 왔어요."

"정말?"

"그런데 왜 그리 궁금하나요."

"부랑아 몇을 데리고 와 소개한 적은 있어도, 여자를 일행이랍시고 데리고 온 건 이번이 처음이라. 정말 그뿐이야?"

"사실 나도 궁금한데, 블랑셰리온 가문의 후계자쯤 되는 남자하고 당신들이 어떻게 아는 거죠? 보아하니, 다들 칼릭의 신분에 대해 아는 것 같고."

다니엘은 턱을 긁적이다 옆의 팔스에게 말했다.

"그게, 페닉시아였나 동방 숲이었나?"

"페닉시아라고 해야지. 동방 숲의 지류긴 하지만, 동방 숲은 아니니까."

"그래, 그럼 그렇다고 하지. 당시 그 숲에서 무법자 괴물들이 나타난다고 해서, 우리들이 그놈들을 잡으러 갔어. 그때 그 숲에서 저 녀석과 만난 거야. 녀석이 같이 일하자 했지. 받기로 한 수고비의 일부를 달라 하면서."

"그리고?"

"그렇게 했지. 어차피 우리도 손이 모자랐거든. 그 다음 내가 녀석에게 일 소개해 주는 역할을 맡았고. 한 반년 그리하다, 올 초에 저 녀석이 집안에 일이 생겼다고 돌아간다 하더군. 그때 알게 되었지. 녀석이 블랑셰리온 가문의 아들이란 거."

"놀랐나요?"

"아니, 생각보다 시시해서 좀 당혹스러웠을 뿐이지. 우리는 황제의 숨겨진 자식이라든가, 어디 왕가의 추방당한 왕자인가, 했다고. 그런데 그 오베른의 아들이라니. 아, 이런 일 하는 귀족가 도련님들 의외로 많아. 삼남 이하의 아들이나 서자들이 할 수 있는 일이란 군인뿐이니까."

"그렇긴 하네요."

"내 이야기는 그만하지. 별거 없는 과거야."

칼릭이 니안느 옆에 녹색 술병을 놓고는 니안느와 다니엘 사이에 앉았다.

"욕한 건 아니잖아, 칼릭."

다니엘은 히죽 웃었다.

"니안, 궁금한 게 있으면 내게 직접 물어봐. 이 주변에는 믿을 만한 입을 가진 남자라곤 하나도 없으니."

칼릭은 작은 잔을 놓고 독한 브랜디를 따른 다음 리큐르 병을 기울였다.

"자, 너는 이것만 마셔."

니안느는 칼릭이 만들어준 술을 마셔보았다. 제법 괜찮은 맛이었다. 홀딱 비운 니안느는 빈 잔을 칼릭에게 내밀곤 손가락 하나를 들어 보였다.

칼릭이 눈살을 찌푸렸다.

"한 잔만 하라고 했을 텐데."

"딱 하나만 더요. 맛있네요! 이런 맛 처음이에요."

칼릭은 브랜디를 따르고 리큐르를 따른 뒤 잘 흔들어 섞어주었다. 니안느는 처음 맛보는 향기로운 술이라, 한 모금 한 모금 아껴 마셨다. 그것마저 마시자, 다음 잔을 졸랐다. 칼릭은 한 잔 더 만들어주기는 했지만, 남은 술은 팔스와 다니엘에게 모두 나누어 줘버렸다.

아무리 달콤해도 술은 술이다. 맛있다고 마셨던 니안느에게 일어날 일이 일어나고 말았다. 니안느가 금세 술이 올라 꾸벅대기 시작하자 기다리고 있던 칼릭은 니안느의 팔을 잡았다.

"이럴 줄 알았지. 이리 와, 니안. 일어나라고."

등 뒤에서 홀딱 취한 다니엘이 갑자기 외쳤다.

"어이, 너! 걔하고 결혼해라!"

"무슨 헛소리냐."

"마법사잖아! 마법사!"

"만난 지 얼마 되지도 않은 사이다."

"허어, 이보시게. 눈 맞는 데는 말이다, 딱 다섯만 세면 된다. 다섯 세는 동안 눈이 맞으면 이제부터는 사랑이야. 난 딱 그렇게 사랑에 빠지면 아무것도 안 가려!"

"그리고 그 사랑이 식는 데는 그저 돌아앉는 것만도 충분하지. 그만해라."

"혹시, 걔 유부녀냐? 그래서 몸 사려?"

"접근하면 귀찮게 굴 만한 남자가 하나 붙어 있긴 한데, 남편은 아니다. 가자, 니안."

칼릭은 니안느의 무릎 아래로 손을 넣어 번쩍 들어 올렸다.

니안느는 가슴에 기댔다.

"흐음, 고마워요."

"다음부터는 그냥 길바닥에 버릴 거다."

칼릭은 다락방으로 올라가 침대에 니안느를 내려놓았다.

창밖에선 떠돌이 악사의 바이올린 소리가 들려왔다. 칼릭이 일어나려 하자, 니안느는 그 옷을 잡아당겼다. 칼릭은 니안느 옆에 앉았다.

"유혹하려면 좀 더 맨정신으로, 아주 예쁘게 하고 와서 해라."

"내가 최선을 다해 예쁘게 하고 오면 유혹당해 줄 건가요."

"아니."

"왜요?"

"글쎄."

칼릭은 니안느의 볼에 손을 얹었다. 니안느는 그 손에 볼을 기대며 말했다.

"손이 차네요."

"네 볼이 뜨거운 거야. 취했어, 너."

"안 취했네요."

"술꾼의 첫 번째 수칙을 익혔군. 절대 안 취한다고 말하며 취하는 거."

니안느는 후, 웃고는 손을 들었다. 손가락들이 칼릭의 입술 위에 얹혔다. 예리한 빛이 칼릭의 눈동자를 스치고 지나간다.

"주사를 참 위험하게 하는군."

"많이 취한 건 아니에요, 칼릭스트 경. 기분이 좋아지고 관대해지는 정도랄까."

"그 정도도 충분히 취한 거야."

"혹시, 보기 싫은가요?"

"그 정도는 아니야. 네가 덜 취하거나 취하지 않았다면, 내가 할 행동이 좀 달라질 정도지."

"어떻게 달라질까."

"아주 위험한 행동이 될 테니 조용히 해."

니안느는 콧노래로 흥얼거리다 노래를 불렀다.

"우르베히, 밤이 흐르고 별이 떨어지네요."

칼릭은 피식 웃었다.

"그 노래, 나도 아는데 그런 선율은 아니었어. 편곡치곤 형편없는데."

"계속 들어봐요. 아, 우르베나이, 삼나무 숲 사이로 향기로운 바람이 불고, 새들은 날개를 접어요. 다람쥐는 굴에서 몸을 말고, 밤꾀꼬리가 울고 있네요. 강으로 달빛이 흐르고, 그 위로 새카만 조각배. 자, 여기서 종달새를 기다려요. 우르베크, 우르베히, 우르베나이……."

"정말 음치잖아."

그래도 칼릭의 얼굴은 부드러웠다.

상냥한 눈과 다정한 미소. 낮에는 절대로 볼 수 없는 얼굴이다. 서늘한 냉기와 독한 적대감으로 가득하던 그 얼굴이 아닌, 잔잔한 애조를 띠고 있다.

아주 슬픈 것을 보고 있는 듯, 그 슬픈 것을 다정하게 위로하고 싶은 듯.

칼릭이 고요하고 부드러운 목소리로 말했다.

"오늘 수고했어. 고마웠어."

"정말요?"

"그래. 앞으로도 좀 부탁하고 싶어질 정도로. 뭔가를 기대해 보고 싶을 정도로 수고했어."

다시, 경계가 흐려진다.

"그리고 웃어."

"네?"

"웃는 거, 보기 좋아."

"어느 정도로?"

칼릭의 눈길이 다시 니안느의 얼굴을 향했다.

"기분이 좋아지고 세상은 밝아지지. 너를 웃게 하는 게 좋아 보이고, 네 시선이 닿는 것도 빛나 보여."

어째서요.

묻고 싶다.

하지만 멍하고 흐리멍덩해진다.

니안느는 항상 그녀 앞에 있던 남자를 떠올렸다.

리카르.

어느 날인가, 아니면 언제부터인가.

그건 모른다. '항상' 이라는 관계에서 시작이란 의미가 없다. 그저, 어느 날 문득 알고 말았다.

그 남자가 결혼을 결정하고 고향으로 돌아가기로 한 날, 고향으로 가면 만나게 될 추억과 옛사랑에 대한 기억으로 들뜬 그를 보며 알고 말았다. 그가 행복해지면 해질수록, 니안느는 오히려 점점 더 아프게 될 것임을.

왜냐하면.

그를, 리카르를……

니안느는 한숨과 함께 눈을 감았다.

웃는 거, 보기 좋아.

남자의 속삭임이 들린다.

수고했어, 정말.

다정하다. 발가락 사이로 밀려드는 따스한 물결처럼, 온 세상이 그녀에게 속삭여 주는 것 같다.

다시 말해봐요.

수고했어.

웃어.

보기 좋아.

"정말 수고했나요, 나."

"그래."

"고마워요."

니안느는 고개를 숙여 남자의 어깨에 기대며 말했다.

"고마워요, 리카르."

"……."

칼릭은 눈을 감았다.

짧지만, 그럼에도 날카롭고 분명한 통증이다.

보지 말아야 할 것을 보고 듣지 말아야 할 것을 들어버린 것 같다. 그 이름 하나에 온몸이 확 반응할 수 있다는 것이 놀라웠다. 앞도 뒤도 옆도 없는 곳에 갇힌 기분이고, 강력한 일격에 후려 맞은 기분이기도 하다.

뭐지. 이건.

너무 갑자기 불길처럼 치솟는다.

조금 전까지 좋던 기분이 뒤집혀 버렸다. 니안느를 향해서가 아니다. 훼방 받은 기분, 침범 받은 기분에 불쾌해진 것뿐이다.

칼릭은 니안느의 몸을 침대에 눕혔다. 붉은 머리카락이 연회색 시트 위에 흩어진다.

칼릭은 그 부드러운 머리카락을 쓸어내렸다.

“나한테 이러지 마, 마녀 아가씨.”

머리카락 속에 숨은 이마에 입을 맞추며 속삭였다.

“강아지처럼 바보 같은 아가씨야, 네 주인은 네가 좋아 죽는 만큼 너를 좋아하지 않아.”

그럼에도, 상처 받은 기분이 드는 이유는 모르겠다.

안도하는 순간에 배신당한 것 같은, 냉혹한 것에 깊이 찔린 듯 아프다. 무엇을 기대하고 무엇을 믿었던 것일까. 이유는 전혀 모르는데, 배신당한 기분만이 분명히 든다. 세상이 갑자기 흔들린다.

다시는 이 흔들림이 없던 시간으로 돌아갈 수 없는 흔들림이다.

아찔한 불안감에 고개를 저었다.

이러지 마라, 칼릭스트.

❖

"각하."

리카르가 정신을 못 차리자, 앞의 남자는 다그치듯 불렀다.

"리카르."

"아."

앞에는 그의 수하인 테날디가 앉아 있었다. 나이가 비슷해, 수하라기보다는 친구에 가까웠다. 상투아리움에서는 같은 팔가스 출신의 귀족이라 친해졌고, 하급귀족임에도 불구하고 상당히 품격 있는 남자라 친구처럼 지낼 가치가 있었다.

"왜 그러십니까."

"아니, 아무것도 아니다."

조금 전 노랫소리를 들은 것 같았다. 니안느가 기분이 좋을 때면 종종 부르던 그 아이 고향의 민요가.

그런데 들릴 리 없다.

그 아이는 떠나, 아직 돌아오지 않았다.

"그래, 알아내 왔나?"

"네. 일단 일이 풀리니 잘 풀리더군요. 거의 다 알아낼 수 있었습니다."

"다행이군. 앙골랍 녀석들의, '그건 모릅니다' 라는 답에 질려가고 있으니."

앙골랍은 벨사키엘 교단의 영향력 아래에 있는 왕국이고, 교권 안에 있는 지역 중 유일하게 제대로 된 마탑이 있다. 그러나 말이 좋아 마탑이지, 이그라탄의 존엄한 세 마탑에 비하면 매와 병아리만큼이나 차이가 난다. 이전에는 그들이 무능하든 말든 상관치 않았으나, 니안느의 갑작스런 부재 덕에 그럴 수 없게 되었다.

테날디가 물었다.

"그전에, 각하. 물어볼 게 있습니다. 칼릭스트…… 오베른의 아들을 놓아주었다고 하던데. 정말 그랬습니까."

"누가 그러던가."

"울리치하고 베르나르가."

"울리치는 일러바칠 줄 알았지만, 베르나르는 의외군. 그래, 놔줬네."

"오베른과 각하가 보통 사이가 아니라, 그것만은 제가 따로 말하지 않아도 알아서 할 줄 알았는데, 아니군요. 왜 그러셨습니까."

"그럴 일이 있었다. 자네도 아는 그 일에 대해 교단에 알리고, 교단의 협조를 얻기 위해 성도로 갔지. 그런데 자네 표정을 보니, 내가 더없이 어리석은 짓을 한 것 같군."

"맞습니다."

"그러나 아무리 오베른의 아들이라 하더라도 그 아이를 억류할 이유는 없었네. 아무런 죄도 없으니."

테날디는 고개를 저었다.

"칼릭스트가 단순히 오베른의 아들이기만 하면, 각하의 결정은 자비롭고 적절합니다. 그런데 아니니 이런 겁니다."

"뭐 때문에 그러는 건가, 자네."

"마인베르크에 대해 어느 정도 알고 있습니까."

"라크세니아의 왕이 되려 하고 있다는 것 정도. 내가 생각하는 것보다 훨씬 더 정복에 자질이 있는 것 같다는 것. 또, 슬슬 팔가스의 영토를 넘보고 있다는 것. 이 정도지."

게다가 지금, 마인베르크의 군대는 중요한 거점 몇 개를 확보해 두었다. 리카르를 사령관으로 하는 프레데릭의 군대는 블랑셰리온의 영지를 점령하며 마인베르크의 본진인 델 판으로 향하는 길목을 확보했으나, 마인베르크가 먼저 프레데릭을 치면 또 골치 아파진다.

"이제 마인베르크는 각하가 기억하는, 오베른의 친구이며 그를 이용해 세레나를 차지한 젊은 영주가 아닙니다. 라크세니아의 마왕이자 무법자이며 폭군. 또, 각하와는 달리 후계자 정도 되는 지휘관도 있지요."

리카르는 피식 웃었다. 그에 대한 소문은 리카르도 들어 알고 있었다. 그 넓은 영토를 혼자서 정복했을 리는 없고, 마인베르크 같은 자는 평범한 수하나 친척에게 일을 맡길 자는 아니었다. 그런 상황에서 가장 눈에 뜨이는 존재가 하나 있었던 것이다. 마인베르크의 젊은 용이라 불렸으나, 그뿐이다. 어느 날 갑자기 그에 대한 소문은 뚝 끊어져 더 이상 들리지 않게 되었다.

"친아들은 아니지 않은가. 게다가 없어진 지 꽤 되었다고 들었지. 숙청되거나 전사한 줄 알았는데."

"각하, 우습게 보지 마십시오. 이대로라면 여태 상대해 왔던 적들과는 격이 다른 적을 상대하게 될지도 모르니. 또, 그 탓에 그 칼릭스트를 놓아준 게 실수가 될 수 있습니다."

"마인베르크와 그 칼릭스트가 대체 무슨 사이기에 그러나."

"오베른의 후계자인 칼릭스트가 왜 이제야 나타난 건지, 이상하지 않습니까. 그만한 기사라면 소문이 나도 몇 번이 났습니다."

"나서지 않았으니까 그런 것 아닌가."

"애초에 없었으니 그런 겁니다. 그 칼릭스트는 삼 년 전만 해도 마인베르크 아래에 있었으니. 각하, 그 마인베르크의 젊은 용이 바로 칼릭스트입니다."

리카르는 가슴이 으스러져라 잡히는 듯했다. 배신감과 당혹감 탓이었다.

"대체 왜."

"그건 모르지요. 후계자, 그것도 일곱 대가문 중 하나인 블랑셰리온 가의 후계자가 왜 라크세니아에 가 있던 건지. 그냥 머물렀던 것도 아니었습니다. 운텔가움 공성전, 우드무르트 강의 전쟁, 모르드바 숲의 전쟁에서는 아예 선두였습니다. 검은 발의 아라얄도 녀석이 죽였더군요. 마인베르크가 아니라."

"뭐라고."

그 순간만큼은 리카르도 현기증을 느꼈다.

검은 발의 아라얄은 상투아리움과 팔가스, 이그라탄까지 명성 자자한 폭한이다. 인간 여자와 황소의 마신 사이에서 태어난 아들이란 말까지 있었으나, 대략 네 해 전에 패했다. 리카르는 여태 마인베르크가 한 줄 알았다.

"그리고 그 마인베르크는 칼릭스트를 후하게 대했습니다. 델 판을 제한 상당 지역을 칼릭스트에게 맡겼죠. 지배권, 징세권, 거기에 군대까지. 마인베르크에게는 자식이 없으니, 이리되면 세레나의 조카인 칼릭스트가 사실상의 후계자 노릇을 했다는 겁니다. 각하는 그런 칼릭스트를 보내준 겁니다."

"그 칼릭스트가 마인베르크에게 달려가 합류한 뒤에 내 적이 될 거란 건가."

"가장 당연한 결론이지요."

리카르는 칼릭스트에 대해 어떻게든 떠올려 보려 했지만, 잘 기억나지 않았다. 간신히 기억나는 거라곤 설산을 지배하는 잔혹한 정령 같던 미모 정도다.

"행여 그 청년이 세레나와 닮아서 약해졌습니까."

"그건 아니네."

리카르 자체가 약해져, 그 일 자체에 의욕이 없었다고 보는 편이 나았다. 거의 이십 년의 피로와 허탈이 한번에 밀려든 건데, 리카르는 그것을 침착하게 넘길 수 있는 인간은 아니었다.

"아니야. 절대 아니야."

그리고 그 칼릭은 리카르의 빈틈을 눈치채고 영리하게 이용한 것뿐이다. 리카르의 생각이 변할 것을 염두에 두었는지, 바로 다음 날 성을 떠나버리기도 했다.

테날디가 말했다.

"감시를 붙이겠다면, 지금 당장이라도 가능합니다. 아직은 배를 타지 않았을 테고, 항구도시로 연락을 넣으면 되겠지요. 나셀이나 몬타로 갔을 겁니다."

"지금 상황에서 그리하면 내 체면 문제네. 나는 팔가스 귀족들 눈치를 봐야 하는 처지고, 대가문에 베풀었던 것을 거두어들인다는 것 자체가 트집이 될 수 있네."

"그렇긴 합니다만."

"합류할 생각이라면 언제라도 합류할 거야. 하지만 블랑셰리온 가의 군대는 내 군대와 같이 있지. 마인베르크와 합류한다 하더라도 자기 몸 하나만 합류하는 것이 될 거다."

"그러다, 정말 합류하면요?"

"걱정되는 정황이라도 보였나."

"정확하지는 않아 좀 더 알아봐야 합니다만, 마인베르크가 델 판을 나와 이동했다는 정보가 들어왔습니다."

"고티에 황자와 합류하려 하는 걸 수도 있지."

"그런데 그쪽이 아니라 나셀로 향하더군요. 칼릭스트가 몬타로 간다면 반드시 들를 곳이 나셀이지요."

"뭐."

어째서, 하고 물어보려는데 막사 밖에서 소리가 들렸다. 경비병들이 당황하며 인사를 했다.

“무슨 일인가.”

막사 문이 열리며 늘씬하고 키 큰 여자가 들어왔다.

“나예요, 리카르.”

“바세바.”

아내인 바세바다.

아내라기보다는 고용주라 불리는 편이 낫긴 하나, 그래도 공식적으로 아내는 아내다. 리카르는 테날디에게 나가보라 했다. 테날디가 얼른 인사를 하고 나가자 둘만 남게 되었다.

“공주가 올 만한 전장은 아닌데 왜 온 거요.”

“내가 갈 만한 전장은 또 무엇인가요. 그렌 성을 점령했다기에, 그 유명하고 아름다운 성에서 하룻밤 정도 쉴 수 있을 줄 알았더니 정작 당신이 머무는 곳은 이런 막사라니. 노티온 가의 호수궁이나, 멋대가리 없는 히페리움 가의 사자성은 가봤지만 말이죠. 그렌 성은 가본 적이 없어서 꽤 기대했는데, 실망스럽네요.”

그리 말하고야 있으나 지금 바세바는 사슬 갑옷 차림이었다. 허리의 검도 장식용이 아니다. 이 여자가 어느 정도로 적을 상대할 수 있는지는 리카르도 잘 알았다. 그리고 이런 여자와 결혼한 덕에 끝없이 전쟁으로 내몰리는 중이다. 이 여자와 결혼한 이래, 리카르는 세상의 모든 전쟁과 결혼한 기분이었다.

“미리 말하는데, 아샹보 경의 일은 내 책임은 아니오.”

“알아요. 공을 세우고 올 거라 그리 설쳐 대더니, 적이 공을 세울 기회를 주기는 했더군요. 신경 쓰지 말아요. 이제 나하고 상관없는 사람이니까.”

“그럼 대체 무슨 일로 온 거요.”

“아내가 남편을 만나러 온 건데, 언제부터 그 일이 이유가 필요한 행사가 되었던가요."

"우리는 평범한 부부가 아니고, 그러니 이유가 없을 수가 없잖소."

"그래도 겉으로는 멀쩡하지요. 그러기로 하고 결혼한 거고. 내가 공식적으로 당신을 서운하게 대한 적은 없네요. 애인은 좀 많았지만. 억울하면 당신도 만들어요. 고르기 귀찮아서 그런 거라면 취향이 뭔지 말만 해요. 나는 시녀가 많고, 그중에 없으면 구해라도 줄게요."

"이런 대화는 하고 싶지 않군."

"그래요? 그럼 이런 대화는 어떤가요. 항상 당신 옆에 강아지처럼 붙어 있던 니안느는 어디로 갔나요?"

"알고 온 것 아닌가."

"그건 그래요. 이제 당신도 나에 대해 좀 알게 되었네요."

리카르의 하루하루는 모두 이 여자에게 보고되고 있다. 리카르조차도 받아들이지 못하는 동안에도 이 여자는 니안느가 사라진 것을 알고 있었을 것이다.

"나는 그 아이가 당신 옆에 끝까지 남아줄 줄 알았는데."

"우리는 당신이 생각하는 그런 관계가 아니오."

"알아요, 당신에게는 그 여자, 세레나가 있지요. 그래서 당신은 언제고 당신이 원할 때 이혼해 달라는 조항도 넣었고요. 나 역시 나쁠 거 없기는 했지요. 내 아들 파르지발이 왕위를 되찾으면 당신은 든든한 조력자에서 거추장스러운 새아버지가 될 테니."

"당신은 항상 모든 것을 당신 편의대로 계산하는군."

"그렇게 살아야 하는 것이 팔가스 황가고, 그 일원인 팔가스의 독사들의 본능이에요. 사실 난 세레나라는 여자가 무척 궁금해요. 얼마나 대단한 미모의 여자이기에 두 남자가 이리도 목을 매는지."

"그만하시오."

"그만하긴요. 당신 표정이 재밌어지고 있는데. 나는 그래서 그 아이, 니안느가 대단하다 싶기도 했어요. 다른 여자를 그토록 사랑하고 그리워하는 남자 옆에 머무는 여자가 되는 것, 아무나 할 수 있는 일이 아니거든요. 그런데 결국은 떠나네요."

"우리는 그런 관계가 아니라 했소, 부인."

"저런, 리카르."

바세바의 눈에 담긴 것은 조소였다.

"나는 그 세레나라는 여자에 대한 당신의 사랑이란 게, 사랑이라는 말 그 자체가 필요해서 그런 것 같다는 생각이 들어요. 사람의 목표란 건, 사실 사람들이 정해진 무언가가 필요해서 만드는 경우가 많거든요."

"조롱은 그만하고, 내 사적인 문제는 내 사적인 고민으로 남겨두시오. 내가 알아서 할 바니. 어차피 당신에게 나는 남편이 아니라 이혼할 때까지 당신에게 고용된 용병이지 않나."

"당신…… 나와 결혼한 것, 후회한다는 얼굴이네요."

"더 후회하게 만들지는 마시오."

"무엇을 택하든 다 후회해요. 완벽하게 좋기만 하거나 반대로 나쁘기만 하다면, 애초에 선택이란 말이 만들어지지도 않았을걸요."

바세바는 다가와 리카르의 볼에 입을 맞추곤 말했다.

"다른 길로 갔어도 당신은 후회할 테고, 그 길에서 당신은 이런 불평을 내가 아닌 그 아이에게 했을 거예요. 그래도 나는 참아줄 테니, 당신도 당신의 책임을 다해요. 그러기만 하면 당신이 원하는 건 다 가질 수 있어요. 증오하던 자의 파멸, 경멸하던 자의 몰락, 그리고 사랑하던 여인과의 결합."

"……당신 용무는 언제 말할 거요."

바세바는 눈살을 조금 찌푸렸다.

"성질도 급하긴. 프레데릭이 전령을 보냈어요. 나와 당신, 파르지발에게까지."

"회전을 원하는 건가."

"아뇨. 바르가스 요새를 거점으로, 고티에와 마인베르크를 치고 싶은 것 같아요. 바르가스는 고티에도 프레데릭도 필요한 성이니, 그들도 군사를 끌고 올 테지요. 일단, 군사들에게 진군 명령을 내려두고, 당신은 나와 함께 떠나요. 프레데릭이 원하는 게 그거고, 내 판단으로는 옳은 것 같아요."

"알겠소. 그게 전부요?"

"일단은 그렇군요."

"그럼 나가보시오."

바세바는 조롱조의 눈빛을 보냈다.

"매정하기도 해라. 나는 당신의 아내인데, 오자마자 나가란 건가요?"

"당신이 오자마자 내가 나가는 것보다는 낫지."

바세바의 입매가 굳었다. 항상 자신감 넘치는 그녀가, 따귀라도 맞은 얼굴이었다.

"어서 나가."

바세바는 박차듯 일어났다.

"알았어요. 가죠."

혼자 남게 되자, 리카르는 지친 눈으로 빈 의자를 보았다.

바세바와 이런 대화를 나눈 뒤에는 항상 니안느가 있었다.

조언도 위로도 없었지만, 그 아이가 옆에 있는 것만으로 괜찮았다. 그렇게 그를 진심으로 걱정해 주고 위로해 주고 바라봐 주는 존재가 있다는 것만으로도 충분했던 것이다.

간절하게 필요하다. 그 반짝이던 은보라색 눈과 즐겁게 속삭이던 말들, 잘 자라는 인사와 함께 볼에 닿던 입술이 모두 그립다. 복수고 야심이고 간에, 지금은 그것만이 간절하다.

정말, 미치게 보고 싶다.

제발 돌아와 줘.

네가 없는 세상은 너무나 적막하다.

제4장

흑익(黑翼)

"……우."

니안느는 신음을 흘렸다.

머리에 도끼를 넣고 비트는 것 같다. 울렁거림과 두통, 몸 구석구석에 돌이라도 넣어둔 듯 삐걱댄다.

출렁이는 속보다 니안느를 불안하게 하는 건, 기억나는 게 없다는 것이다. 홀에서 술을 마시던 시간과 이렇게 누워 있는 지금 사이가 통째로 사라졌다.

시청의 종소리가 들려온다.

댕— 그것으로 끝.

"한 시구나."

얼마나 잔 거야.

몸이 담요로 덮여 있던 것을 보니 칼릭이 지난밤에 데려다준 듯하다. 다니엘이나 팔스에게 그런 매너를 기대할 수는 없으니. 그러나 하필이면 칼릭이라니, 조금만 해롱대도 부끄럽기 짝이 없는 상대 아닌가. 그 완벽한 남자에게 내가 무슨 꼴을.

니안느는 담요 아래에서 스르륵 흘러나와 창문을 열었다. 전날과는 달리 아주 흐리고 어두웠다.

옆에 놓인 깨끗한 물로 세수를 하고 홀로 내려가 보니, 굉장했다. 다니엘은 창턱에 엎어져 있고, 팔스는 바닥에 깔개처럼 누워 있다. 그 외, 모르는 사람들이 생선처럼 쓰러져 있었다.

"일어났군."

부엌으로 통하는 문 앞에 칼릭이 있었다. 그의 옆에는 어제 홀에 있던 키 큰 남자가 있었다. 숱 많은 갈색 머리에 건장한 등을 가진 남자였다. 가죽 갑옷으로 가슴을 가리고 허리에는 많이 써서 손잡이가 반들반들한 검을 차고 있었다. 누가 봐도 용병이었지만, 눈매에는 조용한 기품이 담겨 있었다.

칼릭은 옆의 남자를 가리키며 소개했다.

"이쪽은 벤자민. 라크세니아의 운텔가움 출신이지. 나하고는 꽤 오래 알아온 사이이기도 하고. 벤자민, 저쪽은 니안느. 역시 라크세니아 출신의 아가씨지."

니안느는 눈을 반짝였다.

"동향 사람이네요. 반가워요."

그러나 벤자민은 고향 이야기 하며 떠들 만한 종류의 남자는 아니라서, 인사만 하는 것으로 만족해야 할 것 같았다.

벤자민은 칼릭을 보며 정중하게 말했다.

"그럼 저는 이만 가보겠습니다."

"그래, 나중에 보도록 하지."

벤자민을 보낸 뒤 칼릭은 해쓱한 니안느의 얼굴을 들여다보았다.

"얼굴을 보니 상쾌한 기상은 아닌 듯하네."

"저기, 나 실수한 거 없어요? 기억이 안 나서요."

"아주 큰 실수를 하긴 했지."

"네?"

니안느는 눈을 댕그랗게 뜨고 입을 벌렸다. 미안해 죽겠다는 표정이었다. 무슨 잘못을 한 건지 모르겠지만 일단 다 용서해 주세요, 라는.

"저, 정말 큰 실수를 했어요?"

"그럼, 아주 큰 거였는데. 하나도 기억 안 나?"

니안느는 입술을 물곤 고개를 저었다.

"네."

"저런, 저런."

칼릭은 네가 한 실수라곤 어떤 남자 이름 부른 것밖에 없고, 네 술버릇은 구석으로 기어들어 가 쿨쿨 잔다는 재미는 없지만 바람직한 것이라 말하려다 귀찮아졌다.

"알았어. 비밀로 해주지."

"고마워요. 다시는, 다시는 그 정도로 술을 마시지 않을게요. 칼릭스트 경은 괜찮나요?"

"나는 술에 잘 안 취하는 체질이고, 취한다 해도 나 말고는 잘 모르더군. 적어도, 너보다는 많이 마셨지만 나는 괜찮아."

그때 다니엘이 창턱에서 스르르 미끄러져 쿵 하고 떨어졌다. 칼릭이 죽어 있는 다니엘을 가리켰다.

"어제 저 녀석하고는 잘 노는 것 같던데, 조심해. 열정과 발정을 구분 못하는 놈이니."

그리고 니안느의 모습을 보았다.

"물론 지금의 너는 고슴도치나 발정할 것 같긴 하지만."

"네?"

니안느는 홀 입구의 거울을 보고는 기겁했다.

"세상에. 이 꼴로!"

니안느는 급히 머리끈을 풀고 머리를 흔들었다. 붉은 머리카락 주변으로 바람이 일며 머리카락을 한 올 한 올 다듬고 빗어 내렸다. 보이지 않는 빗으로 빗는 듯 보였다. 그렇게 다 빗겨진 머리카락은 허공에서 저절로 땋아졌다. 끝까지 땋아 내리자, 니안느는 머리끈으로 이마부터 감은 뒤, 머리 뒤에서 교차하여 머리 단을 단단하게 묶었다.

칼릭은 놀란 눈으로 보았다. 니안느는 양손의 손바닥을 피며 말했다.

"조금 전까지의 내 모습은 잊기로 해요. 짠."

"편리하군. 내가 아는 마법사들은 다 배에 힘주는 표정을 지어야 마법을 쓸 수 있던데, 너는 참 쉬운 것 같아."

"이그라탄이나 앙골랍과는 원리가 달라요. 그 사람들 기준으로 설명을 하자면, 정령을 부리는 거죠. 숲에 들어간 숲의 아이들이 되면 가장 먼저 배우는 것이 자연, 그 자체와 자신을 연결하는 거예요. 바람이건 바위건 대지건, 몸의 연장선처럼 쓸 수 있게 배우죠. 그래서 보통 마법사들보다 훨씬 빨리 이런 능력들을 쓸 수 있긴 한데…… 사람 몸으로 쓰다 보니 한계가 있어요. 금방 지치거든요."

"권능과 비슷한 데가 있군."

"권능?"

"벨사키엘이 전쟁을 끝내고 돌아갈 때, 그 수하들인 일곱 천사는 인간 여자들 몸에 자기의 화신들을 남겼지. 그 후손들에게는 신의 권능이 허락되니, 어린 시절부터 배우긴 해. 쓸 만하게 되는 건 또 다른 문제지만."

"쓸 만해지면 성기사가 되는 건가요?"

"그렇지. 하지만 각 가문에 허락받은 권능이 다르다 보니, 그 권능에 따라 기사단이 다르다. 판(判)천사 유스티카엘의 권능은 그야말로 파괴의 권능이라 강력한 기사단을 꾸릴 수 있고, 투(鬪)천사 글로리우스의 권능 역시 마찬가지."

"칼릭스트 경의 가문은요?"

"우리 집안은 유(癒)천사 우마니엘이라, 치유와 예언의 힘이지. 교단 아래의 기사단은 기사단이되 구호기사단이라 불리고, 전쟁의 부상이나 병의 치료, 구호를 담당한다. 그래서 어딜 가든 대접이 좋아. 글로리우스와 유스티카엘의 기사들이 서로 죽일 정도로 미워해도, 우마니엘의 구호기사단은 둘 모두가 좋아하지."

니안느를 보는 칼릭의 눈이 가늘어졌다.

"그래도 그 능력은 좋네. 쓸 때의 표정도 평화롭고."

"단점은 있어요. 오래 살면 오래 살수록 자신이 쓰는 힘과 일체가 되어요. 어느 순간부터 완전히 동화되어 버린다는 거죠. 자연에 깃든 정령들은 대체로 아주 오래되어 자아를 잃어버린 숲의 마법사들인 경우가 많아요. 나 역시 한 이백 년쯤 지나면 돌풍을 일으키는 못된 요정이 될 수도 있는 거예요. 사람들은 한숨 쉬며 말할 테죠. '돌풍의 요정, 니안느가 왔구나. 어서 빨래를 걷자.', 하면서."

칼릭이 가볍게 웃었다.

"그전에 너를 괴롭히는 숙취부터 다스려야겠군. 이리 와."

칼릭은 부엌으로 갔다. 부엌의 요리용 벽난로에 냄비가 걸려 있었다. 칼릭은 그것을 집어 식탁에 놓았다. 무쇠 냄비 안에 토마토와 치즈, 계란으로 만든 스튜가 들어 있었다. 적당히 식어 따끈하고 냄새도 좋았다.

"소금 필요하면 여기."

그리고 소금통을 집어 내밀다, 손가락에 묻은 소스를 핥아 없앴다.

"아침 내내 요리만 했나요?"

"아, 바빴어. 벤자민하고 같이 시청과 은행에 가서 공증서를 등록하고, 그다음 시장에 들러 토마토와 신선한 치즈, 금방 구운 빵을 사 왔지. 이제 빚은 청산되었고 당분간은 행복한 칼릭스트가 될 테니, 그 첫 아침도 평화로워야지."

니안느는 스튜를 한 숟가락 먹어보았다. 맛있었다.

"요리는 어디서 배운 건가요."

"아버지한테."

"오베른?"

니안느는 놀라서 숟가락을 놓았다.

"아, 아버지는 요리 잘해. 지금은 편찮으셔서 일어나시는 것도 힘들지만. 어머니보다 솜씨가 더 좋았지. 어머니는 종종 이해하기 힘든 맛의 요리를 해내서는, 라크세니아 전통 요리라 우기곤 했으니. 결국, 부엌일은 이디스의 몫이 되었고, 특별 요리도 아버지 몫이었지. 아버지는 영지 안에서 나오는 온갖 먹을 것이 어떤 맛을 내는지 알아야 한다 생각하신 것 같아. 집사나 하인들, 마을 이장들과 모여 의논하곤 하셨으니. 그때 이것저것 많이 팔았던 것 같아. 치즈, 양모, 포도주, 맥주, 등등."

니안느는 정말요? 하고 물어보려다 무례하다는 생각에 그만두었다. 믿어지지 않는다. 나가라고 펄펄 뛰던 그 오베른과 요리 잘하는 다정한 아버지가 같은 인물이라니.

생각해 보니, 영지를 그렇게 말아먹은 성주인데도 성민들은 일을 그 모양으로 만든 성주를 원망하기보다는 행여나 성주가 해라도 입을까 봐 경계하는 듯 보였다.

"무슨 생각하는지 알겠군. 그래, 그때와는 많이 변하셨지."

"원래는 어떤 분이었는데요."

"지금 어떤 분인지 묻고 싶기는 한데, 그만두지. 내 할아버지인 스테판 공은 전형적인 귀족 수장이라, 가문의 영광과 무훈에 대해서만 골몰하시던 분이셨지. 전쟁도 많이 벌이셨고. 반대로, 아버지는 영지의 풍요로움과 성민들의 안정에만 집중했어. 전쟁도, 세금을 많이 걷는 것도 좋아하지 않으셨지."

근방 귀족들 중 오베른처럼 세금과 소작료를 낮게 책정한 사람도 없었으며, 다른 영주라면 의례히 붙이는 인두세도 전혀 받지 않았다. 결혼세도 출생세도 없었다. 성을 고치거나 길이나 다리를 만들 때는 반드시 기술자와 인부를 고용하고, 영지민들을 쓸 때는 급료를 지불했다.

할아버지는 무훈이 가문을 빛낼 거라 했지만, 아버지가 다스리던 그 시기야말로 가문이 가장 빛나던 시기였다. 연달아 오던 풍년도 한몫했지만, 그 풍년의 시기에 귀족들만 부자가 되는 것이 아니라 영지민도 같이 부자가 된 곳은 블랑셰리온이 유일했다.

그래서 이상하다.

칼릭이 마인베르크 아래에 있는 동안, 전쟁을 벌이고 빚을 지는 등의 일은 아버지가 할 만한 일이 전혀 아니다. 아버지가 가장 중요하게 여기던 통치의 원칙에서 한참 비껴 나갔다.

리카르 볼프람 탓이라고, 주변 사람들— 특히 마인베르크가 말하고 아버지는 그것을 부지런히 증명했지만, 그것만이라고 하자니 이상하다.

영지를 관리하는 사람들은 모두 아버지가 골라놓았다. 그들 모두, 칼릭이 돌아왔을 때 충직하게 칼릭을 따르고 아버지를 보호했다. 즉, 믿을 만한 사람을 잘 고른 것이다. 친구 고르는 데는 재능이 없지만, 아랫사람들 고르는 일은 참 잘하던 아버지다. 그러니 아버지는 어느 지점에서 분명 예전과 같았다.

게다가 두 도시를 리카르 볼프람에게 잃은 뒤에도. 펄펄 뛰기야 엄청나게 뛰어대고, 자신이 펄펄 뛰고 있다는 편지까지 보내게 했다. 그런데 정작 아무것도 하지 않았다. 끝까지 싸울 거라며 전령 앞에 큰소리는 쳤는데, 전령이 나가자마자 내가 언제 그런 말을 했느냐는 듯 굴었다. 아버지가 이해할 수 없는 일을 할 때는 항상 중요한 때였던 것이다.

게다가 현 상황이 나쁜 게 아니다. 리카르 볼프람이 아버지 영지를 점령하는 바람에 마인베르크의 영향력은 막혀 버렸다. 즉, 리카르 볼프람이 점령한 덕에 오히려 마인베르크로부터는 지킬 수 있게 된 것이다.

어차피 현 블랑셰리온의 사정으로는 마인베르크를 이겨낼 수가 없다. 마인베르크가 온갖 핑계로 점령하면 끝이고, 그는 현재 고티에 황자를 지원하고 있다. 고티에가 이기기라도 하면, 이곳은 사실상 마인베르크의 땅이 된다.

아버지는 리카르 볼프람으로부터 영지를 지키는 것을 포기하며 마인베르크로부터는 지킬 수 있게 된 것이다. 그리고 상대가 리카르 볼프람인 이상 오히려 협상의 여지가 생긴다.

"칼릭스트 경—"

고개를 드니, 니안느가 보고 있다.

"아, 미안. 아버지가 변하긴 많이 변하셨구나, 하는 생각을 하느라."

칼릭은 고개를 저었다.

"그래도 상황이 해결되고 팔가스에 평화가 오면, 아버지하고 농사나 짓고 살 거야. 시간 나면 놀러 와. 잘 익은 포도주에, 닭고기 스튜와 양고기, 갓 구운 빵을 곁들여 주지."

"그럴 날이 오면 정말 좋겠네요."

"너는 대접받을 자격이 있으니까. 어제 도와준 거, 정말 고마웠어. 원래 남의 일을 잘 도와주나?"

"자주는 아니에요. 그런데 그건 왜요."

"내가 특별한 경우인 건지, 아니면 네가 베푸는 많은 자비 중 별 특이 할 거 없는 하나인지, 그게 궁금해서."

"특별한 경우라면 특별히 감사하고, 많은 자비 중 하나면 '아, 어차피 네가 하는 일이니까.' 하고 넘어갈 건가요. 전자라면 괘씸하고 후자라면 배은망덕이네요."

니안느가 화를 내자, 칼릭은 니안느를 내려다보며 달래듯 말했다.

"그런 말은 아니야. 화내지 마."

"게다가 칼릭스트 경, 나는 칼릭스트 경에게 내가 도움을 줬다고는 생각 안 해요. 누군가의 난처한 처지에 연민이나 동정을 느낄 수는 있지만 말이에요, 항상 그런 식으로 도와주면 언제고 실망할 거라고요. 남을 돕는 거야 나쁠 게 없지만, 받는 쪽이 주는 쪽이 원하는 대로 할 거란 보장은 없으니. 즉, 그러니까, 음…… 그러니까……."

"그러니까?"

"나는 그냥 필요한 일을 했던 것뿐이란 거죠. 그것으로 끝내요. 바라는 것도 없고, 도와줘서 뿌듯하거나 기쁘다거나 하는 것도 아니에요. 감사받고 싶거나, 은혜를 되찾아야겠다는 것도 아니고. 그럼에도 불구하고 받은 입장에서 미안하다면, 어차피 사기 쳐서 빚을 없앤 거긴 한데 계약서나 쓰죠."

니안느는 종이를 펼치는 시늉을 한 다음, 테이블에 손을 얹었다.

"내가 해준 일을 구구절절 적고, 이 일이 얼마나 감사한지 사려 깊게 적은 다음, 언제고 내가 급할 때 경의 명예와 검을 바치겠다고 적기로 해요."

"급한 일이란 어떤 건지 궁금하긴 하네."

니안느는 심술궂은 표정을 지어 보였다.

"무도회 파트너도 있고, 맛있는 것을 먹고 싶을 때도 필요하고, 불쾌한 남자를 처리하기 위한 챔피언으로 내세울 수도 있겠지요. 마녀란 게 꽤 위험한 직업이라, 항상 모함과 적에 시달리거든요. 게다가 내가 칼릭스트 경을 파트너로 데리고 가면 무도회장 안의 모든 여자들이 부러워 미치게 만들 수는 있을 거예요. 남자들은 나 같은 여자의 파트너란 것에 동정을 표할 테지만."

"그러지는 않을 거야."

재잘대는 니안느를 흥미롭게 보는 칼릭의 얼굴에는 서늘한 비웃음도 경계 어린 눈빛도 없다. 봄볕 아래 고양이처럼 나른하고 기분 좋아 보였다. 니안느는 턱을 괴고 그런 칼릭의 얼굴을 감상하며 말했다.

"그래도 혹시 모르니, 조심해요. 내가 계시라도 받아서 밤중에 문을 열고 쳐들어가 옷을 들출지도 모르는데. 우리 숲의 왕이 나에게 계시를 내렸는데요, 오늘 밤에 경을 덮치래요."

"리카르란 남자에게 너, 꽤 골치였겠군. 무슨 소리를 해댈지 몰라서 말이야……."

그리고 칼릭은 허리를 숙였다. 조금 가까워진 얼굴이 웃으며 말한다.

"분명히 해둘 게 있는데, 책임 질 거 아니면 유혹하지 마."

"내가 유혹한다고 넘어와 줄 건가요. 당신 정도 되는 남자를 유혹해서 내 마음대로 할 자신은 없는데요."

"유혹에 성공한다고 내가 네 마음대로 될 거라고 언제 말했나. 누구 마음대로 될지는, 두고 봐야 아는 거지."

"자신감 한번 대단하네요."

칼릭의 손이 니안느의 볼 언저리를 스쳤다.

"그래도 네가 웃는 건 좋아."

놀란 니안느는 멈칫 멈추었다.

손은 목덜미를 만지고, 어깨에 닿았다 미끄러지듯 내려갔다. 작고 뜨거운 발자국이 밟고 지나간 것 같았다.

"니안느, 나는 곧 떠날 거야. 오늘 저녁에."

"이르네요."

저도 모르게 목소리가 작아졌다. 칼릭이 하루나 이틀만 머물 거라 했던 것이 기억난다.

언젠가 헤어질 거라고는 생각했지만, 니안느가 생각한 그 언젠가는 적어도 오늘이나 내일은 아니었다.

"일정이 그렇게 되어서. 내일 떠나는 배를 잡아, 그대로 갈 거야. 좋은 배는 아닐 거다. 용병선이나, 심하면 노예선일 수도 있지. 너는 어쩔 거지?"

"아, 그게……."

"배를 타고 갈 예정이라면, 다니엘에게 말해두겠다. 녀석이라면 괜찮은 일정의 괜찮은 배를 잡아줄 거야. 네 안전에 대해서도. 호위나 보호자가 필요할 것 같지는 않지만, 도움이 필요하면 말해. 여자 혼자 다니면 귀찮은 일이 많이 생기니까."

"고맙지만, 그것까지는 괜찮아요."

니안느는 손끝을 응시했다. 맨날 보는 내 손, 봐서 뭐 하려고.

"지금 일이 끝나면, 리카르와 다시 만나게 될 것 같다. 그때 볼 수 있으면 보도록 하지. 어차피 나나 리카르나, 당분간 만나기는 해야 할 사이일 테니까. 계약서는 그때 내가 주지. 무리한 걸 시키지는 마."

"안 그래요."

뭘 기대한 거람, 혼자 지낼 거라 결심한 지 얼마나 되었다고.

니안느는 괜히 부끄러워졌다. 들떴던 마음이 창피했다.

"그럼 미리 인사할게요. 잘 가요."

아마도 영원히. 칼릭의 인사를 바라며 니안느는 고개를 들었다. 그런데 칼릭은 물끄러미 니안느를 바라보고 있었다.

"칼릭스트 경?"

니안느는 어제가 조금 기억 났다. 이유는 기억나지 않지만, 어제 칼릭은 분명 이런 얼굴로 그녀를 보고 있었다.

"왜 그래요?"

칼릭은 눈을 내리깔고는 몸을 일으켰다.

"아무것도 아니야. 그럼, 다시 만날 때까지 잘 지내."

❖

다음 날은 새벽부터 비가 내렸다.

차가운 가을비에 도시는 얼음장처럼 차가워졌다.

아침에 일어난 니안느는 다니엘로부터 칼릭이 밤새 나갔다는 것을 듣게 되었다.

인사라도 하고 가지. 서운한 정도가 아니라 좀 서럽기까지 했다. 어차피 기대할 상대가 아니라며, 스스로에게 거듭 말해도 소용없었다. 손에 쥔 무척 소중하고 귀한 것이 사라진 기분이다. 원래 내 것도 아니었다는 생각은 들지조차 않았다.

"머물고 싶은 대로 머물고, 나중에 찾아오고 싶으면 언제든 찾아와, 마법사 아가씨. 돈 벌고 싶은 일이 생기면, 역시나 찾아오고. 아가씨 실력 정도라면, 뭐, 사기 치는 재주 정도는 있어 보이니까."

"항상 하던 일이 아니니까, 부탁도 기대도 말아요."

다니엘은 어깨를 으쓱했다.

"아쉽네. 재능 있어 보이는데. 칼릭이 배편을 알아봐 주라고 하던데, 어디로 가는 배를 찾나?"

"동쪽으로는 어디까지 갈 수 있나요? 그러니까, 라크세니아로 가려면."

다니엘은 생각하는 듯 턱을 두드리다가 자신 없게 답했다.

“라크세니아로는 며칠 기다려야 탈 수 있어. 요즘은 해적이 많아 그쪽 배편이 많지 않아서. 차라리 몬타로 가면 많을 텐데.”

“그렇다면 우선 몬타…… 로 가는 배를 알아봐 줘요. 빠르면 빠를수록 좋아요.”

“그럼 지금 가자. 몇 개 골라줄 테니, 마음에 드는 것으로 골라 타.”

“좋아요. 숙박료는…….”

“아, 그것도 칼릭이 지불하고 갔는데.”

“……네?”

니안느는 화가 났다. 맙소사, 그럴 호의는 있어도 인사하고 갈 만큼의 배려는 못 할까. 그러나 상대는 벌써 떠나고 없다.

“어이, 마법사?”

“나중에 만나면 고맙다고 할게요. 우선 가요.”

여관 앞에는 돌아온 메피스토가 기다리고 있었다. 다니엘이 놀라 메피스토를 여기저기 살피며 말했다.

“와, 이 녀석. 정말 끝내주게 독특하네. 말 맞아?”

“아뇨. 용이에요. 그만해요. 코를 물 수도 있다고요.”

다니엘이 낄낄 웃었다. 니안느는 후드를 쓰고 메피스토와 다니엘과 함께 거리로 나섰다.

비 내리는 나셀은 회색이었다. 항구의 배와 잔교, 선착장과 선창이 비안개에 부옇게 흐려져 있다.

항구로 향하는 지름길이라며, 다니엘은 좁은 골목길로 들어섰다.

골목 모퉁이에 길을 가로막듯 큰 사내가 벽에 붙어 있었다.

니안느가 지나치려는데, 남자가 갑자기 팔을 들었다. 니안느는 한 대 맞을 뻔한 것을 간신히 면하며 멈추었다.

다니엘이 돌아보며 놀랐다. 니안느는 손가락을 들어 괜찮다는 신호를 보낸 뒤 남자를 올려다보았다.

“치워주세요. 지나갈 수가 없네요.”

“어이, 나 기억 못하나? 인사는 해야지.”

니안느는 생긋 웃었다.

“수염 나고 못생긴 남자는 워낙 많이 봐서요.”

“어제 팔스의 여관에서 만난 사이야. 나는 내 고용주들하고 같이 왔었지. 어린 계집애가 그리 머리가 나쁘면 어떻게 하나.”

“아아.”

니안느는 뒤로 한 걸음 물러났다. 메피스토가 쉭쉭대며 니안느 옆으로 머리를 들이밀었다. 콧김이 부옇게 흩어졌다. 니안느는 메피스토의 목을 쓸어주며 진정시킨 뒤 말했다.

“왜 왔나요. 나는 당신들에게 빚진 적은 없는데.”

“내 고용주가 말이야, 마법의 물레를 제대로 사용하는 법을 배워야 할 것 같다며 데리고 오라 하시는 거야. 물건을 줬으면 사용법 정도는 제대로 가르쳐 줘야 하는 것 아닌가.”

“충분히 가르쳐 주지 않았나요? 휘휘 돌리기만 하면 되는데. 설마, 아저씨가 했어요?”

“아니, 그건 아니고. 여관에서 일하는 놈 하나가 자기 딸이 스무 살 넘은 처녀라고 하면서 데리고 왔거든. 그런데 안 되더라고. 그놈은 지 딸이 처녀라고 그러고, 그 계집애도 자기는 분명 처녀라고 맹세하는데 어쩌겠어. 확인해 보니 처녀는 맞더군. 그런데 확인하느라, 이제는 처녀가 아니게 되었거든. 뭐, 한 세 번쯤 아니게 되었지.”

니안느는 이마가 뜨거워져 이를 물었다.

“그러니 네가 시범 한 번 더 보여줬으면 해.”

"……."

니안느는 후회되었다. 모르는 여자에게 미안해졌다. 그 거짓말 탓에 난데없이 봉변을 당한 거니.

빗소리와 숨소리만 들리는 가운데, 나른하고 우아한 목소리가 들려왔다.

"내 생각인데 말이다, 어제 너희들끼리 싸움이 났을 것 같아."

용병이 고개를 돌리며 노려보았다.

검은 우비 차림의 남자가 벽에 등을 대고 서 있었다. 남자가 살짝 고개를 들자, 후드 아래의 얼굴이 드러났다. 곧고 아름다운 콧날과 입매가 보였다.

"칼릭스트 경?"

니안느는 목덜미가 달아올랐다. 내 침울하던 기분도 언제 그랬냐는 듯 사라졌다. 반가움에 가슴도 쿵쾅대기 시작했다.

칼릭이 등을 떼고 한 걸음 앞으로 나왔다.

"아마도 연맹원 중 하나가 너를 찾아와 나머지 둘을 해치워 달라고 했겠지. 그다음 다른 하나가 찾아와 똑같은 부탁을 하고, 그가 나가자 다른 하나가 또 왔을 테지……."

빗물이 칼릭의 어깨와 등을 타고 흘러내렸다. 비웃음이 그 입술에 떠올랐다.

"지금쯤 너희들 본거지에는 그 세 명의 시체가 누워 있겠지만, 아무도 상관하지 않을 테지. 원래 고리대금업자의 운명이 그런 거니. 어쨌건 결론은, 너는 그 물건을 손에 넣었는데 아무리 해도 황금은 나오지 않는다는 거야. 속을 펄펄 끓이다가 드디어 니안느에게 생각이 미쳤겠고 말이야."

여기저기서 건장한 용병들이 나오기 시작했다.

앞뒤로 막혔다. 부츠가 빗물 고인 바닥을 차는 소리가 들리고, 젖은 쇠 냄새가 풍겨왔다. 칼릭의 눈이 그들을 고요히 훑었다.

“어떻게 할까. 너희들 다 해치우고, 시체 수습은 까마귀와 골목의 신에게 맡길까. 아니면 그냥 너희들이 비켜주고 서로 손을 흔들고 가는 것으로 끝낼까. 나는 후자가 더 좋은데.”

스릉— 스릉, 철컹.

사방에서 검 뽑는 소리가 들렸다.

“아, 답은 이건가.”

“어차피 너 하나가—”

칼릭의 어깨가 올라가더니, 남자의 얼굴을 주먹으로 후려 갈겼다.

빡—

뼈 깨지는 소리와 함께 남자의 몸은 뒤로 날아가 내동댕이쳐졌다. 니안느의 이마에 빛이 보이자, 칼릭은 빠르게 니안느 앞으로 달려가 벽으로 밀며 말했다.

“마법 쓰지 마.”

칼릭은 우비를 벗어 던지고 고개를 젖혔다. 빗줄기가 이마와 머리카락에 방울방울 맺혔다. 서늘하게 젖어가는 얼굴이 차갑게 웃었다.

“어이, 너희들. 지금 너희들 죽이고 뒤처리까지 하고 갈 사정이 아니라, 죽도록 아프더라도 좀 참아라.”

“뭐—”

칼릭은 맞은편 남자의 턱을 휘갈겼다. 시원하게 깨지는 소리와 함께 피와 이가 튀었다.

“커흑!”

칼릭은 신음을 흘리는 그 멱살을 잡아 명치를 주먹으로 갈기고, 집어던져 바닥에 내리꽂았다. 빗물과 진흙이 촤악 튀었다. 다른 남자가 달려

들었지만, 칼릭은 그 손목을 내치고 팔꿈치로 남자의 턱을 날렸다. 턱이 거의 등 뒤까지 날아가며 몸이 빙글 돌아 떨어졌다.

"이놈이!"

고함과 함께 달려든 다른 남자는 칼릭의 주먹에 머리를 정통으로 맞고 비틀거렸다. 칼릭은 그 배를 걷어차 날렸다. 시원하게 날아간 그 몸은 바닥으로 미끄러져 바닥의 오물과 돌을 휩쓸어 버리고 내동댕이쳐졌다.

니안느가 뭘 할 틈도 필요도 없었다. 다니엘은 옆에서 숨만 쉬고 있었다.

정말, 정말 번개처럼 끝났다.

주먹을 터는 칼릭 앞에는 신음을 흘리며 몸을 뒤트는 용병들로 뒤덮여 있었다.

니안느는 멍하니 보고 있다가 물었다.

"저기, 이래도 괜찮은 건가요?"

"어차피 죽지도 않았고, 이 도시는 용병에게 시체 치워주는 것 이상의 편의는 제공하지 않아. 아무도 신경 안 쓸 거다."

그러며 칼릭은 단도를 잡으려던 용병의 손목을 발로 밟아 눌렀다. 우득, 소리가 났다.

"크아아!"

칼릭은 발을 떼고는 말했다.

"자, 이제……."

칼릭의 눈이 차가워지더니, 급히 니안느의 몸을 안으로 당기고는 검을 뽑았다. 빗줄기가 갈라지며 빛이 번득였다.

챙—

칼릭의 검이 니안느 바로 앞에 멈추었다.

앞에 남자가 서 있었다. 칼릭의 검은 양쪽에서 들어와 교차한 검에 막혀 있었다. 사악하고 끔찍한 것의 틈이 벌어지듯 남자의 입술이 위로 올라갔다.

"안녕, 칼릭스트."

말꼬리가 느려 음산한 목소리였다.

인사 한마디 했을 뿐인데, 니안느는 온몸에 차갑고 끈끈한 것이 들러붙는 것 같았다. 고개를 드니, 칼릭의 팔 아래로 남자의 얼굴을 볼 수 있었다. 검은 머리에 얼굴은 창백했고, 그 날카로운 두 눈은 검붉다. 핏빛이 배어든 느낌이다.

"나와 내 수하들이 도와주려고 했는데."

남자는 느릿하게 말했다.

"너 혼자 금방 해치워 버렸지 뭐니. 여전해, 너도."

칼릭은 검을 당겨 검집에 꽂아 넣었다. 스릉— 소리와 함께 그 검이 사라지자, 양옆의 기사들 역시 손을 놓고 뒤로 물러났다.

"필요 없었습니다. 마인베르크 공."

니안느는 놀라 입을 막았다.

마인베르크.

흑익(黑翼)대공, 델 판의 주인이자, 라크세니아 반도의 지배자.

칼릭은 몸을 살짝 돌렸다. 그 덕에 니안느의 모습은 칼릭의 몸에 가려질 수 있었다.

"이 나셀에는 무슨 일입니까."

"이런, 칼릭스트. 당연히 너를 찾아왔지. 블랑셰리온이 어수선해졌잖니. 네가 이 근방으로 출발했다고 해서 달려왔단다. 떠나기 전에 찾아서 정말 다행이다."

"저 혼자, 아마도 혼자라서 매우 잘 지내고 있습니다."

"혼자라면서 저 아가씨는 뭐냐. 친구냐?"

칼릭이 뒤로 물러났다. 니안느와는 등에 이마가 닿을 정도로 가까워졌다.

"우연히 가는 길이 같아 여기까지 왔습니다."

칼릭에게 시야가 가려져, 니안느는 마인베르크가 자신을 어떤 눈으로 보고 있는지 알 도리가 없었다.

흐— 하고 웃는 소리가 들렸다.

"우선 여기서 자리를 옮기자, 칼릭스트. 이런 비 오는 골목에서 이야기하는 건 싫어. 오랜만에 만났으니, 저녁이나 같이 하면서 이야기도 하고, 앞으로의 일도 의논해 보자꾸나."

니안느는 칼릭을 보았다. 어깨 너머로 보이는 칼릭의 옆얼굴은 차가웠다. 얼굴의 선을 따라 얼음이 얇게 배어든 것 같았다.

그제야 니안느는 여태 칼릭이 경계하던 상대가 바로 이 마인베르크였다는 것을 깨달았다.

"그리고 저 아가씨도 같이 가자꾸나. 네 동료나 친구라면 언제나 환영이지. 저녁 식탁에 앉는 손님은 많으면 많을수록 좋은 법이니."

"그냥 보내주십시오. 그 정도로 잘 아는 사이는 아닙니다."

마인베르크는 다니엘을 가리켰다.

"대신 저 녀석은 그냥 보내주마. 이 정도면 괜찮지 않니?"

"바꾸면 안 됩니까?"

"응?"

칼릭은 니안느와 다니엘을 번갈아 가리켰다.

"얘는 보내고 쟤를 데리고 가는 걸로."

"……."

마인베르크는 칼릭을 물끄러미 보았다.

"아니."

물론 될 리가 없다.

❖

리카르는 성벽 위에 앉은 까마귀 한 마리를 보고 있었다.

아직 어린 녀석이라 덩치는 작았지만 작고 호기심은 많아도 조심성은 없었다. 녀석은 까만 눈을 깜빡이며 사람들을 지켜보다, 리카르를 향해 고개를 갸웃했다.

한 달 전의 그라면 '너냐, 니안느'라고 했을 것이다. 니안느는 종종 동물들 몸으로 들어가 그 눈을 통해 주변을 살피곤 했다. 니안느에게 쉬운 기술이었다. 보통은 새나 다람쥐, 생쥐의 몸으로 들어갔으나 늑대나 곰, 사슴이나 들소 안으로 들어갈 때도 있었다.

어느 날 아침, 곰 한 마리가 막사 근처에서 어슬렁거리고 있었다.

리카르와 마주치자 곰은 두 발로 일어나 리카르를 물끄러미 보았다. 리카르는 웃으며 말했다.

'니안느, 아침부터 왜 거기 가 있냐.'

그리고 곰의 반응을 기다리는데 등 뒤에서 니안느가 고래고래 고함을 질렀다.

'으아악, 나 거기 없어요! 얼른 도망쳐요! 그냥 곰이라고요!'

다행히 울리치가 기절한 것 외에는 별일이 없기는 했지만, 그날 리카르는 니안느로부터 곰과 늑대 몸에는 절대 안 들어가겠다는 맹세를 받아냈다.

"너냐."

그래서 저도 모르게 까마귀에게 말했다.

까마귀는 뭐냐는 듯 물끄러미 보더니 휙 날아갔다.

"……아니군."

아니면 아니지, 뭐 저리 '엄마, 이 아저씨가 미쳤나 봐요.' 라는 눈으로 보고 날아가 버리나.

바세바가 합류한 뒤로, 리카르는 거의 혼자 지냈다. 원래 사이가 나쁜 리카르의 수하들과 바세바의 수하들은 더 사이가 나빠져 있었다.

바세바의 기사들은 그 지역 기사들답게 냉혹하고 꽉 막혔다. 용병 출신이 많은 리카르의 기사들과 잘 지내면 신의 기적인 상태다. 이 상황에서 바세바의 장남이 오면 더 골 아파질 것이다. 숙부에게 왕위를 빼앗기고 스무 살이 되도록 되찾지 못하고 있는 그 왕자는, 계부인 리카르를 어머니가 고용한 용병대장 정도로 보고 있었다. 리카르의 수하들은 경멸하고 니안느는 혐오했다.

리카르가 보기에, 그 왕자는 어떤 방식으로 미워할지로 사람을 나누는 피곤한 아이였다. 그런 아들 일에 눈이 확 돌아가는 바세바도 피곤하긴 매한가지다. 아들만 얽히면 바세바는 첫사랑의 숭배에 빠진 소녀가 되어 버리고, 그 어떤 충고도 무시한다.

그때 바세바의 기사 하나가 리카르에게 달려왔다.

"무슨 일이냐."

기사는 가슴으로 손을 당겨 인사를 한 뒤에 말했다.

"길에 수상한 자가 얼씬대기에 붙들었더니, 각하를 아는 자라 해서 데리고 왔습니다."

"누구라 하던가."

"신분은 밝히지 않고, 그저 각하와 아는 사이라고만 합니다. 어쩔 수 없이 여기로 데리고 왔습니다. 입구의 초소에 있습니다."

누가 찾아온 건지, 리카르는 정말 궁금했다. 이 산중 요새는 우연히 오기도 힘들고 일부러 오는 것도 힘든 곳이었다.

"내가 확인해 보도록 하지."

리카르는 입구 초소로 향했다. 그곳에는 순례자 복장의 남자가 수행원과 함께 기다리고 있었다. 회색 망토 아래의 몸은 말랐고, 옆에는 나이 든 하인 하나만 있었다. 하인의 얼굴이 익숙하다는 생각이 들다, 잠시 뒤 알아보았다.

"아렌인가."

"아, 맞습니다. 리카르 님."

아렌이 걱정된다는 듯 그가 모시고 온 남자를 살폈다. 리카르도 남자를 보아야 했다. 그렌 성의 집사가 모시고 올 남자라면 뻔하다. 자세히 보니 익숙한 얼굴이다. 너무 변해서 한눈에는 알아볼 수가 없었던 것이다.

"누구입니까."

기사가 묻자, 리카르는 갈아내듯 말했다.

"오베른이다."

기사는 깜짝 놀랐다.

"네? 아니, 그 사람이 왜 여기에……."

리카르는 남자에게 다가갔다. 남자도 고개를 들어 리카르를 기다렸다.

맞다. 오베른, 블랑셰리온 가의 당주인 바로 그 오베른이었다.

늙어도 너무 늙어, 리카르보다 이십 년쯤 더 산 듯 보였다. 주름은 깊게 파이고 머리는 하얗게 새었다. 비쩍 마르고 굽은 어깨는 완전히 노인이었다.

"여기 계속 세워둘 건가."

오베른이 말했다.

"오베른, 자네하고 나하고, 어떤 사이인지 잊은 건 아니겠지."

"알긴 하네만, 지금 내게는 자네를 암살할 단도 같은 건 없고, 가능성이 있는 무기가 있다 하더라도 빵과 고기를 썰 때 외에는 쓸모없을 거야. 그러니 앉게 해주게."

얼굴은 나무껍질처럼 늙었지만 말투만은 그대로다.

이십 년 전의 오베른은 자존심 강하고 영리한 청년이었다. 그 성품 탓에 아버지 스테판은 아들을 싫어했고, 아들인 오베른도 아버지를 싫어했다.

그리고 그 오베른은 집안을 물려받자마자 리카르를 고발해 기사직을 박탈하고 사라피온으로 보냈다. 리카르는 자신이 이 남자에게 미움 받을 일이 많았다는 건 알았지만, 검투 노예가 되어 거의 십 년을 고생할 만한 일은 기억나지 않았다.

병사가 말했다.

"각하, 초소 옆방이 비었습니다."

"그곳으로 가지."

초소의 옆방으로 안내되어 마주 앉았다. 아렌이 물을 한 잔 가지고 왔다. 오베른은 잔을 받아 단숨에 마셨다. 아렌이 나가자, 리카르가 먼저 물었다.

"여긴 왜 온 거지, 오베른."

"할 일이 있어서 가는 길에 들렀네."

"무슨 일로."

"교국으로 고발하러 가는 거지."

리카르는 속이 확 달아올랐다. 이십 년 전 이 남자의 서명이 적힌 고발장이 생각났다. 왜 자신이 이 남자를 만나도 생각보다 차분한 건지 알 것 같았다. 분노가 너무나 거대해서 느껴지지조차 않았던 것이다.

"또 나를 고발하러 가는 건가. 고발해서 어쩌게."

"자네가 아니야. 마인베르크지."

"네 아들이 이미 하고 있는 일이다. 여태 모르고 온 거라면 그만 돌아가."

리카르는 경멸과 분노에 찬 눈으로 오베른을 보았다.

오베른은 의자에 지친 몸을 기대며 말했다.

"칼릭이 그 일로 간 건 알아. 하지만 그런 거라면, 내가 더 잘할 수 있지. 악마를 섬기는 마인베르크의 협박을 받아 어쩔 수 없이 죄를 저질렀다, 그 악마를 몰아내 달라, 등등. 내가 더 쉬워. 설득할 거리도 많고."

"자네가 왜 그를 고발하는 건가."

"나하고 마인베르크가 친구는 아니잖아. 의리를 챙길 사이도 아니고."

너무 평범한 대화다.

리카르는 이 가식에 짜증이 났다. 주먹으로 내리쳐야 하는데 손톱으로 긁어야 하는 기분이었다.

"자네하고 나하고 무슨 말을 하는 건지 알고는 있나."

"마인베르크에 대해 이야기하고 있지."

"나는 지금 자네가 오베른이 맞는지조차 모르겠네. 도깨비가 자네로 변장하고 온 거라 하는 편이 믿기 쉬워."

"나 맞네, 리카르. 폭삭 늙기는 했다만."

리카르는 이 남자가 병자인 게 안타까웠다. 건강했으면 주먹이 날아가도 몇 번이 날아갔을 것이다.

"오베른, 나는 아직 자네를 감당할 준비가 되어 있지 않아. 이십 년 전의 자네도 감당 못하고, 지금의 자네도 감당 못하네. 변해도 너무 변해서."

"그러는 자넨…… 어떤 건 그대로고 어떤 건 변했군."

"오베른—"

오베른은 팔짱을 끼고 숨을 몰아쉬었다. 앉아 있는 것도 힘든 병자가 맞았다. 그러나 리카르는 안쓰럽지도 않았다. 이 남자의 고통과 불행이 모두 그가 저지른 일에 대한 대가치고는 다 작아 보였다.

"아버지는 그런 자네를 좋아했지. 내 목을 졸라 자네를 친아들로 삼을 수 있다면 그리했을 거야. 그리고 난 자네를 과하게 싫어했지. 데보라도 내가 자네만 연관되면 금방 이성을 잃는다고 했지. 언젠가는 옳지 못한 선택을 할 거라고도 했어. 맞는 말이었지. 실제 그랬으니."

"겨우 그따위 이유로 당할 만한 일은 아니었다, 오베른."

"그래. 고작 그따위 이유로 나는 마인베르크의 손을 빌려 그 지옥 섬으로 자네를 보냈고, 고작 그따위 이유로 마인베르크에게 세레나를 보냈지. 지금 생각하면 결론은 그렇더군. 정말, 고작 그따위 이유로 나는 자네를 치우고 악마를 얻었다는 걸."

오베른의 얼굴이 우울하게 그늘졌다.

"그래도 십 년인가, 자네가 없는 그 시간이 참 좋았지. 별거 없는 놈의 별거 없는 날인데, 그게 참 좋았어. 데보라와 칼릭과 함께, 나는 그 행복에 취해 몰랐네. 내가 무슨 짓을 한 건지."

데보라. 이르게 세상을 뜬 이 남자의 아내.

그러나 라크세니아 출신인 그 데보라를 오베른의 아버지는 아주 싫어했다. 그에게 있어 오베른의 아내는 항상 '그 여자' 였지 며느리는 아니었다. 아들인 칼릭스트 역시, 손자가 아닌 '그 창녀가 낳은 사생아' 였다. 오베른은 아버지를 싫어했지만, 아버지가 그 말을 한 순간부터는 아버지를 증오했다.

"자네를 치우고 세레나를 마인베르크와 결혼시킬 때만 해도, 그게 좋은 선택이라 생각했어. 어차피 자네는 영지도 별 볼일 없고 신분도 그저 그랬어. 그래, 재능은 출중하고 아버지는 자네를 정말 좋아했지. 자네가 사위가 되어 블랑셰리온 가를 빛내줄 거라 생각했어. 그런데 내가 보기에, 마인베르크는 라크세니아의 대영주고, 언제고 왕이 될 수도 있을 몸이었어. 자네는 가능성은 있으되 아무것도 아닌 자였고."

"……."

"그래서 나는 그게 옳았다고 믿었지."

오베른은 슬프게 웃었다.

"마인베르크, 그 악마가 제대로 내 목을 틀어잡기 전까지."

"무슨 일이 벌어진 건가."

오베른은 고개를 저었다.

"데보라를 잃고 얼마 지나지 않았던 때였네. 칼릭이 없어졌지. 감쪽같이 사라졌어. 주변을 샅샅이 뒤졌지만, 도저히 찾을 수가 없었어."

리카르는 테날디가 했던 보고를 기억하고 있었다.

그 칼릭스트는 삼 년 전만 해도 마인베르크 아래에 있었다고.

데보라가 세상을 뜬 시점을 생각하면, 짧은 시간은 아니다.

"반쯤 돌아 있는데, 마인베르크가 편지 하나를 달랑 보내더군. 칼릭을 데리고 갔으며, 자기 손으로 키워주겠다고. 나는 당장 돌려보내라 했지. 찾아가기도 했어. 그런데 나는 그 아이를 데리고 올 수가 없었어. 내 아들인데, 내 아이인데, 그런데 볼 수조차 없게 된 거야."

오베른의 떨리는 눈동자에는 공포와 분노가 담겨 있었다. 거칠게 숨 몰아쉬는 소리가 들려왔다.

"그리고 그 후로, 나는 녀석이 시키는 건 무슨 짓이든 해야 했네. 군사를 요구하면 군사를 보내고, 돈을 요구하면 돈을 보내야 했지. 빚을 지고, 녀석이 가라는 곳으로 가서 어차피 질 전쟁을 하고…… 내 명예는 가파르게 떨어졌지. 당시에 좋은 거라곤 내 아버지가 아들 교육 잘못 시켰다며 욕먹는 것뿐이었다네."

"왜 그런 선택을 한 건가."

오베른이 웃었다.

"리카르, 내게 있어 내 아들과 관련된 건 선택의 문제가 아니야. 그냥 해야 할 일이지."

불길한 모욕감이 피어올랐다.

오베른이 아둔하고 멍청하다는 것 하나로 설명되던 모든 이상한 상황들이 다른 방식으로 설명되고 있었다.

"토마스 황자를 지지한 것도 마인베르크의 명령인가."

"아니."

오베른은 고개를 저었다.

"내 의지네."

"왜 그랬나."

"그동안 내 사정은 완전 바닥이었지. 마인베르크가 당장 정복해도 이상하지 않을 지경이었어. 다행히 그즈음 칼릭이 마인베르크에게서 떠나왔네. 그때 자네 소식을 들었네. 마인베르크가 고티에를 부추겨 내란을 일으키려 할 무렵이었지. 난 생각했지. 이 마인베르크를 상대할 방법이 하나 있다고."

바로, 나였군.

리카르는 드디어 모욕감의 실체가 잡혔다.

"미친 짓이란 건 알았어. 내 영지, 내 성민들의 터전을 전쟁터로 만들다니. 그럼에도, 나는 무슨 방법을 동원해서라도 자네가 내 영지, 그렌 성을 점령하도록 해야 했네. 내 힘으로는 마인베르크로부터 지킬 수도 없었고, 그러면 칼릭은 돌아올 곳조차 없어질 테니."

느끼고는 있었다. 좀 이상하다고. 또, 그 위화감이 성에 도착한 리카르를 힘 빠지게 했었다.

이 남자는 리카르에게 공개적으로 온갖 저주와 포고문을 다 퍼부어대면서도 리카르가 자기 성 앞까지 진군하도록 했다. 결사항전이니 뭐니 떠들어대긴 했으나, 리카르가 가는 곳마다 군대를 해체시켜 버리거나 성문을 열게 했다. 가장 중요한 거점 중 하나인 두 도시는 폭동이 일어났는데도 질서정연하기 그지없었다. 누군가의 지시 없이는 불가능한 일이었다.

웃음이 치밀어 올랐다.

"어떻게 될 줄 알고 그런 짓들을 한 건가. 한 치만 어긋나도 너 혼자 망하고 끝날 일인데."

"그런데 자네는 여기 있지. 그게 중요한 것 아닌가."

"자네가 증오스럽군, 오베른."

"우리 둘의 과거를 고려한다면 당연한 일이지."

"그만 식으로 이야기하지 마!"

세상 모두가 비웃는 그 어리석은 오베른이 이 앞에서 리카르를 모욕하고 분노했더라면, 이 남자가 아무리 시끄럽게 해도 기분은 나았을 것이다.

그런데 이게 뭔가.

기대했던 것이 없다는 건 알고 있었지만, 이런 상황과 마주할 거라 생각했던 것은 아니었다. 기분이 이렇게 더러울 줄도 몰랐다.

"왜 지금에 와서야 그런 말을 하는 거지."

"곧 마인베르크와 싸울 테고, 그러려면 마인베르크에 대해서 제대로 알아야 할 테니까. 또…… 이제 자네는 나를 믿어야 하네. 그래야 이길 수 있어."

"칼릭스트도 사정을 아나."

"아니, 전혀 몰라. 그러니 그 아이의 판단과 결정은 지금 내가 이러는 것과는 상관없네."

"왜 모르게 했지?"

"리카르, 나는 내가 어떻게 죽을지 알아. 아마도, 철장 안에서 내 죽음을 기다리는 까마귀들이 나를 게걸스러운 눈으로 보고 있을 때 죽을 거야. 그렇게 나는 눈만 감으면 되는데…… 그 아이는 아니지."

리카르는 팔에 힘이 들어갔다.

"그러니 그냥 못난 아버지인 게 나아. 그러니 자네와 나……."

"오베른—!"

리카르는 결국 참지 못하고 고함을 질렀다.

"빌어먹을, 너는 나를 지옥으로 보냈어!"

리카르는 어깨를 들썩이며 오베른을 노려보았다.

"네가 나를 지옥에 보냈다고."

"……."

이가 으득득 갈렸다. 눈이 시뻘겋게 타올랐다.

"그곳이 어떤 곳이었는지 아나? 매일 매일 죽지 못해 싸우고, 죽어서도 싸워야 하는 곳이야! 사람을 죽이고 괴물과 싸워야 하지! 그저 남의 즐거움 하나를 위해! 니안이 구해주지 않았다면 난 평생 그러고 살았을 거다! 평생!"

그리고 오베른의 멱살을 잡았다. 마른 몸은 텅 빈 상자처럼 쉽게 들렸다.

"오베른, 너는 네 아들에 대해 말하고 있지! 십 년은 행복했다고! 하지만 이 자식아, 네가 그리 사는 동안, 나는 그 십 년을 송두리째 지옥에 버렸어! 하루는 네가 미워서 견디고, 하루는 그냥 살아져서 견디고, 또 하루는 다시 너를 미워하며 견뎠지!"

리카르는 분노를 참지 못해 숨을 거칠게 토해냈다.

"네가 나를 그렇게 만든 거다, 이 빌어먹을 자식아! 너는 악마와 같이 있었다지만 나는 그냥 지옥에 있었단 말이다!"

너무 가볍고 힘이 없는 몸은 오히려 리카르의 진을 빠지게 했다. 결국 리카르는 오베른의 몸을 내던지듯 놓고 고함을 질렀다.

"네놈은 추억에 대해 말하지만…… 나는 뭐냐! 내 청춘, 내 미래, 내 삶, 죄다 그 지옥 속에서 사라진 나는 뭐냐고! 너 때문에 그렇게 된, 그런 나는 뭐야!"

오베른은 눈을 감았다.

가만히 떨리는 턱을 진정시키며 슬픔을 담아 말했다.

"미안하네."

어이가 없었다.

이 말을 정말로 듣게 될 줄은 몰랐다.

그것도 이리도 쉽게.

또 진심으로.

"정말 미안하네."

하지 않았으면 좋을 말이었다.

차라리 욕을 하라고, 비난을 하라고, 원망을 하라고 싶다.

그렌 성에서 가장 리카르를 허탈하게 한 것은 다름 아닌 오베른의 아들 칼릭이었다.

아버지 품에 안겨 있던 그 작은 아이가 훤칠한 청년이 되어 있었다. 그런데 그 어린아이가 이 정도로 크는 동안, 그에게는 아무것도 없었다. 십 년은 지옥에서 버리고 또 다른 십 년은 방랑했다. 그렇게 돌아왔더니, 아무것도 없다.

"왜 온 건가. 이럴 거면 그냥 가버리지. 조금도 고맙지도 않고, 바라던 말도 아니야!"

"오늘 밤 기습이 있을 테니, 모두 준비시키라고. 부탁이니 믿어주게. 준비하지 않으면 위험할 거네. 아주."

"나 모르게 여기저기 정찰병이라도 풀어뒀나? 어떻게 자네가 나보다 더 잘 알지?"

"정찰병보다 정확한 거네."

"계시라도 받았나. 오늘은 내가 기습 받을 거라고!"

빈정대는 말인데, 오베른은 정직하게 받아들였다.

"비슷한 건데, 좀 달라. 계시야 내가 원하지 않아도 신이 내 귀에 밀어 넣는 거고, 이건 내가 달라고 청해서 신이 주는 거지."

"무슨 헛소리냐."

오베른은 고개를 숙여 이마를 짚었다.

덜덜 떨리는 손을 본 리카르는 그것이 고통 탓임을 알아챘다.

"우리 집안은 우마니엘의 집안이네. 예언과 치유의."

"그건 나도 알아."

신이 인간에게 내린 일곱 가지 축복. 정의, 복락, 환희, 박애, 영광, 존엄, 지덕. 그 축복과 함께 일곱 보좌의 천사들이 인간에게 내려왔으며, 제국의 일곱 대가문이 바로 그렇게 탄생했다. 화신의 핏줄 중 신의 권능을 쓸 수 있는 자들은 정기적으로 태어나고, 그들은 성전기사단에 입단한다. 다만, 신의 권능은 인간의 육체를 고통과 함께 소모시킨다.

그리고 이 남자, 오베른의 집안에 내린 축복은 우마니엘.

거기까지 생각이 미치자, 리카르는 다시 오베른을 보아야 했다.

그제야 오베른의 나이 먹은 얼굴이 눈에 들어왔다.

고작 다섯 살 위였던 남자다. 아무리 고생했다지만, 이리 노인처럼 폭삭 늙어버린 데는 이유가 필요하다.

예언과 치유, 그리고 그중에 예언.

또, 오베른이 여태 해왔던 일들은 그다음 일을 정확하게 알지 못하는 한 위험 부담이 너무 큰 일이다.

리카르는 비웃음이 나왔다.

"그런 능력이 있으면서도, 마인베르크가 그런 놈이고 내가 그리될 줄,

그리고 자네가 이리될 줄 왜 몰랐나."

"그때는 오래 살 생각이었으니까."

웃기지 말라고 빈정대고 싶었으나, 그때 리카르는 세상에 다시는 없을 소리를 들었다.

우—

울부짖음인지 비명인지 모를 소리였다.

등이 서늘해지며 공포가 몰려온다. 도저히 어찌할 수 없는 존재가 오고야 말 거라는, 그런 공포가.

"뭔가 이게."

리카르는 그렌 성에서의 그 기습을 떠올렸다.

오베른이 말했다.

"말했잖은가. 그놈은 악마고, 악마는 악마를 부리지. 당장 준비하게. 그러면 지지는 않을 거네."

지축이 울리기 시작했다.

우르릉—

리카르는 초소 밖으로 달려나갔다.

"테날디!"

수하를 부르며, 리카르는 간절히 니안느를 바랐다.

어디서든 그 아이가 달려나올 것만 같았다.

저 일을 막기 위해서가 아닌, 그냥 니안느가 필요했다. 이런 일이 있었다며 말하고 기댈 수 있는 상대가. 그의 모든 것을 알고, 그의 슬픔에 진심으로 같이 슬퍼해줄 수 있는 상대가.

테날디가 왔다. 리카르는 초소 밖을 가리키며 고함을 질렀다.

"모두 준비시켜라! 기습이다!"

"네, 각하."

니안느가 사라진 뒤, 리카르는 가야 할 곳이 어딘지도 몰랐고 해야 할 일이 무엇인지도 알 수 없었다. 아무것도 생각나지 않으며, 그 아이가 없다는 것 하나만이 중요했다.

복수고 야망이고, 실체도 없었고 진짜도 아니었다. 껍질만 그럴싸한, 오래전에 버렸어야 했던 거짓이자 허상이었다. 온통 거짓인 세상에서, 그래도 그 아이와 함께하며 쌓인 기억과 추억만은 진실이었다.

이제야 리카르는 깨달았다.

복수를 위해 살아온 것도, 증오를 위해 버티어낸 것도 아니었다. 그동안 살아남을 수 있었던 힘을 준 것은 니안느였다.

복수하려고 산 게 아니라, 니안느가 있어서 살았던 것이다.

그러니 그날, 깨어난 니안느에게 말했어야 했다.

이 모든 것이 거짓인 이 세상에서 너만이 진짜라고.

내게 가장 가치 있는 것, 가장 소중한 것은 너라고.

또.

……너를 사랑한다고.

❖

"앉거라, 칼릭스트."

칼릭이 권하는 대로 앉자, 마인베르크는 맞은편에 앉았다.

"네 집처럼 여기고 편히 앉으려무나."

이 마인베르크가 칼릭을 데리고 온 곳은 여관이 아닌 대관 빌라였다. 이런 상업 자유도시의 건물주들은 수행원들이 많은 귀족과 상인들을 위해 건물 하나를 통째로 대여해 주곤 했다. 고가라는 단점은 있지만, 언제라도 완벽하게 준비된 저택에 들어갈 수 있다는 이점은 무시하기 어렵다. 마인베르크는 다른 사람들과 같은 공간을 쓰는 것을 무척 싫어하면서 돈은 많으니, 밖으로 나갈 때면 항상 이런 빌라를 이용했다.

"아, 식사했니? 준비하라고 할까?"

"괜찮습니다."

칼릭은 마인베르크 주변의 기사들을 둘러보았다.

밖에 몇 놈 더 있고, 이 안에 다섯 명이 있다. 테이블에는 체스 판이 놓여 있다. 이쪽이나 저쪽이나 너무나 형편없다 보니, 이 판을 끝낼 수 있는 유일한 방법은 저 위에 고양이가 드러눕는 것뿐일 것 같다.

"오베른은 어떠니? 몸이 안 좋다는 이야기야 들었다만, 얼마나 안 좋은지는 모른단다."

"무척 편찮으십니다."

"저런. 건강해야지, 사람이."

마인베르크는 정말 안타깝다는 듯 혀를 찼다. 칼릭은 목덜미 아래로 서리가 끼는 것 같았다.

"표정이 왜 그리 딱딱한 거냐. 웃어. 내가 네 어린 시절에 계집애마냥 말랑말랑한 게 마음에 안 들긴 했다만, 그래도 웃는 얼굴은 참 좋아했단다."

마인베르크는 웃는 얼굴이었으나, 악의가 독처럼 배인 웃음이었다. 상대의 고통은 항상 이 남자를 즐겁게 한다.

아버지를 파산시켰을 때도 저런 표정이었다. 아, 나더러 어쩌라고. 네 아버지가 한 일이니 네 아버지가 책임져야지. 나하고는 상관없어. 그런데 표정이 그게 뭐냐. 사람이 웃어야지.

마인베르크는 의자에 등을 깊이 기대고 배 위로 손을 맞잡으며 말했다.

"나는 너를 내 아들처럼 생각한다. 또, 우리 둘이 정말 잘 지냈잖니. 네가 나를 위해 많은 일을 해주었듯, 나 역시 너를 위해 무엇이든 할 수 있단다."

"아버지와 블랑셰리온 가문의 일은 제가 알아서 하겠습니다."

"너 혼자서는 무리란 거, 너도 알잖니."

마인베르크는 손을 내밀었다. 장갑을 낀 그 손에 포도주 잔이 쥐어졌다. 칼릭 앞에도 잔이 놓였다. 마인베르크는 허리를 숙여 칼릭 쪽으로 얼굴을 기울였다.

"내가 군사를 빌려주마. 준비도 다 해놨단다. 이리된 김에, 블랑셰리온령을 제국에서 독립시키는 건 어떻겠니. 공주의 남편이 공주의 군대로 점령을 하다니, 이야말로 제국에 충성한 네 가문에 대한 모독이 아니더냐. 지금 당장 나하고 같이 가면, 당장 내일이라도 출정해 네 땅을 되찾을 수 있다."

"감사합니다만, 아버지가 성에 계십니다. 아버지의 안전이 우선입니다."

"그건 내가 알아서 하마. 공주의 남편이 네 아버지에게 절대 손대지 못하도록 하겠어."

아까부터 마인베르크는 일부러 리카르 볼프람의 이름은 말하고 있지 않다. 칼릭은 자신이 그 이름을 말하면 어떻게 될지 궁금했다. 화를 낼까, 그냥 참을까. 그러나 마인베르크는 항상 들뜬 듯 보이긴 해도 진짜 화를 내는 경우는 또 드물었다.

"감사드립니다만, 아까 말씀드린 대로 아버지가 편찮으십니다. 공이 일부러 이리 찾아오신 것에, 감사는 하지만 받아들일 수는 없습니다."

"자나 깨나 아버지 걱정인 건지, 아버지 핑계인 건지."

"제 가족은 아버지뿐입니다."

"아니, 아니지. 너를 제대로 키운 건 나야."

칼릭 앞의 마인베르크는 여전히 웃고 있지만 그 눈이 슬슬 이글대기 시작했다. 칼릭은 이 남자가 언제 이런 눈빛이 되는지 알고 있었다.

"나는 네게 싸우는 법을, 적을 무찌르는 법을, 복종시키는 법과 승리하는 법을 가르쳐 줬어! 내게 그리 가르침을 받지 않았다면 지금쯤 기사도니 예법이니 떠들어대며 계집애들에게 아양 떨며 멍청한 노래나 부르며 살았을 테지!"

마인베르크는 고개를 저었다.

"네가 그러고 산다는 건 말이다, 상상만 해도 속이 거북하구나. 너는 싸울 때, 전사일 때가 어울려! 네 뒤에 있는 건 아둔한 오베른이 아니라 나, 델 판의 흑익대공이야! 너는 그곳에 있을 때 왕자고, 지배자의 아들이고, 모두가 경외하는 젊은 용이었지! 나는 네게 그걸 줬단 말이다!"

칼릭은 담담하게 바라만 보았다.

이걸 뭐라 해야 할까.

아버지 욕하지 말라고 멱살이라도 잡을까, 아니면 우리 아버지는 그런 분이긴 하다고 부끄러워해야 할까.

가엾다.

이런 자에게 저따위 말을 들어야 하는 아버지가.

"……가겠습니다."

"정말?"

"네, 갑니다."

"가만."

마인베르크의 차가운 손이 칼릭의 얼굴에 닿았다. 끈적끈적하고 역겨운 것이 흘러드는 것 같았다. 오물이 닿는 듯 혐오감이 일어났다.

"그러지 마라, 칼릭스트."

"……"

마인베르크의 얼굴이 다가왔다. 거미줄처럼 끈끈한 그의 손은 여전히 얼굴에 닿아 있었다.

"처음에 내가 너를 엄하게 대했던 건 나도 인정한다. 하지만 그 덕에 너는 더 강해지지 않았니? 그건 감사할 일이지, 분해할 일은 아냐. 아버지가 아들에게 엄할 수도 있는 거고, 또 아들이 오해할 수도 있지. 하지만……"

차가운 엄지손가락이 느릿하게 칼릭의 아랫입술을 쓸어 올리곤 눌렀다.

"그 모든 게 다 너를 제대로 만들려고 그런 거 아니겠니."

칼릭의 입술 끝이 올라갔다. 턱에 힘이 들어가며 위아래의 이가 서로를 밀어냈다. 증오와 분노가 치밀어 올랐다. 맞물린 이가 으득— 소리를 내며 갈렸다.

"지금, 고모님은 어디 있습니까."

마인베르크의 손이 멈추었다. 칼릭은 체스판을 가리키며 말했다.

"당신과 저런 판을 두고도 팔이 잘리지 않을 사람은 고모님뿐이니, 여기 계시겠군요."

"……"

마인베르크는 얼굴이 더 하얗게 변했다. 없다는 거짓말조차도 못하고 있다.

"왜 이리 번거롭게 데리고 온 겁니까. 하루라도 고모님 없이는 살 수 없어서?"

"……"

"아니면, 고모님이 또 그때처럼 할까 봐?"

마인베르크의 손이 천천히 내려가 탁자에 얹히더니, 힘이 들어가며 꽉 말렸다. 손등에 힘줄이 튀어나왔다.

"아무리 너라도, 그 일을 언급하는 건 용납할 수 없다."

"참 궁금하군요. 걱정하는 게 뭔지. 고모님이 또 그러시는 게 두려운 건지, 아니면…… 리카르 볼프람이 두려운 건지."

"너……."

마인베르크가 주먹으로 탁자를 후려쳤다.

체스 판과 체스 말이 바닥으로 와르르 떨어졌다.

"그 이름은 내 앞에서 말하지 마!"

칼릭을 향해 마인베르크의 손이 날아왔다. 얼굴을 후려치기 직전, 칼릭은 마인베르크의 손목을 잡아 테이블에 내리찍었다.

쾅—

테이블이 크게 들썩였다.

부러뜨려 버리고 싶었다, 이 빌어먹을 손.

마인베르크의 이마에 힘줄이 돋고 땀에 젖어 번들거리기 시작했다. 팔을 꿈틀대고는 있는데 꿈쩍도 못한다. 옆의 기사들이 칼자루에 손을 얹었지만 섣불리 나서지는 못했다.

"이즈모!"

마인베르크가 고함을 질렀다. 옆의 기사가 급히 네, 하고 답했다.

"아래층에 있는 그 계집애 데리고 와. 물론, 다 가지고 올 필요는 없어. 손가락 몇 개만 들고 오면 된다!"

그리고 마인베르크는 칼릭을 노려보며 말했다.

"내가 너를 너무 오랜만에 봐서 너를 다루는 법을 잊었던 것 같구나. 너란 녀석이 나와 이야기하는 데 너무 많은 사람들을 필요로 하게 만든다는 걸 말이다!"

칼릭은 마인베르크의 멱살을 잡고 그 얼굴을 갈겼다.

엄청난 소리와 함께 피가 튀었다. 칼릭은 거듭, 거듭, 갈겼다. 피가 연

달아 튀었다.

"각하!"

"막아, 잡으라고!"

놀란 기사들이 달려 들어오자, 칼릭은 테이블에 놓인 주석 잔을 낚아채 기사의 얼굴을 갈겼다.

"컥!"

기사가 얼굴을 감싸 쥐었다. 칼릭은 잔으로 다시 그의 머리를 갈겨 버리곤, 비틀거리는 기사를 걷어찼다.

마인베르크가 고함을 질렀다.

"칼릭스트—!"

칼릭은 주먹으로 마인베르크의 턱을 갈겼다. 턱이 돌아가며 피와 이가 튀어 올랐다. 칼릭은 쓰러진 마인베르크를 향해 달려가, 그 멱살을 낚아채 올렸다.

"그래, 너하고 나는 원래 이렇게 이야기해야 하지. 안 그래, 마인베르크?"

"너……."

칼릭은 더 듣지 않고 주먹을 내리꽂았다. 마인베르크의 살이 찢어지며 얼굴이 완전히 핏덩이가 되었다.

"각하, 무……."

다른 기사가 덤벼들었다. 칼릭은 그들을 향해 마인베르크의 몸을 던지고, 덤벼든 기사를 주먹으로 내리쳤다. 그 몸이 단숨에 벽에 내리꽂혔다.

칼릭의 눈에 창가에 앉아 있는 새 몇 마리가 눈에 들어왔다.

칼릭은 그들과 눈이 마주치자 말했다.

"도망가, 어서!"

작은 새들이 일제히 날아올랐다.

"……!"

니안느는 마법을 거두었다.

대체 무슨 대화를 하는지 알아보려고 방의 창가에 앉은 새를 이용했다. 그 몸에 들어가 보고 있었는데, 칼릭과 눈이 마주친 것도 놀라웠지만, 그가 알아본 것도 놀라웠다.

마인베르크와 칼릭은 대체 어떤 관계일까.

고모부와 처조카이지만, 저 둘 사이에서는 그런 공식적인 관계를 넘어선 무언가가 있었다.

그때 문이 열리며 젊은 병사가 들어왔다.

니안느는 감탄하며 말했다.

"빠르기도 해라."

손가락 가지고 가라고 할 생각이 없는 니안느는 벽에 손을 댔다. 돌로 된 벽이 구렁이 등처럼 꿈틀댔다. 남자가 놀라 흠칫하자, 니안느는 그 겨드랑이 쪽을 후려쳤다.

"으악!

공격을 예상하지 못했던 남자는 비명을 지르며 몸을 움츠렸다. 니안느는 그 옆으로 몸을 피해 다시 벽에 손을 댔다. 벽의 돌들이 떨어져 남자의 머리와 어깨를 쳤다. 남자가 몸을 구르며 비명을 지르는 동안, 니안느는 방에서 뛰쳐나갔다. 그 다음 얼른 문을 닫고 벽에 손을 댔다. 문 주변의 벽돌이 문을 틀어막았다.

니안느는 벽에 등을 붙이고 주변을 살폈다. 그런데 바로 그때 모퉁이 쪽에서 회색 그림자가 나타났다. 마주치자, 그림자는 빠르게 다가와 니안느를 붙들었다.

"……!"

쉿, 하는 여자의 속삭임이 들렸다. 니안느는 놀라 여자를 보았다. 아름다운 얼굴이 니안느를 보고 있었다.

여자가 속삭였다.

"쉿, 조용히."

니안느는 여자의 존재 자체보다 그 아름다움에 더 놀랐다. 인지하기도 전에 해가 뜨는 듯 눈을 장악하는 아름다움이었다.

여자는 니안느의 소매를 잡으며 물었다.

"듣고 있었어. 너, 혹시 칼릭스트와 같이 온 사람이니?"

"맞아요."

"내 이름은 세레나 블랑셰리온. 칼릭과 같이 온 사람이 맞으면, 나 좀 도와줄 수 있겠니?"

세레나 블랑셰리온.

오베른의 여동생이자, 칼릭의 고모.

그제야 니안느는 여자가 놀라울 정도로 칼릭과 닮았다는 것을 깨달았다.

항상 들어왔던 이름이지만, 말로 듣는 것과 이렇게 세상에 존재한다는 것을 확인하는 것은 완전히 다른 문제였다.

그때 꽈앙, 하는 굉음과 함께 문짝이 하나 날아갔다. 기사 하나가 같이 날아가 난간을 넘어갔다. 기와 박살나는 소리와 함께 비명이 터졌다. 뒤이어 남자가 멱살이 잡힌 채 끌려 나왔다. 마인베르크였다. 그는 피투성이가 된 얼굴로 고함을 지르다, 무엇을 느꼈는지 갑자기 돌아보았다. 마인베르크의 눈이 세레나와 니안느를 발견했다.

마인베르크가 분노에 찬 고함을 질렀다.

"세레나!"

세레나는 니안느를 잡은 손을 놓고 계단으로 달려갔다.

"그러지 말아요!"

니안느는 그 뒤를 쫓았다.

기사들이 올라오자 세레나는 피하지도 않고 그 기사의 품으로 뛰어들었다. 기사는 불덩이라도 달려든 듯 기겁하며 뒤로 물러났다. 다른 기사들도 손도 대지 못하고 피하기만 했다. 뜰에 내려가는 동안 세레나는 그 누구의 저지도 받지 않았다.

마인베르크가 외쳤다.

"당장 잡으라고! 어서!"

그러나 나서는 기사가 없었고, 세레나는 입구 쪽으로 달렸다. 니안느는 그녀를 쫓아 난간을 뛰어넘어 뜰로 내려갔다. 그때 기사 하나가 니안느를 낚아챘다.

"시녀, 너! 당장 안으로 모셔! 남자는 마님 몸에 손 못 댄단 말이다!"

"네?"

"멍청아, 모르냐! 마님을 구했다가 팔이 잘리고 싶지는 않아! 어서 잡아!"

그리고 니안느를 거칠게 밀었다.

"윽."

니안느는 넘어질 뻔했지만, 그 덕에 세레나에게 곧장 달려갈 수 있었다. 가까워지자 서둘러 세레나를 잡았다.

"세레나, 이렇게는 도망 못 쳐요."

세레나는 다급히 말했다.

"내보내 줘! 지금 돌아가면 나는 끝장이야."

"네?"

"칼릭스트의 일행이라며. 부탁이야, 제발. 지금밖에는 시간이 없어! 여기서 붙들리면 난 끝장이라고! 그럴 수는 없어."

"그럴…… 수가."

지금 마인베르크의 아내를 도와주는 것이 얼마나 미친 짓이 될지는 니안느도 알았다.

동시에, 이 세레나를 도와주지 않는다면 그것 역시 괴로운 일이 될 거란 사실도 안다.

십 년간 리카르는 어느 여자에게도 마음을 준 적이 없다. 바세바는 물론이요, 니안느에게도.

도와줘야 한다고 생각하면서도, 버리고 도망치고도 싶었다. 만나게 해주면 리카르가 기뻐할 거란 사실을 알아도, 그 기쁜 얼굴을 보고 싶지도 않았다.

세레나가 간절하게 말했다.

"해야 할 일이 있어. 나는."

니안느는 입술을 물었다.

이러면 어쩔 수 없다.

"메피스토!"

부르자마자, 저택 입구로 검회색 말이 뛰어들었다. 병사들이 말을 막으려 했다. 말은 그들을 망치 같은 발굽으로 쳐 날리고는 달려왔다. 니안느는 메피스토의 고삐를 낚아챘다.

"부인! 타요, 어서!"

정말 미친 짓이지. 후회하고 말 거야. 가슴을 움켜잡고 후회하고 또 후회하며, 슬퍼할 거야.

"서둘러요!"

병사들이 달려들었다. 니안느는 소매를 걷고 손을 들었다. 허공에서 가시덩굴이 소용돌이치며 나와 그들을 막았다. 병사들이 경악했다.

"뭐야!"

"마법, 마법이야!"

니안느는 메피스토의 고삐를 세레나의 손에 쥐여준 뒤에 말했다.

"가요, 어서!"

세레나는 말에 올랐다. 메피스토는 거칠게 투레질을 하고 달렸다. 막아서는 병사들은 모두 니안느가 만들어낸 가시덩굴에 찔리고 밀렸다.

니안느는 이제 정말 큰일이 났다고 생각하며 고개를 들었다. 위층 난간에 이글이글대는 눈으로 노려보는 마인베르크가 서 있었다. 비에 젖은 머리카락과 창백한 얼굴이 보인다. 타오르는 그의 붉은 눈은 사납거나 광포하다거나 하는 수준이 아니었다.

압도한다.

분노를 공포로 압도한다.

말 그대로 델 판의 악마.

"잡아."

마인베르크가 말했다.

"다 잡아! 저 계집애도, 세레나도! 땅을 쪼개서라도 잡아와! 당장!"

그리고 마인베르크는 고개를 돌려 옆을 노려보았다.

그제야 니안느는 마인베르크의 목에 검이 얹혀 있는 것을 발견했다. 고함만 질러댄 데는 이유가 있었다.

칼릭이 마인베르크의 목덜미에 검을 대고 있었다. 칼릭은 몸을 젖혀 뒤로 검을 휘둘렀다. 칼릭의 검이 막 그를 공격하려던 기사의 다리를 베어냈다. 그 몸이 쓰러지며 등 뒤의 동료를 깔아뭉갰다. 칼릭은 방향을 바꾸어 반대편 기사의 목을 찔렀다.

"칼릭스트, 네가!"

마인베르크의 검이 뽑혀져 나왔다. 칼릭은 돌아서 그 검을 막아냈다.

캉—

"너!"

마인베르크가 고함을 질렀다. 보통 검보다 배는 큰 마인베르크의 검이 다시 날아왔다. 칼릭은 그 검을 막아 밀어붙였다. 마인베르크의 몸은 순식간에 밀려났다.

“네가.”

얼굴이 가까워지자 마인베르크의 비웃음이 진해졌다.

“네가 날 이길 수 있을까!”

칼릭은 검을 미끄러뜨리며 물러났다. 마인베르크의 검이 다시 칼릭을 향해 날아왔다. 칼릭은 그 검을 아래에서 위로 올려치고, 무릎을 걷어찬 다음 그가 주춤하자 내리쳤다.

“제법!”

난폭하지만 정확하고 압도적인 공격에 마인베르크는 방어만 간신히 했다. 칼릭은 그의 검을 아래로 밀어낸 다음, 검을 돌려 왼쪽을 공격했다. 섬광처럼 빠른 공격이었다. 내리꽂히려는 그 일격을 마인베르크는 막았지만, 힘은 칼릭이 우위였다. 마인베르크는 견디지 못하고 몸을 움츠렸다.

“너는 나를 모…… 못 이긴다니까!”

마인베르크의 목덜미, 팔, 검에서 검은 기운이 흘러나왔다.

보던 니안느는 경악했다.

저 마인베르크, 보통 기사가 아니다.

노려보는 붉은 눈은 더 붉어지며 그 검은 기운이 칼릭의 검과 팔을 휘감았다. 칼릭의 검이 칙— 소리를 내더니, 챙캉— 하며 부러졌다. 칼릭은 검을 쥔 손을 놓았다. 부러진 검이 바닥으로 떨어졌다. 칼릭은 다리에 힘을 주고 허리를 돌려, 팔꿈치로 마인베르크의 얼굴을 내리찍었다.

“……!”

마인베르크가 비틀거렸다. 칼릭은 그의 멱살을 잡았다. 마주하는 칼릭의 얼굴에 서늘한 비웃음이 어렸다.

"그래, 못 이기겠지. 내가 아니라 네가!"

칼릭은 손을 놓고 마인베르크의 몸을 향해 발을 날렸다.

퍽—!

"으악!"

마인베르크는 난간 너머로 넘어갈 뻔했지만 간신히 잡아 버텼다. 칼릭은 주먹으로 마인베르크의 얼굴을 내리쳤다. 마인베르크가 이를 물어 버티자, 칼릭은 그 다리를 걷어찼다. 마인베르크의 다리가 균형을 잃으며 뒤로 미끄러졌다.

기사와 병사들이 놀라서 외쳤다.

"각, 각하!"

마인베르크는 난간을 잡아 간신히 버티며 고함을 질렀다.

"젠장, 나는 괜찮으니 이놈이나 잡아!"

그러나 칼릭은 달려들려는 기사를 피해 난간을 밟고 뛰어내렸다.

니안느가 외쳤다.

"칼릭스트!"

칼릭은 검은 표범처럼 우아하고 가볍게 2층의 난간을 밟은 다음, 다시 몸을 날렸다.

니안느가 달려갔다. 칼릭의 발이 허공을 걷어찼다. 니안느의 등 뒤에 있던 기사가 칼릭의 발에 맞아 나가떨어졌다. 칼릭은 그 기사가 떨어뜨리는 검을 낚아채 기사의 목을 베었다. 상대가 피를 뿜으며 쓰러지자, 칼릭은 니안느의 손을 잡았다.

"가자, 어서!"

입구는 기사들이 막고 있었다. 칼릭은 그들을 향해 달려들었다. 그들 모두 칼릭과 부딪히자마자 바위에라도 맞은 듯 확 밀려났다.

니안느는 밖으로 나가자마자 두 팔을 뻗었다. 바닥의 포석이 들썩여

솟아올랐다. 달려오던 기사와 병사들 모두 넘어지거나 나동그라졌다.

"먼저 가요! 제대로 보고 있지 않으면 이들을 막을 수—"

허리를 향해 칼릭의 손이 뻗어왔다. 손은 그대로 니안느의 몸을 낚아채 올렸다. 헐떡이는 뜨거운 가슴이 니안느의 몸을 감쌌다. 니안느는 순간 숨이 막히는 것 같았다. 너무 가까워.

"그럴 거 없어! 와, 어서!"

그러다 칼릭이 멈춰 서며 말했다.

"메피스토?"

맞은편 소로에서 메피스토가 달려오고 있었다.

칼릭은 니안느를 붙든 채로 몸을 날려 말에 올라탔다. 니안느는 칼릭의 팔을 붙들고 매달렸다. 두 사람이 타자, 메피스토는 말발굽을 두드리며 돌아섰다. 마인베르크의 병사들이 몰려나왔다. 비에 맞아 번들대는 검과 창이 칼릭과 니안느를 향했다. 메피스토는 푸륵대며 뒤로 주춤주춤 물러나 멀어졌다. 그리고 갑자기 앞으로 돌진하기 시작했다.

칼릭이 너 미쳤냐고, 누굴 죽이려고, 하고 외치기도 전에 메피스토는 발을 굴렀다. 몸이 붕— 떠올랐다.

"아, 젠장!"

칼릭은 진심으로 감탄했다.

뛰어오른 메피스토는 길을 막은 기사와 병사들을 모두 넘어, 그 반대편에 착지했다. 쾅, 하며 충격이 칼릭의 온몸을 울렸지만 경탄이 먼저였다. 곡예단 출신이라 뛰어넘는 데는 선수인 베아트리체도 이 정도 묘기를 선보인 적은 없었다.

메피스토는 발을 구르고 달리기 시작했다. 기사들 몇이 말을 타고 쫓으려 했지만, 지붕 위에서 화살이 날아와 그 기사들을 향해 쏟아졌다. 화살은 기사들의 말과 어깨에 퍽퍽 박혔다.

니안느는 칼릭의 등을 잡은 채 머리를 들었다.

지붕 위에 벤자민과 다니엘이 다른 남자들과 함께 있었다.

벤자민이 어깨에 석궁을 댄 다음 방아쇠를 당겼다. 화살이 니안느를 향해 활을 겨누고 있던 맞은편 남자의 머리에 박혔다.

니안느는 팔을 들었다. 바닥의 포석이 뒤집어진 듯 일어났고, 병사들이 걸려 넘어지고 말들이 제대로 달리지 못했다.

"으악!"

"뭐야, 바닥이!"

"돌이 솟아올라!"

니안느는 칼릭의 허리를 잡고 얼굴을 묻었다.

칼릭은 메피스토와 함께 항구 쪽으로 달렸다. 빗소리가 그 뒤로 이어졌다. 온몸이 떨렸다. 그런 니안느의 어깨 위로 칼릭의 팔이 내려앉았다. 그의 손은 뜨겁고 단단했다.

❖

마인베르크 앞에는 하얗게 굳은 수하들이 서 있었다. 그들 사이에는 세레나의 시녀 셋이 무릎 꿇고 있었다.

하나는 세레나가 시집올 때부터 같이 지내왔던 시녀고, 다른 둘은 마인베르크가 붙여준 시녀였다.

"누구든 말해봐라. 어떻게 된 건지."

마인베르크는 벌겋게 멍들고 터져 피투성이가 된 얼굴로 물었다. 그중 가장 나이 든 시녀가 고개를 들었다. 세레나가 시집올 때 같이 온 그 시녀다.

"정말 세레나가 납치당한 거냐."

"그렇습니다."

"정말?"

"잘 모르지만 그렇습니다."

시녀들은 칼릭과 같이 온 여자가 세레나를 납치했다고 우기는 중이다. 그리고 이 여자, 세레나를 옆에서 가장 오래 지켜온 시녀는 긴장하고야 있지만 마인베르크가 화를 낼까 봐 무서워하는 건 아니다. 세레나의 시녀와 하인들이 그리도 많이 목이 잘려도, 마인베르크는 이 여자만큼은 무슨 짓을 하고 무슨 말을 하든 용서해 주었다. 여자는 이번에도 괜찮을 줄 알고 이러고 있는 것이다.

"잘 모르겠다니?"

"죄송합니다. 저나 이 아이들이나, 검이나 마법, 사술에 대해 아는 바가 없다 보니."

"어쨌건 아는 게 없으니 배 째라는 거군."

여자의 얼굴이 굳었다.

"죄송합니다."

"아니, 네가 죄송할 건 없지. 맞아. 네가 뭘 할 수 있겠어? 이해하고말고. 나는 관대해서 그런 거 이해는 잘해."

마인베르크는 바닥에 굴러다니는 돌을 집어 들었다.

"다 이해하고말고."

그리고 마인베르크는 돌로 여자의 머리를 내리쳤다. 뼈 깨지는 소리와 함께 살점과 피가 튀었다.

"나, 나리!"

여자가 공포에 질려 고함을 질렀다. 마인베르크는 거듭, 거듭 여자의 머리를 후려쳤다. 턱을 박살 내고, 한 번 더 후려쳐 이를 다 부러뜨렸다. 피가 줄줄 흘러내리고 이가 살점과 함께 흩어졌다.

"이해하고말고!"

그리고 정수리를 내리쳤다. 머리가 깨지고 눈알이 튀어나왔다. 터진 머리에서 흰 뇌수가 나와 머리카락과 피범벅이 되었다. 여자의 몸에 경련이 일었다.

마인베르크는 후— 하고 숨을 몰아쉬고는 돌을 던졌다.

"이해는 하는데 열 받기는 해서 말이지."

그리고 벌벌 떠는 시녀들을 보았다. 겁에 질린 시녀들은 몸을 던져 엎드리며 울부짖었다.

"요, 용서해 주세요!"

"저희들은 아무것도 몰라요!"

"다 이 여자와 마님이 꾸민 짓이에요! 저희들은 속았다고요!"

"맞아요! 이 여자가 마님을 도망치게 하려고 저희들을 속였어요!"

"아아, 그래?"

"마님이 도망친 뒤에야 알게 되었단 말입니다! 저희들이 따지니, 이 여자가 마님이 납치되었다고 하면 될 거라고 했어요!"

마인베르크는 드디어 그럴싸한 말을 듣게 되자 의자에 앉았다.

"그래. 더 말해봐."

"조카인 칼릭스트 님이 마님을 무사히 모시고 갈 테니, 아무 걱정 하지 말라고 하면서, 우리는 그저 몰랐다고만 하면 된다고 했어요!"

"맞아요!"

마인베르크는 턱을 쓸어 올렸다.

"흠, 그렇다면 애초에 그 둘이서 계획했단 거냐."

"맞습니다! 그러니 살려주십시오. 저희는 아무 죄도 없어요! 살려주세요!"

"너희들이 아는 건 그걸로 끝이냐?"

"네, 정말로 끝입니다! 한 치의 거짓도 없어요."

"그래? 알았다."

마인베르크는 주변의 기사들에게 말했다.

"들었지?"

"네."

마인베르크는 몸을 털고 일어나, 그 시녀들을 번갈아 가리켰다.

"이 두 계집은 너희들 알아서 해라. 하고 싶은 건 다 해도 된다. 마지막에 죽어 있기만 하면 된다."

경악한 여자들은 울부짖으며 용서를 빌었지만, 마인베르크는 무시하며 방을 나섰다. 등 뒤에서 여자들의 비명이 들려왔다.

마인베르크는 웃음이 나왔다.

"아아. 세레나, 세레나."

예전에 네가 꽤나 앙큼한 짓을 했지.

그때는 정말 돌아버리는 줄 알았다. 그래서 나도 반성했어. 너를 달래고 달랜 다음, 네가 해달라는 건 다 해줬잖아. 아무리 어려워도 다 했지. 그뿐인가. 행여 외로울까 봐 칼릭도 데리고 왔어.

그리고 그 후로 모두가 행복해졌다. 세레나는 조용해지고, 오베른은 무슨 짓을 시키든 고분고분 다 했다.

그렇게 칼릭과 세레나와 같이 지낼 때, 마인베르크는 즐겁고 행복했다. 그는 가장 강한 남자였고, 그에 이의를 제기할 자는 어디에도 없었다. 가장 사랑하는 여자는 그의 아내였고 가장 빼어난 전사는 그의 후계자였다.

큭큭 웃었다.

그렇게 완벽했는데, 다들 왜 이러는 건지.

그때 그 앞으로 기사 하나가 주춤주춤 왔다.

"드, 드, 드릴 말씀이 있습니다."

마인베르크는 볼에 굳은 피를 긁어냈다.

"말해봐라, 벤틀리."

"칼릭스트 님하고 같이 있던 여자 마법사 말입니다, 본 적이 있습니다."

"어디서?"

"그렌 성에서 봤습니다. 리카르 볼프람의 명령으로 왔었…… 습니다. 그, 그러니까…… 그, 리카르 볼프람이 옆에 끼고 다니는 그 마법사 말입니다. 그, 그 여자입니다."

"뭐."

맞물렸던 마인베르크의 입술이 끝에서부터 떨렸다. 스며드는 듯 웃음이 올라왔다.

"다시 말해봐. 뭐라고?"

"숲의 마법사라고 하는 그, 그 마녀요. 고, 공작의 마녀라고 불리는."

속이 고요히 끓어오른다.

괘씸하고 화가 난다.

이게 무슨 일이냐.

"이즈모."

멀찍이 있던 이즈모가 왔다.

"말씀하십시오."

"일단 델 판으로 돌아간다."

"마님은 안 찾으시고요?"

"아, 세레나를 찾으려면 내 친구를 데리러 가야 해서 말이야. 알아서 오라 하고 싶은데, 그 친구가 발이 없거든. 손도 없고. 참, 몸도 없네. 그래서 어쩌나. 번거롭더라도 내가 직접 가야겠어."

제5장

뇌전(雷電)

"알아, 내가 무슨 짓을 한 건지."

세레나는 회색 모직 옷을 입고 머리도 회색 두건으로 가리고 있었다. 순례를 떠나는 미망인 같은 차림이었다.

세레나는 충동적으로 나온 것이 아니다. 복장은 물론이요, 여비도 충분히 가지고 있었다. 금방 쓸 수 있을 통화 금화에, 나중에 큰돈으로 바꿀 수 있는 보석류까지.

"저도 압니다. 그리고 처음도 아니시지 않습니까."

"……하지만 그때처럼 다시 잡히지는 않을 거야."

십 년 전, 세레나는 큰일을 벌인 적이 있다.

바로 남편인 마인베르크로부터 도망친 것이다.

어느 가을, 세레나가 그렌 성에 갑자기 나타났다. 델 판으로 시집간 이후로 그녀가 친정에 온 것은 처음이었다. 아버지 오베른은 세레나와 함께 긴 이야기를 나누었고, 끝날 즈음에는 얼굴이 하얗게 질려 있었다.

'그래서 그게 내 책임이라는 거냐.'

'그래요, 오베른.'

'나는 리카르를 엘 다룬의 참회소로 보내라고 했어! 정말이야! 그가 사라피온으로 간 줄, 정말 몰랐단 말이다!'

엘 다룬은 죄를 지은 기사들이 참회의 봉사를 위해 가는 요새였다. 칼릭은 리카르가 오베른에게 용서받지 못할 잘못을 저질러, 그 죄로 고발했다고만 들었다. 그러나 정작 리카르가 간 곳은 참회소가 아닌 사라피온이었던 것이다. 그곳의 악명은 칼릭도 알았다.

'확인한 건가요?'

'…….'

'확인했냐고요!'

오베른은 충격 받은 채 아무 말이 없었다. 자신이 엄청난 실수를 했으며, 또 돌이킬 수도 없다는 것도 알게 된 것이다.

'원하는 게 뭐냐.'

'마인베르크와는 이혼하겠어요. 그리고 그 사람을 구해줘요.'

'세레나, 상대는 사라피온 대공이다. 그놈에게서 리카르를 구해내려면 성 절반을 팔아야 할지도 몰라. 아주 오래, 아주 지겹게, 또 지긋지긋하게 걸릴 거야!'

'오베른!'

'젠장, 그럼 나더러 군대라도 끌고 가서 구하라는 거야? 오래 걸리더라도 돈으로 사는 수밖에는 없다. 그리고 너는 수녀원으로나 가버려!'

세레나의 눈에 열기가 치밀었다.

'잘못은 오베른이 해놓고선, 왜 나에게!'

'수녀원에서 최소한 한 해는 버텨야 마인베르크와 이혼할 수 있을 테니 잔말 말고 가. 당장 내일 데보라하고 같이 가!'

다음 날 아버지는 세레나를 데보라와 함께 수녀원으로 보냈다. 바로 그날로 사라피온으로 전령도 보냈다. 그러나 별다른 진척은 없었다. 아버지는 그에게 전달된 편지를 구겨서 난로에 집어 던졌다.

그로부터 한 달 뒤 어머니 혼자 엉망진창이 되어 돌아왔다. 세레나는 마인베르크에게 잡혀 델 판으로 끌려갔다. 아버지는 그 후로도 몇 번이나 동쪽의 사라피온으로 전령을 보냈으나 아무 성과도 없었다. 얼마든 지불할 수 있다고 했고, 해결사나 용병들을 사서 사라피온으로 보낼 생각도 했지만 리카르를 구할 수는 없었다.

그러다 어머니가 세상을 떴다.

아버지는 절망에 빠졌고, 며칠 만에 머리가 하얗게 샐 정도로 슬퍼했다. 당시 아버지에게는 하루를 버틸 여력도 없었다.

그리고 그런 날들의 끝에 칼릭은 마인베르크와 만나게 되었다.

'안녕, 칼릭스트.'

그 끈끈한 목소리와 함께 완전히 다른 세상이 시작되었다.

그날 알게 되었다.

세상은 넓고 잔혹하며, 그런 세상에서 혼자라는 것을.

"……이제부터 어떻게 하실 겁니까."

"몬타로 가서 수녀원을 찾을 거야. 그곳에 머물며 마인베르크와 헤어질 준비를 할 생각이야."

"그뿐입니까."

"그래. 그뿐이야. 거기까지만 가면 되니, 그 정도만 도와줘."

"닷새나 이레 정도 걸릴 겁니다."

순순히 받아들여지자 세레나는 믿어지지 않는 듯 물었다.

"정말 그래 줄 거니?"

"이미 끝난 일입니다. 앞으로의 일이나 생각해야지요."

"……고마워. 너도, 그 여자도."

니안느를 지칭하는 '그 여자' 라는 말에, 칼릭은 묘한 기분이 들었다. 좀 이상하긴 하다. 이 정도 준비면 뒷문으로 몰래 나갈 수도 있는데, 굳이 그 소동을 일으키며 나가다니.

그 덕에 니안느는 마인베르크에게 있어 그냥 죽일 계집애에서 살을 발라 죽일 계집애가 되어 있을 것이다. 세레나가 생각 없이 그랬을 리는 없다. 허둥대거나 흥분하는 거야말로 델 판 공작부인 세레나에겐 어울리지 않는 일이니.

"그럼, 이만 나가겠습니다. 불편할 테지만 참아주십시오."

"비단 방석에 앉아 갈 거라 생각하고 도망친 건 아니니, 괜찮아."

칼릭은 방을 나왔다. 좁은 배의 복도 아래에서 삐걱대는 소리가 들렸고, 그 배의 복도 끝 계단에는 다니엘이 앉아 있었다.

"다 끝났냐?"

"끝나긴 했는데, 너는 왜 여기에 탄 거냐."

다니엘은 어깨를 흔들며 웃었다.

"내가 어떻게 너를 놔두고 그냥 가냐. 그 예쁜 얼굴을 혼자 놔두는 거야말로 범죄지. 그나저나, 너 대단하다. 마인베르크에게서 놈의 여자를 빼앗아 오다니."

"그런데 그 여자가 내 고모다."

"소개해 줘."

"델 판의 마인베르크가 네 목을 따러 올 텐데?"

"저런 절세미인과 아는 대가치고는 나쁘지 않은데."

다니엘이 애교 있게 웃었다. 누군가는 귀엽다고 봐줄 얼굴이지만, 칼릭에게는 얄밉다고 패 주고 싶은 얼굴이었다. 칼릭은 자신의 얼굴을 가리켰다.

“이거하고 닮았으니, 적당한 상상력만 있으면 될 거다. 이 정도로 만족해.”

“야, 그래도—”

칼릭은 세레나의 방으로 가려는 다니엘의 귀를 낚아챘다.

“야, 아파! 아프다고!”

칼릭은 다니엘을 끌고 가, 선창의 문을 연 다음 안으로 집어 던졌다. 안에서 카드놀이 중이던 용병들의 적대적인 시선이 다니엘을 향했다. 칼릭은 문을 닫으며 말했다.

“재미있게 놀아드리고 귀염 많이 받아라.”

“칼리이익! 나 혼자 여기 두면 어떻게 해!”

등 뒤에서 다니엘이 우는 소리를 냈으나 칼릭은 무시하고 갑판 위로 올라갔다.

지금 칼릭이 탄 배는 용병선이었다. 애초에 칼릭이 타고 가기로 했던 배에는 벤자민과 그 동료들만 타고 갔다. 저 다니엘이 이 배에 타고 있다는 것은 배가 출발한 뒤에 알았다. 알았으면 당장 다니엘을 내던졌지, 이렇게 태워오지는 않았을 것이다.

니안느는 갑판 위에서 쉽게 찾을 수 있었다. 팽팽하게 부풀어 오른 돛 아래 앉아, 몸을 웅크리고 돛대에 등을 기대고 있었다.

가까이 가자 니안느는 고개를 젖혔다. 차가운 바람에 볼이 빨갛게 물들어 있었다.

“명랑한 다니엘을 여기서 다시 만날 줄은 몰랐어요.”

“반가워하지 마. 사건 사고를 집중시키는 녀석이니, 곧 무슨 일이건 생길 거다. 너만 해도, 저 녀석과 가다가 그 골목에서 이상한 패거리를 만났잖아. 게다가 마인베르크까지 튀어나오고.”

“그게 다니엘 탓은 아니잖아요.”

"다니엘 탓이 맞아. 이상한 운이 든 놈이라고 해야 할까. 그 녀석만 지나가면 어제까지 평화로웠던 모든 곳에서 전쟁이 일어나지. 절벽의 하피들은 갑자기 나들이를 하고 싶어지고, 심해의 괴물들이 바깥에 볼일이 생기지."

"직업이 해결사니, 일감 떨어질 일은 없겠네요. 어딜 가나 사건 사고니."

"돈 되는 일이냐가 중요하지. 아닌 경우가 더 많아서 문제고."

칼릭은 니안느 옆에 앉았다. 바람이 거세어 배의 속도는 무척 빨랐다. 나셀은 벌써 사라진 지 오래, 수평선 너머로 아무것도 보이지 않는 바다 위에 있었다. 니안느는 몸을 움츠리며 물었다.

"그 지붕 위의 남자들은 뭔가요. 동방반도 출신 기사들 같던데요."

"금방 알아보네. 보통은 구분 못하던데."

"나는 그곳 출신이니까요. 기사와 용병의 차이는 알아요. 누구예요?"

"운텔가움의 전사들이다. 우리 가문 기사는 아니지만, 믿을만하지. 눈에 뜨이지도 않고."

운텔가움은 라크세니아에서 가장 큰 나라 중 하나다. 니안느는 이 청년이 라크세니아에서 지냈다고 말했던 것을 기억하고 있었다.

"마인베르크와는 어떤 사이인가요."

"열여섯 살 때부터 그의 성에 있었다. 그와 함께 전쟁을 하고, 때론 그를 위해 싸우러 나가기도 했고. 배운 것은 전쟁의 기술이고 가장 먼저 익힌 것은 살육에 대한 인내지. 무엇을 봐도 담담할 수 있는 비위와 함께……."

그렇게 말하는 칼릭의 두 눈동자에 담긴 것은 체념이었다.

"리카르에게 고모님에 대해 말할 건가."

"운 나쁜 선택을 하게 될 남자를 보는 심정이네요. 말할까요, 말까요."

"그 문제는 같이 고민해 보도록 하자. 나도 아직은 잘 모르겠어."

니안느는 무릎에 볼을 대며 칼릭을 보았다. 칼릭은 그런 니안느와 마주하며 돛대에 기댔다. 칼릭의 부드러운 머리카락이 바람에 넘실댔다. 좀 지친 듯 보이지만, 그는 흐트러져 있어도 우아할 수 있는 남자였다.

"그래도 고맙다. 도와줘서."

"선택의 여지가 있는 상황이었다면 내가 은혜를 베풀었노라 으스댔을 텐데, 아니니까 감사 인사는 그만둬요."

"그 자리에서 도망칠 수도 있었잖아."

"네, 다음에는 꼭 그럴게요."

칼릭이 짓궂게 얼굴을 찡그렸다. 정말 그러라는 말은 아니었다는 듯. 니안느에게는 고민되는 문제였다. 웃으며 말해야 할까. 리카르의 세레나는 과연 아름답고 또 그를 찾아 도망칠 만큼의 용기도 있네요. 설마, 그럴 리가. 니안느는 그렇게 속 편한 여자는 못 되었다.

감당하지도 못할 짓을 저질렀다는 후회에, 잘못한 게 분명하다는 자책까지, 기분은 나쁜 쪽이 우세했다.

"리카르가 세레나와 만나게 되면 마인베르크만이 아니라, 바세바 공주한테도 원한을 살 것 같네요. 남편에게 옛 연인을 데려다주다니."

"어차피 정략결혼 아닌가. 나한테 실수로 죽은 아샹보 경도 바세바 공주의 애인인데."

"그것만은 아닌 것 같아요. 바세바 공주의 시녀들이 이야기하는 걸 들었는데, 공주가 리카르와 결혼한 뒤 궁에 있는 초상화 하나를 지하실에 처박으라 하더래요. 아무것도 모르고 사들인 그림인데, 알고 보니 세레나의 소녀시절 초상화였던 거죠. 그랬으면서도, 바세바 공주는 리카르가 애인을 두는 건 상관하지 않겠다고 했어요. 시녀들이 리카르에게 접근하게 하고, 부추기기도 했어요. 리카르를 유혹해 내면 상을 주겠다면서 말이죠."

"성공했나?"

"그건……."

니안느는 칼릭을 물끄러미 보았다. 바닷바람을 맞는 칼릭의 볼이 창백해 보였다. 항상 대리석처럼 차가워 보이는 건 사실이지만, 지금은 유독 창백하다. 니안느는 칼릭의 서늘한 볼에 양손을 얹었다.

"볼이 차네요."

"그래, 좀 춥네."

칼릭의 눈가로 온기가 스며들고 입술에는 미소가 배어 나왔다.

"성공했냐고."

니안느는 고개를 저었다.

"다 실패했어요. 그중 하나는 엉뚱하게 베르나르를 유혹하는 데 성공했지 뭐예요. 아주 진하게 사귀었죠. 그 시녀가 베르나르에게는 궁중의 기사들과는 다른 색다른 맛이 있다고 자랑하는 걸 들었는데, 얼마 지나지도 않아 무식하고 난폭하다며 화를 내더군요. 아, 베르나르 알죠? 그렌 성에도 갔었는데."

"내가 본 멧돼지 같은 놈이 베르나르라면, 아는 놈이 맞아. 나한테 끈덕지게 수작을 걸던데. 시녀의 매력이 문제가 아니었을지도 모르지."

"그래서 칼릭스트 경은 허락했나요."

"웃기지 마. 적어도 나는 여자를 위해 태어났어."

니안느는 어깨까지 움츠리며 웃었다.

"실례했네요, 칼릭스트 경."

칼릭의 차갑던 볼에 열기가 돌며 니안느의 손으로 번졌다. 양지바른 곳의 조약돌을 쥔 듯 따뜻하다.

니안느는 이 젊은 기사의 첫 웃음을 기억하고 있었다. 광휘의 광맥이 일시에 빛나는 것 같던 순간, 경계가 걷히고 적대감이 사라지던 그 순간을.

그것은 니안느가 결코 본 적 없는 남자의 아름다움이었고, 모든 시간을 멋게 하던 마법 같은 순간이었다.

그리고 지금, 애상이 어린 얼굴에 깃드는 것은 다른 종류의 광휘였다. 그날의 광휘가 오후의 금빛 햇살 같은 것이라면, 지금은 검푸른 밤하늘로 번지는 흰 달빛 같은 것이다. 서늘하고 하얗고 맑다.

칼릭이 고개를 살짝 숙였다. 묘한 각도였다. 정면을 보는 것보다 더 가까워지는 기분이었다.

"이거, 베르나르 대신 네가 수작 거는 건가."

칼릭은 성격 나쁜 남자처럼 웃었다.

"만나는 사람마다 당신에게 수작을 부렸을 것 같은데, 표정이 왜 이래요."

"세상 절반이 들이대도 상관없어. 들이대는 사람의 숫자가 중요한 게 아니라, 누가 하느냐가 더 중요한 것이니."

"어떻게 다른데요."

"사실, 좀 성가셔. 일부러 말을 걸면 귀찮으면서 짜증도 나고. 그래서 무시하거나 성의 없이 대하지. 하지만 어떤 누군가가 하면, 그 눈길이 느껴지고 그 목소리가 들리면…… 심장이 찔리는 것 같겠지."

나긋하고 느린 어조다.

니안느는 주변이 서서히 희미하게 지워지는 것을 느꼈다. 바닷바람 소리도 파도 소리도 자취를 감추듯 사라지고, 세상에는 지금 니안느가 바라보는 칼릭 뿐이다.

"그 놀란 심장이 날뛰면 난 가슴이 아플 거야. 귀도, 눈도, 감각도, 모두 그 심장의 고통과 함께 불안해할 테지."

다시 칼릭의 눈으로 번진다. 쓸쓸한 저녁 같은 애상(哀想)이.

니안느는 세상의 소리가 오로지 이 남자의 목소리뿐인 듯 귀를 기울였다. 가슴속의 고동 소리가 이 목소리를 따라 울리는 것 같았다.

"그러다 그 사람이 사라지면 세상은 다시 황량하게 되고 말 거야. 그저 하나만 없는 것뿐인데, 웃음, 온기, 기쁨, 설렘…… 행복을 만드는 그 모든 것들이 사라져 버려."

"……"

"그리고 슬퍼질 거야."

칼릭의 볼에 얹혔던 니안느의 손이 천천히 내려갔다. 눈은 흐려지고 입술의 미소는 사라진다.

큰 그림자처럼 마음으로 드리워지는 것은, 리카르에게 사랑하는 여자가 있다는 것을 알았을 때의 슬픔이었다. 그 기억이 손은 움츠러들고 두근대던 심장은 가라앉게 했다.

그런 니안느를 보는 칼릭의 눈도 어두워졌다. 불이 꺼지고 무대의 막이 내려오는 것 같았다. 폐장된 축제의 장처럼 허망해진다.

칼릭이 니안느의 이마를 매만지곤 말한다.

"그러니 내 심장을 찌르지는 마. 네 마음속에 아직 그 남자가 있다면."

놀라움과 함께 눈이 커지며, 니안느는 눈길을 거두지도 못하고 칼릭을 바라만 보았다.

가장 가난한 부분을 들킨 기분이었다. 들뜨고 즐거웠던 마음이 가라앉았다. 어서 정신 차리라고, 아무리 쓸쓸하더라도 이러는 건 아니라고 누군가가 흔든 것 같다.

알고 있었구나, 내가 리카르에게 마음이 있었다는 것을.

부끄럽고 서글프다. 보답 받기 힘든 사랑을 하려 했던 자신이 한심하고, 그런 자신을 하필이면 이 남자가 알고 있다는 것에 부끄러워진다.

니안느는 칼릭의 볼에 입을 맞추었다.

"이만 들어갈게요. 허튼소리가 너무 길어진 것 같아요."

입술을 떼고 보자, 칼릭은 당혹스럽다는 듯 니안느를 보고 있었다.

"칼릭스트 경?"

"왜 그런 표정이지."

"그런 표정이라니, 뭐가."

"나한테 상처 입은 표정."

칼릭이 얼굴을 가까이 댔다. 눈과 눈이 얽히듯 마주했다. 이마가 닿을 것 같아 긴장한 니안느에게, 칼릭은 웃으며 말했다.

"돌아가자마자 내 욕을 할 텐데, 그리 내버려 둘 수는 없네."

"그러면 안 되나요."

"그래, 안 돼. 너무 불공평하잖아. 아직 나는 너한테 나쁜 기억이 없는데, 너는 나한테 있다면."

"왜……."

어리둥절한 니안느에게 칼릭이 말했다.

"이리 와, 어서."

칼릭은 니안느의 손목을 당겨, 갑판 아래로 내려갔다.

"어디 가요?"

"번잡하고 시끄러워서 아무 생각 안 드는 곳으로."

칼릭은 선창의 문을 열었다. 크지 않은 배라, 선창이 용병들의 객실 역할까지 하고 있었다. 안에는 용병들이 모여 카드를 치며 술을 마시고 있었다. 그들과 같이 카드놀이에 골몰하던 다니엘은 칼릭이 오자 손을 흔들었다.

"어이, 칼릭스트! 네 말대로 하고 있다. 여기 분들 아주 좋은 분들인데?"

다니엘과 마주 앉은 칼잡이가 돌아보았다. 얼굴은 밀가루처럼 하얗고 짧은 머리도 백발이나 다를 바 없는 남자였다. 용병답게 두툼한 팔다리에 가죽으로 된 조끼와 바지를 입었지만, 피부가 너무 하얘서 얼려둔 것을 금방 꺼낸 듯 보였다. 칼잡이가 이를 드러내 웃으며 말했다.

"이놈한테 잘 들었어. 블랑셰리온 가의 칼릭스트라고 말이야."

칼릭은 어이없다는 얼굴로 다니엘을 보았다. 다니엘은 눈을 깜빡였다.

"어, 그거 비밀이었어?"

용병 남자는 앞의 카드 판을 가리키며 말했다.

"한판 하자. 망한 집 아드님이신데, 돈은 좀 벌어서 내려야지. 안 그래?"

"사양이다."

"왜, 겁나나?"

"그냥 싫어서."

"……."

칼릭은 남자 옆에 앉아 있는 그의 일행을 보았다. 일행은 책을 가슴에 얹은 채 니안느를 보고 있었다. 나이는 겔리우스보다 한참 들어 보여, 서른 중후반 정도 같았다. 얼굴은 검고 머리카락은 검푸른 색이었다. 칼릭은 다시 하얀 남자를 보며 말했다.

"게다가 집안이 너무 제대로 망해서 판돈으로 내놓을 게 하나도 없군."

"그럼 저 여자를 걸어."

칼잡이는 니안느를 가리켰다.

"미안하지만 저 아가씨는 내 여자가 아니라 걸 수가 없는데."

"자기 여자도 아닌 여자가 옆에 있다니, 실…… 실…… 어이, 안테온? 그래, 실속이 없군!"

안테온— 검은 얼굴의 남자는 한숨을 내쉬었다. 칼잡이는 애초에 자기가 말했다는 듯 자랑스럽게 칼릭을 보았다.

"여자 말고, 서로의 부하들을 걸어보는 건 어떨까."

칼릭은 주변의 용병들을 죽 가리켰다.

"쟤들 말이다."

"에, 왜?"

"네 부하들 아닌가. 승선하면서 선장에게 물어봤더니, 모두 네 부하니까 걱정 말라고 하던데."

"아, 내 수하들은 기사만큼이나 행실이 바르지. 놀랍군. 그가 우리들보고 믿을 만하다니."

"그게 아니라. 네 부하들이 까불 때는 너부터 두들겨 눕히면 된다는 의미에서 한 말이다. 겔리우스."

이름이 불리자, 겔리우스는 눈을 반짝였다.

"너, 나 아냐?"

"물론 그저께까지는 몰랐지. 선장이 말해준 거다."

"야, 어떻게 나를 몰라!"

반응 한번 정직하고, 그 표현은 몰라주기 힘들 만큼 솔직하다.

"알 필요가 없는 이름이니 모르지. 그러니 겔리우스, 사람을 걸고 내기를 하고 싶으면 말이다, 너부터 네 부하들을 걸어라. 나도 예의상 내 사람을 걸 테니."

"그럼 너는 누구를 걸 거냐! 여자는 못 건다며!"

칼릭은 다니엘을 가리켰다.

"저거."

다니엘이 황당하다는 듯 입을 벌렸다.

"나는 왜!"

"운명을 같이하는 친구니까. 그러니 저 녀석을 걸지."

"이 자식아, 저건 쓸모없는 놈이잖아!"

칼릭은 싱긋 웃으며 말했다.

"저래 봬도 현상금이 걸려 있는 몸이야. 금각항의 노예상들에게 데리고 가서 돈 받고 넘겨."

"미쳤냐! 여기서 완전히 반대 방향인데!"

"데리고 다니며 부려 먹다가 근처를 지날 일이 생기면 가서 현상금으로 바꿔라. 어이, 다니엘, 그거 시한이 몇 년이었지? 십 년이던가?"

"삼 년이야!"

다니엘이 쏘아붙였다.

칼릭은 머릿속으로 남은 날을 센 다음 말했다.

"이런, 그 말 취소다. 얼른 가서 바꿔야겠다."

다니엘이 기가 막혀 고함을 질렀다.

"와, 이 배신자!"

"그날 네가 친 사고를 생각한다면, 내가 직접 안 바꾸는 것만도 다행으로 여겨라, 다니엘."

그 금각항의 사건으로 말하자면, 다니엘이 치고 다닌 사고 중 가장 인상적인 것 중 하나였다.

작년, 칼릭은 벤자민과 함께 노예로 팔려간 사람들을 찾으러 금각항으로 갔었다. 노예 상인들의 장부를 뒤져 그들을 찾는 중에, 다니엘은 노예 소녀 하나가 너무 불쌍하다며 구해왔다. 그것도 밤에 몰래 들어가 구한 게 아니라, 경매가 붙었을 때 모두가 보는 자리에서 구해왔다. 말이 구조지, 법률상 절도 행위였다. 칼릭과 벤자민은 모르는 사람인 척하려 했으나 다니엘이 이름을 높이 부르며 달려오는 바람에 그럴 수도 없게 되었다. 다니엘은 너희들은 동정심도 없다고 비난했고, 벤자민은 그 동정심은 상대가 예쁜 여자일 때만 발휘되느냐고 따졌다. 게다가 그 소녀도 문제였다. 소녀가 알고 보니 어느 왕국의 잃어버린 공주여서 모두가 포상을 받는 행복한 결말 따위는 없었다. 소녀는 밤에 일행의 지갑을 탈탈 털어 도망쳤다. 그따위 양심이면 어디에서도 잘살겠다고 생각하며, 칼릭은 그 비용을 다니엘에게 청구했다.

"시작 안 할 건가, 겔리우스? 싫으면 여기서 그만두고."

겔리우스는 발끈해 고함을 질렀다.

"누가 안 한대? 하자고!"

모두가 지켜보는 가운데, 카드가 나뉘었다. 칼릭은 겔리우스가 자기 패를 노려보기 시작하자마자 카드를 던졌다.

"졌다."

"뭐?"

"죽었다. 저 다니엘 가져가."

"그게 죽은 거냐? 자살이지!"

"어쨌건 졌으니 데리고 가라."

겔리우스는 기가 막혀 입을 떡 벌리고 보다, 급히 고개를 저은 다음 말했다.

"한 판 더 해!"

"이제 걸 게 없는데."

"여자를 걸라고, 여자! 저 여자!"

그리고 거듭 니안느를 가리켰다. 집착이 시작되고 있었다. 칼릭이 입술 끝을 올리며 못되게 웃었다.

"저 숙녀 분에게 반한 거면 반했다고 사내답게 말해. 너그러운 숙녀분이니, 네가 상처 받지 않게 걷어차 줄 거다."

"이 자식아!"

안테온이 손으로 얼굴을 가리고 한숨을 내쉬었다.

겔리우스는 칼릭을 가리키며 고함을 질렀다.

"너, 저 여자를 내놓기 싫으면 방에 있는 그 여자를 내놔!"

그제야 칼릭의 얼굴이 차가워지고 눈빛도 진지해졌다. 겔리우스는 웃으며 양손을 테이블 위에 얹었다.

"블랑셰리온 가의 소당주가 아주 공손히 데리고 온, 그놈하고 닮은 여자라면 누군지 뻔하지 않냐? 응? 난 그 여자를 걸라는 거다!"

"간도 크군. 그리고 어쩌려고? 단언컨대, 마인베르크는 아내 옆에 있었다는 이유로 네 목을 썰 거다."

"어쨌건 하자고!"

칼릭은 카드를 섞은 다음 내려놓았다.

"안 한다."

겔리우스는 당장 싸움이라도 벌일 판이었다.

니안느가 칼릭 옆에 무릎을 굽혀 앉으며 말했다.

"저기, 그냥 나를 걸어요. 괜찮아요."

"이길지 질지 모른다. 잘못하면 저 못생긴 남자들이 우글우글하는 데로 갈 거야."

"죄다 내 노예로 만들 자신이 있으니, 걱정 마요."

칼릭의 눈에 미소가 번졌다.

"나중에 후회하지 마."

"칼릭스트 경이 이겨도 좋고, 져도 좋아요. 내가 도와줄 건 없나요?"

칼릭은 니안느의 손을 잡고 그 손등에 입을 맞추었다. 니안느가 놀라서 보자, 칼릭은 손등 위로 고개를 들곤 한쪽 눈을 찡긋 했다.

"이거면 괜찮아."

겔리우스가 나도 해야겠다는 눈으로 안테온을 돌아보았으나, 안테온이 무시무시하게 노려보는 바람에 고개를 돌려야 했다.

칼릭은 드디어 카드를 섞고 게임을 시작했다.

니안느는 그 옆에 턱을 괴고 앉아 게임의 진행을 보았다. 이길 수도 질 수도 있다더니, 칼릭은 귀족 주제에 무시무시하게 잘했다. 니안느는 단 한 번 팔려갔다가 돌아왔지만, 겔리우스는 차근차근 부하들을 빼앗겼다. 겔리우스는 다니엘도 몇 번 걸었지만, 칼릭은 그때마다 패를 내던지며 졌다고 했다. 상습 자살을 견디지 못한 겔리우스는 다시는 다니엘을 걸지 않았고, 결국 안테온마저 넘어가자 카드를 내던져야 했다.

"빌어먹을! 이 사기꾼 자식!"

"먼저 시작한 건 너지."

칼릭은 패를 놓았다. 시작했으면 이겼을 판이지만, 겔리우스가 다니엘을 걸었으면 당장 자살했을 것이다.

"그리고 네 부하들은 필요 없으니 도로 데리고 가. 시커먼 놈들 끌고 다니며 먹여주고 재워주긴 싫으니. 대신 몬타까지 평화롭게 가자."

"빚을 질 수는 없다. 나, 몬타의 겔리우스는 그렇게 안 산다!"

"그럼 이제부터 그리 살면 되겠네."

"……야, 이……."

겔리우스는 좀 도와달라는 듯 안테온을 보았으나, 안테온은 잠들어 있었다.

칼릭은 그의 옆에서 몸을 말고 자는 니안느를 흔들었다.

"일어나, 니안."

"흠—"

니안느는 반쯤 감긴 눈으로 물었다.

"어떻게 되었어요?"

"너는 아직 내 거지."

니안느는 방싯 웃었다.

"다행이네요. 아직 칼릭스트 경의 것이라니."

"일어나. 여기서 자지 마."

칼릭은 니안느를 데리고 선실로 향했다. 어차피 배는 용병선, 방이라고 해봤자 창고나 다를 바 없었다.

카드 판의 결말에 대해 듣게 된 니안느는 몹시 실망했다.

"그럼, 다 줬다는 건가요. 아까워. 차라리 돈을 걸지."

"어차피 저 녀석들은 열두 명의 용맹한 전사가 아니라 열 두 개의 짐덩이가 되는 녀석이라. 용병으로 제대로 부리려면 사랑의 묘약이라도 써야 할 거다. 아, 혹시 있어?"

"그런 건 없어요. 그런 마법도 없고."

칼릭이 무언가를 발견한 듯 눈이 멈추더니, 니안느의 앞머리를 걷어내 이마의 표식을 드러냈다. 표식은 은은하게 빛을 발하고 있었다.

"왜 이러는 거지, 이거?"

"근방이 숨마니아라 그래요. 이곳에도 왕이 있거든요. 바다의 왕."

그래, 하고 칼릭이 중얼거렸다.

"이건 태어날 때부터 있는 건가."

"아니요. 원래는 없는데, 때가 되면 나타나요. 나뭇잎도 있고, 꽃이나 뿔 모양도 있고, 또 날개나 별의 모양도 있어요. 어느 날 아침에 누군가가 입을 맞추고 간 것 같은 기분이 들어 눈을 떠보니 이게 있었어요. 어머니에게 자랑했지만, 어머니는 크게 혼낸 다음 내 앞머리를 잘라 이 표식을 가리고 다니게 했지요."

"저런, 왜."

니안느는 서글픈 얼굴이 되어야 했다.

"동방 숲 근방에 사는 사람에게 숲의 각인을 받는다는 건 좋은 게 아니거든요. 마을에 안 좋은 일이 생기면 다 뒤집어써야 해요. 비가 안 온다거나, 암소의 젖이 안 나온다거나, 물고기가 안 잡힌다거나. 숲의 왕이 자기 아이들을 찾아가지 못해서 저주를 내리는 거라고 하거든요. 옆집 아이 하나도 그래서 버려졌어요. 비가 내리지 않는다고 버려진 건데, 진짜 이유는 흉년이라 버린 거였어요."

칼릭의 손이 니안느의 이마를 매만졌다. 손가락이 만지는 곳에 그의 눈길도 부드럽게 머무는 것이 니안느에게도 느껴졌다.

"이게 있으면 특별한 느낌이 있나."

"온기가 배어드는 것 같다고 해야 할까…… 언니는 이마를 대고 있으면 몸이 가벼워진다며, 피곤할 때 여기다 이마를 대고 자곤 했죠. 그렇게 자면 정말 좋은 꿈을 꾼다고 했어요."

칼릭이 자신의 이마를 댔다. 니안느는 칼릭의 머리를 양손으로 잡고 눈을 맞추었다.

"그렇게 말고, 이렇게."

"제법 능숙한데."

"아이들에게 몇 번 해줬어요. 남자는 칼릭스트 경이 처음이네요."

"유일하면 더 좋겠군."

칼릭은 니안느를 바라보며 니안느의 손등에 손가락을 얹었다. 긴 손가락이 손등을 쓸어 올리고 손가락 사이를 파고들었다. 참 부드럽고 따뜻한 손가락이라 생각하며, 니안느는 작게 물어보았다.

"어떤가요."

"글쎄."

마주하는 에메랄드 빛 눈을 보며 니안느는 이 사람에게 형제가 있다면 좋은 형이나 오빠가 되었을 것 같다고 생각했다. 누나나 형에게는 개구쟁이여도 귀여운 동생이었을 것 같고. 누구나에게 사랑받았을 거다. 이런 눈으로 바라보면 누가 홀리지 않을까.

"나한테 상처 받은 듯 보인 거, 이제 잊어줄 거지?"

"그걸 아직도 신경 써요?"

"응. 왠지 모르지만…… 그래. 신경 쓰여."

"아까 카드 게임이 너무 재밌어서 잊었어요. 나, 좀 헷갈리네요. 칼릭스트 경이 나를 좋아하는 건지 아닌 건지. 친해질 수 있는 건지 아닌 건지. 좋아해도 되는 건지 아닌 건지. 사실, 칼릭스트 경이 먼저 언짢아 보였는데."

"아, 그건……."

칼릭은 잠시 멍하니 있다, 싱긋 웃으며 말했다.

"앞으로는 안 그럴게."

"네?"

"안 그런다고."

이리 웃으면서 말하면 엄하게 대하는 건 불가능하다.

항상 느끼는 것이지만, 이 남자가 갑자기 웃을 때면 발에서부터 머리끝까지 흔들리는 기분이다. 이 남자는 결정적일 때 사람을 무방비하게 만드는 기술을 안다.

"칼릭스트 경, 좀 요망한 데가 있어요."

칼릭이 쿡쿡 웃었다.

"요망하다는 건 또 뭐야."

"예쁜 여우한테 홀리는 기분이라는 거죠."

"하필이면 왜 여우지?"

"늑대라고 할 걸 그랬나요."

"그 정도는 아니야."

마음이 따뜻하다.

방황하다 아무 빛이나 보고 쫓아 들어간 남의 집이지만, 그 낯선 집에서 호의를 베풀어 따스한 스튜와 빵을 준다면 그것도 그것 나름대로 괜찮은 거 아닌가.

휴식이다. 내일 홀로 될지라도, 오늘은 이 휴식이 내 어깨를 덮어주는구나.

니안느는 이마를 칼릭의 어깨에 기댔다. 단단한 쇄골이 이마에 닿는 느낌이 좋았고, 턱과 목에서 번지는 온기도 좋았다.

피가 따뜻하게 물결치는 기분이다.

언제고 이 남자와는 헤어질 테지. 그런 관계라도 지금 이 좋은 순간을 누리는 게 잘못은 아닐 것이다.

칼릭의 손이 팔에 닿으며 조용히 잡아온다.

"이제는 알겠군."

"네?"

"그 따뜻해지는 기분이란 것."

"어떤가요."

칼릭은 아무 말도 하지 않았다. 쇄골에 닿은 이마에 그의 맥박이 느껴진다, 쿵— 쿵— 강한 느낌이다. 나른한 한숨이 칼릭의 입술 사이에서 흘러 나왔다.

"뭘까, 이건."

중얼거리듯 그가 말했다.

"뭐가요."

"세상이 좀 달라진 것 같아서. 숨소리조차 달라진…… 그런 기분이야."

"처음인가요."

"처음이지. 그리고 이건 아주 엄청난 일이 될 것 같아."

니안느는 칼릭을 올려다보았다. 칼릭의 눈이 바로 앞에 있었다. 은은하고 우아한 빛을 담은 녹색의 눈이. 나른한 한숨이 다시 그의 입술 사이에서 흘러나왔다.

칼릭이 속삭였다.

"그리고……."

쿵—

바닥을 타고 올라오는 육중한 진동이 몸을 흔든다.

쿵—

그다지 크지 않은 배다 보니 분명하게 느껴진다.

바위도, 고래도 아니다.

다시 쿵— 울린다.

칼릭은 벽에 손을 얹었다.

"뭔가요?"

"일단 나가봐야 알 것 같다."

칼릭은 갑판 위로 달려나갔다.

니안느도 그 뒤를 따랐다.

새벽, 아직 해 뜰 시간이 아니어서 바다는 강철 빛으로 어둡게 물결쳤다. 묵직한 먹구름이 바다에 닿을 듯 낮게 깔려 있었다.

칼릭은 난간을 잡고 바다를 내려다보았다.

선원들이 나와 바다를 내려다보고 있었다. 밤새도록 깨어 있던 겔리우스와 드디어 일어난 안테온도 하품을 길게 하며 나왔다. 겔리우스가 물었다.

"배가 울리던데, 뭐냐."

칼릭은 바닥을 가리켰다.

"인어다."

"에엑? 그게 왜 나와!"

겔리우스는 바다를 내려다보고 고함을 질렀다.

"진짜네!"

검푸른 바다의 수면에 가득한 회색 등지느러미들이 보였다. 꼬리가 여기저기서 펄떡댔다. 코가 없는 매끈한 얼굴에 커다란 눈을 가진 인어의 얼굴들이 흰 바다 거품 사이로 나왔다. 인어 중 하나가 수면을 뚫고 올라와 배에 매달렸다. 선원이 화살을 날렸다. 화살에 맞은 인어는 바다로 떨어졌다. 인어 떼가 그 시체를 향해 모여들어 시체를 갈기갈기 찢었다. 팔과 꼬리 조각이 튀어 올랐다. 인어는 순식간에 뼈만 남아 떠올랐다가 거품 속으로 사라졌다.

"구역질나는군."

선원이 질렸다는 얼굴로 보며 말했다.

인어들이 갑자기 멈추었다. 칼릭은 급히 니안느의 귀를 손으로 덮었다. 인어들은 입을 벌리고 고함을 질렀다.

샤악!

샤—!

금속과 금속을 세게 비비는 소리 같았다.

니안느는 귀를 막고 있음에도 귀가 찢어지는 것 같았다.

"으!"

칼릭이 니안느의 머리를 감싸 안았다. 소리가 멈추자 칼릭은 천천히 팔을 풀었다.

니안느는 하얗게 질린 얼굴로 칼릭을 올려다보았다.

"칼릭스트 경은 괜찮아요?"

"괜찮아."

다른 선원들 모두 혼이 나간 듯 보였지만 칼릭은 멀쩡했다.

"가만."

칼릭은 입술 위에 손가락을 얹었다.

"더 엄청난 게 올 거다."

인어들이 배를 향해 하얗게 모여들었다. 철벅 철벅 소리가 들리고, 배가 쿵쿵 울렸다. 여기저기서 인어들이 배를 끼긱 긁어댔다. 배는 계속 흔들렸다. 그중 한 마리가 선체에 손톱을 박으며 기어 올라왔다. 번들대는 몸이 배 위에서 펄떡대고 꿈틀댔다. 다른 인어들도 기어 올라와, 뱃전은 순식간에 인어들로 뒤덮였다.

겔리우스가 육중한 도끼를 들고 고함을 질렀다.

"갑판 아래에 있는 놈들 다 나오라고 해! 어서! 싸움이다!"

비린내 나는 몸뚱이들이 갑판 위로 쏟아졌다. 칼릭의 검이 인어들을 단숨에 모두 베어냈다. 잘려 나간 머리와 팔다리가 허공으로 치솟았다. 겔리우스도 도끼로 내리쳤다. 갑판에 잘린 머리와 몸이 펄떡댔다.

그때.

우르릉—

천둥이 아니다. 빛이 없었다.

니안느는 돛을 보았다. 축 처져 있었다. 니안느는 돛을 향해 두 팔을 들었다.

"대지를 쓰다듬는 손길, 하늘의 숨소리."

펑, 펑—

돛이 팽팽하게 부풀어 올랐다. 배가 앞으로 밀려 나가자 인어들이 떨어져 나갔다.

니안느는 난간을 향해 손을 뻗었다. 가시덩굴이 나타나 갑판을 뒤덮었다. 배에 붙은 인어도 죄 긁어내 바다로 내던졌다. 공기 베어내는 취익, 칙, 소리와 함께 인어들이 비명을 지르며 날아갔다.

겔리우스가 감탄하며 안테온에게 말했다.

"야, 너도 뭐 좀 해봐! 마법사잖아!"

"이그라탄의 마법사는 숲의 마법사들보다 시전 시간이 길어!"

겔리우스가 몹시 실망스럽다는 표정을 보냈다.

"못 한다는 거네."

"……!"

안테온이 분노하는 동안 갑자기 번개가 쳤다.

이어 천둥이 크게 울리고 비가 떨어지기 시작했다.

툭, 투둑— 굵은 비가 일시에 갑판을 뒤덮었다. 사방이 빗소리로 가득해지자 인어들은 배로부터 멀어지기 시작한다. 거품이 끈처럼 늘어진 수면 위에 그들의 머리가 떠 있었다.

칼릭은 흠뻑 젖은 머리카락을 쓸어 넘기며 부옇게 흐려진 수평선을 보았다. 녹색 눈이 어두운 가운데 암녹색으로 보였다.

같이 수평선을 보던 니안느는 주문을 말했다.

"이것은 모두의 눈."

옷자락에서 검은 전령조들이 튀어나와 사방으로 날아갔다.

니안느는 그들이 보는 것을 같이 보기 위해 눈을 감았다.

바다는 비의 장막으로 뒤덮여 있다. 수면은 어둡게 출렁였다. 파고(波高)는 높아지고 있다. 바다 자체에 힘이 깃들며, 누군가가 지배하는 거대한 공간이 되고 있는 것 같다.

사악하고 적대적인 힘이다.

파도 사이로 검은 배 한 척이 보였다. 선채나 돛이 너무나 새카매서, 바다 한구석이 뜯겨 나간 듯 보였다. 선체는 기울어져 있고 돛은 너덜댄다. 그리 낡은 배였지만 거센 파도를 타고 빠르게 달려오고 있다.

"……!"

니안느는 눈을 떴다. 영체들이 한꺼번에 소멸했다.

차가운 비가 어깨와 머리를 뒤덮는다.

"뭔가가 접근하고 있어요. 곧 충격이……."

칼릭이 니안느의 등을 감싸 당기고 돛대의 밧줄을 낚아채며 외쳤다.

"모두 꽉 잡아! 충돌한다!"

검은 배가 엄청난 속도로 돌진해 왔다.

니안느는 고함을 질렀다. 빗속에 묻혀 거의 들리지도 않는 그녀의 명령에 따라 돌풍이 일어났다. 바람은 돛대를 크게 부풀게 하며 선수와 선미를 반대로 휘돌렸다. 검은 배의 선수는 배가 방향을 트는 방향으로 들어왔고, 두 배의 선측이 아슬아슬하게 미끄러지듯 부딪혔다. 난간이 부딪혀 깨졌다. 나무 조각이 튀어 올랐다.

"아!"

니안느는 신음을 흘렸다. 빗줄기가 둥글게 몸을 때렸다. 칼릭은 온몸에 힘을 주며 니안느를 붙들었고, 그의 몸은 돛대의 밧줄을 잡아 버텨냈다. 바닷물이 치솟아 갑판으로 쏟아졌다. 두 배가 완전히 스쳐 지나가 서로에게서 벗어났다.

니안느는 맞은편 배를 보았다. 폭우가 화살처럼 쏟아지고 있어 제대로 보기 힘들었다. 먹구름 덮인 하늘 아래 거대한 배는 사악한 거인처럼 서 있었다.

그 배의 갑판에서 검은 연기가 피어올랐다. 연기는 갑판을 뒤덮고 돛대를 뱀처럼 휘감았다. 검은 연기 안에서 검은 갑옷으로 무장한 기사들이 만들어졌다. 투구와 갑옷, 창과 칼, 모두 갖추고 있었으나 검은 낡았고 갑옷은 망가진 듯 보였다. 제대로 맞춰지지도 않아 흉갑과 어깨 보호대가 모두 따로 놀고 있었다. 그들이 쓴 투구 속과 갑옷의 틈에서는 연기가 피어올랐다.

니안느는 그 배를 장악하는 힘을 온몸으로 느낄 수 있었다. 그 힘이 저 배를 움직이고 검은 악령의 기사들을 만들어낸다. 인어들을 불러내 공격하게 하고 있다.

엄청난 힘을 가진 자가 저걸 조정하고 있다. 잠시 바다로 가라앉았던 인어들이 다시 수면 위로 몰려왔다. 인어의 몸뚱이가 수면 위로 튀어 올랐다. 배에 달라붙었다. 고함과 울부짖음, 악에 받힌 비명을 지르며 인어들은 갑판 위로 올라왔다. 검은 배도 다가왔다. 배의 갑판에서 쇠갈고리가 튀어나와 이쪽 배의 갑판에 박혔다.

"모두 맞서! 싸워!"

겔리우스가 외쳤다.

검은 배에서 검은 악령의 갑옷들이 날아와 갑판 위로 뛰어들었다. 겔리우스는 도끼를 휘둘러 악령 기사의 투구를 내리찍었다. 날아간 투구 아래에서 검은 연기가 피어올랐다. 쪼개진 투구 안에는 형체 없는 살덩이만 꿈틀댔다.

칼릭은 악령 기사의 다리를 걷어차 날리고, 다른 기사의 목을 날려 버렸다. 목이 잘려 나가 허공으로 솟구치며 그 아래로 검은 연기가 피어올랐다. 칼릭을 향해 악령의 기사들이 몰려들었다. 칼릭은 그 기사들을 일격에 쓸어냈다. 갑옷을 입은 몸통이 허공에서 몇 바퀴 돌고 바닥으로 떨어졌다.

칼릭은 기사의 팔목을 날렸다. 잘려진 팔이 철퇴를 쥔 채 날아올랐다.

칼릭은 그가 쥐고 있던 철퇴를 낚아채 다른 기사의 몸을 내리쳤다. 산산조각 난 갑옷이 무너졌다.

겔리우스도 기사의 목을 찍어 넘기고, 돌아서 인어의 몸을 베었다. 칼릭은 그의 등을 공격하려는 기사의 투구를 검으로 뚫었다. 겔리우스가 고함을 질렀다.

"나도 봤어!"

칼릭은 겔리우스의 어깨 위로 검을 찔러 넣었다. 인어의 머리가 검에 꿰뚫렸다.

"나도 봤다니까!"

칼릭은 검을 잡아당겼다. 인어의 몸이 겔리우스의 가슴과 부딪히며 칼릭의 검에서 뽑혀져 나왔다. 칼릭은 이번엔 주먹으로 옆에서 덤벼든 기사의 투구를 정면으로 갈겼다. 주먹에 맞은 투구가 날아갔다.

겔리우스가 경악했다.

"넌 주먹이 돌이냐?"

그때 안테온이 외쳤다.

"모두 눈 감아!"

안테온의 양손에서 빛이 번득이며 흰 번개가 타올랐다. 번개는 배의 옆에 붙은 인어들을 한번에 태웠다.

수면 아래에서 우르르— 소리가 들렸다. 검은 바위들이 해면(海面)을 뚫고 날아올랐다. 바닷물이 튀어 올랐다. 바위는 공중에서 빙글 빙글 돌며 서로 들러붙었다. 꽝, 꽝, 소리가 났다. 부딪히며 불꽃이 튀었다. 바위들은 순식간에 거대한 바위 거인이 되어 갑판 위로 뛰어내렸다. 바다 속에 있던 바위라 바위의 표면에는 조개와 해초가 들러붙어 있었다.

거인은 긴 팔을 휘둘러 악령의 기사와 인어들을 짓이겼다. 철갑이 뭉개지고 인어들은 짓밟혔다.

겔리우스가 돌 거인을 향해 도끼를 휘두르려 했지만, 칼릭이 그의 팔을 잡고 검은 기사를 걷어찼다. 악령의 기사는 난간 너머로 날아갔다.

"어이, 겔리우스!"

칼릭은 뱃전으로 달려가 갈고리가 묶인 밧줄을 칼로 끊었다. 겔리우스도 같이 밧줄을 끊었다. 바짝 당겨졌던 두 배가 그 반동으로 밖으로 밀려나갔다.

니안느는 그 틈을 놓치지 않고 돛을 부풀게 했다. 상황을 파악한 항해사가 키를 잡아 돌렸다. 뱃머리 방향이 틀어지며 용병선은 적으로부터 벗어났다.

니안느는 젖은 머리카락을 쓸어 올리고 적선을 보았다.

갑판 위에 몸이 큰 남자가 서 있었다. 거대한 몸은 망토로 단단히 감고, 머리는 두건으로 가렸다. 두건 사이로 부러져 그루터기만 남은 뿔이 보였다.

"칼릭스트 경!"

니안느가 외쳤다.

"칼릭스트 경, 내가 저기로 갈게요!"

"무슨— 하지 마!"

"그냥 도망치는 것만으로는 안 될 것 같아요! 저자를 이겨야 해요!"

"니안!"

니안느는 선측으로 달려가 몸을 날렸다. 니안느의 몸은 순식간에 검은 깃털로 뒤덮이며 검은 날개를 펼친 새로 변했다. 니안느는 적함의 갑판에 착지하자마자 다시 사람으로 변했다.

갑판의 광경을 보자, 니안느는 신음이 나왔다. 갑판은 검게 꿈틀대는 것으로 두껍게 덮여 있었다. 흉측하게 일그러져 형체도 알아보기 힘든 사람의 머리와 팔다리가 그 검은 덩어리에 섞여 있었다. 그중 일부는 검은 갑옷을 입고 있었다. 제대로 붙은 것이 아니다. 허리 위에 머리가 붙어 있거나 다리가 위로 달린 식이었다.

가시덩굴이 니안느의 주변을 휘감아 그들로부터 니안느를 지켰다. 니안느는 너덜대는 망토를 입은 거인을 보았다. 물줄기가 두건과 망토 위로 줄줄 흘러내렸다.

두건 아래로 드러난 턱과 입매를 본 니안느는 불길함을 느꼈다.

설마?

아냐, 그럴 리가 없잖아.

왜 이 순간에 그런 무서운 것을 생각하는 거야.

니안느는 떨리는 아랫입술을 꾹 물었다.

그럴 리가 없어.

그때 두꺼운 두건에 덮인 머리가 올라갔다. 두건이 뒤로 젖혀져 떨어졌다. 망토를 묶었던 끈이 끊어졌다. 망토는 흘러내려 바닥에 떨어졌다. 그 안에 있던 것이 모습을 드러냈다.

세상이 쪼개지는 충격이란 것, 다리 아래가 우르르 무너지는 충격이란 것, 이런 걸 의미하는 것이다.

"아……."

니안느는 뒤로 주춤 물러났다.

몸이 산산이 무너지는 것 같았다. 몸을 만드는 모든 것이 다 깨져 바닥으로 쏟아지는 것 같았다.

그럴 리가 없다, 하지만 만약에 그런 거라면…… 이야 말로 있어서는 안 되는 일이었다.

눈가가 불타듯 뜨거워졌다.

"아냐……."

놀라서, 그다음은 믿을 수 없어서, 그다음은 차마 인정할 수가 없어,

그러다 결국 절망의 고함을 내질렀다.

"필람…… 몬!"

필람몬의 목이었다.

황금처럼 빛나던 뿔은 희게 변색되어 있었다. 다정하게 웃던 입술은 갈라지고 일그러져 있다. 피부는 쭈그러지고 창백했다. 눈은 반쯤 감겨 있었고, 눈동자는 빛이 없었지만—

살아 있었다.

살아…… 있다.

눈에 희미한 빛이 남아 있었다.

머리에서부터 발까지 무수한 칼날이 박혀오는 듯 아픔이 찾아왔다. 몸의 모든 것이 사라진 듯 흔들리고, 다리 힘이 풀리며 쓰러질 뻔했다. 어지럽고 충격적이었다.

더 보이는 것도 들리는 것도 없었다.

어떻게든 하고 싶은데, 아무것도 할 수 없었다.

니안느는 손을 뻗어 필람몬의 얼굴에 가져갔다. 차가운 살이 손끝에 닿았다. 조심스레 매만졌다. 분명 힘없고 처져 있는 피부였으나 희미한 생명이 느껴졌다.

"어떻게 이런 일이……!"

그때 노래가 들려오기 시작했다. 익숙한 노래였다. 바로, 숲의 노래. 숲의 아이들의 영혼이 모두 이어지면 머리로 기이한 울림이 퍼졌다. 그 울림이 마치 노래나 선율과 같아 아이들은 그것을 '숲의 노래'라 불렀다. 그런데 지금 그 소리가 들려오고 있었다.

니안느는 주변을 둘러보았다.

검은 물에 섞인 팔다리들이 꿈틀댔다. 머리만 남거나 상반신만 남은 몸의 머리가 눈을 움직였다.

니안느는 그 형체도 알아보기 힘든 머리들에 박힌 각인을 알아보았다.

"아, 안 돼."

비에 젖어 차갑게 식어가며, 니안느는 숨을 몰아쉬었다.

분노를 가눌 수가 없었다. 슬픔에 몸이 무너지는 것 같았다. 너무나 비통해서 견딜 수가 없었다.

[역시, 이 남자를 알고 있네. 놀랍군. 진짜네, 숲의 마법사란 것. 누구나 하는 헛소리와 허세인 줄 알았는데.]

"……!"

등 뒤에서 목소리가 들려와 급히 돌아보았지만, 그녀 앞에 있는 것은 회색 하늘뿐이었다.

이번에는 옆에서 그 목소리가 들려왔다.

[어떻게 살아남은 거지, 너는? 그날 나는 이삭조차 남기지 않고 너희들 모두를 수확했을 텐데.]

그쪽으로 고개를 돌렸다. 이번에는 반대편에서 목소리가 들려왔다.

[찾으려 할 거 없다. 나는 네 안, 네 영혼이 있는 모든 곳에 있을 테니.]

니안느는 더 움직이지 못하고 멍하니 앞을 보았다.

비가 니안느의 온몸으로 폭포처럼 쏟아졌다.

[이제 네 왕은 나거든. 내가 네 왕을 차지했으니. 저, 필람몬도 그리했고. 즐거운 밤이었지. 지상에서 가장 강하고 위대한 새로운 신이 되어 재탄생되는 밤이었으니.]

차가운 비를 느끼며, 니안느는 다시 필람몬을 보았다. 비는 굴종을 버티고 버티다 결국 광기마저 배인 그의 눈으로 흘러들고 있었다. 머리 아래에는 몸통과 팔다리가 제단처럼 쌓여 있었다. 오래전에 잘린 목의 단면은 비에 불어 너덜댄다.

다시 그의 창백한 볼에 손을 얹어 보았다. 진흙처럼 찼다.

"필람몬."

니안느는 그 머리를 끌어안았다.

젖은 머리카락과 피부가 닿았다.

차가운 피부와 젖은 머리카락, 잘려 나간 뿔의 그루터기는 모두 실제였다.

"나예요. 니안."

팔에 힘이 들어가 울음이 터졌다.

"나라고요……!"

니안느는 흐느꼈다. 고독을 버티게 해주었던 건 재회에 대한 기대였지만, 아픔을 참았던 것은 그래도 추억 때문이었는데.

너무 외롭고 슬퍼 이대로 무너지고 싶어도 버텼다. 이들과의 추억이 너무 아름답고 사랑스러워서, 앞에 없어도 기억하는 것만으로도 위로가 되었다.

그런데 니안느가 그들을 그리워하는 동안 이들은 이렇게 살아가고 있었다.

비참하고 슬프게.

니안느는 필람몬의 얼굴에 이마를 댔다. 간신히 필람몬의 의식을 잡아 연결될 수 있었다.

숲이 보인다. 측백나무, 삼나무, 소나무, 자작나무, 떡갈나무, 가문비나무, 월귤나무 등, 세상의 모든 나무들이 자라는 신비롭고 거대한 동방 숲이.

니안느는 필람몬의 기억을 통해 숲의 왕이 다스리던 곳으로 돌아와 있었다.

필람몬은 숲의 왕이 깃들었던 거대한 신목에 검이 꽂혀 있는 것을 보고 있었다. 고목 아래에 은빛 피가 고이고 있었다. 철장갑을 낀 손이 그 칼자루를 비틀었다. 나무가 쪼개지며 은빛 피는 더 빠르게 흘러나왔다.

[생각보다는 시시하네, 신의 힘이란 건 말이야.]

남자가 다가와 필람몬의 머리카락을 움켜잡았다.

니안느는 필람몬의 다리가 모두 부러진 것을 보았다. 팔도 뭉개졌다. 목에 차가운 날이 닿았다. 엄청난 고통과 함께 목을 썰렸다.

[아프지? 참아. 곧 끝나.]

살이 잘리고 뼈가 끊어지며 목이 떨어졌다. 숨도 끊어져야 했지만 정신은 멀쩡했다. 두 눈이 보는 광경은 너무나 뚜렷했고, 가슴의 아픔과 비참함도 생생했다. 필람몬은 잘린 머리째로 훌쩍 들렸지만, 온전한 정신으로 남자를 보아야 했다. 갸름한 얼굴에 날카로운 이목구비였다. 붉게 물든 눈이 웃으며 바라보고 있다. 남자의 뒤에는 날개를 움츠린 검은 용이 있었다. 사람과 닮은 그것의 어깨와 등에서 연기가 피어올랐다. 니안느가 참사의 날과 그렌 숲에서도 보았던 바로 그 마룡이었다.

[자, 이제 우리는 지극히 가까운 사이가 될 거야. 이름이— 아, 필람몬. 내 이름은 델 판의 마인베르크야. 앞으로 우리 잘 지내보도록 하자. 친구보다 가까운 사이가 될 테니까 말이야.]

니안느는 젖은 눈을 떴다.

더 이상 없다.

필람몬이 보여주기를 거부했다.

"필람몬……."

그 짧지도 않은 시간 동안 이렇게 지내왔던 건가요.

인간 세상을 방황하며 항상 알고 싶었다. 누가 대체 왜 그런 짓을 한 건지. 이유가 중요하지 방법은 나중의 문제였다.

누군가는 더 강할 수 있고 약할 수도 있다. 파란만장한 전장에서 강함과 약함은 항상 상대적이라는 것을 배웠다. 그러니 이유도 자격도 필요 없다. 우연히 더 강한 자가 있고 약한 자가 있을 뿐이다.

그러나 잔학함에는 이유가 있어야 했다.

해서는 안 되는 일을 하는 데는 이유가 있어야 하고, 이유가 있기에 하지 말아야 한다.

고향으로 영원히 돌아갈 수 없을지도 모른다고 생각하고 있었다. 자신의 임무는 리카르를 풀어주는 것으로 끝났을지도 모른다고 생각했다. 방황하다가 생이 다하고, 아무도 없는 숲에서 홀로 여정을 마칠 거라고도 생각했다.

그래도 숲을 기억하는 것은 옳았다.

추억속의 그들은 사랑스러웠고 행복했으니.

마지막 날이 오면 그것을 기억하고 눈을 감으리라 생각했다.

그랬는데…… 적어도 마음은 정리했다고 생각했는데, 지금 도저히 버틸 수가 없다. 이들이 고통 받는 동안 자신은 그러지 않았던 것을 용서할 수가 없었다. 무릎을 꿇고 목을 내밀고 말하고 싶다. 제발 나도 이런 고통을 당하게 해줘.

가시덩굴이 힘을 잃고 가늘어졌다. 괴물들이 팔과 이를 뻗어왔다. 그러나 니안느는 맞서 싸울 수가 없었다. 형제들의 육신이라 도저히 파괴할 수가 없다.

"니안!"

칼릭은 상황이 심상찮다는 것을 느꼈다. 급히 뱃전으로 달려갔다. 다니엘이 너 뭐 하려 하느냐고 외치는 소리가 들렸지만, 칼릭은 개의치 않고 전속력으로 달렸다. 난간을 밟고 뛰어내려, 맞은편 배에 늘어진 밧줄을 향해 몸을 날렸다. 파도가 크게 치며 배가 기울었다. 칼릭은 밧줄을 잡았지만, 배가 기우는 바람에 튕겨 나갔다.

"젠장, 이거!"

칼릭은 이를 악물며 손에 힘을 주었다. 비에 미끄러워져 제대로 잡기 힘들다. 칼릭은 단도를 뽑아 돛대에 박았다. 그러나 돛대가 기울었다. 한 번만 더 배가 흔들리면 돛대가 부러질 판이었다. 밑으로 인어들이 몰려왔다. 칼릭은 갑판을 보았다. 잘 조준해 떨어져야 한다. 실수하면 오늘 운 좋은 인어의 뱃속으로 들어간다.

그때 칼릭은 배 위로 올라온 메피스토를 발견했다. 어떻게 나온 건지 모르겠다. 메피스토는 배 끄트머리에 서 있다가, 갑자기 바다로 뛰어들었다.

"메피스토, 미쳐—!"

인어들이 메피스토를 향해 달려들었다. 수면이 하얗게 튀어 올랐다. 바다의 수면이 아래로 움푹 파였다. 치솟은 파도 아래로 시커멓게 몰려가는 인어들이 보였다.

바다 아래에서 붉은 별이 떠오르듯 선명한 핏빛의 빛이 빠르게 떠올랐다. 바다가 크게 부풀어 올랐다.

파아—!

수면 위로 거대한 날개가 펼쳐졌다. 바닷물이 산산이 비산했다. 거대한 날개가 둥글게 말려 대포알처럼 치솟아, 공중에서 활짝 펼쳐졌다. 하늘을 다 덮을 듯 거대하다.

칼릭은 보면서도 믿을 수가 없었다.

용이다.

정말, 정말 용이다.

갑판에 있던 선원과 용병들이 고함을 질렀다.

"용이다!"

"용, 용이야!"

용은 공중에서 빙글 돈 다음 칼릭을 향해 날아왔다. 칼릭은 팔을 놓았다. 용은 칼릭을 낚아채듯 날개로 받았다. 쇠처럼 단단한 피부가 등을 후려쳤다. 칼릭은 날개를 타고 미끄러져 머리에 매인 고삐를 잡았다.

용은 칼릭을 싣고 적선을 향해 돌진했다. 비가 폭포처럼 칼릭의 몸에 부딪혔다. 용은 바닥을 휩쓰는 듯 빠르게 착지했다. 괴물과 악령의 기사들이 몰려들자, 용은 머리를 바닥에 대고 불을 내뿜었다. 뜨거운 불길이 갑판을 휩쓸었다.

"가만, 메피스토!"

용은 칼릭을 향해 고개를 돌리고 으르렁거렸다.

"정말 메피스토였나?"

용이 눈을 가늘게 뜨며 머리의 뿔을 세웠다.

"기다려."

칼릭은 니안느를 향해 달려가 팔을 잡았다. 그리고 니안느의 앞에 있는 남자의 머리를 보았다.

"젠장."

보지 마.

칼릭은 니안느의 눈을 가리고 싶었다.

그런 눈으로 보지 마, 니안.

칼릭은 니안느의 볼에 차갑게 들러붙은 머리카락을 걷고 이마를 드러냈다. 이마의 각인이 빗속에서 희미하게 빛나고 있었다.

"정신 차려, 니안."

그러나 이걸 보고 제정신이면 그게 더 제정신이 아닌 것 같기는 했다. 흐렸던 니안느의 눈이 돌아왔다.

"칼릭스트 경……."

칼릭은 안도했다. 그만큼 화도 났다.

"젠장, 두 번 다시는 이러지 마. 심장 터져 죽는 줄 알았으니!"

니안느는 메피스토를 보았다. 눈이 마주친 메피스토는 온순하게 다가와 날개로 니안느를 덮었다. 비가 멈추며 용의 온기가 느껴졌다. 칼릭은 니안느의 머리를 안고 앞에 놓인 남자의 머리를 보았다. 보고만 있어도 같이 비참해지는 모습이었다.

"필람몬……."

니안느가 가느다랗게 말했다.

칼릭은 입술을 물었다.

필람몬은 스승이자 은인이며 그녀가 가장 그리워하던 이였다.

사랑하던 누군가를 잃고 그리워하는 감정이 어떠한지 알고 있다. 얼마나 아픈지, 얼마나 보고 싶은지. 그러나 그 누구도 이런 모습으로 돌아오는 것을 바라는 않을 것이다.

남자의 눈이 움직인다. 창백한 입술이 느릿느릿 움직였다.

데, 리…… 고 가.

칼릭의 가슴속에서 불길이 올라왔다.

이 남자, 지금 제정신으로 살아 있다.

본 적이 없는 남이지만 충격적이다.

상대를 이리 비참하게 만들 수는 없는 거다. 이 남자는 자비롭고 선량하기만 한 존재였을 텐데, 그런 자에게 무슨 짓을 한 건가.

데리고 가다오, 제발.

다시 남자의 입술이 말했다.

칼릭은 눈을 감았다. 흐르는 비가 이마와 볼을 차갑게 식혔다.

"메피스토!"

칼릭은 메피스토의 날개를 쳤다. 메피스토는 날개를 활짝 펼치고 양옆으로 다가오는 괴물들을 향해서 으르렁거렸다.

칼릭은 니안느를 잡으려다가, 니안느가 이상한 것을 알아챘다. 이마의 표식이 검게 물들고 있다. 볼과 목덜미로도 검은 깃털 무늬가 드러났다.

니안느의 눈에 가득한 것은 절망과 슬픔이 아닌 분노였다. 꽉 문 입술, 노려보는 두 눈동자, 그리고 떨리는 손에 분노가 들끓고 있었다. 이마의 각인은 더 검게 물들고, 깃털 무늬도 진해졌다.

"니안!"

못 하게 해.

등 뒤에서 필람몬의 목소리가 들렸다.

칼릭은 돌아보았다.

필람몬이 입술을 움직였다.

저주다. 희생. 슬픔……

그러니 못 하게 해.

저 아이를 살게 해.

"……!"

칼릭도 그 저주가 무엇인지 알고 있었다.

라크세니아 사람들로부터 종종 들어 안다.

강력한 절망과 분노에 휩싸인 자들은 숲으로 가 제물을 바치고 자신의 몸을 던진다고. 그런 희생을 치르면 엄청난 힘을 얻을 수 있다고.

온 세상을 불태울 소원이라도 이룰 수 있는 힘을 얻고.

……죽는다.

"니안, 기다려!"

칼릭은 니안느의 검게 물든 각인을 보며 다시 외쳤다.

"정신 차리라고!"

니안느의 눈이 칼릭을 향했다.

칼릭은 고개를 저었다.

"하지 마, 절대로 하지 마, 니안! 뭘 봤는지 알아. 네가 무슨 생각을 하는지, 얼마나 아픈지도. 그런데……."

칼릭은 니안느의 볼에 얹은 손에 힘을 주었다. 니안느의 눈이 커졌다.

"하지 마!"

칼릭은 니안느의 몸을 당겨, 메피스토 쪽으로 밀었다.

"메피스토!"

메피스토가 니안느의 몸을 안아 들고 날아올랐다.

칼릭은 돌아서며 검을 뽑아 들었다. 갑판에서 연기가 피어올랐다. 뒤엉킨 아이들의 머리와 몸이 빗속에서 식어갔다.

칼릭은 팔에 힘을 주었다.

이건, 지옥이다.

선량한 자들이 저주받아 비참하게 살아야 하는 지옥이다. 지옥 중에서도 가장 불합리한 지옥, 사악한 자가 만들고 선량한 자들이 고통 받는 지옥.

필람몬의 창백한 머리가 앞에 있다. 칼릭은 검을 세웠다. 그리고……
칼릭은 검을 필람몬의 이마에 박아 넣었다.

푹—

검이 정수리를 뚫고 나가며, 그 날에서 흰 빛이 번지기 시작했다.

필람몬의 눈에서 빛이 꺼진다.

"안식을."

칼릭은 검을 뽑았다. 검이 흰 빛으로 뒤덮이며 산산조각 났다. 빛의 파편이 사방으로 날아갔다.

"안식을!"

배를 뒤덮고 있던 악령들이 회색으로 변하고 재가 되어 흩어졌다. 검게 변색된 바닥과 너덜대는 돛, 부러진 돛대와 부서진 선체가 드러났다. 바닷물이 배를 향해 빠르게 밀려들어왔다. 인어들이 그 물을 타고 몰려왔다. 바닷물이 몸을 덮었다.

칼릭은 지친 숨을 토해내며 비가 쏟아지는 하늘을 보고, 다리를 휘감는 바닷물을 느꼈다. 배가 바다 아래로 가라앉는다. 몸은 금방 바다 아래로 가라앉았고, 어두운 하늘이 수면 너머로 보였다.

그때, 머리 위로 검은 그림자가 나타났다.

메피스토였다.

용은 수면을 뚫고 내려와, 가라앉아가는 칼릭을 향해 팔을 내밀었다. 칼릭이 팔을 뻗어 잡자, 메피스토는 온몸에 힘을 주더니, 위로 솟구쳐 올랐다. 바닷물이 단숨에 아래로 확 빠져나가며 둘의 몸이 허공으로 치솟았다. 메피스토는 하늘에서 빠르게 돌아, 날개와 뒷발에 매달린 인어들을 사방으로 퉁겨낸 다음 날개를 펼쳤다. 그리고 배를 향해 활강했다.

잦아드는 빗줄기가 몸을 적셨다. 몸이 낮아지며 갑판이 두 발에 닿았다. 갑판에 착지한 메피스토는 목을 내밀었다. 칼릭은 잡았던 고삐를 놓고 갑판으로 몸을 던졌다. 두 다리에 바닥이 닿자 안심이 되었다.

숨을 토해내며 고개를 든 칼릭은 그를 바라보는 두 눈과 마주했다.

"니안."

비탄에 흔들리나, 그래도 그가 기억하는 대로 맑은 그 눈이 그를 보고 있다.

칼릭은 눈물과 비에 젖은 볼을 어루만지며 안도했다.

안 했구나, 다행이다.

"칼릭스트."

니안느의 눈물이 떨어졌다. 칼릭은 자신이 할 수 있는 일이 얼마 없다는 것을 알고 있었다. 뭘 더하겠는가.

위로의 말도 엄두가 나지 않고, 괜찮을 거라는 말은 가당찮다.

칼릭은 두 팔을 벌려 니안느를 안아 당겼다. 온몸이 아파도 심장은 뜨겁게 고동친다.

또, 안도한다.

돌아온 곳에 이렇게 네가 남아 있다는 것에 안도한다. 내 말을 네가 들을 수 있어 다행이다.

"고마워."

남아줘서.

이 앞에 있어서.

처음 볼 때부터 너는 그랬다.

자신만만하게 말하는데, 그럼에도 불구하고 언제라도 무너질 것 같았지. 그래서 내 눈은 너를 놓치지 못했지. 내 눈을 적시고 들어오는 너의 슬픔과 과거가 무엇인지 그 실체를 몰라도……

아마도 너는 저 깊은 곳에서 들려오는 슬픔의 소리를 들었을지도 모르지.

네가 언제고 맞이해야 하는, 알고야 말게 될 이 운명을.

그래도…… 그래도 너는 내게 창백한 새벽에 깃드는 일출의 징조처럼 찬란했다.

네가 슬프다는 것을 알아도, 외롭다는 것을 알아도, 네가 짊어진 운명이 가혹하다는 것을 알아도, 그래도 순간순간 반짝이던 너는 나를 기쁘게 하고 즐겁게 했지.

난.

너와 함께 오랜만에 노랫소리를 들었고, 처음인 듯 웃었고, 그 속에서 이게 마지막이지 않기를 바라고 네가 준 기쁨에 취했다. 세상은 그대로인데, 심장이 새로 뛰고 피가 새로 돌고 내 눈으로 빛과 기쁨이 번지며 달라졌어.

너는 내게로 빛처럼 스며들었고, 네 모든 것이 내 것과 이어지며…… 이 서늘한 세상 속에서 오로지 네 슬픔만이 내 아픔이 된다.

그러니 언제고 네가 정오의 종달새처럼 사라져도, 너와 함께 해서 반짝이던 기억은 어두운 황야 위의 달처럼 빛날 테지.

"다행이야."

그리고……

언제고 너는 내 가슴을 찢어놓을 테고, 그때의 슬픔은 오로지 나만의 몫일 테지만……

어쩌겠어.

이미 시작되어 버린 것을.

너를 향해 심장이 뛰기 시작한 것을.

그것을 알아버린 것을. 이 반짝임, 이 설렘, 이 일렁임, 이 모든 것이 왜 일어나는지 알아버린 것을.

먼 훗날, 이 혼란과 당혹스러움과 두려움이 조금 가신 뒤에야 나는 말할 수 있겠지.

내 심장과 영혼이 바람이 머무는 숲처럼 흔들리며 깨어났다고.

그리고……

아마도 사랑을.

그 지독한 것을 시작했던 것 같다고.

제6장

새벽에 정하는 향방(向方)

갑판은 거의 절반이 함몰되어 사라지고 바닥은 치명적으로 금이 가 바닷물이 들어오고 있었다.

말들은 안테온의 마법 덕에 편안하게는 있었으나, 물이 새는 바람에 모두 갑판 위로 올라가야 했다. 가엾은 말들은 갑판 위에 목을 내놓고 늘어져 있는 메피스토를 보고 기겁해 울었다. 메피스토는 성가셔 하며 으르렁대다, 옆에 붙어 있는 겔리우스를 발견했다. 겔리우스는 턱을 괴고 메피스토를 우러러보는 중이었다. 배가 가라앉는지 계속 뜰 수는 있는지, 겔리우스는 조금도 관심도 없었다.

칼릭이 세레나가 무사한 것을 확인하고 나왔을 때는 딱 그 상황이었다. 칼릭을 본 메피스토는 코로 연기를 내뿜으며 반가워했다.

"니안은 어디 있지?"

메피스토는 뿔난 머리로 구석을 가리켰다. 칼릭은 녀석이 가리키는 무너진 갑판 모퉁이로 갔다.

니안느는 그 아래에서 물이 스며드는 구멍을 어떻게든 메워 보려고 노력하는 중이다. 그러나 배 자체가 크게 망가진 데다 선체도 꽤 기울어져 있어 아무 소용이 없었다.

니안느는 한숨을 내쉬며 고개를 젓히다, 자신을 지켜보는 칼릭을 발견했다.

"칼릭스트 경. 괜찮아요?"

"괜찮아. 다친 데도 없고."

칼릭은 무너진 갑판 모퉁이에 다리를 걸친 뒤, 가볍게 뛰어내렸다. 옆에서 머리를 빼고 지켜보던 메피스토는 안심하고 고개를 돌렸다.

"저 녀석이 용인 줄은 몰랐군."

"사라피온의 성에서 발견했어요. 성주의 창고에 있는 새장 안에 갇혀 있었던 아이를, 리카르를 구할 때 같이 구해왔죠. 그때는 백조만 했는데 십 년간 저만큼 컸네요."

"피 냄새 천지인 전쟁터에 용을 데리고 다녔나."

니안느는 정말 곤란했다는 듯 어깨를 늘어뜨렸다.

"힘들었죠. 피 냄새를 맡은 용은 항상 흥분하고 어린 용은 더 잘 흥분하니까. 그래서 리카르는 질색했어요. 언젠가는 말들이고 뭐고 다 구워먹고 말 거라면서요."

그때 바닥이 기우뚱 하더니, 물이 꿀렁 소리를 내며 솟아올랐다. 스며든 물이 니안느의 신발 끝을 적셨다.

니안느는 목을 쓸어 올리며 말했다.

"이러다 해안가에 도착할 무렵에는 돛대 꼭대기까지 잠겨 있겠어요."

"수리에 재능이 없으면 안테온에게 맡기지. 배나 항해에 대해 잘 알던데."

"그렇잖아도 조금 전 같이 궁리했는데, 안테온에게도 이 지경이 된 배를 구제할 마법은 없던데요. 도저히 안 되면 안테온과 함께 이 배를 해체해서 구명정을 만들기로 했어요. 상태를 보니, 당장 그 작업을 시작해야 할 것 같네요."

니안느는 입은 떠들어도 눈은 반쯤 시체 같았다. 모를 칼릭이 아니다.

"니안."

니안느는 힘없이 웃었다.

"알아요. 내가 참 바보 같아 보인다는 거. 아무 일도 없었던 듯 떠들어대는데, 지금 내가 얼마나 엉망인지는 칼릭스트 경이 더 잘 알겠죠."

칼릭은 아무 말 없이 니안느의 창백한 볼을 매만져 주었다. 그렇게 건네는 위로의 몸짓에 니안느는 감사했다.

"칼릭스트 경, 나는 숲의 왕이 리카르를 찾으라 했을 때, 아무것도 몰랐어요. 그냥 리카르만 찾으면 된다고 생각했지. 그래도 리카르를 구해 섬을 나왔을 때는 희망이 있었어요. 첫 번째는 잘 해냈으니, 두 번째 세 번째도 잘 할 거라고……. 그런데 세 번째는커녕 두 번째도 오지 않았죠. 그렇게 하루하루, 십 년이 다 되어가는 지금까지 아무것도 없는데……."

니안느는 고개를 떨어뜨렸다.

"그런데, 그런데 이제야 내가 왜 리카르를 찾아야 했던 건지 드디어 알게 되었네요."

차라리 모르는 것이 나을 방법으로.

"……마인베르크 때문이었겠지."

"네. 그 텔 판의 공작, 마인베르크. 리카르는 그 마인베르크와 대적할 자였으니. 그건 예언도 계시도 아닌 지침이자 해결책이었던 거예요. 미래를 알고 말한 게 아니었단 거죠."

니안느로서는 낙담할 수밖에 없는 결론이다. 무언가 일어날 거라 가르쳐 준 게 아니라 그것이 가장 옳은 방법이라 가르쳐 준 것이다. 해내는 것은 니안느의 몫이고, 성공 여부는 지나봐야 알 수 있다.

"그런데 그걸 알게 되니, 오히려 뭘 어떻게 해야 할지 모르겠어요. 복수를 하러 가야 하는 건지, 아니면 잊어야 하는 건지. 마인베르크를 갈가리 찢어도 내 형제들은 돌아오지 않아요. 고통이 없어지는 것도 아니고…… 그런데 그 남자를 놔둘 수도 없네요. 이런 짓을 하고도 벌을 받지 않는다면, 그건 옳지 않아요."

따뜻한 손이 니안느의 머리를 안았다. 니안느는 칼릭의 가슴에 기댔다. 칼릭은 니안느의 머리카락을 쓸어 올리고 머리를 매만져 주었다. 누군가가 옆에 있다고 생각하니, 마음 놓고 아파해도 된다 생각하니 니안느는 오히려 더 슬프고 아팠다.

"그래도 하루는 이렇게 있어도 되겠지요."

"며칠 더 해도 괜찮아. 슬픔을 다 씻어내는 데는 시간이 꽤 걸리니. 나머지는 그다음 생각하자. 나중에…… 조금은 힘이 나면, 그때에."

그 슬픔이 다 나가면 텅 비고 큰 게 남을 거라고, 니안느는 생각했다. 그래도 등을 어루만져 주는 손과 이 따스한 품이 감사했다.

"그때는 죽기 싫다는 마음밖에는 없었는데, 어제는 아무것도 생각나지 않았어요. 죽일 수만 있다면 뭐든 할 수 있다는 생각만 했지."

"그러지 마."

칼릭의 손이 목을 쓸어 내렸다.

"그러지 마. 다시는."

손이 멈추며 힘이 들어갔다. 니안느는 그 손 안에 자신의 몸을 맡겼다.

"이 세상에 똑바로 난 길만 있다면 얼마나 좋을까. 그런데 험하다 못해, 길이란 게 없을 때도 있지. 너무 캄캄한데 앞까지 막혔을 때도 있고. 그래도 말이야……."

칼릭의 턱이 부드럽게 니안느의 관자놀이를 문질렀다.

"그러지는 마, 니안."

다른 말은 없다. 그저, 그러지 마.

칼릭은 자신이 할 수 있는 말이 그 정도밖에 안 된다는 것을 알았다. 더 위로해 줄 수 없다. 그와 그녀가 나눈 것이 아직은 그 정도이니.

"……알았어요, 안 그럴게요."

그래서 니안느가 그리 답했을 때 마음속으로 잔잔한 물결이 이는 것 같았다. 그를 믿고 받아들여 준다는 것 하나에.

칼릭은 니안느의 눈에 맺힌 눈물을 닦아주었다. 엄지손가락이 눈가를 훔치고 젖은 볼과 이마를 어루만져 주자, 니안느는 그가 전하는 진심을 느낄 수 있었다. 즐거울 때는 누구나 같이 웃을 수 있지만, 슬프고 지쳤을 때 위로 받을 수 있게 해주는 것은 그 진심의 힘일 것이다.

그리 기대다, 니안느는 갑자기 눈을 크게 떴다.

"맞아요, 방법이……."

"응?"

"방법이 하나 있어요. 가라앉지 않을 방법이. 안 되면 어쩔 수 없이 해안가까지 헤엄쳐 가야 할 테지만, 기대는 해보고 싶네요."

"무슨 소리지."

니안느는 갑판 위로 올라간 뒤, 선수 쪽으로 달려갔다. 메피스토가 얼른 일어나 니안느에게 가려 했지만 그 무게 때문에 배가 기우뚱 기울었다. 선원이고 용병들이고 모두 반대편으로 몰려갔다.

"으아아아악!"

젤리우스가 팔을 휘저어대며 외쳤다.

"우, 움직이지 마! 용, 움직이지 마! 용, 가만!"

성가셔진 메피스토는 날아오르려고 몸을 움츠렸다. 배가 아예 옆으로 설 듯 기울자, 안테온이 달려가 그 꼬리를 잡았다.

"도마뱀, 너 미쳤냐! 여기서 도약하면 이 배는 단숨에 가라앉아! 니안느, 이 도마뱀 좀 어떻게 해봐! 니안느—!"

니안느는 팔을 저었다.

"가만! 메피! 앉아!"

메피스토는 귀와 뿔을 뒤로 눕히고 마지못해 앉았다. 눈은 납작한 반달이 되었다. 안테온이 안도하며 꼬리를 놓자, 메피스토는 저리 가라며 꼬리 끝으로 안테온의 허리를 툭툭 쳤다.

니안느는 선수로 달려가 끝에 섰다.

크고 흰 달이 바다 위에 떠 있었다. 달빛이 쏟아내는 흰 빛이 물 위로 길게 흘러내렸다. 니안느는 두 팔을 들었다. 가슴에 매달린 나뭇가지가 은으로 만든 듯 하얗게 빛나기 시작했다.

칼릭은 잠자코 그 모습을 지켜보았다. 메피스토가 고개를 들었다. 그 바람에 배가 흔들려 반대편에 앉았던 용병들은 비명을 지르며 더 뒤로 가야 했다. 칼릭이 그런 메피스토에게 말했다.

"메피, 네 덩치를 생각해서 조금 배려를 하는 게 어떨까."

메피스토는 꼬리를 저으려다, 배가 기우뚱하자 급히 빳빳하게 세웠다. 칼릭은 목을 두드려 주고는 니안느가 바라보는 앞바다를 보았다. 메피스토는 칼릭의 팔과 허리 사이로 머리를 슬쩍 들이밀었다. 배가 끼이이 소리를 내며 그쪽으로 기울었지만, 멀리서부터 고요한 노래가 들려오기 시작해 다들 더 신경 쓰지는 못했다. 선원들이 하나 둘 고개를 돌렸다.

"설마……."

선장이 중얼거렸다.

잠시 뒤, 흰 달빛이 흐르는 수면 위로 투명한 꼬리지느러미가 솟아올라 수면을 후려쳤다. 펑, 소리와 함께 물보라가 일었다.

겔리우스가 기겁해 말했다.

"헉, 저거 인어야?"

"아니, 다른 거다."

안테온이 말했다. 메피스토도 크릉— 하고 소리를 내더니 눈을 가늘게 떴다.

니안느는 손을 모아 입술에 댔다. 이마의 표식이 빛나기 시작하고, 머리카락 속으로 그 빛이 스며들어 머리카락 한 올 한 올이 구릿빛으로 물들었다.

달빛에 젖은 수면 위로, 사륵— 물 가르는 소리가 나며 꼬리지느러미가 보였다. 여럿이었다. 젖은 등과 꼬리가 달빛에 반짝였다. 선원 하나가 찬탄을 담아 말했다.

"바다의 아이들이다."

술렁임이 갑판 위로 퍼졌다.

선원들은 감격과 두려움으로 한숨을 내쉬었다. 그게 뭔지 모르는 겔리우스만 애처롭게 허공을 볼 뿐, 사람들의 눈은 모두 바다를 향했다. 바다에서 나온 젖은 얼굴들이 배를 바라보고 있었다. 흰 얼굴도 있고 검은 얼굴도 있었다. 흠뻑 젖은 긴 머리카락이 목덜미와 등에 들러붙어 있었다.

바다의 아이들.

숲의 신들이 마을에서 아이들을 데려간다면, 바다의 신은 바닷가와 섬에서 아이들을 데려간다. 아이들을 잃어버린 부모들은 바다가 아이들을 데려갔다고 한다. 바다의 왕은 데려간 아이들에게 바다의 숨을 불어 넣는다. 아이들은 인간의 다리를 잃고 꼬리를 얻어, 영원히 바다 속에서 살게 된다.

숲의 아이들은 숲과 계곡에, 대지의 아이들은 초원과 고원에, 강과 호수의 아이들은 그들의 신이 깃든 물속에, 그리고 바다의 아이들은 바다에 산다.

아이들 가운데 있던 여자가 바다를 가르며 헤엄쳐 왔다. 여자의 뒤로 뱀처럼 긴 꼬리가 이어졌다. 바다를 가를 때마다 수면 위로 그 꼬리가 구불구불 솟아올라 거품과 파도를 일으켰다.

배 앞까지 헤엄쳐 온 여자는 허리를 세우고 몸을 일으켰다. 상반신은 여자였지만 그 올리브 빛 피부의 허리 아래는 하늘색 비늘로 덮인 바다뱀이었다.

여자는 흠뻑 젖은 검은 머리카락에 휘감긴 몸을 세우고 그들을 바라보며 말했다.

[내 이름은 라다메이아.]

여자는 부드러운 목소리로 말했다.

[동방 숲의 아이여, 그대의 부름에 답하며 애도를 표한다. 죽음과 희생에 슬픔을, 그 잔혹함에 분노를, 또 홀로 살아남은 그대에게 위로를.]

여자가 팔을 들자, 기울어진 배가 천천히 바로 서기 시작했다.

망가진 배의 표면이 거미줄 같은 것으로 덮였다. 배 아래에서 물이 빠져가는 소리가 났다. 구멍은 하얀 막 같은 것으로 메워지고, 깨지고 망가진 부분도 붕대로 감기듯 같은 색 막으로 뒤덮였다.

[바다를 침범한 인간의 마(魔)를 우리를 대신해 싸워준 것에 감사한다. 그러니 그대들이 치를 값을 대신 치러주는 것이 우리의 의무.]

여자의 눈은 푸른빛으로 차가웠다. 얼굴에는 세상을 초월한 무심함이 담겨 있었으나, 상대가 무엇이든 공정한 자비를 베풀 수 있는 자의 얼굴이기도 했다.

[네 운명, 숲의 운명은 우리들도 두려운 것이다. 그러나…….]

곧 찢어져 너덜대던 돛의 구멍도 투명한 막으로 메워졌다. 선장이 모자를 벗었다. 다른 선원들 역시 그리했다.

라다메이아가 말했다.

[외로운 겨울이 있기에 봄은 따뜻한 법, 슬픔과 기쁨은 항상 그 짝이니. 무사하기를 빈다, 숲의 고아여. 방랑의 바람에 몸을 실어야 할 아이여. 그래도 길을 잃지 않기를.]

라다메이아의 긴 꼬리가 휘몰아치며 바다로 들어가 물속으로 가라앉았다.

[인간의 운명을 바꾸는 것은 결국 인간의 마음이니, 그것만은 하늘의 눈도 예측할 수 없다. 길을 잃지만 말거라.]

바다의 아이들도 그녀를 따라 수면 아래로 사라졌다. 달빛 아래 그들의 다채로운 색의 몸이 반짝였다. 푸른색, 녹색, 흰색, 붉은색…… 보석이 밤바다 아래로 가라앉는 것 같았다.

[무사한 항해를.]

마지막 목소리가 들리며 그들이 사라지자, 배가 움직이기 시작했다. 해류는 매끄럽게 배에게 길을 내주고, 돛은 팽팽하게 부풀어 올랐다.

니안느는 바람에 머리카락을 맡기며 두 팔로 자신의 몸을 감쌌다.

한때는 저들처럼 형제가 있었고, 섬길 신이 있었고, 등을 눕힐 고향이 있었다.

그러나 지금, 저들의 말대로 고아인 니안느는 방랑의 바람에 몸을 싣고 날개를 펼쳐야 한다. 둥지가 사라진 새는 날개를 접을 곳이 없다. 길고 긴 방랑의 비행을 해야 할 뿐.

어느덧 달빛이 흐려지며 그들이 향하는 동쪽 하늘이 파랗게 밝아오기 시작했다. 바다는 여전히 강철 빛이었지만 하늘 끝은 붉다.

수평선 위로 서로 마주 보는 거대한 곶이 떠오르기 시작했다. 그 양쪽의 곶에는 석상 두 개가 마주 보며 서 있었다. 북쪽 곶에 서 있는 것은 중무장한 천사의 석상이었다. 일곱 보좌의 천사 중 정의의 보좌이자 일곱 보좌 천사 중 최고위인 바로 그 유스티카엘이다. 그의 발 앞에 있는 검푸른 바위에는 검이 꽂혀 있었다. 격마전쟁이 끝난 이후 거의 이천 년 가까이 그곳에 박혀 있던 벨사키엘의 성검이었다.

그리고 이 유스티카엘이 노려보는 곳에는 이교도인 이그라탄의 도시, 텔론이 있다. 이그라탄이 권능을 내려 승천시킨 성자는 셋, 보는 자 우이데오스, 아는 자 스키티나, 생각하는 자 아마기놀이다. 그리고 저 도시 텔론은 바로 아는 자 스키티나에게 바쳐진 도시였다. 텔론 앞에는 지혜의 석판과 불타는 횃불을 든 스키티나의 청동상이 유스티카엘을 노려보고 있었다.

니안느는 이교도들이 세운 웅대한 두 도시를 보았다.

저리도 큰 도시를 세운 자들이 있는데, 저리도 많은 길과 도시, 마을이 있는데 나는 내 길이 어딘지 모르겠어요.

내게 주어진 것은 길 없는 황야.

할 수 있는 말이란 고작 작별 인사뿐.

안녕, 나의 숲. 나의 고향.

안녕, 필람몬.

❖

배는 서쪽 바다를 누비는 모든 배의 모항(母港)이라는 몬타에 드디어 접안했다. 용병들은 우르르 내려 땅에 입을 맞춰대며 좋아했다.

니안느는 선장에게 이 배가 절대 가라앉지 않을 거라 말했다. 바다의 왕이 축복해 주었으니 당연했다. 같이 듣던 안테온이 주먹을 쥐며 좋아했다. 니안느는 처음으로 그 배의 선주가 안테온이라는 것을 알게 되었다.

헤어져야 할 때가 되자 겔리우스는 말로 변한 메피스토를 끌어안고 아쉬워했다. 용과 만나는 게 꿈이어서 용병이 되었다는 말부터 시작해서, 이렇게 가까이에서 보게 되었는데 헤어지는 거냐, 나하고 가면 안 되냐, 너는 정말 아름다워, 등등.

어떻게 저 둘을 떼어놓아야 하나 고민하는 니안느에게 안테온이 왔다.

"마법사, 머물 곳 있나?"

"아직 안 정했어요."

"이 몬타에는 저 겔리우스의 형이 하는 여관이 있고, 저 건너편 텔론에는 내 누나가 하는 여관이 있지. 우리 누나 여관이 더 괜찮으니, 숙소가 필요하면 거기로 가. 자, 여기. 이걸 가지고 가라."

안테온은 청새치 문양이 근사하게 새겨진 동전을 내놓았다.

"텔론의 흰 수염고래 여관으로 가서 이걸 줘라. 그러면 누나가 알아서 재워줄 거다."

"안테온이 내게 신세 졌다는 증거 같은 건가요?"

"아니. 무척 비싼 동전이다. 누나 집 매상 좀 올려달라는 거야."

"……은혜를 경제적으로 갚네요."

"내 신조다. 잘 가라. 다음에는 좀 더 자세히 마법에 대해 이야기했으면 한다."

안테온은 인사를 하고 겔리우스를 잡아끌고 갔다.

한편, 다니엘은 이제 겔리우스는 물론이요 나머지 용병들과도 친해져 처음부터 일행인 듯 어울리고 있었다. 칼릭이 다니엘을 넘긴 뒤로 찾아가지 않았다는 것은 아무도 기억하지 못하고 있었다. 다니엘마저도 기억하지 못해, 그는 너무도 자연스럽게 그들을 따라갔다.

칼릭이 니안느에게 와서 물었다.

"이제 어디로 갈 생각이지, 니안?"

"정하진 않았어요. 며칠 기다렸다가 동쪽으로 갈지, 아니면…… 칼릭스트 경은요?"

"그럼, 하루 시간 있나."

"네?"

"고모님을 추기경저로 모셔다 드리고 추기경과 만난 뒤, 일이 끝나는 대로 판디온으로 출발할 예정이다. 떠나기 전에 하루 정도 여유가 있는데, 나를 위해 하루 정도 내줄 수 있느냔 건데."

"무슨 일인데요?"

칼릭은 빙그레 웃었다.

"특별히 원하는 건 없어. 그냥 오늘 오후부터 내일 아침까지만 같이 있어주면 되는 거야. 금방 결정하기 힘들면 우선 같이 가자. 가면서 천천히 정해."

유스티카엘에게 바쳐졌으나 우마니엘이 다스리는 도시 몬타는 크고 호화로운 도시였다. 나셀의 소박한 붉은 벽돌 건물들과는 격이 달랐다. 길은 모두 화강암 포석으로 단단히 포장되어 있고, 건물은 벽돌이나 목재 건물보다는 대리석을 입힌 건물이 더 많았다. 벽들은 모두 희고 깨끗했고, 성전과 관공서는 으리으리했다. 큰 길의 교차로나 건물 앞에는 대리석으로 만든 분수대와 석상들이 많이 세워져 있었다. 조각상은 그들의 신이나 성자가 아니라 엉덩이를 훤히 드러낸 이교의 요정들이었다.

추기경저에 도착하자, 칼릭은 문지기에게 신분을 밝혔다.

문지기가 놀라 들어간 뒤, 곧 자주색 옷을 입은 집사가 나와 그들을 맞이했다.

"어서 오십시오, 칼릭스트 경. 예하께서 기다리고 있었습니다."

"내가 오는 줄 알고 있었나."

"네, 그렇습니다. 가만, 이 여성분들은?"

"안에서 설명하지. 일단 들여보내라."

들어가 문이 닫히자, 세레나는 망토의 모자를 넘겨 머리카락과 얼굴을 드러냈다. 세레나가 누구인지 모르는 집사는 여자의 아름다움에 놀랐지만, 칼릭이 세레나라고 말하자 창백해졌다.

"그럼 델 판 공작의 부인이신……."

마인베르크는 지옥의 왕 비슷한 존재였고, 그 아내인 세레나는 근처도 가서는 안 되는 지옥의 왕비였다. 그런 세레나의 등장은 모두에게 불편하고 두려운 일이었다.

세레나가 말했다.

"칼릭스트, 내가 먼저 숙부님을 뵙고 싶구나. 숙부님과 단 둘이서 할 말이 있어서."

"그리하십시오."

세레나는 집사와 함께 자리를 떴고, 칼릭은 이야기를 마칠 때까지 기다리기로 했다.

"숙부님이라고요?"

세레나가 가자, 니안느는 칼릭에게 물었다.

"몬타 추기경이 할아버지의 동생이지. 공식 직함은 몬타의 블랑셰리온 추기경. 추기경 직은 원래 일곱 대가문에서만 나오도록 되어 있고, 각 추기경은 판디온 직속의 일곱 도시에 있으니 몬타 추기경은 항상 블랑셰리온 추기경이지."

"도시 입구에 서 있는 상은 우마니엘이 아니던데요?"

"그래. 유스티카엘이지. 우마니엘이 세운 도시의 추기경은 팔라투안 가고, 글로리엘이 세운 도시는 히페리움 가의 것. 즉, 그냥 가까운 곳에 추기경을 세운 것뿐이다. 별 의미는 없어."

칼릭은 돌 의자 중 하나를 두드렸다.

"조금 있다가 추기경을 만나러 갈 건데, 내가 이야기하는 동안 너는 여기서 기다려. 들어가 봤자 못생긴 사제와 재미없는 성기사, 노려보는 법밖에 모르는 수녀들밖에는 없으니."

니안느는 돌 벤치 등받이에 손을 얹고 주변을 둘러보았다. 벽으로 둘러싸인 넓은 뜰이었다. 왼쪽 벽에는 성전의 내용을 조각한 대리석 부조가, 그 위에는 포도덩굴을 조각한 궁륭 천장이, 앞에는 무표정한 성녀의 조각상이 서 있었다.

"기도하는 곳인가요?"

"기도는 더 답답하고 좁은 곳에서 해. 여기는 그냥 쉬라고 만들어진 곳이야. 자—"

칼릭이 의자에 기대 몸을 길게 늘어뜨리고 다리를 폈다. 그의 이마와 가슴에 환한 햇살이 비추었다. 얇고 검은 옷을 입고 있어 어깨와 몸의 윤곽이 드러났다. 각지고 넓은 어깨와 단단한 가슴, 길고 탄탄하게 뻗은 다리까지.

"이렇게 쉬면 돼."

칼릭은 눈을 감았다. 희미하고 따스한 광채가 그 주변에 머무는 것 같다.

칼릭이 눈을 뜨곤 웃음을 담은 눈으로 니안느를 보았다.

"쉬면서 생각해 보자. 무엇을 할지. 재미있는 연극을 보는 것도 좋고, 유명한 악사들을 초대하는 연회장들도 있지. 분수대 옆에서 노닥거려도 좋아."

"나, 따라간다고 말한 적 없는데요."

"더 생각하지 말고 따라와. 음침한 여관방으로 가서 혼자 울지는 말고. 즐겁게 돌아다니다 보면 울고 싶어질 때가 올 테지. 그때까지 있어 줄게.

그러니 같이 있자."

니안느는 말을 잃었다.

따스한 날개가 심장 아래에서 퍼덕이는 것 같았다. 목덜미와 귓가로 숨결 같은 설렘이 스치고, 이마와 볼에는 열기가 번진다. 하인이 나와, 칼릭에게 세레나와 추기경의 이야기가 끝났다고 알려왔다.

"다녀올게. 생각 잘 하고 있어."

칼릭은 니안느 쪽으로 몸을 숙였다. 뭐 하려는지 알아챈 니안느는 손가락을 들어 그를 막았다.

"왜."

"이러면 헷갈려서요."

"뭐가 헷갈린다는 건데."

"남자들이 이렇게 구는 데 익숙하지 못해서 그래요. 내가 좋아서 하는 건지 그냥 예의상 하는 건지 모른다고요. 내가 칼릭스트 경을 좋아하지 않았다면 들이대지 말라고 양쪽 귀를 붙들고 머리를 흔들었을 걸요."

칼릭이 정색했다.

"좋아하지 않았다면— 이라는 건 무슨 말이지?"

"나는 좋은 사람은 좋아하고, 칼릭스트 경은 좋은 사람이니까요."

"좋은 사람?"

"네, 다른 사람에게는 어떨지 모르지만, 칼릭스트 경은 나한테는 좋은 사람이에요. 나쁜 선택을 하고 싶어질 때면, 그 사람들을 생각해서라도 그러지 말자고 결심하게 만드는 사람."

칼릭의 눈이 가늘어진다. 기쁜 것 같진 않고, 좀 불만스러워 보인다. 토라진 듯 보이기도 하고.

"친구 같은 건가."

"음, 그래요. 친구."

"……그래?"

칼릭이 고개를 숙여 니안느의 볼에 입을 맞추었다. 화들짝 놀라 얼굴이 달아오르기 시작한 니안느에게 칼릭이 웃으며 말했다.

"다녀온다."

추기경의 접견실에는 발레리안 몬타 추기경— 즉, 칼릭의 작은 할아버지가 칼릭을 맞이했다.

"어서 와라, 칼릭스트."

"기다리고 계셨다고 들었습니다만."

"그래, 소식을 전해온 사람이 있었다. 또—"

발레리안은 세레나를 보았다. 이야기를 마친 세레나는 차분하게 앉아 있었다.

"일단 세레나, 네 일부터 처리해야 할 것 같구나. 수녀원을 바란다고?"

"네. 이혼하려면 반드시 필요한 절차지요. 마인베르크와 저 사이에는 아이도 없으니, 별거만으로도 충분할 거예요."

"수녀원에서 어쩔 생각이냐."

"수녀가 될 수도 있고, 지참금이 있다면 새 남편을 찾을 수도 있겠지요. 아직은 정한 바가 없으니, 그때 가서 결정하겠어요."

"그럼 오펠리아 수녀와 함께 가라. 네가 머물 방을 준비해 줄 거다."

"감사합니다."

세레나는 우아한 몸짓으로 일어나 밖으로 나갔다. 대기하고 있던 수녀가 데리고 갔다.

문이 닫히자, 발레리안이 한숨을 내쉬며 말했다.

"이제는 숨을 좀 쉴 것 같구나. 예상치도 못했다. 세레나가 도망 나오다니."

"저도 마찬가지입니다."

"오베른은 대체 무슨 생각으로 세레나와 마인베르크를 결혼시켰는지 아직도 이해가 되지 않는구나. 안전하고 조용한 집안은 넘쳤을 텐데, 왜 그리 문제 많은 곳으로 보낸 건지."

"그 대가는 충분히 치렀다고 봅니다."

"그렇긴 하지. 편지는 받았다. 마인베르크를 고발하겠다고?"

"네."

"그런데 네가 여기로 오는 동안 사정이 변했단다, 칼릭스트. 지금 네 아버지가 교황청으로 직접 향하고 있고, 그곳에서 마인베르크를 고발할 거다. 즉, 이제 네가 갈 필요가 없어졌다."

"아버지가요?"

"그래."

조금도 예상하지 못한 상황이라, 칼릭은 아버지가 왜 그런 일을 벌인 건지 감도 잡히지 않았다.

아버지는 리카르 아래의 연금 상태로 두고 왔다. 아버지 목숨을 지키려면 그것이 최선이었다. 그리해 두면 리카르는 아버지가 아무리 미워도 체면상 목숨은 지켜야 하니. 그러나 아버지가 성에서 나온다면, 세레나까지 도망쳤으니 이제 아버지의 목숨은 마인베르크의 화풀이란 이유만으로도 간단하게 없어질 것이 되고 말았다. 게다가 마인베르크는 화풀이를 게을리하는 성격이 아니다.

"리카르 볼프람은 뭐 하고 있습니까."

"프레데릭 황자가 바르가스로 갔고, 그곳에서 합류할 예정이라고 하구나."

칼릭은 눈살을 찌푸렸다.

"블랑셰리온은 버려두고, 말입니까?"

"군대의 상당수는 남겨두었다. 버린 건 아니야."

"멍청한—"

칼릭의 얼굴이 차가운 경멸이 보였다.

"칼릭스트—"

"지휘관인 리카르 볼프람이 없다면, 그 군대는 그곳에서 숙식하는 짐덩어리에 불과합니다. 언제 마인베르크가 기어들지 모르는 상황인데, 프레데릭 황자는 군대의 가장 중요한 총지휘관을 바르가스로 오라 한 겁니까?"

"하지만 리카르에게 명령을 내리는 건 황자의 권한이 아니냐."

"권한은 권한이고, 오판은 오판입니다."

지난번에 만난 마인베르크는 군사를 국경 근방에 주둔시켰다고 했다. 마인베르크는 바르가스로 가 준비된 군대와 맞서는 게 아니라, 블랑셰리온에 멍하니 앉아 있을 리카르의 군대를 칠 것이다. 지휘관의 부재는 마인베르크 귀에 세 번은 들어갔을 테고.

이, 빌어먹을.

왜 첫 번째 황자이면서도 아직도 태자가 되지 못한 건지 알겠다. 판단력이 저따위라 그런 것이다.

"어쩔 거냐."

"교황청에서 할 일이 없으니 블랑셰리온으로 돌아가야지요. 지금 당장."

지휘관 없이 내버려 둔 군대를 마인베르크가 치면 기껏 성과 영지를 바쳐가며 끌어들인 군대가 녹아 사라진다. 아무리 리카르 볼프람이라도 군대가 없으면 없는 거다. 지휘관 없는 군대는 쓸모없고, 군대 없는 지휘관은 더 쓸모없다. 그 상황을 막기 위해, 어떻게든 그 군대의 지휘권을 받아내야 한다. 모든 수단을 총동원해서.

"진짜 하고 싶으신 말씀이 뭡니까. 하십시오. 빨리 듣고 가야 할 테니."

"무, 무슨 말이냐."

"집사는 저를 기다리고 있었고, 평소라면 탄원자나 신도로 북적대는 관저가 텅 비어 있지요. 제가 뭐라고 생각해야 합니까. 일이 있으면 어서 말씀하십시오. 예하가 이렇게 조심하시는 분이 아니란 거, 저도 알고 있습니다."

"그게 말이다."

추기경은 당황하기 시작했다.

"아버지께서 자리를 비운 지금, 블랑셰리온 가의 실질적 당주는 저입니다. 가문의 일이라면, 그게 무엇이든 가장 먼저 제게 말씀하셔야 합니다. 그러니 말씀하십시오."

그때 칼릭의 등 뒤에서 굵은 목소리가 들렸다.

"상황을 보니 내가 직접 말하는 게 낫겠군, 발레리안 추기경."

등 뒤의 장막이 걷혔다. 발소리가 들렸다.

칼릭은 턱에 힘이 들어가는 것을 느꼈다. 어깨와 손에도 쇠가 박히듯 힘이 들어가 팽팽하게 당겨온다. 이럴 줄은 알았지만 이 정도일 줄은 몰랐던 감정이 느껴진다. 뜨거운 발톱이 목과 심장을 쥐는 기분이다.

칼릭은 천천히 돌아보았다. 접견실을 가린 장막이 걷혀 있고, 그 앞에 키 큰 남자가 서 있었다.

"다시 만나게 되어 반갑구나, 칼릭스트."

칼릭은 앉은 채로 그를 올려다보았다.

"저 역시 그렇군요, 리카르 볼프람 공."

리카르의 시선이 칼릭을 향했다. 점령자와 점령당한 성주의 대리인으로 만났지만, 칼릭은 당시 이 남자가 반쯤 정신이 나가 있었다는 것을 알고 있었다. 리카르 볼프람과 칼릭스트 블랑셰리온이 멀쩡한 정신으로 대면하는 자리는 이게 처음이다.

그날 봤을 때보다는 훨씬 깔끔하다. 머리도 다듬고 수염도 밀어, 번듯한 이목구비가 돋보이며 젊어 보인다.

리카르가 먼저 말했다.

"우리 둘이서 이야기하고 싶소, 추기경."

"알겠소. 이야기 하시오."

추기경은 순순히 일어나 나갔다. 둘만 남자, 리카르는 칼릭 쪽으로 다가와 창가에 섰다. 그러나 앉지는 않았다. 리카르는 칼릭을 내려다보는 위치에 멈춘 채 바라만 보았다.

"네 의견이 뭔지는 잘 들었다. 바르가스로 내가 가는 게 달갑지 않은 듯 보이는구나."

"언제 마인베르크가 올지 모르는 상황이니까요."

"나도 그 사실을 안 지 얼마 되지는 않았다. 그리고 이리 갑자기 만나게 되어 꽤 당혹스러울 거란 건 안다. 하지만 상황이 상황이라. 그래도 네가 빨리 도착해 다행이구나."

"무슨 일입니까."

"지금 블랑셰리온 가의 군사가 얼마 정도 되느냐."

"쓸 만한 병사와 기사로만 세자면 그리 많지 않습니다. 최대 오천 정도. 단, 소작농이나 농민은 추가로 징병하실 수 없습니다."

"그럼 내게 항복했던 블랑셰리온 가의 병사와 기사들을 모두 돌려주겠다. 합치면 팔천까지는 볼 수 있겠지."

"바르가스로 가실 거면, 제게 지휘권을 모두 주셔야 합니다."

리카르의 눈에 어디까지 해야 할지 계산하는 빛이 어렸다. 쉽게 결정을 못 내린다는 건, 이 남자가 칼릭을 믿지 못한다는 의미이기도 했다.

"공에게 제가 원수의 아들이란 건 알지만, 그 일이 아버지의 감정적인

처사였다는 것도 헤아려 주시길 바랍니다."

"감정적이든 이성적이든, 그가 내 인생을 망쳤다는 것은 분명하다! 내가 살아남은 것은 그저 내 운이었을 뿐, 나는 네 아버지가 한 일을 잊은 적도, 용서한 적도 없다."

불길이 리카르의 눈언저리를 긁고 지나갔지만, 리카르는 이내 수치심을 보였다. 젊은, 그것도 아들 연배의 청년을 상대로 감정을 드러내는 것은 체면을 깎고 약점을 드러내는 경솔한 일이었다.

"볼프람 공, 저는 제 아버지에 대한 용서를 구하는 것이 아닙니다. 용서받을 수 있는 일이 아니란 건, 저도 압니다. 제 말은 아버지는 그 일이 실수이자 잘못이란 것을 알고 계시니, 두 번 다시 그러지는 않으실 거란 의미입니다. 앞으로 아버지가 하실 선택은 모두 공의 입장을 위한 것이 될 것이며, 저 역시 그럴 겁니다."

칼릭은 차분하게 말했다.

"그러니 제대로 말씀해 주십시오. 제대로 알아야 저도 제대로 할 수 있습니다."

"원하는 건 뭐냐."

"지휘권을 바랍니다. 공께서 바스가스로 가고, 공이 이끌고 왔던 군사를 블랑셰리온에 남길 거라면 말입니다."

"나는 네가 마인베르크 휘하에 있었다는 것을 알고 있다."

"숨긴 적은 없습니다. 말할 필요도 없었을 뿐. 어차피 마인베르크는 가까이 해서는 안 되는 자입니다."

칼릭은 생각하고 싶지 않은 기억들이 떠올랐다.

나셀에서 마인베르크와 만났을 때의 일도. 또, 어제 겪었던 그 바다 위에서의 일 역시.

"너는 그런 마인베르크를 위해 싸우고 점령했지. 사실상의 후계자로 지내오면서 말이다."

"지난 일입니다. 그를 위해 싸울 일은 더 이상 없습니다."

"그의 적은 가능하다는 건가."

칼릭은 망설임 없이 답했다.

"당연히."

"사실, 얼마 전 습격을 받았다. 기습에 대비를 하고 있었기에 피해 자체는 크지 않았지만, 기괴하고 강력했지. 바르가스로 가는 데 동의한 것도 그 탓이 크다."

"어떠했습니까."

"전마들, 그러나 그 규모가 엄청났다. 또, 괴이한 것들도 있었지. 그들과 함께 온 것들은 나도 처음 본다. 기사들처럼 보이지만 그 갑옷 안은 검은 연기와 살덩어리로 꽉 차 있더군."

묘사력 참, 하는 생각이 드는 칼릭이었다.

"네가 마인베르크 아래에 있을 때도 그런 기사들이 있었나?"

"있었습니다."

리카르의 얼굴이 굳었다. 생각보다 어려운 상대라는 것이 확인되자 드는 긴장감일 것이다.

"그런 힘으로 라크세니아 지역을 점령한 건가."

"전적으로 의지한 건 아닙니다. 하지만 결정적인 도움이 되었다는 건 분명합니다. 저도 그들과 같이 싸운 적은 없습니다. 제가 그들과 같은 전장에 선 건…… 그들이 제 적일 때였지요."

"무슨 일이었던 거지."

"그건 말씀드리기 곤란합니다. 하지만 마인베르크의 적이 되는 방법은 참 간단하다는 것만 말씀드리지요."

"그들과 싸워 이긴 거냐."

"이기긴 했습니다만, 저 역시 거의 죽을 뻔했으니 자랑할 처지는 못 됩니다."

"그러냐."

리카르의 눈은 복잡해 보였다.

어차피 마인베르크를 쉽게 이길 수 있을 거라 생각지는 않았을 테지만, 이런 존재라는 건 그의 예상 밖이다.

"마인베르크는 대체 언제부터 그런 것을 알게 된 건지, 아는 바가 있느냐."

"델 판은 라크세니아입니다. 누가 무슨 마법을 쓸 수 있는지, 본인만이 아는 곳입니다. 때론 본인조차도 모르고요. 주술사, 소환사, 마법사, 영술사, 온갖 종류의 마법이 있습니다. 그리고 델 판은…… 데본, 바로 그 고대신의 후손이 연 가문입니다."

"사라피온 같은?"

"비슷합니다. 그러나 사라피온 대공의 가문을 열어 준 신 이카는 데본에 비하면 잡귀에 불과할 겁니다. 데본은 더 강력하고 오래된, 동방 숲의 신에 버금가는 신이었습니다. 우마니엘과 벨사키엘이 직접 상대해야 했던 신이었으니, 결코 약하지 않습니다."

마인베르크는 동방 숲의 왕— 가장 강력한 고대신 중 하나를 쳤다. 그만큼 강하다.

대체 어떻게.

강해서 그런 것도 있지만, 기회가 있었다고 보는 편이 낫다. 누가 어떻게 구해 온 기회인지에 대한 생각은 좀 더 해야 할 테지만, 결론은 나와 있다.

대충 정황을 정리해 보자면, 마인베르크는 동방 숲의 왕을 죽인 뒤 그의 힘을 빼앗은 것 같다.

숲의 왕도 그냥 죽어주지만은 않아, 살아남은 니안느의 손을 빌려 이 남자 리카르 볼프람을 불러들였다. 니안느는 앞날을 모르는 상태에서 이 남자를 도왔으니, 이 남자도 마인베르크와 대적할 수 있는 힘과 세력을 얻어 돌아왔다. 니안느가 이 남자와 보낸 십 년은 분명 가치가 있었다.

니안느의 말대로, 숲의 왕이 리카르를 찾아가라 한 것은 그저 막연한 예언이 아니라 꽤 성공적으로 진행된 전략인 셈이다.

"하실 말씀은 다 하신 겁니까."

"아, 하나 더 있다. 개인적으로 물어볼 게 있다."

"말씀하십시오."

"일곱 보좌의 권능이란 것, 대체 어느 조건에서 쓸 수 있는 거냐."

"대가문 집안에서 태어난 자라면 누구나 다 쓸 수는 있습니다. 강한가 약한가, 의지가 있느냐 없느냐의 문제지요. 성흔은 그 힘을 제대로 다룰 수 있는 의지와 자질이 있을 때 나타나는 겁니다. 둘 중 하나만 없어도 안 됩니다. 신의 권능은 인간의 몸에 어마어마한 고통을 주니까요. 버틸 자질과 의지는 반드시 있어야 합니다."

"그 힘이 사람의 몸을 많이 축낸다는 건 알고 있다. 어느 정도지?"

"상투아리움에서 성기사들을 보지 않으셨습니까?"

"그들은 세속 군주나 군사들과 말을 섞지 않는다. 귀족이든 뭐든, 그들 앞에서는 공평하게 그냥 인간들이지. 알려다오."

칼릭은 잠시 아무 말도 없었다. 내리 깔린 두 눈 아래로 그림자가 번졌다.

"……온몸의 살에 불길이 들어가 타들어가는 듯합니다. 특히나 우마니엘의 권능인 예지와 치유는 그중에서도 가장 큰 고통을 수반합니다."

"인간에게 가장 필요한 권능인데도?"

"인간이 신을 믿는 근본적인 이유는 불안과 고통 때문입니다. 치료와 예언은 그것을 가장 직접적으로 해결해 주는 권능이니, 그 대가가 결코 작을 리 없지요."

"그럼, 너도 쓸 수 있는 건가."

"애쓴다면 가능은 하겠지요. 그러나 애써서라도 얻고 싶은 능력은 아닙니다."

"그러면, 정해진 힘만 쓰는 거냐. 그러니까, 너희 집안은 우마니엘의 권능만 빌릴 수 있고, 또 히페리움 가문은 유스티카엘만 쓸 수 있고— 이런 식으로."

"단 한 가지 예외가 있습니다. 모든 집안이 쓸 수 있는 권능이."

"뭐지."

칼릭은 가라앉은 목소리로 말했다.

"대천사 옵티무스 벨사키엘. 신의 적을 섬멸하는 빛 중의 빛. 모든 것 중의 단 하나. 즉, 그의 힘은 모든 것에 근거하기에 모든 것을 쓸 수 있고 모든 이가 쓸 수도 있습니다. 단, 문제는 있지요."

"뭐가 문제지?"

"그 힘을 쓸 때의 고통은 우마니엘의 권능을 빌릴 때보다 더합니다. 극악의, 정말 극악의 고통이 옵니다. 온몸의 껍질을 하나씩 벗겨내는 고통이고, 그 위에 소금을 뿌리고 불로 지지는 것 같은 고통이기도 합니다. 또 실질적인 상처도 냅니다. 몸 자체가 버티질 못하는 거죠. 그러다 보니 한 번 쓰면 대부분은 그냥 죽습니다."

리카르는 질렸다는 표정이었다.

"그 정도라니, 상상도 안 되는구나."

비밀은 아니지만 구태여 알려 하는 사람도 없기에 알려지지 않은 것이다. 또, 아는 사람도 어지간하면 절대 쓰지 말라는 말을 듣는다.

그러니까, 어지간하면.

"그런데 그건 왜 물어보시는 겁니까, 볼프람 공."

"알아볼 게 있어서. 도움이 되었다."

"마인베르크의 일 때문이시라면, 니안느에게 물어보시면 될 겁니다. 누구보다 잘 알 테니."

니안느가 할 말도 많을 것이다. 두 사람이 어느 정도까지 비밀을 공유하는지는 모르지만, 배에서 있었던 일들이 무엇인 지 다 이야기할 것 같다.

불쾌함과 경계심이 동시에 찾아온다. 니안느와 이 남자가 만나게 하고 싶지 않으니. 참을 수 없게 감정적이 된다.

그런데, 리카르의 얼굴이 어두워졌다. 너무 눈에 띄어서 모를 수가 없었다.

"볼프람 공?"

"아, 그러니까…… 그 아이의 도움은 이제 받을 수 없다."

"공의 마법사가 아닙니까."

"우선, 그 아이는 내 마법사가 아니다. 그 아이에게…… 사정이 생겼다. 이제 그 아이의 도움이나 조언은 받을 수 없고, 이에 대해서는 자세히 묻지는 마라."

칼릭은 니안느가 리카르에 대해 말할 때 머뭇댔다는 데 생각이 미쳤다. 그때는 리카르와 칼릭 사이가 불편한 사이라 저러는 거라 생각했다.

"이제 더 할 말은 없구나. 서둘러라. 돌아가, 블랑셰리온에 있는 내 지휘관과 협조해 군대를……."

"……고모님은 안 만나보실 겁니까."

갑작스레 묻자, 리카르는 아주 당황했다.

칼릭은 이 남자가 칼릭이 이 질문을 할 때를 준비하고 있었던 것을 알고 있었다. 그래서 한동안 아무 말도 하지 않은 것이다. 이렇게 느닷없이 물어보는 편이 나으니.

"여기 올 때까지만 해도 두 분이 만나지 않기를 바랐습니다. 하지만 이리되었으니 물어봐야 도리겠지요. 공이 저곳에 가만히 앉아 계시는 동안 고모님은 이 자리에 있었으니. 만나보실 겁니까?"

"아니."

리카르는 고개를 저었다.

"아니다."

"전할 말이 없으시면—"

"행복하기를 빈다고."

칼릭은 리카르를 올려다보았다. 리카르는 칼릭의 시선을 피했다.

"그렇다고 전해줘라."

"그뿐입니까."

"그리고…… 말해다오. 그 지옥 같은 날들 속에 분노는 얼마 지나지도 않아 잊히며 힘을 잃었지만, 그래도 날 버티게 해주었던 것은 그녀에 대한 기억이었노라고."

"그렇다면 왜 만나지 않으시려는 겁니까."

"변했다, 너무 많이. 돌이킬 수 없게."

리카르는 어두운 얼굴로 고개를 저었다.

그런 리카르를 보는 칼릭은 무심코 지나쳤던 것들을 돌이켜 생각해야 했다.

그렌 성으로 이 남자가 온 날, 그는 거의 반나절 동안 처박혀 있었다. 니안느가 쓰러져 있던 동안 그 옆을 내내 지키고 있었다. 한숨도 자지 않고 한시도 떠나지 않고.

칼릭은 이 남자 본인조차도 인정하길 머뭇대는 진심이 무엇인지 알 수 있었다.

일방이 아니구나.

그저 시선의 방향이 어긋나 있었을 뿐.

니안, 너는 이것을 당연히 몰랐겠지.

알았다면 그런 쓸쓸한 표정 같은 건 짓지 않았을 테니.

또, 이 남자를 떠나지도 않았을 테지.

조금 전까지 느끼던 불편함은 이제 불쾌함이 되고 있었다. 열기가 번져 온다. 통제 되지 않는 감정을 느껴본 적이 없는 칼릭에게 익숙한 상황이 아니었다.

"알겠습니다. 그렇게 전하지요."

❖

여우.

니안느는 성녀상의 얼굴을 물끄러미 보며 생각했다.

그 남자는 요망한 여우같을 때도 있고 집요한 검은 표범 같을 때도 있다. 그러나 앞의 성녀상은 그런 니안느의 고민에 관심도 없어 보인다. 이 교신들은 생동감 넘치고 육감적이게 잘만 만들면서 자기들 종교의 성자들을 만들 때는 의욕이 없었던 것 같다. 왜 이리 세상이 싫다는 표정으로 서 있는지.

그때 세레나가 비쩍 마른 수녀와 함께 나왔다.

세레나는 옆의 수녀에게 잠시 기다리라 한 뒤에 다가왔다.

"도움, 고마웠어."

세레나가 말했다.

"나 말고, 리카르의 일 말이야."

니안느는 놀란 얼굴로 세레나를 보았다. 니안느는 세레나에게 자신이 누구인지 말한 적이 없다.

"칼릭스트 경이 말해줬나요?"

"아니. 우연히 알게 되었어. 언제 말해야 할지 몰라 가만히 있었을 뿐이지."

혹시 칼릭과 이야기하는 것을 듣고 알게 된 걸까.

니안느는 제발 그것만은 아니길 빌었다. 다른 사람도 아닌, 세레나에게 감정을 들키는 건 싫었다. 차라리 진행 중인 감정이었다면 적대감이라도 있을 것을, 이제는 마무리하고 지워 버리고 싶은 감정이니 더더욱 싫다.

"리카르를 구한 건 어쩌다 그리된 거예요. 고마워하지 않아도 되요."

"그래도 그 사람의 운명을 구해줬지. 그에 감사하지 않을 수 없잖니. 그는 내게 소중한 사람이니까."

소중한—

니안느는 세레나의 얼굴을 보고 싶은 충동을 간신히 눌렀다.

다행인 것은, 각오했던 것만큼 속이 쓰리지도 아프지도 않다는 것이다. 세레나가 도움을 청할 때 잠시나마 머뭇거렸던 것이 미안할 뿐이다.

세레나의 녹색 눈이 그런 니안느를 살폈다. 니안느는 더 창피해서 고개를 돌렸다.

세레나가 말했다.

"앞으로 조심하렴. 마인베르크는 쉽게 포기하는 사람도 아니거니와, 모든 일의 우선순위가 그 자신의 기분과 취향이거든."

"감사해요. 주의할게요."

"그리고 이건 내 보답이니 받아."

세레나는 반지를 내밀었다. 안에 글자가 새겨진 굵은 금반지였다.

"내 결혼반지야. 나는 마인베르크와 헤어지고 싶고, 그런 내게 있어 가장 필요 없는 것이 이 반지인 셈이지. 그래도 제법 값진 거니, 적당한 가격에 얼른 팔아 치워 버려."

니안느는 피식, 웃음이 나왔다.

"네, 꼭 그렇게 할게요."

"그렇다고 푼돈에 팔아 치우지는 마. 아까우니."

세레나도 웃었다. 칼릭과 정말 닮은 미소였다. 고모와 조카 사이인데도, 세레나가 굉장히 젊어보여서 둘은 남매지간으로 보였다.

"무사히 잘 가려무나."

"부인도 행운을 빌게요."

등 뒤에서 수녀가 계속 눈치를 주자, 세레나는 수녀에게로 돌아갔다. 수녀는 세레나와 함께 안으로 들어갔다.

니안느는 반지를 다시 들여다보았다. 금덩어리 하나가 들어간 듯 정말 굵고 무거웠다. 안에는 델 판의 마인베르크와 블랑셰리온의 세레나라고 적혀 있었다. 난처한 물건을 받아버렸다는 생각은 들었지만, 어디 치워 버리거나 버릴 수도 없는 물건이다. 나가자마자 파는 것이 최선이겠다. 니안느는 품 안의 주머니에 반지를 넣었다. 반지의 서늘하고 묵직한 느낌이 옷자락 너머로 느껴졌다.

순간 니안느는 갑작스러운 현기증을 느꼈다.

세상이 아래에서 위로 뒤집히는 것 같고, 등이 무거워지고 손이 굳었다.

"아……."

가슴이 답답해졌다. 기절할 것만 같았다.

니안느는 가슴을 잡으며 몸에 힘을 주었지만 아무 소용없었다. 몸이 돌이 된 듯 꿈쩍도 하지 않았다.

어디가 아픈 걸까. 니안느는 고통에 숨을 몰아쉬다, 주변이 변하는 것을 느끼고 고개를 들었다.

화창하던 하늘이 검게 물들기 시작했다. 뜰이 차가운 바닥으로 변했다. 니안느가 서 있는 곳에 이상한 세상을 쏟아 부은 것 같았다.

이게 뭐지.

기절해 꿈을 꾸는 게 아니라면, 이건 누군가의 술수다. 이동의 마법은 아니다. 징조가 달랐다. 의식을 통해 직접 들어오는 것, 즉 더 위험한 마법이었다. 실체도 알 수 없고 원인도 경로도 알 수 없는 경우가 많아 대응을 할 수가 없으니까.

잠시 뒤, 니안느는 낯선 곳을 보고 있었다.

굵은 기둥이 세워진 넓은 공간에, 바닥은 흑암으로 되어 검고 단단했다. 사방에서 역한 비린내가 감돌았다. 그리고 바로 그곳에 호리호리한 남자가 앉아 있었다.

"마인베르크?"

니안느는 가슴속으로 얼음처럼 차가운 기운이 흘러드는 것을 느꼈다.

마인베르크의 입술 끝이 올라갔다.

[그런 표정 짓지 마, 빨간 생쥐 꼬마. 팔딱대고 으르렁대고 찍찍대도 소용없을 거야. 너는 내 거니까.]

니안느는 분노가 끓어올랐다.

그럴 이유가 너무 많아, 그냥 분노하는 것만도 모자랐다. 터질 것만 같았다.

이 자가 숲을 파괴하고, 스승님과 아이들을 끌고 갔다. 차라리 그냥 죽이지, 싶을 정도의 치욕과 고통을 줬다. 그것도 끝도 없는!

니안느는 칼릭에게 숲의 왕이 원하는 것이 복수인지 아닌지 모르겠다 말했던 자신을 후회했다. 이 남자가 살아 있다는 사실 자체가 부조리해 보였다. 이 남자가 살아 있는 세상이 증오스러웠다.

마인베르크가 비웃었다.

[저 조그만 이를 드러내는 것 좀 보게. 마법사, 나는 네 주인이야. 네 심장을 건 맹세가 네 왕의 것인 한. 왜냐면 말이야, 네 왕이 내 것이니까 말이야.]

그러며 그는 두 팔을 벌렸다.

[숲의 마법사인 네게 있어, 숲의 왕은 신이었고 유일한 절대자였을 테지. 그런데 말이야, 이거 어쩌나. 나는 그 신을 죽였어. 아주 쉽더군. 슥, 하고 찌르기만 하면 되었으니.]

"왜……."

간신히 말했다.

"왜 그랬어—!"

[그야, 할 수 있어서.]

마인베르크는 큭큭 웃었다.

[강하다는 건 뭘까. 빼앗을 수 있으며 군림할 수 있고, 그것을 할지 말지 마음대로 고를 수 있다는 거야. 숲의 왕은 수천 년간 내 영지 위에 있었어. 왕보다 더한 왕이었어. 사람들은 동방 숲의 왕을 위해 제물을 바치고 기도를 하지. 영주의 칼날보다 숲의 나뭇가지를 꺾는 것을 더 무서워했어. 그래서 나는 그러지 않기로 했어.]

마인베르크는 천천히 일어났다. 거대한 뱀이 일어나는 것 같았다.

[그리고.]

마인베르크가 말했다.

[할 수 있다 생각했고, 이렇게 성공했지. 아주 시원하게 말이야. 내 선조가 왜 그렇게 숲의 왕에게 벌벌 기었는지 한심할 정도로 말이지.]

불길한 그림자가 니안느의 얼굴 위로 드리워졌다. 니안느는 바라만 보아야 했다.

[그리고 그날 이후, 그의 숲, 그의 파수꾼들, 그의 아이들, 모두 내 것이 되었지. 필람몬은 한동안 내게 가장 근사하고 유용한 친구였어. 나는 그를 통해 정말 많은 것을 배웠다. 또, 그 덕에 강해졌고. 물론 그것을 위해 많은 짓들을 해야 했지만 말이야!]

마인베르크는 니안느의 어깨를 꽉 움켜잡았다. 어깨를 파고드는 손가락의 느낌이 생생했다. 차갑고 단단하게 옥죈다.

"아!"

[그 필람몬은 그래도 너를 몰래 숨겨두고 내게 칼을 겨눌 날을 기다리며 좋아했을 거다. 하지만 어쩌겠니. 달걀을 먹으려면 달걀을 깨야 하고, 나에게 덤비려면 너를 숨겼다는 사실을 들켜야 하는데!]

니안느는 심장이 차가운 끈에 묶이는 것 같았다. 그것은 니안느가 처음으로 숲의 왕과 만나 그의 아이가 되었을 때와 비슷한 느낌이었다.

왕과 마주했던 날, 니안느는 웅장한 신목이 내뿜는 힘이 가슴 안으로 흘러들고 하나로 연결되는 것을 느꼈다. 그러나 여기에는 그때와 같은 환희는 없다. 공포와 분노, 굴욕감과 증오만이 있을 뿐이다.

마인베르크의 입술 양 끝이 올라갔다.

"……!"

눈앞이 밝아졌다.

푸른 하늘 아래였고, 니안느는 돌 의자 위에 쓰러져 있었다.

'풀려난 건가.'

니안느는 일어났다. 또 가슴이 답답해졌다. 몸이 돌로 변한 것 같았다. 힘껏, 어떻게든 몸을 움직이려다 오히려 넘어질 뻔했다. 차가운 손가락 같은 것이 몸을 잡는 것이 느껴졌다.

"저리 가!"

니안느는 그쪽으로 팔을 뻗었다. 땅에서 가시덩굴이 뚫고 올라왔다.

가시덩굴은 공중에서 나선형으로 돌더니, 니안느의 발목을 감았다.

"아읏!"

니안느는 발목을 당겼다. 가시덩굴이 발목을 조였다. 가시가 살을 파고들었다. 니안느는 필사적으로 다리를 당겼다. 살이 파여 나갔다. 간신히 벗어났을 땐, 처참하게 살점이 뜯겨 나가 피투성이가 되어 있었다. 피가 줄줄 흘러 신발과 발을 적셨다.

니안느는 입술을 물고 다리를 절룩거리며 돌아섰다. 순간 앞의 기둥이 갑자기 꺾이며 무너졌다. 기둥의 대리석이 깨어져 니안느를 향해 쏟아졌다. 니안느는 눈을 감고 몸을 웅크렸다. 깨진 돌이 튀어 올라 이마와 어깨를 쳤다.

"그만!"

니안느는 대리석 조각을 치우려 했지만, 그것들은 오히려 더 강하게 니안느의 몸을 때렸다. 옷이 찢어지고 살이 찢겼다. 돌조각이 튀어 이마에 상처가 나 피가 흘러내렸다.

지금, 니안느가 힘을 쓰려 하면 할수록 더 강하게 니안느를 공격하고 있는 것이다. 니안느의 힘이 니안느를 공격하고 있는 셈이다.

그때 먼지가 부옇게 피어오르는 대리석 더미 속에서 가시덩굴들이 구렁이처럼 뻗어 나왔다. 그 덩굴이 니안느를 향해 곧장 뻗어왔다.

"아."

니안느는 도망쳐야 한다는 생각에 달리기 시작했다. 회랑을 달렸다. 철문이 나오자 힘껏 연 다음 밖으로 달려나갔다. 좁고 긴 통로가 나왔다.

나가려는 순간, 강한 힘이 니안느의 팔을 낚아챘다.

니안느는 신음을 흘리며 그 팔에 매달렸다. 팔은 니안느를 잡아 일으키고, 니안느의 양팔을 잡아 바로 서게 했다.

"니안느?"

들릴 리 없는 목소리에 니안느는 하얗게 얼어붙었다. 차갑게 식은 니안느의 볼에 뜨거운 손이 닿았다.

"리카르."

리카르였다. 그는 놀란 얼굴로 니안느의 이마에 난 상처에 손을 얹었다. 피가 그 손에 묻었다.

"어떻게 된 거냐. 얼굴이 왜 이래!"

리카르의 눈이 커졌다. 당장 잡아두고 싶어 하면서도, 니안느의 겁에 질린 모습에 너무 놀라 아무것도 못 하고 있었다.

니안느는 떨리는 목소리로 말했다.

"놔…… 요."

"뭐."

"놔줘요! 어서요!"

니안느는 다급히 외쳤다.

그때 지진이라도 난 듯 바닥이 울렸다.

우르르—

그들을 둘러싼 벽에 금이 쩍쩍 갔다. 니안느는 팔을 비틀었지만, 리카르는 니안느가 뿌리치려는 손을 힘주어 잡았다.

"니안! 진정해."

"놔요!"

니안느는 더 세게 팔을 뒤틀었지만, 리카르의 힘은 당해낼 수가 없었다.

"제발, 제발 놔줘요!"

니안느는 리카르의 옷을 잡고 고개를 들었다. 눈에 눈물이 고였다. 리카르는 이리 겁에 질린 니안느는 처음 보았다.

"뭐냐."

리카르는 니안느를 이렇게 만든 게 뭐든 간에 박살 내버리고 싶은 분노가 치밀었다. 또, 니안느가 이렇게 필사적으로 그를 피하려 하는 것에도 분노가 치밀었다.

"누구 짓이야!"

니안느의 얼굴이 더 창백해지더니, 고개를 숙이며 크게 외쳤다.

"메피스토!"

꽈릉—

엄청난 소리가 터졌다.

리카르는 등을 돌렸다.

단단한 화강암으로 된 벽이 무너졌다. 기둥이 쓰러지고 지붕이 꺼졌다. 먼지가 부옇게 피어오르며, 리카르 쪽으로 돌무더기가 쏟아졌다. 검회색 비늘로 덮인 단단한 몸이 나타나 그것을 온몸으로 막았다. 메피스토였다. 돌은 날개와 등에 튕겨 나가 바닥으로 쏟아졌다.

"니안느, 이게 뭐냐! 대체 무슨 일이 벌어지고 있어!"

"마인베르크— 그가, 나한테!"

마인베르크란 이름이 나오자, 리카르의 얼굴이 변했다.

"혹시 그놈이 너한테 무슨 짓을 한 거냐."

리카르가 고함을 질렀다.

"무슨 짓을 한 거냐고!"

"시…… 시간이 없어요!"

니안느는 리카르를 밀쳤다. 흥분해 있던 리카르는 손을 놓쳤다. 니안느는 급하게 그에게서 멀어져 모퉁이로 달렸다.

리카르는 그 뒤를 따라가려 했지만, 메피스토가 뛰어들었다.

"비켜, 메피스토!"

그러나 메피스토는 비키지 않았다. 어깨를 바닥에 붙이고 날개를 펼치며 가로막았다. 녀석은 니안느가 명령한 이상 직접 베어내지 않는 한 꿈쩍도 하지 않을 것이다.

"비키라니까!"

메피스토가 입을 벌리며 크게 포효했다.

무너진 바위들로 거인이 만들어졌다. 니안느가 전장에서 자주 쓰는 돌거인들이었다. 메피스토는 거인들을 향해 시뻘건 불길을 내뿜었다. 사방이 뜨거운 열기로 가득했다.

"니안!"

리카르가 다시 외쳤지만, 사방이 메피스토의 불길로 뒤덮었다.

"제발, 니안!"

리카르가 부르는 소리가 들려도 니안느는 달렸다.

멀어져야 해. 리카르도 위험해져.

분했다.

형제를 그리 만든 자에 대해 대항할 방법도 힘도 없다는 것이, 그렇게 분할 수가 없었다.

달릴 때마다 바닥이 푹푹 꺼졌다. 기둥이 쓰러지고 지붕이 무너졌다. 니안느는 옆으로 쏟아지는 기둥을 피했다. 먼지가 몸을 덮쳤다. 멀리서 고함 소리가 들렸다.

"저기다!"

니안느는 가슴을 잡고 고개를 돌렸다.

병사와 기사들이 달려오고 있었다. 가슴에 교국 판디온의 문장이 수놓아져 있었다. 몬타의 수호기사단이다.

기사가 검을 뽑아 니안느에게 달려들었다. 바닥의 바위가 솟아올라 기사를 막았다. 기사가 넘어졌고, 그를 향해 바위가 쏟아졌다.

"으아아!"

비명이 들렸다. 다른 병사가 니안느를 향해 창을 휘둘렀지만, 바닥을 뚫고 솟아오른 가시덩굴이 병사의 목과 몸을 감아 바닥으로 당겼다.

니안느가 원한 것이 아니다. 그저 몸을 보호하려고 힘을 쓴 것뿐인데 사람들을 해치고 있다.

게다가 리카르.

마인베르크가 이곳에 리카르가 있다는 사실을 알면…… 아니, 벌써 알았을지도 모른다. 분명 놓아두지 않을 것이다.

그때 수호 기사단 주변으로 검은 기운이 보였다. 검은 기운은 기사들의 갑옷 틈으로 스며들었다. 그들의 눈에 핏빛이 스며들며, 그들이 잡은 검과 창, 방패에 검은 기운이 피어올랐다.

어떤 공격이 올지 알아도 대항할 수가 없고, 대항하려 하면 적만 만든다. 할 수 있는 것은 하나뿐이라, 니안느는 눈을 감고 고개를 돌렸다. 날카로운 검과 창끝이 모두 그녀를 향해 내리꽂혔다.

끝이라고 생각하는 순간이었다.

어깨로 손이 닿았다. 그 손은 니안느의 어깨를 당기고, 그녀를 꿰뚫으려는 검들을 휩쓸어 걷어치웠다. 용처럼 강력한 힘이었다. 기사와 병사들이 단숨에 쓸려 내려가 내동댕이쳐졌다.

니안느는 고개를 들었다.

검은 옷을 입은 등이 씨근덕대다 돌아보았다.

"니안."

칼릭이었다.

칼릭의 옆으로 검은 악령에 휩싸인 기사가 공격했다. 칼릭은 상대를 잡고 주먹으로 갈겼다. 검을 뽑지 않고, 거듭 후려치고 방패를 빼앗았다. 그 방패로 상대의 공격을 막은 다음, 바로 휘둘러 기사를 멀리 날려 보냈다. 챙캉, 꽝. 방패에 맞은 기사들이 나가떨어졌다.

"칼릭스트."

어떻게 여기에……

"가만히 있어, 니안!"

거대한 몸집의 기사가 칼릭을 향해 돌격해 왔다. 칼릭은 칼집에 검이 든 채로 풀어 상대 기사의 허리를 내질러 후려쳤다. 기사가 방패로 공격을 막으려 했다. 그러나 칼릭의 힘은 엄청났다. 방패째로 무너지며 바닥에 내리꽂혔다.

니안느는 지금 칼릭이 검을 뽑을 수가 없는 상황이란 것을 깨달았다. 상대는 팔가스의 기사이며, 심지어 판디온의 수호기사들까지 있다. 다치게 할 수가 없는 상대다.

곧 이 도시는 엉망이 될 것이다. 니안느의 힘으로 그리된다. 또, 니안느가 리카르의 마법사라고 알려진 이상 모든 책임은 리카르의 것이 될지도 모른다. 그리고 그 무엇보다 니안느를 가장 분노하게 하는 것은 마인베르크를 상대로 아무것도 할 수 없다는 것이다. 고스란히 당하고 있다.

그럴 수는 없어.

니안느는 입술을 물며 노려보았다.

어떻게 해야 하지.

속이 달아오른다.

저항을 하면 할수록 짓눌린다. 맞서 부딪히면 부딪힐수록 깨져 나간다.

그렇다면……

건물이 무너지며 만들어진 대리석 무더기들이 들썩이기 시작했다. 그 돌조각들이 서로 들러붙어 거인을 만들어냈다. 니안느가 원래 만들어내는 것보다 작고 둔했지만 힘은 여전히 강했다.

쿵—

그것이 발을 옮기자 바닥이 울렸다.

거인은 거대한 팔을 들어 칼릭을 내리찍었다. 칼릭이 피하며 그 주먹은 바닥을 박살 냈고, 칼릭은 바닥을 박차고 몸을 날린 뒤 검을 세워 거인의 어깨에 칼집째 박아 넣었다. 바위틈으로 들어간 검의 칼자루를 잡고 힘을 주자, 바위가 쩍 갈라졌다. 칼릭은 주먹으로 바위를 내리쳤다. 유지하는 힘이 사라진 듯 바위가 우르르— 무너졌다. 칼릭은 무너지는 바위와 함께 바닥으로 굴렀다. 몸을 굴려 일으킨 뒤, 방패를 잡아 그를 향해 밀려드는 가시 덩굴을 내리찍었다. 가시덩굴이 끊어졌다. 칼릭은 방패를 잡아 돌려 잡아, 니안느를 공격하려는 기사를 향해 던졌다. 방패에 맞은 악령에 사로잡힌 기사들이 나가떨어졌다.

니안느는 가만히 있기 힘들었다. 칼릭이 계속 싸우게 할 수는 없다. 뭐든 해야 해.

뭐든……

화살처럼 빠르게 한 가지 방법이 떠올랐다.

마인베르크가 육신을 장악해 그녀의 마법을 이용하는 거라면, 몸을 버리면 된다.

니안느는 혼을 육신 밖으로 내보냈다. 몸을 떠난 혼은 부옇게 흐려진 영체들의 공간으로 들어갔다. 영혼을 잃은 니안느의 몸이 쓰러졌다.

니안느는 우선 근처에 있는 말의 몸으로 들어갔다. 기둥과 건물이 무너진 곳에서 먼지가 연기처럼 피어오르고 있었다. 니안느는 말의 몸을 떠나 백조의 몸으로 들어갔다. 백조가 날아오르며 더 멀리 내려다 볼 수 있었다. 니안느가 있던 곳 중심으로 운석이라도 떨어진 듯 둥글게 무너져 있었다.

[이런.]

마인베르크가 싸늘한 목소리가 들렸다.

[이런 교활한 계집애.]

니안느는 자신의 몸으로 돌아갔다. 그 짧은 순간에 마인베르크와 연결된 의식의 끈이 느껴졌다.

바로 이거다.

니안느는 놓치지 않았다. 그 가느다랗게 이어진 의식의 끈을 향해 돌진했다.

영혼을 연결하는 것은 이래서 위험하다. 상대가 어디가 연결되어 있는지 알아챈다면, 바로 거꾸로 돌진해 들어갈 수 있다. 즉, 거꾸로 자신이 장악될 수도 있는 것이다.

빛처럼 빠른 속도로 니안느는 마인베르크를 향해 달려들었다. 단숨에 니안느는 마인베르크의 얼굴 앞에 도착했다. 니안느는 마인베르크를 보자마자 그 안으로 뛰어들었다.

[너!]

니안느의 영혼은 이제 마인베르크의 안으로 들어갔다. 예상치 못한 상황에 놀라는 마인베르크가 느껴졌다. 마인베르크는 급히 니안느가 오지 못하도록 의식을 차단했다. 니안느의 혼도 튕겨 나가 몸으로 돌아왔다.

니안느는 몸이 깨끗하게 돌아온 것을 느꼈다. 그러나 잠깐일 뿐이다. 마인베르크는 금방 정신을 차리고 돌아올 테고, 그때도 이렇게 운이 좋을 거란 보장은 없다.

칼릭이 니안느의 몸을 잡아 일으켰다.

"니안. 괜찮아?"

니안느는 숨을 몰아쉬고는 칼릭의 팔을 잡았다.

"그가…… 그가 곧 돌아올 거예요."

"그라니?"

"마인베르크."

칼릭의 눈에 분노가 일어났다.

"또 나타난 건가."

메피스토가 날아와 옆에 착지했다. 용을 본 병사들이 경악하며 흩어졌다. 메피스토는 그들을 향해 이를 드러내며 귀와 뿔을 눕혔다.

"내가 여기 있으면 다 위험해요. 그러니 가야 해요, 지금!"

니안느의 각인이 빛났다. 손가락 끝부터 검은 깃털로 변했다.

"뭐 하는 거야."

"그때 같은 건 아니에요. 이동 마법이니. 빨리 갈게요."

곧 두 팔은 날개가 되어 펼쳐지고 흰 목덜미와 턱이 검은 깃털로 덮였다. 칼릭의 손이 니안느의 팔을 낚아채 잡았다.

니안느는 놀라 외쳤다.

"그러지 말아요! 위험해요!"

"위험하라고 해!"

칼릭이 외쳤다.

"그렇게 겁에 질린 얼굴로 말하면, 나더러 어쩌라는 거야! 어떻게 보내!"

칼릭의 팔이 니안느를 감싸 품으로 당겼다. 남자의 팔이 니안느의 몸을 옭아매듯 안았다. 니안느는 눈을 감고 입술을 물었다. 이마가 뜨겁다. 가슴도 뜨겁다. 깃털이 섞인 거센 바람이 몸을 뒤덮는다.

칼릭은 니안느의 몸을 휘감은 검은 깃털이 그의 몸도 뒤덮는 것을 느꼈다. 몸이 한 방울 한 방울 나누어지는 것 같았다. 거센 돌풍 속에 녹아 사라지는 것 같았으며, 세상에 뒤섞이며 완전히 다른 존재로 분해되는 것 같기도 했다.

엄청난 경험이나, 다행히 다시 태어나는 것 같은 그 기이한 시간은 길지는 않았다. 돌풍에 휘말린 듯 격렬한 순간은 곧 지나가고, 어느 새 맑고 서늘한 바람이 느껴졌다. 칼릭은 깊이 숨을 들이마셨다. 바위와 이끼, 자작나무와 소나무, 측백나무의 향이 풍겨온다. 젖은 바위의 내음이, 향긋한 벌판의 싱싱한 풀과 금방 핀 꽃의 내음과 섞여 풍겨온다.

"여긴……."

칼릭은 천천히 눈을 떴다. 검푸른 하늘이 보였다.

벌판 위였다. 경사진 비탈에, 깊고 조용히 흐르는 강과 호수가 보였다. 울창한 숲도 보였다. 그리고 비탈 위에는 여러 거석으로 이루어진 구조물이 서 있었다. 노을이 붉게 번지는 하늘이 거석 너머로 보였다.

이곳이 어디지.

너무나 낯설지만 평화롭고 고요하다.

품 안에는 니안느가 있다. 움츠린 마른 몸과 부드러운 머리카락, 겁에 질린 얼굴이 고스란히 몸으로 느껴진다.

칼릭은 어깨를 당기고 니안느를 내려다보았다. 니안느는 칼릭을 보고 놀란 듯 눈을 크게 떴다. 기대하지 않았던 것을 받은 얼굴이다. 은보라색 눈동자에, 그 눈썹 끝에, 살짝 벌어진 입술에, 그 놀란 마음이 보인다.

칼릭은 지금 여기가 어디냐고, 어떻게 된 거냐고 물어야 한다는 것을 알았다.

"니안."

그러나 안도의 순간에 밀려드는 것은 더 뜨겁고 간절한 것이었다. 너무도 간절한, 물 한 방울과 바람 한줄기도 감사하게 되는 그런 간절한 마음이었다.

칼릭은 니안느의 흐트러진 머리카락을 걷어내고 얼굴을 기울여 가까이 다가갔다. 한숨이 터지고, 탄식이 이어진다. 칼릭은 니안느의 이마에 자신의 이마를 댔다.

"모르겠다."

칼릭 자신의 목소리인데 꿈속 너머에서 들리는 듯 흐리다.

"정말 모르겠다. 그냥 이대로는 미칠 것만 같아."

어지럽고 현란하다. 느끼는 것은 향기롭고 달콤하지만 쓰라린 날것의 감정이다.

왜 너를 붙잡았는지, 왜 너를 사라지게 할 수 없었는지, 왜 그리 필사적이었는지.

"칼릭스트 경……?"

혼란한 것은 니안느도 마찬가지였다. 그가 붙든 것도, 그의 눈과 뒤섞이듯 마주한 것도 기억한다. 그러나 그가 여기까지 이렇게 같이 있게 된 것에, 이유를 생각하기 이전에 감정이 앞섰다.

이 남자와 헤어지지 않아, 이 남자가 아직 앞에 있어 기뻤다. 아직 이 남자와 공유되는 시간과 순간이 감사했다.

칼릭이 고개를 숙였다. 손이 등줄기를 훑어 내리고 꽉 안아 당겼다. 허리에 몸이 닿았다.

뜨거워질 것을 예감하면서 니안느는 눈을 감았다. 어째서 이것을 받아들이려 하는지, 자신이 더 기이하게 여기면서도 온몸이 술렁이며 기대하는 것도 느꼈다.

느끼기 시작했는지도 모른다. 처음 이 남자를 보았을 때, 성지에서 이 남자와 다시 만나 이야기를 나누었을 때, 결국 다시 만나 같이 흐르는 시간을 공유했을 때부터.

어느 순간 이 남자와 같은 색으로 물들기 시작했다. 남자의 눈을 바라보고 남자의 숨소리를 느끼며, 같은 박동으로 심장이 뛰기 시작했다.

입술 끝이 닿았다. 니안느의 입술이 벌어지며 그를 받아들였다. 달콤하게 엉기는 혀와 긴장으로 뜨거워지는 숨을 느끼며, 칼릭은 니안느의 등을 쓸어 올리고 머리를 잡았다.

충동적이지만 인내했던 입맞춤이었다.

칼릭은 자신의 가슴 아래에서 무엇이 요동하고 있는지 알 수 있었다. 그 무엇도 자신의 것이 아닌 이 순간, 그것을 어찌 이리도 분명하게 알 수 있는 건지.

비에 젖은 장미의 향기처럼 향긋한 것이며, 붉은 능금처럼 달콤한 것이기도 하다. 얼어붙은 단도가 살을 파고드는 것처럼 아프기도 하고, 심장 안에 불덩어리가 이글대듯 뜨겁기도 하다.

그 고통이 예고하는 더 큰 고통에 대한 두려움 속에서도 갈망은 어쩔 수가 없다. 목은 마르고 피는 빠르다. 독한 가뭄에 쩍쩍 갈라진 땅처럼 갈망하니, 붉은 피로라도 적셔야 한다.

그러나 독하도록 부질없게 사라질 수도 있는 아픔이기도 하다.

보지 말아야 할 것을 봤고, 알지 않았으면 좋았을 것을 알아버린 심장이 예감하는 아픔.

안다, 그녀가 왜 필사적으로 달린 건지.

왜 알아야 하는 건지. 왜 봤어야 했던 건지 모르겠지만, 어쩌겠는가.

이미 알아버린 것을. 또, 그리 알아도 어찌할 수 없게 된 것을, 원하게 된 것을, 침범을 허락하지 않는 단단하고 강력한 열망으로 원하게 된 것을 어쩌겠는가.

너를, 그렇게 너를 원하는 것을.

이제는 설렘만으로는 만족할 수 없다는 것을.

야수처럼 날카로워지고 뜨거워진 것을.

이젠 분명하게 말할 수 있겠지.

이 마음이야말로 네가 일으킨 마법 중 가장 거대하고 강력한 마법이라고.

◈

촛불이 섬세하게 타올라 허공을 비추었다.

작은 창문 하나만 달린 어둑어둑한 방 안, 있는 것이라곤 작은 책상과 성전 한 권, 촛불뿐이다.

세레나는 촛대를 들었다. 허공으로 길게 뻗어 올라간 불꽃이 황금의 실처럼 늘어진다.

이제 밖은 고요하다. 그리 요란하더니, 어쨌건 끝났나 보다.

세레나는 더 이상 아무 소리도 들리지 않는 것을 확인하며 촛불을 바라보았다.

소녀 시절에는 다 좋았던 것 같다.

늠름하고 잘생긴 약혼자 리카르 볼프람, 상황을 쉽게 만들어주던 뛰어난 미모, 그 미모를 더 가치 있게 해주는 명문 집안.

세상은 우호적이었고, 가능한 행운은 다 주었으며, 누릴 수 있는 행복은 어지간하면 다 허락해 주었다.

세레나는 그 안에서 생각 없이 살아도 되었고, 조금만 어른이 되어도 되었다. 어른이 뭐겠는가. 세상이 자기 중심이 아니란 것을 알면 그때 어른이다. 그러나 세레나는 항상 그녀가 중심이어서 그럴 필요가 없던 것이다.

바로 그랬던 세레나의 인생에 그 남자가 나타났다.

신비롭지만 불길한 땅 라크세니아에서 찾아온 남자, 마인베르크가. 악한 씨앗이 독초로 자라나듯, 세레나의 세상은 그의 등장과 함께 어두워지고 오염되기 시작했다.

처음에는 응접실에 앉아 있는 그 남자를 보고 놀라는 정도라, 참을 만은 했다. 하는 짓이 어떻든 간에 그는 델 판의 젊은 주인이었으며 오베른의 친구였다. 그가 성을 드나들 수 있는 이유는 많았고 세레나 앞에 나타날 수 있는 핑계 역시 많았다. 게다가 세레나는 남자의 호의와 선망을 받는 데는 익숙했다. 그중에 좀 진득하거나 끈질긴 남자가 없는 것도 아니라, 마인베르크 역시 그런 거라 여겼다.

그러다 혼자 거니는 산책길에 마인베르크가 나타나거나 서재나 개인 거실 문을 열면 그가 있는 날이 오기 시작했다.

세레나는 불안해졌다. 위험이 감지되었다. 안전한 세상이 아니게 되었다. 세레나는 오베른에게 마인베르크를 데리고 오지 말라 하고, 약혼자인 리카르에게도 그 접근이 얼마나 불편하고 부담스러운지 호소했다. 오베른은 무시했고, 리카르는 너무 신경 쓰지 말라고만 했다. 결국 세레나는 마인베르크에게 나는 이미 약혼자가 있으니 더 이상 다가오지 말라고 했다. 그러자 마인베르크는 오히려 억울하다는 듯 말했다.

'내가 청혼이라도 했나? 좋아한다고 고백이라도 했어? 나는 아무것도 하지도, 말하지도 않았지. 당신이 왜 그러는지 조금도 모르겠군. 나는 내가 가고 싶은 곳으로 가고 내가 있고 싶은 데 있는 것뿐이야.'

맞는 말이었다. 그 남자는 집요하게 옆을 맴돌기만 할 뿐이고, 그것은 그를 몰아낼 핑계가 될 수 없다.

그래도 세레나는 리카르와 결혼만 하면 될 거라 생각했다. 완전히 남의 여자가 되면 알아서 포기해 줄 것이다.

그러나 꼬이려면 계속 꼬인다. 결혼 준비가 시작될 무렵 아버지가 급작스럽게 세상을 뜨며 결혼이 연기되었다. 리카르는 팔가스의 기사로서 소환되었다가 체포되어 끌려갔다.

죄목이라도 알려달라는 세레나에게, 오베른은 리카르와 파혼하고 마인베르크와의 결혼하라 했다. 세레나는 분노했다. 왜 리카르가 그리되었는지, 너무 잘 알 것 같았다. 오베른 혼자 벌인 일이 아니었던 것이다.

'싫어, 차라리 수녀원으로 가서 리카르를 기다릴 거야!'

태어나서 처음 해보는 완강한 거부였다. 처음 해봤기에 몰랐다. 그저 말로 싫다하고 돌아서는 것 외에 많은 것들이 필요하다는 것을. 알아서 모든 것을 처리해 주던 아버지도 없고, 세레나의 말 한마디에 벌벌 기는 남자들도 없고, 대신 싸워줄 리카르도 없다. 세레나는 힘없는 여자였고, 먹고 키워주고 입혀준 값을 치러야 하는 집안의 부품이었다. 아버지가 주인일 때는 멋대로 해도 되건만, 오베른이 주인이 되니 그렇지 못했다. 아무것도 하지 않아도 얻었던 것들은 아무것도 할 수 없을 때 다 사라졌다.

종종 홀로 앉아 생각한다.

내가 대체 뭘 잘못했담.

델 판의 거대한 성 안에 앉아, 친구는커녕 대화 상대조차 없는 그곳에서 생각했다.

내가 뭘 잘못한 거야.

밤이면 징그럽게도 들러붙던 남편의 몸을 견디며 생각했다. 도망쳤다 다시 끌려와, 익숙한 별관의 침대에서 짓눌려 범해지면서도 생각했다. 헐떡대는 몸과 아프게 파고드는 성기를 견디며, 생각하고 또 생각했다.

오베른과 그가 사랑하는 데보라, 완벽하게 자란 아들 칼릭스트를. 아무일도 없다면, 영원히 행복할 것이다.

남편 마인베르크는 나만 옆에 있으면 행복하다 하니 지금 행복할 것이다. 내 위에서 저렇게 헐떡대고 있으니, 얼마나 행복할까.

나는 아무것도 없는데, 사랑하는 사람도 없고 아이도 없고 행복조차 없는데, 나만 빼고는 다 행복하다네.

그때 생각했다.

지옥의 불길 속에 앉아 있게 된다 하더라도 당신들이 찢겨 나가는 것을 본다면 나는 웃을 수 있을 것 같다고.

세상이 멸망하고 불타든, 그 안에 당신들이 포함된다면 그것만으로 될 것 같다고.

그래서 그러기로 했다.

세레나의 두 녹색 눈을 비추던 촛불은 길게 타올라 어둠을 베어냈다. 그 빛의 틈으로 선명한 광경이 보였다.

촛불이 눈동자가 열리듯 진귀한 광경을 보여주고 있다.

좁지만 단단하고 강한 어깨와 팔을 가진 남자가 보인다. 남자는 창백한 얼굴로 숨을 몰아쉬며 노려보고 있었다. 예리한 옆얼굴이 보인다. 검붉은 눈동자가 휙 올라가며 세레나 쪽을 본다. 세레나는 촛불을 입으로 불어 껐다. 방 안은 어두워지고 남자의 모습도 사라졌다.

세레나는 촛대를 내려놓고 문으로 갔다. 고요해진 것을 확인한 뒤에 문을 열자, 복도에 있던 수녀가 세레나를 발견하고 달려왔다.

"밖이 어수선합니다. 안에 있으십시오, 부인."

"잠시만 나가고 싶어요. 확인할 게 있어서."

"안 됩니다."

세레나는 수녀의 얼굴을 보았다. 깡말라 날카롭고 위압적으로 보이는 여자는, 엄격한 얼굴로 세레나를 마주하고 있다. 세레나의 안전이 걱정돼서 이러는 게 아니다. 세레나가 보기 싫어서 이러는 거지.

세레나는 생긋 웃었다.

"그럼 그냥 비켜."

"네?"

"못 들었어? 비키라고."

수녀는 놀라 뒤로 주춤 물러났다.

세레나는 수녀의 앞을 지나 밖으로 나왔다.

추기경저의 뜰은 엉망이었다. 뭐가 지나갔는지 다 헤쳐진 바닥에, 벽도 기둥도 죄 무너져 있다. 이글대는 횃불이 그 광경을 비춘다. 그곳에서 키 큰 남자가 다른 기사들과 이야기를 하고 있었다.

"그러니, 그리된 거라고! 니안은 적이 아니야! 공격당한 거라고!"

남자가 진절머리 난다는 듯 말했다.

"젠장, 너희들이 그렇게 봤다고 그게 사실은 아니란 말이야!"

이 남자가 뜻이 맞지 않는 사람들을 상대하는 데 서툴다는 것, 세레나는 예전부터 알고 있었다.

세레나가 나타난 것을 기사 하나가 알아챘다. 저기 좀 보라고 그가 속삭이자, 남자가 돌아보았다. 놀라는 남자의 얼굴을 보며, 세레나는 조용히 말했다.

"대체 무슨 일인가요."

남자의 얼굴이 긴장한다.

세레나는 빙그레 웃었다.

"묻고 있잖아요, 리카르."

제7장

고대신의 언덕

"왜 부른 거요."

리카르가 긴장한 목소리로 물었다.

근 이십 년 만에 만나 시작하는 대화의 첫마디 치곤 웃기다. 대화할 곳도 마땅찮아 기도소에서 이야기하고 있었다. 추기경의 개인 기도소라서 조용하고 고급스러운 곳이라 이곳으로 온 곳이다.

고향으로 돌아왔을 때, 리카르가 깨달은 것은 추억이란 것이 사람을 얼마나 기만하는 것인지였다. 추억은 사유물일 뿐 진실이 아니었다. 진실과 실체와 부딪히면 종이처럼 찢어진다. 그것을 알았다 하더라도 오베른을 용서한 것도, 그에 대한 분노가 가신 것도 아니다. 이제 그 어디서도 그에 대한 보상을 받을 수 없다는 것을 알게 되었을 뿐이다.

"무슨 일이 있었는지, 궁금해서 그래요."

공단으로 마감한 기도실 의자에 앉아 있는 세레나는 아직 젊었고, 주변 사내들이 넋을 놓게 아름다운 것도 여전했다. 어느 면에서는 더 매혹적이기도 하다. 그때는 천진하고 풋풋해 사랑스러웠다면, 지금은 청초하고 맑은 얼굴에 서늘한 기품이 서려 상대를 압도한다.

"마인베르크의 공격이 있었소. 내 마법사가 그 공격을 막다가 실종되었고. 기사들에게는 그에 대해 설명하고 있었지. 그런데 내가 마법에 대해 아는 게 없다 보니, 설명을 제대로 할 수가 없어."

맞은편에 있는 이그라탄의 도시에서도 연락이 왔다. 그 도시의 마법사들이 위험을 감지한 것이다.

"혹시 그에 대해 할 말이 있는 거요."

"당연히 있죠. 마인베르크는 어쨌건 내 남편이잖아요."

'남편' 이라는 말이 리카르를 거슬리게 했다. 이십 년간 무엇이 있었는지 돌이키게 한다.

"대체 뭐요."

"고대신의 힘이죠. 마인베르크의 가계는 그러하니까."

세레나는 차분하게 말했다.

"라크세니아와 브리세니아에는 고대신이 남긴 후손들이 다스리는 땅이 많죠. 마인베르크의 힘은 그중 데본이라는 신에 기반을 두어요. 망령들의 왕이자 탐욕을 가진 정령들의 주군, 또 비틀린 틈의 수문장."

"격마전쟁 때의 악의 군주들을 말하는 건가. 벨사키엘과 이그라탄과 싸웠던."

"악이라 할 수는 없지요. 지금이야 악의 군주라고 욕먹지만, 그들은 거인의 후손이자 그 육신에서 태어난 신들이에요. 격마전쟁이란 것도, 사실은 고대신들과 새로이 탄생한 벨사키엘과 이그라탄 사이의 전쟁이지요. 이런 전쟁은 진 쪽이 나쁜 역할을 죄다 맡아야 하죠. 패한 고대신들은 악의 세력이 되고, 이긴 자들은 신이 되어 지상을 갈라 먹었죠. 동방 숲의 왕, 마그네시아 숲의 왕, 숨마니아 해협이나 플레이온 해협의 왕, 크라수스 산과 기가스 협곡의 거신들, 등등."

"……잘 아는군."

세레나는 살짝 웃었다.

"델 판의 대공 마인베르크와 결혼했으니 알 건 알아야 했죠. 게다가 블랑셰리온은 우마니엘이 오기 전에는 고대신 데본의 영토였어요. 악령의 군주라 알려졌지만, 그 데본은 저승과 이승의 경계이자 망령의 대지인 안둔을 다스리는 자였고요. 그 흔적은 좀 남아 있어요. 당신도 알잖아요. 애들이 병에 걸리면 어머니들은 주문을 외우죠. 데본, 데본, 내 아이의 조각을 주세요. 낮의 살을 당신에게 드리고 밤의 피를 당신에게 드리겠습니다."

"……."

리카르는 하나도 알아들을 수 없었다.

하얗게 모르는 영역이니 당연했다. 니안느가 있었다면 지금 리카르가 할 일은 어떻게든 이해하려고 애쓰는 것이 아니라 이야기가 끝날 때까지 니안느의 등 뒤에서 기다리는 일이었을 것이다. 감정적으로도 필요한데, 업무상으로도 간절하다.

산만해진 리카르의 얼굴을 본 세레나가 웃으며 말했다.

"저런. 못 알아듣나 보네요. 하긴, 당신은 예전부터 이런 이야기는 싫어했죠."

"내가 이해해야 할 영역이 아니었소. 그에 대한 이야기를 하거나 책을 읽는 건 당신 몫이었지. 당신은 그런 이야기를 아주 좋아했고."

"소네트와 로망스보다는 그게 더 재밌었거든요. 하지만 소년 시절의 당신은 두 손에 쥘 수 있는 것만 이해하는 남자였죠."

"그래도 그때의 나와 지금의 나는 많이 다르오. 기사 리카르가 살던 세상과 검투장의 노예이자 광산의 노역자 리카르가 살아가야 하는 세상은 완전히 달랐으니 말이오. 적어도 보이는 건 다 믿어야 했지. 아무리 받아들이기 힘들어도 말이오."

세레나가 알던 남자가 기사 리카르라면, 니안느가 아는 리카르는 바로 그 남자일 것이다. 배신과 고난에 지치고 약해져 있던 남자, 리카르.

한동안 일상이었던 절망과 두려움을 떨치는 데 한참이 걸렸고, 자유에 익숙해지는 데도 또 한참이 걸렸다. 니안느는 그런 리카르 옆에 있어주었다. 처음에는 들짐승 같은 아이라 생각되어 좀 꺼렸지만, 지내고 보니 그 아이의 맨발이나 생채기까지 신경 쓰이기 시작했다.

그러던 어느 겨울 아침, 리카르는 문득 깨달았다.

꽤 오래 고향을 잊고 있었다는 것을. 그렇게나 소중히 간직하던 옛 사랑도 지워져 가고 있다는 것을.

그런 중에 두려웠던 건, 한참 어린 니안느를 두고 사내의 욕망을 드러내고 욕심을 부리는 못난 순간이 오는 것이었다. 그 아이 앞에서만큼은 좋은 남자여야 했고, 그것은 결코 쉬운 일이 아니었다.

"리카르, 사실 난 무척 궁금했어요."

세레나는 턱을 괴고 리카르를 올려다보고 있었다. 리카르는 세레나에게 이런 버릇이 있었는지 잘 기억이 나지 않았다.

"뭐가 궁금하오."

"탈출했을 때, 왜 나를 찾아오지 않은 건지."

"사정이 여의치 않았소. 당시 내가 당신을 찾아가서 뭘 할 수 있었겠소. 나는 몸에 걸친 넝마 하나밖에 없는 남자였을 뿐이었고, 그런 내가 찾아왔다면 당신이 더 난처했을 거요."

"그럼 왜 오늘 모르는 척하고 있었나요."

"그건…… 그 편이 나을 거라 생각했소. 당신에게나 내게나."

"당신이 이미 결혼했으니?"

"그렇소."

세레나는 체념 조로 말했다.

"그리고 나도 결혼했지요."

"그래."

"그런데 나에겐 당신과는 달리 아무런 선택권이 없었어요. 거래를 한 것도 아니고, 조건을 내건 것도 아니죠. 당신이 끌려간 뒤, 나는 마인베르크와 결혼하기 싫다고 했어요. 방에 처박혀 울고 불며 오베른에게 애걸했어요. 어떻게든 당신의 누명을 벗겨볼 테니, 마인베르크와 결혼만은 시키지 말아 달라고. 오베른도 지친 것 같았어요. 좀 기다리라고 하더군요. 나는 안심했죠."

세레나는 목덜미를 매만졌다.

"그때 나는 본성을 떠나 별관에 머물고 있었어요. 오베른과 마주치기 싫어서 그랬어요. 어리석었죠. 오베른이 너무 미워, 그에게 보호를 받는다는 것도 견딜 수 없었거든요. 그리고 그곳으로 마인베르크가 찾아왔어요. 나는 마인베르크가 당신을 풀어줄 테니 그 조건으로 결혼해 달라는 말을 할 줄 알았죠. 그런데 마인베르크는 상황을 해결할 수 있는 아주 간편한 방법을 알고 있었더군요."

세레나는 눈을 내리깔았다. 입술로 서늘한 웃음이 번졌다.

"그는 나를 침대에 짓누르고 범했죠. 옷을 찢고, 버둥대는 몸을 꽉 잡아 눌렀어요. 울어도 저주를 퍼부어도 애걸해도 소용없었으니, 결국 다 빼앗겼죠. 긴 밤이었어요. 그나마 다행인 건 그가 내 첫 남자는 아니었다는 것 정도일까."

"맙소사, 그런……."

리카르는 경악했다. 둘이 제대로 결혼했을 리 없었다는 건 알았지만, 이건 해도 너무하지 않은가.

"그리고 나는 그의 성으로 끌려갔어요. 그곳에서 그와 결혼하고 그의 아내가 되었어요. 오베른도 상황을 모르지는 않았을 거예요. 하지만 그는 침묵했죠. 호화로운 혼수와 시녀들을 보내며 결혼 축하한다고 하더군요. 그리고 나는 그날부터 지옥에 살았어요. 성에서 한 발자국도 나갈 수 없었고, 그가 정하지 않은 방으로 들어가는 것조차 허락되지 않았죠. 그를 언짢게 하면 내 앞에서 내 시녀들이 살이 튀도록 맞았어요. 그 일이 끝나면 다음은 내 차례죠. 그는 절대 나를 때리거나 다치게 하지는 않았죠. 그저, 범할 뿐. 울든, 싫다고 하든, 아무 소용없었어요. 아파도, 치욕스러워도, 싫어도, 마인베르크는 사랑이라는 말로 그 모든 것을 스스로 용서했어요. 한 발자국도 내 맘대로 못 하는 세상을 만들어놓고는, 그것이 낙원이라 하죠. 때리거나 위협하진 않지만, 침대 위에서는 항상 폭군처럼 내 몸을 범하죠. 다 끝나면 항상 말해요. 사랑한다고."

리카르는 숨이 턱 막히는 기분이었다.

치미는 동정과 분노에 정신이 없었다.

"밤새 괴롭힘 당한 어느 날, 침대에서 끙끙 앓다가 산책을 나왔었죠. 하인 하나가 그런 나에게 위로의 말을 하고 친절하게 해주었어요. 다음 날 마인베르크는 그 하인의 목을 내 방, 내 화장대 위에 놓아두었어요. 몸은 산산조각 나 까마귀밥이 되어 있더군요. 마인베르크는 그 앞에서 나를 범했죠. 내게 말하더군요. 그놈이 참 괘씸했다고 말이죠. 그냥, 그 이유뿐이었죠. 그리고 델 판에서는 그냥 그 이유로 죽는 사람이 많아도 너무 많았어요."

그리 말하는 세레나는 너무나 차분해서 '다 거짓말이었다.' 라고 할 것 같았다. 그러나 아무리 그러길 기대해도 그녀는 부정의 말을 하지 않았다.

"몇 년 뒤, 마인베르크가 칼릭스트를 데리고 왔어요. 혼자 있으면 외로울 거라며, 그래도 혈육이지 않느냐고. 당신은 모를 거예요. 그때의 그 아이가 얼마나 아름답고 매혹적이었는지. 신이 오베른과 데보라에게 준 완벽한 선물 같았어요. 마인베르크도 그 아이에게 흠뻑 빠져 버렸어요. 상상 속에서 그는 칼릭스트의 아버지가 되었고, 다른 상상 속에서는 그 아이의 사랑과 존경을 받았죠. 그런데…… 그 아이는 그 상상 때문에 파괴되었죠."

세레나의 차가운 눈이 허공을 향했다.

"그 아이는 엄청난 일들을 견뎌야 했고, 나는 그 아이의 영혼이 무너지는 것을 보았어요. 마른 꽃잎이 바스러지듯 파괴되더군요. 봤어요. 햇살 같던 웃음이 차가운 비웃음으로 변하는 것을, 빛나던 두 눈에 냉기가 스며들고 분노와 증오로 물드는 것을. 그곳, 그 델 판의 성에서 그 아이는 서서히 야수가 되었죠. 경계심 가득하며 지독히도 적대적이고 명민한 야수가."

세레나는 조용히 덧붙였다.

"……내가 이렇게 되었듯이."

"세레나."

"동정은 하지 말아요. 그런 건, 내가 조금만 분노해도 당신 마음속에서 쉽게 사라지고 말 테니."

세레나는 리카르에게 다가왔다. 리카르는 종이가 찢어지듯 그 얼굴의 표정이 변하는 것을 보았다. 비웃던 얼굴이 사라지며 가면이 벗겨지듯 애처로운 얼굴이 드러났다. 깊은 비탄에 찬 여자의 얼굴이었다.

"그런데, 리카르. 당신은 왜 그런 나를 외면한 거죠."

"나는…… 나는 당신을 위해 그 무엇도 해줄 수가 없소."

마음조차도 머물게 하지 못했다.

지금도 세레나가 가엾으면서도 사라진 니안느를 생각하고 있었다. 대체 어디로 간 건지, 무사한 건지, 더 다치지는 않았는지 걱정되어 미칠 지경이었다.

사라피온에서 탈출한 지 거의 십 년 만에 그는 공포와 불안으로 초조해하고 있었다.

세레나를 이렇게 만든 마인베르크를 향해 화가 나긴 하지만, 니안느가 겁에 질려 마인베르크를 언급했을 때는 분노로 속이 다 뒤집혔다. 지금은 죽일 놈이라 생각하는데, 그때는 당장 찢어 죽여 버리고 싶었다.

"세레나, 지금 내 적은 마인베르크요. 그의 적이 나이기도 하고. 그러니 이것만은 약속하겠소. 당신을 위해서든 나를 위해서든, 반드시 그를 죽이겠소."

"그럴 필요는 없어요. 리카르, 나는 그 고통 속에서 항상 기도했어요. 리카르를 다시 보게 해줘요. 부탁드립니다. 많은 것을 바라는 것도 아니에요. 그와 다시 만나, 그와 손을 잡을 수 있게만 해줘요. 그렇게만 해준다면, 그러면 나는 다시는 당신을 원망하지 않겠습니다. 다시 당신의 발앞에 장미를 바칠 테고, 당신의 영광을 위해 기도하며 무릎을 꿇겠어요……."

세레나의 손이 리카르의 볼에 얹히며 기대왔다. 리카르는 갑자기 밀어닥치는 격렬한 감정에 혼란스러웠다. 세레나의 손이 어깨를 스치고 올라와 그의 목을 감았다. 팔에 힘이 들어가며 그의 몸을 당겼다. 동정인지 안타까움인지 모르겠다. 그 순간 리카르는 하얀 번뜩임 같은 것을 보았고, 정말 흥분하며 욕정이 끓어올랐다.

정신을 차렸을 때, 그는 세레나를 벽으로 밀어 붙이고 있었다. 혀를 찾아 밀어 넣고, 그 다리 사이로 자신의 허벅지를 넣고 있었다.

돌아간 것 같았다. 출정 전야에 수줍게 품에 안기던 처녀의 몸을 더듬던 청년으로.

"……!"

놀란 리카르는 벽을 짚고 물러났다. 흥분한 자신의 숨소리가 들렸다.

"이게……."

리카르는 벽을 짚은 채로 숨을 몰아쉬었다. 턱 아래, 세레나의 하얗고 부드러운 이마가 있었다. 리카르는 두 팔을 떼고 뒤로 물러났다.

"미안하오."

"……."

"이럴 생각은 아니었어."

리카르는 기도소 밖으로 도망치듯 나갔다. 정신없이 달려, 아무도 없는 곳으로 오자 숨을 몰아쉬며 벽에 등을 붙였다. 분노와 환멸, 혐오감이 치솟는다.

대체 무슨 짓을 한 거냐.

"니안."

리카르는 머리를 젖혔다.

대체 어디로 간 건지. 무사하긴 한 건지.

제발 와다오. 네 앞에서 좋은 남자가 되는 건 그토록 힘들더니, 형편없는 남자가 되는 것은 이리도 순식간이구나.

그러니 제발 와다오.

너만 있다면, 나머지는 어찌 되든 무슨 상관이겠느냐.

❖

니안느는 무릎까지 자란 풀밭을 향해 발을 뗐다. 시원한 바람이 치마를 부풀게 하고 머리카락을 흘러넘치게 한다.

지금 서 있는 곳은 넓은 초원이었다. 주변에는 넓고 잔잔한 강과 호수가 있어, 우거진 자작나무 숲과 버드나무 숲이 비쳤다. 숲 너머로 높은 산과 바위들이 보인다.

집들은 그 강가에 흩어져 있었다. 통나무로 만들어 이끼와 흙으로 마감한 집들도 있고, 돌로 제법 구색 맞추어 만들어놓은 집도 있다. 통나무 창고와 짚과 나무로 만든 가축 막사도 있지만, 안에는 사람도 가축도 없다.

여긴 어디일까. 집 모양을 보자면 북동부 같은데, 그다지 춥지 않고 풀들은 다 푸르다. 그럼 내가 모르는 먼 서쪽 어딘가일까.

공간을 뛰어넘어 다른 곳으로 이동하는 마법은 위급할 때 한두 번 쓸 수 있는 것이다. 다만, 그 위치를 제대로 지정할 수 없다. 급하게 쓰면 쓸수록 이동할 당시 관여한 몇 가지 조건에 의해 어디로 갈지 결정되니, 어디인지는 도착해 봐야 알 수 있다.

니안느는 하나하나 짚어 보았다. 마인베르크와 접촉했고 니안느의 마법이 오히려 니안느를 공격했다. 또— 리카르를 만났다. 그를 뿌리치고 달리다 구석으로 몰렸을 때 칼릭이 왔던 것도 안다.

이 세 가지가 가장 중요한 요소로 작용해 이곳에 온 것 같은데, 아직 확신할 만한 것은 없다.

조금 전 눈을 떴을 때는 양모 담요 속에 눕혀져 있었다. 주변을 둘러보니, 텅 빈 집 안이었다. 2층으로 된 집에, 아래층은 부엌과 거실이었다. 그을음이 남은 아궁이에는 장작도 부지깽이도 없었다. 돌로 된 벽은 싸늘했고, 바닥에는 양모 카펫이 깔려 있었지만 흙먼지가 가득했다.

그래도 제법 구색은 있는 집이었다. 침대도 있고, 먼지 덮인 가구들은 제대로 된 것이었다. 농민의 오두막이라기보다는 교양 있는 귀족의 휴가용 별장 같은 곳이었다.

그 집을 나와 조금 가다 풀밭 위에 누워 있는 메피스토를 보았다. 메피스토는 배를 하늘로 내놓고 자고 있었다. 날개는 양옆으로 넓게 펼치고, 뒷다리는 아래로 쭉 뻗고 앞발은 가슴 위에 얹어 포개놓았다. 콧구멍에서는 기분 좋을 때 그렇듯 희미한 연기가 피어올랐다.

"메피."

메피스토는 눈을 가늘게 뜨고 니안느를 보더니, 흐흐흥— 좋다는 표시를 냈다.

"네가 기분 좋은 걸 보니 위험한 곳은 아니구나."

메피스토는 눈을 감고 연기를 길게 내뿜었다. 하나도, 정말 하나도 위험하지 않다는 뜻이다.

니안느는 메피스토의 머리를 쓸어준 다음, 자작나무 숲에서 흘러나오는 강을 거슬러 올라갔다.

강은 올라갈수록 오히려 잔잔해지며 호수처럼 깊고 판판한 곳에 이르렀다.

물이 너무나 맑았다. 수면 아래로는 흰 모래와 바위, 가라앉은 나무둥치, 낙엽, 흰 물고기 떼가 지느러미까지 훤히 보였다.

기슭의 바위 위로 올라가자, 수면에 니안느의 얼굴이 비친다.

순간, 수면 아래에서 검은 그림자가 확 올라왔다.

"앗!"

도망칠 틈도 없이, 물이 촤악 솟구쳐 튀어 올랐다.

"니안?"

칼릭이었다.

칼릭은 흠뻑 젖은 머리카락을 손으로 걷어 위로 올렸다. 머리카락이 걷히며 놀란 얼굴이 보였다.

"칼릭스트 경!"

시원하게 벗고 있었다. 물이라도 깊으면 좋았으련만, 수면은 그의 치골까지만 간신히 가려주고 있을 뿐이다. 눈을 가리자니 봤다는 게 되고, 태연하자니 이미 얼굴이 화끈거리고 있어 늦었다.

우물대는 니안느에게, 칼릭이 말했다.

"……니안, 저기. 지금 상황에서 피해자는 나인 것 같은데."

"……네?"

"벗고 있는 건 나고, 들여다본 건 니안이고, 얼굴을 옆으로 돌리는 것만으로도 상황을 벗어날 수 있는 건 니안이고, 아무것도 할 수 없는 건 나지. 그러니 그런 표정 짓지 말아주면 좋겠는데."

"볼 용의가 있었던 건 아니거든요!"

"나도 보여줄 용의가 있었던 건 아니야."

"……."

칼릭은 정색하고 있었고, 니안느는 무안할 정도로 할 말이 없었다. 진정해라, 진정해. 남자 벗은 몸 정도는 상투아리움에서 실컷 봤다. 다들 니안느 앞에서 벗는 데 아무런 거리낌이 없었다. 물론, 리카르만 빼고. 그러나 리카르는 모두에게 거리낌이 있는 남자다.

민망해진 니안느와 양심적으로 당당한 칼릭 사이에는 한참이나 아무 말이 없었다.

"너……."

칼릭이 니안느를 살피다 시선이 발목에 멎었다.

"가만."

칼릭은 턱의 물기를 닦아내며 말했다.

"니안, 이리 좀 와봐."

"아니— 싫어요!"

"치명적인 부위를 보여주면서 유혹하려는 건 아니니까, 와서 앉아봐. 발 내밀고."

"네?"

"그게 싫으면 내가 여기서 나갈 거야. 그건 더 싫을 텐데."

"아, 아니에요! 알았어요!"

니안느는 바위 아래로 발을 내밀었다. 칼릭은 머리를 숙이고 니안느의 발목을 내려다보았다. 맹수의 발톱에 긁힌 듯 피투성이에 살점이 너덜댔다.

칼릭은 발목을 잡아당겼다. 물에 식어 서늘한 손이 피부에 닿자 니안느는 소름이 돋았다.

"꽤 다쳤네."

칼릭은 니안느의 발을 조심스럽게 들더니, 고개를 숙여 상처 위에 입을 맞췄다. 서늘한 입술이 닿는 감촉과 함께 통증이 멎었다. 벌어진 상처가 오므라들고 붓기도 가라앉는다. 간지럽다. 니안느는 발을 움츠리고 싶은 것을 참으며, 몸을 숙이고 있는 칼릭을 보았다.

차가운 물에 젖은 어깨가 보인다. 곧게 뻗은 뼈대 위에 자리 잡은 단단한 근육은 그가 움직일 때마다 정교하고 팽팽하게 맞물린다. 그러나 여기저기 난 흉터가 그런 칼릭의 몸에 잦은 흠집을 냈다. 찢어진 상처도 있고, 칼에 베인 상처도 있다. 니안느는 그 상처가 남겼을 고통에 안쓰러워졌다.

"나한테 무슨 마법을 쓰는 건가요, 칼릭스트 경."

"마법이 아닌 권능이야. 유천사 우마니엘의."

우마니엘, 유천사, 치료, 자비, 연민, 박애, 보호의 천사.

"치유가 가능한 건가요."

"나는 성기사도 사제도 아니니, 그리 강한 건 아니야. 스스로 치료할 수 있는 힘을 더 빨리, 더 강하게 끌어내는 것 정도지…… 또 정말 별거 아니라, 내 몸을 축내지도 않아."

칼릭은 니안느의 발등에 다시 입을 맞추었다. 이번에는 무척 따뜻했다.

"다 나은 건 아니지만, 그래도 덜 아플 거야. 나머지는 네 힘으로 나아."

칼릭은 고개를 들었다. 날이 어두워 녹색 눈은 암녹색으로 보였다.

적요한 곳에서 단둘이서 마주하자 심장이 뛰며 떨린다. 칼릭스트에게는 리카르 같은 편안함이 없다. 항상 사람을 긴장하게 하는 데가 있어, 언제라도 날카롭게 공격할 것만 같다. 독액이 배인 가시덩굴에 핀 꽃처럼, 향기롭고 아름답지만 위험하다.

그러나 생각난다. 어찌 잊을까.

어제. 강한 팔의 힘과 절박한 눈과 입술, 뭐 그런 것들. 하나하나 뜨겁게 박힌다.

너무 놀랐지만, 동시에 거부할 수 없기도 했다. 모래처럼 무너져 내렸다. 온 피가 소용돌이쳤고, 처음 느껴보는 감정과 충동에 뜨거워졌다. 부끄럽고 쑥스럽고 떨리는데, 그러면서도 이 남자와 가까이 있고 싶다.

지금도, 얼굴이 너무 가깝다.

칼릭이 조용히 말했다.

"이제 나가도 될까."

"네?"

"여기 계속 있을 수는 없잖아."

확실히, 이 남자 참 난처하다.

"치명적인 부위가 나오든 말든 똑바로 봐줄 테니 걱정 말고 나와요."

칼릭이 킄, 웃더니 니안느의 눈을 손으로 덮었다.

"그냥 눈 감아. 우리, 아직 그런 사이는 아닌 것 같아."

니안느는 눈을 감았다. 곧 물에서 나와 물가에 벗어둔 옷을 챙겨 입는 소리가 들렸다. 다가오는 기척이 느껴지더니, 칼릭이 어깨를 두드렸다.

"눈떠, 이제."

니안느는 눈을 떴다. 바로 앞에 칼릭이 있다.

"여긴 언제 왔어요?"

"새벽에. 너는 기절해 버려, 일단 그곳에 눕힌 다음 메피스토와 이 근방을 살폈지. 이상한 곳이긴 하더라. 여기는 분명 가을인데, 저기 저쪽에는 겨울이라도 온 듯 눈에 덮여 있지. 저기 저 벌판에 있는 나무는 순식간에 잎이 돋는가 싶더니 붉게 물들고 이내 다 떨어져 가지만 남더군. 봐, 다시 봄이네."

칼릭은 니안느의 어깨 너머를 가리켰다. 커다란 나무가 서 있었다. 나무는 녹색으로 진해졌다가 서서히 붉게 물들기 시작했다.

"혹시, 이곳에서 사람을 만났나요?"

"아니. 그래도 사람의 흔적은 있더군. 나무를 베어낸 흔적도 있었고, 불을 피운 흔적도 있었지. 그 마을은 사람이 없어진 지 한참 된 것 같았지만, 이 근방에는 분명 있어."

"메피스토는 어떻던가요."

"산책 나온 강아지처럼 좋아하더군."

니안느는 편하게 늘어져 있던 메피스토를 떠올렸다.

"메피스토가 그렇다면 안심해도 돼요. 용은 사람보다 훨씬 더 감이 좋거든요."

"그래? 다행이군. 방심해도 되잖아."

"그러지 말아요. 호수에 사는 욕심 많은 요정이 칼릭스트 경을 잡아가면 어쩌려고."

"그런 일 당하기에는 내가 나이가 너무 많아. 안심해."

맞는 말이다. 호수의 왕들이 데리고 가는 아이들은 모두 열 살 아래다.

칼릭은 검을 채우고 벨트도 마저 맨 다음, 젖은 머리를 털고는 말했다.

"이만 가자, 니안."

집으로 돌아오니, 나갔을 때와 조금도 달라진 바가 없었다.

니안느는 의자에 앉아 창밖의 뜰을 보았다. 뒤뜰 사과나무에는 빨간 사과가 주렁주렁 매달려 있었다. 하늘은 무척 푸르렀고, 그 위로 흐르는 구름은 솜처럼 희었다.

메피스토가 아래위로 오르락내리락 하며 노는 것이 보였다. 날아오를 때마다 풀과 나뭇잎이 튀어 올랐다. 메피스토는 그렇게 한참 푸닥거리며 놀다가 날아갔다.

칼릭은 집 안을 뒤졌다. 쓸 만한 거라곤 귀리 가루 한 자루뿐이었다. 니안느는 그 위로 손을 그었다. 상하거나 독이 든 건 아닌지 알아보는 마법이었다. 아무 변화도 없어, 먹어도 되는 것이긴 하지만 꺼림칙해서 그만두기로 했다.

어디서 먹을 것을 찾아야 하나 걱정하는데, 마침 메피스토가 멧돼지를 물고 날아왔다. 메피스토는 멧돼지를 문 앞에 둔 다음, 쥐고 있던 토끼 세 마리를 그 앞에 차례차례 늘어놓고 이를 드러냈다. 칼릭이 메피스토의 성과를 칭찬해 주었다.

니안느는 아궁이에 장작을 던진 다음, 손가락으로 딱, 소리를 냈다. 장작에 금방 불이 붙으며 아래층은 따뜻해졌다.

"너나 메피나, 둘 다 유용하군."

"단, 요리는 못해요."

"그건 걱정 마. 내가 하면 되니까. 조금 전에 내가 목욕한 그 호수에 숭어가 많이 있던데, 생선을 먹고 싶으면 말해."

"나는 돼지도 굽고 토끼도 굽고 물고기도 구워서만 먹는데, 대단하네요."

“그런데 지금 내게도 그것 외에는 방법이 없어. 조리하려면 좀 걸릴 테니, 우선 이거나 먼저 먹자.”

칼릭은 식탁 아래 놓여 있던 바구니를 꺼냈다. 윤이 반질반질 나는 빨간 사과가 한가득 들어 있었다. 메피스토가 그것을 보고 후닥닥 달려왔다. 니안느는 사과를 집어 들며 감탄했다.

“언제 이렇게 한가득 따 왔어요?”

“아침에 시간 많았거든.”

창밖으로 메피스토가 머리를 들이밀며 애처롭게 보았다. 칼릭은 사과 몇 알을 꺼내 식탁에 놓은 다음 바구니를 통째로 들었다.

“자, 메피.”

메피스토는 얼른 입을 벌렸다. 칼릭은 그 입에 바구니 안의 사과를 몽땅 털어 넣었다. 메피스토는 입을 닫은 다음 우둑 우둑 씹기 시작했다.

“이 녀석, 내내 기다렸군.”

“과일을 좋아해요. 먹을 수 있는 기회만 생기면 좋다고 오죠.”

칼릭은 식탁 위의 사과를 반으로 쪼개, 그 반을 니안느에게 내밀었다.

“고마워요.”

니안느는 사과를 먹으며 칼릭을 보았다.

칼릭이 우두둑— 사과를 베어 물었다. 사과 살이 칼릭의 입에서 씹히며 달콤한 사과향이 풍겨왔다. 어떻게 칼릭이 이곳으로 온 건지 궁금해진다. 메피스토가 따라온 것은 자연스럽다. 용은 마법의 생명체이며, 고대 신들과 그 혈연이 닿아 있는 존재이기도 하다. 니안느의 마법에 얼마든지 자신도 실어서 올 수 있다.

그런데 이 남자는 어떻게 했을까.

이 남자가 붙잡은 건 안다. 그러나 그 정도만으로 여기까지 같이 왔다는 건 설명이 되지 않는다.

게다가…….

니안느는 사과즙이 묻은 입술을 손가락으로 훔치고 손끝을 핥았다. 볼언저리가 붉어지는 건 어쩔 수 없었다.

"무슨 생각 하는 거지."

칼릭이 보자, 니안느는 슬쩍 눈길을 돌렸다.

"여기가 어디인지에 대해서 생각 중이죠. 지상은 지상이니, 어디로든 나갈 수는 있겠지요."

"갇힌 줄 알았는데, 나갈 방법이 있다면…… 좀 아쉽네."

"무서운 소리 하시네요. 여기가 어떤 곳인 줄 알고요. 잠깐 기다리면 여기저기서 사람 뜯어먹는 괴물들이 나올지도 몰라요."

"없던데."

"곧 나올 수도 있다고요. 활동 시간이 아니면 없는 거죠. 지금이야 물밑처럼 조용하지만 말이에요."

"그래도 조용하니 좋기는 하더군. 낯선 숲과 낯선 강, 낯선 호수, 모든 것이 낯설지. 그래서 오히려 기분 좋았어."

"오늘은 그런데, 내일이면 지겨워지고 모레면 제발 언제 나가는 거냐고 나를 닦달하게 될걸요. 심심해 죽겠어, 심심하다고, 아아, 심심해. 이러면서 투덜투덜."

"니안."

칼릭이 눈을 지그시 감더니, 이를 드러내고 웃었다.

"안 그럴게."

풀밭 위로 내려앉는 달빛처럼 우아하고 고요한 목소리다.

듣고 있으면, 은빛과 금빛이 뒤섞인 찬란한 것이 밀려드는 듯 기분이 좋아진다. 배에서 가슴 쪽으로 온화한 열기가 밀려든다. 또, 따뜻한 빗방울이 심장으로 톡톡 떨어지는 것 같기도 하다.

처음이다. 이렇게 불안한 것도 이렇게 초조한 것도. 그러면서도 좋은 것 역시.

"네, 그러지 말아요."

니안느는 시선을 들었다.

앞에 있는 칼릭은 편안하게 기분 좋아하는 얼굴이다. 자주는 아니지만, 이런 솔직한 얼굴을 보고 있자면 니안느는 한없이 물러지는 기분이었다. 뭐든 다 들어주고 싶다.

"여기에서 얼마나 머물 거지?"

"원한다면 내보내 줄게요. 나 혼자 있어도 되거든요."

"그러지 마."

칼릭의 손이 다가와 볼 옆의 머리카락을 매만지다 걷어냈다. 다가올 때 두근대며 좀 무서웠지만, 그러면서도 그의 손길이 닿는 게 좋아 니안느는 그대로 내버려 두었다.

"나도 꿈을 꾸는 셈 치도록 하지. 어떻게 되든, 무엇을 하든, 내 뜻대로 되지도 않고 무슨 일이 벌어질지도 모르는 그런 꿈."

"보는 사람 없다고 이상하게 놀지는 말고요."

"나는 서임 받은 기사이자 신사야. 안 그래."

손가락이 볼을 스친다.

다시 생각난다.

이 남자의 손이 몸에 닿을 때와 이 남자의 숨소리가 다가올 때가. 이 남자의 코가 볼을 스치고 남자의 입술이 입술을 덮칠 때.

성에서 이 남자는 사람들의 경애와 숭배의 대상이었다. 나셀의 용병들 여관에서도 그러했다. 눈길을 끌고 시선과 관심의 그 중심이 되는 것이 너무도 당연한 남자다. 태생적으로 몸에 밴 무관심이 사람들을 더 안달하게 만들기도 한다.

나도 그렇게 이 남자가 풍기는 매혹에 취해 흥청거리는 걸까.

니안느는 리카르를 생각했다. 어린 니안느가 본 리카르는 세상에서 제일 강한 남자였고, 든든한 보호자였다. 또, 니안느가 가장 잘 아는 남자이기도 하다.

그러데 이 남자는 그 반대에 있는, 알 수 없는 남자다. 미지의 세계이며 들끓는 암흑이니, 느끼는 감정의 결도 완전히 다르다. 불안하고 초조하며 두렵기도 하지만, 그만큼 강력하게 사로잡힌다.

사과향이 진하게 풍겨왔다. 껍질을 베어 물고 그 향을 흠뻑 적신 입술이 다가온다. 입술에 닿지는 않았다. 콧등을 쓸고 볼로 옮겨갔다. 뜨겁지만 상냥하고 다정하다. 그의 손가락이 쇄골과 목덜미를 어루만진다. 엄지가 뼈를 건드리고 검지는 턱을 쓴다.

니안느는 아랫입술을 물고 싶어졌다. 내쉬는 숨도 떨렸다.

어깨와 가슴이 울린다.

“꿈이라서 이러는 건가요.”

“그럴지도. 깨기 전까지는 그저 꾸기만 하면 되는 것이 꿈이잖아. 엉망이 되어도 좋고, 유쾌해져도 좋고. 걷고 깊으면 걷고, 눕고 싶으면 눕기만 하면 되는.”

니안느는 저도 모르게 칼릭의 턱을 보았다.

칼릭이 부드럽게 말했다.

“그러니 이 앞에 있는 것만 생각해 봐. 나머지는 다 잊고.”

“칼릭스트 경은 어떤데요.”

“난—”

칼릭이 고개를 숙여 니안느의 시선을 찾았다.

이미 바라보고 있었기에 마주치는 순간 들킨 듯 묶여 버리고 말았다.

니안느가 생각했던 것보다 뜨겁고, 각오했던 것보다 더 강력한 눈빛이다.

"어느 순간에는 달콤하고…… 어느 순간에는 사납지. 어느 순간에는 애처럼 약하고, 어느 순간에는 용처럼 흉폭하고…… 그리고 좀 아프기도 해. 살 속에 가시가 박히듯."

칼릭의 손이 니안느의 손을 잡아 손가락 마디에 입을 맞추었다. 부드러운 입술이 숨어 있는 설렘의 현을 찾아내 울린다.

"그렇게, 내가 지금 좀 미친놈 같아."

이건 무엇인지. 이 단단한 어깨와 가슴에는 잔혹함이 깃들여 있다. 마인베르클 상대할 때나, 마수들을 상대할 때나, 니안느는 이 남자가 어마어마한 힘으로 무자비한 신처럼 내리치던 일격을 알고 있다.

그럼에도 불구하고, 니안느는 이 남자의 손길과 숨결에 배인 다정함과 상냥함에 갈망을 느꼈다. 온몸에 휘감고 기대고 싶다.

더 바라보고 있기 힘겨워, 니안느는 고개를 숙였다. 이마에 칼릭의 단단한 가슴과 맥박이 느껴진다.

단단한 손이 볼을 감싼다.

니안느는 다시 리카르를 생각했다. 그의 어깨와 눈빛을, 온몸을 내던지듯 붙잡으며 내지르던 그의 절규도.

그런데, 그런 당신을 두고 나는 어째서 이 남자에게 사로잡히는 것인지.

어째서 이렇게 날개를 접듯 가만히 앉아 있는 것인지.

언제고 또 떠날 것을 알아도, 심장이 뜯겨 나가듯 아플 거라는 걸 알아도, 그래도 이렇게 있는 것인지, 눈을 감는 건지.

"그래도……."

칼릭의 탄식이 느껴진다.

"그저, 사랑스럽기만 한 순간이 오지."

뜨겁고 큰 손이 작은 새를 잡듯 머리카락을 쓸어내리고 목덜미를 당긴다. 팔이 몸을 감으며 조이고, 단단하고 강한 가슴은 몸을 눌렀다. 숨이 뜨거워진다.

놀라움과 당혹감에 두근거리고 혼란해졌다.

그리고……

입술 끝이 닿았다.

접촉은 모든 것을 멀게 한다. 번뜩이고, 뜨겁고, 또 두근대는, 그런 것들과 함께. 비처럼 쏟아져 몸을 적시고, 가슴에서부터 뿜어져 나와 몸을 휘감는다.

상아 위에 향유를 부은 듯, 비단으로 향초를 감는 듯, 그렇다. 손에 감기는 부드러운 검은 머리, 그린 듯 선명한 콧날과 우아한 눈매, 그 곳곳에 위험한 관능이 배인 아름다움이 눈을 감고 있어도 보이는 것 같았다. 향기로운 설렘이 밀려든다.

그래서 그의 몸을 밀 때는 정말 큰 결심이 필요했다.

"칼릭스트 경……."

이런 반응은 예상한 듯 칼릭은 별 저항 없이 고개를 들었다. 머리카락 사이로 보이는 그의 웃는 눈과 마주하니, 당했다는 생각이 먼저 든다.

"너무 정신 빼놓지 말아요."

니안느는 눈을 감고 고개를 저었다.

"칼릭스트 경 같은 종류의 남자는 정말 처음이라, 어떻게 해야 할지 모르겠어요. 도망쳐야 하는 건지, 아니면 이때다 싶어 덤벼야 하는 건지……."

"니안—"

칼릭의 손이 볼에 얹히더니, 턱으로 앞머리를 헤치고 이마에 입을 맞춰왔다. 머리카락 너머로 입술이 닿는다. 조금 전과는 달리 상냥해진 접촉이었다.

“나한테 좀 헤픈 분위기가 있다는 건 아는데, 그렇다고 그런 말에 상처받지 않는 건 아니야. 아무 데나 들이대는 거 아니라고.”

니안느는 저도 모르게 웃었다.

“헤픈 분위기라는 건 또 뭐예요.”

리카르하고 완전 반대되는 그런 건가, 라고 말하려다 그만두었다. 이 상황에서 리카르 이야기를 하고 싶지 않았다. 처음으로, 정말 처음으로 드는 생각이었다. 리카르를 떠올리고 싶지 않은 것은. 몸 안의 본능이 그러지 말라 하고 있었다.

칼릭이 웃는 얼굴로 몸을 기대왔다.

“나도 같이 있으면 기분 좋아지는 상대란 게 있으니까. 옆에 없으면 섭섭해지고, 같이 있으면 붙잡고 싶고. 기분이 좋아 애교도 떨고 싶은 상대가 있어. 상대가 즐거워해 주면 그것도 좋고. 훼방 놓는 사람이 있으면 화도 나. 아무한테나 그러는 건 아니라고.”

칼릭이 더 가까워졌다. 그 몸 안에 조금 전과는 다른 힘이 실린다. 강압적이고 묵직한.

체취가 풍겨온다. 그 특유의 소나무를 닮은 체취가.

“나는 지금 그러니까, 너도 내가 좋다면 좋다고 하고, 싫으면…… 그러면 아무 말 하지 마. 내가 좋아지도록 애써볼게.”

다시 웃음이 나와, 니안느는 칼릭의 볼에 손을 얹고 그 입술을 매만졌다.

니안느에게 있어 사랑이란 괴로운 것이었다. 마음 놓고 할 수가 없는 어색하고 불완전한 것들이며, 서로 맞물리지 않아 아프기만 했다.

그런데 지금, 다른 생각은 안 난다.

이 남자, 참 아름답다.

솔직한 빛을 담은 이 눈이 특히나.

두근대는데, 경쾌한 노래처럼 즐겁기만 하다.

언제고 짊어진 운명으로 돌아가야 할지라도, 그래도 이 남자에게 끌린다. 웃게 해주고 싶다. 즐겁게 해주고 싶다. 기뻐해 주면 좋겠다. 바라봐 주면 좋겠고, 잡고 싶고 기대고 싶다.

그때, 메피스토가 갑자기 어깨를 숙이고 으르렁거렸다.

니안느는 급히 손을 내리고 창가로 달려갔다.

메피스토는 이마에 한껏 주름을 새겨 넣은 다음 날개를 세우고 으르렁대는 중이었다. 칼릭이 니안느의 팔을 잡아당겼다. 돌아보자, 칼릭은 니안느의 팔을 잡은 뒤에 돌려 세웠다.

"왜요."

"저 나무, 변했어."

언덕 너머로 보이는 나무 위에 흰 눈이 쌓이고 있었다.

니안느는 눈을 동그랗게 뜨며 돌아보았다.

"왜?"

니안느는 손가락을 들었다.

"시간."

"응?"

"저건 말이죠, 각 지역이 다른 시간인 거예요."

"무슨 소리야."

"같은 공간인 것 같아도, 사실은 각자 다른 공간이란 거죠. 저 나무는 같이 있는 것처럼 보여도, 각자 다른 세상의 나무인 거예요. 저건 북쪽 숲에 있는 나무일 수도 있고, 옆에 있는 것은 서쪽 섬의 나무일 수도 있는 거죠."

니안느는 두 팔을 들었다. 몸에서 검은 새떼가 튀어 나와 창밖으로 날아갔다. 새들은 여기저기로 사라졌다가, 금방 다시 돌아와 니안느의 몸속으로 들어왔다.

"우리, 굉장한 곳으로 왔어요."

니안느는 신이 나 칼릭을 돌아보았다.

"여러 시간과 공간으로 이어진 곳이에요. 여기 있다가 저기로 가면, 완전히 다른 세상으로 갈 수 있어요. 또 이곳으로 저기로 가면 다른 세상이죠. 계절 자체가 다른 걸 보니, 시간대도 다른 것 같아요. 자, 이제 조심해요. 이대로 가다 길을 잘못 들면 백 년쯤 전의 세상으로 갈 수도 있고, 심하면 천 년 전으로 갈 수도 있다고요."

"지상에 있기는 있는 곳인가?"

"네. 뭐, 어느 곳에 있는지는 모르지만요. 또, 누가 만든 것인지도 모르지만……."

"이런 게 왜 생긴 건데."

"내가 모르는 고대신이 깃들은 영역이라 그래요. 즉, 여기는 고대신의 언덕인 셈이죠. 마인베르크를 피해 어디든 가야 했더니, 이런 곳으로 왔나 봐요."

"그럼 메피스토는 돌아다녀도 괜찮나."

"용은 괜찮아요. 어느 공간으로 가든 돌아올 수 있어요. 나도 괜찮아요. 숲의 왕이 다스리는 구역은 이렇게 이계나 다를 바 없는 상태거든요. 그곳의 하루는 인간의 백 년이기도 하고, 그곳의 십 년이 인간의 하루이기도 한 곳이죠. 비슷한 것 같아요."

"생각보다 더 재미있는 곳으로 와버렸군. 그럼 여기서 하루를 보내면 저 밖으로 가면 백 년쯤 지나 있는 건가."

"그건 우리가 정할 수 없어요. 나도 어디로 갈지는 몰라요. 돌아오는 법만 알지. 또, 위험하기도 해요. 자칫 잘못해 자신의 과거가 있는 시간으로 가면 그 과거에서 돌아올 수 없게 되기도 하니까.”

“그런 개인적인 상황이 벌어진다는 건가?”

“그럼요. 돌아다니다, 그에 사로잡히면…… 지금의 당신은 사라지고 과거의 당신만 남아요. 위험하죠. 그러니 꼭, 정해진 곳으로만 다니자고요.”

니안느는 주변을 둘러보았다.

“이 정도 영역을 만들 정도의 신이라면 손에 꼽을 수 있겠네요. 마그네시아가 아니길 빌자고요. 그 신은 죽은 사람을 너무 너무 좋아하니까, 우리가 살아 있는 것이 못마땅할 테죠.”

“그 마그네시아는 나도 알지.”

마그네시아 숲의 인신공양은 워낙 유명해서, 아는 사람은 정말 무서워하고 모르는 사람은 그들보다 더 무서워한다. 다른 왕들은 아이들을 받아들일 때 최소한 산채로 받아들이지만, 마그네시아 숲의 왕은 마을 사람들이 아이의 머리를 잘라 나무에 못 박도록 한다. 그렇게 제물로 바쳐진 아이들은 마그네시아 숲의 생명으로 다시 태어난다.

“그럼 이 마을은 뭐지?”

“신이 차지하면서 버려진 것 같아요. 그러니까, 이런 거 있잖아요. 갑자기 사라지는 마을. 마을 사람들이 무슨 일이 있어서 죄다 도망 나왔다가 돌아가려고 보니 마을이 사라졌다는 이야기.”

“집주인들에게는 날벼락이군.”

칼릭은 집을 둘러보다, 지하로 향하는 문이 있는 것을 발견했다. 같은 것을 발견한 니안느가 쾌활하게 말했다.

“한번 내려가 봐요!”

“뭐가 있을 줄 알고.”

“저기서 뭐가 나오나 고민하며 노려보는 것보다는 낫잖아요.”

니안느는 지하로 내려갔다.

지하실은 온갖 물건들이 쌓인 대단한 창고였다. 낡은 가죽 장정 책과 표면이 뿌옇게 흐려진 유리병들, 약재를 볶는 데 쓰는 커다랗고 납작한 냄비에, 정유(精油)를 만드는 유리관, 등등. 책은 종이가 아닌 양피지로 된 것들로, 펜으로 직접 쓴 것이었다. 쓰인 글자는 모두 니안느가 모르는 것들이었다.

"뭐라 적힌 건지, 하나도 모르겠네요."

칼릭은 주변을 둘러보다, 그 구석에 놓인 콘솔을 보고 뚜껑을 열었다. 안에는 건반이 있었다. 칼릭은 건반을 퉁겼다. 디링, 딩, 하는 소리가 났다.

"클라비코드군."

"그건 뭔가요."

"악기."

칼릭은 건반을 두드리다 연주를 시작했다. 손가락이 오고 가자 음악이 만들어진다. 경쾌하고 화려한 연주였다.

니안느는 멍하니 그 연주를 들으며 물었다.

"혹시 춤곡인가요?"

"그래. 처음 듣나?"

"두 번 들어도 몰라요. 내 고향 춤은 무척 빠르고 더 격렬해서 다 추고 나면 생선처럼 쓰러져 헐떡이게 되는데, 여기서는…… 날개라도 달아야겠더라고요. 사뿐 사뿐 나풀나풀 추어야 하니."

"춤을 가르쳐 준 사람이 없나?"

"노력한 사람은 많죠."

니안느는 두 팔을 들고는 허리를 숙였다.

"딱 여기까지 가르친 게 최선이었죠."

칼릭의 눈이 웃음을 담았다.

서방의 춤을 처음으로 본 것은 리카르가 결혼하던 날이었다.

사제 앞에서 재산과 군대에 관한 계약서를 나누고 그 근거가 결혼임을 밝힌 정략결혼이었지만, 그래도 구색은 맞춰 연회와 무도회는 있었다.

니안느는 리카르 옆에 앉아 홀 안을 도는 남녀의 무리들을 보았다.

춤 가르쳐 줄까, 하고 리카르가 말했을 때 니안느는 고개를 저었다.

'아뇨, 리카르. 그냥 자러 갈게요.'

'바래다줄까.'

다시 고개를 저었다.

'싫어요. 혼자 있고 싶네요.'

그날 연회 내내 니안느는 리카르를 쳐다보지도 않았다. 화가 난다기보다는 슬프기만 했다. 어떻게든 웃으며 즐거워하는 것도 괴로웠다.

무도회장 밖으로 나가니 어두웠다. 그곳은 지성소 위에 세워졌다는 지블레 성이었다. 성은 거대하고 오래되었고 서늘했다.

복도를 거닐다, 니안느는 복도에 있는 거울을 보게 되었다. 어린 소녀는 착실하게 나이를 먹어 여자가 되어 있었다. 그 시간을 느끼는 순간 밀려드는 것은 허탈함이었다. 이곳이 그녀가 있을 곳이 아니란 생각이 들었다.

"니안—"

칼릭이 불러 니안느는 급히 고개를 들었다. 칼릭이 보고 있다. 니안느는 거추장스러운 손님을 초대한 듯 미안해졌다.

"춤, 가르쳐 줄 수 있나요?"

"그럴 수야 있지만, 지금 내가 이러고 있잖아. 침묵 속에서 하나 둘, 셋, 하고 싶지는 않거든."

"나도 그래요. 잠깐 손을 들어봐요."

칼릭이 그렇게 하자 니안느는 허공에 대고 말했다.

"새겨진 떨림, 공기의 날갯짓."

칼릭이 연주한 곡이 공중에서 들려오기 시작했다.

"뭘 한 거지?"

"공기에 새겨 넣었어요. 바람에 실려 노래가 들려오도록. 자, 춤 가르쳐 줘 봐요."

니안느는 두 팔을 벌렸다. 칼릭은 그런 니안느의 허리를 살짝 잡아당겨 이끌었다.

"이리 와."

니안느는 그 손을 물끄러미 보았다.

"왜, 니안."

"칼리스트 경, 제대로 아는 거 맞죠?"

"나는 배울 만큼 배운 남자야. 기사로 싸우는 법, 신사로 처신하는 법, 제대로 된 영주가 되는 법, 모두 다. 그 안에서는 신사답게 춤추는 법도 포함되지."

"그럼 믿고 맡겨볼게요."

칼릭의 손이 허리에 얹혔다.

"자, 너는 어깨에 얹어."

그가 지시하는 대로 니안느는 칼릭의 어깨에 손을 얹었다.

남자의 몸이 지닌 크고 강한 느낌이 닿았다. 소나무 향 같은 체취는 더 진해진다.

"오른발."

칼릭이 부드럽게 말했다.

"네?"

"오른발 내밀고."

니안느는 그가 하라는 대로 했다.

"옆으로 내민 다음 왼발 뒤로. 자, 이렇게."

손이 허리를 건드렸다. 가끔은 가슴이 가슴과 닿았다. 칼릭의 턱이 이마를 스치며 정수리에 숨결이 스며든다. 고개를 들 때마다 칼릭의 눈이 섬세하게 보고 있었다.

"오른발, 왼발. 저런, 니안, 왼발. 아니, 그렇게 돌진하지는 마. 네 머리에 뿔이 달렸으면 난 벌써 찔렸어."

그리고 잔소리도 많아진다. 니안느는 흐음— 하고 웃은 다음, 고개를 흔들며 말했다.

"자질은 갖추고 있으니 잘 가르쳐서 끌어내 봐요. 닦달하지 말라고요."

"안 되면 다 내 탓이란 거군."

그리고 칼릭은 몸을 살짝 밀며 말했다.

"왼발이야."

니안느는 그의 손과 가슴에 자신을 실었다. 클라비코드의 잔물결 같은 음색이 어우러진다.

괜찮을까, 이리 즐거워도. 이리 웃어도. 그러나 이 반짝이는 것을 거부하고 싶지 않았다.

사랑스럽기만 한 순간이다. 지금이 니안느를 아름답게 해주고, 소중하게 만들어주는 것 같다. 한 남자의 손길 숨소리, 이 하나하나가 다르게 다가온다. 마음에 새기고 손에 배어들게 하고 싶다.

다시, 의문이 든다.

이 감정은 뭘까.

니안느는 고개를 들었다. 다정함과 상냥함을 기대하며 바라본 눈에 담긴 것은, 조용하지만 분명하게 날선 아픔이었다. 새벽 서리를 품은 가을밤처럼 차다.

"왜 그래요, 칼릭스트 경."

"옛날 생각이 좀 나서."

"언제 생각?"

"어렸을 때 생각. 햇살 가득하던 응접실, 아버지의 연주와 어머니의 노래. 그런 거."

니안느는 그 광경을 같이 보는 것 같았다.

블랑셰리온의 푸른 여름 숲이. 그 너머 언덕에는 흰 양떼와 소들이, 벌판에는 아름다운 말과 망아지들이 뛰어다니는. 비탈 포도원에는 포도가 익어가고, 밭에는 밀이 자라는.

"그때만큼 기분이 좋아져서."

"그럼 웃어요. 그런 표정 짓지 말고."

"웃는 거야."

칼릭은 웃으며 잊고 싶었다.

전쟁, 영지, 감당하기 힘든 폭력, 복잡한 사정들, 다. 심지어 리카르도.

대신 니안느의, 숲의 마녀가 가진 맑고 정직한 눈빛을 보았다. 온기와 신비로움을 간직한 은보라색 눈을, 이마를 가린 붉은 머리카락을, 상기된 볼과 꽃잎의 빛으로 물든 입술을.

그것들 하나하나가 심장을 어루만진다. 처음에는 작은 흔들림이지만, 뜨겁게 울컥대기도 한다. 그리고 좀 더 격렬한 순간을 원하는 마음도 인다.

그래, 조금 더 마음에 들어오는 것 같다. 캐면 캘수록, 보면 볼수록, 알아 가면 알아갈수록.

언제고 모든 것을 원하게 될 테지.

이 몸에 나를 새기고 싶어지며, 내 모든 것을 다 받아들여 주길 바랄 거야. 아니, 사실 지금 그러고 싶다.

“니안, 이러다 ‘칼릭스트 경은 들이대는 경향이 있긴 하지만 좋은 남자고, 우리 좋은 친구가 될 것 같네요.’ 하는 건 아니지?”

니안느의 눈에 미소가 배어들었다.

“좋은 친구는 싫은가요?”

“좋은 친구보다는 나쁜 남자가 나아.”

선율이 작아지며 사라진다. 칼릭은 부드러운 니안느의 볼을 손에 담듯이 감싸 잡고 콧잔등에 입을 맞추었다. 가볍고 상냥한 입맞춤이었다.

“오늘의 춤 교습은 끝.”

“이제 악기도 가르쳐 줘요.”

“그건 포기해. 음악에 재능 없더라.”

❖

토끼들은 냄비로 향했다. 멧돼지는 적절히 해체해 먹을 부분을 제한 나머지는 메피스토 앞으로 갔다. 메피스토는 먹기 좋게 썰려 나온 멧돼지를 우물우물 먹었다.

“궁금해서 묻는데, 저 녀석 대체 어디까지 크는 건가.”

“아직 어리긴 한데…….”

니안느는 가늠하듯 턱에 손을 얹고 하늘을 보았다.

“인간으로 치면 열한 살이나 열두 살 정도?”

칼릭은 메피스토의 거대한 등과 날개를 물끄러미 보았다. 클 날이 한참 남았다는 건데, 벌써 저만하면 앞날이 불길하다.

“다 크면 어느 정도지?”

“이만큼?”

그리고 니안느는 손을 벌려 보였다.

만족스러운 답이 아닌지라, 칼릭은 몹시 엄한 얼굴을 보였다. 니안느는 어깨를 움츠리고는 팔을 좀 더 벌려 보였다.

"어쩌면, 이…… 만큼?"

"……."

불신은 더 커졌지만, 칼릭은 정확한 답은 포기하고 메피스토가 입술을 핥는 것을 보았다. 불안하긴 한데, 설마하니 몇 년 안에 저 두 배가 된다거나 하는 일은 없겠지. 아니다, 그럴지도 모르겠다.

"설거지는 내가 할게요. 저기 저, 여울에 가서 씻고 오면 될 걸요. 남의 집인데 허락도 없이 함부로 썼으니, 정리는 제대로 해야 하지 않을까요."

"천천히 해."

"가는 김에 목욕도 하려고요. 일찍 가야 일찍 오죠."

"그러기에는 좀 추울 텐데."

"그건 괜찮아요."

니안느는 메피스토를 가리켰다.

"바위로 욕조를 만든 다음, 메피스토를 불러다 입김을 불어보라고 하면 돼요. 단숨에 따끈따끈해진다니까요. 상투아리움에 있을 때 그렇게 하곤 했어요. 망도 메피가 봐주고."

"……."

"왜요?"

칼릭은 실망스럽다는 얼굴로 메피스토를 보았다. 식사를 마친 메피스토는 하품을 하며 온몸을 길게 쭉쭉 피는 중이다.

"진작 말하지."

나쁜 놈. 새벽에 물 정말 차가웠는데. 그걸 그리 물끄러미 보고 있었냐. 찬물 좋아하는 사람이 세상에 어디 있다고.

"다녀와. 나는 놀고 있을 테니."

“뭐 하면서 놀 건가요.”

“그냥 자려고. 꿈에서 뭘 할지는 비밀이고.”

니안느는 칼릭스트의 볼에 입을 맞췄다.

“잘 생각했어요. 좀 자요. 거의 자는 걸 못 본 것 같아요. 봐요, 오늘도 거의 자지도 못하고 새벽에 나간 것 같던데.”

“그건 괜찮아. 원래 잘 못 자는 체질이니, 평소와 다를 바 없는 거지.”

니안느의 눈에 안타까움이 번졌다.

칼릭은 만족스러웠다. 좋네, 이것도. 내가 걱정되어서 미치겠다는 표정이.

“니안—”

“네.”

“당장 뭘 어떻게 해달라는 건 없어. 앞으로도 그럴 거고, 지금도 그래. 그러니까 몰래 도망쳐 버린다거나, 나를 다른 곳으로 보내버린다거나, 그러지는 마.”

“안 그래요.”

니안느는 칼릭의 녹색 눈을 보며 말했다.

“내가 없을 때 말도 안 되는 일이 벌어지면, 그건 내가 하는 게 절대 아니에요. 알겠죠? 뭐, 감쪽같이 없어진 척하곤 칼릭스트 경이 울 때까지 안 나타나는 놀이를 해볼 수는 있지만.”

칼릭이 정색했다.

“그러기만 해봐.”

니안느는 깜짝 놀랐다. 농담이 아니다. 정말 화내고 있는 얼굴이라.

“진짜 혼날 줄 알아.”

말은 그래도 말투는 부드러웠다. 니안느는 이게 뭐냐는 듯 활짝 웃었다. 칼릭의 눈이 가늘어지며 눈 아래로 깊은 그늘이 배어들었다.

"……취소해야겠군."

"네?"

"별 바라는 거 없다는 말."

칼릭은 니안느의 볼을 만지고 말했다.

"그렇게 웃어. 보기 좋네. 아주."

칼릭의 엄지가 볼을 훑으며 내려갔다.

"사랑스러워."

니안느는 눈길을 내렸다. 볼이 다시 붉어졌다.

"니안. 나는 그 정도 감정은 있어야 할 수 있는 짓을 잔뜩 했어. 그리고 너는 그에 동의하는 감정이 있어야 할 수 있는 반응을 해주었고."

니안느의 당황한 표정이 칼릭을 즐겁게 했다.

"그럼 다녀와."

니안느는 급히 밖으로 나갔다. 메피스토가 그런 니안느의 뒤를 큰 개처럼 충실히 따랐다.

저 녀석이 있으면 든든하겠다고 생각하며 칼릭은 창턱에 앉았다.

팔스 패거리들이 본다면 입을 딱 벌리고 경악할 짓을 오늘 몇 번을 하는 건지 모르겠다.

웃기도 피식 피식 잘 웃고, 헛소리도 많이 했다. 그래도 편하기는 정말 편안하다. 너무나 편안해, 여기로 오기 전까지 무슨 일이 있었는지도 잊고 있었다.

또, 졸리다. 몸의 근육이 풀어지며 눈이 감긴다.

왜 어머니 아버지 생각이 났는지 알 것 같다. 그때는 참 행복했으니 그러하다. 지금 역시 그런 기분이 든다. 다 잘 되고 있는 것만 같은 기분이.

어머니가 그립듯, 아버지도 보고 싶어진다. 그리 내던지듯 나온 것이 미안해지기도 했다. 아버지 책임으로 시작된 일이라 할지라도 아버지 혼자 감당하기에는 일이 너무 커졌다는 것 정도는 인정한다.

아버지는 리카르를 고발할 때 리카르가 이십 년 동안 방랑할 줄 몰랐고, 알았을 때는 수습할 능력이 없었다. 그 마인베르크는 너무 개자식이었고, 아버지는 아주 재수가 없었다. 리카르를 고발한 것에는 아무런 변명의 여지가 없다 하더라도, 그런 처지가 된 아버지에게 연민을 품을 수는 있었다.

후회가 밀려들었다. 그날 말없이 나오지 말 것을. 찾아가 한 번 안아나 드릴 것을. 그러면 이런 기분이 들지는 않았을 것을.

그러나 그때 너무 화가 나 있었다.

고향이 예전 같지 않은 데, 아버지가 그렇게 된 데, 돌아왔는데 그리워하던 그 무엇도 없다는 것에, 아무리 애를 써도 아무것도 돌아오지 않는데, 다 화가 났다. 그렇게 너무 화만 내느라, 아무것도 보지 못했다. 아버지가 어떤 상황인지. 칼릭의 행동이 아버지를 얼마나 더 힘들게 하는지.

"젠장."

이상하지. 이 낯선 곳에 앉아 있으니, 흐려진 그림 위에 덧대어 그리듯 선명해진다. 그리고 피로가 밀려든다. 편안함이 불러오는 피로였다.

잠깐 잠들었다고 생각했는데, 눈을 떴을 때는 해가 저물고 있었다. 벌써 시간이 저리되었나 생각하다 깨달았다.

"……맙소사, 니안."

칼릭은 바로 검을 챙겨 들고 밖으로 나갔다.

하늘은 짙은 보라색으로 물들어 있고, 그 아래로 난 흰 길을 따라 사람들이 일렬로 늘어서 천천히 가고 있었다. 그들의 손에는 둥근 등불이 들려 있었다. 모두 낡은 순례자의 옷을 걸치고 있었고, 그들의 등불은 별처럼 날카로운 빛을 냈다.

게다가 칼릭은 그들을 보았지만, 그들은 칼릭을 돌아보지 않았다. 무관심한 게 아니다. 아예 보지도 못하는 것 같다.

칼릭은 니안느가 사라진 방향으로 달려갔다. 그때 옆의 덤불 속에서 붉은 안광이 번뜩였다. 칼릭은 검을 뽑아 허공을 그었다. 쿵— 하고 상대의 몸이 쓰러졌다. 거대한 늑대였다.

칼릭은 피를 뿜어내는 늑대를 보다 고개를 들었다. 여기저기서 으르렁대는 소리가 들려왔다. 어둑어둑한 숲과 바위 뒤에서 뻣뻣한 털이 돋은 등이 드러났다. 발톱과 귀, 허옇게 드러난 이와 떨어지는 침들이 보인다. 유황 냄새를 머금은 악취가 풍겨왔다.

컹—

짖는 소리와 함께 늑대가 튀어 올랐다. 황소처럼 거대한 그 머리에 박힌 눈은 하나였다. 칼릭은 그 늑대의 목을 베었다. 목이 회전하며 바닥으로 떨어졌고 몸도 쿵 떨어졌다. 뒤이어 늑대들이 떼로 몰려들었다. 칼릭은 허리를 물려는 늑대의 머리를 주먹으로 내리친 뒤, 그 늑대가 고꾸라지자 검을 꽂아 넣었다. 머리뼈와 턱이 단숨에 검에 뚫렸다. 칼릭은 검을 뽑고 다른 늑대를 한꺼번에 베었다.

그때 바닥이 우르릉— 울렸다. 세상이 뒤집어엎듯이 흔들리고 있다.

칼릭은 팔에 힘을 주며 숲을 노려보았다. 이건 아주 거대한 규모가 움직이는 소리다.

❖

해가 대지로 빨려 들어가듯 저물고 어둑어둑해졌다.

따라오던 메피스토가 바짝 긴장하며 목을 덮은 뿔을 바짝 세웠다. 경계해야 할 것이 있는 것이다.

곧 벌판에 흰 길이 나타나고 그 위로 등불을 든 순례자들이 떠올랐다.

사람이 나타난 거라 생각한 니안느는 행여나 기대하며 보았다가 곧 아니란 것을 깨달았다.

보자마자 알 수 있었다. 저들은 산 사람이 아니다.

니안느는 비로소 이곳의 실체를 알 수 있었다.

여러 시간이 이어진 공간이자, 고대신의 상징이랄 수 있는 거석, 그리고 흰 옷의 순례자들.

저런 이들이 나타나면, 그곳은—

"안둔."

바로, 망령들의 땅.

니안느는 치마를 잡고 벌판을 달렸다.

필람몬은 숲 밖의 세계에 대해 가장 박식한 파수꾼이었고, 호기심 많은 니안느에게 뭐든 다 가르쳐 주었다.

안둔은 그중 하나였다. 망령들의 대지이며, 지상의 끝에 있는 곳이라 했다.

"안둔은 멸망한 데본과 방황하는 신 안드룬의 땅이지. 단, 저승은 아니란다. 경계의 틈과 가장 가까운 곳이긴 하다만, 지상은 지상이다. 영혼이 존재할 수 있는 유일한 힘의 영역이지."

"아주 위험한 곳이겠네요, 그럼."

"그래, 아주 위험하지."

니안느의 고향에서는 사람이 세상을 뜨면 안둔에서 휘말려 길을 잃지 않도록 까마귀의 조각상을 같이 묻었다. 그 까마귀가 영혼을 인도한다고 믿었다.

산 자들이 가려면 특별한 가호와 힘이 필요하다. 어느 기사가 계약을 지키기 위해 안드룬과 만나고, 그 안드룬이 일곱 해 동안 그의 역할을 해 달라며 이 안둔으로 보낸 이야기도 있다.

니안느도 안드룬은 몇 번 본 적이 있었다. 그 고대신은 상투아리움의 전쟁터에 종종 나타났고, 병사들은 그가 나타나는 것을 몸서리치게 싫어했다. 안드룬은 아군도 적군도 없는 거대한 살육을 예고하기 때문이다.

대체 무엇이 니안느를 이곳으로 이끈 것일까.

마인베르크인지, 칼릭인지, 그 상황 자체인지. 그러나 무엇이든 간에, 어서 이곳을 떠나야 한다는 생각이 앞섰다. 니안느는 다른 신에 속한 숲의 마법사고 메피스토는 용이니 괜찮지만, 칼릭은 완전한 인간이다. 가장 위험하다.

그러다 니안느는 허공에 길고 날카로운 틈이 나타난 것을 보았다.

검은 천에 칼집을 낸 것 같았다. 그 틈에서 빛이 스미어 나와 어둠 속으로 번져들었다.

빛의 틈 너머로 흰 손이 나타났다. 손은 은으로 된 촛대를 쥐고 있었다. 그 손이 니안느를 천천히 가리켰다.

니안느는 등이 차가워지는 것을 느꼈다. 심장에 차가운 피가 흘러나오는 것 같다.

"안 돼."

눈앞이 부옇게 흐려지고 몸이 굳었다. 촛불의 빛이 다가와 눈이 부셨다. 돌처럼 차가운 손이 볼을 건드리곤 물러났다. 촛불이 사라지고 빛의 틈도 닫히기 시작했다. 그 틈 너머로 여자의 마른 어깨와 검은 머리가 보였다.

"누구……."

니안느는 여자를 향해 손을 뻗었지만, 틈이 닫히며 어두워졌다.

잠시 시간이 지났다. 두려움에 침을 삼키며 귀를 기울이는데, 갑자기

가슴 안으로 독한 냉기가 박혀왔다. 얼음덩어리가 가슴에 박힌 듯 차고 아팠다.

"아."

너무 고통스럽다.

[안녕, 생쥐 꼬마.]

나른한 목소리가 들려왔다.

"마인베르크!"

[도망치기야 잘 도망쳤는데, 금방 들키고 말았네. 어쩌나.]

"……!"

메피스토가 머리 위에서 포효하며 불을 내뿜었다. 시뻘건 불이 밤하늘을 불태웠다. 어둠이 붉게 찢겨지며 초원과 숲이 그 불길에 모습을 드러냈다. 우두둑, 둑둑, 소리가 나며 흙이 튀어 올랐다. 바닥에 묻혀 있던 것들이 뚫고 나온다. 뼈로 된 손이, 머리가, 다리가 사악한 싹처럼 솟아 나왔다.

니안느는 피하려 했지만, 뼈들이 튀어나와 가로막았다. 뼈들은 서로 들러붙어 다리와 몸통을 만들어냈다. 그 주변으로 검은 연기가 피어올라 그들에게 갑옷과 방패, 검을 쥐여 주었다.

[다른 세상으로 도망친 줄 알았는데, 고작 여기야?]

이제 가슴만이 아니라 이마도 차가워진다.

니안느는 고개를 돌리며 외쳤다.

"메피스토!"

메피스토가 달려오자, 니안느는 메피스토의 머리를 당긴 다음 어깨를 밟고 뛰어올랐다.

"날아!"

메피스토는 거대한 날개로 허공을 후려치며 높이 떠올랐다.

"멀리!"

니안느는 메피스토를 돌진시켰다. 마법은 쓰지 않았다. 하늘을 가르는 메피스토의 등에 기대 지평선을 노려보았다.

"저기로 가!"

메피스토는 니안느가 가리키는 비탈을 향해 날아갔다. 그곳에는 거석이 박혀 있었다. 그 거석 위를 통과하자, 차가운 막을 통과하는 느낌이 들더니 확 추워졌다.

새벽에 보는 푸릇한 광경이 보였다. 잎이 다 떨어진 나무들로 가득한 겨울 숲이었다. 눈이 내리고 있었다.

이마와 가슴의 차가운 느낌이 사라진다. 자유로워졌다.

니안느는 무엇을 해야 하는지 깨달았다.

안둔은 다른 공간으로 이어져 있다. 장소가 다를 뿐만 아니라 시간조차 다르다. 그러니 공간이 바뀌면 마인베르크의 힘이 미치지 못한다.

검푸른 새벽 겨울 숲 위를 날다, 니안느는 메피스토에게 방향을 바꾸게 했다.

"위로 올라가자."

메피스토는 머리를 뻗고 위로 올라갔다. 몸이 땅을 향해 누우며 붉은 머리카락이 풀어져 사방으로 흩날렸다. 날아가는 방향을 반대로 바꾼 메피스토는 몸을 돌려 바로 세웠다. 바람으로 된 벽을 통과하는 것 같은 느낌과 함께, 거의 동시에 마인베르크의 힘에 그물에 걸린 새처럼 사로잡혔다.

[그래 봤자, 내가 너를 발견하면 끝이야. 요리조리 도망치려 해봤자, 내 안이라고!]

니안느는 입술을 물며 벌판을 노려보았다.

검은 불꽃이 어스름을 긁으며 솟구치는 것이 보였다. 벌판을 뒤덮는 검은 날개 사이에서 머리가 부풀 듯 솟아나오고 그 위로 붉게 타오르는 눈이 나타났다.

그것이다.

숲이 멸망하던 날 찾아왔던 마룡이다.

니안느는 그 용을 향해 돌진했다. 메피스토는 날개를 죽 펼치고 빠르게 하강했다. 돌풍 같은 바람을 맞으며 니안느는 그와 얼굴을 마주할 수 있었다. 니안느는 고삐로 허리를 단단히 묶었다.

"메피, 부탁할게."

메피스토가 몸을 빙글 돌려 니안느의 몸이 자신의 품에 오도록 한 뒤에 마룡의 코앞에서 위로 똑바로 날아올랐다. 메피스토의 등이 아슬아슬하게 적의 코앞을 스쳤다.

니안느는 눈을 감았다. 혼이 몸에서 빠져나왔다. 영혼의 상태로 보는 영혼의 땅은 육신의 눈으로 보는 것과 달랐다. 온통 회색으로 변한 벌판과 하늘, 숲 위로 검게 휘몰아치는 마룡이 보였다.

사방에 널린 악령과 유해의 전사들 역시, 그 몸이 아니라 그 몸에 깃든 검은 악령의 형체로 보였다.

이곳은 망령들의 땅 안둔. 그리고 그것은 곧, 니안느 역시 몸에서 빠져나와도 깃들 육체를 굳이 찾을 필요가 없다는 의미다.

이 땅에서는 모든 영혼이 실체를 가진다. 살았을 때와 똑같은 힘과 망자의 기억을 이어간다. 영체 상태로 몸을 벗어날 수 있는 마법만 안다면 이곳에서 만큼은 실체를 가질 수 있을 것이다.

망자들의 땅이 된 것도 그 탓. 다른 세상으로 넘어가야 하는 영혼들이 이곳에 사로잡히면 자신이 이곳에 존재하는 듯 착각하게 되며 머물게 된다.

니안느는 영혼인 상태로 힘을 썼다. 정신을 집중하는 준비는 필요 없었다. 힘 그 자체였으니, 숨을 쉬듯 쉽게 힘이 운용된다.

바닥에서 우르릉 소리가 들렸다. 흙을 튕겨내며 바위들이 튀어 올랐다. 흙과 자갈이 사방으로 흩어졌다. 가시덩굴이 니안느의 몸을 감싸며 회오리처럼 몰아쳤다. 바위의 거인들의 주먹에, 가시덩굴이 일으키는 돌풍에, 악령의 기사들이 박살났다. 몸이 튀고, 갑옷이 낙엽처럼 부서져 튀어 올랐다. 검과 방패는 바닥에 내동댕이쳐졌다.

메피스토의 모습이 나타나자, 니안느는 자신의 몸으로 돌아갔다. 돌아온 그녀의 몸에서 벚꽃 내음이 풍겨왔다.

"어딜 다녀온 거니? 아주 재밌는 곳을 다녀왔나 봐."

기분 좋았지만 잠시였다. 곧 가슴이 얼음을 댄 듯 차가워진다. 또 마인베르크의 힘이다. 참 잘도 찾아낸다. 니안느는 잠시 그가 자신을 잠식하도록 내버려 두었다. 몸속으로 그의 힘이 깊이 들어왔다.

"메피, 다시!"

메피스토는 다시 회전했다.

니안느는 바로 몸에서 떠났다.

회색으로 변한 영혼의 세계로 돌아오자, 니안느는 그 악령의 용을 향해 달려갔다. 악령들이 모두 니안느를 향해 달려들었다. 니안느의 편인 바위에 깃든 정령과 가시덩굴 위에 서린 정령, 바람에 얹힌 정령들이 악령들을 향해 덤벼들었다. 그들이 막는 동안, 니안느는 검은 용을 향해 손을 뻗어 그 안으로 뛰어들었다.

검고 차가운 물속에 뛰어든 작은 물고기처럼 니안느는 빨려 들어갔다. 니안느는 곧 예전 몬타에서와 똑같이, 검은 벽과 바닥으로 이루어진 공간에서 마인베르크와 마주하게 되었다.

[아, 여기까지 왔구나!]

마인베르크가 다가왔다. 니안느를 향해 차가운 기운이 뻗어 와, 끈끈하게 들러붙었다. 영혼인 상태로 접촉해야 볼 수 있는 것으로 보아 실제하는 곳이 아닌 마인베르크의 정신이 만들어낸 곳일 가능성이 크다. 즉, 이곳은 실제 공간이 아닌 마인베르크의 마음속 그 자체다.

그것을 깨닫자 무엇을 해야 할 지도 알았다. 이 마인베르크가 모르는 게 무엇인지도.

알아채기 전에 해야 한다.

기회다.

"마인베르크, 이건 그렇게 쓰면—"

혼을 다루는 법을 배울 때 가장 기본으로 배우는 것, 그것은 바로 남의 영혼을 자기 안으로 끌어들이지 말라는 것이다.

"네가 당해."

니안느는 마인베르크를 향해 온몸을 내던졌다. 육체가 아닌 영혼과 영혼이, 정신과 정신이 충돌했다. 두 사람의 경계가 무너졌다. 땅과 하늘이 서로를 향해 돌진해 충돌하며 무너지는 듯.

필람몬은 항상 말했다.

그 어떤 영혼도 만만하게 보지 마라. 타인의 혼이 네 안으로 들어오게 되면, 네 심장이 있는 작은 방으로 그들을 안내하는 것이 된다. 그들은 손톱 하나만으로도 너희를 파멸시킬 수 있게 된다.

마인베르크 안으로 들어가는 순간 니안느는 경악했다.

"세상에."

완벽한 혼돈이었다. 인과도 순서도 없이 완벽하게 엉망진창이었다. 광기 그 자체다. 미치고 취한 정신의 향연이었다. 흐름도 없고 맥락도 없다. 자아 자체가 존재하지 않고, 이런 사람이 사람 구실을 하고 산다는 것이 믿어지지 않을 지경이다. 이 정도면 병자다. 가야 할 곳은 독방이요 필요한 것은 마음을 안정시키는 약이지 사람 사는 곳이 아니다.

온갖 파편이 휘몰아치는 가운데 니안느는 마인베르크의 기억 중 간신히 형체가 남아 있는 부분의 잔상을 보았다.

텅 빈 방이다.

방의 주인이 버리고 갔다는 것 쯤, 그 싸늘한 공기만으로도 알겠다.

방은 너무나 호화스러웠다. 침대도, 벽도, 그리고 가구도, 모두 금과 비단과 고급 모피로 장식되어 사치스러웠다. 그런데 이 방의 주인은 그 무엇도 취하지 않고 버리고 사라졌다. 그것이 더 남자를 비참하게 했다.

거울에 남자의 웃는 얼굴이 비친다. 콧날이 날카롭고 갸름한 얼굴이다.

'어디로 간 거니, 세레나.'

남자가 말했다.

'어디로 간 거냐고!'

남자의 생각이 읽힌다.

이 남자는 찾고 또 찾았다. 모든 방법을 다 동원해 그가 다스리는 땅을 다 뒤졌건만 세레나는 보이지 않는다. 오베른의 땅으로 사람을 보냈으나, 오베른은 세레나의 거취를 알리기를 거부하며 그의 기사들을 쫓아냈다.

'나만큼 너를 사랑하는 남자도 없고, 여기서만큼 사랑받을 수 있는 곳도 없는데.'

남자는 천천히 일어났다. 그의 등 뒤로 긴 그림자가 일어났다. 검고 거대한 용이 그 그림자 속에서 솟아 나왔다. 검은 용의 몸은 그 거대하고 호화로운 방을 가득 채우고도 부풀어 올랐다. 날개와 몸통은 천장과 벽을 누르고, 조용하고 사악한 머리는 마인베르크의 어깨에 얹힌다. 용은 이 남자의 포악함과 잔혹함을 전하는 전령(傳令)과도 같았다.

'그래, 네가 세상 속으로 도망쳤다면.'

웃으며 말했다.

'그 세상이 다 내 것이면 되겠지.'

확 변했다.

니안느는 이제 폭풍우 치는 숲속에 서 있었다.

비바람이 몰아쳐 바위로 쏟아졌다. 거대한 바위에서 물이 폭포처럼 흘러내렸다.

남자는 세레나 앞에 서 있었다. 바위를 등지고 선 세레나는 흠뻑 젖어 머리카락이 볼과 목덜미에 들러붙어 있었고, 창백한 얼굴은 겁에 질려 있었다.

'가까이 오지 마.'

세레나가 단도를 들어 자신의 목에 댔다.

'난 오늘 여기서 죽을 거니까, 그렇게 데리고 가고 싶거든 시체나 가지고 가. 그건 공짜야! 나를 찾으려면 저승으로나 오든지!'

순간, 남자가 세레나의 팔을 낚아챘다. 세레나의 단도가 내리치는 것이 먼저인 건지 남자가 잡은 것이 먼저인지 모르겠다.

남자가 말했다.

'그래, 죽어봐! 네가 저승으로 가면 나는 저승으로 가 너를 찾아올 테니! 그곳이야말로 내 고향이거든!'

더 이상은 보이지 않는다.

모든 색이 다 섞여, 탁한 암흑으로 변한다.

길을 잃은 것 같다. 마인베르크의 의식은 그만큼 혼란했다.

니안느는 의식을 여기저기 뻗었다. 어떻게든 길을 찾으려 했지만 검은 탁류에 휘말린 물고기 신세다.

희미한 불빛이 보인다.

아직 마인베르크의 의식 속이니 그의 기억일 것이다. 나갈 수 있는 길이 될지도 모른다는 생각에 니안느는 그 방향으로 움직였다. 그나마 밝으니, 이 남자가 아주 귀중하게 간직한 기억이기도 하겠지.

음침한 빛이 어둑어둑한 공간을 비추고 있었다. 좁고 어두운 곳이다. 쇠사슬이 벽에 늘어져 있고, 그 끝에 누군가가 묶여 있다.

아직 어린 십대 소년이었다. 창백한 이마는 땀에 젖어 있고, 꾹 문 입술로 고통을 참고 있었다. 검은 머리카락 아래 활활 타오르는 눈이 상대를 노려보고 있다.

칼릭이었다. 열여섯 일곱쯤. 그러나 어린 칼릭의 눈은 몇 번은 죽었던 자의 것과도 같았다. 족쇄가 그의 손목을 죄고 있었다. 손은 오래되어 굳은 피투성이였다. 또 목과 어깨에는 고통스러운 고문의 흔적들이 남아 있다. 피는 검게 굳어 있고, 살이 벗겨져 있었다. 발목도 뒤틀려 있었다.

니안느는 충격과 아픔을 느꼈다.

누가 이런 짓을, 어떻게 이런 짓을.

벌벌 떨리는 것을 참다 깨달았다. 이것은 마인베르크의 기억이고, 마인베르크가 보았기에 니안느도 보이는 것이다.

그 소년의 머리를 남자의 손이 잡는다.

'이제 정했지?'

확신에 찬 목소리다. 절대 거절할 수 없을 거라는.

소년의 눈 안에 스며드는 것은 분노와 굴욕감이었다.

이곳, 이 순간은…… 니안느가 처음으로 보았던 칼릭, 냉혹한 경계와 증오만 남아 있던 바로 그 남자가 시작되는 순간이었다.

충격이 번져 온다. 다리에서부터 흔들리며 가슴이 아프다.

여태 마인베르크와 칼릭이 어떤 관계인지 몰랐다.

칼릭이 증오를 보이긴 했지만 그 이유를 제대로 알 수 있을 정도는 아니었다. 그 감정의 원인은 아주 두꺼운 얼음 아래 있었고, 너무나 견고하게 얼어붙어 있어 그 아래 무엇이 있는지 알 수 없었다.

칼릭의 모습이 사라지자 니안느는 완전히 길을 잃고 말았다. 검은 공간 안에 니안느 홀로 서 있었다. 소리도 바람도 없다. 그리된 것에 대한 두려움보다, 조금 전에 본 칼릭의 모습이 더 아팠다. 어서 그를 만나고, 그의 팔을 잡고 그가 지금은 무사한지 확인하고 싶었다. 이젠 그런 일이 없을 거라고, 없게 하겠다고 해주고 싶다. 그런데 어디로 가야 할지 모른다.

바람이 불 듯 작은 재잘거림이 소곤소곤 들려오더니 점점 커졌다. 새소리 같기도 하고 여울의 물소리 같기도 했다. 끝없이 들려오며 빛이 보이기 시작했다.

니안느는 그 빛을 향해 눈을 들었다.

희미한 빛의 길이 니안느 앞에 드리워져 있었다. 니안느는 그 빛을 향해 한걸음 디뎠다. 빛 너머로 익숙한 얼굴들이 흐릿하게나마 보이기 시작했다. 그리웠던 얼굴들이, 외로운 날 침대에 얼굴을 묻고 흐느끼며 부르던 이들이, 어느 날에는 별빛 가득한 하늘을 보며 하나하나 부르던 이들이 희미하게 보인다.

그들의 손이 니안느를 이끌기 시작했다. 니안느는 그 빛 속에서 가장 그리웠던 얼굴을 발견했다.

"필람몬."

니안느는 조용히 그 이름을 부르며 다가갔다. 빛이 점점 더 강해졌다. 눈부시다. 잠시 지나자 잠에서 깨듯 모든 감각이 돌아왔다. 몸으로 돌아온 것이다.

눈을 뜨고 보는 세상은 온화한 금빛으로 가득했다. 그 빛은 가슴의 나뭇가지에서 뿜어져 나오는 것이었다. 그 눈부신 빛이 작은 달덩이처럼 검푸른 새벽의 숲을 비춘다.

니안느는 천천히 고개를 들었다.

야생 벚나무 숲이 펼쳐져 있었다. 나무가 쏟아내는 흰 꽃잎이 니안느의 몸을 향해 몰아쳐 왔다. 숲의 왕이 남긴 빛이 하얀 꽃으로 가득한 나무와 바위를 적셨다. 꽃잎이 작은 날개처럼 팔락여 날아와 머리와 옷에 앉았다.

옆에 있던 메피스토가 가늘게 으르렁대며 니안느의 볼에 자신의 코를 댔다. 용의 등과 머리에 꽃잎이 내려앉아 있었다.

"걱정했구나, 메피."

니안느는 그 머리를 안고 볼을 댔다.

눈물이 나올 정도로 그리웠던 형제들과의 짧은 만남에, 니안느는 가슴이 벅찼다.

이 안둔의 힘이었던 걸까. 그들이 이렇게 가까이 있는 것은. 형제와 필람몬이 이곳에 있다면, 아예 이 안둔에 머물고 싶어지기까지 했다. 그러나…… 그럴 수는 없다.

찾아야 할 사람이 있다.

메피스토가 킁킁대며 으르렁댔다. 킁킁대는 건 좋아서 하는 것이고 으르렁대는 건 신경 쓰이는 것이 있다는 뜻이다.

"알았어. 나도 그 사람 걱정되니까 어서 찾으러 가자."

❖

칼릭은 앞의 검은 늑대를 검으로 내리쳤다.

사방이 그가 만든 시체들로 가득했다. 많아도 너무 많고 끝도 없었다.

칼릭은 늑대를 걷어차 날렸다.

크엉, 컹—

늑대가 내동댕이쳐졌다. 칼릭은 허리를 젖히며 검을 내리찍었다. 검은 막 움직이는 무언가에 박혔다.

나무였다.

방금 전까지 없던.

칼릭은 검이 박힌 둥치를 노려보았다.

나무가 움직이고 있다.

쇳덩이들이 서로를 비비는 듯 불길하고 끔찍한 소리가 들렸다. 나무의 윤곽이 출렁였다. 둥치가 검은 날개를 움츠린 형상으로 변하고 먹물처럼 시커멓게 물들었다.

나무는 날개를 접은 용의 형상으로 변해 있었다.

"너냐."

칼릭의 입술이 올라갔다.

검붉은 눈동자가 시뻘겋게 타오르더니, 용은 폭발하듯 뛰어올라 칼릭을 덮쳤다. 사방으로 검은 회오리가 쳤다. 바닥이 파이고 바위가 깨졌다. 칼릭은 그 용을 향해 몸을 날렸다. 어깨와 등에 단단한 비늘로 덮인 용의 가슴이 부딪혔다.

칼릭은 그 드러난 가슴을 향해 검을 찔러 넣었다. 검에서 흰 빛이 솟구쳤다. 비늘과 가슴으로 빛이 번지며 용의 몸이 갈라졌다. 차가운 막을 통과하듯 온몸을 휩쓰는 느낌이 있었다. 차갑고 얇은 것이 몸을 덮친다.

"……!"

뭔가에 걸려들었다.

칼릭은 검을 뽑으려 했지만 손안에 검이 없었다.

"젠장!"

칼릭은 주먹을 휘둘렀다. 아무것도 걸리지 않는다. 조금 전까지 사방에 가득하던 마수들의 악취도 사라졌다.

'자, 이제 조심해요. 이대로 가다 길을 잘못 들면 백 년쯤 전의 세상으로 갈 수도 있고, 천 년 전으로 갈 수도 있다고요.'

다행히 서서히 주변이 밝아오기 시작하자, 칼릭은 조용히 다음 순간을 기다렸다.

일어날 일이 있다면 어서 일어나.

이제, 칼릭은 큰 홀에 서 있었다.

검은 나무로 만든 긴 탁자와 군청색으로 화려하게 짜인 태피스트리가 보인다. 앞에는 벽을 등진 검은 의자가 놓여 있고, 그 위는 표범 가죽과 호랑이 가죽이 겹으로 덮여 있었다.

빌어먹게도, 칼릭은 이곳이 어디인지 기억하고 있었다.

도저히 잊으려야 잊을 수 없는 곳이니.

그제야 자신이 좀 더 작아지고 가늘어져 있다는 것을 깨달았다. 손바닥과 손목에 익숙한 흉터가 없었다. 목덜미로 손을 가져갔다. 그곳에 있어야 할 흉터 역시 없다.

벽에 걸린 장식용 방패에 칼릭의 얼굴이 비쳤다. 어린 얼굴이었다. 한십 년 정도.

'그건 우리가 정할 수 없어요. 나도 어디로 갈지는 몰라요. 돌아오는 법만 알지. 또, 위험하기도 해요. 자칫 잘못해 자신의 과거로 가면 그 과거에서 돌아올 수 없게 되기도 하니까.'

'그런 개인적인 상황이 벌어진다는 건가?'

'그럼요. 돌아다니다, 그에 사로잡히면…… 지금의 당신은 사라지고 과거의 당신만 남아요. 위험하죠. 그러니 꼭, 정해진 곳으로만 다니자고요.'

니안느에게 물어볼 걸 그랬다. 과거로 갈 수 있다는 말은, 정말 내 자신이 과거로 돌아갈 수도 있느냐는 말이냐고. 그 순간으로 돌아가, 모든 것을 고스란히 다시 겪어야 하는 것이기도 하느냐고.

[어서 오거라, 칼릭스트.]

칼릭은 천천히 고개를 들었다.

마인베르크, 세레나의 남편이자 델 판의 공작인 남자가 앞에 앉아 있었다.

[왜 그리 놀라니, 칼릭스트. 나란다, 마인베르크. 세레나와 결혼해 네 숙부이자 가족이 된 남자야.]

똑같다.

열여섯 살, 이 남자 마인베르크 앞에 섰을 때와.

어린 칼릭은 숲에서 이 남자와 만났다.

마인베르크는 수하들과 함께 거하게 불을 피워놓고 잡아온 사슴을 굽고 있었다. 고모와 어머니의 일을 알고 있던 칼릭은 돌아가려 했지만, 마인베르크의 기사들이 길을 막았다.

[너도 한잔할래? 사내라면 한잔해야지. 네가 몇 살이더라…… 열다섯인가 여섯인가. 그래, 그 정도면 다 자란 사내구나. 어서 와라, 거기 있지 말고.]

칼릭은 마인베르크가 주는 잔을 받아 마셔야 했다. 그리고 그대로 쓰러졌고, 정신을 차렸을 때는 이미 포로였다.

[가겠습니다.]

칼릭의 말에 마인베르크가 웃었다. 날카로운 얼굴 위에서 빛나는 그 눈은 잔혹한 검붉은 색이었다. 그런 그가 보이는 웃음은 그만큼 불길했다.

[오자마자 간다니, 그건 또 무슨 예의란 말이냐. 버릇을 아주 잘 들여야겠구나. 누구 앞에서 고분고분해야 하는지 정도는 알아둬야지.]

[그럴 필요 없습니다.]

마인베르크가 더 크게 소리 내어 웃었다.

[아니, 내가 해줘야 할 것 같구나. 네 아버지가 말이다, 네 어머니가 죽은 다음 완전히 정신을 놓았다고 들었어. 네 고모도 네 걱정이 참 많더구나. 그래서 음, 세레나를 위해서도 너를 위해서도 네 아버지를 위해서도 내가 너를 가르치고 기사이자 남자로 키우는 게 옳은 것 같더구나.]

[아버지가 그러라 하셨습니까.]

[말할 거야. 아마도 허락할 거다. 아니, 더 좋아할 거야. 너를 제대로 키

울 수 있는 사람이 누구인지, 누구보다 잘 알 테니.]

[아버지가 허락했다 하더라도 저는 거절합니다.]

칼릭이 돌아서자 홀 안에 있던 마인베르크의 수하들이 일어났다. 덩치 큰 사내가 칼릭의 멱살을 잡아 뒤로 밀었다. 두터운 가슴이 칼릭을 압박했지만, 칼릭은 두 발에 힘을 주어 견뎠다.

[어이, 야콥, 놓아줘라. 애한테 처음부터 그럴 필요는 없잖아.]

야콥은 급히 팔을 떼고 물러났다. 봐준다는 듯이 웃기는 했지만, 얼굴은 붉게 물들고 팔은 가늘게 떨리고 있었다. 눈도 괴물과 만난 듯 경악으로 커져 있었다.

[이제부터는 저 녀석들하고 친하게 지내렴. 저 중 절반이 네 엄마랑 해봤을 테니, 아버지나 다를 바 없거든. 저 야콥을 포함해서 말이야.]

웃음소리가 났다.

칼릭은 가슴속으로 시커먼 함몰이 일어나는 것을 느꼈다.

어머니는 작년에 병으로 세상을 떴다. 아버지는 며칠을 울었다. 아직도 슬픔에서 벗어나지 못했다.

어머니는 병으로—

안다.

병 때문만이 아니다.

고모가 이 남자에게 잡혀 돌아가야 했을 때, 어머니는 만신창이가 되어 집으로 돌아와 며칠을 앓았다. 간신히 회복되긴 했지만 너무 쇠약해졌다. 평소라면 가벼운 병이었을 텐데, 어머니는 버티지 못했다. 그래서……

칼릭은 입술을 물었다.

[자, 정식 인사는 나중에 하고…….]

칼릭은 돌아서 마인베르크의 얼굴을 향해 주먹을 날렸다. 마인베르크의 손이 칼릭의 팔목을 낚아챘다. 칼릭은 주먹을 비틀었지만, 마인베르크의 팔에 힘이 들어갔다. 황소라도 잡을 듯 강하고 단단한 힘이었다.

[이 계집애 같은 주먹으로 어떻게 하겠다는 거냐. 응? 여기서 제대로 배우…….]

칼릭은 반대편 주먹으로 마인베르크의 턱을 갈겼다. 강력한 소리와 함께 마인베르크의 얼굴이 거의 반대 방향까지 확 돌아갔다. 손이 풀려났다. 칼릭은 마인베르크의 멱살을 움켜잡고 그 머리를 거듭 거듭 후려쳤다. 얼굴이 찢어지며 피투성이가 되었다.

[잡아!]

고함이 들렸다. 거센 팔이 칼릭의 팔을 낚아채 뒤로 당겼지만, 칼릭은 몸을 뒤틀어 그의 턱을 갈기고, 다른 기사의 다리를 걷어찼다. 신음과 함께 기사의 몸이 나동그라졌다. 다른 기사가 덤벼들었지만, 칼릭은 의자를 들어 그 머리를 후려갈기고 등을 공격하려는 자의 다리를 걷어찼다.

칼릭이 제압된 것은 마인베르크의 기사들 중 절반이 쓰러진 뒤였다. 그나마도 기사 하나가 운 좋게 다리를 잡아 넘어뜨린 덕이었다.

마인베르크는 이미 피투성이가 되어 있었다. 그는 턱의 피를 훔치며 말했다.

[집어넣어.]

성의 지하 감옥에 끌려가 갇혔다. 강철 족쇄에 묶여, 며칠을 굶으며 견뎌야 했다. 태어나서 처음 당하는 것이 너무 많은 날이었다. 맞는 것도, 갇히는 것도. 세상에 이런 곳이 있다는 것을 알게 되는 것도.

살이 썩는 냄새가 풍겨오고 고문 받는 자들의 비명과 신음, 통곡과 울음이 희미하게 들려왔다. 세상의 고통이 진물을 흘리는 곳 같았다.

칼릭이 그곳에서 열흘을 버텼을 때 마인베르크가 찾아왔다.

[나갈래?]

[돌아갈 겁니다.]

[자, 자. 칼릭스트. 고집 피우지 마. 나는 너를 아버지처럼 돌보고 가르칠 거다. 네 멍청한 아버지보다는 내가 더 나을 거야. 최선을 다하마.]

[갈 겁니다.]

마인베르크는 무릎을 굽히고 칼릭과 눈을 맞추었다.

[그럼 일단 내 방식대로 하자. 아무리 자질이 훌륭한 아이라도 적절한 훈육이 필요한 법 아니니.]

각오는 했다. 때리려면 때리고 굶기려면 굶기라지.

마인베르크가 칼릭의 손을 잡아당겨 벽에 붙였다.

일순, 엄청난 일격이 왔다. 손가락의 뼈가 한 번 박살났다. 뼛조각이 살을 뚫고 나왔다.

그 엄청난 고통에 칼릭은 눈을 크게 뜨고 비명을 삼켰다. 경악한 칼릭의 눈에 짓뭉개진 손이 보였다. 마인베르크는 손을 놓았다. 툭 떨어진 손을, 마인베르크는 발로 짓밟았다. 우드득, 소리와 함께 손의 뼈가 완전히 짓이겨졌다.

마인베르크가 웃으며 말했다.

[자, 내일 보자, 칼릭스트.]

엄청난 고통 속에 몇 번이나 기절했다 깨어난 뒤에 마인베르크가 돌아왔다.

[많이 아팠지? 가엾은 것 같으니. 얼굴이 하얗구나. 이런, 땀 봐.]

마인베르크는 칼릭의 이마를 만지곤, 완전히 망가진 손을 잡았다. 손이 멀쩡해졌다. 상처는 아물고 부러진 뼈는 붙었다. 망가진 적 따위 없었다는 듯.

우마니엘의 혈족으로서, 칼릭도 치유 정도는 할 줄 안다. 그런데 이렇게 빨리, 이 정도 상처를 회복시키는 건 처음 보았다.

[신기하지? 라크세니아의 마법은 이리 굉장하단다. 나는 이 모든 것을 너와 함께 할 수 있어.]

그리고 칼릭의 반대편 손을 잡더니, 비틀어 부러뜨렸다.

몸부림치는 칼릭의 팔목을 잡고 어깨를 내리쳤다. 마인베르크는 고통에 이를 부딪치며 숨을 몰아쉬는 칼릭에게 부드럽게 말했다.

[이건 내일모레 고쳐 주마. 그리고 계속 나는 물어볼 거야. 갈 거니, 안 갈 거니. 그러다 매일 오는 게 귀찮아서, 너를 좀 아프게 한 뒤에 이틀 뒤에 올지도 몰라. 사흘 뒤에 올지도 모르고. 그러다 정말로 귀찮아져서 오지 않게 될지도 모르지. 한참 잊고 있다가 알게 될 거야. 아, 가만, 그렇지. 내가 지하에다 칼릭스트를 버려두고 왔어!]

[…….]

분노로 노려보는 칼릭에게 마인베르크는 다시 속삭였다.

[이러니 저러니 해도 어차피 네가 내릴 결론은 같을 거란다. 그러니, 그냥 시키는 대로 해.]

한 달 뒤 칼릭은 항복했다.

몸의 모든 부위가 한 번씩 박살난 뒤였다. 마지막 열흘을 다리가 부러진 채로 견디며, 더 이상은 의미가 없다고 결론을 내렸다. 마인베르크란 남자는 고통을 주는 데 절대 지치지도 않거니와, 그 상상력이 동나는 날도 없을 것이다.

그러나 폭력에 굴복하고 복종하는 것은 각오했던 것보다 더 비참했다.

그래도 칼릭이 복종하기만 하면 마인베르크는 맥락 없이 주먹과 발을 휘두르긴 해도 정말 아들처럼 대해주었다. 영주회에 같이 가는 것도 세레나가 아닌 칼릭이었다.

그 영주회에서 라크세니아 공후(公侯)들의 부인들은 모일 때마다 세레나를 씹어댔다. 부인들은 그곳에서 서로 주고받은 말을 남편들의 귀에 옮

겼고, 공후들도 모이면 마인베르크의 아내에 대해 말하며 입술을 적셨다.

공개석상에서 세레나에 대한 음담패설에 가까운 말이 나온 뒤, 대영주회는 다시는 열리지 않았다. 영주회에서 낄낄대던 자들 중 절반이 그 아내들과 함께 마인베르크에게 목이 떨어졌다. 아들딸들은 죽거나 노예가 되어 팔려갔다. 나머지 절반은 목만 떨어진 게 아니었고, 아들딸이 살아남은 것도 아니었다.

포소 강 근방에 있는 예츠의 성주는 그래도 제법 저항했다. 마인베르크와 비슷한 고대신의 혈통인 자로, 데본에 비하면 송사리에 불과해도 고대신은 고대신이었다. 마인베르크의 군대는 검이 녹슬고 병사들은 병들었다. 성주가 원한 것은 재협상이었지만, 마인베르크는 그럴 의지가 없었다.

칼릭이 도착했을 때는 이미 승리로 끝나 있었다. 성주는 산 채로 나무에 꿰어진 채 길 입구에 걸려 있었고, 그 아내와 아이들은 껍질이 벗겨져 죽어 있었다.

마인베르크는 두 팔을 벌리며 칼릭을 맞이했다.

[어서 와라, 칼릭스트. 원래는 세 명당 한 명을 내 노예로 달라 한 건데, 생각을 고쳤단다. 세 명당 한 명을 죽이는 걸로. 그건 네가 처리하려무나. 내 병사들은 지쳤거든.]

시체 썩는 냄새에 머리가 아플 지경이었다. 게다가 칼릭에게 있어 무기력한 사람들을 상대로 검을 휘두르는 것은 제정신으로 하기 어려운 일이었다.

[어차피 점령한 성이니, 원하시는 만큼 노예로 끌고 가십시오. 그건 도와드리겠습니다.]

[나한테 반항하는 녀석이 바로 앞에 또 있구나. 왜 그러니. 섭섭하게. 하라면 해야지.]

[섭섭하셔도 어쩔 수 없습니다. 안 합니다.]

[왜?]

[그런 식으로 아무 저항도 할 수 없는 사람을 죽일 수는 없습니다. 또, 누구는 죽고 누구는 사는 것도.]

[그래, 그렇구나. 역시 너무한 짓이지. 누구는 죽고 누구는 산다는 것 말이야.]

웬일인가 싶었다. 주먹 두어 대 정도는 감수해야 할 줄 알았는데. 마인베르크는 활짝 웃으며 말했다.

[공평하게 다 죽이자.]

마인베르크는 옆의 종자에게 검과 갑옷을 가지고 오라 했다.

[사내란 말이다, 모두가 두려워해야 하는 거다. 좋아하고 예뻐하는 건 강아지에게도 할 수 있단다. 자, 여기서 기다려라. 꼼짝도 하지 말고.]

그리고 칼릭은 그 자리에서 성이 피에 잠기는 것을 보았다.

예전에 한 번 들렀던 적이 있다. 어떤 소녀는 볼을 붉히며 꽃을 건넸다. 어떤 남자는 아내와 함께 칼릭에게 인사를 했었다. 농사꾼 몇이 염소를 가지고 와 부탁을 한 적도 있다. 숲에서 괴수가 나와 사람들을 해친다며, 칼릭이 그런 부탁을 들어준다고 들었다며 사정했다.

그런 그들이 살던 성은 반나절 만에 그들의 피에 잠겼다.

마인베르크는 그의 '특별한 수하' 들을 불렀고, 사람들은 공포에 질려 울부짖고 고통에 몸부림치며 죽어갔다.

그날 깨달았다.

여기서 나가야 한다.

이 살육과 피에 젖어들기 전에. 밖에서 풍기는 피 냄새인지 내 안에서 풍겨오는 피 냄새인지 모르게 되기 전에, 나 자신이 사라지기 전에.

마인베르크가 성을 비울 때를 기다려 도망쳤다. 성의 문지기들은 칼릭이 영주의 명령으로 나가는 거라 생각해 붙잡지도 않았다.

열흘 만에 이그라탄으로 향하는 항구의 입구에 도착했고, 그 길목에서 마인베르크와 만났다.

[이거 참 우연이구나. 막 여기 앉았는데.]

그의 뒤에는 '특별한 수하' 들이 와 있었다.

돌아온 칼릭의 방에는 칼릭의 종자와 그날 시중을 맡았던 하인 부부의 시체가 놓여 있었다. 제 형체도 없었다. 팔다리는 부러져 있고 허리는 끊어졌다. 문을 지켰던 병사들도 다 죽었다. 그 시체들이 성벽에 한 달 넘게 늘어져 있었으니, 모르려야 모를 수가 없었다.

그날 밤, 마인베르크는 칼릭을 불렀다.

[칼릭, 나는 너를 정말 좋아한단다. 내 친아들처럼 생각해. 너를 남자로 만들기 위해, 내가 얼마나 애를 썼는지. 그런데 네가 이리 굴면 나는 참 슬프단다. 마음이 아파.]

마인베르크의 손이 턱을 잡았다.

[다시는 내 마음을 아프게 하지 말거라.]

칼릭은 가혹한 순간을 각오했다.

아주, 아주 가혹한 순간을.

고통에 굴종하며 사람은 비천해지고 비참해진다.

그리고…….

세상에는 단 하루란 게 있다.

그 하루가 지나면, 남은 모든 날들에 그 하루의 그림자가 배어든다.

살에 박혀 움직일 때마다 살을 긁어댄다.

또.

때론, 생살이 잘리는 고통보다 더한 것도 있다. 누구에게도 말할 수 없는, 이가 갈리도록 비참한 고통이.

하루를 모으다 보면 한 달이 되고 한 달을 모으면 일 년이 된다. 그렇게 라크세니아에서 몇 년을 버텼다.

그동안 고향 블랑셰리온은 아주 가파르게 몰락했다.

운텔가움 정복전이 시작된 것은 칼릭이 스무 살 때였다. 아버지는 그 운텔가움의 성주를 도우려던 다른 성주를 공격하여 패하는 중이었다. 그 정복전은 마인베르크의 기대보다 더 길고 어려웠다. 석 달이 넘어갔을 때, 칼릭은 마인베르크를 찾아갔다.

성의 영주는 전사했지만 군대의 사령관은 버티는 중이었다. 마인베르크는 성을 점령하면 죄다 죽일 거라 선포한 뒤였다. 이리 죽으나 저리 죽으나 매한가지였으니 버티는 것이다. 그리고 그 버티는 힘이 예상을 넘어 강했다.

[제가 처리할 테니 그 성을 제게 주십시오.]

마인베르크는 무척 놀랐다.

[놀랍구나. 네가 그리 나온 건 처음이라 내가 어찌해야 할지 모르겠어.]

[해주십시오.]

마인베르크는 공을 들이던 여자에게서 조건을 들은 듯 좋아했다.

[그래, 남자라면 제 몫은 제가 차지할 줄 알아야지.]

칼릭은 보름 뒤 궁수 백여 명과 산을 잘 타는 병사 이백 명으로 운텔가움의 항복을 받았다.

델 판의 악마 마인베르크를 만날 거라 각오한 사령관이 만난 것은, 투구를 벗어 얼굴을 보이는 스무 살 젊은이였다.

눈이 고요히 내리는 산기슭에서 사령관과 그 아들은 너무도 기이한 상대와 마주하게 된 것이다. 젊은 기사는 사람이 아니라 차갑고 하얀 겨울 정령처럼 보였다.

[앞머리를 자르고 불길에 넣어라. 너희들의 믿음에 따르자면, 그러면 한 번 죽는 거겠지. 그리고……]

칼릭은 사령관의 아들, 그를 불타듯 바라보는 남자를 보며 말했다.

[내게 복종하고 나의 검과 방패가 되어준다면, 나는 한번 죽은 그대들을 다시 살게 해주겠다. 그러나 나는 마인베르크의 아들도 후계자도 아닌, 볼모다. 많은 것을 약속할 수 없고, 오랫동안 보장할 수도 없다. 그러나 내가 살아야 너희들도 살 것이고, 내가 지거나 죽으면 그날로 끝이다. 그러니 살고 싶거든 나를 도와라.]

사령관이 결정하지 못하자, 그의 아들이 앞으로 나섰다. 구릿빛 얼굴에 숱 많은 갈색 머리를 가진 젊은 남자였다. 바로 운텔가움의 벤자민이었다.

[우리는 복수를 바라는 게 아니오. 살려주기만 하면 되오.]

벤자민은 검을 뽑아 바닥에 꽂고 무릎을 꿇었다.

[부탁드리겠소. 살려주시오. 뭐든 다 하겠소.]

모두가 무릎을 꿇었다.

그날 칼릭은 운텔가움의 성을 마인베르크로부터 받아냈다.

그 후 마인베르크는 정복한 지역의 절반 이상을 칼릭에게 넘겼다. 다스리기 귀찮아서였다. 칼릭 자신의 친위대를 꾸리는 것도 흔쾌히 허락해주었다. 해달라 하면 해달라고 했다는 이유로 다 해주었다. 가진 것이 많으면 많을수록 머물 거라 생각한 것 같다.

몇 년은 그래도 비교적 순조롭게 흘러갔다. 칼릭이 전면적으로 나서며 라크세니아의 정복전은 지난 전쟁들보다는 덜 잔혹했고 쉬워졌다.

[반란이 일어났다. 그런데 이놈들이 이그라탄의 틸레키아 총독에게 도와달라고 했지 뭐냐. 네가 먼저 가 있어라.]

마인베르크는 어느 날 칼릭을 델 판으로 불러들이더니, 거의 석 달을 아무 일 없이 머물게 한 뒤에 그리 말했다. 왜 그런지는 알았다. 아무리 칼릭에게 많은 것을 맡겨도, 마인베르크는 종종 그런 식으로 예고 없이 칼릭과 칼릭의 수하들을 떼어 놓곤 해야 안심했다.

[저 혼자 갈 수는 없습니다.]

마인베르크가 절대 허락하지 않은 것이 있으니, 델 판으로 올 때 수하들을 데리고 오는 것이었다. 델 판으로 갈 때마다 칼릭은 항상 혼자 가야 했다.

[제 수하는 여기 없으니, 흑익기사단을 주십시오. 제가 원하는 자들을 포함해서.]

[드디어 흑익기사단하고 친하게 지내기로 한 거냐. 평소에는 말도 안 섞더니. 기쁘구나, 네가 내 옆으로 한발 더 온 것 같아서. 칼릭스트, 나는 정말로 너를 내 아들처럼 생각한단다. 내 뒤를 이을 수 있는 사람을 고르라면, 세상에 너 하나뿐일 거다.]

[감사합니다.]

돌아서는 칼릭에게 마인베르크가 말했다.

[야콥을 데리고 가고, 길에 대한 거라면 모두 맡겨라. 녀석이 이 근방은 제일 잘 알거든.]

야콥—

여기 온 첫날 홀에 있던 남자다.

마인베르크는 웃음 가득한 얼굴로 말했다.

[아주 위험한 지역을 거쳐 가야 할 거란다. 그러니 야콥이 하자는 대로 해라. 알겠지?]

칼릭은 출발하는 날까지 목적지도 경로도 듣지 못했다. 친아들, 너를 믿는다, 수천 번을 말해도 칼릭은 처음부터 저 마인베르크의 노예였다.

출발하는 날 야콥이 말했다.

[동방 숲을 가로지를 거다, 도련님. 그게 제일 빠르거든.]

동방 숲. 일명, 오리엔티카 실바인.

성스러운 라크세니아의 숲.

[그 숲의 진짜를 보게 될 거야, 도련님. 델 판의 성에서 볼 때와는 완전히 다른 숲을.]

겁주는 것이 뻔히 보였다.

숲이 주는 위압감은 항상 엄청났고, 들어가자 거인의 손바닥 사이에 있는 듯 숨이 막혔다. 숲속으로 깊이 들어가자, 그 검은 나무둥치들은 사람 몇이 둘러싸도 될 정도로 거대했다. 그들의 몸에서 뻗어 나간 나뭇가지들이 성전의 지붕처럼 어둡게 하늘을 덮었다. 기사들도 평소와는 달리 아주 얌전했다. 입이 붙어 있는 날이 없는 야콥 역시 조용하다. 고목들 안에 아주 오래된 영혼이 깃들어 그들을 지켜보는 것 같았다.

칼릭은 말을 멈추었다.

[왜.]

야콥이 물었다.

칼릭은 말 머리를 꺾어 숲으로 뛰어들었다.

놀란 야콥이 고함을 질렀다.

[잡아!]

[저, 저기, 저긴 숲속입니다!]

수하가 기겁해 말했다.

'숲속' 이라는 말에 공포가 담겨 있었다. 이 델 판 사람들이 가장 두려워하는 것은 동방 숲이지 마인베르크가 아니었다.

[그래도 잡아! 들어가! 놓치면 우리 모두 제대로 죽지도 못해!]

칼릭은 말을 돌려 세웠다. 기사들이 달려들었다. 칼릭이 검을 뽑아 달려드는 기사의 팔을 잘라 버렸다. 또 다른 기사의 허리를 찔러 걷어찼다. 돌아서 도망치려는 기사의 등을 쑤시고, 어깨를 내리치는 검을 막아낸 다음 주먹으로 그의 턱을 갈겼다. 기사들을 모두 단숨에 다 쓰러뜨린 뒤, 칼릭은 야콥 앞으로 말을 몰았다. 야콥이 뒤로 주춤 물러나며 팔에 힘을 주었다.

[하, 너. 네놈…….]

말을 마치기도 전에 야콥의 어깨에 칼릭의 검이 내리꽂혔다. 피가 솟구쳤다. 검을 뽑자, 야콥의 몸이 바닥으로 떨어졌다.

칼릭은 말에서 내려 몸을 뒤트는 야콥에게 다가갔다. 야콥이 이를 득득 갈며 웃으려 애썼다.

[야, 도련님. 네 엄마 말이…….]

칼릭은 야콥의 입에 검을 쑤셔 넣었다. 숨이 끊어질 때까지 칼릭은 잠자코 있었다. 야콥의 눈이 멎자, 칼릭은 검을 뽑고 가슴을 뒤져 돈과 여비를 꺼냈다.

일을 마친 칼릭은 잠시 대로를 보다가, 숲 쪽으로 돌아섰다. 이끼로 덮인 바위와 나무둥치를 두껍게 휘감은 덩굴, 컴컴하게 뒤엉킨 나무들 속에 서서, 칼릭은 진짜가 오는 것을 기다렸다. 마인베르크의 그 '특별한 수하' 들을.

숲이 변했다. 나무둥치는 검게 물들고 나뭇가지와 잎은 벌레처럼 꿈틀댔다. 나무마다 악령이 깃드는 것 같았다.

잠시 뒤, 숲 여기저기서 으르렁대는 소리가 들리며 붉은 눈이 나타나기 시작했다. 가시 같은 털을 세운 거대한 개들이 모습을 드러냈다. 유황 냄새가 자욱하게 풍겨왔다. 단도만 한 이빨이 그들의 입 아래에서 튀어나왔다. 얼굴은 기이하게도 사람의 얼굴과 닮아 있었다.

[설마 너희들이 숲의 정령이란 건 아니겠지.]

사람 코처럼 보이는 괴물의 코가 김을 식식 내뿜었다. 우는 것 같은 눈이 번들댔다. 컹, 하는 소리가 나더니 그들이 일제히 몰려들었다. 칼릭은 그들을 향해 검을 휘둘렀다.

피보라와 함께 내장과 살점들이 후드득 떨어졌다. 개가 이를 드러내며 물려했지만, 칼릭은 머리를 뚫어버리고 걷어찼다. 수십, 수백 마리가 시커멓게 밀려들었다. 칼릭의 검은 그들을 한꺼번에 베어 버렸다. 피와 살이 튀었다. 몸과 칼이 피로 젖어갔다.

나무들도 몸을 흔들었다. 굵은 둥치가 구렁이처럼 꿈틀대더니, 변하기 시작했다. 뿌리와 가지가 길게 뻗어오고 둥치 위에 눈과 입이 나타났다.

붉게 이글대는 눈으로 칼릭을 탐욕스럽게 보며, 쪼개듯 입을 벌렸다. 나무에 달린 입에서 사람의 이를 닮은 수북한 이빨이 드러났다. 거대한 혀가 꿈틀대며 입술을 핥았다.

칼릭은 그 입에 검을 박아 넣고 밖으로 힘주어 갈랐다. 묵직한 저항이 느껴졌다. 서서히 한계가 오고 있었다. 더 이상 그가 가진 힘만으로는 안 된다. 아직 해치워야 하는 상대가 너무 많다.

어린 시절부터 배웠던, 그러나 쓰지 말라던 힘이 있었다.

아버지가 말했다.

'우리들의 몸에 깃드는 권능은 우리 혈족들이라면 누구나 쓸 수 있다. 우리에게 직접 깃든 우마니엘은 물론이요, 절대의 권능을 대신하는 벨사키엘의 권능도 쓸 수 있다. 단, 권능은 인간의 몸을 파괴한다. 신의 힘은 인간의 몸에 자비를 두지 않지. 유스티카엘의 성전사들이 어떻게 싸우는지 아니? 아편을 먹고 싸운다. 코끼리라도 쓰러뜨릴 만큼 먹어. 그러나 가장 고통스럽다는 우마니엘의 권능보다도 더 고통스러운 것이 있으니……'

그것은 절대의 권능 벨사키엘.

축복을 받은 모든 가문이 쓸 수 있으나, 그 누구도 쓸 수도 써서도 안 되는 전파(全破)와 전몰(全歿)의 권능.

모든 적을 남김없이 파괴하지만 그 권능을 빌린 자도 파괴한다.

그러나 지금, 다른 방법은 대체 뭐가 있단 말인가.

검에서 흰 빛이 터져 나와, 그 빛과 함께 악령이 들러붙은 나무는 불 칼에 맞은 듯 베어져 나갔다.

칼릭은 숨을 토해냈다. 권능의 발현이 가지고 오는 엄청난 고통이 몸을 뒤흔든다.

생각했던 것보다 더 끔찍했다.

몸이 찢겨나가는 것 같았다.

바닥이 울렸다. 나무들이 뿌리째 뽑혀 나가며, 그 나무들 자체가 거대한 괴물이 되어 칼릭을 덮쳤다. 칼릭의 검에서 다시 흰 빛이 터지며 그 나무를 동강냈다. 나무가 무너지며 다른 나무들도 쓰러졌다. 적을 휩쓸면서도 칼릭은 더 고통 받고 있었다. 그래도 그 힘은 막강했고, 전몰의 힘을 부여받은 검은 괴물을 모조리 휩쓸어 버렸다.

[젠장!]

온 숲이 토해내는 괴물들은 낙엽처럼 바닥에 떨어졌고 재가 되어 흩날렸다.

검이 뿜어내는 빛은 이제 햇살처럼 강력했다. 하늘의 권능이 지상의 몸을 박살 내며 내려오고 있었다.

칼릭은 고함을 질렀다.

벨사키엘의, 하늘 아래 최강이라는 절대파괴의 권능.

또, 세상 극한의 고통.

온몸의 피가 다 타오르는 것 같았다. 핏줄을 타고 칼날이 흐르는 것 같았다. 그 고통이 뼈로 스며들고 심장을 태우는 것 같았다.

'벨사키엘의 힘은 말이다, 유스티카엘보다 더 강력한 권능으로 적을 섬멸한다. 어떤 신에게 속한 자에게도 징벌을 내릴 수 있는 권능이지만, 그 힘은 인간의 것이 아니야. 어차피 쓸 수 있는 사람 자체도 별로 없지만, 네가 그에 속한다면 말이다 칼릭…… 그 어떤 절망적인 상황이 오더라도, 아무리 위급하다 하더라도…… 쓰지 마라.'

'쓰지 마.'

하지만 이대로 마인베르크에게 끌려가느니 이 편이 나았다.

더는 할 수가 없다.

피가 거꾸로 가슴으로 모이는 것 같았다. 목과 어깨, 팔목에 독을 품은 짐승의 이가 박히는 것 같았다. 온몸이 타올라 사라지는 것 같은 끔찍한 고통 속에서, 칼릭은 거듭 고함을 질렀다.

땀이 흐른다 생각했는데 피였다. 미끈거리고 끈적댄다.

나무의 악령들은 전멸했다. 조금 전에 나왔던 들개의 악령들 역시 전멸, 모든 것을 전멸시킨 가운데 칼릭은 숨을 헐떡였다. 피를 토하며 간신히 버티고 있었다.

그런데 끝난 것이 아니었다.

검은 그림자가 서서히 고이기 시작했다. 검은 구멍처럼 진해진 그곳에서 검은 용이 모습을 드러냈다. 긴 날개가 어둠 속에서 솟아오르고 뿔이 수북하게 돋아난 등이 나타났다.

[그래! 이리 와, 마인베르크!]

칼릭은 고함을 질렀다.

[보낼 수 있는 건 다 보내라고!]

펼쳐진 날개 사이에 있는 몸뚱이가 일그러지더니, 사람의 형체로 변했다. 그 손에는 검과 방패가 쥐어져 있었고, 그가 쓴 검은 투구 아래로 검붉은 눈이 드러난다.

지독하게도 마인베르크와 닮은 형상이다.

[어서!]

성난 목소리로 외쳤다.

마인베르크가 어떤 힘을 가지고 있는지 알았다.

그 힘으로 그는 라크세니아를 쉽게 손에 넣었다. 힘은 공포를 부르고, 공포는 복종을 불렀고, 복종은 힘을 더 강하게 만든다.

칼릭은 그 마인베르크가 부리는 것들을 '특별한 수하' 들이라 불렀다. 그리고 그것들이 있는 한, 마인베르크가 얼마나 강력할지도 안다.

칼릭은 그 마룡, 마인베르크의 가장 강력한 수하를 향해 검을 내리쳤다. 검에 권능을 불어 넣었다. 빛이 강렬해지며 마룡의 검을 쪼개고 불태웠다. 사방이 빛으로 장악되었으나 칼릭의 피도 바닥으로 뚝뚝 떨어졌다.

온몸이 산산조각 나는 것 같다.

언제까지 버틸 수 있을까.

살이 여기저기 베인 듯 벌어지고, 그 틈에서 피가 나와 옷과 어깨, 손과 허벅지를 적신다. 폐에도 피가 차는 것 같았다. 온몸이 고통의 덩어리였다.

신이여.

당신의 권능이란, 어째서 사람의 몸을 이리도 고통스럽게 하는 것인가.

어째서, 신이여!

어째서 당신은 인간에게 모든 가능성을 주고, 그 가능성으로 고통을 주는가.

어째서 내게, 어째서 내게 이런 빌어먹을 운명을 준 건가.

어째서 그놈, 마인베르크의 손아귀에 잡혀 노리개가 되어 살게 한 거지!

"칼릭스트?"

두 손이 볼을 감싸는 것이 느껴진다.

누가 나를 이리 정성스럽게 어루만지는 건지.

이 기괴한 숲의 한가운데, 고통과 마주하며 갇혀 있는 지금 이게 뭔지.

아득한, 기쁨인지 안도인지 모를 감정 속에 깨달았다.

분명 이 모든 것은 과거의 일이다. 그런데 지금 과거인지 현재인지, 실제인지 환각인지 모르겠다. 고통은 모든 것을 흐리게 했다.

어떻게 된 일인가. 이 목소리가 지금 들릴 리는 없는데.

"어쩌다 이렇게 된 거예요. 제발, 정신 좀 차려요!"

두 팔이 피투성이인 칼릭의 머리를 안았다.

희미한 한숨과 고통의 신음을 내쉬며, 칼릭은 그를 감싸는 팔을 느꼈다. 칼릭의 피가 상대의 볼과 어깨를 적신다.

"어쩌다. 맙소사, 맙소사 칼릭. 안 돼요."

나무들은 악령이 들러붙어 수북한 이를 드러내며 몸을 뒤틀었고, 바위와 풀들에는 괴물의 사체 조각이 널려 있었다.

여자의 등 뒤에 있는 용이 으르렁대며 등과 어깨의 뿔을 곤두세웠다.

칼릭은 이를 갈며 신음을 토해냈다. 그 손이 그의 피에 젖은 머리카락을 쓸어내렸다. 피에 젖은 머리카락과 감은 눈, 고통을 참는 턱을 매만졌다. 치밀어 오르는 슬픔을 참으며, 여자는 칼릭의 턱 아래에 이마를 댔다.

"잠깐만 버텨줘요. 방법이…… 있어요."

칼릭의 눈에 상대의 가슴에 걸린 흰 나뭇가지가 보였다. 달빛을 베어 만든 듯 희게 빛났다. 희고 마른 손이 그 나뭇가지를 잡아당겼다.

"쉿."

하얗게 빛나는 나뭇가지가 칼릭의 몸 안으로 스며들었다. 빛은 피에 젖은 가슴으로 천천히 잠겨 사라졌다.

"잠시만 기다려요."

서서히 고통이 멎는다.

묵직하게 가라앉아 가던 심장이 다시 뛰고, 끊어졌던 혈관이 다시 이어진다. 상처가 아무는 것이 느껴진다. 통증이 사라지는 것도.

칼릭은 눈을 뜨고 앞을 보았다.

깊고도 깊은 어둠이 보였다.

검은 마룡이 칼릭 앞에 있었다. 검고 거대한 날개로 사방을 압도하고, 칼릭의 심장을 찌를 듯 으르렁대며.

그런데 각오했던 고통이 더 이상 없다.

칼릭은 목덜미를 만졌다. 그 피도 없다. 상처 역시. 과거에 그 숲에서 도망칠 때 겪었던 모든 일들이 바로 지금 겪은 듯 생생한데 다 사라졌다.

이제 칼릭은 과거에 휩쓸리기 전으로 돌아와 있었다.

"선물 잘 받았다, 이 개자식아."

칼릭은 부러진 검을 들었다.

부러진 날의 뿌리에서부터 빛이 솟구쳐 올랐다. 권능을 끌어내는 것임에도 고통스럽지 않다. 숨을 쉬듯 편안하다.

세상을 베어낼 듯 희게 빛나는 검을 든 채, 칼릭은 앞에 엎드린 마룡을 보았다. 그 몸을 이루는 것은 소용돌이치는 거대한 어둠이었다. 그 안에 사람의 얼굴이 보이기도 하고 뒤틀린 괴물의 몸이 보이기도 했다. 몸인 동시에 공간이었으며, 공간인 동시에 길 잃은 악령들이 뭉친 것이기도 했다.

마룡이 이를 드러내고 날개를 펼쳤다. 부풀어 오른 마룡의 몸이 주변을 삼켰다. 나무도 바위도 땅도, 검은 회오리와 함께 사라진다. 강력한 저항이 칼릭의 몸을 밀어내며 힘을 가했다. 칼릭은 몸을 부딪쳤다. 검의 날이 마룡의 목에 닿았다. 칼릭은 힘주어 위로 올렸다. 빛이 마룡을 베어냈다. 잘려 나간 단면의 끝에서부터 하얗게 타들어가자, 칼릭은 힘을 더 주었다.

검이 마룡의 목을 통과해 위로 솟구쳤다. 목이 쿵, 떨어지고 거대한 몸이 쓰러졌다. 권능이 담겼던 검은 산산이 깨어지고, 빛은 잘려 나간 마룡의 몸과 머리를 삼켰다. 마룡의 그 엄청난 몸은 재로 변해 하늘로 날렸다.

"하아!"

칼릭은 검을 든 채로 숨을 몰아쉬었다. 신의 힘을 쓰는 데 치러야 할 그 가혹한 고통은 이제 없다. 칼릭은 자루만 남은 검을 던졌다. 챙크랑, 하며 바위에 부딪히고 나동그라졌다.

칼릭은 지친 머리를 들어 주변을 둘러 보았다.

숲속이다. 붉게 물드는 가을의 나무들로 가득한, 차가운 바람이 감도는 숲이다.

이제 기억난다.

마인베르크로부터 도망치던 그날의 기억이.

다 죽어가는 채로 쓰러졌다가 정신이 들었을 때는 새벽이었다.

칼릭은 피에 젖은 옷을 입은 채 이끼 낀 바위 옆에 기대어 있었다. 몸은 멀끔했다. 전날의 전투가 모두 거짓인 것 같았으나, 옷은 피에 젖어 있었다. 기억을 돌이켜 보려 해도, 어둠에 베어 먹힌 듯 아무 기억도 없다. 마룡이 왜 물러난 건지, 그리고 무엇보다 어떻게 이렇게 멀쩡한 건지. 이유도 과정도 기억나지 않았다.

멍한 얼굴로 희게 밝아오는 아침을 하염없이 바라보았다. 그가 살아야 할 세상이 시작되고 있었다. 지저귀는 작은 새와 새끼를 거느린 암사슴, 덤불 사이를 달리는 여우, 맑고 차가운 개울, 그 위로 내리는 따뜻한 햇살이 있는 세상이.

칼릭은 일어나 걸었고, 걷다 달렸다.

어디로 향할지 모르면서도 달렸다. 거대한 나무들 사이로 푸른 하늘이 보였고, 그 숲을 벗어나자 넓은 해안가였다. 바위에 부딪히는 바다의 거품은 희었다. 크고 넓은 세상에서 불어오는 바람은 시원하고 신선했다.

[어이.]

목소리가 들린 곳에, 쾌활한 표정의 남자가 앉아 있었다. 그 뒤에 야영의 흔적이 있었다. 남자 몇이 자리를 정리하는 중이었다.

남자가 물었다.

[여긴 무슨 볼일이야, 젊은이.]

[누구지?]

[아, 우리는 해결사들이야. 이상한 의뢰를 받고 여기에 있는 중이고. 뭐더라, 엄청나게 많은 돈을 줄 테니 이곳에 있는 괴물을 좀 없애달라나. 사람들이 엄청 괴로운가 보다 하고 왔더니, 웬걸. 사람 하나 없는 곳이더라! 젊은 친구, 그러니 운 좋은 줄 알아. 우리가 없었으면 말이다, 여기서 굶어 쓰러졌을 거라고.]

남자는 저 혼자 떠들고 웃었다.

[같이 하지.]

칼릭이 말했다.

[내가 한 만큼의 몫만 주면 된다.]

[싸울 줄은 아는 거야? 참, 이름이 뭐야?]

[칼릭스트.]

[난 다니엘, 저기 저 자고 있는 놈은 팔스. 나머지는 곧 소개해 줄게!]

그 의문의 의뢰인이 누구인지는 끝까지 밝혀지지 않았다.

다니엘을 포함한 그 일행과 함께 항구도시 메가라로 왔을 때, 그 의뢰인은 말도 안 되는 금액을 성전기사단의 은행으로 결제해 둔 뒤였다.

항상 의문이었다.

그날 밤 대체 무슨 일이 있었던 것인지.

벨사키엘의 권능을 썼고, 분명 살이 다 찢어졌었다. 고통에 제대로 서 있기도 힘들었다. 그런데 일어나 보니 상처 하나 없다. 분명 기적인데, 그런 기적이 일어난 이유를 무엇으로도 설명할 수가 없었다.

어머니가 말했다.

세상에는 고대신이 있지. 그들은 자비롭지도 공정하지도 않은 신이란다. 그들은 때때로 변덕스런 기적을 베풀기도 하고 인간의 적들을 향해 진노하기도 한단다. 그런 그들이 무엇을 할지, 인간의 기준으로 생각하면 안 된단다. 도움이 되니 안 되니 하며 따지면 안 된다는 거야. 그 신들을 존중하고 인정하는 것만이 가련한 인간의 몫이란다.

그 동방 숲의 신이 기적을 베풀어준 걸까.

모두가 숭배하고 우러르며 두려워한다는, 그 동방 숲의 왕이었던 걸까.

한참 뒤에 니안느를 만나 동방 숲에 대해 들었을 때 문득 감이 왔다. 니안느의 힘도, 그 목에 걸린 숲의 왕의 흔적이라는 조각에서 흘러나오는 기운도 익숙했다.

어렴풋이 기억이 나기도 했다.

그날 빛이 그에게 머물렀다. 찬란한 은빛, 달이 내려온 듯 온화하고 아름다운 빛이.

그래, 그럼 그날의 일은 기적이었나 보다.

믿을 수 없는 일들은 항상 일어난다. 믿고 싶지 않은 일들도 일어나고,

믿어지지 않는 일도 일어나며, 믿을 수밖에 없는 일들도 일어난다. 그러니, 기적도 일어나긴 한다.

그 기적 덕에 칼릭은 마인베르크에게서 도망칠 수 있었고, 성으로 돌아와 아버지를 만나고 니안느를 만날 수 있었다.

그리고……

그 지긋지긋했던 마인베르크의 마룡을 죽여 버린 지금……

볼을 스치는 바람은 차가웠지만 맑았다. 가을의 나무와 낙엽의 냄새가 배어 있어, 어딘가에서 달콤하게 익어가고 있을 열매를 생각하게 했다.

칼릭은 손길을 느꼈다.

부드러운 손이 볼에 얹히고, 감미로운 숨소리와 함께 기쁨에 찬 은보라색 눈이 보였다.

"칼릭스트?"

니안느였다.

"어떻게……."

"당신을 찾아다녔어요. 그런데 당신을 발견했을 때…… 피투성이로 쓰러져 있었어요. 엄청나게…… 엄청나게 다쳤었어요."

"찾아……."

"네. 찾아다녔어요. 그런 당신을 어떻게든 치료하려 했는데, 그런데 그만 당신이 사라졌었어요. 다시 찾으려고 준비 중이었는데 다행스럽게도 이렇게 내 앞에 다시 나타났네요. 괜찮아요? 정말…… 차마 볼 수도 없을 정도로 다쳤었는데."

속에서 치밀어 오르는 뜨거운 감정에, 칼릭은 더 말하지 못했다.

"맞죠, 당신? 나를 아는 칼릭스트, 내가 아는 칼릭스트가 맞죠?"

떨려왔다.

심장이, 피가. 열기에 온몸이 터질 것만 같았다.

"내가……."

칼릭은 천천히 가슴을 잡았다.

니안느의 목에는 항상 그녀와 함께하는 숲의 왕의 흔적인, 그 나뭇가지가 없었다.

깨달음이 밀려 들어왔다. 하늘이 뒤집히고 땅이 뒤섞이는 듯, 그런 충격의 깨달음이. 세상의 색이 갑자기 변하고 숨 쉬는 땅의 내음이 완전히 다르게 되는, 그런 엄청난 깨달음이.

그날 일어난 기적이 대체 뭐였던 건지 드디어 깨달았다.

여기가 어디냐고, 너는 무사한 거냐고 묻고 싶다.

무사한 거면 다행이라고, 이렇게 다시 만나서 정말 다행이라 말하고 싶다.

그런데 그 말들이 나오기도 전에, 터져 나오고 만다.

칼릭은 두 팔을 벌리고 니안느의 몸을 안았다.

가라앉히고 봉인했던 것들이 일시에 터지며 고함과 눈물이 흘러내렸다. 눈을 적시고 볼을 타고 흘러내린다.

눈물만이 아니다. 가슴 깊은 곳에서부터 울린다. 통곡과 비명이, 절규가 쏟아지며 무너진다. 허물어지고 깨어지고 드러난다.

마인베르크에게 굴종했을 때도, 그로부터 도망친 뒤에도, 고함을 지르고 머리를 묻고 울고 싶었다. 아프다고, 힘들다고, 외롭다고, 몸부림치고 싶었다.

그런데 그럴 수가 없었다.

쉴 곳이 없었으니. 안도할 곳이, 머리를 묻고 눈을 감을 곳이 어디에도 없었으니.

잠조차 잘 수 없는데, 대체 뭘 믿고 기댄단 말인가.

칼릭이 할 수 있는 일이라곤 단 하나, 그 모든 일들을 아무것도 아닌 것으로 만드는 것뿐이었다. 고통도, 슬픔도, 치욕도, 아픔도, 상처도, 분노도, 증오도, 모두 아무것도 아닌 일로.

그러나 그 어떤 것도 아무것도 아닌 일이 아니었다.

아직도 밤에 제대로 잠들지 못하고, 아무리 술을 마셔도 도저히 정신을 놓을 수 없기에 취하지 않게 된 지 오래였다. 눈을 감으면 생생히 떠오르고, 눈을 뜨면 바로 옆에 있었다. 고통의 기억은 가을비에 맞는 듯 차갑고 선명했다. 굴욕의 이름으로 행하고 견뎠던 일들이 흐려지지도 않는 것이다.

때론 세상이 그를 제하고 모두 검은 먼지가 되어 흩어지는 것 같았고, 어느 날은 술집 홀 안에 있든 모든 사람들이 악령으로 보이기도 했다.

살과 뼈에 새겨져 사무치는 각인들이었으며, 잊고 싶으면 잊고 싶을수록, 떨치려 하면 떨치려 할수록 깊이 파고들었다. 필사적으로 아무 일도 아닌 듯 여기려 하면 할수록 칼릭은 깨져 나갔다. 깨지고 망가지고, 다시 깨지고 망가진다.

세상 모든 것이 그의 적이었고, 그것들을 향해 단 한 순간도 경계하지 않은 적이 없었다. 남은 것은 텅 빈 영혼뿐이었다.

스스로도 알았다. 황폐해져 간다는 것을. 언젠가는 아무것도 남아 있지 않을 거란 것도.

소중한 것도 귀한 것도 아름다운 것도 없는 세상, 언제 흩어져 사라져도 상관없는 그런 세상만이 있을 거라고.

그런데……

잊기 시작했다.

웃는 순간들이 잦아졌고, 눈길도 관심도 한 곳을 향했다. 달콤한 감각에 취하며 날카롭게 곤두선 경계의 칼날이 무뎌졌다.

그러니까 어떤 하루가 있다.

도저히 저항할 수 없는 무언가가 시작되는, 심장에 박히고 뿌리를 내려 버리는 그런 하루가.

그것은 푸르던 새벽하늘로 시작된, 연한 안개 사이로 금빛 햇살이 부드럽게 번지던 그런 하루였다.

그 하루가 시작되자 세상이 다 변하기 시작한다.

밤이 끝나고 아침이 오듯, 겨울의 끝에 화사한 봄의 햇살을 느끼듯, 세상은 네가 오면서 돌이킬 수 없게 변했다.

제8장

빛의 순간

세레나는 촛불에 불을 붙였다. 불꽃이 심지에 붙으며, 길게 늘어져 거의 천장까지 닿았다.

그 가느다란 불빛 너머로 강철 의자가 보였다. 의자에는 표범 가죽과 곰 가죽이 깔려 있었다.

호리호리한 남자가 긴 몸을 펼치고 그 위에 앉아 있다. 날카로운 콧날과 매처럼 사나운 눈에는 이 남자가 태어나면서부터 품은 분노와 욕정이 고여 있었다.

남자가 일어나 돌아본다. 그 얼굴에 붉은 불길이 번진다.

그때 저 너머에서 문이 열리는 소리가 났다. 마인베르크가 고개를 돌려 그쪽을 본다. 세레나에게도 익숙한 마인베르크의 측근인 이즈모가 둥근 얼굴을 들이밀었다.

[우리가 이겼다고 전해왔습니다.]

마인베르크는 무표정했다. 별로 좋아하는 표정이 아니다.

세레나는 이 소식을 듣고도 그가 반응이 없는 이유가 짐작이 되었다.

정말 원하던 건 실패한 것이다.

뭘 실패한 걸까. 마인베르크가 고개를 돌렸다. 세레나는 피하지 않았다. 끈끈하고 차가운 눈길이 세레나를 향한다.

[왜 그러십니까? 우리가 이겼다고요.]

[그냥, 이 안에 우리만 있는 건 아닌 것 같아서 그래. 그리고 빌어먹을, 이기든 말든 그게 무슨 상관이야. 아무 상관없어.]

문 두드리는 소리가 들린다.

마인베르크를 찾아온 사람이 있나. 그런데 마인베르크와 이즈모는 아무 반응이 없다.

다시 쾅, 쾅—

"부인, 주무시나요."

세레나는 촛불을 불어 껐다. 불빛 너머로 보이던 마인베르크와 이즈모가 사라졌다.

"부인."

세레나는 숄을 챙겨 잡았다.

"들어와요."

문이 열리며, 회색 옷을 입은 수녀가 들어왔다.

"왜 답이 없었나요, 부인."

"자고 있었어요. 피곤해서."

지금 세레나가 있는 곳은 수녀원의 좁은 방이었다.

델 판의 성에 있는 방과는 완전히 반대다. 결혼 생활 내내, 마인베르크는 세레나 앞에 온갖 사치품을 쌓아놓았다. 드레스, 비단, 보석, 융단.

세레나 앞에 보화(寶貨)를 쌓고 또 쌓던 마인베르크는 모를 것이다. 자랑할 곳이 없는 사치란 쓰레기만도 못하단 것을.

"부인을 만나고 싶어 하는 분이 계십니다. 좀 늦은 시간이긴 하지만, 그 손님이 간곡히 청해서 허락하기로 했습니다."

수녀원에 방문자가 드나들기에는 무안한 시간이긴 했다. 수녀의 눈도 경멸에 차 있다. 남자가 온 것이다.

여자들의 미움에는 태어날 때부터 익숙하다. 여자들은 세레나만 나타나면 독수리를 본 닭들처럼 요란을 떨며 뒤에서 욕했다.

"어디로 가면 되나요."

"접견실입니다. 단, 다음부터는 아침에 찾아오라 하십시오. 이런 시간에 남자들이 수녀원을 드나드는 것은 사람들 보기 좋지 않습니다."

"그……."

세레나는 미안하다고 하려다 그만두기로 했다. 이런 여자들에게는, 세레나는 친절하게 대하면 위선이고 예의 바르게 굴면 내숭이다. 말이라도 걸면 괜히 친한 척이고, 얌전히 있으면 거만한 것이었다. 여자들은 세레나가 숨만 쉬어도 숨만 쉬고 있다고 욕해댔다.

"그런 건 나한테 말하지 말고 찾아온 사람에게 말하지 그랬어요. 찾아온 건 그 사람이고, 나는 그 사람이 언제 올지 몰라요. 초대한 적이 없으니."

"지금 나에게 충고를 하는 건가요?"

"입 닥치라는 말이야."

경악해서 뻣뻣해진 수녀를 등지고 세레나는 방을 나와 1층으로 향했다.

발레리안 추기경이 보낸 사람일 거라 생각했는데, 앉아 있는 남자는 리카르드였다.

"리카르드, 여긴 왜……."

상상도 기대도 안 했던 상황인지라, 세레나는 그 리카르드를 물끄러미 보아야 했다. 리카르는 시선을 피했다.

"그날 무례는 용서하시오. 다시는 그런 일이 없도록 하겠소."

사과라니, 이 남자답다는 생각이 들었다. 미안하면 미안하다 사과할 수 있는 남자이나, 미안함이 더 모욕적이 된다는 것까지는 모르는 남자다.

"괜찮아요. 우리 둘 다 정신이 없었으니."

세레나는 창틀에 기댔다. 창가에 라벤더 꽃이 놓여 있었다. 소녀 시절 리카르의 방을 라벤더로 장식해 준 적이 있었다. 라벤더는 편안한 잠을 준대요, 리카르. 당신의 행복한 꿈을 위해, 세레나.

유치해 미치겠다. 좋은 꿈을 꾸게 해주려면 꽃을 장식하는 게 아니라 앞에서 옷을 벗는 게 더 나을 텐데. 무슨 배짱으로 그런 말을 지껄였던 걸까.

"설마 그걸 사과하겠다고 이렇게 온 건 아니겠지요. 무슨 일인가요."

"당신을 돕고 싶소."

"나를요? 왜요."

리카르는 머뭇대듯 이마를 문지르곤 목소리를 낮추어 정중하게 말했다.

"당신은 내 은인의 딸이자 어린 시절부터 같이 지내왔던 지기요. 한때 약혼한 사이이기도 하고. 그러니 내가 당신을 보호하는 건 당연한 거요."

"바세바 공주가 화낼 텐데요. 나는 바세바 공주와 남편을 두고 경쟁할 자신은 없네요. 당신 마음이 어떤지는 아무 상관없이 일이 벌어지고 말걸요."

"바세바와는 어차피 정략적으로 결혼한 사이요. 바세바의 아들을 위한 내 일이 끝나면, 그녀와 내 결혼도 끝날 테지. 내가 계속 남편 노릇을 하겠다면 오히려 성가셔 할 처지니, 안심하시오."

"아하."

세레나는 손가락으로 라벤더를 건드렸다. 마른 꽃이 가루가 되어 떨어진다.

"일이 끝나면 공주와 헤어지는 건가요?"

"때가 되면 바세바가 먼저 이혼장을 들고 올 테고, 나는 그때 서명하면 될 거요. 내가 얻는 것은 내가 점령한 곳의 소유권과 지위요. 우리의 이혼은 부부의 이혼이라기보다는 계약 완료에 가까울 테지."

"그리 되면 당신의 가문을 일으키고 후계자를 키우며 살 건가요."

"아직은 모르오. 정해진 게 없으니."

그러나 저 리카르가 앞으로 어찌할지에 대한 생각이 있다는 것은, 세레나는 눈치로 알 수 있었다. 정말 아무것도 없다면, 저렇게 양해해 달라는 표정이 나올 리 없다.

세레나는 구걸하다 거절당한 기분이었다. 구걸하지도 않았는데 그리 된 거니, 기분이 더 나빠진다.

"그렇군요."

"내가 하고 싶은 말은…… 당신은 지금 마인베르크의 아내고 마인베르크는 프레데릭의 적이란 거요. 어디서든 당신을 인질로 삼으려는 사람이 있을 거요."

"어차피 내 정체는 곧 다 알게 될 텐데, 다른 수녀원이라도 찾아야 할까요."

"그럴 필요 없소. 나는 곧 바르가스 요새로 떠날 예정이오. 그때 같이 갔으면 하오."

"네?"

"같이 가자고 그랬소."

기대감, 설렘, 그 난처한 감정들이 배신자의 칼처럼 가슴을 파고든다.

세레나는 감정을 감추고 싶어 눈살을 찌푸렸다.

"그러지 말아요, 리카르. 만약 마인베르크가 항복하고 프레데릭 황자에게 충성을 맹세한다면, 누구든 나를 마인베르크에게 돌려보내라 할 거예요. 더 나쁘면 마인베르크가 항복의 조건으로 나를 보내라 할 수도 있고요."

"보호해 주겠소."

"나를 보내라는 사람이 당신의 주군일 수도 있고, 바세바일 수도 있어요."

"최선을 다하겠소."

"사람이 할 수 있는 최선은 한계가 있어요."

오베른도 최선을 다하겠다 말했었다. 또, 정말 오베른은 최선을 다했다. 필요한 것에서 한참 모자라는 최선을.

마인베르크가 오베른의 아들인 칼릭을 데리고 왔을 때 그 아이가 어찌되리라 짐작하는 건 어려운 일이 아니었다. 그때 세레나는 오베른이 얼마나 최선을 다하나 지켜보았다.

오베른은 최선을 다하긴 했다. 아무런 가치도 없는 멍청한 최선을 말이다.

당시 어떤 기분이었냐면, 아주 약간 좋다가 말았다. 오베른이 고통스러워할 거라 생각하니 약간 좋아지다가, 그 얼굴을 확인할 수 없으니 싱거워졌다.

"그래도 같이 가줬으면 하오."

"나중에 나든 당신이든 원망하게 될지도 몰라요."

리카르는 고개를 저었다.

"그러지 않을 거요. 또, 내가 지금 물어볼 것이 있소."

"물어봐요."

"마인베르크가 쓰는 힘에 대해, 지난번에 물어본 것보다 좀 더 자세히 물어보고 싶소."

세레나는 황당하다는 듯 고개를 들고 웃었다.

"적의 아내에게 그런 것을 물어보다니. 당신에게는 조언자가 없나요?"

"있기는 한데, 한번 물어봤다가 천지창조부터 신의 권능이 어떻게 나눠진 건지, 이것부터 들어야 했소. 그 길고 장엄한 강의는 지혜로운 앙골랍 탑의 마법사가 나를 깨우는 것으로 끝났고 말이야. 게다가 그 뒤로 아무 일도 없다면 그러려니 하겠는데—"

리카르의 얼굴이 어두웠다.

세레나는 눈을 살짝 가늘게 뜨며 물었다.

"무슨 일이 생겼나요?"

"프레데릭의 지휘관인 라이너 경과 벨카트 백작의 군대가 패했지. 프레데릭이 가진 용이 세 마리라면, 그들은 그중 한 마리에 해당되오."

"누구에게 그리된 건가요."

"모드바 공이라 불리는 자가 이끄는 델 판의 군사와 고티에 황자의 지휘관 중 하나인 던컨 백작에게 졌소. 라이너도 벨카트도 질 수 있지만, 그 상대가 던컨 백작일 경우는 아니었소."

"어떻게 진 건지, 알고 있나요."

"하얗게 질려 말하더군. 악마들이 왔다고."

세레나는 짐작이 되었다.

'그걸' 썼구나.

이리되면, 세레나는 팔가스에서 가장 위험한 처지의 여자가 된다. 이그라탄이라면 모를까, 팔가스는 마법이나 소환, 비틀린 틈의 마물들이나 고대신들에 대해 아무것도 모른다.

"마인베르크의 마법이라면, 그가 어떻게 그 정도로 쓸 수 있는 건지,

궁금하오. 유학을 간 것도 아니요, 어디서 배웠다는 말도 들어보질 못했지. 그런데 그런 힘을 어찌 쓸 수 있는 거요."

"라크세니아에는 라크세니아만의 방식이 있어요. 공개적으로 배우지만 않을 뿐, 마인베르크의 스승들은 많아요."

"니안은 어느 날 이마에 각인이 나타나자 숲에서 데리러 왔다던데. 그리고 숲의 왕과 만나 마법사가 되었다 했지. 그것과 같은 거요?"

니안— 애칭으로 이름을 부르는 그 목소리에서 애정과 애착이 느껴졌다. 그런데 이 리카르는 세레나조차 애칭으로 부른 적이 없다. 다른 여자가 리카르에게 남긴 흔적들이 세레나의 마음을 어둡게 한다.

"숲의 왕이 자신이 거느릴 아이들을 고를 때는 분명한 기준이 있어요. 누구나 달리는 능력은 있지만 빨리 달리는 능력이 있는 건 또 다른 문제인 것과 같죠. 세상에 진짜가 있으면 가짜가 있고, 빼어난 것이 있다면 어중간하거나 형편없는 것도 있는 법. 세상에 돌아다니는 숲의 마법사니 뭐니 하는 것들 중 대부분은 숲의 왕들과는 상관없는 이들이에요. 즉, 당신은 유니콘을 데리고 다니는 것이나 다를 바 없었던 거예요."

"잘 아는군."

"델 판에서는 할 일이 없었거든요. 게다가 정령술이니, 소환술이니, 치유술이니 하는 것들, 내가 아버지에게 배웠던 것들과 크게 다르지도 않아서 이해하기 쉬웠죠. 또, 스승도 있었어요."

"스승?"

"네. 여자였어요. 노파였죠. 주술사였는데, 그 여자가 많이 가르쳐 줬어요. 게다가 흑익 공작 가문은 데본의 후손이에요. 정확히는, 데본이 멸망한 뒤 그 파수꾼 중 하나가 인간이 되어 선조가 된 가문이죠. 그래서 가문의 이름이 흑익, 즉 검은 날개인 거죠. 그가 검은 악령의 기사들을 부린다고 너무 신기해하지는 말아요. 이웃 이웃에 있는 어느 영주는 숲을 움직일 수 있었고, 어느 영주의 착한 부인은 과수원에 빨간 사과가 가득 열리게 할 줄도 알았지요. 숲을 움직이는 영주는 나무꼬챙이에 꿰여 죽었고, 사과를 열리게 하던 착한 부인은 사지가 잘려 죽었지만."

리카르는 질렸다는 듯 눈살을 찌푸렸다.

"그렇…… 군. 그럼, 마인베르크는 대체 얼마나 강한 거요."

"모르죠. 우선, 나는 당신들이 얼마나 강한지도 모르는 걸요. 병아리 앞에서는 수탉도 천하장사지만, 코끼리 앞에서는 사자도 고양이에 불과하잖아요."

"그럼, 그걸 알아낼 때까지 나를 도와줄 수 있소?"

"네?"

세레나는 놀랐다. 너무 놀라, 경계심이 모두 사라졌다. 멍하니 바라보며 고개를 기울였다.

"무슨 말이에요."

"지금, 내가 물어볼 곳이 없소. 사제나 마법사들은 자기가 더 많이 안다고 아우성은 치는데 내가 필요한 이야기는 또 못 하지. 차라리 저 앞에 있는 이그라탄의 마법사들에게 조언을 구하고 싶다고 했더니 난리가 났지. 그런 내게, 당신은 거의 며칠 만에 가장 쓸 만한 답을 해준 거요."

"도움이 되었다면 좋은 일인데……."

"아까 말했소. 나는 바르가스 요새로 갈 예정이고, 당신과 같이 가고 싶다고. 그곳에서 나를 도와달라는 거요. 같이 갈 수 있소?"

세레나는 할 말을 잃었다.

"같이 가는 게 좋을 거요."

리카르가 일어나며 말했다.

"수하들에게 마차를 준비해 두라고 했으니, 타고 가시오. 바르가스에서 다시 보도록 하지."

리카르는 세레나의 마른 어깨를 보았다.

"도착하는 즉시 시녀가 되어줄 만한 여자를 찾아주겠소. 그때까지는 불편하더라도 참아주시오."

"그럴 필요까지는 없어요."

"당신 아버지라면 분명 그렇게 했을 거요. 그러니, 그냥 받아주시오."

리카르는 망토를 벗어 세레나에게 건네주었다.

"추우니, 도착할 때까지 이거라도 걸치고 있으시오."

세레나는 갈색 망토를 받아 손에 들었다.

"수녀원장에게 말해두었으니, 챙길 짐이 있으면 챙겨 뒷문으로 나오시오. 내 수하들이 기다리고 있을 거요. 당신 이름을 말하면, 알아서 데려다 줄 거요. 생각할 시간이 필요하다면 잠시 기다리라 하겠소. 그래도 오늘 안에 생각을 마치고 오시오."

세레나는 멍한 기분이었다. 이런 일이 벌어질 줄은 몰랐다. 또, 갑자기 베풀어지는 리카르의 친절은 어리석은 줄 알면서도 기대감을 품게 했다.

십 년 전, 리카르의 일에 대해 알게 된 세레나는 도망쳤다. 그러나 너무 서둘렀고 서툴러, 다시 마인베르크와 만나야 했다.

블랑셰리온으로 끌려와 별관에 갇혔다. 마인베르크가 세레나를 처음 범했던 그 방으로. 그 더러운 추억을 다시 돌이켜 주겠다는 듯 그는 세레나를 범하기 시작했다.

그날 세레나는 생각해야 했다. 왜 내가 이리된 건지, 왜 내가 이 꼴이 되어야 하는 건지, 앞으로 계속 이리되어야 하는 건지. 미친 듯이 박아대던 남편을 견디다 못해 기절했다가, 겨우 정신을 차린 것은 엄청난 폭우 소리가 들릴 때였다.

세레나는 욱신거리는 몸을 추슬러, 엉망으로 짓이겨진 옷을 간신히 찾아 걸쳐 입고 달렸다. 비바람을 거슬러 세레나가 달려간 곳은 성지였다.

우마니엘이 내려와 데본의 영지를 봉인했다는 곳. 저승으로 가고 싶기도 했지만, 지금 세레나가 원하는 것은 그것만이 아니다. 자신을 엉망으로 만든 세상만 그대로인 건 싫었다.

흠뻑 젖은 채로, 번개가 칠 때 하얗게 번들대며 드러나는 성지의 돌을 보았다.

아버지가 말했었다.

'그 숲은 천사가 내린 숲이란다.'

'천사는 왜 왔나요.'

'그야, 악마가 그곳에 살았으니까. 그 악마는 패했고, 이 성지에 묻혔단다.'

그렇다면 한번 살아나 보라하고 싶다.

오베른과 저 마인베르크만 멸망한다면, 내 자리가 지옥에 있어도 나는 괜찮을 거야.

세레나는 단도를 들었다.

자, 다시 살아나, 데본.

네가 원하는 것을 줄 테니.

그리고—

정말로 세상이 다시 시작되었다.

❖

온화한 기후에 아름답고 풍요로운 것으로 유명한 블랑셰리온에서 딱 하나 매서운 것이 있으니, 바로 가을폭풍이었다.

황금처럼 완벽한 날이 계속되다, 갑자기 먹구름이 휘몰아쳐 몰려와 며칠 간 엄청난 폭풍이 날뛰어댄다. 비는 폭포처럼 쏟아지고 바람은 채찍처럼 휘갈기며, 지붕과 창은 미친 듯 들썩인다.

이 가을폭풍 때문에 블랑셰리온의 추수철은 항상 긴장 상태다. 가을폭풍이 오기 직전에 손발 달린 사람이라면 모두 과수원과 밭으로 뛰어들어 긁어모으듯 수확을 해야 하기 때문이다.

올해는 전쟁 탓에 제대로 농사도 짓지 못하고 수확도 변변치 않았다. 그 변변찮은 것을 거두는 일손도 부족해, 수확물이 절반도 넘게 밭과 과수원에 남아 있다. 그런데 가을폭풍까지 몰아닥쳤으니, 그나마도 거두지 못하게 되었다.

"……게다가 이것도."

그렌 성의 가정부 이디스는 물이 콸콸 쏟아져 내리는 지붕을 울적하게 올려다보았다. 수확은 망했고 성도 망했으며 저 지붕도 망했다. 아무도 고칠 생각도 하지 않거니와, 걱정도 하지 않는다. 성주인 오베른은 내버려 두라고, 나중에 내가 돌아올 때 즈음에 고치라고 했다. 이디스는 그랬다간 겨울도 버티지 못할 거라 잔소리를 늘어놓았다. 오베른은 지금 전쟁 중이라 신경 쓸 일도 많은데 이런 급하지도 않은 일을 하게 만들고 싶지는 않다 하며 성을 떠났다. 이디스는 정말 급한 일이라 말했지만, 오베른의 귓등만 근지럽게 했을 뿐이다.

그리고 예상대로 지붕은 폭풍이 오자마자 무너져 버렸다. 굳이 따지자면 폭풍 때문에 무너진 것도 아니다.

꽈르릉하는 소리가 나기에 천둥이 치는 줄 알고 달려갔더니 지붕 무너지는 소리였다. 폭풍우가 몰려와 성을 두들겨 댄 건 그 다음이었다.

이디스는 구멍 난 천장을 울적하게 보았다.

콸콸콸, 삐걱, 쾅, 첨벙.

"……."

이디스는 포기하기로 했다. 지붕을 포기하는 게 아니라 하인 놈들을 내버려 두는 것을 포기한다는 말이다. 지금 손에 든 삽으로 퍼질러 자고 있는 놈들 엉덩이를 죄 두들겨 줄 테다.

바로 그때 홀의 문이 열리며 비가 쏟아져 들어왔다. 비에 쫄딱 젖은 여행자가 안으로 들어왔다. 망토에서 흘러내린 물이 바닥으로 뚝뚝 떨어졌다. 혼자 온 것도 아니다. 여행자는 문을 잡고 일행인 여자를 들여보냈다. 여자는 이디스를 보고 놀랐다.

"누가 있네요."

이디스는 삽으로 바닥을 찍으며 말했다.

"비 피할 데가 없어서 온 거라면, 쫓아내지는 않을 테니 그치면 나가시오. 방문자라면 성주가 안 계시니 곤란하고, 침입자라면 일단 나부터 상대해야 할 게야."

"이디스, 나야."

남자가 후드를 벗었다. 이디스는 놀라 눈을 댕그랗게 떴다.

"도련님?"

비에 젖어 창백하긴 했으나, 분명 칼릭이었다. 이디스는 당장 삽을 내던졌다.

"도련님이세요? 이거, 꿈 아니죠? 정말 도련님이죠?"

이디스는 달려가, 정말 칼릭이 맞는지 확인했다.

"어떻게 되신 거예요. 볼일이 있다 하시면서 인사도 없이 새벽에 성을 나가시더니, 이렇게 갑자기 오십니까."

칼릭은 젖은 머리카락을 쓸어 올리며 물었다.

"아렌은?"

"아렌은 백작 나리하고 같이 자리를 비웠고, 대신 제가 성을 보고 있어요."

아…… 그렇지, 하고 칼릭이 중얼 거렸다.

"도련님, 일단 젖은 옷부터 벗으세요. 애들더러 더운물하고 마른 옷을 준비하라고 할 테니까요. 가만, 이분은 누구시죠?"

그리고 칼릭 뒤에 있는 여자를 보았다. 여자는 흠뻑 젖은 붉은 머리카락을 짜고 있었다. 칼릭은 태연한 척하며 이디스의 표정을 살폈다. 다행히 이디스는 니안느를 전혀 모르는 눈치였다. 니안느가 지난번에 왔다 가긴 했지만, 외성으로만 왔다 갔으니 이디스처럼 내성에서 일하는 사람들과는 만날 일이 없었을 것이다.

아, 다행이다.

칼릭은 웃으며 말했다.

"내 손님."

"세상에! 이러려고 성에서 튀어나간 거래요! 미치셨어요! 때가 어느 때인데!"

칼릭은 날뛰는 이디스를 말렸다.

"이디스. 너무 나가지 마. 이디스가 생각하는 그런 상황이 아니야."

"아니긴 뭐가 아니래요! 나리는 아세요? 아니, 아실 리가 없지! 세상에, 세상에! 나리가 성을 비우신 틈에 이러시깁니까!"

"나를 불효자로 만드는 건 나중에 하고 이 숙녀 분을 챙겨주는 게 어떨까. 보다시피, 이렇게 흠뻑 젖었는데."

니안느는 급히 말했다.

"저기, 나는 헤취, 괜찮아요. 헤취—"

칼릭은 니안느의 손에서 젖은 망토를 받아 이디스에게 건넸다.

"수건도 부탁할게, 이디스. 바짝 마른 걸로."

이디스는 못마땅한 듯 니안느를 보았다. 눈 뒤집히는 미녀를 데리고 와도 이해할까 말까한 상황인데, 이리 흠뻑 젖어서야 제대로 알아보기 어렵다. 그런데 칼릭이 니안느 옆에서 웃으며 말했다.

"이디스, 부탁이야. 응?"

"……."

이 성에서 칼릭이 이렇게 웃으며 하는 부탁을 거절할 수 있는 대범한 사람은 없고, 이디스는 그중에 유달리 대범하지 못한 사람이었다. 이디스는 당장 문을 돌아보며 외쳤다.

"페이! 한스! 들었지? 페이, 응접실에 있는 벽장에서 수건 꺼내 와! 어서! 없는 척하지 말고!"

입구에 붙어 있던 자그마한 소녀와 청년이 얼른 뒤로 숨었다. 잠시 뒤, 조그만 하녀가 팔에 수건을 싸 짊어지고 달려오다 넘어졌다. 같이 오던 하인이 하녀의 등을 잡았고, 칼릭은 꼬마 하녀가 날린 수건을 낚아챘다. 칼릭은 하인의 팔에 매달린 소녀에게 말했다.

"여전하구나, 페이."

"죄, 죄송합니다! 다음부터는 실수 안 할게요!"

칼릭은 니안느의 머리카락을 수건으로 덮었다. 헤취, 하고 니안느의 입에서 또 재채기가 터졌다. 칼릭은 니안느의 얼굴과 머리카락을 닦으며 말했다.

"이디스, 이 아가씨가 입을 만한 옷을 찾아줘. 하녀들 옷 말고 고모나 어머니 옷 중에서."

"네? 아니, 도련님. 대체 무슨 사이……."

칼릭은 입술에 손가락을 가져갔다.

“그만. 너무 관심 가지지는 말고, 시키는 대로 해.”

그럴 수 없다고 말하려던 이디스는 칼릭의 눈웃음을 보고 단번에 약해졌다.

칼릭은 수건으로 니안느의 머리카락을 꼼꼼히 닦아냈다. 니안느는 이 정도는 나도 할 수 있다 말하려 했지만, 헤— 취로 시작되어 아츄— 로 끝났다. 칼릭은 니안느의 턱과 이마를 마저 닦아주곤, 입을 딱 벌리고 있는 이디스에게 말했다.

“그대로 있을 건가, 이디스.”

“죄, 죄송합니다! 페이, 너, 너는 이 손님 모시고 이그레네에게 가라. 마님 옷에서 어울릴 만한 것을 골라 이 아가씨 드리라고 해.”

페이는 니안느의 팔에 매달렸다.

“가요, 아가씨!”

니안느는 강아지만 한 아이에게 질질 끌려갔다. 니안느가 그렇게 나간 뒤, 칼릭은 이디스를 보며 말했다.

“참. 이디스. 손님이 하나 더 있는데. 그 손님도 챙겨줘.”

“무슨 손님? 이번에도 여자예요, 아니면 남자예요?”

“그건 아직 모르고.”

칼릭은 이디스의 어깨를 잡아 돌렸다.

“저기 있어.”

“아무도 없는데요?”

칼릭은 이디스의 머리를 잡아 위를 보게 했다.

“거기 말고 저기.”

물이 줄줄 흐르는 지붕의 구멍에 거대한 발톱이 걸려 있었다. 번들대는 발톱 사이로 나온 커다란 머리가 천천히 내려와 홀을 보았다.

번개가 확 치며 그 모든 것이 하얗게 타올랐다. 커다란 콧등과 이글대는 붉은 눈, 빗물을 뚝뚝 흘리는 뿔과 비늘 덮인 몸이 하얗게 타오른다.

이디스는 입을 떡 벌렸다.

거대한 용의 머리가 사람들을 보고 있었다. 크르릉, 하고 울며 입술을 올리자 콧구멍에서 뜨거운 김이 피어올랐다. 제 딴에는 잘 봐달라는 웃음이었으나, 보는 사람 입장에서는 맛있게 먹어주겠다는 표정으로밖에는 보이지 않았다.

칼릭이 말했다.

"저 손님은 이 홀에서 재울까 하는데. ……이디스?"

이디스는 흐어, 하고 그대로 기절해 버렸다.

❖

용이 성에 나타난다면 대부분의 반응은 도망치거나 숨거나 기절하거나, 셋 중 하나일 것이다. 일단 기절했던 이디스는 일어나자마자 당장 날려 보내라고 펄펄 뛰었다. 그러나 칼릭의 옹호(사람 안 먹는다니까.)와 석연찮은 보장(여태까진 그랬다는 건데, 아마 앞으로도 그럴 거야.) 덕에 메피스토가 성에서 쫓겨나는 상황은 면했다.

그동안 메피스토는 홀에서 가장 적당한 자리를 차지하고는 목을 늘이고 잠들었다.

칼릭은 하인이 준비해 준 더운 물로 씻은 다음 부엌으로 갔다. 이디스는 칼릭 앞에 뜨거운 차와 치즈, 후추 뿌린 햄과 따뜻하게 데운 빵을 차례로 늘어놓았다.

"용이라니! 내일 아침이면 이 성에는 작은 나리만 남아 있게 될 걸요! 잘 되었네요! 어차피 일도 안하는 녀석들, 이번에 싹 갈아치워 버리지! 지원자는 물론 없겠지만!"

"이디스—"

칼릭은 벽장 안에서 브랜디 병을 꺼내와 식탁에 앉았다.

이디스가 노려보았다.

"술 좀 그만 마시라고 했지요?"

"추워서."

"추우면 거기 계시지 말고 저기 저, 벽난로에 바짝 붙으세요. 머리카락이 타도록 가깝게 앉으면 되잖아요!"

"알았어, 알았어."

칼릭은 이디스가 돌아서자마자 브랜디를 찻잔에 부었다. 이디스가 월귤 파이를 들고 돌아섰을 때, 칼릭은 병마개까지 완벽하게 막아놓은 상태였다.

"그나저나 어떻게 된 건가요, 도련님."

칼릭은 찻잔을 흔들어 브랜디와 홍차를 잘 섞으며 말했다.

"눈 떠보니 여기더군."

"농담 말고요. 진지하게 말하세요. 어디 갔다 오신 거예요?"

"진짜인 걸 어쩌라고. 눈 떠보니 여기야."

정말 그 말밖에는 할 말이 없었다. 정신 차리고 보니 이곳, 이 근처였다. 그렌 숲은 어마어마하게 넓은 숲이었지만, 칼릭은 어린 시절부터 샅샅이 훑으면서 지내 어디라도 잘 알았다. 그러니 근방 지형과 바위, 멀리 보이는 풍광을 보고 금방 알 수 있었다.

그렌 숲이란 것을 확인하자, 칼릭은 곧장 성으로 향했다. 그러나 곧 비가 오기 시작해 성에 도착할 무렵에는 완전히 폭풍우가 되어 있었다.

칼릭은 차를 한모금 더 마셨다. 차의 온기와 술의 열기가 목과 가슴을 덥혔다.

"이디스, 나도 물어볼 게 있는데."

"네, 물어보세요."

"아버지가 삼 년쯤 전에 성전기사단을 통해 돈을 보낸 적이 있지 않나?"

"그걸 제가 어떻게 알아요. 아렌이 하는 일인데."

"같이 자는 사이잖아. 아렌이 그런 말 안 해?"

이디스가 쥔 국자가 스튜를 후려갈기며 감자 조각이 천장까지 튀어 올랐다. 이디스는 고개를 팩 돌리며 고함을 질렀다.

"도, 도련님! 무슨, 무슨 소리세요! 내, 내가 언제!"

"성 사람들 다 알아. 아마 페이도 알걸?"

이디스의 얼굴이 시뻘게졌다.

"제 사생활입니다!"

"그래서 모르는 척해줬잖아. 나도, 성 사람들도."

칼릭은 이디스가 문밖으로 몸을 던지려는 것을 붙잡으며 말했다.

"더 말 안 할 테니 도망가지 말고 답해줘. 그런 적 있어, 없어?"

"이…… 있어요. 아렌이 직접 갔으니 당연히 기억하죠! 아니, 언제부터 알았어요? 아니지, 아니지. 거의 한 달간이나 나가 있었거든요. 가만, 나리도 아세요? 맙소사! 알았어요, 네. 그 사람이 돌아왔을 때 물어보니, 나셀을 거쳐 몬타 항의 성전기사단의 은행까지 다녀오느라 늦었다더군요."

팔가스의 은행은 두 종류로 나뉜다. 성전기사단이 운영하는 교단과 고위귀족들이 이용하는 은행과, 자유도시의 은행가들이 운영하는 은행. 거금을 송금할 때는 대부분 안전하고 정확한 성전기사단을 이용하지만, 수수료가 워낙 어마어마하다 보니 자주 이용할 수 없다.

"그런데 그건 갑자기 왜 물어요? 도련님하고는 상관없는 일인데."

"상관있는 것 같아서."

"그럴 리가요. 그때 도련님은 성에 계시지도 않았잖아요. 델 판에 계셨다고요."

"델 판에도 없었어."

역시 다니엘과 팔스 일행이 그날 그곳에 있도록 이상한 의뢰를 한 의문의 귀족은 아버지였던 것이다. 원래대로라면 아무도 없어야 할 그 해변에서, 칼릭은 일행을 만나 안전하게 떠났다. 칼릭이 그날 어디에 있을지 정확히 알아낼 수 있는 사람은 당시로서는 아버지 뿐이다. 아마도 우마니엘의 권능인 예언을 통해서 알아냈을 것이다. 그러나 권능을 쓰는 예언이란 극한의 고통을 가지고 온다. 또, 그 정도 정확한 사실을 알아내기 위해서는 더더욱 극한의 고통을 거듭 겪어야 한다. 아버지의 깊은 병과 쇠약해진 몸은 그 탓일 것이다.

아버지가 그날 어떻게든 니안느를 쫓아내려 했던 이유도 이제는 짐작이 되었다.

알고 계셨던 것이다.

니안느가 무엇인지, 무엇을 할지. 그러나 근방에는 마인베르크의 수하들이 있었다. 필사적으로 내보내야 했을 것이다.

죄책감이 밀려든다.

왜 몰랐던 거냐, 칼릭스트.

아버지가 칼릭에게 말하지 못한 건 이해한다. 당시 아버지는 뭐든 조심해야 했을 테니. 그러나 그리 아무것도 모르고 눈치도 채지 못한 채 매정하게 대한 것은 칼릭의 잘못이었다.

"이디스. 내일 아침 사람 하나만 준비해 줘. 근처의 성전기사단으로 사람을 보내야 할 것 같다. 판디온으로 보낼 편지가 생겨서."

"나리한테 보내시는 건가요?"

"그래."

이디스가 반색했다.

"뭐라 보내시게요?"

"무슨 일로 나가신 건지는 모르겠지만, 위험한 일이면 그냥 오시고 할 만한 일이면 마치는 대로 바로 돌아오시라고. 내가 기다리고 있다는 말과 함께. 그리고 내일부터 성을 좀 치워야 할 것 같으니 수고 좀 하자."

"네?"

"아버지가 돌아오시기 전에 수리도 하고 치우기도 해야 할 것 같아서. 지금은 괴물이 같이 살고 있어도 모를 정도로 엉망이잖아. 아버지가 오시기 전에 잠은 편하게 잘 만한 곳으로 바꾸어놓아야지."

칼릭은 찻잔을 돌리고는 한 모금 더 마셨다.

이디스가 긴장하며 물었다.

"저기, 도련님. 나리하고 화해하신 건가요?"

"화해는 무슨. 아버지가 용서해 주길 바라는 것뿐이야."

이디스는 갑자기 앞치마를 벗었다.

"어디 가?"

"도련님 방에 불이나 더 때라 하게요. 데리고 온 그 아가씨 방에도 말이죠. 그리고—"

옆의 브랜디 병을 집어 흔들었다.

"이건 제가 가지고 갑니다. 이미 잔에 넣은 건 오늘은 봐드리죠. 춥다고 엄살이니, 어쩌겠어요."

"들켰네."

"대신, 벽난로에 바짝 붙어 계세요! 나리 돌아오실 때까지 감기도 걸리지 말고요!"

이디스는 장작 몇 개를 벽난로에 넣은 다음 부엌을 나갔다.

잠시 뒤, 부엌 뒷문이 열리며 니안느가 고개를 내밀었다.

"갔어요?"

칼릭은 손짓을 보냈다.

"그래. 들어와."

차를 주려고 차 주전자를 들었지만, 니안느는 이미 칼릭이 마시던 차를 마시고 있는 중이었다. 한 번에 꿀꺽 삼킨 니안느는 눈살을 찌푸리더니 찻잔에 코를 대고 킁킁 냄새를 맡았다.

"맛이 좀 이상하네요."

그야, 술이니까.

"맛만 이상한 게 아니라, 속도 화끈대요. 꼭 술 마신 것 같이. 이 차, 정체가 뭐예요?"

"……."

그야, 술.

니안느는 마저 마신 뒤에 내려놓았다. 몸은 따뜻해지니 맛은 이상해도 효과는 괜찮은 거라고 하면서.

술이 다 사라진 것을 보며, 칼릭은 니안느의 주량에 대해 생각해 봐야 했다. 칼릭이 알기론, 대단히 짧았다.

니안느는 긴 치마를 잡아 올린 다음 의자에 앉았다. 하녀들은 니안느의 젖은 옷을 다 벗겨간 뒤에 푸른색 모직 드레스를 주었다. 원래 입던 옷보다 길어서, 움직이기 불편해 하고 있다.

"여기로 오게 될 줄은 몰랐어요."

"나는 한 백 년쯤 전의 성으로 온 거면 어떻게 되나 긴장했어. 아니니 다행이지."

고든을 통해 날짜도 확인했다. 몬타에서의 마지막 날에서 보름 정도 지나 있었다. 고작 이틀 정도 그 안에 머물렀던 것을 감안하면, 그 공간의 시간이 이곳보다 몇 배 빨랐던 것이다.

"그리되었으면 어찌 되려나요."

"누군가가 이 성의 기록을 읽으며 턱을 긁적이고 있겠지. 비바람이 치던 날 이상한 여행자 둘이 나타나 성주의 아들이라 주장하더라, 라며. 자, 저녁이나 먹어."

칼릭은 니안느에게 빵과 치즈, 블랙베리 잼을 내밀었다. 니안느는 빵의 냄새를 맡고 미소를 지었다.

"정말 맛있겠네요. 성이 이런 곳일 줄은 몰랐어요. 그날의 성하고 같은 곳인가 싶어요."

"네가 처음 왔던 곳은 외성이야. 성이라기보다는 요새에 가깝지. 또, 잠시 머물렀던 별관은 아예 다른 성이라고 해도 되고."

니안느는 빵을 뜯고 잼을 발랐다. 칼릭은 찻잔에 차를 따라주었다. 니안느는 고맙다 한 뒤에 마셨다. 조금 전에 마셨던 것과는 달리 향이 좋다고 하며.

그리 저녁을 먹는 동안, 밖에서는 계속 빗소리가 났다.

적당히 식은 아궁이 위에 있는 스튜에서도 좋은 냄새가 풍겨왔다. 니안느는 그것을 그릇에 덜어 칼릭 앞에 놓았다. 소시지와 감자, 콩을 넣어 치즈를 얹은 스튜였다. 마무리는 조린 사과와 배로 했다.

우르릉—

천둥소리가 들린다.

칼릭의 시선이 천장을 향했다. 니안느는 달게 조린 배 조각을 먹으며 물었다.

"무슨 생각하나요, 칼릭스트 경."

"메피스토는 잘 자고 있을 테지만, 성 사람들은 침대 밑에서 벌벌 떨고 있겠다는 생각 하나."

그리고 칼릭의 눈길이 니안느를 향했다.

"오늘은 내일도 어제도 없이 푹 쉬었으면 좋겠다는 생각, 둘."

니안느는 뜨거운 차를 마셨다. 잔에서 모락모락 피어오르는 김이 니안느의 이마에 닿았다. 칼릭이 허리를 숙이고 가까이 다가왔다. 니안느가 눈을 슬쩍 들자 시선이 마주쳤고, 칼릭은 웃으며 말했다.

"지금 이러고 있는 게 꽤 즐겁다는 생각, 셋."

니안느의 볼이 달아오르며 미소가 퍼졌다.

그리고……

네 머리카락 하나와 네 숨결 하나가 모두 사랑스러워.

비단처럼 부드럽고 따뜻한 날개가 품 안에서 파닥이는 것 같아. 물드는 볼의 색조가 사랑스럽고, 노을빛 머리카락은 향긋하고, 흰 목덜미와 마른 어깨는 감싸 잡고 싶지.

심장은 더 크게 뛰지만 세상은 천천히 고요해진다. 천둥벼락 몰아치는 폭풍우 치는 밖도, 비가 흘러넘치는 창도, 다 잊힌다. 여기로 오기 전에 있었던 일들조차.

소녀 같은 얼굴의 니안느만이 있다. 뭐든 솔직하게 드러내는 은보라색 눈의 니안느가. 애정과 신뢰가 담긴 눈을 보내는 니안느가.

칼릭은 니안느의 어깨를 건드렸다. 길고 곧은 손가락이 마른 어깨를 스치고 아직 젖은 붉은 머리카락을 매만졌다.

니안느는 목덜미가 따스해지는 것을 느꼈다.

"왜요."

"이디스가 어디다 네 방을 정해줬지?"

"그러니까, 여기서 저 문으로 나가서."

니안느는 일어나다 말고 어지러워서 주저앉고 말았다.

"괜찮아?"

"내가 왜 이러죠. 병에 걸렸나."

칼릭은 간신히 웃음을 참았다. 크게 웃어 니안느를 새침하게 만들고 싶지는 않았으니.

"술을 마셨으니까."

"네?"

칼릭은 니안느가 먼저 비웠던 찻잔을 들었다.

"내가 마시려던 건데 네가 다 마셔 버렸지. 많이 마신 건 아니니 곧 괜찮아질 거야. 물론, 내 기준이지만 말이야."

"아직은 좀 어지럽네요. 으."

니안느는 눈살을 찌푸렸다.

"자, 이쪽으로 와."

칼릭은 니안느의 팔을 잡아 부축하며 다음 문을 열었다. 그곳에는 위로 올라가는 둥근 계단이 있었다. 텅 빈 소라의 속처럼 바람 소리가 나며 좀 춥기도 했다. 니안느는 고개를 들어 어둠 속으로 사라지는 천장을 보았다.

칼릭이 말했다.

"어렸을 때는 이쪽으로 자주 드나들었지. 몰래 들어올 때와 몰래 나갈 때 사용한 거지만. 어머니가 문 앞에서 기다리고 계시기도 했어. '칼릭스트, 숙제 다 했니?' 하면서."

니안느는 쿡쿡 웃었다.

"자, 와."

칼릭은 니안느를 데리고 계단을 올라, 2층 문을 열었다. 좁은 복도가 나왔다. 방의 뒷문이 늘어져 있다. 가장 가까운 문을 열고 들어가자, 카펫과 콘솔, 작은 거울과 의자가 놓인 내실이 나왔다. 그 방을 가로질러 맞은편 문을 열었다. 이번에는 융단이 깔린 복도가 나왔다. 왼쪽으로는 높고 큰 창문이 늘어져 있고, 오른쪽으로는 넓고 높은 문이 연달아 서 있었다.

그때 번개가 치며 복도의 창문으로 흰 빛이 번졌다. 창문마다 불빛이 터져 반대편 벽을 비추었다. 덩굴 문양이 박힌 벽과 윤이 반질반질 나는 문이 하얗게 타올랐다.

천둥이 치겠네요, 하고 니안느가 말하려 했지만 칼릭은 손으로 니안느의 어깨를 감쌌다. 손가락이 마른 어깨를 감으며, 니안느의 몸은 빈틈없고 우아한 움직임에 밀려 벽에 닿았다. 검은 셔츠로 덮인 가슴과 곧게 뻗은 쇄골이 니안느의 앞까지 다가왔다.

"칼릭스트 경."

가까이 있으니 심장과 배, 가슴에 따뜻한 열기를 내뿜는 부드럽고 달콤한 것이 가득 차는 것 같다. 뜨거운 출렁임이 세상을 천천히 흔든다.

그 순간 콰르릉, 하고 엄청난 우레가 울렸다. 속을 들킨 듯 놀라, 작게 헐떡이며 니안느가 고개를 들자 칼릭의 턱이 내려왔다. 어깨를 잡았던 손은 팔을 쓸어내리고, 다른 손은 천천히 등을 쓸어내리다 허리를 잡았다. 손에 꾹 들어가는 힘이 허리를 조였다. 뜨겁고 단단하게 니안느의 어깨를 눌렀다.

이마가 닿고, 콧날이 스치고, 기다리던 입술을 찾는다.

니안느가 두려움에 한숨을 내쉬자, 칼릭은 열기를 머금은 입술로 다가왔다. 니안느의 입이 벌어지자 그 틈으로 뜨거운 혀가 들어와 안을 감았다. 안에 숨은 혀를 건드리고 입술을 훑고 흠뻑 가지듯 빨아들인다. 숨이 막히는 것 같다. 고동이 빨라지며 가슴이 헐떡댔다.

입술이 떨어졌을 때, 니안느는 그의 단단한 어깨와 가슴, 머리카락 위에 얹힌 손 안에 포로처럼 갇혀 있었다.

니안느는 고개를 숙였다. 이마가 그의 쇄골에 닿았다.

어디가 더 뜨거운지 모르겠다. 니안느의 얼굴인지 칼릭의 가슴인지. 접촉할 때마다 한 번씩 흔들렸는데, 지금 어깨와 배는 물론이요 허벅지까지 단단히 파고드는 뜨거움에 입이 마른다.

"너무하네요. 이렇게 기습하니."

"충분히 예고했는데."

그리고 칼릭은 니안느의 눈과 입술 위를 손가락으로 건드렸다.

"이것과 이거에."

니안느가 고개를 저었다.

그 수줍은 몸짓에 칼릭은 다시 뻐근하게 올라오는 욕정을 눌러야 했다. 이렇게 귀여우면 반칙인데, 싶으며.

"이러면 절대 다른 남자 못 만날 것 같은데요."

"야심 한번 보게. 나 말고 다른 남자가 필요해?"

"원탁에 다 둘러앉힐 만큼 필요해요."

칼릭은 피식 웃고는 니안느의 젖은 머리카락이 달라붙은 목덜미와 귀를 입술로 간질였다. 니안느가 몸을 움츠렸다.

"나는 모를 수밖에 없어요. 당신이 뭘 원하는 건지, 어디까지 할 수 있는지, 언제…… 까지인지."

언제, 라는 말이 떨린다.

"니안."

칼릭은 니안느의 눈썹에 입술을 댔다.

"아마도 내가 마지막일 거야."

"당신 같은 남자는요?"

"아니, 남자는."

칼릭은 니안느의 목을 감듯이 감싸 쓸어 올렸다. 손가락으로 머리카락을 파고들고 귀의 부드러운 살을 잡았다. 숨이 차오른다. 손길 하나가 스칠 때마다 목 안이 말라오며 갈증이 인다.

참으로 가지고 싶은 것이다.

이 맥박과 숨소리, 이 가느다란 어깨와 허리와 팔을 모두.

하지만 어떻게 해야 할까.

조금만 서둘러도 이 아가씨는 놀란 새처럼 도망칠 텐데. 아니면 겁에 질린 토끼처럼 움츠리거나.

하지만 버티기도 힘들다.

치밀어 오르는 갈망을 삼키며 칼릭이 속삭였다.

"그럼 어디서부터 하는 게 좋을까."

"뭘……."

입술 위에 입술이 닿으며, 니안느의 떨림이 고스란히 느껴진다. 그러나 자신도 감지하지 못하는 설렘의 현도 떨린다.

"좀 더…… 제대로 된 것을 시작하려면 말이야."

니안느는 긴장했다.

뜨겁게 달아오른 목덜미와 팽팽하게 긴장한 근육이 이 남자가 무엇을 원하는지 말하고 있다. 등골이 오싹하다. 껍질과 갑옷이 모두 벗겨져 나가 버린 자의 공포였으며, 낱낱이 드러난 초라한 인간이 되어 자비를 바라는 기분이기도 했다.

끌리고 있고, 어느 순간에 눈멀 듯이 이 남자에게 휩쓸리기도 한다. 또, 단순히 그것만인 것도 아니다. 이 남자의 웃음이 좋듯 이 남자의 우울함과 서늘한 상처가 아프다. 이 남자가 얼마나 강한지 알면서도, 그래도 이 남자의 하나하나를 다 보살피고 매만져 주고 싶다.

칼릭의 입술이 관자놀이에 닿았다. 그의 목덜미가 턱을 스친다. 야수의 등이 움직이듯 그의 목이 움직였다. 그 느낌이 살을 낱낱이 훑고 가는 것 같았다.

"여기서 시작할까."

목덜미로 고개를 내려더니 귀 뒤에 입술을 맞추었다.

"여기인지."

목에 닿는 머리카락이 간지러웠다.

살갗에 닿는 남자의 뜨거운 숨소리도, 턱을 감싸 올리는 단단한 손가락도, 모두 니안느를 긴장하게 했다.

"아니면……."

니안느는 칼릭의 셔츠 자락을 잡았다. 너무 무섭다며 말리려 그런 것이다. 그러나 너무 가깝다 보니 매달리는 것이 되고 말았다.

칼릭은 그 모습을 보며 조용히 말했다.

"아니면 그냥 내가 벗는 것부터 시작할까."

분명 천둥이 친 것이다. 아니면 심장이 바닥으로 떨어졌든가.

니안느는 아랫입술을 물고, 잠시 숨을 몰아쉬고는 답했다.

"놀리지 말아요. 정말 놀라니까."

머리카락 속까지 새빨갛게 물들었을 것 같다. 밤인 것이 다행이고, 그의 가슴 아래에 있어 그가 제대로 보지 못하는 게 다행이다. 토끼처럼 겁먹고 말았다. 놀라 움츠러들고 어깨가 떨렸다.

칼릭의 손이 내려갔다. 니안느는 아쉬움과 안도감이 교차했다. 다시 저 손을 잡아당기고도 싶은데, 이 남자를 감당할 자신은 또 없다. 게다가 바로 얼마 전까지 리카르를 속에 담고 있지 않았던가. 아직 털어내지 못한 상처가 많은데, 이 남자와 무언가 한다는 것이 두려웠다. 정결하지 못한 일 같았다.

칼릭이 니안느가 등을 대고 있던 벽의 문을 열었다. 달칵, 소리와 함께 벽난로의 열기가 번져왔다.

"여긴가?"

"네?"

칼릭이 눈길을 내렸다.

방에서 퍼져오는 불빛에 그의 긴 속눈썹 아래로 그늘이 졌다.

"네가 머물게 된 방."

"조금 전 들어온 문이 안둔의 입구가 아닌 한, 이 방이 맞아요."

칼릭의 입술이 올라가고 눈이 미소를 담으며 속눈썹 아래 그늘은 더 짙어졌다. 그 미소는 칼릭이 항상 드러내는 차가운 절제에 옅은 관능의 향을 배어들게 한다. 그러나 니안느를 사로잡는 것은 그 매혹보다 더 강한…… 다정함, 상냥함, 배려, 애정이었다.

니안느는 칼릭에게서 눈길을 거두어 등을 돌리고 방 안으로 들어갔다. 벽난로에는 불이 활활 타올랐다. 초를 밝혀둔 실내는 좀 어둑어둑했지만 모두 다 잘 보였다.

"들어갈게요."

순간, 칼릭의 양손이 턱을 감싸 당겼다. 입술이 덮치듯 달려들어 흠뻑 빨아들인다. 과육처럼 달콤하다. 심장에서 뜨거운 피가 치솟아 오르고, 가슴을 북처럼 쿵쿵 울리게 한다.

등 뒤에 벽도 없고 막아서는 것도 없지만 니안느는 물러나지 못했다. 그의 손가락이 방문을 닫는 소리가 들렸다. 달칵.

"칼릭스트 경."

"더 원해."

칼릭이 보고 있다. 남자의 살, 심장, 손, 허리, 허벅지, 모두 닿을 듯 가깝다. 두 녹색 눈동자는 바로 앞에서 타오른다.

"그리고 시작하면 멈추지 않을 생각이야."

말은 그래도 그의 얼굴에 가득한 것은 부드러운 느낌의 것들이다. 그 배려의 빛에 가슴은 모래처럼 출렁인다. 작은 발자국이 심장 안에 찍히는 듯 두근댄다.

"싫으면 미리 말해."

"정말 그렇게 말하고 도망가 버리면 어쩌려고 그래요."

칼릭의 눈에 장난기가 배어든다.

"그건 걱정 안 해. 오늘 안으로 좋아지게 만들어볼 테니."

그 말에 웃느라 긴장이 완전히 풀어졌다. 안 취했다고는 하지만, 지금 기분 상으로는 취한 게 맞다.

"칼릭스트 경은 참—"

"친구같이 좋다는 말은 빼. 지난번에 말했듯이, 좋은 친구보다는 나쁜 남자인 게 나으니까."

생각한다. 처음 이 남자를 보았을 때, 그 그렌 숲에서 이 남자가 도와주었을 때, 다시 숲 앞에서 만났을 때, 그리고…… 지금은 희미한 흔적만 남아 있는 나셀의 다락방에서의 그 눈빛도.

달의 싹이 피어나듯 하얗게 빛나는 무언가가 그날 이후로 피어났던 것 같다. 소중하고 귀중한 것이, 너무나 아름답고 빛나는 것이. 그렇게 니안느는 자신이 이미 경계도 의심도 없이 이 남자의 옆자리를 받아들이고 있다는 사실을 알고 있었다. 세상이 어느새 이 남자와 함께 따뜻해져 있었다.

"그러니, 지금 어때?"

"……."

"니안?"

"……그게……."

니안느는 마음 한 구석의 올이 풀리는 것을 느꼈다.

그 풀림은 연달아 이어지고 이어진다.

좋은 남자가 되는 것이나 친구가 되는 것이나, 애초에 처음부터 불가능한 말들이었다.

가지고 싶어, 이 남자.

그 다음은 어떻게 될지 무서워도 망설이면 후회할 것 같았다. 이 향기와 뜨거움, 모두 완벽하게 간직하고 싶다.

"좋아요."

작게, 두려움을 담아 속삭였다.

"……해요."

전율이 남자의 녹색 눈을 스치며 몸이 닿아왔다. 뜨겁고 단단한 몸이 옷 아래로 느껴진다.

칼릭의 손이 등으로 가더니, 매듭진 끈이 풀어진다. 선뜩한 느낌이 든다. 그러나 칼릭은 그 매듭을 다 푼 다음 어깨에 양손을 얹었다. 그 손에 힘이 들어가며 천천히 쓸어 내렸다. 겉에 입은 푸른 옷의 소매와 안의 슈미즈가 그 손에 밀려 내려간다.

손바닥과 맨살이 닿았고, 둥글게 부푼 젖가슴이 드러났다. 서늘한 머리카락이 턱을 스쳐 지나가며 칼릭의 입술이 쇄골 위를 더듬었다. 선뜩하게 빨아들이는 입술의 느낌에 오싹한 전율이 등을 훑고 지나갔다.

안에서부터 열기가 번져온다. 매달리고 흠뻑 젖어들고 싶다. 그러나 이 남자와 몸을 나누어도 후회하지 않을까. 아무 상처도 없이 받아들이고 받아줄 수 있고 행복해질 수 있을까.

손이 옷 속으로 파고들어 더 은밀하고 깊은 곳으로 향하자 어깨와 허리가 긴장한다.

칼릭이 속삭였다.

"좋아."

"……."

그러나 내 안에는 그것보다 더 뜨거운 말이 있어. 그 말을 속삭이며 네 모든 것을 다 내 것으로 하고 싶지. 오래 오래, 아주 오래.

너를 다 가지고 싶어.

너의 사랑스러운 모든 것을 다. 그리고 네가 이렇게 사랑스럽다는 것을 나만 알았으면 좋겠고, 몇 번이나…… 어쩌면 영원히 가지고 싶어.

손으로 허리를 쓸어내린 다음 단단히 잡았다. 부드럽던 손에 힘이 실리며, 허리에 걸린 끈의 마지막 매듭이 풀렸다.

쿠릉— 이제는 한결 낮아진 천둥소리가 들린다.

니안느의 눈이 커졌다.

그 얼굴을 보며, 칼릭은 다시 니안느의 입술에 입을 맞췄다.

인도하듯 부드럽고 인내하듯 조심스럽게. 손에 닿는 맨살이 그의 자제력을 흔들었다. 몸, 어깨, 허벅지, 팔에 힘이 들어갔다.

긴장한 니안느의 몸이 힘과 저항을 잃자, 칼릭은 가만히 밀었다. 온몸을 실어 누르고 더 깊이 입술을 탐했다.

칼릭이 가슴 사이에 얼굴을 묻었다. 두 팔이 목을 안아주고 이마를 기대왔을 때 칼릭은 드디어 그가 원하는 순간이 열렸다는 것을 깨달았다.

이마까지 뜨겁게 하는 맹렬한 마음이 든다. 어서 가지라는 외침이 들려온다. 칼릭은 니안느의 이마를 쓸어 올려 머리카락을 뒤로 쓸어 넘기고는 몸을 누르며 입을 맞춰왔다. 손에 닿는 몸에 더 뜨겁게 달아올랐다. 숨소리는 맨몸을 드러낸 진짜 사내의 정욕으로 거칠다.

칼릭의 셔츠가 벗겨나가며 어깨를 드러냈다. 다시 닿아왔을 때는 맨가슴이었다. 살과 살, 가슴과 가슴이 닿는다.

촛불의 나른한 불빛 아래, 니안느는 두 손을 모아 그의 턱을 매만졌다. 칼릭이 니안느의 손을 잡아 손바닥에 입을 맞췄다.

"두려우면 말해. 항상 네 옆에 있을 테니."

칼릭의 몸에 힘이 실렸다.

순간, 니안느는 생각나고 말았다.

리카르.

금빛 머리와 쓸쓸하던 갈색 눈을 가진 남자를, 막사나 여관의 홀, 때론 창가에서 먼 곳을 보고 있던 그를.

왜 하필이면 지금.

가책이 다 낫지 않은 상처의 둔통처럼 속을 아프게 한다. 지난날의 그녀 자신에 대한 가책이다.

그때의 너, 그리 상처받던 너는 어디로 사라진 거니. 잠시 잠을 자는 거니, 아니면 너는 이제 없고 다른 내가 눈을 뜬 거니.

그래서 두려워.

이 가책이 불길한 독초의 씨앗처럼 언제고 싹이 트고 내 가슴을 오염시킬까 봐. 이 순간에 빛을 지울까 봐.

그럼에도, 이 남자는 너무나 아름다워.

이 남자와 함께하는 순간이 너무나 벅차고 설레서. 이 남자와 어디로든 가서 단둘이 영원히 있고 싶지.

하늘의 별이 모두 쏟아지는 것처럼 혼란하면서도 찬란한 지금, 나는 불안과 두려움 속에서도 이 남자에게 끌려.

태어나서 처음으로 겪는, 내 피와 머리카락 한 올까지 다 지배하는 이 감정에 나를 주고 싶어. 다시는 이런 날이 오지 않을 테고, 이 감정을 느끼는 순간에는 모든 것을 걸어야 한다는 걸 알기에.

"니안."

칼릭이 불렀다. 숨소리는 붉은 안개가 낀 듯 탁하게 타오르고 있다.

"그런 눈 하지 마."

속삭임은 달콤하지만, 더운 숨 안에 담긴 것은 날카로웠다.

"생각하지 마."

칼릭은 양손을 니안느의 머리 양옆에 댔다.

"내가 너에게 화나는 일은 없을 텐데, 아픈 일이 생기는 것도 싫어, 니안."

"칼릭스트 경."

안타까움, 슬픔, 통증이 온다. 이것 역시 가책이다.

내게서 그를 보지 말아요, 칼릭스트.

당신은 너무나 예민하고 섬세하게 나를 보고, 내 눈썹과 눈동자와 손짓에 세세히 새겨진 아픔을 알아내지만…… 그러지는 말아요.

칼릭의 손이 허리를 잡았다. 올무처럼 강한 힘이 빈틈없이 누르고 단단하게 얽어맸다.

"그래도…… 오늘은 내 것이게 해줘."

허리를 잡았던 손이 허벅지를 쓸어내리더니 다리 사이의 속살에 손가락이 닿았다. 움찔, 움츠러들면서도 충격과 흥분이 밀려들었다.

"오늘만이라도."

긴장으로 몸을 움츠리고 이를 물고 칼릭의 어깨를 잡았다. 그가 뜨거운 숨을 담아 속삭인다.

"그 무엇과도 너를 나누고 싶지 않으니."

다리 사이를 어루만지던 손이 나가더니 몸의 압박이 엄청나지며 뜨겁고 단단한 것이 묵직하게 찔러 들어왔다.

"흡."

무게가 실리며 다리 사이가 차고 살이 벌어지는 것이 느껴진다. 엄청난 압박과 함께 물결이 밀려들 듯 칼릭의 몸이 들러붙어 더 깊고 단단하게 박혀온다. 타는 신음이 칼릭의 목 안에서 터진다. 날카로운 아픔이 배를 뚫고 올라오자 니안느는 숨을 몰아쉬었다. 세다, 이거. 생각보다 더.

바위에 부딪히는 흰 파도처럼 부서지고, 불길에 먹혀들어가는 장작처럼 뜯겨나간다. 그의 단단한 등 근육은 손아래에서 꿈틀대고, 허리 아래로 묵직하고 굵은 것이 단단하게 들어와 부딪혔다.

빠근하면서도 뜨겁다. 거친 숨소리가 흐트러지며 터졌다. 그러면서도 칼릭의 눈은 니안느가 눈을 찌푸리며 입술을 무는 것을 놓치지 않았다. 당혹감과 가책이 어리더니, 젖은 니안느의 머리카락을 쓸어 올리고 헐떡이는 숨과 함께 다가와 입술을 덮었다. 뜨거운 입술이 맞물리고 혀가 들어온다. 감고 빨아들이고 떨어지자, 훅 들어온 그가 허리를 부딪쳐 왔다. 다시 산산이 비산하고 깨지고 달아오른다.

"칼릭스트……."

끝없이 속삭인다.

귓가로 그의 응답이 들린다.

그래, 니안. 그의 목덜미와 가슴을 적신 땀이 흘러내렸다. 깊은 환희와 함께 허리 아래가 꽉 조여든다.

그리고……

불타는 낙인처럼 강렬하고 뜨거운 속삭임이 들려왔다.

뭘까.

이건 꿈일까 착각일까.

제9장

축복의 숲

블랑셰리온에 친 폭풍우는 모두가 자는 사이 그쳤다.

잠에서 깨어날 즈음 사방이 푸르스름했다. 구름이 쪼개지며 하늘을 드러내고, 금빛으로 물든 구름 사이의 하늘은 새파랬다.

멍하니 누워 하염없이 바라보고 싶은 하늘이었다. 침대에 앉아 그 광경을 보던 니안느는 시선을 내렸다. 잠든 칼릭은 평화로워 보였다. 넓은 등을 덮은 근육은 숨을 쉴 때마다 용의 비늘처럼 정교하게 움츠러들었다 펴진다.

용광로처럼 뜨겁게 섞였던 순간이 지난 뒤에 칼릭을 보고 있으니, 절대로 그녀를 물거나 할퀴지 않을 야수를 옆에 눕힌 것 같다. 강력하고 공격적이나, 그 털은 부드럽고 몸은 따뜻한 야수를.

또, 좀 부끄럽고 무섭기도 하다. 비처럼 내려온 감정이 니안느와 녹아들었고, 황홀하고 뜨거웠던 만큼 슬프도록 알게 되고 말았다.

필람몬, 어떻게 하나요. 있을 수 없을 정도로 강력한 이 감정이 무엇인지 이제는 짐작이 되어요. 지난 감정과 비교도 되지 않아 몰랐던 거예요.

부드러운 손이 턱을 감싸는 것이 느껴진다.

"니안—"

칼릭이 니안느의 허리를 끌어당겼다. 서늘하던 살이 금방 따뜻하게 달아올랐다. 칼릭이 품 안으로 얼굴을 묻어왔다. 단단한 이마와 콧날이 가슴을 누른다. 음— 하는, 부드럽고 나른한 신음이 들려왔다.

"눈뜨니 아침이네."

"아직 해도 안 떴어요. 새벽이라고요."

"이 정도면 아주 많이 선방한 거야."

밤에 잠들지 못하게 된 뒤로 칼릭에게 밤이란 조용한 것이 아니었다. 온갖 소리가 들려온다. 벌레 소리, 바람 소리, 부스럭대며 움직이는 사람들, 자다 깬 말이나 소가 우는 소리, 길을 가는 취객 등의 온갖 소리로 가득한 시간이다.

그들이 잠잠해지면 깊고 컴컴한 곳에 숨어 있던 것들이 천천히 기어나온다. 뼈가 부러지고 살이 찢어지던 순간, 그 위로 뿌려지던 모독과 비웃음, 그리고 마침내 굴종을 받아들이고 엎드려야 했던 순간.

그런데 지금 새벽하늘을 보고 있다. 오래 잊고 있던 달콤한 잠이 찾아와 그에게 안식과 평안을 주고 베일을 걷듯 조용히 물러났다. 그 휴식이 몸에 남긴 것은 만족감과 기대감, 그리고 희망이었다.

칼릭은 니안느의 가슴에 입을 맞추고 몸을 일으켰다. 넓고 곧은 어깨가 올라가자 니안느의 은보라색 눈이 반응했다. 갈색 속눈썹이 위로 올라가며 미소가 번졌다.

그 얼굴을 보는 칼릭은 아래에서 열기가 빠근하게 올라오는 것을 느꼈다. 말해주고 싶다. 네 웃는 얼굴이 참 예쁘다고. 슬픈 얼굴을 보면 견딜 수 없을 정도로 예쁘다고.

"릴라야."

니안느가 말했다.

"그게 뭐지."

"인간이 태어나면서 가진 다섯 개의 영혼 중 하나래요. 그중 하나인데, 잠이 들면 몸에서 빠져나와 들꿩이나 종달새, 멧비둘기의 몸으로 들어가죠. 그러면 사람들은 새들의 눈을 통해 꿈을 꿔요."

"내 불면증은 그 녀석이 게으름을 피워서 그런 건가."

니안느는 풋 웃었다.

"그럴지도요."

"다른 건 없어?"

"울츠카. 그건 건강과 행복의 영혼이죠. 그게 떠나면 아프거나 기력을 잃고 슬퍼진대요. 발라, 그건 지혜의 영혼. 사람이 배우고 깨닫게 해주죠. 샤알라츠, 이건 생명의 영혼…… 이게 있어야 살아 있죠. 또, 아란옐라……."

니안느는 말을 길게 늘였다.

칼릭이 재촉하듯 물었다.

"그건 뭔데."

"사랑."

니안느는 칼릭의 검은 머리를 쓸어 올렸다.

"그건 혼자 가지고 있는 게 아니죠. 태어날 때부터 나누어 가진 사람이 정해져 있대요. 정해진 그 사람을 만나면, 눈이 멀고 귀가 먹고 머리가 혼란해진다죠. 나머지 네 영혼이 그 하나에 살고 죽게 한대요. 릴라야를 오락가락하게 해 잠 못 들게 하고, 울츠카는 마치 병이 들린 듯 침울하게 하고, 지혜의 발라를 바보로 만들어 버리고, 생명의 샤알라츠는 숨 쉬는 것도 잊게 한다죠."

"처음 듣네."

"내가 태어난 고향의 이야기예요. 단, 믿지는 말아요. 실제로는 아니니까. 말이 그렇다는 거지."

"진짜일지도 모르잖아."

칼릭은 니안느의 턱을 매만졌다.

"필람몬이 그러는데 아니래요. 대신 영혼을 나누는 방법은 가르쳐 줬죠. 일종의 분신술이에요. 내 영혼을 나누어 주변의 동물들의 몸에 깃들게 하는 거죠. 악한 사령(邪靈)들의 눈에는 그게 감쪽같이 나로 보이게 되는 거예요. 그들은 사람들의 육체가 아닌 영혼을 보거든요."

"꽤 위험하게 들리는군."

"잃어버리지만 않으면 돼요. 정신 차리고 불러오면 다 돌아오거든요."

"그중 하나라도 잃어버리면 어떻게 되는데?"

"그 기억을 잃어요. 기억을 담은 영혼도. 스승님이 말했죠. 기억이란 영혼의 결을 만드는 것이고, 영혼의 결이야말로 영혼 그 자체라고. 그래서 기억을 잃은 영혼은 결이 달라지고, 악령들에게는 완전히 다른 사람으로 보이게 되는 거죠. 그런 것들로부터 도망칠 때는 그 방법을 쓰는 게 가장 좋아요."

"그러면 절대 하지 마."

"상투아리움에서는 꽤 요긴했는걸요. 마법사들과 부딪힐 때가 많았고, 비틀린 틈에 있는 악령들이나 망령들을 불러오는 자가 꽤 있었거든요."

"그래도 하지 마."

칼릭은 니안느의 몸 위로 올라왔다.

"이제 네 몸, 너 혼자만 쓰는 게 아니니까."

칼릭은 니안느의 허벅지를 쓸어 올리곤 입술을 찾아 입술로 덮었다. 혀가 니안느의 입술 사이를 밀치고 들어가고, 입속에 숨어 있던 작고 따뜻한 혀가 반응해 감긴다. 사과처럼 향긋하고 꿀처럼 달콤하다. 빠근히 올라오는 갈증을 느낀 칼릭은 허리에 힘을 주었다. 니안느가 움찔하며 몸을 움츠렸다.

"이제 키스하면 그걸로 못 끝나."

칼릭의 입술이 볼을 스쳤다.

"아니, 볼에 입만 맞춰도 내 온몸이 반응하겠지……."

"으응—"

니안느는 입술을 떼며 머리를 젖혔다.

한번 섞이고 휘몰아쳤던 기억이 몸이 더 쉽게 열리게 해주었다. 감정에 대한 믿음 덕이었다.

음미하듯 그가 천천히 허리를 움직였다.

속살로 들어온 묵직한 것을 느끼며 니안느는 힘겨운 듯 작게 헐떡였다. 달아오르던 속살에 움찔 힘이 들어갔다.

젠장, 하는 날카로운 탄식이 칼릭의 목 너머에서 터졌다. 니안느는 칼릭의 몸을 쓸어 올리며 그를 받아들였다. 배를 적시듯 닿아오는 살의 느낌, 기대오는 묵직한 몸과 강한 힘, 거기에 그 살의 뜨거움이 뼛속까지 녹이는 것 같다. 니안느는 칼릭의 뜨거운 가슴에 젖은 이마를 묻었다.

의지하는 작고 단단한 이마가 칼릭을 기분 좋게 했다. 흠뻑 젖은 몸이 내뿜는 달콤한 체취도.

칼릭은 니안느의 머리를 감싸듯 잡고 목덜미와 어깨에 입을 맞추고 더 깊이 들어갔다. 니안느는 다리로 그의 허리를 감고 받아들였다. 마음을 믿는 건 니안느만이 아니었다. 칼릭도 더 거칠고 강력하게 했다.

이제 감정이 더 확실해진다.

그 속에서 니안느는 옛 사랑의 흔적이 남김없이 사라졌다는 것도 깨달았다. 가책도 안타까움도 없다. 파도가 밀려들어 모든 것을 다 휩쓸어 갔

듯 남은 것은 없고, 흰 햇살이 부서지듯 쏟아지는 아름다움뿐이다.

❖

꿈이 밀려든다. 달의 은빛, 소나무 숲의 푸름, 맑게 몰아치는 개울, 따스하고 발그레하게 달아오르는 아침의 노을, 그리고 어둠이 빠져가는 새벽하늘의 꿈.

장미처럼 고운 숨소리, 두 팔 사이에 있는 아름다운 몸, 달콤하고 촉촉하게 감싸오는 속살, 그리고…….

칼릭이 깨었을 때 옆자리는 비어 있었다.

손을 대 아직 온기가 남은 것을 확인하고 몸을 일으켰다. 이게 무슨 일인가 싶어 말없이 앉아 있어야 했다. 약간의 배신감에 좀 당혹스럽기도 하다.

"젠장, 어디로 간 거야."

칼릭은 일어나 옷을 챙겨 입고 방을 나갔다.

오래 잠들었던 건 아니라, 아직도 해는 뜨지 않았고 몸에도 쾌락의 잔열이 남아 있다. 성도 아직 어두웠다. 밤사이 폭풍우에 성벽은 젖어 있고, 바닥 여기저기 물이 고여 있었다. 정원의 나무와 풀잎에 방울방울 맺힌 물방울이 바람이 스칠 때 후루루 떨어졌다.

그때 맞은편에서 조그만 페이가 하얗게 질려 달려오는 것이 보였다. 페이는 칼릭을 보자마자 몸을 날리며 울부짖었다.

"나아아아리이이이이이!"

칼릭은 얼른 셔츠 단추를 잠갔다.

"왜."

"나리, 나리! 나리의 손님 말입니다!"

니안느가? 하고 물어보기도 전에 페이가 고함을 질렀다.

"저, 정말로 처녀를 먹나요? 그래요?! 한스랑 이디스 아주머니가 그러는데, 용은 처녀를 먹는다며, 저더러 조심하랬어요! 정말인가요?"

"아, 메피스토 말이구나."

칼릭은 해결하기 어려운 상황이 발생했음을 깨달았다.

왜냐면 그 문제에 관한 한 칼릭도 모르기 때문이다. 고기를 먹긴 하지만, 굳이 사람을 먹어 번거로운 상황을 만들지 않는다는 것만 알 뿐.

"그런 걸 즐기는 걸 본 적은 없는데, 페이."

"아뇨, 아니에요! 오늘 그 손님이 막 저를 쫓아오는 거 있죠! 정말 무서웠어요! 저를 잡아먹으려고 했단 말이에요!"

그리고 눈물을 콸콸 쏟아냈다.

"그때 뭘 들고 있었지?"

"이디스 아주머니가 오늘 사과 파이를 할 거라고 해서! 그래서 창고에서 사과를 한가득 들고 왔을 뿐이에요! 어떻게 해! 도망치다가 사과를 놓고 와버렸어!"

"……."

왜 쫓아왔는지 알 것 같다.

칼릭은 페이의 어깨를 두드려 인정시킨 다음 물었다.

"페이. 진정해라. 그 손님, 지금 어디 있지?"

페이는 동쪽 뜰을 가리켰다.

"저기요!"

그리고 그곳에서 칼릭은 사과를 입에 털어 넣고 있는 메피스토를 볼 수 있었다. 칼릭을 본 메피스토는 입을 닫고 몸을 일으켰다. 우두둑, 하며 입안에서 사과가 씹히는 소리가 들렸다.

칼릭은 한숨을 후— 내쉰 다음 말했다.

"메피."

메피스토는 크르릉, 하고 울며 콧김을 내뿜었다.

"일단, 그건 너 주려고 딴 게 아니니까 네 것이 아니다. 먹고 싶었다면 지나가는 사람에게서 강탈하지 말고 나를 찾아와. 너에게 사과를 주는 것 정도는 내 선에서 자유롭게 할 수 있으니. 그리고 여기 사람들은 용을 가까이서 본 게 이번이 처음이다. 네가 배려를 해주는 게 어떨까."

메피스토는 콧김을 세게 내뿜은 다음 불만스럽게 으르렁거렸다. 자기가 다 알아서 할 테니 잔소리하지 말라는 것이다. 칼릭은 이 녀석의 훈육에 대해 니안느에게 말해야겠다고 생각했다. 문명사회에서 문제없이 지내려면 좀 더 교육이 필요해 보인다.

"니안은 어디 갔지."

메피스토는 앞발로 숲을 가리켰다.

"같이 갈까, 메피?"

민폐 손님은 치워주는 게 도리 같아서 그리 말한 건데, 메피스토는 쿵 하고 주저앉았다. 싫다는 거다. 칼릭은 주변을 둘러보았다. 하인들은 물론이요, 기사인 고든까지 나와 메피스토를 구경하는 중이었다. 칼릭과 마주치자 다들 맹렬하게 손을 흔들어 인사를 하고는—'안녕하세요, 나리!', 돌아오셨군요!', '좋은 아침!' 등등—다시 메피스토를 보기 시작했다.

"좋아. 대신 얌전히 있어라."

메피스토는 그건 접수하겠다는 듯 꼬리를 흔들곤, 발 옆에 있는 사과를 툭 쳐서 칼릭 쪽으로 굴렸다. 칼릭은 사과를 집어든 다음 메피스토의 머리를 쓸어주었다. 메피스토는 그 손길을 즐기며 머리를 아래로 늘어뜨렸다. 그것을 본 하인과 기사, 병사들은 서로 서로 툭툭 치며 네가 한번 만져 보라고 권유하기 시작했다.

칼릭은 숲으로 난 길로 들어갔다. 나뭇가지와 울긋불긋 단풍 진 잎은 물방울을 떨어뜨렸고, 바닥을 뒤덮은 낙엽은 축축하게 젖어 있었다. 나무 둥치도 새카맣다. 칼릭은 귀를 기울였다. 불어난 계곡물의 세찬 물소리만 들린다.

"니안!"

칼릭은 축축한 풀을 헤치며 외쳤다.

"니안느!"

비에 젖어 미끄러운 오솔길을 거슬러 올라, 칼릭은 거대한 바위들이 박힌 성지에 도착했다. 이천 년도 넘게 그 자리에 있는 바위는 갈색 이끼로 덮여 있었다.

니안느는 그 바위 앞에 있었다. 옷은 어제 입었던 그 푸른 모직 드레스였다. 볼과 코끝은 붉었고, 숨을 따라 입가에 옅은 성에가 어렸다.

"도망간 줄 알고 온 건 아니죠?"

"밤을 보낸 여자가 옆에 없으면 누구나 그런 생각을 하게 된다고."

니안느의 얼굴이 어색하게 굳으며 서서히 붉어졌다. 칼릭은 그 표정이 웃겨서 웃음이 터질 뻔했다.

"표정이 그게 뭐야."

"태연한 척하며 허세 부리려고 하는데 안 되는 표정이요."

니안느는 붉게 달아오른 양 볼에 두 손을 얹었다.

"무섭다고요."

"왜?"

"당연하잖아요."

차마 말을 못하며 니안느는 고개를 푹 숙였다. 칼릭이 허리를 숙여 니안느의 얼굴 가까이 자신의 얼굴을 댔다.

"니안, 내가 헤프게 군 건 사실이지만, 그 정도 받아줬으면 받아준 쪽도 책임을 져야 한다고 보는데."

니안느는 기가 막혀 눈을 크게 떴다.

"말이 왜 그래요!"

"이렇게 말도 안 하고 사라지면 크게 혼날 줄 알라는 거지. 앞으로는 이러지 마. 어디로 가고 싶으면 반드시 먼저 말해."

니안느의 볼이 더 붉게 달아올랐다.

"언제까지 덜미 잡힌 여자 노릇을 해야 하나요."

"한참 해야지."

칼릭은 입술에 입을 맞췄다.

"아주 한참."

칼릭은 니안느의 볼을 만져 주고는 허리를 폈다.

"새벽부터 여긴 왜 온 거지?"

"알아볼 게 있어서요."

니안느는 손으로 목을 감싸고는 고개를 돌렸다.

"대체 뭘 알아보려고 이렇게 일찍 나온 거야. 천천히, 해 뜨면 하지."

"그게, 저. 쉬고야 싶지만, 무슨 일이 벌어질 줄 알고 그래요. 눈뜨면 괴물이 문을 두드리고 있을지도 몰라요. 어이, 내가 찾는 사람들이 여기 있는 것 같은데요, 하면서!"

"걱정 안 되는 건 아닌데, 그래도 내가 눈뜰 때까지는 기다려 줄 수 있었잖아. 아니면 깨우든가. 그 정도 배려를 받을 자격은 된다고 보는데."

"아, 알았어요."

"좋아. 반성은 이제 되었고, 나는 용서했으니…… 왜 여기에 있는 건지 말해줘."

니안느는 성지의 거석을 보며 말했다.

"이것을 한 번 더 보러 와봤어요."

"이게 왜."

"나는 마인베르크의 힘이 어느 정도인지는 모르겠어요. 라크세니아의 군주들이 어느 정도인지는 저도 알아요. 델 판은 그중에서도 가장 강력한 자겠죠. 그런데 아무리 그래도 어떻게 신목(神木)이 있는 곳까지 온 건지, 또 왜 그런 짓을 한 건지…… 모르겠어요. 우린, 우린 정말 아무 잘못도 없었는데."

니안느의 얼굴에 그늘이 번졌다.

"하지만 전쟁은 그런 이유로 나지만은 않죠. 나는 상투아리움의 전쟁터에서 손바닥만 한 땅을 얻겠다고 수만 명의 목숨이 죽는 것을 보았어요. 성물인지 뭔지를 얻겠다고, 수천 명의 전사들이 부질없이 죽는 것도 보았고요. 인간의 욕심이란 것이 어디까지 할 수 있게 하는지 무섭기도 했어요. 그런데…… 그런데도 이것만은 도저히 모르겠어요. 우리들이 왜 그런 시련을 겪어야 하는 건지. 아무것도…… 아무것도."

니안느는 어깨가 떨려와 몸을 움츠렸다. 이 남자와는 항상 좋은 말만 하고 싶었다. 칼릭이 웃는 것이나 행복하게 바라보는 것이 니안느도 기분 좋게 했기 때문이다. 그러나 혼자 생각하는 것을 털어 놓고 싶기도 했다.

"마인베르크가 이 성에 드나들었다는 건 리카르로부터 들었어요. 그때는 옛날이야기 듣는 기분으로 들었는데, 좀 더 물어볼 걸 그랬어요. 만약 그가 이곳을 드나들었다면 지금 그의 힘은 이곳과 관련이 있을 거예요. 바로 이곳, 데본의 멸망이 시작된 곳과."

"즉—"

"어떤 방법이었든 간에, 마인베르크는 이곳에서 무언가를 알게 되었을 것 같아요. 왜냐하면…… 이곳이 생겨난 이유를 생각하면, 이곳에 아무것도 없을 수가 없거든요."

니안느는 바위를 쓸어 올렸다. 젖은 바위는 차고 촉촉했다.

"원래대로라면 데본의 힘이 남아 있어야 하는데 없네요."

"어떻게 그것을 알 수 있지?"

칼릭은 니안느 앞으로 와 바위에 어깨를 기댔다. 가까워진 칼릭의 체취와 온기를 느끼자, 니안느는 조금 전까지 몸을 내리누르던 그 강한 압박이 생각나 한숨을 내쉬었다.

"여기 말고 다른 성지를 본 적이 없지는 않아요. 그런 곳에는 항상 옛 신의 흔적은 남아 있어요. 심지어 아레넨의 도서관에서도 있었죠. 그런데……."

"혹시 여기서 동방 숲을 멸망시킬 정도의 힘을 얻어낸 건가. 그렇게 강하게— 이미 멸망한 신이?"

"동방 숲은 거의 천 년 동안 적이 없었어요. 강하긴 엄청나게 강했지만 약점이 없지는 않았고, 오랜 평화는 약점을 방치하기에 충분했던 시간이었을지도 몰라요. 그리고 적은 그 약점을 노리고 쳐들어 온 거죠."

니안느는 그 약점이 무엇이었던 건지 짐작은 할 수 있었다.

숲의 왕은 파수꾼들과 온 숲의 아이들과 연결되어 있고, 그 방법으로 자신이 거둔 자들을 머리카락 한 올까지 지킬 수 있었다. 그러나 이것은 파수꾼이나 아이들을 공격하는 건 어렵지만 역으로 숲의 왕 자체를 공격해 버리면 일이 간단해진다는 뜻이 된다.

숲의 아이들로서 각인을 받았지만 데려가지는 않은 아이를 찾아내면 숲의 왕이 어디에 있으며 언제 공격해야 하는지 알아내는 것이 가능하다. 숲의 왕이 택한 아이라 신목과 연결은 되었지만 아직 보호받지는 않은 상태일 테니, 이야 말로 가장 큰 약점이다.

"아침에 어울릴 이야기는 아니네요."

"괜찮아."

칼릭은 니안느의 텅 빈 목덜미를 손끝으로 건드렸다.

"네가 나에게 준 것은 포기하기 쉬웠던 건 아니니까."

“그건…… 내 선택이에요. 당신을 구하는 것과 대체 무엇을 바꿀 수 있겠어요. 추억은 내 안에 남아 있어요. 기억 역시. 하지만 당신 생명은 아니죠. 잃어버리면 끝이잖아요.”

“예전에…….”

칼릭은 숲을 보았다. 해가 뜨며 아침 햇살이 나뭇가지를 스쳤다. 칼릭은 눈을 가늘게 떴다.

“삼 년쯤 전에 마인베르크에게서 도망쳤었지. 동방 숲속으로 도망쳤었어. 숲은 지옥이라도 열린 듯 나를 공격했고, 나는 그 안에서 미친 듯이 싸웠다. 정말 미친 듯이. 내가 가진 모든 능력을 다 썼어. 절대 써서는 안 되는 것도.”

니안느의 눈이 떨렸다.

“뭘…… 썼어요?”

“권능.”

칼릭은 니안느의 놀란 얼굴을 위로하듯 매만졌다.

“천상의 권능은 그렇지. 지극한 신의 권능을 허락하면서 절대로 극복할 수 없는 고통도 줘. 그때 난 마인베르크에게 돌아가는 것보다 차라리 그게 낫다고, 싸우다 죽어도 상관없다고 생각했어. 그런데 각오하긴 했어도 엄청난 고통이긴 하더군. 살이 다 타는 것 같았어. 실제 살이 찢겨지고 심장도 터질 듯 아팠지. 그런데 그 후로는 기억이 잘 안 나. 정신 차려보니 다 끝나 있었다는 것만 알지.”

칼릭은 니안느의 앞머리를 걷었다. 달빛 각인이 보였다.

“나는 몇 년간 그 일이 어떻게 된 건지 고민했지. 내 선에서 해답을 찾을 수 없는 일이니 더더욱. 마인베르크가 물러난 걸까. 행여, 더 큰 절망을 주려고 그러는 건 아닐까. 하지만 마인베르크는 아무것도 하지 않았어. 몇 번 수하를 보내기는 했지만 말이야. 그러다 알게 되었지. 이제 마인베르크는 쉽게 나를 돌아오게 할 수 없다는 것을. 그리고 숲에서 도망치던 그날 무언가가 있었다는 것을."

"뭔가요, 그게."

칼릭은 니안느의 각인에서 눈을 내려 니안느의 눈동자를 바라보았다.

"어제 너는 나를 도와줬지."

니안느는 고개를 끄덕였다.

"그랬죠."

"니안, 네가 말했지. 안둔은 어디로든 갈 수 있고, 어느 시간이든 연결될 수 있다고. 신이 만든 세계니까."

"네……."

"어. 느. 시. 간. 이. 든. 이라고 했어."

니안느는 지금 칼릭이 말하려는 것이, 아직 자신이 모르는 비밀임을 깨달았다.

칼릭이 말했다.

"안둔에서 네가 없는 동안 또 마수들이 나타났고…… 나는 그들과 싸우다 뭔가에 걸렸다. 뭐였는지는 정확히 몰라. 하지만 결론만 말하자면, 나는 내가 열여섯일 때…… 마인베르크에게 끌려가 그 아래에서 볼모 생활을 할 때로 돌아가 있었어."

"맙소사……."

니안느는 한탄했다. 짐작은 하고 있다. 칼릭이 그 정도로 오래 마인베르크에게 억류되려면, 분명 아주 큰 고통의 시간이 필요하다는 것을.

"잡혀갔을 때, 더 이상 그로부터 도망치지 못하게 되었을 때, 그리고…… 마지막으로 도망쳤을 때. 그 고통을 다 고스란히 겪었어. 그게 마법이라면…… 지독한 마법이지."

마음이 아픈 니안느는 칼릭의 턱에 손을 얹고 두 눈 가득 칼릭의 모습을 담았다. 칼릭은 고개를 살짝 돌려 니안느의 손바닥에 입을 맞췄다.

"그때 네가 찾아왔어."

"제때 맞춰서 다행이죠. 걱정했어요. 당신이 없어져서 얼마나……. 다행히 당신을 발견했어요. 피투성이가 된 것을. 그래서 어떻게든 고쳐야 한다는 생각만 들었어요."

니안느는 남자가 잘못될지도 모른다는 두려움에 가슴이 터질 것 같았다. 그러나 치유술은 할 줄 몰랐으니, 엉망이 된 남자를 구할 수 있는 방법이 없었다.

단 한 가지. 숲의 왕의 마지막 흔적을 쓰는 것 외에는.

하려는 일이 옳은 건지, 이럴 권리가 있는 건지 몰랐다.

하지만 그 가책보다 더 큰 것은 칼릭을 보는 아픔이었다.

그래서 손을 내려 목에 걸린 나뭇가지를 잡아당겼다.

숲의 왕은 고대의 신, 부활과 재생과 기적을 행할 수 있다. 데본과 안드룬조차도 가능하다. 왕의 일부를 품은 그 나뭇가지 역시 기적을 행할 수 있다. 생명을 돌리고 죽어가는 자를 부활시키고, 모든 병과 고통을 구원하는 기적을.

"그래도 어제 구할 수 있어서 다행이에요."

"니안, 너는 어제 나를 구한 게 아니야."

"네?"

니안느는 무슨 말인지 알아들을 수 없었다.

"나는 어제 다치지 않았어."

"그럴 리가."

"맞아."

잠시 감을 잡을 수 없어, 니안느는 곰곰이 생각해야 했다. 어제 다치지 않았다니. 그러다 분명 다친 칼릭을 만나 치료를 했는데, 잠시 사라졌다가 다시 만난 칼릭은 피 한 방울 묻지 않은 상태였다는 것을 깨달았다.

"니안, 나는 그 숲에서 도망친 후로 권능을 쓸 때 고통을 느껴본 적이 없어. 그러나 그렌 숲, 바다 위…… 그리고 어제 안둔에서도. 나는 알아. 그 숲에서보다 더 강하게 권능을 썼다는 것을. 그런데 멀쩡했지."

"알아…… 알아들을 수 없어요. 나는 분명 당신이 다친 것을 봤고……"

"네가 만난 건 어제의 내가 아닌, 삼년 전의 나였어."

니안느의 눈이 서서히 커졌다. 처음에는 믿을 수 없었다. 어떻게 그런 상황이 가능하겠는가. 그러나 가능하다는 것을 깨달았다.

삼년 전으로 가는 것이 가능하다. 안둔에서도 상당히 정확하게 원하는 곳으로 갈 수 있는 니안느가 하필이면 그때의 칼릭과 만난 것은…… 어제의 칼릭이 그때의 칼릭과 동화되어 있었기 때문이다.

니안느는 칼릭의 가슴을 보았다.

"왜…… 왜 말 안 했어요."

"기억나지 않았으니까. 눈을 떠보니 나는 살아 있고 상처도 없었다는 것만 알지. 그래서…… 기적이라고만 생각했다. 숲의 신이 나를 도와줬다고만."

칼릭의 눈이 니안느를 향했다.

"하지만 이제는 알아. 그날 나를 구한 숲은 바로 너였다는 것을. 우리의 만남은 우리가 아는 것보다 더 오래전부터 정해진 만남이었다는 것을."

안둔, 과거로도 향할 수 있고 미래로도 향할 수 있는 신의 영역.

니안느 역시 그런 식으로 마인베르크와 싸웠으니 안다. 그리 쉽게 갈 수 있는 것은 니안느도 고대신의 마법을 알기 때문이다.

어제 그녀가 살린 것은 지금의 칼릭이 아니다. 몇 년 전의 칼릭이었으며, 그녀가 갔던 곳은 바로 그때의 숲이다.

"맙소사. 어떻, 어떻게……!"

볼을 타고 눈물이 흘러내렸다.

몰랐다. 이곳으로 올 때도, 이 남자와 만났을 때도, 리카르를 떠나 다시 이 남자와 만났을 때도 몰랐다.

무언가를 알아내기에는 당시 니안느는 너무나 지쳐 있었다. 희망을 품었던 모든 상황이 대가 없이 끝나고 있었다. 리카르와의 동행에서 니안느가 얻은 것이 없었고, 애착을 가졌던 리카르와의 관계조차도 더 이상 기댈 수 없게 되어 있었다.

그러다 숲을 멸망시킨 자가 마인베르크라는 것을 알게 되었을 때, 니안느는 분노하면서도 절망했다. 되찾고 다시 만날 수 있을 거라는 희망은 남김없이 사라졌다.

그 절망한 니안느 옆에 있어주었던 것은 이 남자고, 비참한 운명에 처해 있던 형제들과 스승 필람몬을 구원해 준 것도 이 남자였다. 그리고 그런 남자였기에 니안느는 어제 그 상황에서 니안느는 망설임 없이 숲의 왕의 마지막을 이 남자를 위해 썼다.

"빛을……."

커다란 깨달음이 다가왔다.

빛을 찾아라.

그 너무도 막연했던 말.

칼릭과 함께 있을 때 그 말은 막연한 비유나 애매한 암시가 아닌 진짜였다.

권능은 빛으로 발현한다.

검은 하늘을 가르는 아침의 첫 빛.

바로 그 빛을 찾아라, 니안.

그리고 그 빛은 바로 당신, 칼릭스트.

완성되어야만 했던 고리가 맞물려 완전해진다. 짙은 회색빛 방랑의 시간이 채색되기 시작했다. 재처럼 사라질 거라 생각했던 그 모든 것이 다시 생명을 찾는다. 그 모든 것들이 의미가 없던 일도 아니었고 가치가 없던 일도 아니었다.

이 남자를 만났다는 것 하나만으로도, 지금 이 자리에 같이 있다는 것 하나만으로도, 그간의 슬픔도 절망도 방황도 다 의미를 찾는다.

달성해야 할 목표를 향해 돌진하는 게 아닌, 여기까지 이르며 도달하는 과정 자체가 모두 해야만 하는 일이었으며 삶이었다. 영롱한 가치가 있었다.

어쩌면 삶이란 목적이 없는 것일지도 모르겠다. 목표를 얻기 위해서만 가는 것도 아니다. 목적지가 있어 그곳으로 도달해야만 하는 것도 아니다. 단 하나를 위해 모든 것을 다 바쳐야 하는 것 역시 아닐 것이다.

걸어갔던 모든 곳이 길이자 삶, 무언가를 찾아낼 거라 생각했는데 무언가를 이루어가고 있었다. 마침내 시간이 되자, 아침 해가 밝아와 빛이 세상에 퍼지며 지금 어디에 있는 것인지 알게 된 것이다.

숲의 곳곳에 황금색 빛이 망울지듯 맺혔다. 아침이 오며 숲에 빛이 가득 차오른다.

칼릭의 얼굴이 다가왔다. 이마와 이마가 닿고 콧잔등이 닿았다. 따스한 온기로 니안느를 적시며 칼릭이 말했다.

"이제 돌아가자."

니안느는 고개를 끄덕였다. 칼릭이 니안느의 손을 잡았다. 손가락이 얽히며 단단히 잡혔다.

"아 참, 메피스토 말이야."

"혹시 처녀라도 잡아먹으려고 쫓아다닌 건가요."

"정말 먹는 건 아니겠지?"

니안느는 손을 저었다.

"농담이에요, 농담. 아니에요. 메피는 사람 고기 싫어해요. 사람을 쫓아다니면…… 그건 놀리고 싶어서 그러는 거예요. 소나 돼지를 쫓아다니면 배가 고파서 그런 거고."

"다행이라면 다행이군."

칼릭은 손을 당겨 니안느가 바짝 붙게 하고는, 머리를 감싸 잡고 정수리에 입을 맞췄다.

"칼릭스트 경?"

"예뻐서. 성으로 가자."

성에서 메피스토는 무척 성가셔 하는 표정으로 주변에 둘러앉은 기사와 하인들을 보고 있었다. 기사 하나가 용을 만져 보려고 주춤주춤 다가갔다. 메피스토는 기사가 더 가까이 오기를 기다렸다가 고개를 뒤로 젖히고는 불을 내뿜었다.

"으악!"

"불, 불!"

기사는 물론이요, 보고 있던 모든 하인 하녀 병사들 죄다 거미 떼처럼 흩어져 숨었다.

칼릭은 도망치는 기사의 뒷덜미를 잡았다.

"이봐, 고든."

"나, 나리?!"

평소에는 용감하고 늠름한 고든이었지만 칼릭에게 잡혔을 때는 애처럼 엉엉 울고 있었다.

"그만 울어. 못 본 척해주는 데도 한도가 있다고."

칼릭이 손을 놓자 고든은 그대로 주저앉았다. 다시는 이런 일이 없을 거라 하더니, 니안느를 보게 되자 기겁해 외쳤다.

"이 여자! 나, 이 여자 압니다!"

이렇게 고든은 성에서 유일하게 니안느를 알아본 자가 되었다.

"설마 리카르 볼프람이 돌아왔습니까?"

"니안은 내가 유혹해서 여기 있는 거라, 리카르와는 아무 상관없어."

니안느가 경악해서 보았다. 뭐라, 뭐라고 했어요? 칼릭은 태평하게 마주 보았다. 맞잖아. 내가 유혹한 거. 맞, 맞다니? 이리 솔직하지 못하다니, 실망인걸.

"고든, 내가 없는 동안 이 블랑셰리온의 군사가 어떻게 되었는지 알아야겠으니 서재에서 준비하고 있다가 보고해."

"저기, 무슨, 왜, 아니, 무슨, 왜!"

고든은 최대한 차분하게 물어보려 애는 썼으나 턱의 지진이 가실 줄을 몰랐다. 칼릭은 포기했다.

"고든, 일단 서재로 가서 최선을 다해 진정하고 있어. 이디스에게 브랜디라도 가져다주라 할 테니, 남은 이야기는 그걸 마신 다음에 하지."

"저 술 못 마시는 거 알잖습니까. 브랜디는 바, 반잔만 마셔도 죽어요!"

"아, 그러라고. 오늘은 죽어 있어. 내일 이야기하자."

메피스토가 움직이는 바람에 고든은 다시 주저앉았다. 칼릭은 그를 일으켜 세운 다음 등을 팡 쳤다.

"어서."

고든은 비틀비틀 걸어 사라졌다.

니안느는 그런 고든을 안쓰럽게 보았다.

"저런 분이실 줄은 몰랐는데요. 그날에는 내가 칼릭스트 경에게 불손한 눈길만 보내도 당장 검을 뽑을 듯 굴더니."

"아버지 기사들이 나를 애지중지하는 경향이 있거든. 내 앞에서는 다들 세상을 구할 용사들이지. 자, 가자. 성가신 일이 더 벌어지기 전에."

칼릭은 니안느를 데리고 2층으로 올라갔다. 기다리라 한 뒤에 나갔던 칼릭은 금방 돌아왔다. 옆에는 이디스가 쟁반을 들고 노려보고 있었다. 칼릭은 봐달라는 듯 웃으며 말했다.

"또 여자들도 이리 애지중지하지."

이디스는 니안느를 아래위로 살폈다. 머리카락 한올에도 점수를 매길 것 같은 눈빛이라 니안느는 긴장했다.

"이 숙녀 분은 누구시죠, 도련님?"

"라크세니아에 있는 어느 가문의 숙녀야. 그곳에 있을 때 알게 된 집안의 아가씨인데 곤란한 처지가 되어서 내가 봐주기로 했지."

와, 거짓말. 니안느는 술술 나오는 그럴싸한 말에 감탄했다.

"그럼 몸을 의탁하러 오신 분을……."

"아, 그만. 나중에 이야기하지. 숙녀분 앞에서 이러쿵 저러쿵 이야기하는 건 실례야."

칼릭은 이디스의 입을 틀어막은 다음 끌고 나갔고, 잠시 뒤 돌아왔다.

"미안. 앞으로도 좀 귀찮을 테니 나하고 미리 입 맞춰두자. 더는 궁금해 하지 않을 정도만 적당히."

"완전히 성의 왕자님이네요."

"아니, 그보다는 공주님에 가까워."

니안느는 칼릭이 건네주는 배를 받았다.

"이러다가 정체가 들통 나면 어떻게 될까요. 칼릭스트 경의 아버지가 돌아와 나를 불태워 버리라 하든가."

칼릭이 씁쓸하게 웃었다.

"니안, 그날은 마인베르크의 수하들이 있었으니 그러셨던 거야. 니안에게 해를 끼칠 생각이 있었던 것도 아니고. 이건 내가 나중에 좀 더 자세히 이야기해 줄게. 설명할 게 좀 많은 일이라. 하지만 중요한 건, 아버지는 걱정하지 말라는 거야. 잘 대해주실 테니."

니안느의 표정이 어색했다. 믿어야 할지 모르겠다는 것이다. 진담인지 낙관인지. 칼릭은 이해했다. 니안느가 본 아버지는 제정신인가 싶게 미친 모습뿐이었고, 그 무능함에 대한 소문만 자자했다. 또, 니안느는 그 누구도 아닌 리카르 볼프람과 같이 있었다. 오베른을 아무리 긍정적으로 보고 싶어도 그 근거가 전혀 제공되지 않는 위치였다.

"니안, 아버지가 리카르 볼프람에게 한 일은 잘못이 맞아. 고모님을 강제로 결혼시킨 것 역시 잘못이 맞으니까 변명하지 않겠어. 리카르의 일은 내가 아버지의 후계자인 이상 아버지와 함께 책임질 일이 될 거야. 그건 부정하지도, 피하지도 않아. 그럴 수도 없고."

"……."

"또 마인베르크의 일도 중요하지. 마인베르크가 없어질 때까지 내가 사는 세상은 꽤 복잡할 거야. 그러니…… 그때까지만 나하고 약속해 줘."

칼릭은 니안느의 손을 잡으며 말했다.

"이 정도로 넘어왔다면 유혹한 나만 책임질 일은 아니잖아."

"알았…… 어요."

니안느의 손가락 사이로 그의 긴 손가락이 파고들어 와 꽉 잡았다.

"네가 훌쩍 떠나면, 내게는 너를 찾을 방도가 없어. 그러니까 네가 어디로 가든 어디에 있든 내가 알도록 해줘. 아예 안 떠나면 더 좋고."

칼릭은 니안느의 손등에 입을 맞추었다. 니안느는 따뜻하고 두근대는 감각이 밀려드는 것을 느꼈다. 칼릭의 손짓, 눈빛, 입술의 미소, 다가올 때 느껴지는 그의 단단한 몸과 힘이 모두 설레게 한다. 보고 느끼면 몸은 예민해지고, 그 예민한 감각은 칼릭의 존재를 더 크고 아름답게 느끼게 한다.

아주 깊고도 돌이킬 수 없는 감정에 빠져 버렸다. 정신없이 바라만 보고 싶어지는, 다른 것이 세상에 없었으면 좋을 그런 감정에.

손등 위에 머무는 입술에서 부드러운 속삭임이 흘러나왔다.

"황금빛 햇살은 그대 머리에 얹히고, 붉은 장미의 속살을 쓰다듬지……."

니안느는 눈을 가늘게 뜨고 미소를 듬뿍 담아 물었다.

"그건 무슨 노래인가요."

"그야, 오늘 밤 하자는 노래지."

칼릭은 놀란 니안느의 목덜미에 입을 맞추고 속삭였다.

"지금도 괜찮고."

❖

가을폭우가 오고 나면 블랑셰리온은 푸른 보석 같은 가을이다.

숲은 불타오르듯 붉게 물들고 나무 열매들은 검게 익는다. 벌판은 옅은 황금색으로 물들고 새벽에는 차갑고 맑은 이슬이 내린다.

블랑셰리온 가문 휘하의 지휘관 급 기사들은 당주로부터 내려진 명령을 받게 되었다. 인장은 당주의 것이었지만 서명은 후계자인 칼릭스트 블랑셰리온이었다. 칼릭스트가 가문의 후계자임이 공포된 것이 벌써 십여 년 전이니, 그 명령은 완벽하게 유효했다. 리카르 볼프람에게 영지가 점령당한 뒤 어떻게 될지 모르고 있던 기사들은 일단 명령받은 곳으로 병사들과 함께 모이기로 했다.

칼릭이 내린 명령에는 몇 가지가 분명히 명시되어 있었다. 진정한 군주이자 정당한 계승자인 프레데릭 황자에게 복종할 것이며, 그의 즉위가 하늘의 뜻임을 받아들이고, 가장 위대한 사도인 벨사키엘과 일곱 보좌의 이름으로 받든다.

의례적인 말이나, 인장과 함께 하는 의례적인 말은 법적인 선언이기도 하다. 그중에서 가장 중요한 것은 법적인 후계자이자 실질적인 당주가 명령한다는 것이다. 몇 년간 비틀대던 블랑셰리온 가문이 드디어 제대로 구실을 하고 있다.

칼릭이 블랑셰리온의 수도랄 수 있는 테게온에서 그 모든 일을 처리하고 있을 때, 리카르 볼프람의 지휘관 중 하나인 울리치로부터 전령이 왔다. 칼릭은 전령에게 울리치와 만날 날이 적힌 답장을 들려 보냈다.

일을 마친 칼릭은 그렌으로 돌아갔다. 블랑셰리온 령의 중심은 테게온이었지만 영주가 머무는 성은 반나절 거리에 있는 그렌 성이다. 작위 역시 그렌 백작이니, 그렌은 테게온과 함께 블랑셰리온에서 가장 중요한 곳이다.

성의 입구에 도착한 칼릭은 기사들을 초소로 보내고 고든과 성으로 향했다. 성의 계단을 올라 본성으로 들어선 그들을 맞이하는 것은 목을 길게 빼고 자고 있는 메피스토였다. 고든은 메피스토의 눈치를 보며 성으로 슬금 슬금 들어가다 갑자기 신음을 흘렸다.

"으헥."

"왜 그러나."

"나리, 저거 봐요!"

돌보지 않아 잡초원이 된 지 오래인 정원에 돌멩이들이 저절로 굴러다니고 있었다.

"이게 뭡니까! 마, 마법입니다!"

칼릭은 허리를 숙이고 돌멩이들을 들여다보았다. 신기하게도, 돌멩이 두 개가 눈사람처럼 위 아래로 붙어 있었다. 그 아래에 붙은 작은 조약돌

두 개가 다리가 되어 졸망졸망 걷는 중이다. 목에는 가시덩굴을 목도리처럼 두르거나 머리에 돌돌 말아 썼다.

"그 마녀, 마녀가 이 성을 차지하려고 하는 겁니다!"

칼릭은 돌멩이 하나의 뒷덜미를 잡아 올려 고든에게 보여주었다. 돌멩이는 작은 다리를 저으며 바동댔다.

"이 돌멩이 병정으로?"

"방심하지 마세요! 마녀란 말입니다, 마녀! 돌멩이 병정이라 하시지만, 이게 무시무시한 것일지 누가 압니까. 어서 버리세요!"

칼릭은 손을 놓았다. 작은 돌멩이 병정은 바닥을 덱데굴 구르다가 벌떡 일어나 조르르 달려갔다. 그 동안 고든은 칼자루에 손을 얹고 그 돌멩이를 노려보고 있었다.

"진정해, 고든. 니안은 내 손님이고…… 내가 그 숙녀분의 실력을 아는데, 자네가 검을 뽑기도 전에 일이 끝날 거다. 주군 된 입장에서 부끄럽기 싫으니 그냥 평화적으로 지내도록 하지?"

"그럴 수 없어요!"

"그럼 그냥 거기 있어. 내가 만나지."

올라가니, 니안느는 2층의 창문을 활짝 열어놓고 돌멩이 인형들을 만드는 중이었다. 정원의 돌 중 마음에 드는 것 두 개를 골라 붙인 다음 머리나 목에 가시덩굴을 둘러주는 것이다. 완성된 돌맹이 병정들은 길게 자란 정원을 돌아다녔다.

"니안."

니안느는 막 만든 돌멩이 병정을 들고 돌아섰다.

"칼릭스트 경! 일은 다 끝났나요?"

"오늘 일은. 그런데 니안, 그 용맹한 꼬마 병정들은 어디다 쓰는 거지?"

"메피스토 혼자 성을 지키기는 힘들 것 같아서 만든 거예요."

그리 말하며 니안느는 병정의 머리를 쳤다. 작고 용맹한 병정은 다소곳이 허리를 숙였다. 칼릭 생각으로는 메피스토가 지붕 위에서 하품만 해도 적들이 멀리 도망칠 것 같았지만, 니안느의 생각을 존중하기로 했다. 그러나 돌멩이 병정들은 메피스토를 대신해 성을 지키기에는 지나치게 작고 귀여웠고, 적들이 신기하거나 귀여워서 발을 멈추지 않는 한 그들을 막는 데는 아무 쓸모가 없어 보였다.

"아직 아무 일 없긴 하지만 앞으로 무슨 일이 벌어질지 모르잖아요. 그런데 아직은 실험 단계라."

"쓸모가 없나?"

"조금, 아주 조금 예민한 것 같아요."

니안느의 말이 채 끝나기도 전에 돌멩이 병정이 어마어마한 크기의 바위 거인으로 부풀어 올랐다. 목의 가시덩굴이 붕— 소리가 나도록 회전하며 바닥을 다 파버렸다.

"……."

"이렇게."

니안느는 손가락을 딱, 하고 울렸다. 바위는 슈슉 작아져 앙증맞은 돌멩이 병정으로 변했다. 원래 크기로 완전히 돌아온 병정은 머리를 쳐들고 몸을 피더니 다시 졸졸졸 달려 사라졌다. 그 병정이 남긴 폐허에는 통통한 고양이 한 마리가 오들오들 떨고 있었다.

"설마, 저게 적이란 건 아니겠지."

"당연히 아니죠. 역시 너무 민감하네요. 이게 대체 몇 번째야!"

"희생자가 어떻게 되는데."

니안느는 손가락을 하나하나 꼽아 보였다.

"토끼 두 마리, 들쥐 세 마리, 닭 다섯 마리하고 돼지 한 마리. 이디스한테 말하지 말아요. 이런 거 들키면 끝장이에요. 여태 계속 미움 받는데, 이런 것까지 알려지면 경멸까지 받을 거야."

"너무 신경 쓰지 마. 말로만 그러는 거니."

이디스로 말할 것 같으면, 니안느의 정체에 대해 모르면서도 고든보다 더 경계하는 중이었다. 니안느를 찾아와 신분이나 나이에 대해 묻지는 않았지만, 그것은 궁금하지 않아서가 아니었다. 니안느에게 직접 말을 걸지 않겠다는 결정을 고집스럽게 유지하려고 그러는 것이다.

"하루 종일 이것만 했나."

"정오부터 했어요. 그전에는 성의 서재를 좀 봤죠. 굉장하던데요. 특히나 지하에는 이그라탄의 도서관에서나 볼 법한 고서들도 있었고요. 소환술, 정령술, 연금술 등등에 대한 것들이 꽤 많이 있더라고요."

"조상님 대대로 수집한 거지. 나중에 열쇠를 줄 테니 지하 서고에 있는 것들도 보고 싶은 대로 봐. 그리고…… 니안, 혹시 울리치 페더만이라고 알아?"

니안느는 눈을 크게 떴다.

"당연히 알죠! 몇 년 같이 지내오는 사람이에요. 파문사제 출신이라 아는 것도 많고 잔소리도 많죠. 그런데 그 울리치 경은 왜요?"

"전령을 보냈더군. 할 말이 있다면서. 날짜 정해서 답신으로 보냈어. 리카르 볼프람이 그 울리치에게 이 성 근방의 주둔군에 대한 지휘권을 맡긴 지라, 만나기는 해야 해."

니안느는 얼굴이 흐려졌다.

"아, 그래서였군요."

"니안도 만나볼 건가."

"아직은 곤란한 것 같아요. 마인베르크에게 지배당한 적도 있으니까 나는 아주 위험한 상태에요. 울리치 경이 이 사실에 대해 안다면 다시는 오지 말라고 할걸요. 자기 혼자 이 세상에서 리카르를 제일 걱정하는 사람이라지요."

"그래?"

오지 말라고 할 걸 그랬군. 번거롭더라도 차라리 테게온으로 오라 할 걸 그랬다. 게다가 니안느 입에서 리카르의 이름이 나오는 것은 기분 좋은 일이 아니었다.

"그럼 그 문제는 천천히 생각하자. 생각하기 싫으면 울리치 페더만이 올 즈음에 내가 눈치껏 기절시켜 줄 테니 푹 자고 일어나든가."

"설마 나를 때리거나 할 건 아니죠? 지나가는데 뒤통수를 팍 친다거나."

"그럴 리가 없잖아. 그것과는 다른 방식으로, 최선을 다해 기분 좋게 기절시켜 줄 생각인데."

"술이라도 먹이는 건가요. 나, 한 잔이면 다음 날까지 혼수상태인데."

"아니, 그것 말고."

칼릭의 손이 니안느의 허리 뒤에서 맞물리더니, 꽉 잡아 몸을 당겼다.

"좀 더 기분 좋은 것으로 할 생각이야. 니안이 협조만 해주면, 내가 평소보다 더 노력할게."

니안느는 흐응— 하고 웃고는 몸을 살짝 흔들었다. 가슴이 바짝 닿았다. 니안느는 손가락으로 칼릭의 가슴을 문지르며 말했다.

"내가 말이죠, 칼릭스트 경의 몸에 넣어둔 숲의 왕의 힘에 대해 생각해봤어요."

니안느는 고개를 들어 칼릭의 가슴에 턱을 댔다.

"당신의 몸을 살린 것으로 끝나지 않았을 수도 있다는 생각이 들어서요."

"나도 마법을 쓸 수 있게 된 건가."

"그건 힘들걸요. 대신 말이죠……."

니안느는 칼릭의 양 볼에 손을 얹어 당겼다.

"일단 이렇게 하고요."

칼릭의 눈이 니안느를 향했다.

"시도만 해보는 거예요. 잘될지는 모르겠군요. 안 되거나 이상하게 될까 봐 무섭기도 하고."

"뭔지 아직 말 안 했어."

"교감. 숲의 왕과 그 아이들이 하는 식의 교감이죠. 하나로 연결되는 거예요. 괜찮을까요?"

"정신을 움직이는 교육은 많이 받았으니 걱정 말고 마음껏 해. 놀라지는 않겠고, 놀랄 것 같으면 안 그런 척할게."

니안느는 눈을 반짝였다.

"어떤 교육을 받은 거예요?"

"나는 이 블랑셰리온 가문의 직계고, 그런 이상 물려받은 권능을 이용하기 위해 방법은 배워두어야 하니까. 라크세니아에서 알게 된 건데, 그게 정령술이나 소환술, 강령술 등과도 비슷하더군. 이그라탄의 마법과는 아주 다르지만."

"혹시 그곳에서 좀 배웠나요? 정령술이나 소환술은 조금만 알아도 유용할 텐데."

"별로. 고모는 많이 배운 것 같던데, 나는 시간도 없었고…… 가르쳐주지도 않더군. 그래서 비슷하다는 것만 알아."

"아쉽네요."

그래도 그 때문에 숲의 왕이 도와주기로 했을지도 모른다고 생각하니 다행이다. 칼릭이 아무것도 아니었거나 몰랐다면 아무 일도 일어나지 않았을 수도 있다.

"자, 그럼 내가 도와줄 일은 없나. 니안이 뭘 하든, 내가 협조하면 쉬워질 텐데."

"하나둘 생각해 봐요. 칼릭스트 경이 아는 좋은 것들을 말이에요."

"좋은 거라면 뭐가 있을까."

니안느는 눈을 감았다.

"자, 어서. 정말 궁금하다고요."

"진짜 좋은 것을 생각할 수도 있는데 말이야. 야한 의미로."

"장난 그만."

니안느는 볼을 부풀렸다.

"진지하자고요."

"알았어, 알았어. 그래, 좋은 거라면……."

칼릭은 니안느의 얼굴을 내려다보았다.

부드러운 볼과 기대에 찬 입술, 그리고 생기 넘치는 눈동자를 덮은 눈꺼풀과 깊은 속눈썹이 그의 아래에 있었다.

"내가 말해볼까요?"

니안느의 손가락이 칼릭의 입술에 닿았다.

"바람에 흔들리는 푸른 숲의 우듬지. 초록색 잎 아래 빨갛게 익은 산딸기……."

니안느의 입술은 즐거움을 견디지 못하고 살짝 올라갔다.

"가을바람에 흩어지는 노란 은행잎에 푸른 초원 가득 핀 보라색 제비꽃, 얕은 냇물의 수면 아래 반짝이는 물고기의 등지느러미, 흰 찔레꽃 위에서 붕붕대는 꿀벌의 날갯짓, 한여름 푸른 지붕 위로 쏟아지는 소나기……."

"그래. 다 좋아해."

그리고 저녁노을을 등진 아버지와 어머니의 조용한 춤. 화덕에서 익어가는 빵의 내음과 잔을 채우는 붉은 포도주 소리.

창밖으로 보이는 벌판과 양 떼. 그 너머로 바다처럼 넓고 깊은 숲.

니안느가 웃는 것이 보인다.

"보이네요."

"그래……."

코끝이 코끝을 스치고, 입술 끝이 닿았다. 니안느의 체취가 풍겨온다. 과일처럼 향긋하고 달콤한 내음이.

"뒷산의 오솔길을 올라 한참을 가다 보면 떡갈나무 숲이 시작돼. 울창한 나뭇잎 속으로 햇살이 쏟아져서…… 맑은 날이면 숲 바닥에 금화가 떨어진 것 같지."

니안느는 여전히 눈을 감고 있었다. 웃는 듯 눈썹 끝을 움직였다.

"그 숲을 나가면 비탈이 나와. 흰 꽃 노란 꽃 푸른 꽃이 어우러진. 무릎까지 자란 풀을 헤치고 가면 커다란 물푸레나무가 있지. 크고 늠름한, 봄에는 흰 꽃이 피고 여름에는 더없이 푸르고 신비로운 물푸레나무가."

니안느의 얼굴에 맺힌 미소는 점점 더 진해졌다. 달콤한 기쁨과 행복에 젖은 얼굴이다. 볼을 매만지던 니안느의 가는 손은 어느새 칼릭의 턱에 얹히고 몸은 그의 품에 깊이 안겨 있다.

궁금하다.

교감이라면 얼마나 보는 건지, 얼마나 깊이 닿는 건지.

그래서 칼릭도 눈을 감았다.

시야나 기억보다 더 먼저 가슴 안으로 번지는 것은 마음이 그리워하는 것이었다.

노을빛 머리카락, 따뜻한 턱과 흰 목덜미, 장밋빛 다정한 손가락, 그리고— 물빛처럼 상쾌하고 맑은 웃음.

칼릭은 눈을 떴고, 자신을 보는 니안느의 눈과 마주했다.

은보라색 눈이 놀라움으로 흔들린다.

칼릭은 고개를 숙여 입을 맞췄다. 입술 끝을 더듬고 더 깊이 받아들이

길 바라며 니안느의 몸을 벽으로 밀었다. 한숨과 함께 입술이 벌어지자 그 안으로 칼릭은 더 깊이 들어갔다. 이를 건드리고, 혀를 찾고, 매끄러운 안쪽이 서로를 찾아 맞물리고 과즙을 빨아들이듯 빨아들였다. 묘약을 삼킨 듯 살이 뜨거워진다.

입술을 뗐을 때 니안느의 눈에 가득한 것은 충격이었다. 환희와 환희의 격렬한 충돌 속에 너무나 눈부신 것을 보는 눈이다. 그 두 눈동자가 촉촉하게 젖어들었다.

"칼릭스트 경 때문에 놀랄 일은 더 없을 거라 생각했는데."

"놀랐나?"

"조금."

니안느는 눈길을 살짝 아래로 내렸다.

"아주 조금요."

"더 놀라게 해줄 수 있는데."

무슨 의미인지 알아챈 니안느는 그의 어깨를 밀었다.

"놀리지 말아요. 그리고 그래 봤자 이제 정말 안 놀랄 거니까."

칼릭의 눈에 심술궂은 기색이 보였다.

"정말?"

"칼릭스트 경이 나를 낯선 곳에 온 강아지처럼 만드는 데 이제는 익숙해졌다고요. 놀린다 싶으면, '아하, 아하. 그래요, 한번 해봐요.' 할 수 있다니까."

"흠— 그래."

칼릭은 니안느를 번쩍 들어 올렸다.

니안느는 놀랐지만 비명은 지르지 않았다. 칼릭은 내실의 높은 창턱에 니안느를 앉혔다. 등에 두툼한 커튼이 닿았다.

"이 정도로는 어림없네요."

"이제 시작이야, 니안."

칼릭은 니안느의 손을 잡아 손바닥에 입을 맞췄다. 남자의 뜨거운 숨이 배어들자, 니안느는 손가락을 움츠려야 했다.

"아직이네요."

"알아, 아직 안 놀란 거."

칼릭은 니안느의 종아리를 잡았다. 니안느는 고개를 옆으로 살짝 젖히고는 다음을 기다렸다. 칼릭의 손바닥이 치마 아래를 잡고 밀어 올렸다. 모직 치마가 부드럽게 허벅지까지 접혀 올라가 무릎을 드러냈다. 칼릭은 고개를 숙여 무릎에 입을 맞추었다. 머리카락과 숨결이 허벅지 안쪽에 닿아 간지럽다.

그 손이 깊이 들어오지도 않았는데도 긴장이 된 니안느는 칼릭의 목에 이마를 댔다.

칼릭이 쿡쿡 웃었다.

"시작도 안 했는데. 이렇게 방해하면 곤란한데."

칼릭은 무릎에 머리를 대고 고개를 돌렸다. 니안느는 칼릭이 이렇게 바라보면 자신이 진다는 것을 알았다. 이 남자의 영리한 눈은 세심하게 빈틈을 노리고, 니안느는 항상 그 틈을 내주곤 했다.

"언제 시작인데요?"

"지금."

칼릭이 웃는 소리가 나더니 허벅지 깊은 곳에 입을 맞췄다. 입술은 뜨거웠고, 살갗을 스치자 열기가 번져든다. 칼릭의 입술이 허벅지 안쪽을 두어 번 더 건드리곤 그 사이로 내려왔다.

뜨거운 것이 닿았다. 처음에는 묘하던 느낌이 점점 진해지며 깊은 곳이 움찔댄다.

니안느는 칼릭의 머리카락에 손을 감았다.

그 천둥치던 날에는 강하고 단단하더니, 지금은 부드럽게 몸을 문지르고 애정을 구하는 짐승이다. 목적은 단순해도 그 수단은 예측할 수가 없는 짐승.

"아직……."

니안느는 이마가 젖은 것을 느꼈다. 손이 바르작거리며 왔다 갔다 하자, 칼릭이 몸을 들었다. 니안느는 칼릭의 품에 안기며 얼굴을 묻었다. 쿵쿵 대는 자신의 심장 소리가 들린다. 니안느는 깊게 한숨을 내쉬며 말했다.

"어림…… 없네요."

"거짓말."

"정말이라니까요."

벨트 푸는 소리가 들리더니, 칼릭의 손이 치마를 허리까지 확 밀어버렸다. 허벅지 사이에 그 몸이 자리 잡았다. 허리를 잡은 손힘은 꿈쩍도 못하게 강했다.

"칼릭스트……."

그의 몸이 속을 가르며 뜨겁고 깊게 들어왔다. 니안느는 꽉차는 그 느낌에 놀라 몸을 움츠리며 그의 목을 안았고, 칼릭은 입술을 물곤 가만히 눈살을 찌푸렸다.

"젠장, 이거……."

타는 한숨이 흘러나왔다.

"내가 놀랐네."

젖은 목덜미에서 그의 체취가 풍겨왔다. 허벅지 사이에 단단히 박혀 있던 것이 움직이기 시작했다.

숨소리가 흥분에 젖어 거칠어졌다. 단단한 가슴이 씨근덕대고, 허벅지 아래에 부딪히는 그 힘은 강해진다.

숨찬 탄성이 터지며, 목덜미에서 땀이 흘러내리고 옷이 젖어들며 축축해졌다.

니안느는 입술을 물고는 벽에 등을 붙였다. 화를 내야 하는 건지 울어야 하는 건지. 칼릭이 젖은 입술을 니안느의 볼에 댔다.

"순 거짓말이었군. 하나도 안 놀랐다는 거."

몸이 멈추며 안이 더 뜨겁게 달아올랐다. 그는 그대로 한참 가만히 있다가 벽에 손을 짚었다.

니안느는 숨을 몰아쉬며 이마를 살짝 들었다. 칼릭이 내려다보다, 갑자기 니안느의 몸을 안아 들었다.

곧 등에 부드러운 시트가 닿았다. 천장이 보인다. 침실 안으로 들어와 있다. 니안느는 옷끈이 칼릭의 손에 풀려나가는 것을 느꼈다. 등 뒤의 끈을 풀어내자 몸을 조이던 압박이 가벼워졌고, 곧 다 벗겨져 나가 흰 몸만 남았다.

"이리 와."

칼릭이 침대에 앉자, 니안느는 다가가 그의 이마를 쓸어 올렸다. 젖은 머리카락이 손가락에 감긴다.

"나만 벗었네요."

"억울하면 벗기든가."

니안느는 그의 셔츠 앞 단추를 풀었다. 검푸른 옷이 그녀의 손에 의해 벌어지고 벗겨져 맨가슴을 드러냈다. 칼릭은 셔츠를 마저 벗어 던졌다. 곧게 뻗은 쇄골과 넓고 반듯한 어깨, 균형 있게 자리 잡은 근육과 단단한 배가 드러났다.

니안느는 그의 입에 입을 맞췄다. 상냥하고 가벼운 것은 허락하지 않는 칼릭이 입을 벌리고 그녀의 혀를 받아들이며, 커다란 손은 가는 목덜미를 가득 감싸고 부드럽게 주물렀다.

입술을 떼며 니안느가 속삭였다.

“얼마나 놀랄 수 있나요, 칼릭스트 경은?”

“너와 있으면 항상 놀라.”

칼릭의 눈에 미소가 담긴다. 이런 칼릭의 눈길에 닿으면 사방이 광휘다. 니안느는 그런 칼릭의 얼굴이 보기 좋아 애정을 눈에 듬뿍 담아 물었다.

“신기해서?”

“아니.”

칼릭의 눈이 가늘어지며, 속눈썹 그늘 아래로 녹색 눈동자가 가득 차올랐다.

“사랑스럽고.”

칼릭은 니안느를 바짝 끌어안았다.

“아름다워서.”

뜨겁게 달아오른 입술이 살에 닿는다. 니안느는 어깨를 숙이고 칼릭의 얼굴을 감싸 올렸다.

그렇게 마주 보게 하고 들여다본 그는, 이제는 가시덤불처럼 날카롭고 차갑지 않다.

니안느 자신 역시 그럴 것이다. 니안느는 자신이 이 남자에게 얼마나 많은 것을 허락하고 있는지 알고 있었다.

리카르와 다르다. 리카르와는 마지막을 넘은 적이 없다. 속에 있는 말을 다 토해놓고 의지한 적도 없으니, 딱 그만큼이었다. 사랑했지만 역시나 거기까지였다.

하지만 이 남자는 다르다. 이렇게 정신없이 다 허락해 버리다니. 곧 나는 이 남자의 손짓과 말 한마디에도 조바심치게 될 테지. 이 남자의 반응과 말 한마디 한마디가 다 좋아서.

궁금해지고 두려워진다.

얼마나 가질 수 있을까. 얼마나 가책 없이 누릴 수 있을까.

눈부셔 눈을 감고 가지고 있고 싶다. 이 물푸레나무처럼 아름답고 싱그러운 존재를. 삼나무처럼 향기롭고 우아한 존재를, 느티나무처럼 늠름하고 단단한 존재를 더, 더 가지고 있고 싶다.

또.

행복…… 하고 싶다.

알고 있다. 등 뒤에 아직 많은 것들이 놓여 있고, 그것들은 니안느를 파괴할 수도 있다. 그러나 외면하거나 도망칠 수 있는 일이 아니다. 위험하더라도 반드시 해야 한다.

그런 것들이 더 보이지 않았으면 좋겠지만 오고야 말 거란 것도 안다.

밤과 낮을 누가 막을 수 있을까. 겨울의 찬바람에 강이 얼어붙는 것을 누가 막을까. 그러나 그날도 오고야 만다.

"니안—"

칼릭의 목소리가 감미롭게 들려온다. 달콤하게 몸을 적시는 관능을 담은 목소리다.

사르르 녹아내리게 한다. 떨리게 한다.

단단한 팔이 몸을 가두곤 가슴에 얼굴을 댔다. 허리와 목덜미를 세게 휘감아 조여 당겼다. 니안느는 칼릭의 허리를 다리로 감았다.

칼릭이 목덜미를 세게 빨아들였다. 허리를 움직여 더 강하게 찔렀다. 등을 타고 저릿한 감각이 올라오며 배에서부터 뭉근하게 녹아내린다. 땀에 미끄러지는 손이 니안느의 몸을 세게 잡아 받쳤다.

올려다보는 칼릭의 눈에 정욕이 스며있다.

난폭하게라도 충족시키고 싶어 하는 욕망과 집요함과 잔인함마저 느껴지는 열기로.

니안느는 그의 품에 온몸을 던졌다. 터지는 신음과 함께 칼릭의 몸에 힘이 더 강하게 들어왔다.

지금은 이 감정 앞에 눈 감고 싶다.

노을이 창밖으로 붉게 번진다.

니안느는 노곤한 피로를 느꼈다. 칼릭이 니안느의 턱에 입을 맞추곤 몸을 겹쳤다. 니안느는 달아오른 볼을 시트에 묻었다.

"아직도 남았어요?"

"끝내면 항상 새로 시작이지."

니안느는 머리를 젖혀 칼릭을 보았다. 아직 날이 밝아, 그의 검은 머리, 상앗빛 코, 넓은 어깨와 가슴이 환하게 보인다. 살짝 젖은 녹색 눈은 아직 열기로 달아올라 있었다. 매끄러운 볼로 노을이 번지며 붉게 달아오른다.

"저녁이네요. 나, 준비할 게 있는데."

"뭔데."

니안느는 몸을 일으켰다. 칼릭이 팔을 치워 니안느가 일어나도록 해주었다.

"이디스가 차려주는 거 먹는 게…… 사실 좀 불편해서 매일매일 이 시간에 몰래 빼왔거든요. 지금이 딱 이디스가 없는 시간이에요. 얼른 다녀와야 오늘 저녁은 안 굶어요."

니안느는 침대에서 일어나 옆에 벗어둔 옷을 집었다.

칼릭의 눈이 그런 니안느의 몸을 좇았다.

"왜 그렇게 봐요?"

"방향을 바꿔서 해보면 굉장한 걸 볼 수 있겠다는 생각."

얼굴이 붉어졌다. 알아들은 것에 몹시 경악하며. 칼릭이 다가와 엉덩이에 손을 얹었다.

"여기, 이렇게 보니 참 예쁘네."

돌아보며 뭐라 말하려는데, 칼릭이 턱을 잡아당기고 입을 맞췄다. 입술은 안을 빨아들이듯 정복한 뒤에 음— 하는 신음 소리를 내며 떨어진다.

"얼른 다녀와."

칼릭이 나른히 말했다. 니안느가 멍하니 보고만 있자, 엉덩이 안으로 손가락을 가져가며 은근히 속삭였다.

"늦게 가고 싶나 보네."

"아니요!"

급히 옷을 입고 1층으로 가니, 다행히 부엌은 아직 비어 있었다. 니안느는 찬장에서 빵과 치즈, 오렌지 파이를 찾아냈다. 얼른 접시에 담아 돌아서다, 바구니를 들고 있는 이디스와 딱 마주쳤다.

"어, 아, 안녕하세요, 이디스?"

덩치 큰 용과 마주한 기분이다.

등이 쭈뼛 서도록 무섭다.

이디스가 물었다.

"여긴 왜 있나요."

드디어 니안느에게 말을 걸었다!

"그게, 저기, 요리 도와, 도와, 줄 수 있는데."

말도 안 되는 헛소리다. 니안느는 자신이 당근 써는 법도 모른다는 걸 알았다. 의심스럽게 보던 이디스는 찬장을 가리켰다.

"저기 저 찬장에 차가운 햄과 자고새 구이가 있으니 가지고 가요. 들고 있는 것 보다는 그게 더 나을 겁니다."

"고맙습니다."

"그리고 도련님한테는 주지 말아요. 저녁 제대로 드시라고 하세요. 아가씨도 며칠간 먹을 것을 야금야금 들고 가 몰래 드시던데, 그러지 마시죠. 오늘 저녁에는 생선 살 스튜와 올리브를 넣은 빵, 고기파이니까, 지금 들고 가는 것보다 몇 배는 더 맛있습니다. 그리고!"

니안느는 다음 말을 긴장하며 기다렸다.

이디스는 아주 확신에 찬 목소리로 말했다.

"이 집안 망했어요. 돈 없습니다."

"……아, 알아요."

안다고 말하니 그게 더 실례인 듯 했다. 그리고 죄송합니다. 제가 말이죠, 이 집안을 망하게 한 리카르 볼프람을 따라왔어요.

"그럼, 돈 때문에 도련님 옆에 있는 건 아니겠군요."

"아니에요."

"한동안 몸 사려야 하십니다. 주인 나리가 이상한 데 붙는 바람에. 즉, 출세도 글러먹었어요. 황궁 근처도 못 갈 겁니다."

"그것도 알아요."

어차피 대가문 후계자인데 출세가 필요하긴 하나. 태어나는 그날부터 제국 최상층이며, 전 세계에서 딱 일곱 개밖에 없는 자리의 후계자인데. 재상도 굽실대야 하는 것이 대가문의 당주이며, 황족들도 직계가 아니면 모두 의전서열이 아래다.

"그래도 계속 여기 있을 건가요?"

"제가 이 집 재산이나 칼릭스트 경의 지위를 노리고 온 건 아니거든요."

"그럼, 몸?"

아이고, 맙소사. 니안느는 고개를 젖히고 크게 한숨을 토해낸 뒤, 정색하며 말했다.

"이디스. 그건 나 혼자 원한다고 되는 게 아니잖아요. 나도 원하고 칼릭스트 경도 원해야 우려하는 상황— 즉, 우리 둘이 놀아나는 게 가능한데. 그게 내 책임만은 아닐 것 같은데요?"

"알았어요. 좋습니다. 도련님이 첫 경험에 배고픈 열다섯 아이도 아니고, 그것만은 양쪽 모두에게 책임이 있는 걸로 하죠. 그럼 저는 지금부터 일할 생각인데. 정말 도울 건가요? 요리 같은 건 손도 대본 적이 없어 보이는데."

"미안해요. 그냥 해본 말이에요. 내 손을 거치면 감자도 못 먹을 음식이 된다는 거, 나도 알아요."

"그럴 줄 알았어요. 손만 봐도 알거든요. 가만, 어디 가요? 아직 할 이야기가 남아 있어요."

슬금슬금 도망가려던 니안느는 긴장하며 돌아서야 했다.

"사흘 뒤에, 그러니까 보름 전야에 도련님이 만찬을 열 겁니다. 알아요?"

"아뇨."

"만약 도련님이 오라고 하면 못 이긴 척하고 오세요. 옷은 페이를 통해 보내겠어요. 그리고—"

이디스는 니안느를 노려보며 말했다.

"지금부터 하는 말 잘 들어요. 중요한 말이니까."

"알았어요."

이제부터 본격적으로 잔소리를 하겠다는 뜻이려나, 니안느는 듣기도 전에 지치는 기분이었다. 방 치우고 살라는 말은 아니길 빈다.

"이 성은 원래 아주 좋은 곳이었습니다. 이 고장만큼 사람들이 편하게 살 수 있는 곳은 없었어요."

"드, 들어서 알아요."

또 미안해진다. 이 영지를 전쟁터로 만든 리카르 옆에 있던 것에 책임감까지 느껴지며.

"기사들이나 병사들이 그 덕에 다들 물렁물렁해지긴 했습니다만, 성 사정이 이렇게 되어도 다들 꿋꿋하게 버티는 건 주인 나리 때문입니다. 좋은 분이니까요. 칼릭스트 도련님은 그런 나리의 가장 소중한 존재예요.

그러니 우리들에게도 가장 소중한 분이시죠."

"저 역시 칼릭스트 경이 훌륭한 기사님이라 생각해요."

남자로서도. 비교할 남자가 없긴 한데, 아니다, 비교당하는 남자만 불쌍하지.

"그럼…… 혹시 라크세니아에서 도련님이 어떻게 지내셨는지 아시나요."

니안느는 차마 그건 말할 수 없다. 칼릭은 자신의 고통을 보여주는 데 익숙한 사람이 아니다. 다른 사람이 그런 자신에 대해 이야기하는 것부터 싫어할 것이다.

"몰라요."

"모르나요, 아니면 말할 수 없는 건가요."

"모르는 거예요."

이디스는 한숨을 내쉬었다.

"어린 시절의 도련님은 사랑할 수밖에 수 없는 분이었죠. 그때 그분이 얼마나 사랑스러웠던지, 우리들 모두 도련님에게 홀딱 빠져 있었죠. 우리가 그럴 지경이니, 나리 부부께는 어땠을까요. 그런 도련님이 라크세니아의 마인베르크에게 갔지요. 하지만 우리도 알아요. 도련님이 자발적으로 간 거라면 나리가 마인베르크에게 그 정도로 이용당하실 리 없지요. 나리는 협박받고 계셨던 거죠. 도련님 때문에요."

니안느가 전혀 모르는 일이었다. 오베른이 아들 뒤에 숨어 있는 무능한 영주라고만 단순하게 생각했다. 리카르는 물론이요, 리카르 휘하의 수하들도 모두 그리 생각했다.

"도련님이 성으로 돌아오셨을 때, 우리들이 얼마나 좋아했던지요. 달이나 해를 다시 찾은 기분이었죠. 하지만 도련님을 보았을 때, 뭔가 잘못되었다는 것을 알았어요. 분명 훌쩍 큰 도련님인데, 소년이던 도련님이 완전히 남자가 되어 돌아오셨는데, 그런데…… 알겠더라고요. 달랐어요, 예전의 도련님과. 자라고 성숙한 게 아니었어요, 그건.”

이디스는 흐려진 눈으로 식탁 위를 보았다.

“돌아온 도련님은 웃지도 않았어요. 오베른 나리께도 그랬고요. 그분 안에 있는 아주 중요한 게 망가지고 짓밟혀 있었죠. 날카롭게 곤두서 있고, 항상 긴장하고…… 밤에 잠도 못 주무셨죠. 제대로 누워 계시는 것조차 본 적이 없었어요. 홀의 벽난로 앞에 혼자 앉아 계시거나, 마님 방이나 서재에 앉아 해가 뜰 때까지 계신 적도 있죠. 아예 성을 나가 새벽 내내 돌아다니다 온 적도 있고요. 그 모습을 보는 게 어떤 기분인지. 주인 나리의 심정은 우리보다 더했을 거예요. 귀한 보물이 있었는데, 어느 망할 놈이 그걸 가져다가 완전히 망가뜨려서 돌려준 거예요.”

니안느는 정말 처음 아는 것들이었다. 처음 본 칼릭은 분명 경계심 강하고 적대적인 남자였다. 그때는 적을 상대하느라 그리된 거라 여겼는데, 평소에도 그렇게 지냈던 것이다.

“그런데 말이죠, 아가씨. 지금은 도련님이 웃는군요.”

“……네?”

“성으로 돌아온 날, 도련님이 나를 보고 웃었어요. 다음 날도 웃었고, 어제도 웃었어요. 주인 나리 이야기를 하면서도 웃었고, 용무를 보러 다녀온다 하면서도 웃었죠. 아가씨, 나는 그분이 그리 웃는 것을 십 년 만에 보는 거예요. 내가 사랑했고 나리와 마님이 사랑했던 그대로, 모두가 사랑했던 그대로 돌아온 거예요.”

니안느 앞에서 이디스는 눈물을 훔쳤다.

“그래서 지금, 좋아 죽을 것 같네요. 이 영지가 망하든, 나라가 무너지든, 하늘이 쪼개지든, 빌어먹을 그게 무슨 상관인가요. 도련님이 웃는데. 분명히 말하는데, 아가씨가 뭐든 간에 일단 도련님이 웃으니까 봐주는 겁니다."

이디스는 살짝 붉어진 눈으로 말했다.

"그리고 아가씨가 도련님을 좋아하고 아낀다면 나는 아가씨를 위해 세상 모두와 싸울 테지만, 아가씨가 도련님에게 상처 주거나 하면 세상 끝까지 가서라도 혼내줄 테니 각오해요."

니안느가 방으로 돌아왔을 때, 칼릭은 옷을 갈아입고 셔츠 앞섶을 당기고 있었다. 그제야 니안느는 접시를 가지고 오지 않았다는 것을 깨달았다.

"빈손이네."

"흰 빵과 신선한 치즈, 자고새 구이를 가지고 올 생각이었는데 다 놓고 왔어요. 이디스를 만나서 놀라느라 말이죠."

"잔소리 실컷 듣고 왔겠군."

칼릭은 셔츠를 마저 채우곤 다가왔다. 니안느의 얼굴을 들여다본 칼릭의 눈에 걱정이 보였다.

"엄청나게 들은 것 같네."

"그건 아니에요. 만찬이 있을 거라며, 이디스가 오라고 했어요."

"반칙인데. 이디스가 먼저 말하다니. 내가 말할 생각이었다고."

니안느는 눈을 가늘게 떴다.

"언제 말할 생각이었는데요?"

"제대로. 근사하게. 도저히 거절할 수 없게 하려 했지. 하인들과 본성을 지키는 기사들 몇이 모이는 자리가 될 거야. 그간 수고했고 앞으로도 고생해 달라는 자리가 되는 거지. 니안은 올 거야?"

"맛있는 게 나오면 당연히 가야죠."

"좋아하는 게 있으면 말만 해. 뭐든 해줄게."

니안느는 칼릭의 셔츠 자락을 살짝 당겼다.

"칼릭스트 경이 그런 것도 지시하나요."

"나는 성의 공주님이니까. 단, 말을 잘해야 하지. 지나가는 말로 오늘 꿩이 먹고 싶네, 하고 중얼거렸다가 성의 하인들이 죄다 숲을 뒤지는 것을 보게 되니."

칼릭은 난처한 과거를 공개하는 얼굴이었다. 정말 그런 일이 있었던 것이다. 꽤 심하게. 본인이 이리 창피해할 지경이니.

니안느는 생긋 웃었다.

"나는 까다롭지 않아서 빨간 사과와 바삭하게 구운 돼지구이만 있으면 돼요."

"그 정도야 할 수 있지. 그런데 이디스가 먼저 말하다니. 니안에게 절대로 직접 말하지 않을 거라더니."

"이디스가 나에 대한 마음을 바꾼 건 아니에요. 이디스에게 칼릭스트 경은 '내 남자' 니까요. 나는 '내 남자' 에게 접근하는 요망한 마녀고."

칼릭이 니안느의 팔을 잡고는 엄지손가락으로 마른 팔뚝을 매만졌다.

"이디스는 너무 걱정이 많은 거야. 아버지도 편찮으시고 성은 이 모양이니 더 걱정스러운 거고. 그러니 부담스러워하지 마. 니안에게 익숙해지면 더 안 그럴 테니."

"알겠어요. 이디스에게 악의가 있는 건 아닐 테니까. 야생 송이버섯을 바구니 가득 선물하며 잘 보이도록 노력해 볼게요. 예쁜 옷도 내준다는데, 열심히 잘 보여야죠."

칼릭의 눈에 기대감이 보였다.

"예쁜 걸로 입어."

"칼릭스트 경의 어머니나 고모님 옷에서 고르는 거라고요."

"그럼 내가 고르면 안 될까."

"그건 여자들에게 맡겨요. 여자들의 일이니까. 솔직히 말하자면 나는 내 옷부터 돌려받고 싶긴 하지만 말이죠. 버린 건 아니겠지요? 이 옷은 예쁘긴 해도 불편하고 너무 길거든요…….”

칼릭은 니안느의 머리카락을 매만지곤 입을 맞추었다.

“편한 옷 입고 어디로 도망가게.”

“어디로 갈까요. 다락방? 저 초소의 탑 꼭대기?”

“나하고 있자.”

“네?”

이번엔 정수리의 머리카락 위로 입술이 닿아왔다.

“숲도 여기에 있고, 왕의 심장도 여기에 있지. 그럼 네가 머물 곳도 여기가 되는 게 아닐까. 그러니 이제부터 나하고 있자.”

“까다로운 이디스는 어떻게 하려고요.”

“이디스는 아렌에게 시집보내도록 하지. 그 나이에 열 살이나 어린 남편이 생기면 바빠질 거야.”

니안느는 목덜미와 쇄골을 쓸어 올리는 손길을 음미했다.

“이곳 사람들 모두 내가 칼릭스트 경한테 잘해주나 못해주나 감시할 것 같은데, 괜찮을까요. 칼릭스트 경은 이 성 모든 사람들에게 있어 ‘내 남자’ 인데.”

“너한테는?”

니안느가 멈칫했다. 칼릭은 다시 조용히 물었다.

“너한테 나는 뭐지.”

“그게…….”

니안느는 답하지 못하고 그의 가슴을 바라보았다.

솔 향을 닮은 그 체취가 좋고, 단단한 가슴도 좋다. 바위라도 깰 듯 강한 팔이 몸을 부드럽게 어루만져 주는 것도 좋고, 다정하게 속삭여 주는 것도 좋다.

그럼, 내게 이 남자는 뭘까.

뭐라 확신할 수 없는 불안한 마음에, 니안느는 답하기 어려웠다. 듣기 좋게 거짓말을 하자니 니안느는 너무 정직한 성품이었다. 모르는 건 모르는 것이다. 확신하지 못하면 못하는 것이다. 아직 불안한 상황인데 갑자기 물어보니 두려워지며 슬퍼졌다.

칼릭이 후— 한숨을 내쉬었다. 니안느는 눈을 감으며 칼릭의 가슴에 몸을 실었다. 이마의 각인에서 빛이 스미어 나온다. 각인과 칼릭의 피가 다시 공명한다.

"지금 내가 분명히 말할 수 있는 건 이거예요."

니안느는 칼릭의 가슴에 손을 얹었다.

"칼릭스트 경하고 나는요, 연결되어 있어요. 어디에 있든 나는 칼릭스트 경을 찾을 수 있고, 아마도 칼릭스트 경도 노력하면 그럴 수 있을 거예요."

그리고 니안느는 손을 들어 칼릭의 턱을 매만졌다. 단단한 느낌이 손바닥 아래로 느껴졌다.

"나는 세상 반대편에 있어도 칼릭스트 경이 느끼는 것을 같이 느끼게 될 거예요. 홀로 있는 것을 참을 수 없으면 나는 당신을 찾겠지요. 그리고 느낄 거예요. 당신이 행복한지, 기쁜지, 슬픈지, 괴로운지. 어딘가에 있을 당신을 생각하기만 해도 나는 참 기쁠 것 같네요."

"니안."

칼릭은 니안느의 손등에 손을 얹고 쓸어 올렸다.

"그런 말은 하지 마. 언제고 우리 둘이 다른 곳에 있을 거라는 말은."

"……칼릭스트 경."

"이게 예언인지 예감인지 그저 기분인지는 몰라. 하지만 너를 보면 가끔 그런 생각이 들어. 언제고 네가 내 가슴을 찢어놓을 거라고."

“그런데도 나하고 같이 있나요?”

“지금 같이 있지 않으면 어차피 찢어지니까.”

칼릭의 검은 속눈썹 아래 녹색 눈이 가라앉아 있다. 해가 저무는 것 같다. 방 안으로 어두움이 배어든다. 어스름에 젖어드는 방 안에서 니안느의 가슴 안으로 차가운 물결이 퍼지는 것을 느꼈다.

“칼릭스트 경, 나는 칼릭스트 경하고 있으면 처음부터 기분이 참 좋았어요. 보고만 있어도 좋더라고요.”

“미리 말하지 그랬어. 나한테 반한 것 같다고.”

니안느는 칼릭의 가슴속에 몸을 담았다.

“같이 있으면 주변이 좋은 것으로만 가득 차는 것 같았어요. 아무리 슬프고 괴로워도 당신을 보면 좋았어요. 그래서 당신하고 있으면 항상 즐겁기만 할 거라 생각했는데…….”

니안느는 떨리는 긴 숨을 내쉬었다.

“그런데 아프네요, 지금은. 당신이 슬프면 내가 슬프고, 내가 당신을 아프게 한다 생각하면 견딜 수가 없을 거예요. 이런 건 생각해 본 적도 없었는데…… 아프네요.”

“니안—”

칼릭은 니안느를 안았다.

“너는 아프지 마. 그런 건 공평할 필요 없으니까.”

To be continued…